Miel y almendras

Miel y almendras

Maha Akhtar

Traducción de Enrique Alda

rocabolsillo

© 2012, Maha Akhtar

Primera edición en este formato: abril de 2013

© de la traducción: Enrique Alda
© de esta edición: Roca Editorial de Libros, S. L.
Av. Marquès de l'Argentera, 17, pral.
08003 Barcelona
info@rocabolsillo.com
www.rocabolsillo.com

© del diseño de cubierta: Mario Arturo
© de la fotografía de cubierta: Jayne Szekely

BLACK PRINT CPI IBÉRICA S.L.
Torre Bovera, 19-25
08740 Sant Andreu de la Barca (Barcelona)

ISBN: 978-84-96940-98-7
Depósito legal: B-2.468-2013
Código IBIC: FA

El papel utilizado para la impresión de este libro ha sido fabricado a partir de madera
procedente de bosques y plantaciones gestionados con los más altos estándares ambientales,
garantizando una explotación de los recursos sostenible con el medio ambiente y beneficiosa
para las personas. Por este motivo, Greenpeace acredita que este libro cumple los requisitos
ambientales y sociales necesarios para ser considerado un libro «amigo de los bosques».
El proyecto «Libros amigos de los bosques» promueve la conservación y el uso sostenible
de los bosques, en especial de los Bosques Primarios, los últimos bosques vírgenes del planeta.

Para mi madre…

Y para *Dougall*, mi fiel terrier y mi mejor amigo, que estuvo sentado a mi lado mientras escribía el libro.

Capítulo uno

Mouna

*E*l esbelto y moreno brazo de Mouna apareció por debajo de la colcha y buscó a tientas el despertador, pero sus largos dedos no lo encontraron. Siguió sonando. Volvió a tantear y, al no poder alcanzarlo, dejó escapar un gemido exasperado. Levantó la cabeza, lo cogió y apretó el botón de la alarma. La habitación quedó en silencio. Pero no por mucho tiempo. Al poco volvió a oírse el estridente repique, acompañado de un fuerte golpe en la puerta.

—¡Mouna! ¡Son las nueve! —gritó su madre al otro lado de la puerta—. ¡Mouna! —La puerta se abrió y la figura de Fátima se dibujó en el umbral, al tiempo que la brillante luz del sol invadía la habitación—. ¡Mouna!, si no te levantas ahora mismo, llegarás otra vez tarde a trabajar —la amonestó antes de murmurar algo sobre la ropa tirada por el suelo y maldecir al tropezar con un par de zapatos—. ¡Mouna! ¡Por el amor de Dios, levántate! Ya no eres una niña. Tienes treinta y siete años, tienes un trabajo, responsabilidades… Deberías estar casada —le recriminó.

—¡*Immi*, por favor! Tan temprano no —refunfuñó bajo las sábanas.

—No entiendo por qué no te han pedido en matrimonio todavía. Tienes suerte de parecer más joven de lo que eres. Ninguna madre en su sano juicio dejaría que su hijo se casara contigo si supiera tu verdadera edad. Si tu padre y tus hermanos estuvieran vivos, ya te habrían buscado un marido. ¡Dios mío! ¿Por qué habrá caído una maldición sobre esta familia? —añadió con teatralidad llevándose las manos a la cara—. ¿Por qué me los arrebató la guerra?

Descorrió las cortinas de algodón y la luz entró a raudales.

—¡Mouna, esto es un desastre! —gritó horrorizada—. ¿No piensas limpiar nunca?

Tener que recoger la ropa que había por el suelo hizo que olvidara temporalmente la tragedia de haber perdido a su marido y a sus hijos en julio de 2006, durante la guerra entre Hizbulah e Israel.

—Mouna, te lo advierto… —empezó de nuevo.

La chica gimió. Cuando le quitó la almohada dejó ver su despeinado y largo cabello negro, pero mantuvo la cara escondida entre las sábanas.

—Ya me levanto —aseguró con un hilillo de voz mientras apartaba la ropa de la cama. Llevaba un camisón de algodón rosa con puntillas blancas que se le había subido y dejaba ver sus muslos justo antes de la suave turgencia de sus nalgas. Su abundante y oscura cabellera le caía por la espalda y los ondulados mechones le llegaban hasta la cintura.

—Volveré dentro de cinco minutos, más te vale estar levantada —la amenazó.

—Sí, *immi*. Cierra la puerta, por favor —murmuró adormilada, pero su madre salió cargada con un montón de ropa y dejó la reducida habitación bañada por la suave, radiante y cálida luz de una bonita mañana de primavera.

Abrió los ojos poco a poco. Hizo un esfuerzo para sacar las piernas y suspiró al meter los pies en las zapatillas. Permaneció sentada unos minutos antes de obligarse a ir al baño.

A pesar de tener el tamaño del cuarto de las escobas, no tenía que compartirlo con su madre o su tía. La pintura blanca de las paredes estaba descascarillada; casi todos los azulejos color limón, rotos. El váter era de un tono marrón oscuro, con tapa de plástico blanca, y el lavabo, verde. Al no haber espacio para una ducha, había empalmado ilegalmente una tubería a través de la ventana a los conductos que bajaban del depósito del edificio. No había cortina, así que cada vez que se duchaba lo inundaba todo.

Se miró en el pequeño y desportillado espejo y soltó un gruñido. Tenía un aspecto horrible: ojos hinchados, manchas de rímel y lápiz de ojos en los párpados, y restos de carmín en las comisuras de sus carnosos y sensuales labios. «Menos mal que *immi* no se ha dado cuenta», pensó mientras se inclinaba para buscar en una cesta de mimbre algodón y loción para limpiarse. En su interior había desde antiguos botes de champú y acondicionador a trozos de jabón y tubos casi vacíos de cremas de toda índole. Lo revolvió todo. Como no encontró lo que buscaba, vació el contenido en el suelo y cogió un trozo de algodón y un pequeño bote de Cold Cream de Pond's. Volvió a meterlo todo en la cesta y abrió el bote, pero estaba vacío.

«*Haraam!*», maldijo en árabe metiendo un dedo para intentar sacar un poco de crema. Se aplicó lo que quedaba, concentrándose en los ojos. Pero no fue suficiente; tendría que utilizar agua y jabón, algo que odiaba, pues le secaba la piel. Cogió una pastilla verde que se suponía que estaba hecha con aceite de oliva e hizo espuma con las manos. No le hacía ninguna gracia, pero era lo único que podía permitirse. Los jabones Camay y Dove de importación que tanto le gustaban eran demasiado caros. Tampoco podía comprar las cremas Elizabeth Arden y el resto de los artículos de tocador y perfumes que solían atestar su cuarto de baño en Sidón. Ya solo utilizaba colonia barata que apenas olía a rosas; cuando salía de casa, acostumbraba a pasar por unos grandes almacenes para rociarse con alguno de sus perfumes favoritos. Pero no merecía la pena darle vueltas a la vida que había llevado, pensar en la enorme y bonita casa junto al Mediterráneo en la que había crecido, comparar su vida con la que había disfrutado cuando su padre y sus hermanos estaban vivos y tenían comida y bebida en abundancia, y agua caliente en los baños todo el día.

Se lavó la cara y se cepilló los dientes. Si quería ducharse tendría que darse prisa o no podría hacerlo hasta la noche. Había agua a partir de las seis, pero se cortaba a las pocas horas, y volvía a salir entre las seis y las ocho de la tarde. Abrió el grifo antes de quitarse el camisón y colgarlo en un clavo detrás de la puerta. Se hizo un improvisado moño alto, se miró al espejo y se preguntó qué lado le gustaba más. Tenía una amplia frente, tupidas y arqueadas cejas, ojos almendrados y marrones, como de felino, nariz larga y boca grande. La cara era ovalada; la piel, color aceituna. Mientras esperaba el borboteo que indicaba que sus codiciosos vecinos no habían gastado toda el agua, deseó tener la piel más clara. Quería comprar una crema blanqueadora que acababa de salir al mercado, pero no tenía dinero. Se tocó la nariz y apretó la punta intentando imaginar qué aspecto tendría si fuera más pequeña y respingona; seguro que parecería más europea. Y si hubiera nacido con los ojos azules de su madre, su vida sería perfecta. Estudió las pestañas y llegó a la conclusión de que, junto con el cabello, eran sus mejores bazas. El resto había que mejorarlo. Mientras la tubería resonaba, se puso de puntillas para verse los pechos. Tenía un espejo de cuerpo entero detrás de la puerta, pero en uno de los bombardeos se había soltado y se había hecho añicos.

El agua empezó a salir y se colocó debajo. Se enjabonó y aclaró tan rápido como pudo. Cuando el chorro se convirtió en goteo, antes de desaparecer, todavía tenía restos de jabón en la piel y maldijo a los vecinos. Cogió la taza de hojalata que flotaba en el cubo que guardaba para emergencias e intentó aclararse. Exasperada, levantó el cubo y se lo vació encima. La había gastado toda, pero qué más daba. Dejaría abierto el grifo y cuando volviera a haber por la tarde se llenaría. Se secó, se envolvió en una toalla y salió del baño.

Su habitación era ligeramente más grande que el cuarto de baño. Había una cama pequeña pegada a la pared bajo la ventana, una mesilla blanca de formica y un pequeño tocador con solo dos patas, apoyado en una caja de fruta. Al igual que con el baño, se sentía afortunada por tener su propia habitación, desde la que a veces se escapaba para ver a Amín. Cuando no podía hacerlo, le permitía llamarle o enviarle un mensaje de texto sin que los entrometidos ojos de su madre o los oídos biónicos de su supuesta tía sorda estuvieran presentes.

Con la toalla todavía enrollada se dio cuenta de que las cortinas estaban abiertas. Se arrodilló en la cama y las cerró para evitar las miradas indiscretas de los vecinos del edificio de enfrente. Pero al hacerlo, la tela opaca que había pegado a los andrajosos visillos se quedó colgando en forma de uve.

Tendría que arreglarla otra vez. Miró a su alrededor. Todo era de tercera mano; todo estaba agrietado, se pelaba o se caía. Aquella tela era lo único que había comprado su madre últimamente, obligada por los bombardeos israelíes.

Abrió el pequeñísimo armario y sacó un vestido de tirantes estampado en azul marino y blanco muy *sexy*, que a ella le encantaba y su madre odiaba. Pero aquel día se sentía *sexy*. Había pasado la noche anterior con Amín Chaiban y estaba segura de que estaba a punto de pedirle matrimonio. Había intentado sacar a colación el tema, pero la había silenciado con un profundo y prolongado beso. Mientras exploraba su boca con la lengua, había introducido la mano por debajo del vestido para ir subiéndola por los muslos hasta que, gimiendo de placer, le había permitido llegar mucho más arriba. Después había cedido a sus súplicas y a su más que abultado deseo, y había dejado que la penetrara en el asiento trasero del coche, en un oscuro y apartado lugar bajo un puente, donde nadie podía oír los sonidos alborozados de su ilícita cita.

Mientras volvían a casa intentó cogerle la mano, pero Amín parecía carecer de todo romanticismo.

—Por favor, estoy conduciendo —comentó tenso, y tuvo que retirarla.

En aquel momento, aún embelesada en el fulgor de sus caricias, no se percató del gélido tono de su voz. Cuando se detuvieron en el oscuro callejón detrás de su casa se inclinó para besarlo, como hacía siempre, pero la apartó.

—¿Y si nos ve alguien? —susurró intentando soltar las manos que le había puesto en la nuca.

—Podemos decirle que estamos prometidos —replicó mientras le miraba con ojos de felino rebosantes de deseo.

—Pero no lo estamos, y no puedo permitir que me detengan. Sería una humillación para mi familia, sobre todo ahora que mi padre está en el punto de mira por las próximas elecciones.

—Pero saben quién soy, ¿no? Les has hablado de mí, ¿verdad? Me dijiste que me presentarías a tu madre la semana que viene.

—Venga, vete ya. Sal del coche antes de que venga alguien y tengamos problemas —le instó sin responder a sus preguntas—. Recuerda que eres musulmana, sería mucho peor.

—Ok, *tayeb, habibi* —se despidió, encantada de que se preocupara por su seguridad y reputación.

Le pareció un poco raro que no la acompañara hasta la puerta, que había dejado abierta para poder escabullirse hasta su apartamento si llegaba tarde. Normalmente prolongaban la despedida con besos apasionados y súplicas de que le dejara entrar. Pero, en aquella ocasión, en cuanto echó a andar hacia la puerta, salió disparado haciendo chirriar las ruedas.

—*Ana b'hebbek* —dijo mientras las luces rojas desaparecían en la esquina.

Mouna sonrió mientras se vestía. Había disfrutado con Amín la noche anterior; cuando llegaron al orgasmo al mismo tiempo, le pareció lo más natural. Estaba segura de que aquella vez había acertado. No era como los otros; era inteligente, guapo y rico. Provenía de buena familia, su padre se presentaba al Parlamento y él trabajaba en el servicio diplomático y esperaba que lo nombraran cónsul.

Lo había conocido por casualidad en una boda de la alta sociedad en la que había peinado a la novia. Cuando salía de la suite nupcial con su pesada bolsa a la espalda se ofreció a ayudarla e insistió en que su chófer la llevara de vuelta al salón de belleza. Aceptó y disfrutó yendo en aquel grande y cómodo Mercedes negro en vez de en un atestado taxi beirutí.

Un par de semanas después sonó el móvil. Era Amín, que la invitaba a tomar café. No supo qué decir. En cuanto oyó su voz se le hizo un nudo en la garganta y se le derritieron las entretelas con la cálida y entusiasmada sensación que acompaña el arrebato inicial de toda atracción. Le sorprendió que la citara en un apartado café en Jounieh, en vez de en uno de los modernos establecimientos que imaginaba frecuentaría. Cuando le preguntó, se limitó a contestar que le gustaba el café árabe y que en aquel local servían el mejor de todo Beirut. De hecho, todas las veces que se habían visto había sido en locales oscuros. En alguna ocasión habían salido de la ciudad, normalmente de noche, para ir a cabañas abandonadas o a sentarse en el campo bajo las estrellas, donde había dejado que la besara y la acariciara. A pesar de parecerle extraño, Amín siempre tenía una explicación verosímil cuando le preguntaba. Pero una vez consumada su relación estaba segura de que esta sería más abierta y que Amín la mostraría en público y que la presentaría a sus amigos y familia como su prometida, la mujer a la que quería y con la que se casaría.

«Quizá debería llamarlo ahora», pensó mientras se subía la cremallera del vestido.

—¡Mouna, son las diez! ¡El café está listo!

La voz de su madre la sacó de su ensueño. «¡No es posible! —Miró el despertador—. ¡No puedo llegar tarde otra vez!», pensó mientras se calzaba unas sandalias blancas. Cogió un amplio bolso que hacía juego con ellas y vació en él el contenido del bolso negro que había llevado el día anterior. Se echó un rápido vistazo en el espejo. Normalmente pasaba por veinticinco y todo el mundo la creía, incluido Amín. Pero aquel día, sin maquillaje y con el pelo despeinado, aparentaba su verdadera edad. No podía hacer nada, tendría que esperar a llegar al salón. Se puso una chaqueta azul de algodón sobre los hombros, ató las mangas para que no se le cayera y salió corriendo por el pasillo, donde cogió las llaves que colgaban en un herrumbroso clavo.

—¡Adiós, *immi*! ¡Hasta luego!

—¡Mouna! ¿Y el desayuno? —oyó que preguntaba su madre mientras bajaba las escaleras.

—Ya comeré algo en el salón.

—¿Y la comida? —inquirió Fátima, apoyada en la barandilla del tercer rellano.

—No te preocupes, *immi* —contestó deteniéndose un momento para mirarla.

—¡Mouna! —gritó escandalizada—. ¡Descarada! ¿Dónde vas sin *abaya*? ¿Cómo puedes salir a la calle así, vestida como esas desvergonzadas extranjeras o esas chicas libanesas que se comportan como ellas? ¡Vuelve ahora mismo!

Sabía que su madre sufría por ello, pero no podía llevar *hiyab* y ser peluquera. ¿Quién iba a confiarle su pelo si no mostraba el suyo? ¿Quién iba a pedir consejos sobre maquillaje, peinados, ropa e imagen a una mujer vestida con *abaya*? Sabía que las cotillas de las vecinas habían oído a su madre y que estarían en los balcones o en las ventanas para mirarla mientras atravesaba el patio hacia la pequeña Vespa que había sobrevivido al misil israelí que destruyó la casa de los Al-Husseini en Sidón. La explosión había matado a toda su familia, excepto a su madre, a su tía y a ella misma, que estaban visitando a un familiar en un pueblo cercano.

Como imaginaba, cuando se puso el casco y pasó la pierna por encima de la moto miró hacia arriba, vio las oscuras siluetas de las mujeres con *abaya*. Sabía que estarían murmurando, chasqueando la lengua y meneando la cabeza, convencidas de que, a pesar de que se podía culpar a su madre por no haber tenido más mano dura con ella, su rebeldía respondía a no haber estado sujeta a la disciplina de un marido.

Faltaban pocos minutos para las once cuando paró frente al Cleopatra, su salón de belleza, situado en la Rue Gouraud de Gemmayzeh, un barrio del distrito Achrafieh, uno de los asentamientos cristianos más antiguos de Beirut oriental. Aquella calle bordeaba el Saifi Village y discurría por el este del centro, de la avenida Georges Haddad a la Corniche. Era medio residencial medio comercial, y cada manzana poseía personalidad propia. La zona cercana a la Corniche era más elegante y moderna, y se conocía como el «Soho junto al mar» por sus coloridos cafés, bares, clubes y restaurantes. En el centro se levantaban los antiguos edificios de apartamentos de los años cincuenta y las minúsculas tiendas que habían sobrevivido a las insurrecciones sufridas en la ciudad.

El Cleopatra estaba en una manzana que en tiempos había sido muy refinada y que en ese momento era principalmente residencial, aunque estaba muy sucia. La Vespa había petardeado durante todo el camino; sabía que si no la llevaba al mecánico tendría que recurrir a los autobuses para ir a trabajar. Amal, su hosca ayudante, la esperaba sentada en una cesta, con unas gafas de sol demasiado grandes para su cara, los brazos cruzados sobre las rodillas, auriculares en las orejas y fumando un cigarrillo. Hizo una mueca al aparcar, maravillada de que siempre llegara antes que ella; vivía más lejos y tenía que utilizar el poco transporte público que seguía funcionando.

Quería que empezara a trabajar a las diez y media, y darle un juego de llaves, pero, cuando le preguntó si quería un ascenso y encargarse de la importante tarea de abrir el salón, esta le preguntó si eso implicaba más dinero. Había intentado convencerla de que era una cuestión de prestigio, pero no hubo forma. Sabía que Mouna no era madrugadora y que le vendría bien que abriera ella, pero no iba a hacerlo por amor al arte. Si quería que trabajara más horas, tendría que pagarle. Mouna había argumentado que para ascender había que trabajar duro, que ella también había empezado así, haciendo muchas horas por poco dinero, pero a Amal aquello le traía sin cuidado. Se volvió a colocar los auriculares y a barrer el suelo, poco dispuesta a prestar atención a nada que no significara unas cuantas libras más. Además, no quería ser peluquera, estilista o maquilladora. Era pintora y tenía talento.

En cualquier caso, poco importaba que llegara tarde, pues las pocas y tacañas clientas que tenía no aparecían nunca hasta mediodía. A pesar de que no le importaría mandarlas a paseo, necesitaba mantener a flote el negocio. Le habría gustado tener más trabajos como el de la boda en la que conoció a Amín hacía unas semanas.

Había sido un auténtico golpe de suerte. Un domingo estaba intentando hacer las cuentas y mirando distraída por la ventana cuando vio pasar a toda velocidad un Mercedes. «Alguien tiene mucha prisa», pensó volviendo la vista al libro de contabilidad y mordisqueando el lápiz para concentrarse en los números. Segundos después oyó el chirrido de unos frenos y vio que el coche daba marcha atrás y se detenía bruscamente frente al salón. Observó incrédula a una mujer rellenita que salía con torpeza del coche, caminaba con rapidez hacia su establecimiento y golpeaba con fuerza en la puerta de cristal. Se quedó tan sorprendida que por un momento ni si quiera se movió y siguió mirando a la mujer que gesticulaba frenéticamente para que le abriera. Meneó la cabeza y le indicó hacia el cartel que ponía «Cerrado», pero la mujer juntó las manos y le suplicó que le abriera. Parecía desesperada.

Abrió la puerta y levantó un poco más la oxidada persiana.

—Madame —la saludó.

—*Iza betriide!* —suplicó jadeando y cogiéndole las manos—. ¡Por favor, por favor!

—Madame, siéntese, se lo ruego —le pidió cogiéndola por el codo y acompañándola hasta una de las sillas que había junto al mostrador.

Cuando recuperó el aliento, volvió a bajar la persiana y cerró la puerta por si aquella mujer necesitaba un sitio en el que esconderse en vez de arreglarse el pelo. Rondaba los setenta años y las marcadas arrugas de su frente indicaban que estaba en apuros.

—¿En qué puedo ayudarla, madame? —preguntó sentándose a su lado.

—¡Por favor! Mi hija se casa dentro de unas horas —empezó a decir, y después le contó que la peluquera se había puesto mala y que todas las mujeres por parte de la novia necesitaban peinarse, algunas maquillarse y otras hacerse la manicura.

La escuchó pacientemente mientras pormenorizaba la situación, asintiendo y aprobando todo lo que le contaba, sin reírse ante los exagerados detalles de la inminente tragedia. Le acarició la mano y la consoló cuando le brotaron las lágrimas al describir el desastre que supondría una boda sin peinados elegantes ni maquillaje, y la vergüenza que recaería sobre su familia, por no mencionar la terrible forma en que su amada hija empezaría su vida de casada.

—Le pagaré lo que me pida, pero, por favor, salve la boda de mi hija y la reputación de las mujeres de mi familia —suplicó—. No podemos ir de cualquier forma.

—La ayudaré, madame —aseguró, compadecida.

—Dios bendiga a sus hijos —le deseó cogiéndole la cabeza para darle un beso en la frente—, Que Alá la llene de bendiciones y que usted y su marido disfruten de la felicidad de tener muchos hijos que lleven su apellido por siempre.

Había asumido que estaba casada y, por supuesto, no la había sacado del error. ¿Cómo iba a explicarle sus dos noviazgos rotos cuando ni siquiera ella entendía por qué ninguno había acabado en matrimonio? ¿Cómo iba a contarle lo que había supuesto para su familia la guerra de julio y que se enfrentaba al reto de ser una libanesa moderna que intentaba tener en cuenta las legendarias tradiciones de su madre y de su tía al tiempo que se esforzaba por ser una «profesional» respetada?

—Madame, ¿a cuántas personas he de peinar? —preguntó, ávida por poner un precio y salir corriendo, sabedora de que si no acababa a tiempo tendría problemas para cobrar.

—No muchas —respondió de manera imprecisa—. Deje que piense…

—Madame, normalmente cobro 7.500 libras, pero hoy es domingo a última hora, así que serán 15.000 por cabeza, además del transporte a casa —pidió creyendo ser razonable.

—¡Quince mil libras por un peinado! ¡Pero si ni siquiera la conozco! ¿Cómo sé que lo va a hacer bien? Hay por lo menos diez mujeres, así que tendrá que hacerme una rebaja.

—Lo siento, madame, pero no puedo —replicó con calma.

«Qué típico. Los libaneses lo llevan en la sangre. Después de decir que pagará lo que sea, ahora intenta regatear», pensó. Además estaba segura de que tenía dinero. No solo iba en un Mercedes, sino que llevaba un bolso de Gucci; y, a pesar de que su modelito era hortera, sin duda era caro.

«¿Por qué cuanto más dinero tienen, más agarrados son? Si tan desesperada está, ¿por qué no paga lo que le pido? Tampoco es que le quiera cobrar lo mismo que en un salón de la Rue Verdun», reflexionó mientras escuchaba lo que le decía la otra mujer.

Finalmente madame Nasr accedió y Mouna cogió una gran bolsa en la que metió todo lo que creyó necesario para la boda de su hija Dina, donde conoció a Amín, el amor de su vida. Aquella noche, mientras rememoraba lo sucedido, tuvo la certeza de que su vida había dado un giro radical, que la fortuita visita de madame Nasr le iba a procurar todo tipo de provechos. Había hecho un buen trabajo con las mujeres. Todas la habían halagado, habían agradecido profusamente su labor y le habían asegurado que cambiarían sus salones por el Cleopatra, a pesar de tener que ir hasta Gemmayzeh desde sus lujosos apartamentos en el puerto deportivo.

—¡Hola, Amal! —saludó alegremente antes de quitarse el casco.

La chica la miró con los auriculares puestos y un cigarrillo en la boca, e hizo el signo de la victoria con los dedos.

—*Kifek?* —preguntó mientras buscaba un pesado llavero con forma de mano de Fátima en el bolso—. ¿Qué tal?

Amal se encogió de hombros sin decir una palabra, meneando la cabeza al ritmo de la música. «Con esas enormes gafas de sol es imposible saber qué estará pensando», se dijo mientras se inclinaba para abrir el primero de los tres candados de la persiana, que protegían el salón de ladrones, saqueadores y disparos indiscriminados. Nunca se quitaba los auriculares ni las gafas, ni siquiera cuando lavaba el pelo de las clientas en el fondo del salón. Llevaba solo unos meses trabajando con ella, desde el pasado diciembre, y seguía sin saber nada sobre su vida o su familia. Nunca había llegado tarde, excepto el día en que un misil israelí destrozó un puente y el autobús tuvo que hacer una ruta más larga para llegar a Gemmayzeh.

Era una joven guapa, pero no hacía ningún esfuerzo por resaltar la belleza de su hermosa piel clara y su cabello negro como el ébano. Vestía vaqueros holgados y raídos, camisas de cuadros y unas viejas zapatillas de deporte blancas de imitación de Converse un poco grandes para ella. A veces le decía que esa forma de vestir no era adecuada para la imagen del salón, pero la chica se encogía de hombros y replicaba que si no le gustaba podía buscarse otra ayudante. Así que se echaba atrás, pues, a pesar de que su mal carácter la irritaba y carecía de don de gentes, era intachable en su trabajo. El salón estaba siempre impecable; las toallas, dobladas; los rulos, las horquillas y los peines, lavados; los secadores, perfectamente colocados; y la zona de depilación y maquillaje, limpia y ordenada. Además, las clientas le comentaban lo bien que les lavaba la cabeza y les daba un relajante masaje, por el que las más generosas le dejaban buenas propinas.

—Creo que el teléfono ha sonado varias veces —le informó mientras abría los otros dos oxidados candados.

—¿Por qué no me lo has dicho antes?

—¿Y qué ibas a hacer? No estabas aquí cuando han llamado.

—*Haraam!* —rezongó en voz baja.

—Deberías comprar un contestador.

Mouna empujó la persiana metálica hacia arriba, pero esta rechinó y se quedó atascada.

—¿Puedes ayudarme?

Amal se acercó y entre las dos la levantaron lo suficiente como para que Mouna abriera la puerta con el marco de color rosa. El salón olía a polvo y humedad. Amal se dirigió hacia la parte de atrás para coger la escoba y Mouna dejó el bolso en el pequeño mostrador, se dejó caer en la silla y suspiró. Sí, necesitaba un contestador, pintar el local, comprar nuevos secadores, nuevos muebles, nuevas plantas, nuevo de todo. También tenía que conseguir más clientes, y subir los precios.

Miró a su alrededor. El local no era muy grande, solo había una habitación con tres sillones y tres anticuados secadores rosa con forma de huevo. No costaría mucho, pero en ese momento no disponía del capital necesario. Confiaba en que Amín la ayudaría. Todavía no se lo había pedido, pero estaba segura de que no se negaría, sobre todo después de la noche anterior. Al pensar en él se relajó y sacó el móvil para ver si la había llamado, pero no había ninguna llamada perdida ni mensajes. Giró la silla y revisó todas las opciones del teléfono para volver a comprobarlo, por si había borrado sin querer algún aviso. Una vez convencida de que no había nada, dejó el móvil en el mostrador. Quizá la red se había caído. En cualquier caso, se sentía decepcionada. En las pocas semanas de su relación la había llamado varias veces al día y le había enviado mensajes sensuales en los que le decía lo mucho que la deseaba, lo hermosa que era, que no podía esperar a estar con ella, cuánto la quería e incluso lo que haría si dejaba que le hiciera el amor. Así que, si había cedido a sus deseos, ¿por qué no llamaba?

Miró el anticuado teléfono de disco de color rosa y deseó que sonara. En la calle unos policías aparcaron sus motos y desmontaron. «¿Qué pasará?», pensó. De repente Amal apareció a su lado, silenciosa como un gato.

—¿Qué estarán haciendo? —preguntó Mouna con los brazos cruzados y entrecerrando los ojos por la luminosidad del exterior.

Amal se encogió de hombros, su gesto habitual, que aunaba indiferencia y apatía.

Uno de los policías llamó suavemente en la puerta de cristal.

—¿Puede enseñarme su licencia comercial? —inquirió cuando Mouna abrió la puerta.

—¿Hay algún problema? —respondió mientras se dirigía al mostrador y le entregaba el sobre de plástico en el que la guardaba.

El policía la cogió sin decir palabra y la estudió. El timbre de bicicleta que Amal había colocado en la puerta sonó débilmente y Mouna se volvió para ver quién había entrado. Era su octogenaria y cristiana casera, Claudine Haddad, clienta habitual, que vivía en un apartamento del edificio de al lado, también de su propiedad.

—*Tante* Claudine —la saludó respetuosamente dirigiéndose a ella como «tía»—. *Marhaba, ahlan*. Entre, por favor.

Claudine era una gruñona y malhumorada anciana muy quisquillosa que siempre se quejaba y culpaba a Mouna de todos sus problemas, incluida la pérdida de pelo. Nunca pagaba, pues insistía en que no le hacía lo que le pedía. Incluso le gritaba a Amal porque, según ella, el pelo se le caía por el champú barato que utilizaba. Esta, por supuesto, con los auriculares puestos, no se enteraba de las infundadas quejas y oportunamente se olvidaba de abrir el agua caliente y le enjuagaba la cabeza con agua fría.

—¿Intentas matarme, estúpida? —gritaba—. ¡Mouna! ¡Mouna Husseini! ¡Esta idiota está intentando enviarme a la tumba! ¡Me va a matar de una pulmonía!

—Lo siento mucho, madame Haddad —se disculpaba inocentemente Amal— ¿Qué me decía?

—¡El agua fría…! —empezaba a decir.

—Yo no tengo la culpa de que no haya pagado el recibo del agua caliente —le recriminaba Amal.

Claudine la miraba atónita, incapaz de responder, porque no se acordaba de si lo había pagado o no. Era sabido que guardaba el dinero debajo del colchón porque no confiaba en los bancos y creía que todo el mundo quería robarle. Tenía fama de pagar los recibos tarde o a última hora, cuando la compañía de electricidad o la del agua la amenazaban con cortarle el suministro del edificio de apartamentos, que también proveía al salón.

Normalmente Mouna murmuraba para sus adentros al ver sus horribles vestidos de andar por casa y sus zapatillas, pero no en aquella ocasión, pues quizá necesitaría su ayuda.

—*Tante* Claudine, *kifek? Ça va?*

—¿Qué pasa aquí? ¿Qué has hecho? —preguntó al ver al policía—. ¿Viene a arrestarla? —inquirió volviéndose hacia el agente.

—He venido para comprobar que todo está en orden.

—¡Un poco de respeto! —le recriminó—. ¡Quítese esas estúpidas gafas para que al menos sepa con quién estoy hablando!

Avergonzado, el hombre se quitó las Ray-Ban de espejo.

—Tengo que asegurarme de que todos los comercios de esta manzana están en regla e informarles sobre el nuevo impuesto que han de pagar, al igual que los residentes.

—¿Qué impuesto?

—El que se utilizará para la reconstrucción del barrio.

—¿Tengo que pagar por vivir en esta calle? Nadie lo hará.

—Si no lo hace, madame, tendremos que encarcelarla —le amenazó el policía.

—Pues no tengo dinero —le desafió hoscamente.

—No soy recaudador de impuestos, madame, soy policía. Solo he venido para informar sobre esta nueva contribución y comprobar que los coches aparcados pertenecen a los residentes.

—¿Cuándo he de pagar?

—Le enviarán una carta.

—Y usted..., esto... —empezó a decir el policía volviéndose hacia Mouna y buscando su apellido en la licencia—, madame Husseini, tendrá que pagar el impuesto y renovar la licencia.

—Creía que duraba diez años —se extrañó.

—Sí, normalmente es así, pero los residentes de esta manzana han solicitado que se la recalifique como zona residencial y ahora es obligatorio renovarla.

—¿Es por el idiota ese y su música? —intervino Claudine.

—¿Qué idiota? —preguntó Mouna.

—Un vecino ha montado un local nocturno y un *after* en su apartamento —explicó el policía—. El Ayuntamiento ha recibido muchas protestas.

—Pero no sabíamos que obligarían al resto de los comercios honrados a pagar una cuota anual. Solo queríamos librarnos de ese gamberro —protestó Claudine.

—Madame, no se puede imponer un canon comercial a unos negocios y a otros no.

—¿Cada cuánto he de renovarla a partir de ahora? —preguntó Mouna.

—Todos los años.

Se quedó de piedra. ¿De dónde iba a sacar el dinero?

—¿Hay alguien con quien pueda hablar?

—Puede intentarlo con el alcalde —respondió con sorna el policía.

—Ha comentado que estaba comprobando que los coches pertenecen a los residentes. ¿Qué pasa si mis clientes viven en otros barrios? ¿No podrán aparcar aquí?

—Solo los residentes tienen permiso —zanjó el policía, ligeramente abatido. Se había dado cuenta de que el salón no funcionaba muy bien y que la nueva regulación afectaría al negocio. «Es una mujer muy guapa», pensó mientras Mouna leía las cartas que le había entregado y después lo miraba con ojos llenos de preocupación.

«¿Qué pasará con mis nuevos clientes? ¿Para qué iban a ir a un barrio que había sufrido bombardeos si ni siquiera podían aparcar? *Yallah!*», se dijo, sintiéndose atrapada y sin salida.

Cuando el policía se fue, volvió a sentarse en la silla del mostrador y escondió la cabeza entre las manos. De repente, sonó el teléfono y dio un respingo. Era Amín, lo sabía. Dejó que sonara tres veces. No quería hacerle creer que esperaba su llamada.

—¿Vas a contestar? —preguntó Amal mientras barría el centro del salón. Estaba tan absorta que ni siquiera la había oído acercarse—. No querrás perder un cliente, ¿verdad? Como tenemos tantos…

—Salón Cleopatra, *bonjour* —respondió con la voz más *sexy* que pudo, antes de poner cara de circunstancias y suspirar al oír la voz de su madre—. No, *immi*, no puedo hablar contigo ahora. Estoy ocupada —dijo enfadada—. Estoy vestida perfectamente, *immi*. ¡No, no te voy a llamar luego!

Al poco volvió a sonar el teléfono. «Esta vez tiene que ser él», pensó.

—¡*Immi*, por el amor de Alá y del profeta! ¡Sí, compraré judías verdes de camino a casa!

—Salón Cleopatra, *bonjour* —respondió cuando sonó el teléfono por tercera vez.

—*Allo* —saludó una voz femenina.

—¿En que puedo ayudarla?

—Sí, esto… ¿Tiene alguna hora libre hoy?

Decepcionada porque no fuera Amín, abrió la agenda negra, miró la página en blanco y se sintió aún peor. Al menos, si estaba ocupada quizá conseguiría apartarlo de su mente.

—¿Qué querrá hacerse, madame?

—Solo quiero cortarme las puntas.

—Por supuesto, madame. ¿Le viene bien a las tres?… Muy bien. Si me permite, en nuestro salón hacemos servicios completos, así que si necesita algo más, estaremos encantadas de atenderla. —Colgó—. Amal, tenemos una nueva clienta. Vendrá esta tarde. Tendrás que limpiar el local. ¡Amal! —volvió a gritar—. ¡Tenemos una clienta nueva!

Amal se quitó los auriculares y la miró con cara de no haber entendido. Mouna le zarandeó los hombros, la abrazó y se puso a bailar a su alrededor.

—¿Qué pasa? ¿Te ha tocado un marido en la tómbola? ¿Te han hecho una proposición? —comentó con ironía antes de ponerse los auriculares.

El timbre de bicicleta sonó y entraron dos mujeres.

—*Bonjour*, Mouna —saludaron las dos a la vez.

—*Bonjourein* —respondió afectuosamente.

Nisrine Saliba y Ghida Salameh vivían en el edificio de enfrente. Las dos tenían más de sesenta años y se conocían desde los cinco. Eran unas excelentes reposteras, famosas en el vecindario por los dulces que hacían por encargo para amigos y vecinos.

De vez en cuando recibían pedidos de clientes que vivían fuera de Gemmayzeh, pero no muy a menudo. Hacía tiempo que todo el mundo las animaba a abrir una pastelería y rentabilizar su talento, pero se habían negado alegando que lo hacían con cariño para sus conocidos y que el amor endulzaba los pasteles, no la miel o el azúcar. Si bien cada cual tenía su favorito, su *nammura* y *mamul* eran sin duda los postres estrella. Cuando aparecían en alguna celebración se oían murmullos de aprobación y la gente se quedaban sin palabras al saborear la mantequilla, las nueces y la miel que se fundían en sus bocas y sus ojos expresaban el supremo éxtasis que provocaban esos sabores.

Ambas estaban casadas con hombres que también habían sido amigos desde niños. Como suele suceder, con el tiempo se habían enfadado, dejando a sus esposas con el dilema de si apoyar a sus parejas y enfadarse la una con la otra.

—*Jair?* —preguntó a Ghida mientras le limpiaba el esmalte de uñas y Amal acompañaba a Nisrine para lavarle el pelo. Su mente divagó mientras la clienta repetía la misma historia que le había contado varias veces. Era casi la hora de comer y Amín no la había llamado.

—Y entonces dijo… —comentaba Ghida cuando sonó el teléfono.

«Amín, gracias a Dios», pensó. Dejó caer la mano de

Ghida en un cuenco con agua jabonosa sin previo aviso y corrió hacia el teléfono.

—Salón Cleopatra, *bonjour* —saludó alegremente.

—*Bonjour* —respondió una voz de mujer.

—¿En qué puedo ayudarla?

—Me gustaría pedir hora para esta tarde, por favor.

—¿Qué quiere hacerse, madame? —preguntó, y la euforia de tener otra clienta reemplazó su inicial decepción.

—Lavar y marcar. Tengo que ir a una fiesta esta noche.

—Por supuesto, ¿a qué hora?

—¿A las tres?

Mouna miró la agenda. Había dado cita a esa hora.

—Madame, ¿le viene bien venir a las dos y media o a las tres y media?

—No, si no es a las tres tendré que buscar otro salón.

—No se preocupe, madame. Estaremos encantadas de atenderla a las tres.

—Me llamo Lailah Hayek.

—Muchas gracias, madame. Hasta luego.

Miró la agenda, vacía excepto por la doble reserva a la misma hora: Nadine Safi y Lailah Hayek. Se preguntó quiénes serían antes de continuar con la manicura de Ghida.

—Por cierto —comentó Ghida interrumpiéndose en el relato del enfrentamiento entre su marido y el de Nisrine—, casi se me olvida: tenemos un pedido importante de *nammura* para un misterioso cliente —dijo en voz baja inclinándose hacia delante como si le estuviera contando un gran secreto.

—¿Sí? —se extrañó fingiendo interés.

—¿Te gusta este color cereza, Ghida? —las interrumpió Nisrine mientras se miraba en el espejo.

Parece el esmalte de uñas que llevo —respondió con sarcasmo.

—Pero ¿me favorece?

—Podemos aclararlo un poco —sugirió Mouna.

—¿No me dijiste que era el color de moda? —argumentó Nisrine.

—No le eches la culpa a Mouna por querer parecerte a un cerezo —la reprendió Ghida.

—No la culpo a ella.

—Eres demasiado… No entiendo por qué eres tan poco natural. ¿Por qué no te lo tiñes de negro? —añadió Ghida.

—¡Negro! ¡Negro! —exclamó Nisrine—. ¿Como el que llevas tú?

—¿No te parezco más natural que ella? —preguntó a Mouna.

De repente se oyó una risa contenida en el armario de los productos. «¡Esta Amal!», pensó Mouna, aunque tuvo que admitir que la situación era graciosa.

—¿Qué ha sido eso? —preguntó Nisrine.

—Señoras, señoras —intervino Mouna para calmarlas—. Todas tenemos diferentes gustos y lo maravilloso de teñirse el pelo es que se puede cambiar el color —sentenció. Acabó de aplicar la segunda capa de «Cereza» en las uñas de Ghida y se levantó.

Antes de ocuparse de Nisrine le pasó los dedos por su escaso pelo.

—A mí me parece bonito, y así cambias ese tono lila. Parecerás más joven. Mira —dijo enseñándole un anuncio de L'Oréal en el que aparecía Linda Evangelista con ese mismo color.

Nisrine sacó las gafas del bolso, miró la fotografía y sonrió.

—¿Lo ves? —le indicó a Ghida—. Ese es el aspecto que tengo. —Cogió la revista y se la puso delante de la nariz—. Lo que pasa es que tienes celos.

—Si te pareces a ella, yo soy *miss* Líbano.

—¿Han preparado ya el pedido de *nammura*? —preguntó Mouna peinando a Nisrine antes de ponerle los rulos. Se volvió hacia Amal para indicarle que le lavara el pelo a Ghida antes de que empezaran a discutir otra vez.

—Deja que te cuente qué pasó —dijo Nisrine frotándose las manos con regocijo—. Ghida y yo estábamos haciendo *mamul* para el bautizo del hijo de Nicole cuando sonó el teléfono. Tenía las manos llenas de harina y Ghida estaba echando miel a las nueces. Nos miramos la una a la otra y después al teléfono. Por suerte dejó de sonar.

Mouna se echó a reír.

—Pero volvieron a llamar. Así que Ghida dejó la jarra de miel, me limpié las manos y nos pusimos el auricular en los hombros para que pudiéramos oír las dos. Las dos dijimos «*Allo*» y entonces… —hizo una pausa como si fuera un gran secreto de Estado— una voz masculina preguntó si era el número de Ghida Salameh y Nisrine Saliba. Las dos dijimos que sí. Quiso saber con quién estaba hablando y le aclaré que era Nisrine; Ghida se presentó a sí misma. En cualquier caso, si no sabía distinguirnos no debía de ser muy inteligente. ¿Cómo es posible? En fin, así es la gente joven de hoy en día —añadió meneando la cabeza—. Se creen muy listos porque van a todas esas modernas escuelas y universidades en el extranjero…

—¿Y qué pasó después? —preguntó Mouna para que no se fuera por la tangente.

—Nos pidió que esperáramos. Tuvimos el teléfono en los hombros unos quince minutos —exageró—. Después se puso una mujer y dijo que quería hacer un gran pedido de *nammura*.

—Le pregunté cómo nos había localizado y me contestó que no tenía importancia. De hecho, me pareció muy altanera y no me gustó su tono de voz, así que le dije a Ghida que se ocupara ella. En fin, nos llamó ayer a mediodía, quería que le hiciéramos tres bandejas para las tres de la tarde —comentó horrorizada—. ¿Qué se cree esa gente, que somos robots? Tuvimos que explicarle que no éramos una pastelería, que solo teníamos dos hornos y que necesitaríamos al menos dos días.

Mouna chasqueó la lengua y meneó la cabeza.

—Nos aseguró que nos pagaría el triple si se lo entregábamos hoy.

—Imagino que dijeron que sí —aventuró Mouna con los ojos muy abiertos.

—Ghida es una auténtica mujer de negocios —señaló mientras la ayudaba a sentarse debajo del secador—. Me ha hecho trabajar toda la noche. Mira qué dedos y manos tengo, en carne viva —se quejó antes de dejarse caer en el sillón para que le ajustara el secador.

—No se preocupe, le haré la manicura y se las dejaré

como nuevas. ¿Quién era esa mujer tan rica? —preguntó antes de enchufar el secador.

—Dijo que se llamaba Imaan Sayah. Imagino que pensó que la conocíamos —gritó cuando el aire caliente empezó a soplar en el pelo rojo lleno de rulos color fucsia.

Capítulo dos

Mouna

*N*ina Abboud miró su Cartier engastado con diamantes. Las tres menos cuarto, perfecto. Casi había llegado al hotel Albergo, en la Rue Gouraud. A nadie se le ocurriría buscarla en Gemmayzeh. Le había pedido al chófer de su marido que la dejara en el centro comercial de Verdun, donde había cogido un taxi. Se miró en un espejo de bolsillo y se dio cuenta de que tenía algo de vello en el labio superior. «¡Dios mío! La idiota de Alexandre no me ha depilado bien», pensó mientras intentaba arrancárselo, pero sin pinzas era inútil. ¡Vaya! No quería que Ahmed la viera así. Quería estar perfecta, además tenía que ir a la fiesta de Imaan Sayah aquella noche. Cuando el taxi se detuvo miró a su alrededor y vio un cartel que ponía «Salón de Belleza Cleopatra». Tenía cinco minutos. Bajó del taxi, se aseguró de que el sombrero de paja estaba bien calado y que las gafas de sol le tapaban la cara.

En ese momento, Mouna estaba en el mostrador esperando las dos citas de la tarde. Necesitaba un café, pero no quería ausentarse por si alguna de las clientas llegaba pronto.

—¡Amal! —gritó—. ¿Puedes ir al café Arabica y traerme un café, por favor? —No obtuvo respuesta—. ¡Amal! —volvió a gritar levantándose para ir a buscarla. De pronto apareció de detrás de una columna y le dio un susto—. *Yallah!* —exclamó con el corazón en un puño—. ¿Por qué te empeñas en darme semejantes sustos?

Amal la miró sin decir nada.

—¿Puedes ir al Arabica a comprarme un café? —pidió buscando algo de dinero en el bolso. Amal se encogió de hombros—. Toma y cómprate otro para ti —la invitó dándole unos billetes.

—Gracias.

—Pero no tardes, tenemos dos clientas a las tres y te necesito.

—Lo sé, solo me lo has dicho veinte veces —le recordó poniendo cara de circunstancias.

Pocos minutos después sonó el timbre y entró una mujer con un vestido negro entallado muy escotado, un amplio sombrero negro de paja, grandes gafas de sol y un bolso Hermès Birkin en el brazo izquierdo. «Una mujer muy sofisticada», pensó Mouna.

—*Marhaba*, madame. Usted debe de ser...

—¡Necesito depilarme el labio ahora mismo! —exigió con tono autoritativo antes de que pudiera continuar.

Mouna miró la agenda, evidentemente no era ni Nadine Safi ni Lailah Hayek. No supo qué decir. Estaba claro que no iba a aceptar un «no» por respuesta y no parecía dispuesta a esperar.

—Pase por aquí, madame —la invitó. La mujer la siguió y echó un vistazo al desvencijado local—. Siéntese aquí, por favor —indicó antes de colocarle una toalla alrededor del cuello, que sujetó con una pinza—. ¿Le importaría quitarse el sombrero y las gafas?

Nina obedeció con recelo y Mouna se inclinó para mirarle el labio. Le habían hecho una chapuza.

—Madame, aquí utilizamos cera casera, ¿le parece bien? Es muy buena y muy suave con la piel.

—¿Qué quiere decir? —preguntó incorporándose de golpe—. No quiero que me ponga mejunjes raros en la cara.

—Madame, le aseguro que es muy eficaz —la tranquilizó.

—¿Me irritará la piel? Tengo una cita muy importante dentro de cinco minutos y no puedo ir con el labio rojo.

—No lo hará, madame.

Nina no parecía convencida. Comprobó el reloj. Tenía exactamente tres minutos para presentarse espectacular e impecable ante Ahmed.

—Bueno, entonces utilícela, pero dese prisa.

—Es una mezcla de azúcar quemado, agua y zumo de limón —explicó cogiendo un poco con la mano y frotándola en la palma para calentarla.

—¡Espere! —gritó irguiéndose otra vez—. ¿Se ha lavado las manos?

Mouna la miró escandalizada e inspiró con fuerza antes de decir:

—Madame, sé que no es el tipo de establecimiento al que suele ir ni está en los barrios que frecuenta, pero a pesar de su apariencia le aseguro que mantengo un nivel de higiene muy elevado. Soy una profesional. Ha venido y me ha pedido que le haga un servicio. Así que, por favor, no me insulte. Si no quiere que le haga nada y no se siente cómoda, puede marcharse.

Nina se quedó desconcertada y abrumada. Nadie le había hablado así nunca, y mucho menos en el salón al que solía ir. Todos le tenían mucho respeto. Pero Mouna se lo había dejado claro, tenía dos opciones: quedarse o marcharse. En otra situación se habría ido enfadada, pero se recostó y puso la nuca en el reposacabezas.

—Continúe, por favor.

Las manos de Mouna eran suaves como una pluma y no notó el escozor que había sentido en otras ocasiones.

Al acabar, puso un poco de loción en un algodón, lo aplicó con delicadeza en el labio y le entregó un espejo para que viera el resultado. Estaba perfecta.

—Muchas gracias —dijo con gentileza—. ¿Qué le debo?

—Cuatro mil libras, madame.

—¿Qué? ¿Solo cuatro mil libras? —repitió buscando la cartera en el bolso.

—Sí, madame. Espero que le guste cómo ha quedado.

—Sí, muchas gracias. ¿Tiene una tarjeta? —pidió al tiempo que dejaba un billete de diez mil libras en el mostrador.

Mouna meneó la cabeza. Había repartido las veinticinco que tenía en la boda y no le quedaban. Imprimir más también estaba en la lista de cosas que quería hacer para darle un lavado de cara del salón.

—Lo siento, madame. No me quedan, pero si quiere le puedo escribir la dirección en un papel.

—No, no —dijo rápidamente mirando el reloj—. Tengo que irme, pero volveré.

—¿Su nombre por favor, madame?

Pero ya se había ido.

—¡Haga el favor! —oyó que decía la enfadada voz de la mujer con la que había tropezado Nina al salir.

Lailah Hayek recobró la compostura y se aseguró de que no se le había caído nada del bolso antes de colocarlo de nuevo bajo el brazo y acomodar las asas en el hombro. Se volvió hacia la mujer con la que había chocado. «Se parece mucho a Nina Abboud. Es imposible que haya otra mujer beirutí tan alta. Pero no puede ser. ¿Qué iba a hacer en Gemmayzeh? A menos que estuviera comprando algún cuadro en una galería de Escalier de l'Art. Pero entonces me habría llamado para que la aconsejara. Quizá conoce alguien por aquí. Debo de estar cansada. Debería hacer caso al médico y graduarme la vista», pensó. Abrió la puerta del salón y fue hacia el mostrador.

—*Bonjour, ahlan* —saludó Mouna a su segunda nueva clienta—. ¿Qué tal se encuentra hoy, madame? —añadió cortésmente a la espera de que se presentara.

—Muy bien, gracias. Tengo hora a las tres para lavar y marcar.

—Por supuesto, madame Hayek. ¿Le apetece un café o algo frío?

—No, gracias. Por cierto, ¿la mujer que acaba de salir es una de sus clientas?

—No, madame. Es la primera vez que ha venido.

—¿Y no le ha dicho cómo se llamaba?

—No, madame —contestó conduciéndola hacia la parte trasera del salón—. Ha entrado y ha salido a toda velocidad.

—Me ha parecido una cara familiar, pero ha debido de ser una equivocación.

—¿Quiere cambiarse para que le lavemos la cabeza?

«¿Dónde estará Amal? Debería haber vuelto ya», pensó.

—¡Gracias a Alá! —exclamó al verla entrar por la puerta trasera con dos vasos de plástico—. ¿Puedes…? —empezó a decir, pero se quedó perpleja. Se había quitado los auriculares y las gafas de sol, se había cepillado el pelo y debajo de la amplia y larga camisa llevaba una camiseta negra—. ¿Puedes lavarle el pelo a madame Hayek y ponerle acondicionador? Utiliza el champú adecuado.

—Por aquí, por favor, madame —le indicó amablemente Amal.

Mouna sonrió. «¿Qué le habrá pasado?», se maravilló mientras volvía a la recepción para esperar a la otra clienta, que, gracias a Dios, llegaba tarde. Se sentó detrás del mostrador y cogió el móvil. Ni rastro de Amín. «¿Dónde estará?

—Esperaba que no le hubiera pasado nada, jugueteó con el teléfono y pensó qué podía hacer—. ¿Creerá que soy demasiado atrevida si lo llamo? ¿Debería enviarle un mensaje?»

Seleccionó el icono de los mensajes de texto y miró la pantalla vacía. «¿Qué tal estás?», escribió, pero lo borró porque le pareció muy impersonal. Empezó a teclear de nuevo: «*Habibi*», pero en ese momento sonó el teléfono.

—Salón Cleopatra, *bonjour* —contestó distraída mientras borraba el mensaje.

—*Murhaba*, soy Nadine Safi.

—Sí, madame, ¿en qué puedo ayudarla? —dijo Mouna volviendo a la realidad.

—Lo siento, se me ha hecho un poco tarde. Llegaré dentro de diez o quince minutos.

—No se preocupe, madame. La esperaremos —la tranquilizó, y suspiró aliviada.

Mouna estaba peinando el espeso y largo pelo de Lailah cuando entró Nadine. Le dio el cepillo a Amal, le dijo que se asegurara de desenredarlo bien y fue a recibirla.

—Madame Safi, bienvenida al salón Cleopatra —la saludó sonriendo. El móvil empezó a vibrar en el mostrador. Era un número privado. Nadine Safi estaba frente a ella, tenía que secar el pelo a Lailah Hayek; Amal, repentinamente eficiente y profesional, esperaba órdenes.

—Por aquí, por favor, madame —le indicó gentilmente sin prestar atención al móvil y con el corazón en un puño, pues sabía que era Amín quien la llamaba. ¿Qué pasaría si aquello era el fin? ¿Y si no le daba otra oportunidad? ¿Qué haría si no la volvía a llamar por no haber contestado? Siempre había respondido, sin importar la hora, el lugar o lo que estuviera haciendo. Una vez incluso tiñó de morado a Nisrine porque estaba teniendo una conversación muy sensual con él.

—Por favor, Amal, atiende a madame Safi —pidió cogiendo un secador de mano.

Esta asintió y la condujo a la parte de atrás. Sabía que Mouna necesitaba tiempo. Secar el pelo de Lailah le costaría al menos media hora.

—¿Desea madame que le dé un masaje con aceite caliente? —preguntó mientras Nadine se sentaba.

—Muy bien, ¿por qué no?

Cogió el aceite para pelo y puso un poco en un recipiente para calentarlo. Mouna sonrió para darle las gracias por haberle facilitado algo más de tiempo.

Un par de horas más tarde, cuando Nadine estaba pagando, se oyó el timbre de la puerta y Nisrine y Ghida entraron con unas enormes bandejas de *nammura*; parecían preocupadas. Discutían entre ellas e intentaban hablar con Mouna a la vez.

A Nadine pareció divertirle la escena.

—Lo siento, madame Safi.

—No se preocupe. ¿Es *nammura*? —preguntó a las dos mujeres.

—Sí —contestaron las dos.

—El mejor de todo Beirut —aseguró Nisrine con orgullo.

—El mejor del mundo —sentenció Ghida.

—Me encanta —dijo Nadine, entusiasmada—. ¿Tienen una pastelería? Acabo de mudarme al barrio —añadió mirando a Mouna.

—No, pero podemos preparárselos si quiere. Normalmente solo horneamos para gente que conocemos, pero a veces nos hacen encargos.

—Son caseros —añadió Ghida muy satisfecha.

—Pues les haré un encargo, a mi marido le encantan. Acabamos de regresar a Beirut.

—¿De dónde? —preguntó Mouna.

—De Madrid —contestó antes de volverse hacia Nisrine

y Ghida—. ¿Tienen una tarjeta o un número de teléfono? ¿Cómo me pongo en contacto con ustedes?

—Tenemos teléfono —indicó Ghida—. Mouna, por favor, dale nuestro número a madame.

—Gracias —dijo Nadine metiendo el papel en el monedero—. Y muchas gracias, Mouna. Jamás había tenido el pelo tan sedoso y suelto.

Nadine salió del salón y unos minutos más tarde un gran Mercedes negro con cristales tintados aparcó en la acera. Nisrine y Ghida se acurrucaron detrás de Mouna para ver quién bajaba del coche. El conductor cruzó hacia el edificio donde vivían las dos.

—¡Nisrine! —exclamó Ghida dándole un codazo a su amiga—. ¡Es el coche de madame Sayah! Tiene que serlo. Ve y dile que estamos aquí.

—Ve tú —replicó dándole otro codazo.

—Pero ¿por qué estáis aquí? —preguntó Mouna extrañada.

—Porque nuestros maridos están discutiendo otra vez y hemos pensado que era mejor esperar aquí con el *nammura* —explicó Ghida.

—Ya veo. ¿Quieren que le diga que entre? —se ofreció al percatarse de que el chófer miraba a su alrededor con impaciencia al no contestar nadie al timbre.

Las dos mujeres asintieron agradecidas. Mouna salió y lo llamó.

—Perdone —dijo haciéndose visera con la mano para protegerse del sol de la tarde—. ¿Ha venido a recoger unos pasteles?

—¿Es usted la famosa repostera? —preguntó una mujer, que había bajado una de las ventanillas.

—No, yo soy la propietaria de este salón.

—Me recuerda al salón al que iba mi cuñada en Sidón cuando yo era niña —comentó tras mirar la fachada del Cleopatra.

—¿De verdad? Mi familia también es de allí.

—¿Qué coincidencia? ¿Cómo se llama? —preguntó sonriendo.

—Al-Husseini. Mouna Al-Husseini.

—¿Tu padre era el dueño de la tienda?

—Sí, ¿cómo lo sabe? ¿Es de Sidón?

—Sí, pero me fui de allí cuando era muy joven. Nunca lo he olvidado.

—¿Quiere una taza de café árabe, madame? Las mujeres que han preparado los pasteles están en el salón.

—¿Por qué no? —aceptó tras dudar un momento. Salió del coche y le dijo al chófer que les pagara y dejara las bandejas en el Mercedes.

Iba vestida de un modo impecable, con un traje de *tweed* de Chanel, rosa y blanco, que favorecía su pálida piel. Llevaba los ojos profusamente pintados y el pelo rubio, que no era su color natural, perfectamente rizado y ondulado. Conjuntaba aquel modelo con un bolso de Chanel acolchado y sandalias de tacón de la misma marca, y llevaba un iPhone en la mano.

—¡Dios mío! Incluso huele igual que el salón de Sidón —exclamó al entrar.

—Seguramente sea por el olor de la laca Elnett —aventuró Mouna.

—Sí, y del champú de hierbas que solían utilizar.

—Aquí, por favor —indicó educadamente Mouna ofreciéndole una de las sillas de plástico junto al mostrador—. Estas son las mujeres que preparan el *nammura*.

Mouna presentó a Nisrine y Ghida tras sacarlas de detrás de la columna en la que se habían escondido.

—Muchas gracias. El chófer les pagará lo que les debo.

—¿Cómo supo de nosotras? —tartamudeó Ghida mientras Amal y Nisrine seguían mirando a la mujer con expresión incrédula.

—Probé su *nammura* en una fiesta, no recuerdo cuál. Me gustó tanto que pregunté quién lo había hecho y apunté sus nombres en un papel.

Mouna se sentó tras el mostrador. ¿Quién sería esa mujer tan rica de Sidón?

—¿Hacéis todo tipo de servicios en este salón? —preguntó la mujer tras tomar un sorbo de café.

Mouna asintió.

—¿Y seguís depilando con azúcar tostado? —Mouna volvió a asentir—. Volveré, me encanta el tacto de la piel cuando la depilan con azúcar. No hay nada igual. Queda tan sedosa…, ni seca ni escamosa como con esas ceras extranjeras. He de irme, muchas gracias —se despidió antes de acabarse el café y dirigirse hacia la puerta—. Ah, Mouna, no me he presentado. *Ismi* Imaan Sayah.

Dicho lo cual se fue. Ghida, Nisrine, Amal y Mouna la vieron subir con elegancia al Mercedes antes de que el chófer cerrara la puerta.

A las siete de esa tarde, Mouna estaba sentada en el mostrador mirando el móvil cuando Amal, como de costumbre, apareció de la nada y le dio un susto. Llevaba los auriculares, las gafas de sol y una camisa holgada. Hizo un saludo militar sin decir palabra para indicarle que se iba. Mouna asintió, ella también tendría que irse si no quería llegar tarde a casa.

—Hasta mañana, Amal.

La chica hizo el signo de la victoria con los dedos y salió hacia la oscura calle. Mouna siguió mirando el teléfono. Amín no iba a llamar. Lo sabía. La había llamado una vez, esa tarde, y le había dado una oportunidad que había desperdiciado. No le daría otra. Estaba segura. Metió el móvil en el bolso, cerró la puerta por dentro, echó un vistazo a su alrededor para asegurarse de que todo estaba en orden, se puso el casco y sacó la Vespa por la puerta trasera hasta el callejón que daba a la Rue Gouraud. Bajó la persiana y colocó los candados. Subió a la moto, se ató la cinta del casco por debajo de la barbilla y se fijó en el anticuado y faraónico estilo de las letras «Cleopatra» y en el viejo y desgastado cartel pintado de la película que protagonizó Elizabeth Taylor. ¿Cuánto tiempo seguiría siendo suyo?

Arrancó y se dirigió a casa sorteando el espantoso tráfico beirutí, que aquella noche parecía incluso más indómito que de costumbre. Oyó bocinas mientras se escoraba para evitar atascos, franqueaba estrechos pasos y en ocasiones se subía a la acera para continuar su camino. Entró en el patio de su casa cuando se ponía el sol. Aparcó la moto y, cuando la afianzaba a la gruesa y pesada cadena que había alrededor del magnolio que embellecía una de las esquinas, oyó la reconfortante llamada del muecín desde la mezquita cercana, que recordaba a los fieles el cumplimiento de sus rezos vespertinos. Subió las escaleras indiferente ya a las manchas de sangre secas, las pintadas y los orificios de las balas. Una bomba había abatido parte de la fachada en el segundo piso y nadie se había preocupado de retirar los escombros o reparar el daño y, si uno se acercaba demasiado al borde, corría peligro de caer por el agujero. Cansada, hambrienta y malhumorada por seguir sin noticias de Amín, introdujo la llave en la cerradura, entró y la colgó en el clavo antes de dirigirse a su habitación para dejar el bolso en la cama y sentarse en ella. Le hacían ruido las tripas y se preguntó qué habría preparado su madre para cenar.

—¿Eres tú, Mouna? —oyó la voz de Fátima desde la cocina.

—Sí, *immi* —contestó al tiempo que sacaba el móvil para comprobar si había alguna llamada de Amín, pero no vio ningún icono de mensaje recibido o llamada perdida, solo la rosa roja que había puesto como salvapantallas.

—¿Has traído las judías verdes? —preguntó su madre.

«¡Dios mío!», pensó llevándose las manos a la cabeza y dándose un masaje en las sienes, anticipando los reproches que estaba a punto de oír.

—Ahora mismo voy, *immi* —contestó calzándose rápidamente las sandalias. Quería salir antes de tener que enfrentarse con ella. Estaba segura de que la sermonearía. Corrió al pasillo, cogió las llaves y en el momento en el que salía vislumbró la *abaya* que indicaba su inminente aparición.

—¿Dónde crees que vas a encontrar *lubieh*? El verdulero ya habrá cerrado —oyó que decía mientras bajaba a la carrera.

Salió corriendo al patio, inundado del sonido de cazuelas y sartenes, platos y cubiertos, voces de madres pidiendo a sus hijos que se comportaran y se lavaran antes de que llegaran sus padres, mezclados con el murmullo de las oraciones que llegaba desde la mezquita.

El sol se había puesto. Era su momento preferido. De niña, su tía le había dicho que era cuando Dios enviaba a sus ángeles a la Tierra en forma de estrellas para escuchar los rezos y deseos de las personas. Concedían tantos como podían, pero sobre todo los de las niñas que se habían portado bien. La había creído y seguía haciéndolo. Miró el cielo azul cobalto y al ver brillar la primera estrella cerró los ojos y pidió a Dios que le permitiera ver a Amín de nuevo. Cuando los abrió, miró otra vez y notó que la estrella titilaba. «Volveré a verlo», pensó sonriendo.

Avanzó a paso ligero con la esperanza de que el verdulero no hubiera cerrado. De ser así tendría que ir al sucio supermercado del señor Abdallah, en el extremo del barrio, que abría hasta tarde. ¡Maldita sea! ¿Por qué se había olvidado? En la Rue Gouraud había un mercado de verduras al que podía haber ido. Cuando torció la esquina vio que había luces en el pequeño zoco del vecindario. «¡Estupendo! Quizá no se ha ido a casa. Si no hay judías, compraré una bolsa de lentejas», pensó. Recorrió a toda prisa la polvorienta calle e intentó no sentir el olor a basura ni pisar la fruta podrida, cáscaras de naranja y entrañas de los animales sacrificados que había por el suelo y que atraían moscas, ratas, perros y gatos asilvestrados. Sonó una bocina y una motocicleta pasó a su lado haciendo eses y levantando una nube de polvo y mugre, al tiempo que los dos hombres que iban montados hacían comentarios sobre su vestido y sus piernas.

«¡Idiotas!», pensó, y apretó el paso hacia el bazar. El verdulero había cerrado, la persiana estaba bajada, al igual que la del lechero, el carnicero y el resto, salvo la de la tienda que vendía jabón, champú, detergente y todo tipo de enseres domésticos, excepto comida.

Suspiró y tiró del jersey de algodón para bajarlo. Tendría que ir a la tienda del sucio y apestoso señor Abdallah. Caminó a toda velocidad y llegó al supermercado en el momento en el que el propietario se disponía a cerrar. Se tapó la nariz con la mano y entró.

—Estoy cerrando —exclamó bruscamente sin mirarla y se pasó los dedos por la lengua para contar el grueso fajo de billetes que había sacado de la caja registradora.

—*Marhaba*, señor Abdallah. No tardo nada, solo necesito un kilo de *lubieh*.

Al oír su voz levantó la vista y esbozó una forzada sonrisa que hizo que se le revolvieran las tripas. Volvió a meter el dinero en la caja y se acercó frotándose sus minúsculas manos. «¡Santo Cielo!», pensó Mouna. No medía más de metro cincuenta, pero parecía aún más bajo porque estaba gordo y la papada le tapaba el cuello. Se estaba quedando calvo, aunque conservaba algo de pelo en la nuca y algún mechón en la parte superior, que peinaba y untaba con una pestilente brillantina. Tenía la cara redonda y lucía un fino bigote, que estaba segura de que se teñía, junto con lo que le quedaba de pelo, cejas pobladas y ensortijadas, y ojos negros, pequeños y brillantes.

—Permita que la ayude —se ofreció acercándose con intención de rozarla.

—Sé dónde están las judías —replicó Mouna conteniendo el aliento mientras se escurría por otro pasillo para llegar a las cestas de verdura de la parte del fondo.

—¿Solo quiere un kilo? —preguntó Abdallah, y antes de que pudiera detenerlo la siguió y metió sus grasientas manos en las judías, sacó un puñado y las puso en una anticuada báscula—. ¿No necesita nada más? ¿Unas berenjenas? Hoy las tengo muy grandes.

—La, merci —contestó dejando unas monedas en el mostrador, pero Abdallah fue muy rápido y le cogió las manos.

—Puedo fiarle unos días si lo necesita.

Le horrorizó tanto que la hubiera tocado que cogió la bolsa de judías y salió corriendo sin decir palabra. Una vez en el exterior inspiró con fuerza. Tendría que darse una ducha y lavar la ropa inmediatamente.

De regreso pensó en lo mucho que necesitaba usar desodorante aquel tipo gordo y calvo. Llegó a la calle que debía cruzar para llegar a la del bazar del barrio y se detuvo. El semáforo estaba en rojo. Mientras se decidía si cruzar corriendo o no, se fijó en un Mercedes que le resultó familiar. No distinguió la matrícula, pero le pareció el de Amín. De repente, el cristal tintado del pasajero se bajó y vio a una mujer. Parecía Dina Nasr, en cuya boda había estado hacía unas semanas. Prestó más atención y vio que el conductor se inclinaba hacia ella para cerrar la ventanilla y le decía que no malgastara el aire acondicionado. Al ver a Mouna se enderezó y subió el cristal rápidamente. Cuando la luz verde se encendió, el coche arrancó a toda velocidad hacia la noche beirutí.

Todo sucedió tan rápido que no estaba muy segura de qué o a quién había visto. Aturdida, se paró en el bordillo hasta que se le acercó un policía y le preguntó si le pasaba algo. Mouna lo miró aún turbada, murmuró que estaba bien y cruzó rápidamente la calle. De camino a casa repasó el incidente una y otra vez, y sopesó los detalles. ¿Era Dina o le había engañado la vista? ¿El conductor era Amín? ¿Y qué si lo era? Seguro que sus familias eran amigas. Por eso había ido a la boda, se conocían desde niños. Subió despacio las escaleras con las judías en la mano, aún intentando darle un sentido a la escena, con la cabeza asediada por los interrogantes y el corazón dolorosamente confuso. Su deseo se había cumplido: había visto a Amín, aunque no como habría deseado. Al darle las *lubieh* a su madre ya no tenía hambre.

—¿Dónde has estado? ¿Sabes qué hora es? Ninguna joven decente pasea sola a estas horas de la noche. Además, vestida así, enseñando las piernas y la cara. Y con todo ese maquillaje. ¿Es que no tienes vergüenza? —le espetó—. Todo el mundo habla de la pinta que tienes, de lo que te pones y de que te comportas como una prostituta callejera. ¿Cómo vas a casarte? ¿Quién va a quererte? Ningún hombre decente te haría una proposición.

No hizo caso a sus amonestaciones, se fue a su habitación y cerró la puerta, pero las paredes eran tan delgadas que siguió oyendo cómo se quejaba ante su tía Hanan.

—Ya tiene treinta y siete años… Aunque por suerte parece más joven y podemos mentir sobre su edad y decir que estuvo comprometida, pero su novio murió en la guerra.

—Pero Mouna tuvo dos novios… —gritó Hanan porque estaba casi sorda—. ¿Los dos murieron en la guerra?

—No digas tonterías —le reprochó mientras lavaba las judías en el pequeño fregadero—. Me refiero a la mentira piadosa que tendremos que decir si algún día tiene la suerte de recibir una proposición. Habrá que convencer a quien sea de que trabaja en una biblioteca. Dice que es «estilista» —se burló—. Igual que las putas.

—Pero si tuvo dos novios que no murieron en la guerra,

¿por qué no se casó con ninguno? —preguntó Hanan, desconcertada, mientras se revolvía en la incómoda y pequeña silla de plástico.

—Sabes muy bien lo que pasó. Todos pensábamos que las proposiciones serían inminentes, pero ninguna familia vino a hacerlas —replicó exasperada dejando el cuenco de judías en el regazo de su nuera.

—Pues no lo entiendo —dijo Hanan meneando la cabeza. Empezó a pelar las judías y las dejó en el mismo cuenco sin darse cuenta—. Es muy guapa, hace años todavía más.

—Sí, pero el tiempo pasa y no será atractiva toda la vida —comentó con amargura sentándose también a la mesa de plástico que ocupaba prácticamente toda la cocina—. Es como si tuviera una maldición y la hubiera contagiado a toda la familia. ¡Mira cómo vivimos! —añadió señalando con un cuchillo—. ¡Mira esta cocina! Ni siquiera tenemos agua a todas horas. A veces ni siquiera puedo utilizar el váter. ¡Mira el techo! Cualquier día se nos caerá encima mientras dormimos. Nunca tenemos dinero…

—Deberías ponerte a trabajar —sugirió Hanan mientras seguía pelando.

—¿Qué? ¿Qué has dicho? —gritó enfadada—. ¿Crees que no trabajo suficiente? Lo hago desde que me levanto hasta que me acuesto.

—Si quieres más dinero, tendrás que buscar trabajo.

—Muchas gracias, Hanan… ¿Y quién limpiará la casa, lavará la ropa y preparará la comida?

—Seguro que entre las tres nos arreglamos.

—Ya, ¿crees que Mouna va a ayudar? —comentó con maldad levantándose para calentar el aceite de oliva antes de echar la verdura a la sartén.

—Lo hace, Fátima. Pagamos el alquiler y nos alimenta con lo que gana.

Fátima echó la cebolla a la sartén, que chisporroteó al contacto con el aceite caliente, como si fuera el reflejo de su genio. Se volvió con las manos en las caderas, los labios fruncidos y una expresión envenenada. Iba a decir algo, pero cambió de opinión.

—No pierdo la esperanza de que Mouna se case. Es generosa, amable y guapa… Estoy segura de que todavía es virgen —comentó Hanan.

—¿Qué quieres decir? —rugió—. Si no lo es, juro que le retorceré el pescuezo con mis propias manos.

—No seas tan melodramática. Aunque no lo fuera, no sería la primera vez que en esta familia hemos tenido que utilizar la sangre de un cordero en las sábanas de la noche de bodas.

—¡Oh, Alá! —se quejó dando vueltas a las cebollas—. ¿Qué habré hecho para merecer esta vida? Ojalá estuviéramos en Sidón —añadió secándose los ojos.

—¿Por qué sigues viviendo en el pasado?

—Porque representa mi futuro —respondió, y Hanan la miró con tristeza—. Ojalá vivieran mi marido y mis hijos para que cuidaran de mí.

—Tu hija te cuida y sacrifica su vida. ¿No crees que le gustaría estar casada con un hombre que la satisficiera? ¿No crees que le gustaría tener hijos fruto de esa relación? ¿Piensas que prefiere estar aquí? ¿Contigo? ¿Conmigo? —alegó para defender a su sobrina.

Fátima se quedó en silencio mientras revolvía enérgicamente las verduras de la sartén.

Capítulo tres

Lailah

*L*ailah Hayek estaba frente a su tocador en el amplio y recargado vestidor contiguo al elegante dormitorio principal del tríplex del edificio más exclusivo del puerto marítimo de Beirut. Había sido su hogar desde que se casó con Rachid Hayek hacía casi dieciséis años. Se miró en el dorado espejo y estudió la cara de la que en tiempos había sido la mujer más admirada de la ciudad, cuando la coronaron *miss* Líbano, a los veintiún años. Observó las arrugas de la risa alrededor de su boca, las patas de gallo en los ojos, una nueva línea entre las cejas que empezaba a notarse, y se dio cuenta de que cuando fruncía el entrecejo aún se le movía la frente. «¡Dios mío! ¿Hace seis meses que no veo al doctor Giorelli?», pensó mientras cogía el iPhone para comprobar la fecha de la última cita con su dermatólogo brasileño. Había pasado más de medio año. Tomó nota mental para llamarlo al día siguiente y averiguar si estaba en Nueva York o en Río de Janeiro para concertar una cita. Dejó el teléfono y al volver a mirarse se llevó las manos a la cara. Nadie creía que tenía casi cuarenta años. ¿Quién era esa extraña que la miraba? ¿Qué había sido de aquella joven hermosa y de sus sueños y esperanzas?

Lailah Khoury había nacido en el seno de una importante familia beirutí. Era la única hija y la más joven de cuatro hermanos. Colette, su madre, era una destacada figura de la *jet set* beirutí, y su padre, Andre, un rico hombre de negocios que había seguido los pasos de su padre en la banca y había fundado una empresa que gestionaba e invertía el dinero de algunos de los miembros más ricos de la familia real saudí y otros integrantes de la realeza del golfo.

A pesar de que Colette no era guapa en el sentido tradicional de la palabra, tenía carisma y personalidad, y había aprendido a aprovecharse de sus encantos, en la creencia de que, si seguía una dieta de belleza, conseguiría lo que Dios no le había concedido. Su vida giraba alrededor de la vida social de Beirut, París, Londres y, en los últimos tiempos, Nueva York. Le encantaban las cenas, las comidas, los tés y su club de *bridge*.

Sus únicas inquietudes en la vida se reducían al guardarropa, el maquillaje, el pelo, llevar las joyas adecuadas, ser joven y hermosa, que los ecos de sociedad hablaran de ella y que su nombre y su foto aparecieran en lugar destacado en la prensa. Estaba constantemente preocupada por su imagen, sobre si la habían invitado a los acontecimientos oportunos, qué mesa le habían asignado, en qué compañía la iban a ver y lo que pensaba la gente de ella. Y, a pesar de que atendía a su familia, estaba más preocupada por cómo la percibía la sociedad que por sus miembros u ocupaciones.

Jamás había querido parecerse a su madre. Su relación no era desabrida, pero pensaba que su progenitora era superficial y frívola. Siempre le daba la razón porque le resultaba más fácil que discutir con ella. La única vez que tuvieron un enfrentamiento serio fue cuando al volver de un viaje a Tailandia comentó que quería involucrarse en la ayuda humanitaria a los campamentos de refugiados palestinos del Líbano.

Siempre había querido ir al Lejano Oriente. Sentía curiosidad por el budismo y le atraían las culturas de China, Japón, Tailandia, Vietnam y Camboya. Quería conocer esos países, aprender sus idiomas, probar su comida y entender mejor sus sociedades. Había leído todo lo que había a su alcance sobre Buda y sus enseñanzas, con la lejana esperanza de ir algún día a Benarés, donde el maestro había predicado. Tras muchas súplicas, sus padres accedieron a llevarla una semana a Tailandia como regalo de graduación en el Lycée Français. Colette eligió ese país porque había leído que el *spa* del complejo turístico Ammanpuri, en Phuket, era espectacular.

Lailah estaba como loca cuando el avión sobrevoló Bangkok.

—*Maman*, mira el color del agua —chilló cuando volaron sobre el mar de Andamán—. ¡Qué ganas tengo de ver la ciudad!

—No estarás pensando en que nos quedemos, ¿verdad, Andre? —preguntó Colette haciendo una mueca.

—Solo será una noche, *chérie*. Creo que por los enlaces de los aviones.

—¿Lo ves, *maman*? —exclamó Lailah triunfalmente.

—Bueno, pero eso no quiere decir que puedas verla sola. Ni pienses que vas a salir de noche en un país extranjero.

—*Maman*, son las cuatro de la tarde y tengo casi dieciocho años...

—Sola, no —recalcó frunciendo los labios.

—¿Por qué no vienes conmigo? Quién sabe, puede que incluso te guste —aventuró Lailah sarcásticamente.

—*Ne sois pas insolente, chère fille.*

—A lo mejor le apetece a papá —comentó mirándolo con ojos suplicantes.

—Antes tengo que hacer unas cosas, Lailah. Después, ya veremos.

—¿Dónde nos alojamos? —preguntó Colette a su marido.

—En el Four Seasons —contestó antes de enfrascarse de nuevo en el periódico.

—Este es mi plan, Lailah —propuso Colette—: dejamos que tu padre haga sus cosas y nos vamos al *spa*. Necesito un masaje y hacerme la manicura.

—Pero *maman*, vamos a estar una semana en un *spa*.

—No discutas, *ma fille* —replicó Colette sin hacer caso a sus objeciones—. Necesitas un masaje. Te vendrá bien después de tantas horas en el avión.

—¡Pero si vamos en primera!

Con Colette no había forma de discutir.

A la mañana siguiente, mientras desayunaban, Andre se enteró de que habían cancelado los vuelos a Phuket debido al mal tiempo.

—Así que no podemos irnos de Bangkok... —comentó Colette con desesperación.

—¿Prefieres volver a Beirut? —preguntó Andre mirándola por encima de las gafas.

—¡Ni hablar! ¡Es mi regalo! ¡Son mis vacaciones! ¡No puedes hacerme eso! —gritó Lailah.

—No te preocupes, iremos a algún sitio —la tranquilizó su padre.

—¿Por qué no vamos a París? —sugirió Colette, para ver si su hija aceptaba.

—¡Por favor, *maman*! Este no es tu viaje, por mucho que lo hayas intentado al elegir ese complejo turístico de Phuket.

—Lailah, Colette... ¿Por qué no vamos en coche? Así Lailah vería el paisaje y Colette..., bueno, no sé, podrías hablar por teléfono con alguna amiga o leer una revista —propuso Andre para que la situación no empeorara.

—¡Gracias, papá! —gritó Lailah arrojándose a sus brazos.

—No te entusiasmes demasiado, jovencita. Primero hay que ver si podemos organizarlo —la contuvo Andre sonriendo.

De camino a Phuket, en un cómodo Range Rover con conductor, pasaron por Tham Hin, uno de los campamentos de refugiados en la frontera entre Tailandia y Myanmar, que estaba abarrotado por miles de birmanos que habían huido de un país desgarrado por los conflictos civiles y la constante convulsión política. Lailah no perdió detalle.

—¡Dios mío! ¿Has visto eso, *maman*? —preguntó, pero Colette estaba hablando por teléfono—. ¿Has visto ese campamento, papá? ¿Eran refugiados?

—Me temo que sí. Son de Birmania o de Myanmar, como la llaman ahora —asintió quitándose las gafas.

—¿Te has fijado en sus caras? —Lailah meneó la cabeza con incredulidad.

—En este mundo hay muchas personas sin hogar, *ma fille* —contestó encogiéndose de hombros.

—¿Has visto sus ojos? Estaban vacíos, como si no tuvieran nada por lo que vivir.

—Y no lo tienen. No les permiten salir, es como si fueran prisioneros.

—Jamás había visto nada igual. Esos niños… No lo olvidaré nunca. ¿Te imaginas lo que debe de ser crecer en un sitio así? Sin esperanza, sin objetivos, sin futuro, sin aspiraciones. ¿Te haces idea de su frustración?

—Bueno, en el Líbano pasa lo mismo.

—¿A qué te refieres?

—Cuando salgamos del aeropuerto en Beirut, fíjate en Shatila, el campamento de refugiados palestinos.

—¿Hay uno? No lo sabía.

—Bueno, hacemos como si no existiera.

Lailah sabía que los refugiados palestinos en el Líbano vivían en condiciones deplorables: los doce campos oficiales estaban muy deteriorados y la situación de los diecisiete no oficiales era aún peor.

Los palestinos no tenían acceso a ningún colegio, hospital o trabajo del país. El Gobierno había impuesto severas restricciones para que no pudieran integrarse en la sociedad libanesa y los consideraba un problema internacional, no nacional.

Los políticos argumentaban que si permitían que se naturalizaran o se convirtieran en *tawteen* inclinarían la balanza de los grupos religiosos y étnicos en favor de los musulmanes suníes.

—¿Dónde estamos? ¿Podemos parar para comer? Tengo hambre, y la garganta, seca. Necesito algo frío. ¿Lailah? ¿Andre? —intervino Colette.

La semana siguiente, de camino entre el aeropuerto y la mansión de los Khoury, Lailah no apartó la vista de Shatila. Vio edificios en ruinas con las paredes llenas de orificios de bala, testamento de las guerras de la última mitad del siglo. El Gobierno libanés había prohibido su reconstrucción y no permitía ampliarlos ni crear nuevos asentamientos. Vio unos soldados inspeccionando un coche. Sabía que además de armas o explosivos buscaban herramientas o material de construcción con el que reparar las viviendas. Junto a los soldados, en un montón de escombros, un hombre sujetaba lo que parecía un saco. Miraba hacia el cielo y lloraba desconsoladamente.

Al prestar mayor atención descubrió que el saco era el cuerpo sin vida de un niño que no tendría más de siete u ocho años. Tenía un tajo en la cabeza y la sangre estaba aún fresca y brillante, como si hubiera metido la cabeza en un cubo de pintura roja. «¡Dios mío! —pensó—. Solo es un niño. Un niño que jamás tuvo una oportunidad.» Las lágrimas se agolparon en sus ojos y no consiguió desembarazarse de la imagen de un padre inconsolable, atenazado por el dolor, apretando a su hijo muerto contra el pecho.

Mientras Lailah se arrellanaba en el lujoso asiento trasero del Mercedes, tras una semana de lujos y cuidados en el complejo turístico de Ammanpuri, meditó sobre si la vida era justa y equitativa, y si Dios trataba por igual a la humanidad. Sabía bien lo que opinaría aquel hombre que sujetaba a un niño muerto, rodeado de polvo, piedras y suciedad.

—¿Qué dices que quieres hacer? —preguntó con calma Colette pintándose los labios frente al tocador cuando Lailah le comunicó que había decidido ayudar a los niños palestinos de los campamentos de refugiados.

Una vez satisfecha con cómo le quedaba el carmín se volvió hacia su hija.

—¿Te has vuelto loca? ¿Y qué vas a hacer para ayudarlos?

—*Maman*, no podemos quedarnos de brazos cruzados. Esos niños sufren.

—Están acostumbrados, hija mía. Fueron concebidos, nacieron y se criaron en esos campamentos. No conocen otra cosa —aseguró con frialdad.

—Pero ¿por qué no podemos ayudarlos? ¿Por qué tenemos que dejar las cosas como están? El que no hayan vivido de otra manera no significa que no quieran hacerlo. —Colette miró a su hija y se echó a reír—. *Maman*, muchos de esos niños no tienen acceso a colegios, medicinas, comida o siquiera un hogar. Y muchos no tienen padres.

—¿Y qué quieres hacer? ¿Adoptarlos a todos?

—Se puede ayudar de muchas formas, lo sabes bien.

Colette fue al armario y revisó sus vestidos mientras decidía qué ponerse.

—No soy poco realista. Sé que no puedo cambiar sus vidas completamente.

—Mmm —murmuró su madre sacando un vestido rosa sin prestar atención a su hija.

Lailah suspiró, sabía que nunca la convencería.

—Quizá no consiga cambiar sus vidas, pero a lo mejor puedo poner en marcha un programa educativo, avisar a amigos y hacer turnos para enseñar a esos niños gratuitamente. También puedo pedirle a Noel que convenza a su padre para instalar una clínica que funcione con voluntarios.

—¿El doctor Hossam Ramzi? —comentó sarcásticamente mientras se acicalaba—. Me extraña que a su hijo le interesen tus extravagantes ideas.

—Nunca se sabe.

—¡Por Dios! Lo único que harán esos niños es robarte. No quieren educación, medicinas o comida, solo dinero.

—Pero, *maman*, estoy segura de que poco a poco podremos cambiarlos.

—No seas tonta, *ma chère* —la reprendió con tono altanero—. ¿Qué crees que vas a hacer? ¿Transformar un mundo que no quiere cambiar? Eso déjaselo a los hombres, es su trabajo.

—¿Y cuál es el nuestro, *maman*?

—Nuestro cometido, *ma chère fille*, es estar guapas, ser unas maravillosas anfitrionas, saber qué decir y cuándo decirlo, y organizar nuestras casas y nuestras vidas de la forma más hermosa y elegante posible.

—*Immi!* —protestó indignada.

—No me llames así, *chère fille* —objetó con lo que creyó era un perfecto acento parisino—. Sabes que no hablo el dialecto nativo.

—*Immi!* Somos libanesas y nunca dejaremos de serlo por mucho que digas o hagas. Estoy muy orgullosa de serlo y, si me apetece hablar árabe, lo haré —sentenció dirigiéndose hacia la puerta—. Los seres humanos tenemos compasión. Voy a ayudar a esos niños, aunque solo sea a uno.

Fue a ver a su padre, le contó sus proyectos y le pidió ayuda. Pero él estaba demasiado sumido en su propio mundo como para prestarle atención. Asintió, pero no escuchó ni una sola palabra.

—¿Por qué no hablas con tu padre, Noel? Es uno de los médicos más famosos de Beirut. ¿Por qué no puede instalar una clínica en uno de los campamentos de refugiados? —preguntó Lailah a su mejor amigo en la Universidad Americana, donde estudiaba Arte e Historia del Arte.

—Porque pensará que estoy loco.

—Pero ¿por qué? Es médico, se supone que debería ayudar a los seres humanos, salvar vidas.

—Así es la vida, olvídate. —Lailah le lanzó una mirada suplicante—. Ese tipo de causas requieren mayor difusión. Esta mañana he oído que han abierto el plazo para las aspirantes a *miss* Líbano. ¿Por qué no te presentas? —bromeó—. Si ganas, que seguro que lo haces, todo el país te prestará atención.

—¿Estás loco? —replicó echándose a reír.

—Con el dinero podrías financiar tu programa educativo. No tendrías que pedirle nada a tu padre.

—Si crees que tengo alguna posibilidad es que realmente estás loco.

Pero cuanto más lo pensaba, más sentido tenía aquella propuesta, por descabellada que pareciera en un principio. Así que se presentó. A diferencia de los concursos de belleza de otros países, el del Líbano era mucho más sencillo y no tuvo que superar una competición local o estatal antes de la nacional. Por supuesto, ser hija de Andre y Colette Khoury le ayudó mucho porque eran buenos amigos de Antoine Maksoud, organizador y director del certamen, con el que comían y cenaban a menudo.

Los formularios, entregados en mano en casa de Lailah por un empleado de Antoine, eran fáciles de rellenar. Además de la información pertinente, como nombre, lugar de nacimiento, dirección, estudios, diplomas y aficiones, había que detallar estatura, peso, medidas del pecho, cintura y cadera, y talla de calzado y de vestido.

También tenía que enviar tres fotografías: un retrato, una en traje de baño y otra con un vestido de noche. No le gustó tener que fotografiarse en bañador y le incomodaba desfilar delante de jueces, público y las personas que vieran el concurso en televisión, aunque decidió preocuparse por todo aquello en su debido momento. Al fin y al cabo, a lo mejor no la seleccionaban.

Estaba buscando fotos en su escritorio cuando entró Colette.

—*Chérie*, voy a comer con Antoine. ¿Por qué no me das los formularios para que se los entregue?

Lailah asomó la cabeza por debajo de la mesa, donde estaba buscando unos álbumes.

—*Maman*, los he rellenado, pero necesito fotos.

—¿Dónde están?

—Encima de la mesa. —Indicó hacia un montón de papeles antes de desaparecer bajo la pesada mesa de caoba.

—¿Dónde? —preguntó mirando las hojas y libros esparcidos.

—Encima. —Segundos más tarde, cuando intentaba abrir un álbum dañado por la humedad, oyó que decía «*Mon dieu!*» con tono de desaprobación.

—¿Qué pasa?

—¡Tengo que hablar con Antoine! ¡Es vergonzoso! ¡Horrible! ¡Inaceptable! —exclamó con los formularios en la mano.

Lailah estaba desconcertada, ¿qué habría contestado para enfadar tanto a su madre?

—¿Qué he hecho mal? —preguntó mirando por encima del hombro de Colette.

—¡Están en árabe! —vociferó llevándose la mano al pecho como si fuera una gran ofensa.

—Por si lo habías olvidado, vivimos en Beirut, ciudad del Líbano, Oriente Próximo.

—No seas impertinente —objetó con voz glacial—. Sé

dónde estamos, pero es el concurso de belleza del país y cuesta millones.

—¿Y?

—Pues que debería ser algo exclusivo en el que participaran jóvenes cultas que hablen francés e inglés. La ganadora nos representará en el extranjero. ¿Te imaginas lo que diría la gente si *miss* Líbano solo hablara árabe? Pensarían que somos unos ignorantes.

—La ganadora va al extranjero si la eligen para el concurso de *miss* mundo o *miss* universo. Si no, se queda aquí y hace lo que puede por ayudar a su país.

—Sí, pero al menos debería hablar francés —insistió.

—*Maman*, no puedo creer que digas esas cosas.

—Y tú has rellenado el formulario en árabe —comentó aún más enfadada.

—*Immi* —dijo intencionadamente en árabe—, como puedes ver, estoy muy liada, así que cuando tenga las fotografías lo llevaré todo yo misma.

—Muy bien, haz lo que quieras —aceptó dándose por vencida.

No pudo reprimir una sonrisa: su madre era una esnob. Solo había visto los formularios en árabe, pero los de debajo estaban en francés e inglés; los había incluido para que los organizadores supieran que hablaba y escribía esos tres idiomas.

—¿Así que te presentas a *miss* Líbano? —comentó Noel al día siguiente mientras paseaban por el campus de la Universidad Americana y disfrutaban de la fresca brisa que atemperaba lo que podría haber sido un día abrasador.

—Sí —admitió un tanto azorada.

Hamdellah. Mahruk, mabruk.

—No me felicites todavía. ¿Qué pasará si no gano? —preguntó con timidez.

—Lo harás, lo sé. Eres la chica más guapa del mundo.

—¡Noel! —exclamó poniéndose colorada. Creía que estaba un poco enamorado de ella y sus amigas le tomaban el pelo, pero nunca había dejado ver que le interesaba algo más que una amistad.

—¿Qué hay que hacer para participar? —preguntó.

—He rellenado varios formularios y tengo que enviar unas fotos. He buscado por todas partes, pero no he encontrado ninguna buena ni reciente —confesó mientras cruzaban el césped.

—¡Espera! Georges Assaf es el mejor fotógrafo de la UAB —afirmó tirando de ella hacia tres jóvenes que estaban tumbados en la hierba.

—¿Y? —preguntó siguiendo a Noel.

—Es buen amigo mío. Estará encantado de hacerte las fotos.

—Me parece estupendo, pero ¿por qué vamos en dirección contraria? Tenemos clase en ese edificio dentro de veinte minutos —comentó indicando hacia el otro extremo del césped.

—Porque Georges está allí. Es el de la perilla.

—¿Dónde te has metido, Noel? —preguntó Georges—. Hace semanas que no te vemos.

—Lo siento, he estado muy ocupado y ha venido familia de Washington, ya sabes… —se excusó.

—*Tayeb, tayeb*, te perdonamos —dijo Georges amistosamente.

—Esta es Lailah Khoury, la próxima *miss* Líbano.

—*Anllad?* —preguntaron los tres al mismo tiempo.

—De verdad —aseguró Noel con orgullo.

—*Marhaba!* —saludó Lailah haciendo un gesto con la cabeza un poco cohibida.

—Este es Georges. —Noel le presentó a un joven de pelo negro rizado y perilla—. Este es Chadi, y aquel, Danny.

—*Tsharrafnah* —lo saludó Lailah.

—*Sharrfuna.* ¿Te apetece un *ahwe?* Chadi puede ir a buscarlo —sugirió Georges.

Lailah sonrió al percatarse de que Chadi le daba un codazo a su amigo con el entrecejo fruncido.

—No sé si tenemos tiempo —se excusó Lailah.

—*Walaw!* ¡Quedaos un rato! —insistió Georges.

—Tiene razón. Hemos de ir a clase —se justificó cogiendo a Lailah por el brazo—. ¿Podrías hacerle las fotos para presentarse a *miss* Líbano?

Por supuesto, será un placer —aseguró levantándose.

—¿Lo ves? Solucionado —comentó Noel apretándole el brazo.

—Muchas gracias, George. Deberíamos ponernos de acuerdo en cuándo hacerlo, el dinero, etcétera.

—Podemos hablar todo lo que quieras, pero no te aceptaré ni un penique.

—Te dije que lo haría —repitió Noel dándose bombo.

—Toma, llámame cuando quieras —dijo Georges tras apuntar su número en un papel.

Lailah volvió a darle las gracias y se despidió antes de dirigirse a la facultad de Arte. Noel no paró de hablar sobre lo bonitas que serían las fotos, Georges era un fotógrafo fantástico. Lailah volvió la cabeza y vio que Georges la miraba sonriendo. Le devolvió la sonrisa y le hizo un gesto con la mano. Le gustaba. Le encantaban sus ojos; tenían un color muy interesante, entre verdes y turquesas, pero, sobre todo, eran muy sensuales.

Georges se enamoró de Lailah en cuanto la vio a través de la lente de su Nikon. Se tomó su tiempo para ajustar la luz y cada vez que la miraba con una iluminación diferente, hacía un *zoom* hacia su cara, cuerpo, ojos, labios, cuello, garganta, pechos, cintura, muslos y piernas, y hasta los bonitos zapatos de tacón que llevaba. Así que, cuando hizo la primera fotografía, que era el retrato, Lailah llevaba posando dos horas.

Pero no le importó. Creía que iba a ponerse muy nerviosa, pero Georges la tranquilizó y la hizo reír con anécdotas divertidas. Se relajó y él capturó su personalidad. Le encantaba mirarla, ver cómo se le arrugaba la piel alrededor de los ojos, que brillaban con malicia cuando se reía. Lailah empezó a gastarle bromas y aquella inocente coquetería incrementó su encanto y la atracción que Georges sentía por ella.

Para el vestido de noche había elegido uno negro de Valentino, de seda cruda, sin tirantes, que se ajustaba a sus curvas hasta las rodillas, donde se abría por detrás en un espectacular corte de sirena de tul negro. Se había recogido el pelo en un austero moño al estilo español y llevaba un espectacular maquillaje, con ojos oscuros y labios escarlata. Georges hizo fotografías en color y en blanco y negro, que le gustaban más porque parecía una *sexy* y glamurosa actriz del cine italiano de los años cincuenta. Casi se le cae la cámara cuando Lailah lo miró con ojos tentadores y boca incitante.

El ambiente estaba cargado de electricidad; Georges ansiaba tocarla, sentir la aterciopelada suavidad de su cara cuando la movía para aprovechar mejor la luz, y Lailah quería que la tocara, aunque cada vez que lo hacía no tuviera valor para mirarlo por miedo a que percibiera el deseo que emanaba de sus ojos. Conforme pasaba el tiempo, el magnetismo entre los dos se intensificó; de hecho, al hacer la foto en bañador, se multiplicó.

Lailah llevaba un sencillo traje de baño plateado de Calvin Klein. Salió del vestuario y se dirigió rápidamente al sillón de orejas de aspecto antiguo que había en medio del estudio. Su estructura de madera color hueso y el tapizado de terciopelo color burdeos resaltaban el bañador. Georges dio un respingo al verla. Estaba colocando un foco, tan absorto pensando en ella, que ni siquiera la había oído entrar.

—¿Es donde quieres que me siente? —preguntó con timidez sin atreverse a mirarlo.

—Lailah… —empezó a decir—. Lailah…, esto… —Ella le lanzó una mirada inquisitiva—. No sé si voy a poder continuar —confesó dejando la cámara en una mesa.

Se produjo un extraño silencio, Lailah no sabía qué decir y Georges cerró los ojos y se frotó la frente y el puente de la nariz para aliviar la tensión.

—Lo siento mucho. ¿He hecho algo mal? —preguntó la chica con dulzura.

—¿Mal? No, no has hecho nada mal. Has estado encantadora…, espléndida y fascinante… Eres la mujer más guapa del mundo —declaró con un profundo suspiro, y aquella confesión le quitó un gran peso de encima.

—No sé qué decir… —tartamudeó.

Georges empezó a ir de un lado al otro del reducido estudio con las manos a la espalda. Finalmente se acercó a ella y se puso de rodillas.

—Lailah, ¿puedo invitarte a tomar un té?

Lailah se inclinó, le puso la mano en el brazo derecho y la fue bajando hasta que encontró la de él, entrelazó los dedos, la levantó y la mantuvo entre las suyas.

—Estaba esperando que me lo pidieras. Si no, habría tenido que hacerlo yo.

Georges la miró, sonrió y, lentamente, mientras le sujetaba la cara y la miraba fijamente a los ojos, la besó.

Las fotografías de Lailah eran tan impresionantes que Antoine Maksoud llamó a Colette expresamente para decirle lo guapa que era su hija. Georges y Lailah se prometieron poco después. La primera persona a la que llamó Lailah fue a Noel, aunque su reacción no fue la que esperaba. Sabía que iba a llevarse una gran sorpresa, pero no que le colgara ni que no le hiciera caso en la universidad y se alejara en cuanto la veía. Le dolió mucho y pensó que con el tiempo lo superaría, pero no fue así.

La fecha del certamen se acercaba y había programada una interminable serie de ensayos, pero en la primera reunión Lailah cuestionó su participación en el concurso. Observó a las doce participantes que habían acudido a la espaciosa casa de Antoine y se dio cuenta de que solo hablaban de vestidos, maquillaje y zapatos. Supuso que serían simpáticas, pero eran muy superficiales; sus caras y sus conversaciones dejaban claro que solo se presentaban por el millón de dólares que se gastarían en ellas si ganaban. Era su única motivación.

Antoine explicó rápidamente el programa. Lailah miró a su alrededor. Estaban sentadas en sillas y pupitres, en una habitación que parecía un aula, y Antoine se había colocado frente a la pizarra. Dibujó un diagrama y se lo explicó con la ayuda de una regla. Les pidió que repitieran el orden y dónde debían estar en cada momento del programa que retransmitiría en directo la Televisión Nacional Libanesa.

—Tenéis que mirar siempre a la cámara, sonreír y mover las caderas —las instruyó, mirándolas por encima de las gafas de gruesa montura negra—. Vamos a repasar la pregunta: ¿qué harás si te eligen *miss* Líbano?

El resto de las reuniones fueron exactamente iguales. Lailah demostró tener la paciencia de un santo y acudió a todas, pero cuando acabaron estaba fuera de sí. «Esto es un disparate. ¿Qué hago aquí? Es una locura. No necesito el dinero y no me cae bien ninguna de las chicas», se decía a sí misma. Había intentado hablar o entablar amistad con ellas, pero se habían mostrado frías y distantes.

Dos días antes del concurso, las participantes y los familiares debían registrarse en el Sun Hills Hotel de Adma, un complejo turístico situado a cuarenta y cinco minutos de Beirut, para los ensayos finales. Se les había entregado una lista de lo que debían llevar, que incluía un traje de baño, dos vestidos de noche, dos pares de zapatos de tacón, algo de dinero y sus medicinas. Lailah estudió la lista, se echó a reír y se la enseñó a Georges mientras elegía la ropa. Le hubiera gustado que fuera con ella, pero no estaban casados, y, como Colette no estaba dispuesta a ir, recurrió a su vieja niñera, Nia.

La noche del certamen, que se celebró en el Palace Hotel de Beirut, los camerinos eran un caos en el que reinaban los celos y la intensa competitividad entre las participantes. Todas querían coronarse y estaban dispuestas a hacer cualquier cosa para conseguirlo. Cuando Lailah entró, las concursantes se volvieron para mirarla. Dos de ellas habían dejado sus bolsas en el espacio que le habían asignado. Le lanzaron miradas envidiosas y creyó oír: «Ahí viene la rica. A lo mejor su padre le ha comprado la corona». Como no quería montar una escena nada más llegar, se apretó en el pequeño espacio que le habían dejado, pero las desgracias le perseguían: el tacón de una de las sandalias se rompió «casualmente» y los polvos translúcidos de maquillaje desaparecieron «por arte de magia». Con todo, el desfile en traje de baño, que de por sí la ponía muy nerviosa, fue el culmen. Nia no encontró el de Calvin Klein que Lailah había puesto en su gran bolsa de lona. Había llevado otro por si acaso, pero quería ponerse el plateado.

—Lailah Khoury… Diez minutos… Traje de baño —oyó que decía la voz del director de escena en los altavoces del camerino.

Se miró en el pequeño espejo con bombillas alrededor y se dijo que era idiota. Aquella había sido la gota que colmaba el vaso. Alguien le había robado el bañador. Intentaban sabotear su desfile. ¿Por qué? ¿Por qué no competían en buena ley?

—Lailah Khoury... Cinco minutos... Traje de baño.

Aquello solo consiguió que deseara ganar aún más. ¿Cómo se atrevían? ¿Cómo osaban intentar minar su confianza, romper la promesa que se había hecho y acabar con lo que todavía no había construido? Sacó un traje de baño blanco de otra bolsa y se lo puso rápidamente. Era más pequeño y *sexy* que el otro, pero no le importó. Se calzó sus sandalias doradas Manolo Blahnik de doce centímetros de tacón y a los pocos segundos oyó su nombre y salió a escena.

Sonrió, se contoneó, puso morritos y sedujo. No tuvo tiempo de sentirse incómoda o nerviosa. Aquella noche anunció al público que si la elegían *miss* Líbano intentaría que todos los niños del país tuvieran acceso a la educación, y que utilizaría el dinero para crear un fondo para la educación porque creía que los niños tenían derecho a ella. Por consejo de Antoine no había mencionado a los niños de los campamentos de refugiados. Una vez más se habían convertido en un tema candente en la prensa tras una visita de famosos organizada por Amnistía Internacional, que había criticado duramente al Gobierno israelí por la forma inhumana en que trataba a los refugiados palestinos. Además, algunas escaramuzas con soldados israelíes en el campamento Ein el-Hilweh habían vuelto a poner de actualidad la cuestión de los *tawteen*.

Lailah fue elegida *miss* Líbano 1991. Colette rebosaba alegría. Pero conseguir el título no le proporcionó la plataforma que necesitaba para informar a la gente no solo sobre la grave situación de los niños refugiados, sino también sobre su perseverancia y valor para superar tantos obstáculos para rehacer sus vidas.

—Nunca lograrás cambiar la forma de pensar de los libaneses —sentenció Georges haciendo referencia a la controvertida postura política que había adoptado Lailah al querer poner en marcha un programa de educación.

—Sé que no podré hacerlo, pero quizá sí que consiga concienciarlos. Me gustaría abrirles los ojos y que vieran lo que sucede en esos campamentos de refugiados, para que cuando el próximo suicida se inmole con una bomba en el zoco entiendan la desesperación de esos jóvenes que crecen creyendo que sus vidas son inútiles. La educación es la mejor arma que poseen, la única —adujo para intentar convencerlo—. Alguien tiene que intentar cambiar las cosas, aunque el cambio sea pequeño. Si no, todo seguirá igual.

Pero Georges no la entendió, ni nadie.

Había perdido el tiempo. Todas las horas y los esfuerzos que había dedicado habían sido inútiles. La gente no quería una *miss* Líbano inteligente, sino una guapa. No querían que expresara sus opiniones o sus ideas políticas, sino que sonriera y hablara poco. Empezó a cuestionarse y se preguntó si todo lo que había hecho y en lo que había creído era una gran equivocación. La decisión de invertir el millón de dólares que había ganado en un fondo de educación para refugiados había generado polémica, había atraído la atención de la prensa y había colocado a su familia en una delicada posición, por no mencionar las críticas personales que había tenido que soportar. Si le hubiera pedido el dinero a su padre, se habría ahorrado todas las críticas e indignación que había provocado. Aunque, en realidad, lo único que quería era que la gente abriera los ojos y se dieran cuenta de lo que estaba sucediendo en el país.

Descorazonada y apenada por la superficialidad que había supuesto recurrir a un concurso de belleza, al acabar su reinado decidió posponer su cruzada y volver al arte.

Entonces conoció a Rachid Hayek, un magnate de los medios de comunicación que se creía el Rupert Murdoch de Oriente Próximo. Tenía veinte años más que ella, estaba gordo y fumaba y bebía en exceso, pero la fascinó y encandiló, y le prometió que utilizaría sus canales de televisión y periódicos para llamar la atención sobre la situación de los refugiados. A pesar de sus promesas, al final no hizo gran cosa, y, conforme pasaron los años, los sueños de juventud de

Lailah se desvanecieron en la neblina del tiempo y, así, la vida que llevó al lado de Rachid se convirtió en una réplica de la de sus padres, en la que no faltaban las cenas y eventos sociales vinculados con él y su círculo de amigos.

Ahí estaba, frente al tocador, con treinta y siete años. Tras haberse prometido que nunca sería como su madre, se había convertido en el vivo retrato de Colette; utilizaba sus mismas palabras vanas, había perfeccionado la cháchara de los cócteles y solo le preocupaba el pelo, la ropa y el maquillaje.

—¡Lailah! —oyó que gritaba la voz de Rachid en el interfono de la mesilla. «¡Vaya, ha llegado pronto!» Se levantó y corrió a contestar.

—*Allo, chéri* —contestó con tanto entusiasmo como pudo.

—¿Estás lista?

—Dos minutos. ¿Subes a cambiarte o vas a ir como estás?

—No hace falta, te espero abajo.

Se lanzó una última mirada en el espejo. Llevaba un vestido de gasa amarillo amanecer, hecho a medida por el equipo de diseño de Elie Saab, con un estampado turquesa bordado con lentejuelas alrededor del cuello y en la orilla.

Salió del ascensor en el piso principal del ático y buscó a su marido. El vestíbulo era muy espacioso, en medio del suelo de mármol blanco había una imponente mesa redonda de caoba sobre la que descansaba un enorme jarrón con rosas blancas que cambiaba todas las semanas. Sobre la mesa colgaba una araña de cristal de Swarovski que no habría desentonado en el salón de baile de Versalles. Asomó la cabeza en la oficina de Rachid, junto a la entrada, pero estaba vacía. Miró también en el estudio, pero tampoco estaba allí. Siguió la estela de humo y lo encontró esperándola en el salón con un cigarrillo en una mano y un vaso de whisky en la otra. Estaba apoyado en la repisa de mármol de la chimenea que nunca se encendía y en la que Lailah había colocado unos cirios gruesos y blancos en vez de leña falsa.

Se sorprendió al ver su indumentaria. Casi siempre llevaba vaqueros o pantalones de sport con camisa hecha a medida por alguno de sus sastres. Tenía uno en Savile Row, otro en Hong Kong y en ocasiones las encargaba a Charvet, en la Place Vendôme de París. Sentía predilección por las de rayas y cuadros, en colores azules, rosas, verdes y morados, y todas le quedaban bien. A pesar del mundo en el que se movía casi nunca llevaba traje y corbata, o ni siquiera chaqueta. Y no era porque no los tuviera; su armario estaba lleno de trajes Brioni y Zegna hechos a medida, pero creía que tras haber levantado su empresa de cero, con solo dos personas en 1980, tenía derecho a vestirse como quisiera.

Aquella noche llevaba un traje oscuro, camisa blanca con gemelos y una corbata plateada. Aunque nadie diría que era un hombre apuesto, su confianza en sí mismo y su enérgica personalidad compensaban la falta de belleza física. Su estatura estaba un poco por encima de la media y su ligero sobrepeso se acentuaba en su prominente estómago y su abultada papada. Tenía el pelo completamente blanco y le empezaba a escasear (tenía entradas), aunque le quedaba el suficiente como para peinarlo hacia atrás. Tenía los ojos azules, que brillaban con malicia, y lucía un pequeño bigote canoso bien recortado.

«Tiene un aspecto muy distinguido», pensó Lailah cuando entró en el salón.

Rachid no se movió, permaneció donde estaba y la observó mientras se acercaba, con los ojos entrecerrados y una enigmática expresión que medio ocultaban las volutas de humo.

—Estás muy guapa —la elogió con un extraño tono de voz.

—¿Sí? —preguntó insegura de su belleza y de la impresión que causaba. Hacía tiempo que no le hacía un cumplido—. Gracias —dijo con sinceridad—. Estás muy elegante, hacía mucho que no te ponías un traje. ¿Qué tal el viaje?

—Bien —respondió sin precisar más.

—¿Dónde has estado? —continuó, al tiempo que veía de refilón su imagen en el enorme espejo del recibidor. Rachid tenía casi sesenta años. Siempre había mentido acerca de su edad, pero ya nadie le creía.

Donde siempre. —Evitó darle una respuesta concreta, lo que propició que se preguntara con quién habría estado.

«¿Qué ha sido de nuestro amor?», pensó cuando Rachid se sentó en el asiento trasero del coche y colocó el reposabrazos de cuero entre ellos. Antes no lo hacía nunca. Siempre le cogía la mano y jugaba con sus dedos o le ponía la suya en el muslo. Aquel reposabrazos se había convertido en el muro que se había levantado entre ellos y que se reforzaba y crecía conforme pasaban los años, separándolos física, metal e íntimamente.

—¿Qué has hecho hoy? —dijo Rachid arrellanándose en el asiento.

—He tenido una reunión en el museo Sursock —contestó mirando por la ventana distraída—. Con el comité de adquisiciones; quieren comprar unas piezas que han salido al mercado.

—Muy bien, así estás ocupada. ¿Estás contenta de que te haya conseguido ese trabajo?

Lailah permaneció en silencio, le había molestado aquel comentario. Sabía que estaba en la junta gracias a él, pero tampoco tenía por qué recordárselo a todas horas.

—Y después has dado un paseo —mencionó de pasada.

—¿Qué? —exclamó volviéndose hacia él.

Estuvo a punto de preguntarle cómo lo sabía, pero se contuvo. Por supuesto, Marcos, su chófer y aprendiz de espía, le habría dicho que le había pedido que la dejara en la Escalier de l'Art porque hacía un día muy bonito y le apetecía tomar el aire. Últimamente le había dado por empeñarse en que no fuera a ningún sitio sola. Quería saber lo que hacía, dónde iba y a quién veía. ¿Por qué no confiaba en ella? A diferencia de él, jamás le había sido infiel. Por supuesto, no le habían faltado oportunidades y había estado tentada, pero nunca las había aprovechado.

¿Le volvía inseguro la edad? Quizá que no la hubiera tocado desde hacía mucho tiempo le hacía creer que se había entregado a alguno de los muchos hombres que la encontraban irresistiblemente hermosa.

—He ido a ver la obra de una nueva artista.

—¿Dónde?

—En la galería de Hala Najjar —contestó poco convencida de que le estuviera escuchando.

Rachid estaba comiéndose con los ojos a una joven escasamente vestida y resultaba imposible prestar menos atención a lo que le decía. Le había pedido muchas veces que no lo hiciera delante de ella, que la dejaba en una situación muy violenta, pero no había servido de nada, así que se había dado por vencida. En cualquier caso, ya no le importaba que lo hiciera.

—Pero no he tenido mucho tiempo para ver los cuadros porque se me hacía tarde.

—Entonces es cuando has ido a la Rue Gouraud. —Aunque pareciera mentira, le había prestado atención—. A un nuevo salón de belleza. ¿Qué pasa? —preguntó en un tono que consiguió azorarla—. ¿Te has cansado de los salones elegantes y caros o estás intentando ahorrar?

—No me acordaba de que teníamos esta cita y no me daba tiempo a ir desde el museo a Alexandre y después a casa. El tráfico estaba imposible —explicó, a sabiendas de que intentaba provocarla.

—¿De verdad?

—He preguntado si había algún salón decente cerca, y creo que han hecho un buen trabajo. De hecho, volveré la semana que viene, cuando vaya a ver a Hala —aclaró negándose a morder el anzuelo.

—¿Qué quería Hala?

—Saber mi opinión sobre si debería organizar una exposición de una nueva artista que ha descubierto.

—Lailah, la última que organizaste fue un desastre y los cuadros que dijiste que eran buenos, los que compraste para la casa de la playa, eran tan malos que cada vez que los miro me entra dolor de cabeza.

—Hay gente a la que les gustan —rebatió con orgullo—. A ti solo te interesan los artistas famosos y las marcas conocidas. Para ti lo mejor es lo más caro.

—¡Tonterías! —se rio apretando el botón para cerrar la ventanilla—. Además, Hala tiene un gusto horrible. Su galería es un desastre.

—No es verdad —empezó a decir, pero se contuvo. Inspiró con fuerza y suspiró. Tiempo atrás le habría rebatido, pero sabía que no tenía sentido. No le gustaba ni Hala Najjar, ni su galería, punto.

—En tiempos te fiabas de mí e invertías en mis ideas.

—Sí, y mira cómo me fue. Casi perdí mi prestigio, y la cadena de televisión estuvo a punto de cerrar por lo que querías que hiciera.

—Siempre me lo echarás en cara, ¿verdad?

—Me dijiste que querías, espera, ¿cómo lo expresaste?, despolitizar la historia, mostrar la cara humanitaria del conflicto con los refugiados palestinos, mostrar que los niños sufrían de malnutrición, de falta de educación y que carecían de suministros médicos.

—Y a ti te pareció bien.

—Sí, pero gracias a Dios, entré en razón; de lo contrario, ahora estaría en la calle.

—Cediste a la política, Rachid.

—¡Por Dios santo! La presunta falta de ayuda humanitaria en los campamentos no le importaba a nadie, ni entonces ni ahora.

—No era el momento oportuno —concedió con lágrimas amargas en los ojos.

—¡Basta ya, Lailah! Eso es una pobre excusa a tu mediocridad.

Siempre tenía que decir la última palabra, siempre tenía la razón. La gente se lo permitía, al igual que ella, que por el contrario se retractaba constantemente. A menudo pensaba que solo la valoraría cuando estuviera muerta, aunque eso no lo cambiaría; seguiría su camino y se buscaría a otra mujer. Ya lo había hecho, estaba segura.

El teléfono de Rachid sonó, lo sacó del bolsillo y empezó a hablar. Solo murmuraba monosílabos en tono bajo y era imposible entender de qué estaba hablando o con quién.

«Cuánto ha cambiado desde que nos conocimos», pensó viendo pasar Beirut a toda velocidad a través de los cristales tintados del Mercedes. La fluorescente luz anaranjada de las farolas se fundía con las intensas luces de los cafés y restaurantes, y el enloquecedor ritmo de la ensordecedora música *technofunk* que provenía de los bares amordazaba la suave música que se oía en el coche. Incluso los automóviles vibraban con aquella cadencia de potentes bajos y baterías eléctricas, un reflejo del turbulento río de luz y sonido en el que se había convertido su vida.

«¿Por qué los matrimonios y las relaciones siempre se basan en luchas de poder y en quién es la figura dominante? ¿Por qué es el dinero el que dicta quién se impone? *Plus ça change, plus ça reste le même*», pensó cuando el coche enfiló la entrada de la mansión de Imaan y Joseph Sayah.

Capítulo cuatro

*I*maan Sayah estaba radiante cuando salió a recibir a sus invitados. Llevaba un largo vestido sin tirantes color bronce, de suave y ceñida seda *charmeuse* un par de tallas más pequeño, que no favorecía especialmente su rolliza figura, pues acentuaba sus hombros redondeados, flácidos brazos y senos y estómago demasiado grandes. Parecía que se había empeñado en que la embutieran en el vestido y se había negado a admitir que no le quedaba bien.

—*Marhaba! Marhaba!* Me alegro mucho de que hayáis venido. Hace meses que no os veo. —Saludó a Lailah y Rachid besándolos tres veces, como era costumbre.

—*Kifek*, Imaan? —preguntó Lailah. Se conocían, pero no eran amigas.

—Estupendamente bien —contestó con excesivo entusiasmo y falsa sonrisa.

—¿Dónde está mi tocayo Joseph? —inquirió Rachid.

—Imagino que por algún lado —dijo Imaan haciendo un giro con la mano, como si se refiriera a una mosca.

—Hola, bienvenidos —saludó eufórica a la pareja que entró un par de minutos después—. Gracias por venir. Encantada de que hayáis venido.

—Ven, Lailah —pidió Rachid cogiéndola por el brazo.

—Que os divirtáis. —La voz de Imaan resonó en la rotonda de la entrada mientras la pareja se dirigía hacia el espacioso salón.

—Esa mujer es muy dominante. Si fuera su marido, hace tiempo que la habría echado a patadas —susurró Rachid.

—Al menos dice lo que piensa —la defendió Lailah.

—Necesita que la pongan en su sitio.

—¿Y qué «sitio» es ese? —preguntó, pero Rachid no contestó.

—Mira, ahí está el general. Tengo que hablar con él —se excusó soltándole el brazo para saludar al hombre que se dirigía hacia ellos.

Imaan Sayah los siguió con la vista y se preguntó cómo era posible que siguieran casados. Recordó haber ido a su boda. Todas las mujeres habían comentado que era una pena que una joven tan guapa, que merecía a alguien mejor, se casara con aquel bruto. «Qué razón tenían», pensó.

—¡Imaan! —gritó una risueña voz.

Se volvió y vio a una mujer unos años más joven que se acercaba con los brazos abiertos. «¡Santo Cielo!», pensó.

—¡Rima! Muchas gracias por venir —la saludó sonriendo.

—*Au contraire*, querida. Gracias por invitarnos.

—¿Dónde está Tony? —preguntó mirando hacia la puerta.

—Iba detrás de mí hablando por teléfono, enseguida viene.

«Esta noche va mejor vestida, no tiene su habitual aspecto barriobajero», se dijo. Rima era alta y delgada, y llevaba unos pantalones de gasa negra profusamente bordados y un sencillo top plisado de gasa sin espalda ni mangas. El tono negro de su pelo parecía menos intenso y los reflejos caramelo de los mechones que enmarcaban su cara combinaban con el bronceado de su piel. Se lo había recogido en un moño al estilo francés que resaltaba sus marcados pómulos y su esbelto mentón. Se había maquillado en exceso los ojos, pero le quedaba bien.

—¡Tony! —exclamó Rima cuando entró su marido—. Ahí lo tienes. ¿A que Imaan está fantástica, cariño? —preguntó levantando la mano para que la cogiera.

—Me alegro de verte, Imaan —saludó Tony Saad.

—Encantada de que hayas venido —contestó Imaan con gentileza.

Tony le caía mejor que Rima, a la que no le iría mal prescindir de toda aquella afectación y aires de grandeza, y dejar
de competir con mujeres más cultas, ricas o mejor casadas
que ella. Tenía un verbo almibarado que sonaba falso, sonrisa artificial y risa forzada. Siempre describía a su marido
como más importante, mejor y más rico de lo que era, le adjudicaba un estatus social más elevado y hacía lo posible porque la acompañara a todos los acontecimientos sociales y los
incluyeran en los ecos de sociedad. Por el contrario, Tony se
mostraba tal como era, un hombre simpático y agradable, un
buen representante que en tiempos había trabajado para Rachid Hayek. Nadie sabía muy bien por qué había renunciado
a una brillante carrera en aquel imperio de los medios de comunicación, aunque había quien especulaba que podía deberse a Rima. Había acabado montando una empresa que exportaba y distribuía vinos libaneses en varios países de
Europa y Norteamérica.

—Todo es precioso, Imaan —la elogió Rima mirando a su
alrededor.

Jamás había estado en aquella mansión; solo los habían
invitado a la casa de la playa en veladas más informales. Se
fijó en el vestíbulo y en la cara alfombra de seda color burdeos que parecía auténticamente persa, en la araña de cristal
en la que brillaban unas bombillas en forma de vela, en las
obras de arte, en los suelos de mármol, en los espejos dorados y en el gusto con que lo había armonizado todo. Observó
a los camareros, con sus perfectamente planchados uniformes o chaquetas blancas y pantalones negros, que se movían
con gracia con innumerables copas de champán que se balanceaban de forma precaria en bandejas de plata, y se preguntó si formarían parte del personal o los habría contratado
para aquella noche. Más allá del vestíbulo se hallaba el
grueso de los amigos de Imaan, *la crème de la crème* de la
sociedad beirutí, un homenaje a lo que la anfitriona representaba, una imagen real de su poder. Meneó la cabeza impresionada y con cierta envidia. Lo que haría por ser como
Imaan y poseer todo aquello.

—¿Quién ha venido? ¿Conozco a alguien? —susurró entusiasmada.

—Conoces a todo el mundo, querida Rima —aseguró Imaan antes de volverse hacia Tony—. ¿Qué tal el negocio?

—Estoy empezando, gracias por preguntar —contestó al tiempo que su mujer le ponía la mano en el brazo.

—Va de maravilla —intervino Rima—. Tony está muy ocupado, recibe muchísimas llamadas.

—Rima… —la cortó su marido sonriendo, y le dio una palmadita en la mano para calmar su entusiasmo con una visión realista—. Todavía estamos echando los dientes, Imaan. Tenemos problemas, pero ninguno insuperable.

—¿Y todas esas llamadas de teléfono y faxes? —replicó Rima haciendo un mohín—. Siempre dices que todo va de maravilla y que recibes pedidos sin parar.

—Los tendré, querida, no te preocupes —la calmó mirándola como a una niña malcriada.

—Deberías contratarla como relaciones públicas —le aconsejó Imaan. Rima se hinchó de orgullo y sonrió ante el cumplido que le había hecho una de las mujeres más poderosas del Líbano—. Si necesitas mi ayuda, Tony, cuenta conmigo —aseguró.

—Gracias. Puede que te tome la palabra —contestó él afectuosamente.

—Tomaos una copa de champán —sugirió Imaan.

—¿No vienes, Imaan? —preguntó Rima.

—Enseguida. Tengo que recibir a los invitados que faltan por llegar y no sé dónde se ha metido Joseph.

Tony y Rima sonrieron. Un camarero les ofreció una copa de champán y se dirigieron hacia el salón.

—Rima… —comentó Tony cuando esta tomó el primer sorbo y cerró los ojos para saborear el frío y dorado líquido que descendía por su garganta—. Rima, por favor… Ya sabes cómo te pones.

—Esta noche me siento de maravilla —aseguró para tranquilizarlo antes de tomar otro largo trago con el que casi acabó la copa.

—Ten cuidado, por favor.

—¡Tony, deja de darme la lata! —exclamó dándole un codazo de broma—. Bueno… —empezó a decir sonriendo con engreimiento.

—Bueno, ¿qué? —preguntó su marido antes de probar su copa.

—Le gustamos —aseguró entusiasmada para cambiar el tema de conversación.

—¿A quién?

—No te enteras, Tony. Le gustamos a Imaan.

—Rima… —empezó a decir, pero su mujer le interrumpió.

—Le gustamos y está deseando ayudarte. De no ser así no te lo habría ofrecido.

—¡Rima! —exclamó en tono recriminatorio cuando esta cogió una segunda copa de champán.

—Deberías aprovecharte. No todos los días te ofrece ayuda una mujer como ella. Podría ahorrarte todos los trámites burocráticos y presentarte a gente que tenga contactos en el negocio del vino.

Tony levantó las cejas, molesto por la rapidez con que se acababa las copas y atento a cualquier indicio que revelara la posibilidad de que hiciera una escena, pero parecía contenerse.

—Rima, ha sido una oferta muy amable, pero no voy a aprovecharme de ella. Me cae bien, es una mujer muy agradable e inteligente. Sabe cómo jugar sus cartas. De no ser así no estaría donde está.

—¿A qué te refieres? ¿No es porque es miembro de la familia Sayah?

—En absoluto. Mira a tu alrededor. Todo esto, la casa, el champán y la elegancia son fruto de su trabajo.

—Pero ¿no tienen mucho dinero los Sayah?

—La familia sí, pero no Joseph. Despilfarró su herencia antes de casarse con Imaan. Aparenta ser rico, pero en realidad vive del nombre y la reputación de su familia, y de Imaan.

—Así que todo esto lo ha hecho ella… —comentó con incredulidad y creciente envidia conforme recibía más información.

—Sí, además Joseph no tiene nada que ver en su carrera diplomática.

—¿De verdad? Creía que todos esos puestos se los había

conseguido la familia Sayah. Al menos eso es lo que piensa todo el mundo, que Joseph la ha enchufado.

—Tonterías, vete tú a saber con qué tipo de gente hablas.

Rima se sintió violenta. No quería admitir que había dado por descontado que Imaan era una mujer poderosa por haberse casado con Joseph Sayah. No tenía ni idea de que Imaan tuviera tanto talento. Siempre había fantaseado con qué habría sido de ella si hubiera tenido la suerte de ser madame Sayah.

—Imaan todavía estaba casada con su primer marido cuando empezó a trabajar en el Ministerio de Asuntos Exteriores, justo cuando acabó un máster en la Universidad de San José.

—¿Estuvo casada antes? —preguntó Rima, incrédula.

—Sí, y su marido era un monstruo.

—¿Cómo sabes tantas cosas?

—Porque, querida esposa, yo también fui a San José, ¿te acuerdas? —Rima asintió—. No creo que el matrimonio durara mucho. Imaan es lo suficientemente inteligente como para salir de una situación difícil, pero cuando se divorció estaba embarazada.

—¿Y qué pasó con el bebé?

—Que yo recuerde se quedó con él, pero tuvieron un terrible enfrentamiento público cuando cumplió siete años.

—¿Por qué?

—Porque en el Líbano un padre puede reclamar la custodia de los hijos a esa edad, y hay muchas posibilidades de que un juez se la conceda. Hasta entonces, la madre tiene todos los derechos. Así que, antes de que la niña cumpliera siete años, Imaan consiguió que la destinaran a la embajada de Madrid.

—¿Por qué? —preguntó dejando la segunda copa en una bandeja y cogiendo otra llena.

Tony arrugó el entrecejo, pero la mujer hizo un gesto con la mano para calmarlo.

—Porque esa ley no puede aplicarse si la madre y el hijo están fuera del país.

—Pero ¿no estaba casada ya con Joseph Sayah?

—No, eran amigos. Él también estudió en San José. Hicieron una ceremonia civil en Madrid cuando Imaan consiguió el divorcio. Después la nombraron cónsul general en Italia y embajadora en Suiza.

—¿Y Joseph estuvo con ella todo el tiempo?

Tony asintió.

—¿Y qué hacía?

—No lo sé —contestó encogiéndose de hombros.

—Así pues, si Imaan ha vivido en España, Italia y Suiza, podría ayudarte a vender vino en todos esos países —concluyó entrecerrando los ojos.

—¡Rima! —exclamó Tony.

—Bueno, al fin y al cabo fuisteis compañeros de universidad.

—No digas tonterías, ni siquiera íbamos a la misma clase. Ella hizo un máster en Derecho Internacional y yo estaba en Relaciones Públicas. Además, como ya te he dicho, jamás le pediré nada.

—¡Eres tonto! —lo acusó en voz alta, y varias personas se volvieron para mirarlos—. Nunca te aprovechas de la gente. Si no fueras tan orgulloso, habríamos llegado más lejos y no estarías empezando siempre algún negocio. Tendríamos más dinero y perteneceríamos a otro círculo social.

Tony suspiró, pero no se sorprendió. Rima volvía a la carga. Normalmente lo soportaba, pero aquella noche no. Estaba cansado, después de un largo viaje a Londres, París y Nueva York, agobiado por las cifras iniciales del negocio y la displicente actitud de su mujer. La miró y, aunque solía mantener la calma e intentar verla como la hermosa madre de sus dos hijos, pensó que tenía delante a una niña malcriada que no había hecho nada en su vida y a la que solo le interesaban la ropa, las joyas, las fiestas y el salón de belleza.

—Mira, Rima, empiezo a cansarme de tus comentarios sobre mi inutilidad —le espetó en voz baja y airada—. Hago todo lo que puedo para mantenernos y no necesito que me digas lo que tengo que hacer.

Rima lo miró, sabía que estaba enfadado. ¿Por qué no se habría casado con alguien más rico, de mejor familia, alguien con más poder que le diera todo lo que quisiera?

—Nunca serás como Joseph Sayah o Rachid Hayek… —le echó en cara, envalentonada por el champán.

Aquello le enfureció. Miró a su mujer sin poder articular palabra, a punto de perder el control. Dio un paso hacia ella y con los puños cerrados, los labios fruncidos y ojos entrecerrados con brillo de pedernal dijo:

—Diviértete, Rima, enviaré el coche a recogerte.

—¿Qué? ¿Esa birria de Toyota? —se burló mientras cogía otra copa de champán tambaleándose.

Tony guardó silencio y dejó que se apoyara en él para recobrar el equilibrio.

—Me voy, creo que sería mejor que me acompañaras.

—Ni hablar, tengo derecho a divertirme —replicó con agresividad.

—Muy bien.

El hombre se dirigió hacia la puerta con la esperanza de que su mujer se calmara y lo llamara, pero no lo hizo. Copa en mano, Rima se dirigió en dirección opuesta por un pasillo, en el que se topó de bruces con Joseph Sayah. Este, tras mirarla de arriba abajo, la invitó a probar su colección privada de champán y le aseguró que en su estudio podrían hablar en privado.

—Hace mucho tiempo, Rima… —comentó poniéndole la mano en la parte inferior de la espalda para guiarla.

Tony se despidió de Imaan con la excusa de que había recibido una llamada y de que tenía que ocuparse de un asunto urgente.

—¡Vaya! Es una pena que tengas que irte, pero no te preocupes, cuidaremos de Rima. Si quieres, la enviaré en mi coche —sugirió.

—Gracias, eres muy amable. —Al menos su mujer no se avergonzaría subiendo a un Toyota delante de sus supuestos amigos ricos.

—De nada, Tony. Estaremos en contacto.

«Es encantador. Un hombre sencillo y humilde», pensó, y se acordó de su hermano.

¿Cuánto tiempo había pasado desde el día que al volver su hermano del trabajo la había cogido en brazos y le había dicho que era la cosa más preciosa del mundo? Desde la fatídica tarde en que cuando corría hacia él, como siempre, se había desplomado en el polvoriento y árido suelo con la boca contraída intentando respirar. Imaan se detuvo en seco cuando vio que se caía y se desparramaba el contenido de las bolsas que llevaba. Era imposible. Su hermano era el hombre más fuerte del planeta. No era un cobarde ni estaba enfermo. Cuando llegó a su inmóvil cuerpo no supo qué hacer. Dio vueltas a su alrededor con las manos en la espalda, esperando que le dijera qué tenía que hacer.

Finalmente se sentó a su lado y le levantó la cabeza para ponerla en su regazo con cuidado.

—Baba? —susurró—. Baba, jair? Lo llamaba «baba», que normalmente se utiliza con los padres, porque Hasan había sido como un padre para ella.

—Imaan —empezó a decir Hasan Ossairan con gran esfuerzo—. Prometí a nuestros padres que cuidaría de ti y les he fallado. Todavía eres muy joven. Pórtate bien y haz caso a tu hermano Amr y a su mujer —continuó, e intentó tocarle la cara, pero no tuvo fuerza suficiente.

—¿Por qué tengo que hacerle caso a él y no a ti, baba? —preguntó con inocencia.

—Porque a partir de ahora vivirás con ellos.

—¿Por qué, baba? ¿Por qué tengo que ir a otra casa?

—Porque voy a dejarte. He de irme.

—Pero…

—Imaan —la interrumpió. Sentía mucho frío, se le nublaba la vista y el corazón le latía de forma irregular—. Cuando crezcas comprenderás más cosas, muchas más de las que alcanzaré a entender yo. Quiero que me prometas algo —pidió con voz entrecortada.

—Pero…

—Imaan —dijo en un último esfuerzo—. Naciste en el Líbano. Eres libanesa, pero también quiero que estés orgullosa de ser palestina. Quiero que estés orgullosa de quién eres y de dónde procedes.

Hasan exhaló su último suspiro y su cabeza cayó sin vida. Imaan supo que algo había pasado, pero no que estuviera muerto. «No puede ser. No pasa nada, no pasa nada», pensó. Hasan murió a los treinta y cuatro años en brazos de su hermana de ocho, alcanzado por la bala perdida de un pistolero israelí cuando volvía a casa con un paquete de *mamul* en una mano y una caja de *nammura* en la otra.

Rima entró en el tocador antes de volver a la fiesta. Dejó el bolso en una estantería y se miró en el amplio espejo veneciano. Llevaba el pelo revuelto, tenía los ojos brillantes y la cara demasiado roja, y no por el champán. Dejó escapar una risita. «Todavía soy atractiva», pensó con orgullo. Habían pasado veinte años, pero no importaba que tuviera cuarenta y dos; Joseph Sayah aún la deseaba. Estudió su reflejo y se preguntó si se acordaría de aquel día de hacía tanto tiempo. Se lo había comentado y él había respondido «Sí, sí». Pero ¿era verdad o lo había dicho debido a que estaba jugueteando con su pene en la boca?

«¿Habrá significado algo para él este encuentro? —meditó mientras se recogía el pelo con una horquilla—. ¿O será como la última vez y tendré que esperar su llamada como hace tantos años?» Se empolvó la cara para ocultar el arrebol de sus mejillas, se repasó el carmín y añadió brillo para tener unos labios más sensuales y provocativos.

Se dio la vuelta sin dejar de mirarse, tenía buen aspecto. Quizás aquella noche cambiaría su vida. Sintió que se había vengado de su marido. «Así aprenderá», pensó. A pesar de que nunca tendría valor para contárselo, había permitido que otro hombre la tocara y la penetrara, y aquello le bastaba. Tenía algo por lo que sonreír, como si el hacer el amor en el sofá del estudio le hiciera sentirse superior y le otorgara un poder secreto sobre Tony. «¡Toma esa! —exclamó con arrogancia ante su reflejo como si estuviera hablando con su marido—. ¿Crees que puedes tratarme así? Pues no. No eres el único hombre en este mundo. Puedo tener a todos los que quiera.»

De camino a la fiesta cogió otra copa de champán. Se mezcló entre la gente esperando que nadie la hubiera echado de menos o la estuviera buscando. Comprobó el móvil por si había alguna llamada perdida de Tony o por si su chófer la estaba esperando. No había ninguna. Estupendo, podía quedarse y alternar con los invitados. Recorrió el salón con una sonrisa en los labios. ¿Qué dirían si supieran que acababa de acostarse con el dueño de la casa? ¿Qué pensarían si se convertía en la nueva madame Sayah?

El ruido y el humo abarrotaban la habitación: las carcajadas y las risas sofocadas se mezclaban con el barullo de las conversaciones y la música, al tiempo que las plateadas volutas azules de los puros y la omnipresente neblina gris de los cigarrillos se elevaban hacia el techo y formaban un palio bajo el que se había reunido la *crème* de la sociedad beirutí. Desde un extremo y sin dejar de beber, miró a su alrededor. Le apetecía que la vieran hablando con alguien rico, conocido, importante o poderoso, para que, por ósmosis o asociación, todos pensaran que también ella lo era. Estaba convencida de que, si se abría paso a codazos encontraría a alguien, aunque empezaba a tener calor y notaba un goteo de sudor en un lado de la cara.

Se secó con discreción con la servilleta que le habían entregado con la copa y se dedicó a espiar a Rachid Hayek, que tenía un vaso de whisky en la mano y hablaba con alguien que no alcanzaba a divisar. Se acercó fingiendo que buscaba a alguien y sonriendo a los desconocidos como si fueran íntimos. Cuando vio al interlocutor de Rachid, el corazón le dio un vuelco. Era el general Michel Aoun, excomandante de las Fuerzas Armadas Libanesas y antiguo primer ministro. Tras la guerra civil se había visto forzado a exiliarse. Quince años después, en 2005, había regresado a Beirut, donde había fundado el Movimiento Patriótico Libre, del que era líder. Había sido elegido miembro del Parlamento y su partido había obtenido veintisiete de los ciento veintiocho escaños.

«¿De qué estarán hablando?», se preguntó, aunque no le interesaba la política ni quién había sido elegido primer ministro o presidente. Lo único que quería era poder decir que se había encontrado con el general en casa de Imaan Sayah, que se había sentado junto a él y habían hablado largo y tendido sobre la situación política del país. Decidida a participar en la conversación se acercó cada vez más. Rachid le daba la espalda. Al llegar a su lado, se dio la vuelta y fue reculando poco a poco hasta tropezar con él.

—¡Dios mío! —exclamó llevándose una mano a la boca—. ¡Lo siento mucho! ¿Le he derramado la bebida? ¡Santo Cielo, qué torpe que soy! Por favor, permítame que le pague el tinte. Deje que le limpie —añadió mientras le pasaba la servilleta como si estuviera secando un whisky imaginariamente volcado.

Rachid y el general Aoun la miraron sin entender por qué reaccionaba así, ya que ninguno de sus vasos había perdido una gota. Rima sonrió y soltó una risita que contribuyó a que su comportamiento pareciera más absurdo y estúpido.

—¡General! Encantada de volver a verle. ¿Qué tal está? Hacía años que no le veía.

Michel Aoun la miró sin saber qué decir. No tenía ni idea de quién era.

—¿Cuándo ha vuelto de París? —preguntó tomando otro trago de champán—. Le hemos echado de menos —añadió tocándole ligeramente el brazo. El general estaba desconcertado, y Rachid se echó hacia atrás para admirar el amplio y redondeado trasero de Rima—. La ciudad no era la misma sin usted.

Michel seguía estupefacto; Rachid intentaba contener la risa.

—Madame —empezó a decir inclinándose hacia ella—, el general volvió hace dos años y ha estado en el Parlamento desde entonces.

—Sí, claro —replicó volviéndose hacia Rachid y soltando una risita nerviosa—. Ya sé que está en el Parlamento. Le he preguntado por París porque leí un artículo que decía que había estado en Europa y asumí que sería París porque…, ya sabe, vivió allí muchos años y… Bueno, por eso ha sido… —balbució de forma incoherente. El general no sabía cómo reaccionar. Rachid se reía abiertamente—. ¿Qué tal su mujer y sus hijos? —preguntó, desesperada por seguir en compañía de esas exclusivas personas.

—Muy bien, gracias. Si me perdona, madame —pidió Michel antes de volverse hacia Rachid—. Gracias por el consejo, amigo —dijo estrechándole la mano—. Te llamaré la semana que viene y seguiremos hablando mientras comemos.

—*Tayeb, habibi* —se despidió Rachid, sonriendo.

—¿Quién es esta loca? —preguntó al darle un abrazo.

—Ni idea, pero no está mal. Tiene un buen culo.

—Sigues siendo el mismo, ya veo que los años no te han cambiado —comentó el general dándole una palmada en la espalda.

—Comemos la semana que viene —dijo Rachid entre risas.

Michel Aoun se despidió y se fue.

—Un hombre educado y agradable. Muy afectuoso y simpático —comentó Rima, que lanzó un suspiro.

—¿Lo conoce bien?

—No, la verdad es que no, pero tiene ese tipo de cara, ya sabe... —admitió volviéndose hacia él. Si no podía hablar con el general, Rachid era una buena segunda opción—. No se acuerda de mí, ¿verdad? —preguntó sin dejar de mover las falsas pestañas por encima de la copa de champán.

—Tiene unos rasgos que no habría olvidado —contestó sonriendo con ironía.

Rima soltó una risita.

—Nos hemos visto en varias ocasiones... Ya sabe, en fiestas... —aseguró, pasándose la lengua por los labios—. Tenemos amigos comunes.

—Qué sorpresa que hayamos vuelto a coincidir —dijo Rachid sin dejar de mirarla. Le resultaba vagamente familiar, era como el millón de mujeres que vivían en Beirut, bonita, pero sin nada que la distinguiera. Era sosa, tonta y superficial. Pero, en cualquier caso, entre las sábanas no necesitaba personalidad ni inteligencia, solo mostrar entrega.

—Sí —dijo sonriendo con coquetería—. Quizás haya sido el destino —añadió de forma provocativa.

—¡Claro! Un fortuito giro de acontecimientos. —Se quedaron callados un momento—. ¿Qué tal Tony? —preguntó con indiferencia.

—¿Tony? —Se sorprendió de que conociera a su marido—. Esto... —Soltó una risita nerviosa—. Muy bien, gracias. Acaba de empezar un nuevo negocio y tenemos los dedos cruzados.

—Dígale que me llame —dijo antes de tomar un trago de whisky.

—Lo haré, muchas gracias. Si pudiera echarle una mano o darle algún consejo. Ya sabe…, le admira mucho…, lo considera su mentor…, le estaría muy agradecido.

—Venga, venga… —dijo para que dejara de darle coba.

—No, de verdad. Tiene mano de santo. Todo lo que toca se convierte en un éxito.

—Tony es un hombre inteligente. Me apenó perderlo, pero estoy seguro de que le irá bien. Dígale que me llame. Quizás también usted debería hacerlo.

—¿Sí? —preguntó arqueando las cejas.

—Sí, quizá podamos hacer algún negocio juntos. —Rima sonrió—. Quién sabe lo que puede resultar de una tarde compartiendo ideas.

—Seguro, pero ¿cómo me pongo en contacto con usted?

Rachid buscó en el bolsillo de la chaqueta y sacó una tarjeta.

—Aquí tiene mi número de móvil personal.

—Muchas gracias. No le quepa duda de que le llamaré.

—*A bientôt* —se despidió con sonrisa lasciva antes de irse.

«¿Cómo se llama?», se preguntó. Tony Saad siempre le había caído bien, pero no se acordaba del nombre de su mujer. Nunca había entendido qué había visto en ella ni por qué se había casado. De hecho, cuando se la presentó, le recomendó que se divirtiera con ella, pero nada más. Tony se molestó con aquel burdo comentario; aquello había supuesto el fin de su amistad.

Rima estaba encantada, aquella noche había conquistado a otro hombre. «¡Toma esa, Tony! Todavía me desean los hombres más poderosos de Beirut. Un momento…», pensó mientras Rachid desaparecía entre la multitud.

—¡Rachid! ¡Rachid! —gritó, pero no consiguió divisarlo. Podía salir corriendo detrás de él, pero aquello la colocaría en una situación embarazosa—. Me llamo Rima —murmuró con suavidad hacia la tarjeta. «No me ha preguntado el nombre», se sorprendió mientras miraba la copa vacía.

Υ

«¿Dónde estará Joseph? —se preguntó Imaan por enésima vez mientras iba y venía entre los invitados—. Sabe lo importante que es esta fiesta y me prometió que estaría a mi lado. Si hubiera sido al revés, ya habría enviado a las Fuerzas de Seguridad Internas.»

Capítulo cinco

—¿*M*adame? —preguntó un camarero con una bandeja llena de bebidas.

Lailah estaba absorta y se sobresaltó. Miró lo que le ofrecía y sonrió entusiasmada ante los diferentes cócteles preparados en brillantes y coloridas copas, cuyos pies combinaban con el color de la bebida. Sin duda era de gran ayuda para los camareros, pero, aun así, le pareció un bonito detalle.

—Veamos. ¿Llevan alcohol?

—No, madame, pero si quiere le traeré uno con ginebra, vodka o ron.

—No, gracias, no tomo licores. A ver, ¿qué tenemos por aquí?

—Este es piña con menta, madame —explicó indicando una copa con el pie verde—. Ese es granadina con lima. —Estaba servido en una copa con pie rojo—. Y este, mandarina con un toque de romero —dijo señalando una copa con pie de color naranja.

—Piña con menta —pidió—. Delicioso —añadió tras tomar un trago.

—Que lo disfrute.

En ese momento, una mujer se puso de espaldas al camarero. Lailah estaba tomando otro sorbo y contuvo el aliento ante el inminente desastre, pero, por suerte, no llegaron a chocar.

Al notar el roce del camarero en su espalda, la mujer se dio la vuelta y miró a Lailah y su copa de pie verde.

—Lo siento, creía que había tropezado con alguien —se excusó.

—No, solo era un camarero que pasaba.

No sé cómo lo hacen con tanta gente.

—Sí, son muy profesionales. Tengo que preguntar a Imaan a quién ha contratado para el *catering*.

Se sonrieron. Lailah tuvo la sensación de que la conocía de algo o la había visto antes, pero no recordaba dónde. Solía olvidar los nombres, pero nunca una cara. Fuese quien fuese era una mujer atractiva. Tenía la tez clara, pómulos pronunciados, frente ancha y gruesas y arqueadas cejas que enmarcaban con orgullo unos ojos ambarinos. Tenía una boca bonita, barbilla pequeña, nariz bastante larga, más iraní que libanesa, y el cabello negro y liso cortado con el mismo largo, que le caía un poco más allá de los hombros. Era de estatura media y estaba rellenita. Su suave cutis y su abierto y alegre carácter hacían difícil calcular su edad.

—Una fiesta encantadora. Imaan ha tirado la casa por la ventana —comentó la mujer.

—Pues sí. Perdona, pero ¿no nos conocemos? Creo que nos hemos visto antes. —La mujer abrió la boca para decir algo en el momento en el que Lailah se acordó—. ¡Ya lo sé! —gritó entusiasmada—. Estabas esta tarde en el salón de belleza, ¿verdad?

—¡Sí! —respondió con el mismo entusiasmo—. ¡Eso es! A mí también me resultas familiar. Creo que te iban a secar el pelo cuando entré.

—¡Qué coincidencia! Y ahora estamos en la misma fiesta —comentó Lailah.

—Quizás haya sido el destino —añadió la mujer entre risas.

—¿Vas a menudo a ese salón?

—No, hoy ha sido la primera vez. Mi marido y yo acabamos de volver a Beirut y hasta que encontremos casa estamos viviendo con mi familia política en la Rue Gouraud.

—Bueno, convivir con los suegros es complicado.

—Sí, sobre todo si se ha vivido en el extranjero mucho tiempo y ya no se está acostumbrado a las grandes familias. Por cierto, me llamo Nadine Safi —se presentó.

—Lailah Hayek, *tsharrafnah*. Tienes un pelo precioso.

—Estaba a punto de decir lo mismo del tuyo.

—Ha sido un gran hallazgo. Seguro que vuelvo.

—Y, ¿sabías…? Bueno, la verdad es que no sé si te gustan los *nammura*… —empezó a decir Nadine.

—¡Sí! —la interrumpió Lailah.

—Al lado del salón viven dos señoras mayores que son excelentes reposteras y pasteleras.

—¿Sí? Pues no me he fijado en que hubiera ninguna pastelería —comentó Lailah arrugando el entrecejo.

—Solo trabajan por encargo y, créeme, han venido con un enorme pedido de *nammura* que olía de maravilla.

—Tendré que probarlos.

Continuaron charlando amistosamente. Habían conectado de inmediato.

—¿Dónde vivías antes de volver a Beirut?

—Después de Río de Janeiro y Roma pasamos siete años en Madrid.

—¡Santo Cielo! ¡Qué envidia! ¿A qué se dedica tu marido?

—Trabajaba en el Ministerio de Asuntos Exteriores. Fue embajador en Madrid y antes cónsul general.

—¡Ah! Por eso conoces a Imaan y Joseph. —Nadine asintió y tomó un sorbo de su bebida—. ¿Y por qué volvisteis?

—Porque Chucri, mi marido, tiene ya sesenta y seis años, y según la ley tiene que jubilarse. La verdad es que no quería hacerlo.

—Pero esto es el Líbano, Nadine —le recordó, insinuando que siempre había alguna forma de eludir ese tipo de normas y regulaciones.

—Sí, lo sé. De hecho conseguimos aplazarlo un año, pero al final le obligaron.

—¿No había forma de cambiarle la edad? —insistió Lailah.

—La verdad es que no. El Ministerio de Asuntos Exteriores es muy estricto en esas cuestiones.

—Da la impresión de que no te apetecía volver.

—*Yallah!* ¿Tanto se me nota? —preguntó afligida.

—Lo siento, te he tocado la fibra. No quería ser indiscreta.

—No, no te preocupes. Me gustaría poder disimularlo mejor, sobre todo por él

—No se puede cambiar lo que se siente.

—Imagino que no. Al fin y al cabo es nuestro país. Chucri y yo nacimos y nos criamos aquí. —Lailah asintió—. Lo que pasa es que la vida en Madrid y en otros sitios en los que hemos estado era tan diferente... Para nuestro hijo es muy duro porque tiene que acabar el instituto aquí. Las otras dos van a la universidad en Madrid.

—¿Tienes hijos? ¿Cuántos?

—Solo esos tres. Las dos mayores están encantadas de haberse quedado en España, pero Elie tuvo que venir con nosotros. No podíamos dejarlo solo. Todavía le faltan dos años para acabar el bachillerato.

—Le va a costar adaptarse.

—Sí, aunque veníamos un mes todos los años para que vieran a mi familia y a la de Chucri, todos nacieron en Occidente. Nunca han vivido aquí y se consideran españoles porque es donde han pasado más tiempo. Los tres hablan español, francés e inglés.

—¿Habla árabe tu hijo?

—Lo entiende un poco.

—Tampoco importa mucho, Nadine. Con francés e inglés se defenderá sin problemas. Además, estoy segura de que aprenderá árabe enseguida. Es cuestión de tiempo.

—Sí, seguro que lo hará. Pero para entonces tendrá que ir a la universidad, y ya nos ha comentado que quiere matricularse en Madrid.

—Debe de ser muy duro. Nuevo instituto, nuevos amigos, nuevo país y nueva forma de vida.

—Y por partida doble, porque vivimos con los padres de Chucri, que son muy mayores, y la casa es vieja y no cuenta con las comodidades a las que está acostumbrado. Ni tampoco a las que me he acostumbrado yo —añadió riéndose.

—No te preocupes, todo se arreglará —la tranquilizó.

—Eso espero, porque está empezando a dar problemas. Nunca había sido un niño malhumorado o insolente, pero ahora...

—Los hijos son así... —la interrumpió en tono cariñoso—. ¿Vivías en Beirut antes de casarte? —preguntó para cambiar de tema.

—Sí, pero cuando me gradué en el Lycée me fui a Río, mis padres estaban destinados allí.

—Yo también fui al Lycée. ¿En qué año estuviste? Seguro que tenemos amigos comunes.

—Seguro, Chucri también estudió allí, pero nos conocimos en Río de Janeiro y tuvimos que fugarnos para casarnos.

—¡Menuda historia! ¡Tienes que contármela!

—¿Qué historias está contando mi preciosa mujer? —preguntó un hombre que abrazó a Nadine y le dio un beso en la mejilla; ambos intercambiaron una íntima mirada que no pasó inadvertida a Lailah.

«Qué bonito ver a una pareja enamorada. No cabe duda de que está loco por ella», pensó.

—Este es mi marido, Chucri Safi —lo presentó aún entre sus brazos—. Y ella es mi nueva amiga, Lailah Hayek.

—*Enchantée* —saludó Lailah.

—El gusto es mío —aseguró Chucri besándole la mano con galantería—. Es una mujer muy hermosa y elegante.

—Sí que lo es —aseguró Nadine sonriendo.

Lailah se sonrojó y bajó la vista con timidez. Estaba claro que habían vivido en el extranjero. Un libanés jamás le haría un cumplido a una mujer delante de su esposa, por miedo a serias repercusiones: las libanesas son tremendamente posesivas y la mayoría mantiene a raya a sus maridos. Pero más que eso, se notaba que Nadine confiaba por completo en él y que nunca había tenido razones para ver truncada esa confianza.

—¿Fuisteis compañeras de clase? —preguntó Chucri.

Lailah y Nadine se miraron y se echaron a reír.

—Las dos fuimos al Lycée Français —explicó Lailah.

—Y casualmente también hemos ido a la misma peluquería esta tarde —continuó Nadine—. Nos ha encantado y volveremos. Quizá pidamos hora el mismo día… —sugirió.

—¿Y después comeremos juntas?

—Vaya, vaya. Los hombres nunca entenderemos los secretos de un salón de belleza —concluyó Chucri.

—Me encantaría presentaros a mi marido, pero no sé

dónde se ha metido, y entre tanta gente es imposible encontrarlo —comentó Lailah.

—¿Cómo se llama? A lo mejor lo conozco —preguntó Chucri antes de coger un whisky de uno de los camareros.

—Rachid Hayek —dijo Lailah.

Chucri casi se atraganta con la bebida. Sacó rápidamente un pañuelo del bolsillo y se limpió la boca.

—Lo siento. ¿Te refieres a Rachid Hayek, el dueño de Orange TV y el grupo de periódicos Al-Anwar?

—El mismo.

—Lo conozco mucho… y tú también —dijo volviéndose hacia su mujer. Ella le lanzó una vehemente mirada y se quedó callada—. Conoces a Rachid, Nadine. Cenamos y comimos muchas veces cuando vino a Madrid.

Lailah no supo qué decir. Rachid jamás le decía dónde iba, qué hacía o a quién veía.

—Por supuesto —aseguró con tono evasivo.

—¿Hace cuánto que os casasteis? —preguntó Chucri. Lailah notó que Nadine intentaba darle un codazo—. Debes de ser su nueva mujer porque creíamos que Rima, que siempre estaba con él en Madrid era… ¡Ay! ¡Nadine! ¿A qué viene ese codazo?

—Chucri, me muero de sed. ¿Por qué no vas a buscarme algo de beber? —pidió Nadine—. Lo siento mucho, Lailah —aseguró tomándole el brazo en cuanto se alejó su marido.

Fue como si le hubieran dado un puñetazo en el estómago. A pesar del ruido del salón, lo único que oía era el acelerado latido de su corazón y, a pesar de toda la gente que había, jamás se había sentido tan sola. Siempre había sabido que le era infiel, pero nunca que presumiera de ello con tanto descaro; nunca había creído que llegaría a presentar a esas mujeres como su esposa. ¿Cuántas habría? ¿Tenía una en París, otra en Londres y una más en Nueva York? ¿Pensaban los libaneses de esas ciudades que la mujer que lo acompañaba era su esposa? ¿Por qué no decía que eran amigos? ¿Lo sabría Imaan? Rachid había viajado a los lugares en los que Imaan formaba parte del cuerpo diplomático. ¿Lo sabía todo el mundo menos ella? ¿Creían que era tonta? Había sido un golpe bajo. «Soy una idiota. La perfecta esposa que espera en Beirut mientras su marido sale con otras mujeres en el extranjero. A lo mejor Chucri se ha equivocado. Pero, entonces, ¿por qué ha tenido que mencionarlo? ¡Qué metepatas! ¡Qué falta de tacto y de diplomacia! Deberían expulsarlo del Ministerio de Asuntos Exteriores. ¡Qué error más grande!», pensó mientras le hervía la sangre.

—Lo siento, a veces es de lo más insensible —oyó que decía Nadine mientras le apretaba el brazo. Las lágrimas se agolparon en sus ojos y bajó la cabeza para que no las viera. No podía culpar a Chucri por la infidelidad de Rachid. Había sido un comentario inocente, aunque nada diplomático—. ¿Quieres sentarte?

—Necesito tomar el aire y algo de beber, preferiblemente con alcohol —pidió antes de ir hacia la terraza, y Nadine fue a buscar un camarero.

Abrió las amplias cristaleras que daban a la espaciosa terraza desde la que se veía todo Beirut y el Mediterráneo a lo lejos. Estaba hermosamente iluminada con coloridas lámparas moriscas cuyas velas emitían un suave resplandor. Había una mesa y cuatro sillas, además de un sofá y sillones tapizados con lino color vainilla, una mesita baja y mesas auxiliares para las copas y platos.

—¿Desea tomar algo, madame? —preguntó un camarero con gran reverencia.

—Una copa de vino blanco, por favor —pidió antes de acercarse a la hermosa balaustrada de mármol. Se apoyó e inspiró con fuerza dos veces para llenar los pulmones de oxígeno mientras intentaba contener las lágrimas con todas sus fuerzas. Se sentía humillada. «¿Cómo ha sido capaz de hacerlo?», se repetía una y otra vez.

La vista era realmente espectacular, como si estuviera en lo más alto de la ciudad. Las luces de los edificios más elevados del centro centelleaban y los neones dorados y rosas de los clubes y los bares brillaban con un chabacano estilo Las Vegas, antes de dar paso a los elegantes edificios residenciales y lujosos hoteles de la Corniche y la bulliciosa vida nocturna de los bares y restaurantes que bordeaban el mar. Frente a la costa se divisaban las luces blancas de los pescadores, que pronto recogerían sus capturas para venderlas al día siguiente a todo el que estuviera dispuesto a levantarse a las cinco de la mañana.

—¿Quieres estar sola? —preguntó Nadine a su espalda

—No, no. Ven, por favor. He pedido una copa de vino blanco —contestó tras soltar un gran suspiro.

—Sí, han dejado una botella y varias copas —indicó antes de ponerle un brazo en los hombros para consolarla.

—La vista es preciosa, ¿verdad? —comentó incapaz de contener las lágrimas que le corrían por la cara, antes de apoyar la cabeza en el hombro de Nadine.

Nina Abboud tenía un aspecto escultural y majestuoso a la luz de los centelleantes cristales de la araña. Llevaba un sencillo vestido largo sin mangas que se adaptaba a su curvada y bien proporcionada figura; la parte delantera y trasera era blanca y los costados negros. La tela de la espalda era una sencilla gasa blanca sujeta a los hombros, que ondeaba como una sedosa capa. Se había hecho un elaborado cardado de los años sesenta en forma de colmena color castaño rojizo y lucía pendientes anchos y brazalete de diamantes.

—¡Nina! —exclamó Rachid Hayek dirigiéndose a ella—. Casi no te reconozco. *Kifek? Ça va?*

—*Hamdellah*, gracias, Rachid —respondió fríamente. «¡Dios mío! Con todas las mujeres que hay en la fiesta, ¿por qué tendrá que fijarse en mí este enano barrigudo? Seguro que quiere algo de Charley. Si no, seguro que no me diría nada», pensó.

—¿Qué has estado haciendo? —preguntó con ojos lascivos mientras se atusaba el recortado y canoso bigote.

—No mucho —contestó con la esperanza de que se fuera.

No lo soportaba. De hecho pensaba que era despreciable. No sabía comportarse, tenía gustos de nuevo rico y su físico le desagradaba. Con esa abultada barriga y papada parecía un luchador de sumo. Lo único bueno de él era Lailah, una conocida con la que comía alguna vez.

—¿Y Charley?

—Estaba aquí hace un momento —le informó irritada. Buscó el paquete de tabaco en el bolso. ¡Mierda!, no le quedaba ninguno.

—¿Un cigarrillo? —ofreció Rachid al tiempo que abría un paquete de Marlboro y sacaba uno hasta la mitad.

Nina era reacia a aceptarle nada, pero necesitaba fumar. Lo cogió y le permitió que se lo encendiera, para lo que tuvo que agacharse, pues él era más bajo. Pero, bueno, con su uno ochenta la mayoría de los libaneses le llegaban a los hombros.

—Dile a Charley que pasaré a verlo —comentó Rachid mientras se encendía el suyo.

—¿Desde cuándo necesitas mi permiso? —preguntó mirando detrás de él por si veía a algún conocido.

—Bueno, cuando lo veas —repitió haciendo énfasis en el «cuando»—, dile, por favor, que llamaré a su secretaria para concertar una cita —lo intentó de nuevo mirándola fijamente con ojos de ofidio.

—No te hagas el listo, Rachid. No te pega —le cortó enfadada.

—Ah, ahí está Imaan —indicó Rachid levantando la copa cuando la anfitriona se acercó a ellos.

—*Habibti* —la saludó Nina cordialmente dándole un abrazo—. Todo es encantador. Has vuelto a superarte.

—*Merci, merci, ma chérie. Marhaba*, Rachid. ¿Qué tal lo estáis pasando? Servirán la cena en cualquier momento y después tengo que anunciar algo —dijo guiñándole un ojo a Nina.

—¿Lo que me contaste hace una semana?

—¿Qué vas a anunciar? —inquirió Rachid con curiosidad.

—Enseguida lo sabrás.

—¿Dónde está Joseph? Llevo toda la noche buscándolo —preguntó Rachid.

—Hace un rato tenía migraña —explicó lanzándole una mirada cómplice a Nina.

Uno de los muchos fotógrafos que cubrían la velada se acercó.

—Sonriamos, señoras —pidió Rachid cogiéndolas por el brazo y colocándose en medio.

Imaan y Nina no tuvieron más remedio que aceptar.

—¿Qué tal tu bella esposa? —le preguntó Nina a Rachid cuando desaparecieron los destellos de los *flashes*.

—Bien —contestó con indiferencia.

El matrimonio Hayek no era normal y todo el mundo especulaba por qué Lailah seguía con Rachid. Era sabido que desde que se habían casado la engañaba con todas las mujeres de dentro y fuera de su círculo social.

—Mira, Rachid. Creo que Lailah está en la terraza. Voy a saludarla —se despidió Nina.

—Voy contigo —se apuntó Imaan.

—¿Con quién está? —preguntó Nina.

—Alguien que tengo que presentarte, Nadine Safi, mujer de Chucri Safi —explicó cogiéndola por el brazo—. Chucri fue embajador en España. Acaban de volver a Beirut. De hecho creo que los conoces, ¿verdad, Rachid? ¿Rachid? —repitió dándose la vuelta, pero había desaparecido—. ¿Dónde se ha metido?

—¿Qué más da? Vamos, necesito un poco de aire fresco. De repente hace mucho calor.

—¡Lailah, Nadine! —las llamó Imaan.

—¡Imaan! —saludó con la mano Nadine—. *Sharrfuna.*

—Nina, me alegro de volver a verte —saludó Lailah con una sonrisa—. Por cierto, ¿estabas esta tarde en Gemmayzeh en la Rue Gouraud?

A Nina se le heló el corazón. Creía haberla visto cuando salía del salón de belleza. Tenía una fracción de segundo para decidir si mentía o no.

—¿Gemmayzeh? —preguntó sorprendida dando gracias porque la débil iluminación no permitía ver la expresión de su cara.

—Y esta es Nadine Safi —la interrumpió Imaan antes de que pudiera decir nada más—. Nadine, esta es mi buena amiga Nina Abboud.

—*Tsharrafnah* —saludaron Nadine y Nina.

—Imaan me ha dicho que tu marido y tú acabáis de volver de Madrid —comentó Nina con intención de que se olvidaran de Gemmayzeh.

—Sí, da la casualidad de que mi marido Chucri y yo estamos en casa de mis suegros en la Rue Gouraud, en Gemmayzeh. De hecho esta tarde he estado en el mismo salón de belleza que Lailah —dijo Nadine alegremente.

«¡Dios mío! Beirut es un pañuelo», pensó. No solo jamás se le habría ocurrido tropezarse con Lailah en Gemmayzeh, sino que también debería estar atenta a Nadine Safi. Tendría que ser muy cuidadosa cuando fuera al Albergo Hotel, en el que se hospedaba Ahmed Salaam.

—¿Un poco de vino, Nina? —preguntó Imaan.

—¿Por qué no? —aceptó sonriendo.

—Estupendo, necesitaremos un par de copas más —dijo Imaan.

—Voy a buscarlas —se ofreció Nadine.

—Ni se te ocurra —la detuvo Imaan—. Para eso he pagado a todos esos camareros que van de un lado a otro.

—Shehla, estoy en la terraza del salón. ¿Podrías enviarme dos copas de vino y algunos entremeses, por favor? —pidió tras sacar un diminuto móvil y apretar un botón.

Menos de un minuto después se abrieron las cristaleras y aparecieron cuatro camareros con bandejas, seguidos de Shehla con dos copas.

—¿Desea algo más, madame? —preguntó.

—No, gracias. Bueno, tráenos otra botella de vino y cierra las cortinas para que no nos vea nadie. —Shehla asintió y se dio la vuelta para volver al salón—. Ah, Shehla, avísame cuando veas a monsieur Sayah —le indicó Imaan mientras Nina les servía el vino.

—Sí, madame.

—Y vuelve a por mí dentro de una hora para que pueda hacer el anuncio.

—Por supuesto, madame —aseguró, y tras hacer una reverencia se alejó de ellas.

—¿Qué vas a anunciar, Imaan? —preguntó Nadine.

—Me han nombrado embajadora en el Reino Unido.

—¡Santo Cielo! ¡Fantástico! *Mabruk, mabruk!* —exclamó Nadine levantando la copa.

—*Mabruk!* Me alegro mucho por ti —la felicitó Lailah.

—Por mi buena amiga Imaan. Brindemos —sugirió Nina, y todas levantaron las copas—. Por ti, *habibti*.

—Que Dios te dé un gran éxito —añadió Lailah.

—Lo mismo digo —brindó Nadine.

Imaan tomó un sorbo y las miró.

—Me alegro de que os hayáis encontrado —dijo en dirección a Lailah y Nadine—. Quería presentaros porque estaba segura de que os llevaríais bien.

—De hecho nos hemos visto esta tarde, pero no nos conocíamos ni sabíamos que íbamos a venir a esta fiesta —aclaró Lailah.

—¿De verdad? ¿Qué coincidencia? —se sorprendió Imaan.

—Sí, ha sido algo muy raro —empezó a explicar Nadine—. He ido a un pequeño salón en la Rue Gouraud, a la vuelta de la esquina de la casa de mis suegros…

—Espera, no me digas que se llamaba Cleopatra —la interrumpió Imaan.

—Pues sí.

—Ese mismo —confirmó Lailah.

—¡Dios mío! Esta tarde he recogido un encargo de *nammura* allí —confesó Imaan.

—Un momento, cuando estaba pagando han entrado dos señoras mayores con unas bandejas que olían de maravilla —comentó Nadine.

—Eran para mí —aseguró orgullosa Imaan—. Son los mejores de Beirut. La verdad es que todos sus pasteles son exquisitos.

—No me lo puedo creer. ¡Hemos estado todas allí esta tarde, menos Nina! —exclamó Nadine, asombrada.

Nina se echó a reír; también había estado, pero no lo sabían.

—Me encanta ese sitio. Me recuerda a un pequeño salón de Sidón. Le he dicho a la propietaria que volvería —comentó Imaan.

—Es maravillosa. Mira mi pelo, suave y suelto. Nunca me queda así cuando voy a Alexandre —intervino Lailah.

—Te queda muy bien, pero tú siempre estás guapa —la elogió Imaan.

—Ojalá mi marido pensara lo mismo —murmuró Lailah, que en cuanto las palabras salieron de su boca deseó no haberlas pronunciado o que no la hubieran oído.

Se produjo un breve y violento silencio.

—Lailah y yo vamos a volver. Tú también deberías venir Imaan, y tú, Nina —las animó Nadine.

—Decidme cuándo y lo intentaré. ¡Qué divertido! ¿No te parece, Nina? —preguntó Imaan.

—Normalmente voy a Alexandre —respondió esta.

—Yo también, soy una de sus clientes más fieles —aseguró Lailah—. Pero no sé qué me ha hecho esa chica, ha sido maravilloso. Tiene unas manos…

—Es de Sidón —añadió Imaan.

—Vale, probaré —se rindió Nina, a la que le había parecido la solución ideal. Si alguien la veía en la Rue Gouraud, podría decir que iba al Cleopatra.

—Lailah y yo vamos la semana que viene y hemos pensado comer juntas. Así que si alguna se anima… —las invitó Lailah.

—Envíame un correo electrónico y dime el día. Si estoy libre, iré encantada —dijo Imaan.

—Yo también lo intentaré —intervino Nina. «Sí, me viene de maravilla», pensó con malicia. El salón sería una excelente coartada que argüir ante Charley. Si le preguntaba por qué iba a Gemmayzeh, le diría que Imaan y Lailah se lo habían recomendado. Era perfecto.

Rima estaba flirteando descaradamente con Chucri Safi cuando se lo arrebató un grupo de hombres que pasó a su lado. Aunque puso morritos y representó el papel de vampiresa herida, no le quedó más remedio que renunciar a él, porque, a excepción de la fuerza, lo utilizaron todo para llevárselo.

—Hasta luego, Chucri —se despidió.

Pero ninguno de ellos contestó. Se sintió un poco violenta y miró a su alrededor furtivamente por si alguien se había fijado en que la habían dejado de lado. Se alisó el pelo en un gesto defensivo y se dirigió hacia las ventanas atraída por el sonido de las risas que provenían del otro lado de las pesadas cortinas con brocados de seda. Las apartó ligeramente y vio a cuatro mujeres. Las reconoció a todas menos a Nadine y, de repente y en comparación, se sintió pequeña e insignificante. No se sintió poderosa, sino débil. No estaba orgullosa de lo que había hecho con Joseph. No quería estar dentro, sino reírse con ellas. Por inmadura y egoísta que fuera, era lo bastante lista como para sentir la energía positiva que desprendían esas cuatro mujeres y deseó formar parte del grupo.

«¿Y por qué no? Tengo la suficiente clase como para estar con ellas», pensó. Espoleada por el champán, apartó la cortina del todo, abrió las cristaleras y salió.

—*Marhaba!* —saludó, pero Imaan, Nadine, Lailah y Nina no la oyeron—. ¡Hola! —En cuanto Nina advirtió su presencia se quedó callada. Rima hizo todo lo posible con sus Christian Louboutin de quince centímetros de tacón por no tambalearse ni caerse—. ¡Hola! —repitió sin dejar de hipar.

—¡Rima! —la saludó Imaan levantándose. La mujer dio un traspié e Imaan la sujetó y la sentó en su silla. La cabeza le iba de un lado a otro y no conseguía enfocar la mirada—. ¡Vaya! Voy a decirle al chófer que te lleve a casa —sugirió, era evidente que estaba borracha.

—Ni hablar. Tengo chófer —rechazó haciendo un gesto con la mano.

—Muy bien. Entonces que te lleve él —concedió Imaan.

—Prefiero quedarme hasta el acto principal de la velada —insistió con los ojos cerrados y la cabeza sobre el pecho.

—Ya ha acabado —adujo Nina intentando convencerla de que se lo había perdido.

—No puede ser. Joseph me ha dicho que no empezaría sin él.

—¿Eso te ha dicho? —preguntó Imaan con voz escalofriantemente baja.

—Sí —contestó con insolencia.

—¿Dónde está mi marido?

Rima levantó los ojos y, a pesar del estupor alcohólico que la embargaba, se dio cuenta de con quién estaba hablando. Antes de poder articular palabra, Shehla apareció y le dijo a Imaan que Joseph estaba con los invitados.

Imaan le susurró que se ocupara de Rima y pidió a las otras tres mujeres que la siguieran.

—Estaba de color verde —comentó Lailah.

—A mí me da pena —se compadeció Nadine.

Imaan entró la primera y fue a buscar a Joseph. Era casi la una de la madrugada y hacía una hora que quería haber hecho el anuncio. Lo encontró hablando con Rachid Hayek.

—Perdón por interrumpirles, caballeros —se excusó cogiendo a su marido por el brazo—. Te lo devolveré dentro de nada —le aseguró a Rachid.

Imaan Sayah, acompañada por su marido, anunció que iba a ser la nueva embajadora del Líbano en el Reino Unido, que estaba encantada y que esperaba que todos los presentes, puesto que eran amigos, la visitaran en alguna ocasión: «A Joseph y a mí nos alegrará mucho veros». El hombre estuvo callado durante todo el tiempo e, incluso cuando todo el mundo aplaudió, la vitoreó y silbó, y se oyó el descorchar de más botellas de champán, le fue imposible sentirse alegre. Los invitados habían acudido por Imaan, para felicitarla, para mostrarle sus respetos y congraciarse con ella. No eran amigos, ni suyos ni de Imaan. ¿Por qué los había etiquetado como tales?

Vio que Rima entraba tambaleándose sujeta por Shehla, para que no perdiera el equilibrio.

—¡Joseph! —lo llamó alguien, y distrajo su atención—. Te hemos estado buscando por todas partes. *Mabruk*, hermano.

De repente estaba rodeado de invitados y de un ejército de camareros con bandejas llenas de los famosos *nammura*.

—Están deliciosos —los elogió alguien.

—¡Imaan, Imaan! —gritó Rima intentando llegar hasta la anfitriona—. Tienes que decirme cómo los haces, son fabulosos. Jamás había probado nada igual.

«¡Dios mío! ¡Todavía está aquí! Hace rato que le he dicho a Shehla que la metiera en un coche», pensó.

—Gracias, Rima. Sí, están deliciosos, ¿verdad?

—Excelentes, divinos. Dame la receta.

—La verdad es que los han hecho en una pequeña pastelería —explicó intentando desesperadamente escapar de sus garras.

—¿Una pastelería? Alguien ha mencionado que eran caseros.

—Mañana te llamo y te lo cuento.

—¿Sí? ¿Me llamarás de verdad?

—Sí, Rima, lo haré.

—Estaré esperando. Muchas gracias por esta encantadora fiesta. Lo he pasado muy bien.

—De nada y, por favor, dile a Tony que lo hemos echado de menos.

Rima estaba a punto de decir algo cuando Shehla apareció y señaló hacia el coche y el chófer que su marido había enviado a recogerla. Pero antes de llegar vomitó en los arbustos que bordeaban las escaleras de piedra y Shehla tuvo que sujetarle la cabeza para que no se desplomara sobre sus vómitos.

Eran cerca de las cuatro cuando los invitados empezaron a irse. Imaan estaba en la puerta para despedirlos, al igual que había hecho para recibirlos. Por casualidad, Lailah, Rachid, Chucri, Nadine y Nina coincidieron. Las mujeres se abrazaron y se besaron, y prometieron que irían al Cleopatra juntas.

—Gracias, Imaan. Ha sido una fiesta fantástica —la elogió Nadine.

—Te has superado —dijo Nina.

—Eres una fabulosa anfitriona —añadió Lailah.

—Gracias por venir —las despidió Imaan agitando la mano mientras bajaban los escalones hacia los coches.

Chucri Safi y Rachid Hayek habían salido antes y esperaban abajo.

—¿Quién era la mujer de Madrid? —preguntó Chucri. Rachid se encogió de hombros poco dispuesto a mantener una conversación a esas horas, después de tanto whisky—. Creía que era tu mujer —insistió, pero Rachid volvió a encogerse de hombros—. ¿Era una prostituta?

—Ya lo hablaremos en otro momento —sugirió al ver que Lailah se aproximaba—. Buenas noches, Chucri —se despidió manteniendo la puerta del coche abierta para que entrara su mujer.

Lailah permaneció en silencio todo el trayecto y se dedicó

a observar las oscuras calles con la mente a miles de kilómetros. El ambiente estaba crispado y la tensión entre ellos era manifiesta.

—¿Lo has pasado bien? —preguntó finalmente Rachid. Lailah asintió—. ¿Has conocido a alguien agradable?

La mujer volvió a asentir.

—Así que Imaan va a ser embajadora en Londres... —empezó a decir, pero Lailah no abrió la boca—. ¿Tienes algún plan para el resto de la semana?

—Voy a comer con Nadine Safi.

Tras aquello, Rachid se quedó sin palabras.

—Pero ¿por qué no nos dijo que aquella mujer no era su esposa? —preguntó Chucri—. No nos la presentó como tal, aunque tampoco nos hizo creer que no lo fuera.

—Estoy segura de que tenía una buena razón —aseguró Nadine.

—Pero ¿por qué? Está casado con una mujer muy guapa.

—Déjalo, Chucri. No es asunto nuestro. —Nadine cogió el brazo de su marido, que tan inquieto parecía por la situación matrimonial de Rachid.

—Supongo que...

—Chis —susurró poniéndole un dedo en los labios—. Son casi las cinco de la mañana y no me apetece hablar de él. —Hizo una pausa—. ¿Sabes? Es la primera vez que me alegro de que hayamos vuelto a Beirut.

—¿Sí? —se extrañó Chucri, y le apretó la mano—. Estaba muy preocupado por obligarte a volver.

—No tienes la culpa de haber cumplido sesenta y cinco años —lo tranquilizó sonriendo con tristeza.

—Ya, pero sigo pensando que no hice todo lo posible por quedarnos en Madrid. Me asusta el haber dividido la familia, que las chicas estén en España y el chico se comporte de forma tan extraña —confesó meneando la cabeza.

—Chucri, mírame —pidió muy seria—. No has dividido nada. Nuestro hijo lo superará, las chicas saldrán adelante, y tú y yo nos acostumbraremos a la maravillosa rutina de las parejas que llevan muchos años casadas.

Chucri sonrió; Nadine siempre decía las palabras que le hacían sentir bien.

—Tú deberías haber sido la diplomática, *habibti* —aseguró besándole en la mejilla.

Nadine se arrellanó en el asiento y se acurrucó en el hombro de su marido.

—Me alegro de haber vuelto. Sobre todo ahora que tengo una peluquería a la que ir.

—¡Mujeres! ¿Qué tienen las peluquerías? ¿Qué pasa en ellas? Cuando los hombres vamos a cortarnos el pelo salimos al cabo de quince minutos, pero las mujeres… Las mujeres pueden estar horas enteras, y cuando les preguntas dónde han pasado seis horas te miran como si estuvieras loco y contestan: «En la peluquería, por supuesto». Como si fuera normal. —Nadine se echó a reír—. ¿Qué narices hacéis tanto tiempo en un sitio tan pequeño?

Mientras Chucri seguía hablando, Nadine se adormiló deseando volver al Cleopatra.

Capítulo seis

Mouna

$\mathcal{M}$ouna maniobró frenéticamente la Vespa entre el tráfico beirutí. No solía abrir los lunes, pero no le quedaba otra alternativa. No faltaba mucho tiempo para que tuviera que renovar la licencia y pagar el impuesto municipal. Dudaba de que aquel dinero se invirtiera en arreglar los baches o los edificios bombardeados del barrio, y temía que iría a parar a los bolsillos de los miembros del Ayuntamiento que habían votado para que se impusiera. Cuando subía hacia la mezquita Mohammad Al-Amin, se acordó de que no había avisado a Amal. Se detuvo en un semáforo en rojo y pensó en sacar el móvil, pero la luz verde se encendió rápidamente. «La próxima vez lo pondré más a mano», pensó.

«Tampoco es que vaya a llamarme nadie», reflexionó tristemente. Hacía dos semanas que no sabía nada de Amín y había perdido toda esperanza de volver a verle. El día que creyó verlo en el Mercedes con Dina Nasr, aunque después se convenció de que era madame Amín Chaiban, le envió un mensaje de texto, pero no le había contestado. Continuó sorteando las profundas grietas del asfalto, los baches y los grandes cráteres producidos por las bombas y misiles. Miró el reloj. ¡Mierda! Otra vez tarde. Hiciese lo que hiciese nunca conseguía llegar a su hora. Algo en el bolsillo interior del bolso le hacía cosquillas en un costado, pero no podía averiguar qué era sin provocar un accidente. «¡Soy un desastre! ¿Por qué no me organizo mejor? ¿Por qué no hago las cosas como Dios manda? Las mujeres de mi edad están casadas, algunas incluso tienen tiempo para trabajar…, y yo no soy capaz ni de ordenar el bolso», se reprendió.

A dos manzanas del Cleopatra, un policía motorizado se acercó y le indicó que se detuviera. Mouna puso cara de circunstancias. ¿Qué más podía pasar para arruinarle la mañana? Paró la Vespa, pero no se bajó, sino que puso un pie en tierra para mantener el equilibrio.

—*Marhaba* —saludó. Mouna hizo un gesto con la cabeza—. ¿Me permite su carné de conducir y los papeles de la moto?

Mouna apretó los dientes, se quitó el bolso-mochila del hombro y empezó a buscar en su interior. «Lo que me faltaba, una maldita multa que no podré pagar. Quién sabe por qué será», pensó. Mientras buscaba la libreta en la que guardaba todo lo que le parecía importante se dio cuenta de que el móvil parpadeaba. ¿Qué? ¿Quién la había llamado o enviado un mensaje? Eso era lo que le hacía cosquillas cerca de la mezquita, el maldito teléfono. Lo sacó y se colocó las gafas de sol en la cabeza para ver qué ponía, pero el reflejo del sol era demasiado intenso. Volvió a ponerse las gafas y miró más de cerca el Nokia poniendo la otra pierna en el suelo para apoyarse mejor.

—Madame —le llamó la atención el policía.

Mouna no lo oyó y continuó apretando botones. Aquel móvil se lo había dado su casera, a la que se lo habían regalado. Al parecer era uno de los últimos y mejores modelos, pero era ruso y no había forma de cambiar el lenguaje a inglés o francés. Lo había llevado a varias tiendas, pero en ninguna habían podido hacer nada. Así que, aparte de apretar el botón verde para responder, los que correspondían a «llamadas perdidas», «buzón de voz» o «mensajes de texto» seguían siendo una incógnita.

—Madame! —repitió el policía.

—Esto..., sí, sí..., un momento. Estoy esperando una llamada muy importante.

—Quizá prefiera esperarla en comisaría —comentó con sarcasmo.

Mouna lo miró y se subió las gafas para verlo mejor. Le resultó familiar, pero todos tenían el mismo aspecto: gordos, con grandes barrigas, bigote y horrendas gafas Ray-Ban de piloto. Se metió el teléfono en el bolsillo y sacó la libreta, que sujetaba con una goma elástica para que no se desparramara el contenido. Pasó rápidamente las páginas llenas de bocetos hasta llegar a las que había etiquetado como si fuera un archivador. Al final llegó a la que ponía: «Vespa». Estaba vacía. *Haraam!* ¿Dónde había puesto los documentos? Debía de haberlos metido en otro apartado. Iba a tener que buscar en todas las páginas, con aquel calor y el policía que no dejaba de mirarla, mientras pasaban los minutos y el móvil seguía sonando y vibrando en su bolso. Dios sabía cuántas llamadas de potenciales clientes podía estar recibiendo en el salón, a solo unos cientos de metros.

—Mire, los tengo en este cuaderno, se lo aseguro. Lo que pasa es que no están en donde suelo ponerlos.

El policía la miró con escepticismo, cruzó sus gruesos brazos en el pecho, recompuso su postura y la miró por debajo de las gafas de espejo. En su distorsionado reflejo, la alargada cara y cuerpo de Mouna se habían convertido en caderas anchas y muslos voluminosos.

—Por favor, trabajo ahí mismo y llego tarde —suplicó indicando hacia el final de la calle. El policía se encogió de hombros con indiferencia y se limitó a apoyar su considerable peso en la otra pierna—. ¿Le importa venir a la tienda y se los enseño allí? —El policía no se movió—. Se está más fresquito, tengo aire acondicionado.

Un todoterreno negro se detuvo detrás del policía y una de sus ventanillas se bajó.

—¿Qué pasa? —preguntó una voz masculina.

—¡Señor! —exclamó el policía tras volverse y hacer un saludo militar al ocupante.

—¿Por qué está bloqueando el paso, oficial?

—He solicitado la documentación de esta señora, teniente —contestó el policía en posición de firmes.

—¿Qué ha hecho? —preguntó al tiempo que la larga fila de coches parados detrás del todoterreno empezaba a hacer sonar las bocinas.

Algunos conductores asomaron la cabeza por las ventanillas y empezaron a insultar al conductor del Ford y a amenazarle con los puños.

—No llevaba casco, señor.

El hombre del todoterreno lo sabía bien porque había sido el cabello de la motorista lo que le había llamado la atención.

—¿Le ha entregado los papeles?

Los pitidos e insultos se intensificaron al ver que ni el coche ni el policía se movían.

—¡Aparta, cerdo! ¡Estoy perdiendo dinero! —gritó un taxista.

—¿Crees que puedes hacer lo que quieras porque tengas un coche norteamericano? —espetó otro conductor.

—No me extraña que el país esté hecho un desastre. Nadie sabe qué hacer —gritó un tercero.

—¡Vamos! ¡Date prisa! ¡Mete a la mujer en la cárcel o déjala en paz!

Mouna soltó una risita, aquella situación era ridícula. Cada vez que alguien gritaba, el conductor del Ford sacaba el brazo por la ventanilla para intentar calmarlo. Pero los bocinazos y gritos se avivaron tanto que los vecinos empezaron a asomarse a las ventanas o a los balcones para disfrutar del circo que se había montado en la calle. Mouna se echó a reír al ver a Claudine con su viejo y gastado vestido de algodón, y casi se cae de la moto cuando Ghida y Nisrine se asomaron una detrás de otra por su vieja y descascarillada ventana. Cuando las saludó con la mano se llevaron las suyas a la boca, horrorizadas, y se retiraron para especular por qué la habrían parado. No solo había un policía de tráfico, sino un gran todoterreno norteamericano. Estaba segura de que más tarde le explicarían con todo lujo de detalles por qué creían que la habían parado, antes de preguntarle a ella.

—¿Qué está haciendo? —gritó Claudine con voz malhumorada—. ¿Por qué está acosando a mi inquilina? ¡Si la detiene, no conseguiré que nadie me alquile ese maldito local!

—Si nos dejan circular, yo se lo alquilaré —bromeó el taxista.

De repente el policía se dio la vuelta.

—Por esta vez voy a dejarla ir solo con una amonestación. Asegúrese de ponerse el casco y guarde los papeles en el lugar adecuado —la reprendió con voz ronca antes de dirigirse a la motocicleta. Se tomó su tiempo para ajustarse la

cinta del casco, con lo que enfureció aún más a los conductores atascados.

—¡Venga, gordo cabrón! ¡Date prisa! No tenemos todo
el día para sentarnos y no hacer nada más que comer, beber
y hostigar a ciudadanos honrados como tú —gritó alguien.

—¡Cállese, o le detendré por insolencia e insubordina-
ción! —le espetó.

—¡Lo que faltaba! —se oyó la voz de Claudine en las alturas—. Los policías os creéis muy poderosos. Este país se
hunde porque los idiotas como tú hacéis lo que os da la gana.
¿Cómo vamos a esperar que nos protejáis y controléis a los
malditos palestinos si ni siquiera conseguís regular el tráfico?

El policía accionó con fuerza el pedal de arranque y el
motor rugió. Hizo un saludo militar al hombre del todoterreno y desapareció por la Rue Gouraud en dirección a
Achrafieh.

Mouna miró hacia el vehículo, pero el reflejo del sol le
impidió ver al conductor. Se bajó las gafas de sol, pero solo
divisó una mano que saludaba antes de que la ventana tin-
tada se subiera y las ruedas del coche chirriaran levantando
polvo a su paso. «¡Vaya! Es el mejor golpe de suerte que he
tenido desde hace semanas; si no, habría tenido que conseguir otras 20.000 libras», pensó mientras caminaba junto a
la Vespa el corto trecho que le quedaba hasta el salón.

A pesar de lo que había imaginado, el teléfono no estaba
sonando cuando abrió los tres candados y se oyó el timbre de
bicicleta. Miró el reloj. *Haraam!* Eran más de las doce. Había
perdido todas las llamadas de la mañana, pero, después de
todo, era lunes. Nadie esperaba que el salón estuviera
abierto. Suspiró aliviada, se dejó caer en la silla del mostrador y dejó la bolsa encima del taburete sobre el que solía poner los pies. De repente se acordó del móvil, se levantó y lo
sacó. ¿Por qué no estaría en un idioma que entendiera?

Tenía cuatro mensajes: uno de Alfa, la compañía de telefonía móvil, que le pedía que llamara a un número para ofrecerle sus nuevos servicios, y tres llamadas perdidas de un

número privado. «¿Habrá sido Amín? A lo mejor era un número equivocado», se dijo, y con renovada determinación lo dejó en el mostrador y cogió el libro de contabilidad y la agenda.

La calle estaba tranquila; era la hora de comer, así que cuando oyó que la puerta se abría se sobresaltó. No esperaba a nadie, y mucho menos a Claudine con un pañuelo morado en la cabeza.

—*Tante, kifek* —saludó poniéndose el lápiz en la oreja. Claudine soltó un gruñido y avanzó despacio hasta el mostrador. Mouna se levantó rápidamente y la besó tres veces—. ¿Qué pasa, *tante*? *Shu ajbarik?*

—¿Está abierto?

Mouna asintió.

—¿Por qué? ¿No cierran las peluquerías los lunes?

—Estoy intentando conseguir nuevos clientes, necesito el dinero —explicó encogiéndose de hombros.

—¿En este vertedero?

Mouna suspiró.

—¿Qué puedo hacer por usted, *tante*? Amal no está…

—¿Puedes arreglar esto? —la interrumpió al tiempo que se quitaba el pañuelo.

Se quedó de piedra y tuvo que llevarse la mano a la boca para contener una risita. Tenía el pelo de color naranja. Dio una vuelta alrededor de la anciana. No era amarillo ni rubio, sino del color de una naranja.

—¿Cómo se lo ha hecho, *tante*?

—No hagas preguntas impertinentes y dime si lo puedes arreglar —le espetó de malas maneras.

—Pero, *tante*, he de saber cómo lo ha hecho, o quizá lo estropee más.

—Me puse henna —confesó.

—¡Oh, no! No me diga que ha utilizado ese nuevo producto que anuncian. Es pura química, no tiene nada natural.

—Sí, lo hice —admitió enfadada—. El anuncio decía que el pelo quedaba más voluminoso.

—¡Es un anuncio! Venga, siéntese y deje que le eche un vistazo.

Claudine se sentó a regañadientes. Mientras Mouna estudiaba el pelo, ahuecándolo y sintiendo la textura, se miró en el espejo. Parecía más vieja. Tenía muchas arrugas, pero los profundos surcos entre sus cejas hacían que pareciera permanentemente enfadada, aunque no lo estuviera. Era consciente de que no le caía bien a la gente, de que era brusca, de que se quejaba por todo y de que su comportamiento resultaba desagradable. También sabía que los hijos de los vecinos la apodaban «la bruja», que cacareaban cuando imitaban su voz para que pareciera más auténtica. No siempre había sido así. Recordó cuando era joven y guapa, los tiempos en que se vestía con elegancia, se pintaba los labios, se rociaba colonia francesa y se iba a bailar. Había sido una joven muy popular, llena de vida, jovialidad, risas y optimismo.

Nadie sabía lo que había tenido que soportar; el dolor, la humillación y la pena que le causaba el rechazo con el que había tenido que vivir los últimos años. Pero todo aquello llegaba a su fin.

—¿Puedes arreglarlo?

—Lo único que podemos hacer, madame Claudine, es decolorarlo —le aconsejó.

—Pero ¿cómo quedará?

—Casi blanco.

—Sí, pero cómo me quedará a mí —insistió malhumorada.

—Bueno, a lo mejor le parece un poco extraño por el color de su piel, *tante*.

—*Haraam*, niña. ¿De qué me sirves si no puedes arreglarlo? Se supone que eres peluquera —la atacó con crueldad.

—*Tante* —contestó Mouna, que empezaba a perder la paciencia—. Lo siento, pero no creo que ni en Alexandre puedan hacer algo. La única solución es decolorarlo y al cabo de un tiempo teñirlo con su castaño habitual. Pero durante unas semanas se parecerá a Marilyn Monroe —explicó sonriendo.

—¿Unas semanas? ¿Unas semanas? ¿Qué quieres decir con eso? —masculló.

—Quiero decir unas semanas, *tante*. No sé exactamente

cuántas. Tendré que verlo de vez en cuando para saber si se ha reparado el daño —respondió con amabilidad. Claudine se quedó callada, con la boca crispada en una mueca enfurruñada—. No será para tanto. Haré todo lo que pueda.

—¿Todo lo que puedas? —se quejó—. Sabes bien que solo vengo porque me resulta muy cómodo y es gratis, no porque crea que eres buena —dijo con inquina mientras Mouna iba a buscar una capa de plástico y mezclaba el decolorante—. Y la idiota que tienes por acompañante… En mi vida he visto nadie más irreverente.

«Alá me ayude», pidió Mouna. Se apoyó en el borde del lavabo, inspiró con fuerza y contó hasta diez lentamente antes de volver con Claudine, que seguía refunfuñando por todo lo que no le gustaba en aquel salón.

Aplicó el decolorante en el escaso pelo de Claudine y lo envolvió en plástico.

—Quince minutos, *tante* —le indicó antes de dejar unas revistas antiguas a su lado.

—Hace un calor espantoso —se quejó Claudine.

—El aire acondicionado está encendido, *tante*.

—¿Has pagado el recibo de la luz?

—Sí, y tengo que pagar alguna factura más, así que si me disculpa. ¿Quiere un poco de agua, *tante*?

—No —contestó secamente.

Veinte minutos después levantó la vista. Claudine se había quedado dormida con la cabeza sobre el pecho y la boca abierta, de la que le colgaba un hilillo de baba. Se levantó y fue a inspeccionar el decolorante. Todavía faltaban unos minutos. Cuando regresó se fijó en que al otro lado de la calle había un todoterreno negro. «Qué raro. ¿Será el mismo de esta mañana?», se preguntó.

Al girar la silla para que Claudine se viera en el espejo creyó distinguir su misma expresión airada y malhumorada, ligeramente suavizada. Aunque una fracción de segundo después volvió a asumir su hosca personalidad.

—Está guapísima, *tante* —la elogió inclinándose para que su cara se reflejara al lado de la de Claudine. Le había cortado el pelo, puesto rulos y cardado para que pareciera más voluminoso—. Parece Madonna en 1986. —A Claudine no le gustó el comentario. «Quizá no sabe quién es», pensó mientras se devanaba los sesos para buscar un nombre que le resultara familiar—. O Jessica Tandy. Sí, *tante* Claudine se parece a Jessica Tandy.

—Vale, vale. Quienquiera que sea me parece horrible —comentó levantándose con dificultad.

Mouna se extrañó, pues tenía mejor aspecto que con el color marrón pardo que solía llevar. De hecho quería convencerla para que conservara ese rubio decolorado.

—¿Por qué no cambias estas sillas por unas de esas modernas que suben y bajan?

«¿Por qué no podrá ser un poco agradecida? ¿Es mucho pedir?»

—*Tante*, ya sabe que no me las puedo permitir, de momento. Bastantes problemas tengo para llegar a fin de mes; además, debo mantener una casa.

—Jamás conseguirás más clientes si no arreglas el local.

—Lo sé, *tante* —aceptó haciendo un gesto hacia el salón, con la esperanza de que se fuera. No sabía cuánto más podría aguantar—. Pero también he de renovar la licencia y pagar el nuevo impuesto municipal.

—Yo no pienso pagarlo, que vengan a buscarme si quieren —aseguró desafiante.

—Bueno, *tante*, puede hacer lo que quiera, pero yo he de conseguir ese dinero.

—No sé por qué tienes que renovar la licencia.

—Porque ahora la manzana es residencial. Si quiero que el salón siga abierto, tendré que renovarla, o la policía cerrará el local.

A Claudine le remordió la conciencia, pues había sido ella la que había llamado a la policía noche tras noche porque aquel gamberro de la sala de fiestas armaba un jaleo demencial hasta la madrugada. Había solicitado al alcalde que la manzana fuera residencial sin pensar en las consecuencias que tendría para el Cleopatra o el resto de las tiendas, muchas de las cuales se habían visto obligadas a cerrar. No quería causarles problemas, sobre todo porque conocía a la mayoría de los comerciantes; lo único que deseaba era librarse de aquel local nocturno. Pero lo hecho, hecho estaba.

—Bueno, *tante* Claudine. Disfrute de su nuevo pelo. Le queda muy bien. La veré mañana —se despidió abriendo la puerta. Sabía que volvería. A pesar de sus quejas, venía todos los días, sin falta.

—Sí, tengo que irme. Yo también tengo facturas que pagar —se excusó cogiendo el pañuelo morado, sin dar las gracias o decir adiós.

«Así es, *tante* Claudine», pensó al cerrar.

El todoterreno seguía aparcado al otro lado de la calle. «A lo mejor el conductor vive allí», concluyó mientras ponía el cuenco del decolorante, los cepillos, los rulos, las horquillas y los trozos de papel de plata en una bandeja.

Cuando Claudine se dirigió hacia su casa se tropezó con un grupo de jóvenes en la acera.

—¡Mira, ahí va la bruja! —gritó uno de ellos.

—¿Qué se ha hecho en el pelo? —preguntó otro.

—¡Dios mío! ¡Parece un abuelo! —soltó un tercero.

—¡La bruja es un abuelo, la bruja es un abuelo! —cantaron a coro los tres.

Claudine intentó pasar por delante sin inmutarse, pero el dolor en los pies se lo impidió, así que los arrastró con toda la dignidad que pudo al tiempo que les enseñaba el puño y les gruñía. «No tienen ningún respeto. La gente joven de hoy en día no respeta a los mayores», pensó. Abrió la puerta de su pequeño apartamento. Seguía igual que en los últimos cincuenta años. Nada había cambiado. Todo estaba en el mismo sitio.

No tenía nada que hacer aparte de escuchar la radio o ver la televisión. Se había alegrado al ver que Mouna ponía el cartel de «Abierto». Odiaba los domingos y los lunes, cuando el Cleopatra estaba cerrado. Ir allí era el momento que más disfrutaba en todo el día. Le encantaba. Le proporcionaba un aliciente, algo que esperar. No le apetecía volver a casa; de buena gana se habría quedado con Mouna, aunque esta tuviera cosas que hacer. No quería enfrentarse al vacío, la soledad, los recuerdos, los demonios y las tragedias que la atormentaban, pero se había visto obligada a guardar las apariencias y fingir que también tenía que ocuparse de su vida.

De repente, se sintió extraordinariamente vulnerable, sola, su dura apariencia externa minada por el desastre que se había hecho en el pelo y las crueles burlas de aquellos chavales. Se sentó en un viejo sillón de orejas con cuidado de no apoyar la cabeza para no estropear el peinado. Se miró en el espejo que había en la repisa de la chimenea. Quizá Mouna tenía razón. Le quedaba bien y era del mismo color que la piel de la cabeza, así que disimulaba que le quedaba poco.

El anticuado teléfono negro que había en la mesita sonó y se sobresaltó. Ni se acordaba de la última vez que la habían llamado. Alguna vez alguien se equivocaba de número o telefoneaba algún bromista. ¿Quién podía ser?

—Sí —contestó tras descolgarlo con recelo.

—¿Madame Haddad? —preguntó una voz.

—Es mademoiselle Haddad —la corrigió.

—Lo siento mucho, ¿mademoiselle Haddad?

—Al habla.

—Soy Carol Hachem, de la consulta del doctor Nouri. ¿Cuándo le viene bien acudir a la primera sesión de quimioterapia?

Colgó el teléfono y, por primera vez en muchos años, se echó a llorar.

Al otro lado de la calle, Mouna estudiaba las dos hojas de papel amarillo que tenía delante. En la de la izquierda había escrito «Casa» y en la de la derecha «Salón». En la primera había apuntado meticulosamente los gastos del mes y los había sumado varias veces, aunque siempre obtenía un resultado distinto. «¡Venga, Mouna, controla!», se reprendió. Las matemáticas no habían sido nunca su fuerte, pero aquello era una simple suma en una calculadora con números tan grandes que incluso alguien medio cegato podría verlos. En cualquier caso, las cifras no eran lo suyo. Decidió que necesitaba un café y tomar el aire. Miró el reloj, ya eran las cuatro y media. El día había pasado volando. Inspiró con fuerza, contenta de estar fuera, aunque solo fueran unos minutos. El local estaba vacío. Pidió un café árabe sin mucho azúcar y mientras esperaba observó los deliciosos pasteles del mostrador. Se preguntó por qué Ghida y Nisrine no abrían un pequeño café-pastelería. Les iría de maravilla. Se inclinó para mirar las bandejas de *baklawa* que goteaban miel; la mezcla de pistachos y nueces parecía esponjosa y suculenta, pero se apartó para no sucumbir a la tentación de comprar uno. Había desayunado *knefe*; la forma en que lo preparaba su madre no era ni baja en calorías ni adecuada para quien quisiera cuidar su figura.

Estaba tan absorta que no reparó en el hombre que había a su espalda; al erguirse le golpeó con la cabeza en la nariz. El hombre soltó un grito, se llevó las manos a la cara y, sin dejar de dar vueltas, intentó sacar un pañuelo del bolsillo.

—¡Dios mío! ¡Oh, Alá! —exclamó Mouna acercándose al hombre que parecía un derviche danzante en medio del café.

Los camareros sonreían. La conocían bien. Les gustaba a todos y flirteaban con ella cada vez que iba. Habían apostado a quién de ellos elegiría, pero hasta el momento ninguno había ganado. No sabían quién era aquel hombre, excepto que estaba claro que buscaba un pretexto para hablar con ella. Mientras preparaban el café habían apostado sobre la forma en que la abordaría. Ninguno había imaginado que Mouna le golpearía en la nariz, así que cuando recibió el impacto todos se echaron a reír.

—Lo siento muchísimo. No me había fijado en que estaba detrás —se disculpó intentando ayudarle.

El hombre meneó la cabeza sin soltarse la nariz ni aceptar su ayuda, hasta que se le pasó el dolor y apartó el pañuelo.

—Lo siento, de verdad —dijo con las manos juntas, presa de un gran nerviosismo. El hombre la miró, asintió para aceptar sus disculpas y estudió el pañuelo por si había sangre—. ¿Está bien? —preguntó preocupada.

—Creo que sí —contestó él, intentando sonreír.

—¿Qué tal la nariz?

—Bien, tampoco la necesito perfecta —bromeó.

Los camareros prorrumpieron en carcajadas.

—¿Cree que está rota? —inquirió sin dejar de retorcer las manos.

—No, no lo creo. Me la he roto en otras ocasiones y sé lo que se siente. Solo está magullada.

—¡Vaya! ¿Quiere que le pongamos hielo? Si está magullada... ¡Hielo, por favor! ¡Y un trapo limpio! —gritó corriendo hacia la barra. El camarero más joven la miró sin poder moverse, era el que más encandilado estaba con ella—. ¿Qué miras? ¡Te he pedido hielo!

El joven volvió con un cubo lleno. Mouna se quitó la chaqueta, la colocó en una de las mesas y lo vació en ella.

—¡Siéntese! —le ordenó al hombre con la nariz contusionada, que parecía tan aturdido como los camareros y el personal de la cocina, que se habían asomado por la puerta que daba al café.

—No se preocupe. Estoy bien.

—No, no lo está. ¡Siéntese! —volvió a ordenarle dándole un pequeño empujón que lo cogió desprevenido y que le hizo caer hacia atrás sobre la silla. Los camareros volvieron a reír. Mouna le levantó la barbilla—. Así no sangrará. Esto evitará que se le hinche —añadió mientras le aplicaba con fuerza la chaqueta llena de hielo—. ¿De qué os reís? ¡Podía haberle roto la nariz! —les espetó a los camareros—. ¿Dónde está mi café? —preguntó enfadada, incapaz de ver la parte divertida de la situación.

—Aquí tiene, madame —dijo uno de ellos ofreciéndole un vaso de papel.

—Y un *baklawa*, madame, obsequio del chef —añadió otro entregándole una cajita marrón.

Levantó la vista y vio que el chef sonreía. Asintió para agradecer el regalo y él le guiñó el ojo. Exasperada y violenta, se dio la vuelta y salió de allí dejando al hombre tirado en una silla, con la cabeza hacia arriba y la chaqueta llena de hielo en la nariz.

«¡*Haraam*, la chaqueta!», se acordó. Podía volver, lo que implicaría tener que enfrentarse a los camareros que tanto se reían de su torpeza o dejarla y comprarse otra más adelante. ¡Vaya!, le gustaba esa chaqueta. Era vieja, pero le quedaba bien. «Bueno, es igual. Alá me proporcionará otra», se convenció en el momento en el que entraba en el salón, resuelta a acabar las cuentas.

A la mañana siguiente, como siempre, Amal llegó puntualmente, a las once, con aquellas gafas negras que le tapaban gran parte de su pequeña y delicada cara, los auriculares en las orejas y meneando la cabeza de un lado a otro, disfrutando de la música que escuchaba. Llevaba sus desgastados y holgados vaqueros, una camisa sin mangas a cuadros azul marino y beis, zapatillas Converse y el pelo recogido bajo una gorra de béisbol de los New York Yankees. Se sentó en la cesta en la que solía hacerlo y buscó un paquete de Marlboro en el bolsillo de la chaqueta, del que sacó un cigarrillo con los dientes, con un gesto muy masculino. Antes de que pudiera encenderlo tenía un mechero delante. Sin dudarlo, bajó la cabeza y aspiró con fuerza.

—¿Qué quieres? —preguntó con indiferencia, sin quitarse los auriculares ni mirar al dueño del encendedor—. ¿Qué quieres? —repitió.

—*Bonjour* —saludó una voz masculina.

—Mira, si no sabes lo que quieres o intentas ligar conmigo, olvídalo y pírate.

—Solo he dicho *bonjour*…

Pero antes de que tuviera tiempo de acabar la frase, Amal se abalanzó sobre él, lo cogió por el cuello de la camisa y le acercó la cara.

—Te he dicho que te pires, colega.

—Vale, vale. Tranquila —dijo él arreglándose la camisa.

—¡Que te largues ya…! —le espetó volviéndose a sentar mientras masticaba chicle y fumaba a la vez.

—Solo quería darle esto a Mouna —explicó enseñándole una bolsa de plástico.

—Dásela tú mismo. ¿Quién te has creído que soy? ¿Su puta secretaria? ¡Joder, qué gente!

—¿Cuándo entra a trabajar? —preguntó con educación.

—Cuando entre —respondió encogiéndose de hombros.

—No puedo esperar mucho rato.

—Ese es tu problema. —Amal se sorbió la nariz y se la limpió con el dorso de la mano.

—¿Puedes decirle que he venido?

—Díselo tú —replicó indicando con la cabeza la moto que estaba a dos manzanas.

—¿Cómo sabes que es ella?

Se encogió de hombros antes de subir el volumen y encenderse otro cigarrillo sin dejar de mirar la calle y mover la cabeza al ritmo de la música.

El hombre hizo visera con la mano para ver si era verdad.

Unos minutos más tarde, Mouna se bajó de la Vespa, se quitó el casco y abrió los candados de la persiana antes de hacerle un gesto a Amal. No se había fijado en el hombre, que se había alejado para no alarmarla. Al apartarse para que entrara Amal, vio el todoterreno. «¿Qué demonios pasa?», pensó, pero tenía la mente demasiado ocupada en las cuentas que había estado haciendo el día anterior. Se había pasado toda la noche dando vueltas en la cama pensando en cómo podría ahorrar y no había dado con la solución. Vivía con lo justo.

Entró detrás de su ayudante y giró el cartel para que pusiera «Abierto». Cerró la puerta y dejó el bolso en el mostrador antes de dejarse caer en la silla. Iba a ser otro día muy caluroso.

—¡Amal! ¿Puedes encender el aire acondicionado, por favor? —gritó.

Esperó unos minutos, pero, como de costumbre, Amal no contestó y tuvo que levantarse como pudo de la silla en forma de huevo. «¡Dios! No hay forma de salir de esta cosa», maldijo en voz baja. Una vez de pie vio su reflejo en los alargados y desportillados espejos que había a cada lado de la puerta y se horrorizó al comprobar que llevaba el vestido pegado al culo y la parte trasera de los muslos. Se volvió para bajarlo y se movió de un lado a otro, pero no se despegó. Era un bonito vestido de verano con tirantes muy finos, estampado en flores fucsias y moradas, pero de poliéster, y como era un poco transparente se había puesto una enagua, también de poliéster, que aumentaba la electricidad estática. Intentó bajarlo de nuevo volviéndose hacia el otro lado sin dejar de mover el culo hacia la puerta. Finalmente miró a su alrededor para ver si Amal estaba cerca y, al no verla, se bajó la enagua, dejó que le cayera a los tobillos y buscó en el bolso un bote de Nivea para aplicársela en los muslos y librarse de la carga estática.

El timbre de la puerta sonó y el hombre al que creía haber roto la nariz el día anterior entró con una bolsa y se quedó estupefacto. Mouna se horrorizó. Dejó que le cayera el vestido, salió de la enagua con tanta elegancia como pudo y le dio una patada esperando que fuera a parar debajo del mostrador y no en su cabeza. Después se alisó el vestido, se recogió un mechón de cabello que le había caído en la cara y fue hacia el hombre con todo el aplomo que pudo.

—¿Qué tal su nariz? —preguntó, aún violenta.

—Un poco magullada, pero no es nada serio.

—En ese caso, ¿en qué puedo ayudarle?

—Esto...

—Como se habrá dado cuenta es una peluquería de señoras —intentó decir con altanería y las manos en las caderas, aunque tuvo que levantar la vista porque era mucho más alto—. Así que si lo que busca es un afeitado o que le corten el pelo, puedo indicarle un peluquero en Centre Ville.

El hombre la miró fijamente y sus labios dibujaron una sonrisa. Mouna era muy guapa, le encantó la pasión que vio en sus ojos cuando fingía estar enfadada. Ella intentó mantenerle la mirada, pero el franco y verdadero agradecimiento que vio en sus ojos relajó su cara y, de repente, sin querer, soltó una risita. El hombre sonrió abiertamente y dejó ver sus bonitos dientes blancos.

—Lo siento, no quería ser maleducada.

—No pasa nada. Tengo una buena coraza.

Mouna se apoyó en el mostrador y lo miró. No estaba nada mal. Tenía el pelo castaño claro, su bronceada piel daba la impresión de que pasaba muchas horas al sol y sus ojos eran verdes y traviesos. Iba bien afeitado, algo inusual en un libanés, pero desprendía timidez, algo que le gustó mucho. Llevaba pantalones caqui y camisa blanca, con las omnipresentes gafas de piloto en el bolsillo. En la mano derecha lucía un gran reloj negro que le hizo presumir que era zurdo.

Los dos siguieron mirándose sin saber qué decir.

—¿No tenías que darle un paquete? —les sorprendió la voz de Amal.

Mouna miró a su alrededor; la había oído, pero no la vio.

—Amal es mi ayudante.

El hombre asintió.

—¡Dale el paquete ya! —le urgió la incorpórea voz de Amal.

—¡Ah!, sí. —Sacó la bolsa que había puesto a su espalda y se la entregó—. He venido para darte esto.

A Mouna le brillaron los ojos, le encantaban los regalos. El hombre no pudo apartar la vista de ella cuando la abrió con una gran sonrisa en la boca. Su alegría y entusiasmo irradiaban todo el salón. Incluso Amal, escoba en mano, se asomó por detrás de un sillón para ver qué había dentro. Sacó una chaqueta de color azul, casi exacta a la que había utilizado para el hielo, excepto que era de una mezcla de seda y algodón más suave, y de Zinnias, una conocida *boutique* de la Rue Verdun. Se quedó sin habla, la puso contra su cuerpo y empezó a dar vueltas.

—Muchas gracias. No era necesario, es muy amable por su parte —agradeció mirando al hombre.

—De nada. No he podido hacer nada por la que me diste ayer.

—Era muy vieja.

Amal sonrió y empezó a barrer. La dura escoba arañó el suelo mientras recogía lo que había quedado del corte de pelo de Claudine.

—Me llamo Samir Abboud.

—Mouna Al-Husseini

En el fondo del salón Amal tarareó *La vie en rose*.

El teléfono rosa del mostrador sonó al poco de irse Samir.

—*Bonjour*, salón de belleza Cleopatra —contestó Mouna, todavía sonriente por su nueva chaqueta.

—Hola, soy Lailah Hayek.

—Ah, hola, madame Hayek.

¿Eres Mouna?

—Sí.

—Me gustaría pedir cita para el jueves. ¿Es posible?

Abrió la agenda por el jueves. Por supuesto, estaba vacía.

—¿A qué hora le viene bien, madame?

—¿A mediodía?

—Estupendo, madame Hayek. ¿Lavar y marcar como la última vez?

—Sí, por favor. Ah, ¿puedes atender también a Nadine Safi a la misma hora?

«¡Otra vez! —pensó rascándose la cabeza con el lápiz—. No hay nadie más en todo el día y tienen que venir a la misma hora.»

—Madame Hayek —empezó a decir, pero se contuvo—. Por supuesto, no hay ningún problema.

—Estupendo, gracias.

Colgó y se echó a reír. Quizá su suerte empezaba a cambiar: dos nuevas clientas que repetían, una chaqueta de Zinnias, y ¿quizás un hombre?

—¡Amal! —gritó mientras se dirigía hacia el fondo del salón bailando y agitando las manos en el aire. Amal dejó de barrer, se apoyó en la escoba y la miró por encima de las gafas de sol de imitación de Prada—. Tenemos dos clientas nuevas que repiten, Lailah Hayek y Nadine Safi. Quieren venir a la misma hora. La semana pasada no se conocían y ahora vienen juntas.

—¡Increíble! —comentó con mordacidad—. ¡Se han hecho amigas! —añadió antes de seguir barriendo.

Volvió a la recepción bailando *Badi Doob*, una de sus canciones preferidas de la radio. Consultó el reloj. Ghida y Nisrine llegarían en cualquier momento y Claudine acudiría por la tarde. El teléfono volvió a sonar justo cuando las dos mujeres entraban por la puerta, puntualmente, discutiendo por algo.

—*Bonjour*, salón Cleopatra.

—Has puesto demasiada miel, estaban demasiado dulces —recriminó Ghida en voz alta.

—No es verdad —replicó Nisrine.

—Señoras, por favor... —intervino Mouna, para indicarles que estaba hablando por teléfono.

—Frunciste los labios al probar el sirope de los *awamat*.

—Estaban en su punto.

—*Mesdames* —siseó Mouna.

—¿Y por qué se me arrugaron los labios igual que a ti? Venga, reconócelo. Cometiste un error, no pasa nada —insistió Ghida.

—Un momento, madame —pidió Mouna colocándose el auricular en el estómago.

—No he cometido ningún error —se empecinó Nisrine—. ¿Sabes qué? Que los pruebe Mouna y decida ella.

—Señoras, por favor. No oigo nada —protestó.

—¡Ah! —exclamó Ghida, y se llevó rápidamente un dedo a los labios—. Chis.

—No he cometido ningún error —repitió entre dientes Nisrine.

—Sí que lo has hecho —susurró Ghida.

Mouna puso los ojos en blanco, se dio la vuelta y tiró del cable tanto como pudo.

—Lo siento, había un gran alboroto en la calle —se excusó.

—Suele pasar. ¿Puedo hablar con Mouna, por favor?

—Al habla.

—Hola, soy Imaan Sayah. Estuve en tu salón para recoger unos *nammura*. Soy de Sidón.

—Sí, madame Sayah —la saludó sorprendida de que la llamara.

—Quería saber si podrías darme hora.

No daba crédito a sus oídos.

—Por supuesto, madame. ¿Cuándo quiere venir?

—¿El viernes? ¿A eso de las cuatro o estás muy ocupada?

—En absoluto —la tranquilizó mientras apuntaba su nombre.

—Gracias. Y si ves a tus vecinas diles que su *nammura* fue todo un éxito.

—Lo haré madame Sayah. La espero el viernes —se despidió alegremente. Colgó, se volvió y levantó los brazos—. ¡Amal! ¡Amal! —gritó mientras corría hacia el fondo, donde

la chica estaba doblando las toallas que había cogido del ten-
dedero que había improvisado entre una cañería y un árbol
seco del patio trasero—. ¡Amal! ¡Madame Sayah viene el
viernes! ¡No me lo puedo creer! ¡Es la mujer que vino a recoger los *nammura*!

—A lo mejor es el primer día del resto de tu vida —se limitó a decir prosaicamente haciendo la uve de la victoria antes de volver a sus quehaceres.

—Señoras —anunció tras volver bailando—, madame
Sayah me ha pedido que les diga que los *nammura* fueron
un éxito en su fiesta o celebración, o lo que fuera.

Ghida y Nisrine, que seguían increpándose la una a la
otra, dejaron de discutir.

—¿Qué? —preguntó Nisrine.

—He dicho que…

—¿No la has oído, vieja sorda? —le recriminó Ghida—.
A madame Sayah le gustaron los *nammura*.

De repente las dos sonrieron, se estrecharon la mano y se
echaron a reír.

—¡Hurra! *Al-hamdellah!* ¡Dios es grande!

Mouna se alegró al verlas tan animadas.

—¿Va a encargar más? —preguntó Ghida, que ya había
olvidado por completo los pasteles demasiado dulces.

—No ha dicho nada.

—¿Tendremos más trabajo? —intervino Nisrine.

—¿Qué más ha dicho? —quiso saber Ghida.

—Nada, solo que les dijera que los *nammura* habían sido
un éxito.

—¿Va a volver? —preguntó Ghida.

—Sí, el viernes.

—Nisrine, deberíamos preparar una selección de pasteles
para que los pruebe —sugirió Ghida, entusiasmada.

—Señoras, lo siento, pero esto es un salón de belleza, no
una pastelería. Las clientas vienen para relajarse y a que les
arregle el pelo, no para que las obliguen a comer pasteles.

—Pero, Mouna… —empezó a decir Ghida.

—Lo siento, Ghida. —La chica se mantuvo firme.

—¿A qué hora viene? —preguntó Nisrine aparentando
desinterés.

—Dijo que llamaría para decírnoslo en cuanto pudiera —intervino Amal, que de repente había aparecido de la nada junto a Mouna y sujetaba la escoba con firmeza.

Ghida y Nisrine transigieron, pero estaban decididas a averiguar cuándo iría Imaan. Mientras les hacía la manicura y las peinaba, además de contarle los cotilleos, idas y venidas de todo el mundo, intentaron sonsacarla, pero Mouna se negó a decir nada. Antes de irse, Nisrine la distrajo, mientras Ghida revolvía las páginas de la agenda, abierta sobre el mostrador. Pero el viernes estaba vacío. No había nada escrito ni borrado. Las dos mujeres se fueron frustradas, aunque sin dejar de discutir qué prepararían para Imaan, seguras de que se enterarían de a qué hora acudiría al salón.

Cuando cerró, ya de noche, Mouna se dio cuenta de que Claudine no había ido. Había estado tan inmersa en las novedades del día que no se había fijado en que su casera no había aparecido a las dos y media, su hora habitual. «Qué raro —pensó mientras se subía a la Vespa—. Espero que no le haya pasado nada. Quizá debería ir a verla. —Miró el reloj: eran casi las siete, tenía que comprar berenjenas antes de que cerrara el verdulero y no le apetecía ir a la grasienta tienda del seboso señor Abdallah—. Seguro que viene mañana —se dijo antes de poner la moto en marcha, colocarse el casco y cerrar la correa—. Si no viene, iré a ver qué tal está.» De camino a casa volvió a pensar en el dinero que necesitaba para pagar el impuesto municipal y la licencia. No le quedaba mucho tiempo y no sabía qué hacer o dónde conseguirlo.

Entró en el polvoriento patio del edificio, echó la llave a la Vespa, la cubrió con un grueso trozo de lona que le había dado un vecino y cogió la bolsa de plástico con las tres berenjenas que le había pedido su madre. Subió las escaleras, cansada, y se fijó en que algunos escalones se estaban desmoronando y en que no había luz. Hacía meses que habían robado la bombilla que había colocado en un portalámparas que alguien había conectado a un cable que vaya a usted a sa-

ber a quién pertenecía. Al poco de mudarse allí cambiaba las
bombillas cada vez que faltaba una, pero dejó de hacerlo la
semana en que empezaron a desaparecer todos los días.
Buscó las llaves y abrió la puerta. En la radio atronaba una
canción de Fairuz. Atravesó la cocina y encontró a su tía
viendo la televisión, sin volumen.

—*Jala!* —gritó dejando el pesado bolso en una silla para
hacer ruido, pues no quería asustarla apareciendo de repente.

—¡Hija mía! —la saludó arrugando la cara con una amplia sonrisa cuando Mouna le dio un beso en la cabeza y le
apretó los hombros.

—¿Dónde está *immi*? —preguntó mientras sacaba las
berenjenas de la bolsa.

—Hace rato que se ha ido a ver a una vecina. Ha dicho
que volvería al cabo de una hora, pero creo que ya ha pasado
más tiempo.

—¿Quieres preparar el *batinllan* mientras tanto?

—Claro.

—Estupendo, me gusta más como lo haces tú.

—Eres muy buena, siempre consigues que sonría.

—Enseguida vuelvo. Voy a lavarme la cara y a refres-
carme.

—Muy bien. Ah, y ponte una camisa de manga larga. A
tu madre no le gustan esos vestidos.

Mouna volvió y la besó.

—Gracias, *jala* —dijo sonriendo—. ¿Por qué estabas
viendo la televisión sin sonido?

—¿Sin sonido? —preguntó sorprendida.

—Tenías la radio encendida, pero el televisor sin voz.

—¡Ah! Por eso no tenía sentido la película. No entendía
por qué ponían una canción de Fairuz en medio de una persecución de coches —explicó con una gran sonrisa.

Mouna se echó a reír.

—Eso es porque has subido el volumen de la radio, no el
del televisor —le aclaró ajustando el del pequeño aparato—.
¿A que ahora está mucho mejor?

—Sí. Gracias, hija.

De repente la imagen empezó a moverse y torcerse, y
Mouna movió la antena.

—¿Qué estabas viendo?

—Una película del actor ese con ojos azules que me gusta tanto.

—¡Ah!, Pierce Brosnan. ¿Estabas viendo una película de James Bond?

—Sí, eso es.

—Tienes razón, no creo que tenga sentido poner una canción de Fairuz en una película de James Bond.

—Estoy completamente de acuerdo —afirmó con tanta seriedad que Mouna se echó a reír y la abrazó.

Fue a su habitación sonriendo. Se quitó el vestido y las sandalias, pero, antes de ponerse unos pantalones cómodos y una camiseta holgada, sacó su vestido azul y blanco, y se probó la chaqueta nueva delante del espejo para ver qué tal le quedaba. Le encantó. Pasó la mano por una manga, tenía un tacto suave y lujoso. Jamás había tenido nada de Zinnias, y, cuando recordó la cara de Samir, sonrió tímidamente y sintió un hormigueo en la punta de los dedos. Al acordarse de cómo daba vueltas en el café sujetándose la nariz con el pañuelo, se echó a reír. Se preguntó cuándo volviera a verlo. Al irse no había dicho nada, no le había pedido el número ni le había dado el suyo, aunque ella jamás sería la primera en llamar. Al caer en la cuenta de que quizá no volvería a verlo se le borró la sonrisa. Quizá creía que era demasiado mayor, pero ¿cómo iba a saber su edad? A lo mejor no le había parecido lo suficientemente guapa o había pensado que no tenía suficiente clase. ¡Dios mío! ¿Y si está casado? La incertidumbre consiguió que su alegría se convirtiera en abatimiento y, una vez convencida de que Samir desaparecería como todos los demás, volvió a la cocina para hacerle compañía a su tía.

Hanan puso las berenjenas cortadas en un colador y esparció una buena capa de sal gruesa para quitarles el amargor. Mientras tanto había picado cebolla y tomate, y estaba a punto de pelar unos ajos cuando apareció Mouna.

—¿Vas a rellenar las berenjenas, *jala*?

—Si quieres…, pero pensaba hacerlas solo con cebolla, tomate y perejil.

—¿No hay nada de carne para el relleno? —preguntó abriendo el frigorífico.

—No lo sé, niña —contestó sin dejar de pelar ajos.

—No hay —aseguró antes de dejarse caer en una de las pequeñas y duras sillas, y apoyar la cabeza en la mesa.

—No te preocupes, van a ser unas berenjenas muy especiales. Mira a ver si encuentras piñones y un poco de *baharat*.

—Eres estupenda —aseguró sonriendo antes de ir a buscarlos.

—Y de paso trae arroz y *vermicelli*.

—¡Mi plato favorito! —exclamó entusiasmada.

—Me acuerdo muy bien de cómo te gustan. Puede que me falle la vista y el oído, pero conservo la memoria.

—Gracias, *jala* —dijo abrazándola y apoyando la cabeza en su hombro—. Hoy necesito una comida reconfortante.

—Y la tendrás. Ahora, venga, vamos a ponernos en marcha antes de que llegue tu madre y empiece a gritar —la animó guiñándole un ojo—. Tienes que ayudarme, no puedo moverme mucho.

—¿Qué necesitas? —preguntó poniéndose firmes y llevándose la mano a la sien para saludar.

—Pon a calentar una cazuela con agua.

Mouna se apresuró a cumplir la orden.

—¿Y ahora?

—Ahora ayúdame a ir a la cocina y seguiré desde allí.

—¿Eso es todo?

—Eso es todo.

Se quedaron en silencio mientras la película de James Bond se oía de fondo. Mouna se sentó, puso los codos en la mesa y apoyó la cabeza en las manos.

—*Jala* —empezó a decir—, se está mucho mejor…

—Sé lo que vas a decir —aseguró Hanan sentándose en su silla junto a la cocina y dando vueltas a los *vermicelli* con mantequilla.

—Pero, *jala*. Estamos mucho más tranquilas cuando *immi* no está aquí. No hay tensión, no hay que ir de puntillas ni grita nadie. Mira, es la misma casa. No es que nos hayamos mudado a un piso más grande o mejor, pero lo parece.

—Venga, Mouna —replicó Hanan, aunque sabía que tenía razón. Incluso cuando Fátima se iba a comprar o a ver a una vecina se estaba mejor.

—¿Qué le pasa, *jala*? ¿Por qué es así? ¿Por qué está tan amargada, enfadada y es tan intolerante?

—Mouna… —suspiró, y añadió arroz a los *vermicelli* y puso más mantequilla.

—¿Y por qué tiene que pagarlo con nosotras? Se comporta como si hubiéramos hecho algo mal y nos castigara gritándonos.

—Tu madre es una mujer difícil… —la defendió con diplomacia.

—¡Difícil! —Mouna explotó—. ¡No es difícil, es imposible! Es tozuda, arrogante y nada razonable, y sus enfados y su carácter empeoran con el tiempo. Y no es que la estafemos. Le entrego todo el dinero que puedo, y aun así sigue enfadada y no lo agradece, como si me pasara el día tumbada sin hacer nada. Me gustaría verla si tuviera que trabajar ella.

—Sé que trabajas mucho —aseveró Hanan incapaz de disculpar el comportamiento de Fátima.

—¿Sabes?, a veces se enfurece tanto y se pone tan agresiva que parece que sea yo la que bombardeó nuestra casa en vez de los israelíes.

Hanan miró con tristeza a su sobrina. Sabía a lo que se refería. No oía bien, pero la voz de su cuñada era tan alta, su boca tan biliosa y estaba tan llena de resentimiento que se le llenaban los ojos de lágrimas al imaginar cómo podía sentirse Mouna.

—Me da miedo hablar con ella. Me asusta contarle lo que me pasa, abrirme a ella, por temor a lo que me lance, si no física, sí verbalmente.

—¿Por qué, hija? ¿Te preocupa algo?

—¡Por supuesto! —gritó—. ¿No estamos siempre preocupados por algo? ¿No tiene problemas todo el mundo? Me gustaría contárselos, explicarle lo que me inquieta, para que, como madre, me ayudara a encontrar una solución. Y, si no, al menos me tranquilizara y me dijera que todo saldrá bien, aunque no fuera verdad. Pero no puedo, porque si le confieso que no tengo para llegar a final de mes se sale de sus casillas y me dice que soy una pésima peluquera y que cómo voy a ganarme la vida así. Y entonces, por supuesto, empieza a meterse con la forma en que visto y el maquillaje, y a amenazarme con que nadie se casará conmigo porque soy muy vieja. Después se echa a llorar argumentando que si tuviera un hijo no estaría en esta situación ni la dejaría vivir así...

Hanan suspiró.

—Siempre es igual —continuó, enfadada—. Pero se me está acabando la paciencia. Ya he tenido suficiente. He hecho todo lo que he podido desde que vinimos a Beirut y no me he casado porque he estado tan malditamente ocupada para intentar pagar el alquiler y las facturas que no he tenido ocasión de conocer a nadie. Además, ¿qué narices iba a hacer si me casara? —vociferó—. ¿De verdad cree que mi marido la ayudaría cuando se acabara la dote o que le permitiría vivir con nosotros?

Hanan asintió.

—¿Por qué es tan desagradecida y tan hipócrita?

—¿Hipócrita? —se extrañó Hanan.

—Sí, *jala*, hipócrita. Dice que no trabaja porque las mujeres musulmanas nunca salen de casa, pero le parece muy bien que yo vaya a trabajar para pagar el alquiler. Y —pegó un puñetazo en la mesa— cree que soy una puta por vestir como visto, solo porque es lo que le dicen las mujercillas de mente estrecha que pretenden ser sus amigas, y ella se lo cree. ¿Por qué no me defiende? ¿Por qué no les dice que nadie querría que le peinara una mujer que se cubre la cabeza con un pañuelo? Además, no tiene ni idea de lo que hacen en cuanto salen de casa esas dulces niñas que viven en este edificio y llevan *hiyab*. Se quitan los pañuelos y la *abaya*, y son las peores busconas. Y ella y todas las vecinas que piensan que sus hijas son vírgenes y buenas chicas... Pues bien, *jala*, deja que te diga que ni una sola lo es.

—¿Crees que no lo sé? —preguntó Hanan en voz baja—. Sé mucho más de lo que cree la gente. Sé que no son vírgenes, las veo escaparse por la noche.

—Puede que vista de esa manera, pero no creo que sea indecente —bufó—. Al menos no llevo minifaldas ni tangas ni camisetas sin sujetador; llevo vestidos decentes y puede que enseñe los brazos y las pantorrillas, pero no me abro de piernas al primero que me sonríe.

—¿Qué es un tanga? —preguntó Hanan con la cara arrugada, entre perpleja y divertida.

Mouna la miró y cayó en la cuenta de lo que acababa de decir. ¿Cómo iba a saber lo que era? Al fin y al cabo, era una mujer musulmana conservadora, una chiita del sur del Líbano sentada junto a la cocina y cubierta por una *abaya* negra. De repente estalló en carcajadas.

—Oh, *jala* —dijo con lágrimas en la cara.

—¿Es como una braguita? —preguntó con cara aún burlona.

—*¡Jala!* —exclamó Mouna, sorprendida, antes de revolcarse por el suelo riéndose con tanta fuerza que tuvo que sujetarse los costados—. ¡Dios mío! —dijo una vez calmada—. ¿Cómo lo sabes?

—Puede que sea vieja, pero también fui joven —aseguró sonriendo—. Y a diferencia de tu madre, que cree que esas revistas norteamericanas son indecentes, a mí me gustan las fotografías. No puedo leerlas, pero a veces, cuando alguna foto es interesante, entiendo alguna palabra. Deberías esconder esas revistas que tienes, niña… —le aconsejó—. Un día, tu madre estaba limpiando, encontró una *Vogue* y la tiró a la basura despotricando porque era asquerosa y pornográfica. Cuando se fue, la cogí y la hojeé.

—Así que eso es lo que pasó con esa revista. No entendía dónde había ido a parar.

—No me pareció indecente. Había fotografías de mujeres en ropa interior, creo que lo vi en un anuncio.

—*Jala*, eres una pasada.

—La cena está casi lista, y tu madre aún no ha llegado.

—¿A quién le importa?

—No seas mezquina, niña, es tu madre —la reprendió con dulzura—. ¿Qué hora es?

—Pasan de las ocho.

—¡Ah! Estará viendo *Noor*. Creo que hoy emitían dos capítulos, pero en esta televisión no se sintoniza, así que ha ido a casa de la vecina.

—¿La telenovela?

Hanan asintió.

—A mí me gusta.

—A mí también… Es muy picante. Y esa actriz es muy *sexy*…

—Hace tiempo que no la veo, pero estoy segura de que sigue siendo igual de picante que siempre —comentó riéndose.

—Lo es. El otro día leí en el periódico que el líder del Consejo Superior de Clérigos la ha prohibido a los musulmanes porque contradice los principios del islam y fomenta el pecado.

—¿Y tú qué crees? —preguntó Mouna arqueando las cejas.

—Está loco, todos lo están. A mí me gusta.

—Como a todo el mundo en el Líbano. *Jala*, tengo hambre. ¿Puedo probar un poco de arroz y berenjenas?

—Yo también tengo hambre. ¿Por qué no comemos y que Fátima se siente a la mesa cuando llegue?

Mouna sacó rápidamente dos platos y se los entregó para que sirviera.

—¿Quieres pan?

—*La, la, habibti*. Con el arroz tengo bastante.

Mouna cogió una gran cucharada y se la llevó a la boca. Cerró los ojos y paladeó los sabores que le recordaban a cuando era pequeña y corría por Sidón sin responsabilidades, ni horarios, cuando disfrutaba de ser una niña. Era una terrible cocinera e incluso cuando seguía las recetas de Hanan al pie de la letra sabía que no quedarían igual.

—¿Está bueno? —preguntó su tía.

—¿Bueno? Es lo mejor que he comido en mi vida.

—Pareces una niña.

—Me siento como si lo fuera.

—¿Qué tal el salón?

—Si supieras, *jala* —suspiró dejando la cuchara.

—Pase lo que pase estoy segura de que encontrarás la forma de solucionarlo. Alá proveerá —aseguró llena de confianza.

—En este caso no sé si podrá proveer.

—¿Qué pasa?

—Necesito dinero, algo tan sencillo como eso. Y no es para mí, como piensa *immi*, sino para renovar la licencia y el nuevo impuesto que han de pagar todos los residentes y negocios de Gemmayzeh. —Hanan asintió—. Me gustaría reformarlo y conseguir nuevas clientas, pero para eso también necesito dinero.

—¿Cuánto te hace falta?

—Unas seiscientas mil libras.

—¡Alá! —exclamó, y rezó rápidamente una oración.

—La licencia cuesta una fortuna porque la manzana va a pasar a ser residencial. Así que el consejo municipal me chupará la sangre si quiero quedarme allí —concluyó desanimada.

—Mira, niña, no quiero que digas ni una palabra, sobre todo a tu madre, pero tengo un brazalete de oro que he estado guardando para regalártelo el día de tu boda o para un caso de emergencia —susurró sonriendo mientras sacaba una pequeña bolsita de su larga y negra *abaya*—. Y esto es una emergencia.

Mouna la miró con lágrimas en los ojos. No podía creerlo. Jamás habría imaginado que acabaría socorriéndola. Se levantó y, sin decir palabra, la abrazó.

—Venga, venga, Mouna. Era para ti de todas formas, para que hicieras con él lo que quisieras. No le digas nada a tu madre, seguro que se enfada.

—¿No decirme el qué? —se oyó que preguntaba la adusta voz de Fátima mientras observaba los restos de comida y a su hija llorando y abrazando a Hanan. Entró como un torbellino, respirando pesadamente con los ojos entrecerrados y una mueca despiadada en la boca—. ¿Qué es lo que me estáis ocultando? ¿Estás embarazada? ¡Sí, estás embarazada! —respondió su propia pregunta, se abalanzó sobre su hija y la enderezó con brusquedad—. Dime, zorra, ¿a quién te has entregado? ¿Quién es? —gritó sacudiéndola por los hombros antes de darle una bofetada.

—¡Fátima! ¡Para! ¡Para ahora mismo! —le ordenó Hanan.

Pero no podía parar. Era una mujer mayor que creía que la vida la había engañado. No solo la habían obligado a casarse con alguien inferior a quien creía que tenía derecho, sino que también se lo habían arrebatado. Se veía obligada a vivir en ese asqueroso y mugriento apartamento lleno de muebles de segunda mano recuperados de una chatarrería.

Se había destrozado las manos y las uñas limpiando, restregando y cocinando, y tenía que cargar con una cuñada sorda y una hija que todo el mundo creía que era una puta. Esa era la prueba. La muy idiota estaba embarazada.

De repente notó que alguien la echaba hacia atrás. Tuvo que soltar a Mouna, que cayó al suelo, y antes de que pudiera darse cuenta de lo que estaba pasando sintió que le daban una bofetada. Cuando recibió la segunda, en la otra mejilla, también se desplomó, aturdida, sujetándose la cara. Levantó la vista y vio a Hanan, con ojos brillantes por la furia y la indignación.

—No vuelvas a atreverte... ¡Me oyes, Fátima! —gruñó con suavidad—. No te atrevas a tocarla.

Fátima consiguió ponerse de rodillas apoyando una mano en el marco de la puerta y estaba a punto de decir algo cuando oyó:

—Y no te atrevas a volver a hablarme hasta que lo hagas con educación y el respeto que merezco.

Fátima se puso de pie con lágrimas de odio en los ojos y se llevó una mano a la mejilla para aplacar la picazón.

—Vamos, niña —dijo Hanan intentando ayudar a Mouna, pero le flaquearon las fuerzas y se desplomó en una silla con el brazo de su sobrina en las manos. Mouna se levantó con una desmayada sonrisa en los labios.

—*Yislamo, jala* —agradeció entre lágrimas.

—Mouna —la llamó Fátima con recelo.

—Sí, *immi* —contestó sin volver la cara.

—¿Estás embarazada?

—No, *immi* —dijo mirándola a los ojos.

Fátima no pudo mantener su mirada y apartó la vista.

Capítulo siete

Nina

Jumana Chadarevian y su hija Nina estaban dormidas cuando un gran alboroto se coló en sus sueños. Era junio de 1975, en el pueblo de Ras Baalbek, en el valle de la Bekaa, a unos noventa kilómetros al noroeste de Beirut. Jumana se despertó con una extraña sensación en la boca del estómago. Miró el reloj, no eran todavía las seis de la mañana. Se puso rápidamente la bata y fue a la puerta. Cuando la abrió se topó con varios hombres de uniforme; el corazón le dio un vuelco. El militar al mando se acercó a ella.

—Estamos buscando a Sarkis Chadarevian.

—¿Por qué? ¿Quiénes son ustedes? —replicó indignada.

—No es asunto suyo. Dígame dónde está.

—No lo sé.

—Está mintiendo.

—No. Además, ¿quién se cree que es para venir a aporrear mi puerta a estas horas de la mañana y acusarme de mentir? —le increpó encolerizada.

—No se haga la enterada conmigo. Dígame dónde está Chadarevian.

—Ya le he dicho que no está aquí y que no sé dónde está.

—¿Cuándo fue la última vez que lo vio?

—Hace unos días.

—¿Es su mujer y no sabe su paradero?

—Lo único que sé es que estaba en Beirut.

—Pues ya no está allí —aseguró el hombre. Jumana se encogió de hombros—. Tenemos que hablar con él. Volveremos dentro de unos días.

—¿Quiénes son ustedes?

El Ejército para la Liberación de Palestina.

Cerró la puerta y se apoyo en ella con el corazón acelerado. ¿Quiénes eran esos matones? ¿Pertenecían de verdad al Ejército palestino o eran sirios? Quizás eran algunas de esas nuevas milicias palestinas que financiaban y armaban los sirios. ¿Dónde estaba Sarkis? Hacía días que se había ido a Beirut. Tenía que haber vuelto la noche anterior, pero no había aparecido ni había llamado o enviado un mensaje. Corrió al teléfono, pero seguía sin línea. Había estado incomunicada desde el día que su marido se había ido. ¿Qué podía hacer?

En el Líbano reinaba el caos. Hacía seis meses que había estallado una guerra civil y los sirios sembraban el pánico y la confusión a raíz de que Hafez al-Asad, presidente sirio, dijera: «El Líbano es parte de Siria y se devolverá a Siria». Hacía poco se había enterado de que un batallón de las fuerzas especiales sirias había entrado en el Líbano por el valle de la Bekaa y que otro del Ejército para la Liberación de Palestina, bajo mando sirio, se hallaba también en la zona y se habían enfrentado al Ejército libanés. Más tropas sirias y palestinas habían entrado por el norte y atacaban a la policía y a las fuerzas de seguridad.

—¡Nina! ¡Nina! —despierta, llamó a su hija adolescente.

—¿Qué pasa, *immi*? —se quejó dándose la vuelta.

—¡Nina, despierta! ¡Tenemos que irnos!

—*Immi*, no estamos en Beirut. Tú misma dijiste que aquí no nos pasaría nada —murmuró antes de meterse bajo las sábanas.

—¡Nina! ¡Ya! —ordenó cogiendo una maleta de debajo de la cama.

—¿Qué pasa? —preguntó al notar el apremio en la voz de su madre.

—No lo sé, pero tenemos que irnos.

—¿No vamos a esperar a papá?

—No sé… No puedo ponerme en contacto con él. No creo que funcionen las líneas telefónicas.

—¿Qué hacemos?

—Nos vamos a Beirut.

—¿A Beirut? Pero ¿allí no están en guerra?

—Hay guerra en todas partes, Nina —aclaró mientras metía algunas cosas en la maleta, aliviada porque su hija no había oído a los palestinos—. *Yallah!* ¡Date prisa! Nos vamos inmediatamente.

—¿Si vamos a Beirut podré ver a mis amigas de Jounieh? —preguntó Nina sentada en el Volkswagen escarabajo con los pies en el asiento y mirándose las puntas del cabello.

—Hoy no, Nina —dijo al detenerse en un semáforo antes de llegar a la autopista de Damasco que las llevaría a la capital. No quería decirle que la ciudad no estaba como hacía dos años, cuando habían vuelto a la casa que había comprado con Sarkis en Baalbek hacía quince años, después de trasladarse de Sidón al valle de la Bekaa.

Sarkis Chadarevian, de padres armenios, había nacido en 1930 en una casita con huerto en la ciudad de Anjar, en el valle de la Bekaa. Su madre, embarazada de seis meses cuando escaparon de las masacres turcas, llegó allí pocas semanas antes de que naciera Sarkis. Los Chadarevian llevaron una vida muy dura. En 1945, con quince años, dejó el colegio y empezó a trabajar en la división acorazada del Ejército francés. Cuando los franceses aceptaron la independencia del Líbano y abandonaron la región, gracias a la presión internacional, entró en el recién creado Ejército libanés, que le envió a la frontera meridional para supervisar la masiva afluencia de refugiados palestinos.

En 1958 estaba destinado en Sidón, cuando casi se produjo una guerra civil entre musulmanes y cristianos. Camille Chamoun, presidente prooccidental del Líbano, pidió ayuda a Estados Unidos, y el presidente Eisenhower envió al Ejército y a varios miles de marines.

Los norteamericanos aseguraron el aeropuerto internacional y el puerto de Beirut. Sarkis y su batallón fueron enviados a Tiro para sofocar cualquier disturbio que pudiera producirse en el campamento de refugiados de Rashidiyeh.

Estaba de patrulla con sus hombres cuando oyó gritos airados.

—Vamos a ver qué pasa —les dijo a sus soldados.

Llegaron a un pequeño salón de té en el que dos grupos de hombres separados por una desvencijada mesa de madera se gritaban e insultaban. La discusión se fue acalorando y podía explotar en cualquier momento.

—¡Dispérsense! —ordenó Sarkis.

—¿Quién coño te crees que eres para inmiscuirte?

—Sí, ¡lárgate! ¡No te queremos aquí! —le espetó otro hombre dándole un empujón en el pecho.

—No hay por qué ponerse violento. Dispérsense —pidió con calma.

—¡Tú no nos das órdenes, cabrón!

—Vale, se acabó. Detenedlos. Unos días en el calabozo os cerrarán la bocaza.

—¿Ah, sí? —replicó uno de ellos con actitud beligerante—. Ya veremos si nos llevas a la cárcel —se burló antes de sacar un arma y disparar contra los soldados libaneses.

Cundió el caos y se produjeron más disparos. La gente empezó a correr en todas las direcciones, las mujeres gritaron y recogieron a los niños que jugaban en la calle y los bebés empezaron a llorar. Los dos grupos de hombres intentaron organizarse a gritos para atacar a los militares.

Sarkis utilizó una mesa como parapeto y ordenó a sus soldados que rodearan al grupo de insurgentes. Una bala le pasó rozando; al tiempo que se resguardaba, disparó para asustarlos.

Ni siquiera había apuntado a Hamdan Ossairan, que estaba en una escalera en la casa de al lado arreglando un agujero en el techo. Este, al oír los tiros, bajó corriendo; cuando buscaba cobijo, la bala de Sarkis le alcanzó en un costado.

—¡Cubridme! —gritó Sarkis al darse cuenta de su error y corrió hacia el hombre que había caído al suelo. Esperaba haberle alcanzado en un brazo, pero la bala había entrado por debajo del tórax en la parte derecha del pecho—. Resiste, hermano —le pidió mientras le apoyaba la cabeza en el regazo y ponía la mano en la herida para detener la sangre.

—Por favor... Me llamo Hamdan Ossairan —jadeó Hamdan.

—No hable. Voy a salvarle. Aguante, esto le va a doler. —Lo levantó y lo llevó a la clínica de la UNRWA, a unos cientos de metros, mientras esquivaba las balas de la refriega, que se habían intensificado.

Llegó empapado de sangre y sudor. En la clínica reinaba el caos y el personal corría de un lado a otro. Había cuerpos por todas partes: unos gemían, otros lloraban, algunos gritaban y otros estaban callados como muertos, literalmente. Apartó un cadáver y depositó a Hamdan con tanto cuidado como pudo.

—¡Ayuden a este hombre, por favor! —gritó—. ¡Que alguien ayude a este hombre, joder! —Bajó la vista, Hamdan parecía a punto de fallecer—. Aguanta un par de minutos hermano, por favor.

—Escuche… Soy de Sidón —empezó a decir con apenas un hilo de voz—. Mi mujer se llama Jumana… Somos palestinos —consiguió explicar antes de cerrar los ojos.

—¡No! ¡No te mueras! ¡No te vayas!

—Por favor… Ayude a mi esposa, es una buena mujer —pidió con su último suspiro antes de volver la cara sin vida hacia un lado.

Sarkis cerró los ojos, besó el medallón de oro y la cruz que siempre llevaba al cuello, y rezó una oración por el hombre al que había matado. «¡Dios! ¿Por qué mueren siempre los inocentes? ¿Por qué nos matamos unos a otros? ¿Para qué?», pensó.

—¿Qué puedo hacer por usted? —preguntó un médico con la bata llena de sangre.

—Es demasiado tarde.

—Lo siento —se excusó, pero antes de irse miró al cadáver—. ¡Oh, no! ¡Es Hamdan Ossairan!

—¿Lo conoce?

—Sí, su familia vivía en el campamento hasta hace poco. Creo que el año pasado se fueron a Sidón. Buena gente, muy trabajadores, siempre dispuestos a ayudar. Su esposa es una mujer encantadora, es enfermera.

—¿Ossairan ha dicho? Los buscaré en Sidón.

Le dio las gracias y salió para unirse a sus hombres e intentar restablecer el orden en el campamento.

—¡Chadarevian! ¿Dónde ha estado? —le preguntó su superior cuando más tarde apareció en el cuartel—. La situación se ha calmado y necesito que vaya a Beirut como enlace.

El Ejército norteamericano permanecerá un tiempo en el país para ayudarnos y necesito a alguien de confianza allí, alguien que hable inglés. Esto…, usted lo habla, ¿verdad?

—Sí, claro. Pero, señor… Pensaba tomarme un día libre. Tengo algo que hacer en Sidón, después iré a Beirut.

—¿Está desobedeciendo mis órdenes, Chadarevian?

—No, señor. Solo necesito un día, unas horas…

—¡No! —se opuso rotundamente—. Partirá ahora mismo. Sus asuntos tendrán que esperar.

Saludó a su superior y fue a buscar al joven soldado que le habían asignado para llevarlo a la capital. Lo esperaba en la entrada del campamento, apoyado en un viejo *jeep* norteamericano. Al ver que se aproximaba, se puso firmes y saludó.

—Vamos —dijo devolviendo el saludo antes de acomodarse en el asiento del pasajero—. Pararemos en Sidón —indicó con voz decidida y seria.

—Esto…, señor, tengo órdenes de llevarlo al cuartel de Beirut —dijo con voz entrecortada antes de poner en marcha el vehículo.

—¡Conduzca!

—Sí, señor.

—¡A Sidón!

—Pero, señor… Tengo órdenes…

—¡Que le den a las órdenes! ¡A partir de ahora solo obedecerá las mías, soldado! —vociferó. Viajaron en silencio hasta que llegaron a las afueras de la ciudad—. Por cierto, ¿cómo se llama?

—Michel Aoun, señor.

—Encantado de conocerle, soldado Aoun. No le olvidaré.

Al entrar en la ciudad le pidió que revisara el motor, pues le había parecido ver humo bajo el capó.

—Quédese aquí y revise el coche a conciencia. De ser necesario, busque un mecánico.

—¡Sí, señor! —contestó el soldado antes de dejarlo junto a las murallas de la antigua ciudad medieval.

—Recójame a las cuatro —ordenó antes de entrar en el abovedado laberinto del casco viejo y caminar a toda velocidad por sus estrechos callejones y retorcidas calles, y agacharse en los abovedados pasadizos que conectaban los diferentes barrios de la ciudad.

Cuando llegó a la panadería-repostería Al-Kaisar, cuyo dueño conocía a todo el mundo en la ciudad, eran pasadas las dos y Mansour Al-Kaisar estaba a punto de cerrar para irse a comer.

—*Ahlan, ahlan*, hermano —lo saludó, encantado al reconocerlo.

Era imposible no fijarse en él. Medía uno noventa, con lo que era mucho más alto que la media de los libaneses, y pesaba cien kilos. Siempre llevaba corto su abundante y ondulado pelo negro, y lucía la barba y el bigote arreglados y recortados. Tenía la tez blanca y sus ojos marrones parecían negros. Aquel imponente aspecto asustaba a la mayoría de la gente, pero la verdad es que era un gigante sensible y amable que no le haría daño a una mosca. A los veintiocho años seguía soltero, para gran consternación de sus padres.

—*Kifek?* —preguntó Mansour—. He oído decir que los norteamericanos han conseguido detener el golpe contra Chamoun…

—Así es, nos ha sido de gran ayuda para sofocar los levantamientos instigados por los suníes en los campamentos de refugiados.

—¿Ha perdido mucha credibilidad Chamoun? —inquirió Mansour poniendo un trozo de *nammura* en un plato para Sarkis.

—Eso creo. Se cruzó de brazos cuando Occidente atacó Egipto durante la crisis del canal de Suez, y el escándalo de los sobornos ha dañado mucho su reputación.

—¿Permanecerá en el cargo?

—Lo dudo —respondió antes de meterse en la boca el trozo de pastel—. No será fácil apaciguar a los musulmanes.

—La vida sigue —comentó Mansour encogiéndose de hombros.

—Sí —convino sonriendo antes de tomar un sorbo de café—. ¿Conoces a una familia chiita llamada Ossairan?

—Sí, mucho. Son palestinos, vinieron en 1948, tras perderlo todo en Acre. Los dos hermanos, Hamdan y Amr, llegaron un par de años antes, y después los padres y los otros dos hijos, Hussain y el más joven, Hasan. Estuvieron un tiempo en el campamento de refugiados de Rashidiyeh. Montaron un negocio de construcción dentro del campamento para arreglar y construir casas para los refugiados. Ahorraron y hace un año o así se trasladaron aquí y compraron dos casas en el casco viejo cerca de la calle de los carpinteros —le informó antes de acabarse el café—. ¿Por qué lo preguntas?

—Tengo que verlos.

—¿Por qué?

—Uno de los hermanos, Hamdan, ha muerto hoy.

—¡Alá! —exclamó sacando rápidamente el rosario—. Eso es terrible. ¿Cómo ha sido?

—Estaba arreglando una gotera en un techo cuando se ha desatado una pelea entre un grupo de exaltados en un salón de té. Ha intentado ponerse a cubierto, pero... una de mis balas le ha alcanzado. —Hizo una pausa para recuperar el aliento—. Ha sido un accidente. Si se hubiera agachado... —Mansour suspiró—. He hecho todo lo posible por salvarlo.

—No ha sido culpa tuya, Chadarevian.

—He de darle la noticia a la familia —explicó mirando el reloj—. No tendría que estar aquí. Me han ordenado ir a Beirut; si el comandante se entera, me formará un consejo de guerra.

—Lo entiendo, no diré una palabra —aseguró mientras garabateaba la dirección en un trozo de papel.

Sarkis agradeció el café y el pastel, y dejó un par de monedas en el mostrador.

—No, Chadarevian, hoy no —rechazó el dinero—. *Allah ma'aak*. Que Dios te proteja.

Sarkis sonrió y salió. Mientras recorría los callejones se preguntó por qué le había afectado tanto la muerte de Hamdan. Había visto caer a cientos de hombres y morir ante sus ojos a hombres a los que había disparado y matado porque le habían atacado. Era la ley de la guerra. Se moría o se vivía, pero siempre se luchaba para sobrevivir. Jamás se había comportado como aquella mañana. ¿Por qué había corrido a ayudar a Hamdan? Quizá porque no había hecho nada malo, no le había atacado ni le había amenazado a él o a su familia.

Llegó a la calle de los carpinteros con el corazón latiéndole a toda velocidad e intentó prepararse para el desgarrador dolor que iba a causar a esa familia, que, a decir de todos, eran personas honradas y decentes. Llamó a una pesada puerta de madera. No hubo respuesta. Miró el reloj, eran las dos y media. ¿Estarían comiendo? ¿Durmiendo? Se dio la vuelta sin saber qué hacer.

—¿Sí? —preguntó una voz femenina a su espalda y le sorprendió que saliera a recibirle una mujer.

Se volvió y a través de una ranura cuadrada vio un par de ojos marrones que lo miraban inquisitivamente. Eran honrados y francos, y esperaban con paciencia a que contestara.

—Siento mucho molestarla —se excusó antes de quitarse la boina y apretarla entre las manos—. Estoy buscando a la familia Ossairan.

—Sí —repitió la mujer dándole a entender que estaba en el lugar adecuado—. ¿Algún problema? ¿Ha pasado algo? —preguntó, y de repente el miedo empañó sus ojos.

Sarkis nunca entendió cómo supo que era Jumana Hamdan Ossairan. De pronto sintió una apremiante necesidad de protegerla, de tirar la puerta abajo, acercarse a ella, rodearla con sus grandes y fornidos brazos, dejar que llorara en su pecho y apretarla contra él mientras sollozaba.

—Estoy buscando a madame Hamdan Ossairan —precisó con seriedad.

Los ojos de Jumana se llenaron de lágrimas. Sabía que su marido había muerto. Abrió la puerta, se hizo a un lado y lo dejó pasar a un patio.

—Espere, por favor.

Entró en la casa de piedra y regresó flanqueada por otras dos mujeres que, como ella, vestían *abaya* e *hiyab*.

—Soy Tala Ossairan —se presentó una de ellas—, esposa de Amr, el primogénito, y esta es Zainah, esposa de Hussain Ossairan, el tercer hijo —dijo indicando hacia la mujer que estaba al otro lado de Jumana—. Y esta es Jumana, esposa de Hamdan. —Sarkis saludó haciendo un gesto con la cabeza—. ¿Qué desea?

—Me llamo Sarkis Chadarevian, soy sargento del Ejército libanés. Estamos destinados en Sidón, pero hoy nos han enviado a Tiro, al campamento de Rashidiyeh. Nos han informado de que podían producirse disturbios.

—Está muerto, ¿verdad? —preguntó Jumana mirándolo. Sarkis bajó la vista a la boina y frunció los labios sin saber qué contestar—. Mi marido, Hamdan, ha muerto, ¿verdad? —repitió taladrándolo con la mirada.

Sarkis asintió.

—Ha sido un accidente, madame. Lo siento mucho. —Hizo una pausa y esperó los gritos, aullidos y alaridos de dolor y de pena. Pero aquellas mujeres no dejaron escapar sonido alguno, ni siquiera un sollozo. Miró a los ojos llenos de lágrimas de Jumana.

—Le ha disparado usted, ¿verdad? —preguntó acercándose a él.

Sarkis asintió, incapaz de seguir mirándola.

Jumana se dio la vuelta, pero le fallaron las piernas y sus dos cuñadas se colocaron inmediatamente a su lado. Recobró el equilibrio, se dirigió a un pequeño banco de piedra en un rincón sombreado del polvoriento patio y se sentó. Las lágrimas empezaron a correr en silencio por sus mejillas y mojaron el pañuelo que cubría su nariz y mejillas.

—Gracias por informarnos. Por favor, váyase —dijo Tala Ossairan abriendo la puerta que daba a la calle.

Sarkis se puso la boina, saludó a la mujer y salió. Quería haberle preguntado si podía quedarse, si podía compartir su dolor, tomar parte en los cuarenta días de luto o si podía hacer algo por Jumana. Le había cautivado la sencillez, generosidad y amabilidad que transmitían sus ojos. Se había comportado con dignidad, no había gritado ni se había desplomado. No había querido mostrarse vulnerable o débil. Tenía orgullo y era fuerte. Quiso volver, llamar a la puerta, suplicar que le perdonara, decirle lo apenado que se sentía por haber destruido su vida. Pero no pudo.

Cuando llegó a Beirut, varias horas más tarde, ordenó a Michel Aoun que se encargara de inmediato de que llevaran el cuerpo de Hamdan a su casa al día siguiente, para que la familia pudiera lavarlo y enterrarlo. Era lo menos que podía hacer antes de ocupar su nuevo cargo.

Durante los siguientes seis meses trabajó como enlace entre el Ejército libanés y el estadounidense, entabló amistad con los oficiales, se ganó su confianza y demostró ser un digno aliado, en especial con Robert Murphy, un poderoso diplomático enviado como representante personal del presidente Eisenhower y Jim Quinn, un agente de la CIA destinado en la embajada norteamericana de Beirut para espiar a las fuerzas subversivas respaldadas por Egipto que operaban en el Líbano.

Cuando las tropas estadounidenses se retiraron a finales de 1958, Murphy le propuso a Sarkis que fuera a Washington con él, pero este prefirió regresar a su antiguo puesto en Sidón.

Un sábado de enero de 1959 acudió a casa de Michel Aoun, al que habían ascendido a cabo, a una comida en honor a su mujer, Gisele, que había tenido un hijo. La cita era a las dos, así que paseó por el zoco y pasó la mañana jugando al *backgammon* y tomando té con un conocido antes de ir a la panadería de Al-Kaisar a recoger los dulces que iba a llevar a la fiesta.

Aquella mañana había decidido ir elegante y se había puesto el único traje que tenía. Era gris, con pantalones entallados, al igual que la chaqueta cruzada. Llevaba una camisa blanca del Ejército y corbata granate, zapatos negros que había limpiado y calcetines del mismo color. Se atusó el bigote y la barba y se echó atrás el pelo con brillantina. Como toque final se aplicó un poco de loción para después del afeitado Old Spice. Cuando se miró en el pequeño espejo del baño del cuartel pensó que estaba bastante presentable.

Caminó a buen paso y disfrutó del paseo. A pesar de ser invierno hacía buen tiempo y soplaba una agradable brisa marina que venía del Castillo del Mar. Al doblar una esquina tropezó con una mujer y la caja marrón de pasteles que llevaba salió volando por los aires. Una auténtica lluvia de *baklawa*, *nammura*, *burma* y *mamul* cayó sobre ellos. Se le manchó el traje, y tenía pistachos, nueces, dátiles, sémola, almendras y miel en el pelo, la barba y el bigote. Se miró, no podía creerlo. «¿Y ahora qué hago?», pensó. Intentó limpiarse, pero cuanto más frotaba, peor quedaba.

La mujer soltó una risita y se llevó el velo a la boca para no ofenderlo. Mansour, que estaba en la puerta de la panadería, se echó a reír a carcajadas.

—Lo siento mucho, sargento Chadarevian —dijo una voz detrás del velo.

Sarkis la miró y se preguntó quién sería.

—¿La conozco, madame? —preguntó, hecho un adefesio. Sabía que tendría que ir al cuartel y ponerse un uniforme.

—Nos hemos visto antes —aseguró a través del velo—. Soy Jumana Ossairan.

—¡Madame! —dijo haciendo el saludo militar.

—Sargento Chadarevian, no pertenezco al Ejército. No tiene por qué cuadrarse.

Sarkis estaba confundido. No supo qué decir o hacer. Aquel encuentro le había pillado por sorpresa. Pero lo que le sorprendió aún más fue cuánto le agradó volver a verla y que el corazón le latiera como no lo había hecho antes.

—Sí, claro, madame Ossairan.

—Si me permite, he de volver a casa.

—Por supuesto, madame —dijo haciéndose a un lado y mirando cómo se alejaba con la sedosa *abaya* flotando a su alrededor. Cuando dobló la esquina entró en la panadería de Mansour, que volvió a echarse a reír hasta que se le saltaron las lágrimas.

—¿Qué tal, pequeño *mamul*? —bromeó.

—Déjate de chistes o saltaré el mostrador y te retorceré el cuello.

—Es una mujer guapísima.

—¿Qué? ¿La has visto sin velo?

—¡Ajá! Así que te gusta… —continuó tomándole el pelo.

—¡Vale ya, Mansour! Ya sabes lo que pasó, maté a su marido.

—Eso fue hace meses y, además, te diré un secreto —susurró aunque la tienda estuviera vacía—: dicen que no se llevaba muy bien con Hamdan.

—¿Por qué?

—Era un matrimonio concertado y no tenían hijos.

—¿Cuándo podrás prepararme una caja con los pasteles que llevaba?

—Por ser tú, el lunes.

—¿Y por qué no esta tarde?

—No puedo, no tengo los ingredientes.

—Vale, vale. El lunes por la mañana.

—Así podrás llevárselos al trabajo en vez de a casa de los Ossairan.

—¿Qué? ¿Trabaja? ¿Dónde?

—¡Ajá! —repitió alborozado.

—¡Por Dios santo! ¡Dímelo!

Mansour se echó a reír y se frotó las manos regodeándose.

—Te juro que te voy a retorcer el pescuezo.

—Querido Sarkis, ¿no lo sabes? —preguntó inclinándose hacia el mostrador—. Es enfermera, trabaja en la clínica de tu cuartel. Me extraña que no la hayas visto nunca.

El lunes por la mañana, Sarkis acudió a la panadería a las ocho en punto.

—¡Chadarevian! —lo saludó Mansour, que llevaba dos bandejas de pan y *manush* recién hechos para la larga cola que esperaba—. ¿Qué haces aquí?

—Prometiste que tendrías preparados los pasteles para madame Ossairan.

—Te dije por la mañana, no a las ocho. Antes tengo que ocuparme de toda la gente que quiere pan. Los pasteles tendrán que esperar.

—Pero, Mansour, entra en la clínica a las nueve y quiero dejarle la caja antes de que llegue.

—Imposible, Sarkis, imposible. ¡Ah!, *marhaba*, madame. Sí, claro, ¿cuántos quiere? *Sabah al nur, kifek?* —dijo Mansour volviéndose hacia sus clientas.

Cuando apareció con una caja en la mano, el pelo y el bigote blancos por la harina y el delantal con manchas verdes y marrones de pistachos y dátiles eran ya las once.

—Aquí tienes. No había trabajado tan rápido en la vida —resopló pesadamente con la cara roja.

—Gracias, amigo —dijo Sarkis dejando varios billetes de cien libras en el mostrador.

—Ve con Dios.

—*Allah Ghalib.*

Sarkis apresuró el paso hacia el cuartel, con la caja que Mansour había atado con una cinta roja. Fue directo al pequeño edificio blanco en el que estaba instalada la clínica. En el interior había un médico y dos enfermeras, y otra en la recepción, enfrascada en un montón de papeles. ¿Cómo iba a reconocerla, si jamás la había visto sin *hiyab*?

—¿Está madame Ossairan?

La enfermera levantó la vista, no era Jumana.

—No, la enfermera Jumana no ha venido todavía. ¿Puedo ayudarle en algo?

—No, gracias. ¿A qué hora llega?

—Hoy es su día libre —explicó tras mirar una hojas en un sujetapapeles.

—¡Ah! —exclamó antes de darse la vuelta para irse.

—¿Quiere dejar un mensaje? —preguntó, curiosa por saber por qué quería verla y qué había en la caja.

—*La, yislamo.*

Una vez fuera, parado al sol frente a la clínica con una caja de pasteles en la mano, se preguntó qué podía hacer. Estaba a punto de irse cuando apareció la enfermera de la recepción.

—¡Sargento! Es posible que venga esta tarde —dijo tras correr hacia él—. ¿Quiere que le guarde la caja?

—Muchas gracias.

Aquella tarde Jumana estaba cambiando el vendaje de un joven soldado cuando una explosión sacudió las paredes de la clínica. Las enfermeras se afanaron por preparar catres vacíos, camillas, vendas, alcohol y desinfectantes, jeringuillas, yodo y algodón. Apenas habían acabado cuando se abrieron las puertas y trajeron a los primeros heridos. Jumana y las otras dos enfermeras determinaron cuáles necesitaban la atención del médico con mayor urgencia. Jumana fue de catre en catre. La mayoría de los hombres presentaban heridas, pero no tan graves como el sonido de la explosión le había hecho creer.

—¿Cómo está el resto? —preguntó uno de los heridos.

—Presentan abundantes heridas, pero podemos curarlas. No he visto nada grave —lo tranquilizó.

—Gracias a Dios.

—¿Sabe qué ha pasado? —preguntó alguien.

—Solo hemos oído una gran explosión —contestó Jumana meneando la cabeza.

—Seguramente han sido los musulmanes, que querían enviar un mensaje al Gobierno —especuló otro.

—Sí, pero Chamoun ya no está y creía que preferían a Chehab —comentó otro.

—Y así es, seguramente es un grupo radical que quiere llamar la atención —sugirió el primer soldado.

—Seguro que pronto nos enteraremos de qué ha pasado exactamente —concluyó Jumana.

Cuando recorría el pasillo para apuntar el estado de cada herido vio la corpulenta figura de Sarkis en uno de los catres. Tenía la cara quemada, los ojos hinchados, un corte profundo en la frente, y la camisa y los pantalones empapados en sangre. Tenía muy mal aspecto. Estaba pálido. Cuando le tomó el pulso, notó la piel fría y sudorosa, y que el corazón le latía de forma irregular.

—¡Doctor El Hajj, venga rápidamente! —llamó mientras le ponía el estetoscopio en el pecho.

—¿Qué sucede, enfermera?

—Esto parece grave.

—¡Zeinab! —llamó a una de las enfermeras—. Solicite un helicóptero, hay que llevar a este hombre a Beirut. Necesita que lo operen inmediatamente. Mientras tanto, Jumana, prepárelo por si tenemos que operarlo aquí.

Jumana asintió. Cortó la camisa de Sarkis y meneó la cabeza al estudiar las heridas. Había metralla alojada en un brazo, en el pecho y posiblemente en todo el cuerpo. Tenía una hemorragia interna y la sangre empapaba la gasa y el algodón que le había colocado en la herida abierta del costado.

Pensó que no sobreviviría. Todo dependía de lo rápido que llegara el helicóptero.

—¡Doctor! ¡Doctor! El helicóptero no llegará hasta dentro de una hora. Ha habido otra explosión en Tiro y están sacando gente de debajo de un edificio —le informó Zeinab.

—¿Solo tenemos un helicóptero? ¿Qué es esto, un ejército o un circo? —se quejó, pero solo tardó un segundo en decidirse—. Jumana, voy a operarle. Zeinab, ¿hay alguien que necesite atención inmediata?

—Hay más doctor, pero ninguna de sus heridas reviste gravedad. Yousra y yo podemos encargarnos de ellos.

—Bien. Vamos, Jumana.

Jumana estaba a punto de ponerle una vía en el brazo cuando Sarkis se revolvió y abrió los ojos.

—Lo siento, ¿le he hecho daño? Estaba intentando encontrar una buena vena.

—Duele —aseguró cuando Jumana probó de nuevo.

—No se mueva, por favor.

—Soldado —lo llamó el doctor, que se había colocado a su lado mientras Jumana empujaba la camilla hacia el improvisado quirófano—. Soldado, ¿me oye?

—Aumente la dosis y aplíquele la mascarilla de óxido nitroso. Este hombre es un toro —ordenó al tiempo que se aseguraba de que tenía el instrumental necesario y abundantes gasas.

Sarkis se volvió hacia Jumana cuando inyectó más tiopental en la vía.

—Deje que le vea la cara. Si muero, me gustaría recordarla.

—No va a morir y estaré a su lado cuando se despierte —le aseguró para tranquilizarlo.

—Por favor, solo he visto sus ojos… —fue lo último que consiguió balbucir antes de que le hiciera efecto el narcótico y Jumana le aplicara la mascarilla.

El doctor El Hajj le salvó la vida. Sarkis estaba junto a la bomba cuando estalló. Al despertar, el doctor le dijo que había tenido mucha suerte. De haber estado unos centímetros más cerca no se habría salvado. Sarkis le dio las gracias mientras el médico anotaba algo en la hoja clínica que colgaba a los pies de la cama.

—¿Puedo sentarme? —preguntó por el lado de la boca que no estaba vendado.

—Por supuesto —dijo el médico accionando la palanca que subía la cabecera—, pero no se mueva mucho, solo si tiene que ir al servicio. Ahora vendrán las enfermeras a cambiarle las vendas y tomarle la temperatura. También he apuntado que observen su reacción a la medicación para el dolor. Y, por favor, coma —pidió sonriendo—. Haga lo que le digan y no discuta. Sobre todo con Jumana, es inflexible.

Intentó sonreír, pero las vendas en el lado y el ojo derecho de la cara se lo impidieron, así que se limitó a levantar un pulgar.

—Es una excelente cocinera. Si se porta bien, a lo mejor le preparará algo durante su estancia.

—¿Cuánto tiempo tengo que quedarme? —masculló cuando el doctor se alejaba con un montón de papeles bajo el brazo.

—Al menos cuatro semanas. Depende de lo rápido que se cure.

Miró la habitación, era amplia y luminosa. Su cama estaba junto a una ventana que daba a un pequeño jardín. Vio flores y plantas, e incluso una abeja y una mariposa amarilla revoloteando, cuyas finísimas alas acaparaban la luz del sol.

Las paredes estaban pintadas con un relajante color melocotón claro; la repisa de la chimenea y los marcos de las ventanas y de la puerta eran blancos. A un lado de la cama había un gotero y al otro una mesilla blanca con una lámpara, una jarra de plástico con agua y varios frascos con distintas píldoras. En la pared distinguió un alto aparador también blanco con un jarrón lleno de flores. Las otras cinco camas estaban separadas por cortinas que permitían cierta intimidad.

«No está mal. Es más bonita y amplia que la del cuartel», pensó.

En ese momento se asomó una mujer, que al ver que estaba despierto se acercó y leyó las notas del doctor El Hajj. Lo miró un segundo y volvió a bajar la vista al papel. A Sarkis se le aceleró el corazón. A pesar de tener un ojo vendado reconoció a Jumana. Vestía uniforme de enfermera: larga y amplia falda, camisa y cómodos zapatos blancos. Llevaba una cofia sobre un pañuelo blanco que le tapaba casi todo el pelo y las orejas, similar al tocado de una monja, y un estetoscopio al cuello.

Con una mano en el bolsillo y la otra en el estetoscopio se acercó por el lado izquierdo de la cama, donde podía verla con claridad.

—¿Qué tal se encuentra?

—Bien.

—Le dije que sobreviviría —comentó mientras cogía un termómetro de una bandeja plateada y se lo colocaba en la boca—. No hable, o no sabremos si tiene fiebre. —Le levantó la muñeca para tomarle el pulso. Sarkis se sentía un poco violento, porque sabía que se daría cuenta de que se le había acelerado el corazón—. Estupendo, es normal —aseguró con sonrisa irónica en los labios—. Échese hacia delante y deje que le ahueque las almohadas.

—Gracias.

—Hay que cambiarle el vendaje. —Cogió la bandeja y la dejó en una mesa a los pies de la cama para no olvidarse de desinfectarla—. Ahora no puedo, así que enviaré a otra enfermera.

—¿Cuándo tendrá tiempo?

—Dentro de un par de horas.

—¿Hay que cambiar las vendas ahora mismo?

—No, están bastante limpias.

—Entonces, ¿por qué no lo hace luego? —preguntó ladeando la cabeza juguetonamente.

—Ya veré —dijo sonriendo antes de irse.

Se recostó en las almohadas. Así que esa era Jumana Ossairan. Cerró los ojos y memorizó la cara que le había sonreído después de tomarle el pulso. Era una mujer guapa y de semblante serio. Tenía la piel oscura y por el mechón que se le había escapado de la cofia imaginó que tendría el cabello oscuro y rizado. Hablaba con los ojos, grandes y oscuros, bordeados con unas largas pestañas y enmarcados en unas pobladas cejas negras que expresaban todos sus sentimientos. Se preguntó qué cara pondría al reírse.

Ni siquiera cinco minutos más tarde, Jumana volvió a asomar la cabeza.

—Lo siento, he olvidado darle las gracias por los pasteles.

—Sarkis le quitó importancia moviendo una mano—. Estaban deliciosos, sobre todo los *burma*.

—Me alegro, porque si no habría tenido que darle una patada a Mansour en su gran trasero.

Jumana se echó a reír. Sarkis era como se lo había imaginado: grande, risueño y sincero.

—¿La veré luego?

—Seguramente, depende del trabajo.

«*Haraam!*», pensó. Quería que volviera, que se sentara junto a él, que le hablara y le cambiara el vendaje.

Un par de horas más tarde entró Zeinab, la enfermera que estaba en recepción cuando había ido a preguntar por Jumana.

—¿Dónde está la enfermera Ossairan?

—Está con el médico —explicó acercándose con una bandeja llena de vendas, tijeras, ungüento y material de primeros auxilios.

—Me gustaría que me cambiase el vendaje ella.

—No puede —replicó malhumorada.

—Entonces prefiero que no lo cambie.

—He de hacerlo. Hay que mantener limpias las heridas.

—Que lo haga Jumana cuando tenga tiempo.

—No lo va a tener —insistió con tono condescendiente.

—Esperaré.

—Usted sabrá —dijo anotando algo en la hoja clínica—. Tendré que informar al doctor El Hajj de su comportamiento insolente.

—No he dicho ninguna insolencia.

—Sí, lo que ha dicho parece implicar que no estoy cualificada.

—No he dicho semejante cosa —la contradijo casi echándose a reír.

—En cualquier caso, ha sido insolente —aseguró con arrogancia antes de irse.

No sabía cuántas horas había dormido, pero debían de haber sido muchas porque la luz del sol había cambiado. Parecía por la tarde. Abrió el ojo y miró a su alrededor. Al oír la puerta fingió estar dormido. Jumana asomó la cabeza y entró sin hacer ruido con un ramo de flores frescas para reemplazar las marchitas. Salió de la habitación y segundos más tarde llamó y entró con ademán profesional y eficiente, y las manos llenas de todo lo necesario para cambiarle el vendaje.

Sarkis fingió que se espabilaba.

—Perdone que lo haya despertado, pero hay que cambiar las vendas —se excusó mientras se acercaba con unas tijeras.

—Gracias por acordarse de venir.

—Zeinab es buena enfermera —dijo apartando la gasa con cuidado.

—Estoy seguro de que lo es.

—Entonces, ¿por qué fue insolente?

—No lo fui.

—¿Por qué no dejó que hiciera su trabajo? —preguntó mientras tiraba el vendaje en un cubo.

—Porque quería ver cómo lo hace usted. —Jumana sonrió—. Soy muy exigente en cuestión de vendajes.

—¿Sí? ¿Es exigente en alguna otra cosa? —inquirió sin mirarlo a los ojos.

—No, solo con las enfermeras que cambian los vendajes.

—Debe de tener mucha experiencia —comentó soltando una risita.

—Sí, soy un experto.

—Lo tendré presente —aseguró mirando la venda del ojo y de la parte derecha de la cara.

—Madame Ossairan…

—Aquí tendrá que llamarme enfermera Jumana —le corrigió indicando la placa que llevaba sujeta al bolsillo de la camisa.

—Enfermera Jumana, quiero darle las gracias.

—¿Por qué?

—Por salvarme la vida.

—Solo hacía mi trabajo.

—Ya, pero disparé a su esposo… Fue un accidente, lo sé, aunque fue mi bala la que le mató. —Jumana iba a decir algo, pero Sarkis meneó la cabeza para que le dejara continuar—. Cuando me di cuenta del error, intenté salvarlo, pero no lo conseguí. Me descuidé, no cumplí mi cometido. Se supone que un soldado debe proteger a las personas, defenderlas, no matarlas. Murió debido a que no encontré a una enfermera o a un médico que se ocupara de él. De haberlo hecho quizá lo habrían salvado, como usted me salvó a mí. Hacía mucho que quería decírselo.

Jumana permaneció en silencio, concentrada en las heridas.

—Así que cree que cuando lo vi malherido debería haberle dejado morir porque disparó a mi marido sin querer y no encontró personal en un campamento infraequipado que se ocupara de él.

—Sí.

—¿Cree que debería haber dejado que muriera para vengarme? —preguntó sin andarse con rodeos. Sarkis permaneció callado—. Cuando me hice enfermera, juré salvar vidas, no acabar con ellas, sin importar lo que sintiera, lo que pensara, sin importar lo que hubieran hecho los pacientes. Dice que no cumplió su cometido porque no defendió a quien había jurado defender, sino que lo mató… Si hubiera dejado que muriera, yo tampoco habría cumplido el mío, ¿no le parece? —Continuó cambiando las vendas en silencio—. Además, creo que sí lo hizo. Es un soldado y ha de defender su país y a sus ciudadanos ante amenazas e invasiones. ¿Cómo iba a saber que Hamdan no representaba una amenaza?

—Porque no la representaba…

—Sí, pero ¿lo sabía en ese momento? —Sarkis bajó la vista sin saber qué decir—. Fue un error, sargento, nada más. Me costó sobreponerme, pero lo conseguí. Pené, lloré su muerte y lo dejé ir. —Puso la bandeja con las vendas empapadas de sangre junto a la puerta y regresó para recoger el resto de instrumental—. Si no se deja atrás el pasado, no se puede avanzar.

—Pero no hay que olvidarlo—argumentó Sarkis—. No se puede encerrar el pasado y tirar la llave.

—No es eso lo que quería decir. Claro que se puede recordar, de hecho hay que hacerlo y aprender de él. Todo lo malo que nos sucede se puede aceptar, comprender qué pasó y por qué, y seguir adelante. ¿Cómo íbamos a avanzar si continuáramos viviendo en el pasado y cometiendo los mismos errores que nuestros padres, abuelos, bisabuelos y sus antepasados? Como enfermera una aprende que la muerte forma parte del ciclo de la vida, y usted como soldado debería saber que la muerte es parte integrante de las responsabilidades de su cargo. —Lo miró y se apartó para estudiar el vendaje—. Ahora la pierna, retire las sábanas —pidió con las manos en las caderas.

De repente, Sarkis sintió vergüenza. Aunque más que avergonzado se sentía violento por lo que no conseguía ocultar bajo la fina bata del hospital. Empezó a retorcerse y deslizarse bajo la ropa de la cama. Jumana entendió lo que pasaba y dobló la manta blanca sobre su pierna derecha, la sujetó entre las rodillas y cambió rápidamente las vendas de la pierna izquierda.

—¡Acabado!

—Enfermera Jumana, me han dicho que es una excelente cocinera —comentó para cambiar de tema.

—¿Quién se lo ha dicho? —se extrañó echándose a reír.

—Mucha gente. ¿Me preparará *mulladarah* algún día?

Jumana sonrió, aquel gran soldado parecía un niño.

—Esta noche le traeré la cena normal, sargento. Mañana... ya veremos.

—Gracias. ¡Ah, enfermera Jumana! —Esta se volvió y sonrió—. ¿Le importaría llamarme Sarkis?

—Lo haré si usted me llama Jumana.

Sarkis estuvo cuatro semanas recuperándose de sus heridas, durante las que pasó mucho tiempo con Jumana. Esta ocultó aquella floreciente relación a su familia, sabedora de que no la entenderían. Para ellos Sarkis era el asesino de su marido. Pero en octubre de 1960 descubrió que estaba embarazada. En un principio dudó de que lo estuviera, porque Hamdan la había convencido de que su falta de descendencia se debía a que tenía un problema. Así que cuando lo supo con certeza se volvió loca de alegría.

Sarkis insistió en ir a ver a Alí, su suegro, para pedirla en matrimonio, pero Jumana se opuso.

—No lo hagas, por favor —le suplicó.

—¿Por qué?

—Porque no solo no cree que dispararas accidentalmente a su hijo, sino que…

—Se lo explicaré —la interrumpió.

—Nunca te creerá —aseguró aferrada a su camisa para convencerlo—. Eres sargento del Ejército libanés, que acata las órdenes de un presidente maronita cristiano. Eres armenio libanés y cristiano ortodoxo, y el accidente se produjo en Rashidiyeh, un campamento de refugiados de Palestina famoso por fomentar el nacionalismo palestino y organizar ataques por sorpresa a Israel. Además, somos musulmanes, chiitas.

Se sentó con las manos de Jumana entre las suyas y levantó la vista.

—No voy a renunciar a ti. Eres la madre de mi hijo, y para mí estamos casados. Sé que a los ojos de Dios, el tuyo o el mío también lo estamos.

—Sarkis…

—Me casaré con su permiso o sin él.

—Es mi familia.

—No —la corrigió—. Es tu familia política.

—Sí, pero cuando me casé con Hamdan se convirtieron en mi familia.

—Pero no tienen derechos sobre ti.

—Sarkis —empezó a decir sentándose en el suelo frente a él—. No tengo otra opción, es mi única familia. No sé dónde está la mía. Nos separaron en 1948 y no sé qué pasó con ella. Tuve suerte de que mi prima Hania me encontrara y propusiera que me casara con su hijo.

—Así que, porque te encontraron, ¿te sientes en deuda con ellos para el resto de tu vida?

—No lo entenderás nunca… Sin ellos estoy completamente sola. Si sucediera algo, no tendría a quién recurrir —explicó bajando la vista y meneando la cabeza.

—Me tienes a mí. Siempre estaré contigo —aseguró levantándole la barbilla.

Sarkis fue a ver a Alí Ossairan, que, inexpresivo, sereno y callado, escuchó su petición mientras fumaba un narguile. Después se produjo un incómodo silencio que solo interrumpió el continuo ruido de las burbujas, hasta que Alí pidió que le llevaran té. También llamó a sus dos hijos. Sarkis esperaba respetuosamente frente a él. Sin siquiera mirarlo, dijo al primogénito, Amr, que le acompañara a la puerta y a Hussain que comunicara a Jumana que era libre, que podía recoger sus cosas e irse inmediatamente.

—Dile que cuando salga a la calle no mire atrás, que nos olvide y que no nos escriba, ni llame, ni vuelva. Dile que jamás la recibiremos en esta casa —pronunció con voz carente de emoción y ojos inescrutables.

Sarkis y Jumana se casaron en una ceremonia civil presidida por el alcalde de Sidón antes de trasladarse a Beirut, donde en 1961 Jumana tuvo una hija a la que llamaron Nina.

Sarkis permaneció en el Ejército e hizo algunos trabajos esporádicos para complementar sus ingresos hasta que un día, inesperadamente, se tropezó con su antiguo amigo de la CIA, Jim Quinn, que estaba tomando el té con el hombre de confianza de Yasser Arafat, presidente de la Organización para la Liberación de Palestina.

Capítulo ocho

Nina

Jumana y Nina condujeron en silencio hasta que la chica, aburrida de mirarse las puntas del cabello, intentó buscar alguna emisora de música en la radio.

—*Immi*, ¿por qué no aceleras? Incluso los caracoles van más rápidos. —Jumana permaneció callada—. Ya que no puedo ver a mis amigos en Beirut, ¿iremos a esa tienda que me gusta tanto a ver si tienen alguna camisa nueva?

—¿No sabes que el país está en guerra? —preguntó con cara de sorpresa.

—Sí, pero eso no quiere decir que todas las tiendas tengan que estar cerradas. ¿No hay pausas cuando no luchan y la gente puede ir de compras? Si no, ¿cómo iban a conseguir comida y cosas?

Jumana suspiró. Nina era la típica adolescente. No conocía las penurias de la guerra, de momento. Había vivido cómodamente en una bonita casa de Jounieh, a pocos kilómetros del centro de Beirut y había ido a un buen colegio de monjas francesas.

—En Baalbek no hay nada que comprar, es aburridísimo —comentó Nina.

—Entiendo que tengas catorce años y que de repente te interese el peinado, el maquillaje e incluso los chicos, pero…

—Sí, *immi*, cuando tenías mi edad cruzaste a escondidas la frontera palestina, no tenías zapatos, solo la ropa que llevabas puesta, no tenías dinero y caminaste muchos kilómetros por el desierto temiendo que alguien te disparara, bla, bla, bla —la remedó con sarcasmo—. Por favor, *immi*, me lo has contado cientos de veces, pero no estamos en 1948, todo ha cambiado, el mundo ha evolucionado y ahora es más moderno, no como cuando papá y tú erais jóvenes.

No tuvo más remedio que sonreír: Nina era muy dura, y también tozuda.

—*Immi*, ¿por qué estamos en guerra? —preguntó de repente muy seria.

—Es cuestión de poder —contestó intentando simplificarlo lo más posible para que lo entendiera—. A los musulmanes no les gusta que los cristianos controlen el Gobierno porque creen que favorece a los suyos y no da las mismas oportunidades a los musulmanes.

—Pero ¿cómo empezó? Nuestro profesor dijo que unos pescadores en Sidón se sublevaron y que los palestinos mataron a dos sacerdotes cristianos.

—Son dos cosas distintas, aunque están relacionadas. Los pescadores musulmanes de Sidón creían que el presidente Camille Chamoun favorecía a los cristianos. Así que organizaron una manifestación en la que resultó muerto el presidente. Muchas personas dicen que lo asesinó un francotirador del propio Gobierno porque apoyaba a los pescadores musulmanes.

—¿El mismo alcalde que os casó?

—No. Aquello provocó más manifestaciones y enviaron al Ejército a poner paz, pero fue imposible. Hubo más enfrentamientos con los musulmanes, sobre todo cuando la OLP y otros grupos empezaron a salir de los campamentos de refugiados para protestar contra las injusticias que se cometían contra sus hermanos musulmanes.

—¿Y qué pasó entonces?

—El Gobierno empezó a perder el control y después… Bueno, ya sabes… ¿Te acuerdas de cuando esos dos pistoleros abrieron fuego en una iglesia de Beirut oriental y mataron a dos sacerdotes?

—No mucho.

—Bueno, pues los cristianos dijeron que los asesinos eran palestinos y en represalia tendieron una emboscada a un autobús lleno de civiles en Ain El Rummaneh y los mataron.

—¡Vaya! Así pues, son musulmanes contra cristianos.

—Bueno…, son las milicias de extrema derecha cristianas, apoyadas por el Gobierno, contra las milicias de extrema izquierda, apoyadas por la OLP.

—¿Y no puede intervenir el Ejército y ponerle fin?

—Ese es el problema. El Ejército libanés está bajo el mando de un comandante cristiano de extrema derecha; ha habido un gran debate político, porque si interviene, evidentemente lo haría a favor de los grupos cristianos de extrema derecha.

—¿Estás de parte de los palestinos?

—No me meto en política. Mi vida no ha sido nada típica. Soy palestina, musulmana chiita, estuve en un campamento de refugiados del que salí para trabajar de enfermera en el Ejército libanés y me casé con un armenio que es cristiano ortodoxo.

—Pero ¿no sientes nada por las personas que viven en los campamentos? Son tu pueblo, ¿no?

—Y el tuyo, cariño. Tienes sangre palestina en las venas. Lo que pasó con los palestinos cuando se creó el Estado de Israel fue injusto. Los británicos expulsaron a un pueblo que había vivido en ese rincón del mundo durante generaciones e instalaron allí a otro pueblo porque no lo querían ni en su país ni en Europa. Así que, en cierta forma, no puedo culpar a los palestinos. La mayoría solo quiere que les devuelvan su vida y a sus familias. El problema es que no nos quiere nadie. Así que, ¿adónde vamos? Nos echaron de Siria, Jordania y Egipto, y cuando la OLP se estableció en Beirut alteró el equilibrio político en el Líbano. Ahora hay demasiados musulmanes y pocos cristianos.

—¿Y en qué me afecta a mí todo eso?

—¿A qué te refieres?

—Bueno, ¿qué soy yo? ¿Musulmana? ¿Cristiana ortodoxa? ¿Palestina? ¿Armenia?

—Eres libanesa. Naciste en Beirut de padre nacido en el Líbano y sargento del Ejército libanés. —Hizo una pausa—. Y, en cuanto a la religión…, depende de lo que sientas en el corazón.

Tardaron casi siete horas en recorrer los noventa kilómetros de Baalbek a Beirut. Prácticamente cada kilómetro había controles de milicias de diferentes confesiones políticas y religiosas, que obligaban a Jumana a detenerse y a justificar su viaje una y otra vez. Cuando finalmente llegaron, la carretera al aeropuerto estaba cerrada.

—¿Y ahora qué hacemos, *immi*?

—Podemos intentar ir a nuestra antigua casa y ver si tu padre está allí —sugirió poniendo el coche en marcha de nuevo.

No quedaban muchas horas de luz y no se sentía segura conduciendo de noche con una adolescente. Aparte del sonido de algún disparo aislado, la capital parecía tranquila. Se dirigió hacia Gemmayzeh por las calles principales por si sucedía algo. Sabía que, aunque se topara con carros blindados, tenía más posibilidades de salir bien parada que en las calles estrechas, llenas de guerrillas de gatillo fácil, que iban de casa en casa arrasando y matando sin clemencia. Cuando pasaron el cruce con la avenida General Fouad Chehab, todo estaba demasiado tranquilo. Se le aceleró el corazón y notó una descarga de adrenalina, al tiempo que la sensación que tenía en la boca del estómago se extendía por todo el cuerpo.

—¿Has oído eso, *immi*?

Bajó la ventanilla y prestó atención. Era como el retumbar de un trueno, señal inequívoca de que los tanques se acercaban a la ciudad.

—¡Alá! —exclamó entre dientes.

—¿Qué pasa? —preguntó Nina con voz asustada.

—No quiero que te pongas nerviosa —pidió sin alterar la voz y en tono tranquilizador, pues Nina no había presenciado refriegas callejeras ni se había topado con hombres armados sedientos de sangre. Jamás había visto la muerte de cerca.

—*Immi*... —empezó a decir, rígida en el asiento y mirando a su alrededor asustada.

—No pierdas la calma. Voy a ir a la Rue Gouraud y después a la izquierda hacia la mezquita Al-Amin. Entraremos y esperaremos.

—¿Y cómo sabes que estará abierta? —lloró con voz temblorosa.

—Las mezquitas no cierran —la tranquilizó sonriendo.

—¿Y no la bombardearán?

—No tocarán una casa de Alá —mintió para calmarla. Había visto incontables mezquitas e iglesias atacadas sin escrúpulos.

Consiguieron llegar cuando el sonido metálico de los tanques se oía muy cerca. Dejó el coche detrás de unos arbustos, sacó la maleta y corrió hacia la mezquita con Nina de la mano. En cuanto entraron se cubrió la cabeza con un pañuelo e indicó a su hija que hiciera lo mismo. Vieron a dos mujeres y a dos hombres, uno de ellos clérigo, acurrucados en un rincón. Se sentaron junto a ellos sin decir palabra. Entonces estallaron los disparos.

Las dos mujeres empezaron a gritar. Los tanques de los convoyes blindados patrullaban lentamente las calles, seguidos por los silbidos de bombas y granadas, y las descargas de ametralladoras. El sonido de las explosiones se mezclaba con los gritos de dolor de los que quedaban aplastados sobre las piedras y el cemento. Jumana apretó a Nina, que escondió la cabeza en su pecho y se llevó las manos a las orejas para mitigar aquellos extraños sonidos a los que no estaba acostumbrada.

Una granada entró por una ventana abierta. No tenía el seguro puesto y podía explotar en cualquier momento. Jumana se volvió hacia el clérigo y sus ojos le comunicaron el peligro.

—¡Rápido, abajo! —susurró este, y se dirigieron sin hacer ruido hacia un pasillo.

Apartó un antiguo *kilim* que colgaba en la pared y abrió una puerta. Entraron atropelladamente en una habitación y cuando cerraron y echaron el pestillo oyeron la explosión.

Nina miró a aquellas personas. Las mujeres parecían madre e hija, pero mayores que ellas; los dos hombres, padre e hijo, también mayores.

—*Shukran. Ismi* Jumana; esta es mi hija, Nina.

—Me llamo Mohammad Al-Jubair y esta es mi familia: mi hijo, Nizar; mi hija, Zamzam; y mi mujer, Sahar —los presentó el hombre, que debía de tener más de sesenta años.

—¿Es el clérigo de esta mezquita? —preguntó Jumana, intrigada porque conociera esa habitación.

—No, pero venimos a rezar.

—¿Son musulmanas? —preguntó Sahar.

—Sí, chiitas, de Sidón.

—Nosotros también somos chiitas, de Bint Jabayl, también en el sur —dijo Sahar.

Las dos mujeres empezaron a hablar. Nina se dio cuenta de que Zamzam la miraba con recelo.

—No eres religiosa, ¿verdad?

—¿Por qué lo preguntas? —se extrañó, pues había notado que el hermano también la miraba.

—Por la forma en que vistes.

—Es porque tuvimos que salir a toda prisa.

—Ya.

Jumana y Nina permanecieron con la familia Al-Jubair hasta que amaneció y compartieron con ellos la poca comida que tenían.

Cuando el cielo empezó a iluminarse, Jumana movió suavemente a su hija.

—Shu? —Se puso de pie al instante, que no era precisamente su habitual forma de levantarse.

—Tenemos que ir a Jounieh a buscar a tu padre.

La familia había decidido permanecer en la mezquita y se despidieron de ellos.

—Id con Dios —les deseó Sahar dándoles un abrazo—. Quizás algún día nos encontremos en mejores circunstancias.

Jumana sonrió, cogió a Nina de la mano, abrió la puerta y salieron a la sala principal de la mezquita, parcialmente destruida por la granada. Afuera, por extraño que pareciera, el escarabajo seguía intacto.

—Son indestructibles —aseguró Jumana cuando se montaron.

—Immi, ¿estás segura de que es buena idea? —preguntó Nina, aún nerviosa por lo que había sucedido la noche anterior.

—Tenemos que encontrar a tu padre. Si no está en Jounieh, iremos a Sidón.

—Pero ¿no es peor ir allí? ¿No es donde la OLP está luchando contra los israelíes?

—No tenemos elección —dijo mientras giraba la llave y el motor se ponía en marcha—. Tenemos que elegir entre Sidón y los palestinos, o Baalbek y los sirios y su Mukhabarat.

—¿Qué es el Mukhabarat?

—El servicio sirio de inteligencia. Si alguna vez te los encuentras, echa a correr lo más rápido que puedas.

—¿Cómo vamos a ir a Jounieh?

—Con cuidado —se limitó a decir mientras recorría la calle Amin Bachir en dirección a la Rue Gouraud—. Creo que, si cruzamos Gemmayzeh hasta llegar al puerto y bordeamos el mar, no tendremos problemas.

—¿No tienes miedo?

—Es como si estuviéramos en una película de ciencia-ficción y fuéramos las dos únicas supervivientes en el mundo —dijo al descubrir la devastación que las rodeaba: edificios bombardeados, agujeros enormes, piedras, ladrillos y escombros esparcidos por la calle—. Estoy un poco nerviosa, eso es todo —mintió. Estaba tan asustada como su hija, pero tenía que parecer fuerte.

—¡Dios mío! —gritó Nina tapándose la cara. A su derecha había un miliciano con la cara y la cabeza cubiertas por un *keffiyeh*, apuntando a la nuca de un hombre.

—¡No mires! —exclamó Jumana abrazándola.

Sonó un disparo y el hombre cayó muerto. Era justamente lo que había intentado evitar; no creía que pudiera pasar en medio de la Rue Gouraud.

El pistolero disparó un par de descargas al aire, como si fuera su grito de guerra.

—*Allaho Akbar! Allaho Akbar!* —gritó por encima del ruido de las balas. Tras aquel arrebato de júbilo se dio la vuelta y vio el coche en mitad de la calle, con dos mujeres acurrucadas en el interior.

—No digas ni una sola palabra —le previno acariciándole la cabeza.

—¡Papeles! —ordenó el hombre mirando a Jumana. Esta le entregó el documento de identidad, el corazón le latía a toda velocidad—. Y los de la niña —exigió apuntando con el arma.

—Se quemaron junto con nuestra casa. He solicitado la

renovación, pero tardará un tiempo —mintió mirándole a los ojos.

—Jumana Hamdan Ossairan —leyó en voz alta.

«Dios mío, que no vea que está caducado», rezó. Era el documento de antes de casarse. Se lo había entregado porque sabía que era musulmán.

—La fotografía es muy antigua. ¿Palestina? —Jumana asintió—. ¿De dónde?

—Del sur, del campamento Rashidiyeh.

La cara del miliciano se relajó.

—Id con Dios —se despidió devolviéndole el carné—. ¿Adónde se dirigen?

—Mi marido está en Jounieh.

—Gire a la izquierda en la siguiente calle y vaya directa hasta el puerto. Allí coja la carretera del mar. Avisaré por radio a los hermanos para que la dejen pasar.

—*Shukran, Allah ma'aak* —dijo Jumana poniendo en marcha el coche.

No tuvieron ningún contratiempo hasta Jounieh, donde el escarabajo se paró a unos doscientos metros de su antigua casa. Se habían quedado sin gasolina. Caminaron hacia la puerta en absoluto silencio. Eran las seis de la tarde. El sol empezaba a ponerse en el Mediterráneo. La casa parecía abandonada y vacía. Antes de entrar Jumana supo que algo le había sucedido a su marido.

Exhaustas, durmieron en las camas que improvisaron con dos viejos colchones en una habitación junto a la cocina. A la mañana siguiente oyeron un gran alboroto fuera, gente que gritaba, puertas de coche que se cerraban y ruido de pasos en el patio.

—¡Esta es! ¡Esta es la casa de Chadarevian!

Alguien golpeó la puerta y gritó que abrieran.

—¡No hay nadie! ¡Parece vacía!

—¡No seas idiota! ¡Tira la puerta abajo!

—Es muy sólida, señor.

—¡Rompe la cerradura, imbécil! ¡Necesito encontrar a Chadarevian o las armas que nos debe ese hijo de puta!

—¡Señor, señor! ¡He encontrado un Volkswagen en la carretera! ¡Está registrado a nombre de Jumana Chadarevian!

—¡Es su mujer! ¡Está aquí! ¡Tirad la maldita puerta!

—¿Qué pasa, *immi*? —preguntó Nina con los ojos muy abiertos por el miedo.

—No digas ni una palabra. Tenemos que irnos inmediatamente.

—¿Dónde está papá?

—No lo sé. Vamos, Nina —apremió en voz baja mientras cogía la maleta.

No tenían mucho tiempo antes de que aquellos hombres las encontraran, y sabe Dios quiénes serían. No iba a esperarlos para averiguarlo. Tenía que llevar a Nina a Sidón o de vuelta a Baalbek. A cuál de los dos sitios fueran dependía del transporte que hallaran.

A la mañana siguiente consiguieron subir a un microbús Suzuki que se dirigía a Baalbek. Jumana no sabía qué haría después, pero estaba segura de que encontraría una solución.

Cuando el pequeño autobús se unió a las largas colas de vehículos que abandonaban la ciudad, el estallido de los disparos y las explosiones de los misiles sacudieron las semidesiertas calles de Beirut. Nina vio a familias enteras huyendo de aquel lugar desgarrado por la guerra en cualquier tipo de transporte y con todo lo que podían cargar. El autobús avanzaba poco a poco porque tenía que atravesar varios controles, en los que los soldados inspeccionaban meticulosamente las documentaciones y detenían a todo el que les pareciera sospechoso. Sabía que a su madre le aterrorizaba que las detuvieran y encarcelaran, porque su padre había desaparecido. ¿Dónde estaba? ¿Por qué no lo sabía su madre?

—¿Por qué iba a desaparecer así un jefe de terminal de unas líneas aéreas? ¿Y por qué iba a abandonarnos? —preguntaba Nina una y otra vez.

Jumana no acertaba a contestar. Sabía que Sarkis estaba implicado en la guerra, pero no como parte del Ejército libanés. Le había dicho que, por su propia seguridad y la de Nina, era mejor que no estuviera al tanto de los detalles, pero le había confesado que estaba ayudando a Jim Quinn, su amigo de la embajada estadounidense, que trabajaba para los palestinos y los cristianos al mismo tiempo.

—No creo que nos haya dejado a propósito —aseguró Jumana, poco dispuesta a asustar a su hija contándole lo poco que sabía—. Recuerda que tu padre es militar. Está jubilado, pero a lo mejor lo han llamado para una misión secreta.

—¿Qué misión secreta? —preguntó muerta de curiosidad.

—No lo sé, si lo supiera te lo diría.

—Pero tienes que saberlo —insistió Nina.

—No lo sé, hija. Hemos de confiar en que nos quiere y en que sabe lo que está haciendo —la tranquilizó poniéndole un brazo alrededor.

Fueron dejando atrás llantos, gemidos y los gritos de los soldados, pero Nina ya no tenía miedo. Con el brazo de su madre a su alrededor se sentía segura. A mitad de camino el autobús se detuvo en seco, Nina y su madre salieron despedidas hacia delante y Jumana se golpeó la cabeza contra la parte metálica de un reposacabezas. Cuando el autobús dio otra sacudida y Jumana protegió a Nina con el brazo, volvió a golpearse.

—¿Está todo el mundo bien? —preguntó el conductor, al que contestaron distintos tipos de quejas, gruñidos y juramentos—. Lo siento, pero llevo conduciendo muchas horas y al anochecer no veo bien. Necesito descansar un poco.

Algunas voces le increparon y le recriminaron, mientras otros salían en silencio para estirar las piernas, aliviarse detrás de las rocas o dar un paseo por los acantilados para respirar el aire marino y reponerse.

Jumana y Nina se sentaron a unos metros del grupo. El sol se había puesto, la oscuridad las envolvió rápidamente y eclipsó los coralinos rayos del horizonte.

—Qué bonito y tranquilo es esto —comentó Jumana.

Desde que habían salido de Beirut no habían dejado de oír descargas de ametralladora.

—Toma un poco de chocolate, *immi* —ofreció Nina partiendo una de las chocolatinas que llevaban como raciones de supervivencia. Durante el trayecto no habían encontrado nada de comida y tan solo algo de agua cuando habían tenido la suerte de pasar por un pozo que tenía cubo.

—No, gracias, no me apetece nada dulce. Me duele mucho la cabeza y creo que es por tanto chocolate.

Se tocó la parte en la que se había golpeado y notó que tenía sangre. Se quitó el pañuelo y se lo ató tan fuerte como pudo para detener la hemorragia y no alarmar a su hija.

—Tienes que reponer fuerzas. El azúcar te ayudará, es lo que me dices siempre.

—Eres muy buena —agradeció sonriendo y acariciándole la cabeza—. Saldremos de esta.

—Echo de menos a papá.

—Lo sé.

Jumana se quedó callada. Se alegró de que fuera noche cerrada y Nina no pudiera ver la expresión de su cara o las lágrimas en sus ojos. Tocó el medallón de oro partido por la mitad que siempre llevaba al cuello, grabado con un arca de Noé en la cumbre del monte Ararat, símbolo de Armenia. «¿Dónde estás, Sarkis? —preguntó al sombrío cielo—. Me prometiste que siempre encontrarías la forma de volver conmigo.»

Cuando regresaron al autobús, Jumana se sintió mal; el dolor de cabeza había empeorado. Un viajero le ofreció una aspirina, que tomó agradecida con las últimas gotas de agua del termo y, mientras el autobús traqueteaba por la carretera a Baalbek, se durmió en el hombro de su hija, con el pañuelo empapado en sangre. Se despertó cuando el día clareaba, pero el dolor de cabeza no había mejorado.

—No me siento bien. Creo que voy a vomitar —dijo desplomándose sobre su hija.

—¡Perdone! —gritó Nina al conductor al tiempo que intentaba enderezar a su madre.

—¡Calla, niña! Estamos durmiendo —le amonestó alguien desde la parte trasera.

—¡Por favor, señor! ¡Perdone! ¿Puede parar un momento? ¡Mi madre no se encuentra bien! —insistió sin hacer caso al comentario.

El conductor la miró por el espejo retrovisor y, sin prestarle atención, volvió la vista a la carretera.

—¡Señor! —gritó con mayor decisión, lo que provocó más quejas de los pasajeros— ¡Por favor! ¡Tiene que parar! A mi madre le pasa algo —rogó con voz asustada mientras Jumana se hundía aún más contra ella.

—¡Sí, pare! —ordenó el hombre que iba a su lado—. Esta mujer no se encuentra bien.

Finalmente, el chófer detuvo el autobús y Nina bajó a su madre. Horrorizada porque nadie se ofreciera a ayudarla, la tumbó a un lado de la carretera y le puso un chal debajo de la cabeza. Un viajero le entregó la maleta. Jumana estaba muy pálida.

—¿Tiene alguien un poco de agua? —suplicó a las caras que se habían asomado por las ventanillas—. Por favor, denme un poco.

—No queda mucha, pero puedes acabarla —dijo una anciana tras sacar un termo del bolso.

Nina levantó la cabeza de su madre e intentó acercarle el agua a la boca. Entonces notó algo húmedo y gelatinoso. Era sangre, que se había coagulado en el pelo.

—Bebe, *immi*, por favor. —Cuando acabó el termo se lo devolvió a la anciana—. ¿Qué puedo hacer? —preguntó alarmada al conductor.

Este comunicó a los pasajeros que iban a hacer un descanso y se acercó a Nina.

—Mira, no sé lo que le pasa a tu madre, pero no tiene buen aspecto. —Los ojos de Nina se llenaron de lágrimas—. No puedo parar mucho rato. Tengo que llevar a esa gente a Baalbek esta mañana. Todos han pagado, igual que tú.

—¿Qué quiere decir? —preguntó con un nudo en la boca del estómago.

—Que si no subís al autobús con todo el mundo, tendré que dejaros aquí.

—¿Qué? ¿Qué vamos a hacer? ¡Está sangrando!

—Mira, eso es Deir Saidat Ar-Ras, el convento de Notre Dame Ras Baalbek. Está a unos cientos de metros.

—Haré lo que me pida, pero lleve a mi madre allí. ¡Por favor!

Era demasiado larguirucha y flaca; si no quizás habría aceptado la oferta.

—No puedo. Mi obligación es llegar a Baalbek, aún nos quedan muchos kilómetros y quién sabe lo que nos espera.

Iba sin afeitar y parecía cansado, con los ojos oscurecidos por la falta de sueño, el hambre y la sed, por no mencionar el miedo de conducir por un país en plena guerra civil.

—He oído decir que los sirios están en la frontera, algunos incluso en Baalbek, incitando a los musulmanes suníes. Si es verdad, no va a ser fácil llegar a salvo.

Nina lo miró y su corazón empezó a latir con fuerza cuando los pasajeros subieron al autobús y supo que se le acababa el tiempo. No podía preguntar a su madre qué hacer, estaba casi inconsciente por el dolor. Miró el desolador y desierto paisaje que se abría hacia el este, donde el sol acababa de salir por detrás del monasterio. «¿Qué hago? ¿Qué se supone que debería hacer?», se preguntó, pero no supo responder. Miró el color gris plateado del Mediterráneo a esas tempranas horas del amanecer y le pareció apagado y triste, muy diferente al intenso y hermoso verde turquesa que lo envolvería cuando el sol alcanzara su cenit. Recordó cuánto le gustaba el mar e ir a las rocas bajo la casa de Jounieh para jugar en las transparentes y cristalinas charcas, y cómo gritaba si la tocaba algún pez. Volvió la vista hacia su madre, que parecía haber empeorado.

—Mire. Lleve a mi madre al convento, por favor. Haré lo que quiera —repitió.

—¿Me darás una *bajshish*? —preguntó el conductor sin ningún reparo.

Nina sabía que si le daba el suficiente dinero encontraría la forma de detener el autobús, buscaría una excusa para ayudarla, diría que el motor estaba muy caliente, cualquier cosa. Lo había visto hacer cuando alguien le había untado la mano. Estuvieran en guerra o no, así funcionaba todo. Pero no tenía.

Jumana murió sola en un lado de la carretera a Baalbek. Los dos golpes en la cabeza le habían producido una hemorragia interna. Nina no estaba con ella. Había ido al monasterio a pedir ayuda.

Nunca se perdonó haberla abandonado y se culpó por su muerte y por no haber tenido dinero. Cogió el pequeño medallón que llevaba al cuello y se lo colgó, como símbolo de su culpa. Mientras el ataúd descendía en su tumba se juró que tendría dinero, porque significaba poder sobre todo..., incluso sobre la propia vida.

Tras la muerte de Jumana Hamdan Ossairan Chadarevian, Nina permaneció en Notre Dame Ras Baalbek, un antiguo convento católico ortodoxo del siglo VIII. El pueblo más cercano, apenas un grupo de cabañas de adobe habitado por pastores, se llamaba Ras Baalbek.

—¿Adónde te dirigías con tu madre? —le preguntó la madre superiora.

—A Baalbek.

—¿Tienes familia allí? Podemos llevarte. —Nina meneó la cabeza—. ¿Y en Beirut? —Volvió a menear la cabeza—. ¿Dónde está tu padre?

—No lo sé. Mi madre y yo fuimos a Beirut a buscarlo.

—¿Conoces a alguien allí? ¿Y en algún otro sitio? —Nina bajó la vista avergonzada—. Bueno, empecemos por el nombre de tu padre.

—Sarkis Chadarevian.

—¿Armenio?

—Sí, armenio-libanés.

—¿Y tu madre?

—Mi madre era palestina.

—Mira, a menos que conozcas a alguien en Baalbek tendrás que quedarte con nosotras.

Nina asintió.

Nina Chadarevian permaneció en el convento casi diez años, durante los que cada día esperó noticias de su padre. De niña larguirucha y delgada se convirtió en una joven que heredó la altura de su padre: descalza, medía uno ochenta y dos. No era guapa en el sentido clásico de la palabra, pero llamaba la atención allá donde fuera por su altura y su voluminoso y voluptuoso trasero, que se cimbreaba al andar. Fue educada por las monjas hasta donde estas pudieron, pero al acabar el bachillerato su única opción era ir a la universidad. Podía elegir entre las universidades Jinan y Al-Manar en Trípoli o la Americana y la Americana Libanesa de Beirut.

Cuando en 1983 cumplió veintidós años, la guerra civil seguía encarnizada. La madre superiora le sugirió que solicitara plaza en Beirut. Le pareció bien y tenía pensado coger un autobús a la capital a finales de abril, pues quería empezar en septiembre. Pero el 18 de abril un suicida embistió con una furgoneta cargada de explosivos contra la embajada estadounidense, mató a sesenta y tres personas, incluidos diecisiete norteamericanos, entre ellos el jefe de operaciones de la CIA y ocho de sus empleados, e hirió a cientos de civiles que hacían cola para pedir un visado con el que emigrar.

Al igual que muchos libaneses, a Nina le horrorizó lo sucedido y se asustó. Los estadounidenses no eran bien recibidos en el Líbano; aquella bomba era sin duda un aviso. Beirut se sumió en el caos y se esperaban represalias por parte de las fuerzas armadas estacionadas en el país o un ataque aéreo desde alguno de los portaviones situados cerca de Chipre. No le quedó más remedio que esperar. Incluso aunque hubiera querido ir, no habría podido. La ciudad estaba acordonada y los controles comenzaban a varios kilómetros de distancia. Pasó un largo y cálido verano esperando noticias sobre si era seguro ir a la capital. Dedicó horas a pasear por los campos y el río Litani; admiró las ruinas de Baalbek, que se recortaban contra las montañas; disfrutó de la tranquilidad del valle; y le entristeció que tanta gente quisiera destruir aquella hermosa tierra. Llevaban muchos años conviviendo con la muerte y la destrucción. ¿Cuántos más seguirían así? ¿Para qué? «¿Por qué no podemos vivir y dejar vivir?», se preguntó.

Un día, mientras hablaba con un sacerdote que se dirigía al sur, le preguntó por qué no eran bien recibidos los estadounidenses.

—Porque se meten en lo que no les importa —contestó el sacerdote católico ortodoxo—. Porque se creen la policía del mundo; cada vez que hay un conflicto piensan que son los únicos capaces de solucionarlo. Pero no saben, y siempre hacen una chapuza. Están convencidos de que, como son los Estados Unidos de América, pueden hacer lo que quieran y son lo suficientemente arrogantes como para creer que nadie les va a tocar.

—Pero ¿no vinieron para ayudarnos? —se extrañó Nina.

—Eso es lo que dicen siempre, pero no tienen ni idea de cómo hacerlo, sobre todo en esta parte del mundo. No entienden este país, esta zona, esta cultura…, ni siquiera la historia. Vienen armados hasta los dientes y traen barcos y tanques enormes con el pretexto de ayudarnos. Pero en vez de trabajar con nosotros, nos imponen sus principios y su forma de vida, que quizá funcionen allí, pero no aquí.

—¡Qué desastre!

—Lo es, pero porque nunca lo entenderán. Y cuanto más tiempo se quedan, mayor es la chapuza.

—¿Qué pasará en Beirut?

—¿Después de la bomba en la embajada?

Nina asintió.

—La cólera amainará. Entonces volverá a pasar algo…, una y otra vez…, hasta que se vayan y nos dejen matarnos en paz. Los hombres llevan miles de años luchando en el Líbano, y lo han hecho por la religión y en nombre de ella. ¿Por qué iba a ser distinto el siglo XX?

A comienzos de octubre, Nina pensó que era seguro ir a Beirut, pero al preparar la maleta la invadió la tristeza. No tenía ni idea de cuándo volvería o de si lo haría. Dejaba atrás a las mujeres que se habían portado con tanta amabilidad y generosidad, que la habían cuidado como a una de ellas y le habían dado lo poco que tenían. Pero aún le resultaba más difícil abandonar la tumba de su madre, la pequeña parcela de tierra a la que había ido todos los domingos con una flor, cualquiera que encontrara, para rezar una oración y desearle paz y tranquilidad allá donde estuviera. El día de su partida fue a despedirse de su madre y le dijo que se iba a Beirut, que esperaba entrar en la universidad e intentar hacer algo con su vida. Le prometió que volvería en cuanto pudiera y que le compraría una lápida de mármol con su nombre grabado, para que todo el mundo supiera quién yacía allí. En ese momento decidió que utilizaría el apellido de soltera de su madre. Sarkis Chadarevian se había ido, para siempre.

El microbús se parecía al que había subido hacia una década. Puede que fuera el mismo. Tenía idéntico aspecto y color, y sin duda había presenciado combates. Estaba abollado y en los asientos había agujeros de bala por los que se salía el relleno. Al arrancar se puso triste. Se había prometido que no lloraría, pero cuando vio que el convento se iba haciendo cada vez más pequeño se mordió el labio inferior para frenar sus sentimientos y las lágrimas. No podía dejar de recordar aquel viaje, ni frenar las imágenes de su madre apresurándose para salir de Beirut y sobornando a quien fuera necesario para conseguir transporte. Cuando recordó la cara del hombre que se había negado a llevarlas medio kilómetro mientras su madre estaba tendida a un lado de la carretera, dejó escapar un gemido. Se llevó la mano a los ojos y la boca, e intentó contener el dolor que había encerrado bajo llave, pero había escapado por la grieta causada en sus recuerdos por el autobús y el viaje. Recordó haber dicho a su madre que iba a buscar ayuda, pero los labios de Jumana no se movieron. Con sus últimas fuerzas intentó levantar la cabeza para besar la mano de su hija, pero no pudo y se limitó a apretársela.

—*Immi*, vuelvo enseguida. No te vayas.

Jumana había abierto los ojos por última vez y había intentado sonreír.

Poco antes de llegar a Beirut, cuando empezaron a verse los altos edificios de las afueras, el autobús se detuvo en la fila de vehículos que intentaban entrar en la ciudad.

—¿Qué pasa? —preguntó un pasajero.

—Sí, ¿por qué se ha parado? —inquirió otro.

—¿Está ciego? —repuso enfadado el conductor—. ¿No ve los coches que hay delante? Solo hay un carril, ¿cómo quiere que los adelante? Si tuviera un tanque, me abriría camino, pero no lo tengo.

—Ahí delante hay un control —indicó otro pasajero.

Todos los ocupantes fueron al lado izquierdo para comprobarlo y el microbús se escoró.

—¿Por qué lo habrán puesto ahí? —comentó el hombre regordete con bigote que había viajado junto a Nina—. Antes no estaba.

Dos horas más tarde seguían sin moverse. Los conductores habían apagado los motores y salido a estirar las piernas. Nina se preguntó qué habría pasado. Al cabo de un tiempo, cuando el hambre y la sed aumentaron su frustración, la gente empezó a impacientarse.

Empezaron a hacer preguntas a gritos, creyendo que los soldados del control les oirían. Los bebés lloraban y los niños correteaban chillando. Las madres les reñían a voz en cuello y una cacofonía de sonidos, amplificada por la acústica del desierto, reemplazó la habitual calma del anochecer. Finalmente, alguien consiguió una radio.

La estática hacía casi inaudible la voz del locutor. «Beirut... está sitiada...» Las noticias que siguieron no podían ser peores. Poco después de las seis de la mañana un coche bomba había explotado en un acuartelamiento estadounidense cercano al aeropuerto y habían muerto 242 marines. Minutos más tarde, otra explosión en un cuartel francés a tres kilómetros de distancia había acabado con la vida de 75 paracaidistas. Hubo cientos de heridos.

Cuando la noticia se propagó por el atasco, se hizo un silencio sepulcral, interrumpido únicamente por el llanto de algún niño. La gente se sentó en corrillos sin saber qué pensar, qué decir o qué hacer.

—¿Qué hacemos? —preguntó una de las mujeres del microbús mientras acunaba a su hijo.

Todos los presentes la miraron esperando una respuesta, pero nadie contestó.

—Estaremos parados hasta mañana, por lo menos. Y no podemos dar la vuelta, la fila es demasiado larga —dijo Nina.

—No podremos continuar hasta que abran el control —añadió el hombre del bigote.

—¡Dios mío! ¿Y si tenemos que quedarnos varios días

aquí? ¡No tenemos agua ni comida ni servicios, y tengo que rezar mis oraciones! —se quejó una anciana aferrada a una alfombrilla.

—Es verdad —continuó otra mujer—. No tenemos nada, pensábamos llegar a Beirut esta noche. ¿Qué vamos a hacer con los niños? ¿Qué les vamos a dar de comer?

«¿Por qué están parados estos hombres, mirándose los unos a los otros? ¿Por qué no hacen algo?» Era muy típico, cuanto más nerviosas se ponían las mujeres, más calmados parecían ellos. Era como si la histeria femenina les volviera mudos y les impidiera actuar. Eran incapaces de decir o hacer algo para calmarlas. Quizá creían que si no les hacían caso, como a los niños, se cansarían y tranquilizarían.

—Dígale a esa mujer que se calle —intervino un hombre.

—¿Por qué? —preguntó el interpelado.

—Porque está desvariando y nos va a volver locos.

—¿Y por qué tengo que decírselo yo?

—Porque estaba sentado con ella en el autobús.

—Era el único asiento que había libre.

—¿No es su mujer?

—¡No!

—Entonces, ¿por qué le ponía la mano en el muslo?

—¡Eso no es verdad!

Nina casi se echó a reír. Estaban en una polvorienta carretera en plena guerra, habían muerto cientos de extranjeros en suelo libanés y solo se les ocurría discutir.

Pasaron varias horas hasta que empezaron a moverse. Nina estaba adormilada a un lado del microbús cuando oyó voces que decían que los coches avanzaban. Se levantó, estiró los brazos y se frotó las piernas para recuperar la circulación. Las tripas le hicieron ruido. Tenía hambre, pues no había comido nada desde que había salido del convento.

El microbús tardó un día más en llegar. En Beirut reinaba la confusión: vehículos blindados, soldados, policías y gente armada, muchos de ellos con las caras cubiertas con pañuelos blancos y negros, abarrotaban las calles. «¿Qué habrá pasado con la gente normal? ¿Qué ha sido de la vida en esta ciudad?», pensó Nina mirando a su alrededor.

Consiguió llegar al edificio de apartamentos de Beirut

oriental en el que vivían la hermana y la madre de la superiora de Deir Saidat Ar-Ras, y en el que se quedaría hasta solucionar el papeleo en las universidades.

No sabía si regresar al convento y esperar hasta que la situación se normalizara o quedarse allí. Las monjas le habían
dicho que la Universidad Americana había asegurado que
permanecería abierta, pero eso había sido antes del coche
bomba. De momento reinaba la anarquía. Circulaban rumores que la gente creía, lo que fomentaba el desgobierno. Lo
único cierto era que los norteamericanos y los franceses habían empezado a retirar su presencia militar y urgían a sus
ciudadanos a que se fueran de la ciudad. Se temía una represalia estadounidense que arrasaría el país.

Decidió correr el riesgo y entregar las solicitudes. No había autobuses ni transporte público y tuvo que pedir pres-
tada una bicicleta para poder ir de la Universidad Americana
Libanesa en Hamra, en Beirut occidental, a la Universidad
Americana, cercana a la Corniche, en el norte de la ciudad,
donde oyó el silbido de un misil. Buscó refugio. Estaba cerca
del Commodore Hotel y pedaleó tan rápido como pudo antes
de abandonar la bicicleta y correr a la entrada. Estaba cerrada.

—¡Abran, por favor! —gritó golpeándola. Acercó la cara
al cristal, pero estaba protegido con paneles—. ¡Déjenme entrar!

De repente la puerta se abrió y una mano tiró de ella
justo en el momento en el que una gran explosión sacudía
las ventanas y puertas del hotel, seguida del sonido de más
misiles y descargas de ametralladora.

—¡Ven, vamos al refugio! —le urgió un hombre. La cogió de la mano, le puso un brazo alrededor para protegerla y
recorrieron rápidamente un pasillo hasta llegar a una puerta
que daba a una bodega.

—*Merci*. Le estoy muy agradecida —dijo con lágrimas en
los ojos y temblando.

—No hay por qué, solo he abierto la puerta. Ven, te daré
un poco de agua —propuso poniéndole de nuevo el brazo alrededor.

Nina asintió y dejó que la guiara por un oscuro pasillo.

En el otro extremo apartó una gruesa cortina y entraron en una reducida habitación en la que había varios sofás viejos, un par de sillas de plástico, un frigorífico y una cocina improvisada. Todos los presentes se volvieron para mirar a la joven acurrucada contra el hombre que le había salvado la vida.

—Es uno de los refugios antibombas del hotel —explicó—. Claudia, tenemos otra refugiada —dijo dirigiéndose hacia una de las mujeres—. Esto... *Shu esmik?* —preguntó volviéndose hacia Nina.

—*Ismi* Nina Ossairan —se presentó. De repente se sintió un poco violenta al mirar los cálidos ojos marrones de aquel hombre.

—Ven, cariño —la invitó una mujer rechoncha indicando una silla—. ¿Quieres un poco de agua? —Nina asintió—. Me llamo Claudia Beatrice di Sole; soy italiana.

Llevaba un vestido de manga larga negro, medias y zapatos de tacón del mismo color, un moño muy apretado y tenía la tez blanca y ojos oscuros. Parecía una viuda siciliana.

—Encantada de conocerla.

—Él es Charley Abboud —dijo volviéndose hacia el hombre que la había socorrido—, el hombre más encantador de Beirut, si te presta atención..., porque está casado con su querido Banco de Beirut. Ven, Charley.

—Gracias otra vez —repitió Nina sonriéndole.

—*Tekrame,* querida —dijo con una amplia sonrisa y ojos agradecidos.

La chica le devolvió la sonrisa y bajó la vista con recato. Era la primera vez que un hombre la miraba así y no sabía cómo reaccionar. Sintió como si le revolotearan mariposas en el estómago. Aquella sonrisa había conseguido que se le acelerara el corazón.

—Toda esa gente son periodistas —le explicó Claudia indicando a cuatro hombres y una mujer, que tecleaban frenéticamente en sus máquinas de escribir y fumaban sin parar—. Como ves, están muy ocupados. Pero dime, ¿que hace sola una jovencita tan guapa como tú?

—Bueno... —empezó a decir con una tímida sonrisa—. Por raro que parezca, estaba intentando llevar una solicitud para la Universidad Americana. Acabo de llegar de Baalbek.

Charley Abboud la observó en silencio. Era muy interesante. Se preguntó cuántos años tendría. Sabía que era joven por su inocencia e ingenuidad, pero poseía un aplomo natural que le hacía parecer mayor.

Su cara era intemporal y espectacular: pómulos pronunciados, cejas arqueadas y ancha frente. Tenía la tez blanca y pecas en las mejillas y en su respingona nariz, y la boca más *sexy* que había visto en toda su vida. Sus labios no eran carnosos ni intentaba que fueran sensuales. Además no tenía unos dientes perfectos, sino que los superiores sobresalían ligeramente. ¿Por qué era tan deseable su boca? Llevaba el pelo castaño oscuro por debajo de los hombros y un mechón le caía sobre los ojos, que no eran almendrados y felinos como los de las mujeres del Levante, sino pequeños. Tampoco supo si eran verdes o marrones, o una mezcla de ambos.

Se fijó en que era muy alta, algo extraño en una libanesa, y se preguntó si alguno de sus padres sería extranjero.

—¿A qué se dedica? —le preguntó Nina a Claudia.

—Soy cocinera. Me gusta pensar que soy una chef, pero no tengo formación profesional. Quiero abrir un restaurante, pero, evidentemente, no es el momento adecuado.

—Claudia, el que estemos en guerra no quiere decir que la gente no coma —bromeó Charley—. Si quieres, te lo financio. Acuérdate de que soy banquero.

—Tu banco ya no existe. Lo bombardearon ayer.

—Puede que esa sucursal ya no exista, pero el Banco de Beirut sí —puntualizó—. Era el director —le explicó a Nina.

—¡Santo Cielo! Me alegro de que no le pasara nada.

—No había llegado mi momento. Hoy he tenido la buena fortuna de salvarte —añadió guiñándole un ojo.

Sonrió y volvió a notar mariposas en el estómago. «Seguramente le parecerá muy raro que sea tan alta. Me mira como si fuera la chica más poco atractiva que haya visto nunca… Ni siquiera eso —se reprendió por las palabras que había elegido—, directamente fea. Debe de codearse con las mujeres más guapas de Beirut», pensó recordando las glamurosas fotos de las cantantes y actrices que había visto en algunas revistas.

—A mí también me gusta cocinar —le confesó a Claudia—. Mi madre era una fabulosa cocinera y me enseñó a preparar algunos platos. Solía decir que mi padre se casó con ella por sus guisos.

—No hay nada como una buena comida casera —aseguró Claudia.

—Totalmente de acuerdo —intervino Charley.

—Tenemos que preparar algo juntas, seguro que me das algún consejo —propuso la italiana mientras iba al frigorífico para coger algo de beber.

—No creo. Seguramente usted sabe más que yo.

De pronto todos se quedaron quietos al oír otro obús y segundos más tarde una tremenda explosión que sacudió el edificio. Las luces parpadearon, el suelo tembló y Charley sujetó el vaso de Nina antes de que se cayera. A pesar de estar preparada, la chica dio un respingo y el corazón empezó a latirle con fuerza.

—Ese ha caído cerca. ¿Estás bien? —preguntó cogiéndole la mano. Sentía una extraña actitud protectora hacia ella y deseaba rodearla con los brazos. Nina asintió con el corazón desbocado, agradecida de que le sujetara las manos—. Llevamos nueve años así y no hay forma de acostumbrarse. Es horrible lo que están haciendo con este país. Era uno de los lugares más bonitos del mundo. Decían que Beirut era el París del Cercano Oriente, pero para mí era mejor, era un paraíso. Se podía esquiar por la mañana e ir a la playa por la tarde. Ahora se están matando los unos a los otros, los sirios y los israelíes se han implicado, e incluso Irán ha intervenido… ¿Adónde vamos a ir a parar?

—No hay por qué ser tan negativo —le reprochó Claudia.

Nina lo miró con disimulo y evitó que sus miradas se cruzaran. No era tan alto como ella, pero le pareció atractivo. Tenía ojos marrones cálidos y tiernos, y el pelo corto y negro, salpicado de blanco, peinado hacia atrás. Iba bien afeitado y su piel era del color del bronce. Tenía la frente surcada y arrugaba los ojos cuando se reía. Mostraba un pequeño hoyuelo en el puente de la nariz y su boca se curvaba sensualmente. Vestía con elegancia y combinaba una chaqueta gris de *tweed* con pantalones azul marino y camisa blanca. En cuanto la había rodeado con los brazos en el vestíbulo del hotel se había sentido segura a su lado.

—Lo siento, no pretendía ser negativo. Todo se arreglará pronto. No pueden seguir luchando así siempre —aseguró mirando a Nina directamente a los ojos.

—No, seguro que no —convino Nina, que intentó devolverle la mirada, pero no pudo—. Al menos eso espero, o no quedará nada para la próxima generación, aparte de polvo y escombros.

—¿De quién te viene esa altura? ¿De tu padre o de tu madre? —preguntó Claudia.

—De mi padre, medía uno ochenta.

—Es raro que un libanés sea tan alto —observó Charley.

—Era armenio.

—Pero Ossairan no es un apellido armenio —comentó Charley.

—No, es palestino. Es el apellido de soltera de mi madre.

—¿Y por qué no usas el apellido de tu padre? —preguntó Charley.

—Lo hacía… —empezó a decir, pero no continuó.

—¿Por qué?

—Es una larga historia.

—Creo que las cosas se han calmado ahí fuera —intervino Claudia, consciente de que Nina prefería no seguir hablando.

La chica asintió.

—Sí, es posible que haya un alto el fuego temporal —aventuró Charley.

—Esperemos otra media hora —aconsejó Claudia.

—¿Dónde te hospedas, Nina? Porque si necesitas alojamiento tengo una habitación de invitados —ofreció Charley.

—¡Ni hablar! Se quedará conmigo —objetó Claudia dándole un codazo.

—Es muy amable por su parte, pero estoy en casa de la familia de la madre superiora, en Achrafieh.

—¿Vas allí ahora? —preguntó Charley.

—Creo que primero iré a la Universidad Americana y después a Achrafieh.

—Creo que debería acompañarte —se ofreció con galantería.

—No me pasará nada. Ya me ha salvado la vida una vez.

—Será un honor —insistió.

Nina miró a Claudia, que sonreía discretamente.

—¿Por qué le preguntas? Ve con ella, Charley —lo animó Claudia.

Varias horas más tarde, el vestíbulo era un hervidero de actividad y volvía a parecer un hotel normal. Los recepcionistas atendían a los clientes, los conserjes organizaban por teléfono el poco transporte disponible y los botones intentaban no perder las maletas. Hacían rápidamente cuanto podían, hasta la siguiente ronda de bombas.

—Espero volver a verte —se despidió Claudia dándole un abrazo.

—Sé que lo harás.

El portero abrió la puerta y Charley le dio una propina.

—¡Espera, Nina! ¿Cómo nos mantendremos en contacto? —preguntó Claudia.

—No lo sé —contestó encogiéndose de hombros—. Imagino que lo mejor es enviar una carta al convento de Baalbek. Siempre saben dónde estoy.

La confusión y la anarquía seguían reinando en Beirut y no parecía que la situación fuera a cambiar. Las universidades estaban cerradas y nadie sabía cuándo volverían a abrir. No merecía la pena quedarse. Nina decidió regresar y la madre superiora y las monjas la recibieron encantadas. Antes de irse envió unas notas a Charley y a Claudia para anunciarles su partida y asegurarles que haría todo lo posible por no perder el contacto con ellos.

—¿Qué voy a hacer, madre Catherine? —preguntó la primera noche.

—¿Te gustaría enseñar?

—¿Dar clases? No se me había ocurrido.

—Necesitamos otro profesor. El señor Waleed tiene mucho trabajo y no puedo darle más a la hermana Angélique.

—Pero no estoy cualificada.

—Más bien es una ayuda, algo temporal hasta que encontremos un sustituto permanente. No es fácil en los tiempos que corren. —Meditó en silencio la oferta—. Por favor, Nina...

—¿Cómo voy a decir que no?

—Te encantará, estoy segura.

—Muy bien, pero solo unos meses. ¿De acuerdo?

La madre Catherine sonrió.

Capítulo nueve

Nina

*E*l primer día como profesora de la escuela del convento de Baalbek se encontró a una niña de ocho o nueve años sentada en la hierba con un bloc y una caja de ceras, concentrada en lo que estaba dibujando.

—Buenos días, *marhaba* —la saludó.

La niña recogió rápidamente las ceras y cerró el bloc.

—¿Qué estás pintando? —preguntó esbozando una amplia sonrisa.

—Flores —respondió sin mirarla.

—¿Puedo verlas? —pidió sentándose junto a ella.

—No están acabadas todavía —respondió con timidez.

—¿Me las enseñarás entonces?

—Sí —contestó sonriendo.

—Me llamo Nina. Soy la nueva profesora y hoy es mi primer día.

—¿Tiene miedo?

«¡Qué ojos más bonitos!», pensó Nina. Eran del color de la miel oscura, con motas verdes y ámbar.

—Sí —asintió Nina.

—¿Qué le ha pasado a la hermana Angélique? —preguntó jugando con el dobladillo del vestido.

—Sigue aquí.

—¿Y el señor Waleed?

—También.

—El señor Waleed es mi profesor.

—Es una pena que no seas mi alumna, pero el señor Waleed es muy buen profesor. ¿Qué asignatura te gusta más?

—Historia.

—¿Y el arte? ¿No te gusta el arte?

La niña asintió.

—Tengo que irme. No quiero llegar tarde el primer día. Hasta luego —se despidió tras consultar el reloj. Se limpió la hierba de la falda y se dirigió a la pequeña escuela para buscar su aula y saludar al resto de los profesores.

—Señorita Nina —la llamó mientras se alejaba. Se dio la vuelta y vio que corría hacia ella con un papel en la mano—. Es para usted.

—Muchas gracias —dijo poniéndose en cuclillas—. ¡Es muy bonito! —exclamó al ver las flores, y la niña sonrió—. ¿No vas a firmarlo? Los grandes artistas lo hacen. —La niña sacó una cera roja con timidez y escribió su nombre—. ¿Amal? ¿Te llamas Amal? —La niña asintió—. Muchas gracias. Me dará suerte.

Nina disfrutó más de lo que creía enseñando y los pocos meses que había prometido a la madre Catherine se convirtieron en varios años. Mantuvo una cálida y especial relación con sus alumnos y se hizo buena amiga de la hermana Angélique y de Khaled Waleed, los otros dos profesores. Los tres se juntaban a veces para disfrutar de largas cenas que preparaba Nina o tomar un vaso de zumo.

—¿Te alegras de ser profesora? —preguntó la hermana Angélique una tarde en que saboreaban un vaso de zumo de granada fría en el patio del convento mientras miraban el paisaje a la tardía luz de principios de verano. Nina asintió—. ¿Y la universidad?

—No me importaría ir, pero Beirut es zona de guerra y no quiero vivir allí.

—¿Crees que estamos mejor aquí, rodeados de sirios? —se burló la hermana Angélique.

—Esto es muy bonito, hermana —dijo señalando a su alrededor—. A veces resulta difícil creer que haya una guerra.

Nada más pronunciar esas palabras el hermoso susurro de la brisa entre los árboles y el trino de los pájaros se vio interrumpido por varias explosiones consecutivas, disparos y gritos.

—Mira, columnas de humo —dijo la hermana Angélique indicando hacia la arboleda donde habían explotado las bombas—. Que sea rural y bucólico no quiere decir que sea más seguro que Beirut.

—Lo sé, pero al menos aquí tenemos días bonitos en los que nos podemos sentar a tomar algo, disfrutar de la vista y respirar. En Beirut es demasiado patente, se ve la guerra…, todos esos edificios bombardeados y abandonados en medio de la ciudad que se van llenando de maleza… Es una pena. —Angélique asintió—. Por eso la llaman la línea verde que separa a los musulmanes de Beirut occidental y los cristianos de Beirut oriental.

—La guerra es muy dura, pero la vida sigue. Yo he perdido a dos hermanos —confesó con voz entrecortada.

—Lo siento mucho —se compadeció.

—Desaparecieron… así —dijo chascando los dedos. Nina le cogió la mano, sabía de lo que hablaba. Sarkis había hecho lo mismo—. Iban a cenar con el tío Georges…, pero no llegaron. —Movió la cabeza con pena—. Esperó y esperó pensando que sería el tráfico, pero, cuando al día siguiente no aparecieron, llamó a mi padre: tampoco habían vuelto a casa. Mi padre todavía espera que vuelvan…, han pasado casi diez años.

Nina no supo qué decir. Ella también había esperado a su padre y al final se había dado por vencida. Le apretó la mano y le dio un pañuelo para que se secara las lágrimas.

—¡Señoritas! —oyeron que las llamaba la alegre voz de Khaled Waleed—. Siento llegar tarde a nuestra reunión de personal.

—Ven, todavía queda un poco de zumo y aún no hemos empezado los *mezze* —saludó Nina agitando una mano.

—*Marhaba, massa aljair, mesdames*.

—¡Vaya!, árabe clásico, profesor Waleed —bromeó Nina mientras le servía un vaso del oscuro zumo de granada.

—Buenas noches, Khaled —murmuró Angélique.

—Veamos, ¿qué tenemos aquí? —dijo frotándose las manos y mirando con regocijo los tentempiés que Nina había puesto en una mesita. Cogió una bola de *falafel*, la untó en salsa *tahini* y se la llevó a la boca. Nina esperó su reacción.

Khaled sonrió con los ojos cerrados y suspiró—. Dios te bendiga, Nina. No sé cómo consigues prepararlo así. Tienes que darme la receta.

—No te la puedo apuntar. Ya te he dicho que tienes que ver cómo lo hago. Así es como aprendí yo con mi madre.

—Muy bien, avísame la próxima vez.

—Ya, es lo que dices siempre. Creo que prefieres no aprender para que siga preparándolo yo —bromeó.

Waleed se rio y asintió con la boca llena de su aperitivo favorito.

—¿Y bien, *mesdames*? ¿Qué tal estáis? ¿Alguna noticia? —preguntó cogiendo un poco de *kibbeh*.

—No muchas —contestó Nina.

Angélique permaneció callada.

—*Shu?* —preguntó a Nina moviendo los labios y haciendo un gesto para ver si Angélique estaba bien. Nina negó con la cabeza para indicarle que no preguntara—. Bueno, tengo algo que anunciaros. Creo que he encontrado la forma de conseguir dinero para comprar libros, bolígrafos y papel —aseguró cogiendo un poco más de comida.

—¿Cómo? —preguntó Nina untando un poco de pan en el *hummus*.

—Khaled, ¿eres musulmán? —inquirió Angélique.

Este se quedó quieto con un trozo de pan a medio camino de la boca y Nina la miró extrañada.

—¿Estamos en ramadán? —preguntó Angélique.

—Pues no… —contestó Khaled con los ojos muy abiertos sin saber a qué se refería.

—Lo pregunto porque estás comiendo como si esto fuera el *iftar* y estuvieras rompiendo el ayuno —explicó muy seria.

Nina se echó a reír. Khaled se sintió tan violento que dejó el trozo de pan en el plato.

—No lo dejes ahí, cómetelo y acaba de una vez —le ordenó Angélique.

Nina volvió a soltar una carcajada. Khaled, abrumado, cogió el trozo de pan y se lo tragó sin apenas masticarlo. Angélique dejó escapar una risita y al poco los tres estaban riéndose, comiendo y bebiendo.

—¿Qué plan tienes para conseguir dinero? —preguntó Nina.

—Tendremos que organizarlo, pero ¿qué os parece instalar unos puestos en la escuela para vender comida y artesanía?

—Muy pobre —sentenció Angélique con voz tediosa.

Nina volvió a reírse.

—No lo es —replicó Khaled.

—Sí que lo es. ¿Qué tipo de puestos van a ser? —preguntó Angélique.

—Bueno, para empezar mi alumna Amal Abdo ha hecho unos preciosos bocetos de las ruinas de Baalbek.

—¿Y quién va a comprar los garabatos de una niña?

—¡Hermana! —exclamó Khaled poniéndose en pie—. ¡No son garabatos! Tiene mucho talento. Deberías ver sus dibujos y acuarelas antes de juzgarla.

—Es verdad, Angélique. Hace tiempo que no la veo, pero Khaled me ha enseñado sus dibujos. Es muy buena —intervino Nina.

La hermana Angélique resopló.

—También quiero que Nina prepare aperitivos y postres —añadió Khaled.

—Y qué mujer en su sano juicio iba a comprarlos y admitir que Nina es mejor cocinera, aunque lo sea.

—A mí me parece buena idea —aseguró Nina.

Khaled se sintió halagado. Nina sonrió. Le tenía mucho cariño, era como un hermano pequeño. Ambos miraron a Angélique, que parecía molesta, y permanecieron en silencio mientras meditaba la idea.

—¿Puedo probar el *kibbeh*, Nina? Tiene un aspecto delicioso —preguntó finalmente Angélique. Khaled soltó un suspiro, aliviado—. ¿Sabes cuánto he engordado por toda esa comida que preparas? —le recriminó en broma.

—Sí, yo también he engordado. La culpa la tiene Nina, por ser tan buena cocinera —aseguró Khaled.

—A mí no me echéis la culpa por comer demasiado —se defendió Nina.

Continuaron hablando sobre la feria hasta tarde y sus voces se mezclaron con el sonido de los disparos y obuses cuando el sol se puso en el valle de la Bekaa.

ϒ

Cuando la guerra civil acabó, en 1990, Nina empezó a pensar en ir a la universidad y se preguntó si sería buena idea. Había cumplido los treinta: llevaba diez años de retraso. Además, tras quince años de guerra civil no creía que las universidades tuvieran la suficiente solvencia como para concederle una beca, y apenas le llegaba para vivir con el sueldo de profesora. Recordó su último viaje a la capital y se acordó de Charley Abboud y de Claudia di Sole. Hacía tiempo que no sabía nada de ellos, pero se había enterado de que la mujer había regresado a Sicilia y de que él estaba en Washington.

—¿Qué hago, Khaled? —preguntó a su amigo.

—Por mucho que odie que te vayas, deberías darte una oportunidad.

—¿Sí?

—Sobre todo porque estoy seguro de que es lo que quieres.

—Aquí soy feliz, lo he sido todo este tiempo.

—Nina, deberías ir a Beirut, en serio.

—Pero cómo voy a costeármelo. Seamos realistas, sabes bien cuánto cobramos.

—Sí, pero quizá podrías buscar un trabajo con el que complementar tus ahorros.

—¿Trabajando de profesora en Beirut? No tengo título…

—Nina… Lo único que quieren los colegios es volver a funcionar. Si te presentas con buenas referencias, nadie comprobará nada.

—No sé, Khaled. No sé si tengo el valor suficiente como para dejarlo todo e ir a la universidad.

—Creo que deberías hacerlo.

—Tienes más fe en mí que yo misma.

—Si pudiera, yo mismo me iría, pero mis padres viven aquí y se están haciendo mayores. Tú no tienes familia que te retenga.

—Tengo a los niños, a ti, a Angélique y a la madre Catherine.

—Siempre puedes volver. —Nina asintió y sopesó las posibilidades—. Ve a Beirut —la aconsejó—. Necesitas un cambio. Además, quién sabe, a lo mejor te casas.

—El matrimonio no entra en mis planes. Soy muy mayor, querido amigo.

—No digas tontadas. Solo tengo cuatro años menos que tú y tampoco me he casado.

—Sí, y tu madre está como loca porque lo hagas.

—¿Te lo ha dicho?

—Por supuesto. Quería que te convenciera para que te casaras con alguna de las mujeres que te ha elegido.

—¿Y qué le dijiste?

—Le aseguré que lo intentaría.

—¿Y esto es un intento para que lo haga?

—Fue una conversación intrascendente. Hace meses me pidió que hablara contigo, pero no lo hice porque creo que el matrimonio es algo que debe desearse, por las razones adecuadas… Si no, es imposible que funcione.

—Me parece muy acertado, hermana. Gracias por no presionarme.

—No lo he hecho porque, a pesar del cariño que le tengo a tu madre, tu amistad es muy importante para mí y no quiero perderla. En cualquier caso, no creo que haya que presionar ni obligar a nadie a hacer algo para lo que no está preparado. Todo a su tiempo. —Los labios de Khaled dibujaron una amplia sonrisa—. Dicho lo cual, ¿por qué no te has casado? No es por falta de mujeres…

—Todavía no he encontrado la adecuada.

—¡Vaya! ¡Un romántico!

—Puede, pero sigo pensando que la edad no tiene nada que ver con el amor o el matrimonio. Para mí se puede amar a los dieciséis, los treinta, los cincuenta o más. En nuestra cultura se le da demasiada importancia a la edad y a la absurda necesidad de casarse y tener hijos en cuanto se llega a la pubertad.

—Así que no solo eres un romántico, sino también un rebelde, hermanito.

—¿Y tú? Tampoco te has casado. ¿Por qué?

—¿Con quién iba a hacerlo, Khaled? —Sonrió con tristeza—. En los últimos quince años no he tenido muchas oportunidades. Mi única elección eran las milicias palestinas o los servicios de inteligencia sirios.

Los dos se echaron a reír.

—¿Y en Beirut?

—¡Por favor! Llegué a Beirut el día que atacaron el cuartel de los marines. No era el mejor momento para buscar novio.

—Vale, tienes razón.

—Aunque… —empezó a decir con una enigmática sonrisa.

—Percibo una confesión.

—Durante un bombardeo estuve en un refugio antiaéreo en el que había un hombre… Creo que ya te hablé de él, el que me salvó la vida, Charley Abboud.

—¿Y qué pasó?

—Nada. Después de conocerlo solo estuve un par de días en la ciudad, pero se mostró muy amable y generoso, y me acompañó a todas partes. Era todo un caballero, o lo que creo que debe ser un caballero. —Khaled guardó silencio y los dos se perdieron en sus pensamientos—. Hizo que me sintiera segura, como si siempre pudiera contar con él, para lo que fuera.

—¿Seguís en contacto?

—Tanto como podemos en estas circunstancias. Hace tiempo que no sé nada de él. Lo último que supe es que estaba en Estados Unidos. Puede que se haya ido a vivir allí. Pero, la verdad, el matrimonio no es para mí. Soy demasiado independiente. Me he vuelto muy intransigente.

—Sigo creyendo que el hombre apropiado te haría cambiar de opinión. El matrimonio es maravilloso, con la persona adecuada, claro.

—Bueno, pues entonces cásate tú primero y, si funciona, lo pensaré —propuso dándole una palmada en el brazo.

Mientras continuaban hablando, Nina cayó en la cuenta de que jamás había estado enamorada. Sabía que el amor existía porque había sido testigo del que se profesaban sus padres, y su madre le había contado cómo había conocido a su padre y se había enamorado de él; aparte estaba lo que había leído y había visto en la televisión. Cuando era adolescente había deseado sentir ese amor, experimentar esa pasión, saber qué se siente cuando no se puede respirar si no se está con la persona amada. Pero cuando creció tuvo que reconocer que estaba asustada; había visto lo que había sucedido a sus padres y subconscientemente se había endurecido y jurado que jamás permitiría a nadie esa cercanía, porque si desaparecía dolía muchísimo, como le había dolido a Jumana.

—Te apuesto lo que quieras a que te casas antes que yo —sentenció Nina.

—*Allah ghalib*, eso está en manos de Dios.

—Sigo pensando que deberías ir a Beirut —le apremió—. No sé, tengo un presentimiento —aseguró Khaled antes de lanzarse sobre los *fatayer* que Nina había sacado del horno.

Después de aquella conversación, Nina aún tardó varios meses en subir a un microbús para ir a Beirut. Todas las monjas fueron a despedirla, y también Khaled.

—Ya sabes que puedes volver cuando quieras —aseguró la madre Catherine dándole un abrazo.

Nina asintió con congoja y lágrimas en los ojos, y abrazó al resto de las monjas cuando el pequeño autobús se acercó traqueteando.

—Adiós, hermana Angélique —se despidió agachándose para abrazar a la diminuta mujer.

Esta no pudo articular palabra, asintió en el hombro de la chica y la apartó rápidamente antes de esconder la cara en un pañuelo. El autobús se detuvo y Khaled colocó la maleta que había pertenecido a la madre de Nina en la parte de arriba para que el conductor la atara con una cuerda al portaequipajes.

—Dios te bendiga —dijo Khaled ofreciéndole una mano para que subiera.

—Gracias por todo, hermano.

—No te olvides de nosotros.

Nina asintió, y le costó controlar sus emociones cuando vio que las monjas habían formado una fila con toda solemnidad.

—Ah, casi se me olvida —dijo Khaled sacando un paquete de su mochila—. Amal me pidió que te lo diera.

—Dale las gracias de mi parte —respondió mientras lo abrazaba con lágrimas en los ojos.

—Venga, Nina. Ni que te fueras para siempre. Nos veremos pronto —le susurró al oído con voz ronca, al borde de las lágrimas, y ella asintió—. *Maa salama*, hermana —la despidió llevándose una mano al corazón.

Nina se limpió rápidamente las lágrimas y subió al autobús. Se sentó junto a una ventanilla y agitó la mano cuando arrancó para cruzar Baalbek en dirección a la autopista de Damasco. Al pasar por las ruinas se acordó del paquete que le había dado Khaled. Desató el cordel y abrió con cuidado el papel marrón. En el interior había una pequeña acuarela que mostraba tres figuras sentadas en el patio del convento. Sonrió. Amal había sabido capturar el momento y, a pesar de su tamaño, eran perfectamente distinguibles: la hermana Angélique sentada con remilgo en una silla; Khaled con la mano en un plato; y ella recostada en una silla de mimbre con las piernas sobre un puf. Había firmado en la esquina inferior derecha.

Mientras avanzaban por la autopista observó el exuberante paisaje que iban dejando atrás y que le traía a la memoria el viaje con Jumana. Pero esos recuerdos no le hicieron llorar, sino que le infundieron valor y la fortalecieron para enfrentarse a esa nueva etapa de su vida.

A pesar de que año y medio después del fin de la guerra Beirut seguía sumida en el caos, estaba cargada con una nueva energía. Esperaba encontrarse una ciudad exhausta, consumida y destrozada tras quince años de guerra, pero no fue así: la gente caminaba resueltamente, deseosa de recuperar sus trabajos y sus vidas. Había reservado una habitación en un pequeño albergue cerca de la Universidad Americana, muy popular entre los estudiantes que no se alojaban en el campus. Era pequeña y estrecha y no estaba tan limpia como habría deseado, pero era barata y quedaba cerca de las dos universidades en las que iba a pedir plaza.

Durante la primera semana entregó sus solicitudes en la Universidad Americana y en la Universidad Americana Libanesa, y empezó a buscar trabajo. Tenía dinero ahorrado para pasar medio año, pero esperaba encontrar un empleo con el que poder pagar el otro medio. Sabía que había corrido un gran riesgo y deseó haber tenido más medios o la perspectiva de un trabajo para sentirse más segura, pero no era así.

Preguntó en el campus si había algún trabajo, pero le dijeron que no, que tuviera paciencia. Compró un periódico y buscó en los anuncios. Encontró unas cuantas ofertas para profesora y, a pesar de no sentirse cualificada, envió su currículo. También miró trabajos como secretaria, auxiliar e incluso administrativa en alguna consulta médica. Al cabo de un mes sin recibir respuestas, ni siquiera negativas, envió otra serie de cartas para responder a anuncios de cajera de banco, trabajos de entrada de datos y cualquier cosa que pudiera hacer. Pero no tuvo suerte. Dos meses más tarde seguía sin encontrar trabajo ni saber si habían aceptado alguna de sus solicitudes y se sintió abatida y desilusionada.

Un día que estaba en la cafetería de la Universidad Americana Libanesa tomando un café oyó a dos chicas que hablaban de la ofertas de trabajo del tablón de anuncios. «¿Para qué mirar», pensó. Seguramente eran para estudiantes de la universidad y ella todavía no lo era. Había varios anuncios, casi todos de gente que necesitaba canguros, pero uno le intrigó: «Se necesita mujer alta para trabajar en un puesto con responsabilidades en un restaurante nuevo. Interesadas llamar al…». Siempre le había acomplejado su altura y hete aquí que uno de los requisitos de esa oferta de empleo era precisamente ser alta. Cuando marcó el número de teléfono mantuvo los dedos cruzados para que no hubiera nada raro en aquella oferta.

—*Allo? Pronto?* —respondió una voz masculina con fuerte acento italiano.

—Hola, llamo por el anuncio de la cafetería de la UAB.

—Un momento, por favor —pidió, antes de volver a hablar unos segundos después—. *Per favore.* Esto…, ¿cuánto mide? En centímetros.

—Uno ochenta y dos.

—¿Idiomas? —preguntó tras un corto silencio.

—Árabe, francés e inglés.

—¿Es libanesa?

—Sí —contestó, curiosa por saber cómo acabaría aquella conversación.

—¡Increíble! Parece perfecta. Lo único que nos importa es la altura, lo demás puede arreglarse con maquillaje y con ropa.

—Ah, bien.

—¿Puede venir a ver a la jefa?

—Sí, no hay problema. ¿Cuándo?

—Ahora.

—¿Ahora? —repitió por si había oído mal.

—Ahora, sí.

—¿Su dirección, por favor?

—Calle Abdel Wahab, en Achrafieh. ¿Su nombre, por favor?

—Nina Ossairan.

—Un momento, *per favore*.

«Es la conversación más extraña que he tenido en mi vida», pensó Nina mientras esperaba.

—*Signorina* Ossairan, el trabajo es suyo. La jefa me ha pedido que la contrate y que se dé prisa en venir.

—*Tayeb* —agradeció, perpleja.

Cuando llegó al edificio, en el lado oriental de la línea verde, no consiguió ver gran cosa. Estaba rodeado de andamios y tapado por una gruesa lona, por lo que le fue imposible saber si estaba en la dirección exacta. Apartó la lona y entró.

—Te ha costado un buen rato —dijo una voz desde el oscuro interior.

Nina se protegió los ojos de la intensa luz que se filtraba a través de una viga que faltaba en el techo e intentó ver quién hablaba. Se acercó un poco y contuvo el aliento. Sentada a una mesa llena de papeles, con las gafas apoyadas en el extremo de la nariz y vestida con lo que ella misma describía como «modelito de viuda siciliana», estaba Claudia Beatrice di Sole.

Soltó un grito, corrió hacia ella y la abrazó con fuerza, llorando y riendo al mismo tiempo.

—¡Mi querida amiga! ¡No me puedo creer que seas tú! —exclamó Nina.

—No sabía si estabas aquí o en Baalbek.

—He venido hace un par de meses.

—Cuando puse el anuncio pensé en ti.

—¿Qué haces aquí? Creía que estabas en Italia. ¿Qué es esto?

—¡Ah! —Claudia suspiró con gran teatralidad—. Demasiadas preguntas. Ven, primero vamos a tomar un aperitivo y después hablaremos de todo. Tienes que contarme qué has hecho todo este tiempo.

Nina se convirtió en la mano derecha de Claudia: se ocupaba de las reservas y de recibir a los clientes a la hora de las comidas y las cenas. No le resultó fácil, pues por naturaleza era tímida, pero su amiga italiana insistió en que su altura le confería autoridad y así era más difícil que la intimidaran.

Todo parecía perfecto, se mudó a una habitación vacía en casa de Claudia, le encantaba trabajar con ella y aprendió no solo italiano, sino todo lo relacionado con los vinos y la cocina italiana. Solían cenar tarde y se reían y hablaban hasta altas horas de la noche. Su único problema era el dinero; no ganaba mucho y, a pesar de lo que disfrutaba en el trabajo, no podía pagar la universidad.

—Claudia's, *buongiorno* —contestó una llamada a media mañana poco después de que el restaurante abriera oficialmente. De la noche a la mañana se había convertido en el local de moda al que quería ir la alta sociedad beirutí. Todo el mundo intentaba ganarse a Nina, que se ocupaba de las reservas. Y Claudia tenía razón, nadie discutía con ella, por su elevada posición.

—Buenos días, soy Annabelle, de la oficina de Charley Abboud. Querría hacer una reserva para dos personas, por favor.

—Por supuesto, ¿a qué hora?

—¿A las dos?

«Espero que se acuerde de mí», pensó cuando colgó.

Claudia estaba por casualidad en la puerta cuando Charley Abboud entró acompañado de un veinteañero.

—Vaya, vaya, mira quién ha venido. El inversionista finalmente ha venido a comprobar cómo marcha su inversión.

Querida Claudia. Me alegro mucho de verte —saludó dando un abrazo a la rechoncha italiana.

—Tengo una sorpresa para ti.

—Bueno, primero deja que te presente a mi hijo Samir.

—Samir…, *ragazzo*… He oído hablar mucho de ti —dijo Claudia antes de dar dos besos al guapo y fornido joven—. Bienvenido a Claudia's.

—Gracias, mi padre también me ha hablado mucho de usted.

—Es marine —explicó Charley con orgullo.

—¿De verdad? ¡Impresionante!

—Acaba de volver de la guerra del Golfo.

—Charley, por favor, tesoro. ¿Por qué no dejas que hable él? —pidió juntando las manos con ese gesto de súplica tan italiano.

—¿Dónde está mi sorpresa?

—Detrás de ti —anunció sonriendo y frotándose las manos.

—*Marhaba* —saludó Nina con voz sedosa.

Al oírla, Charley se dio la vuelta y ante *la crème de la crème* de Beirut la abrazó como si no fuera a soltarla nunca.

El noviazgo de Charley y Nina tuvo lugar principalmente en el Claudia's y sorprendió a todo Beirut. Las grandes damas de la sociedad beirutí cotillearon sin parar sobre la gigante que había seducido al recién nombrado presidente del Banco de Beirut y lo había retirado del mercado como potencial marido para alguna de ellas o de sus hijas. Nadie sabía nada sobre Nina ni de dónde había salido; corrían muchos rumores.

Charley empezó a ir a comer y cenar al Claudia's todos los días, lo que desconcertó a todo el mundo, incluida Nina, porque estaba muy ocupada. Siempre iba solo y esperaba que ella se reuniera con él después de comer. La chica lo esperaba con impaciencia y sonreía cuando el Mercedes aparcaba en la puerta. En su día libre, la recogía en casa de Claudia en Hamra y la llevaba de picnic a la playa o a la montaña, donde aprendió a esquiar. También se les veía en otros restaurantes de la ciudad. Nina siempre iba de su brazo a todos los actos relacionados con el banco, pero nadie había oído hablar de que estuvieran prometidos, lo que, huelga decir, avivaba las especulaciones en los mentideros de la ciudad.

—¿Sabías que es una excelente cocinera? —comentó una noche Claudia mientras servía dos vasos de *limoncello* a Charley y Nina después de que hubieran tomado café y tiramisú.

—¿Sí? No me lo habías dicho —comentó Charley sonriendo a Nina.

—*Dai, dai*, Charley. Claro que lo hizo. Lo recuerdo con tanta claridad como si hubiera sido ayer —lo interrumpió.

Él lanzó una inquisitiva mirada a Nina.

—Creo que se refiere a cuando nos conocimos en el refugio antiaéreo y dije algo sobre que mi madre era una excelente cocinera —explicó la chica.

—¡Claudia! ¡Eso fue hace más de diez años! —protestó Charley.

—Pero me acuerdo —contestó ella.

—No pasa nada, Charley. La verdad es que yo tampoco me acordaba —lo tranquilizó Nina poniéndole una mano en el brazo.

—¡Hombres! —masculló la italiana—. Lo he mencionado porque a lo mejor Nina quiere cocinar para ti alguna noche en vez de venir aquí.

—Pero Claudia… —empezó a protestar la chica.

—Nada de peros, *cara mia* —la interrumpió—. Tienes un día libre a la semana en el que puedes invitarlo.

Nina miró a Claudia y después a Charley y notó que se ponía roja.

—Será un honor que cocines para mí —aseguró él cogiéndole la mano.

—*Va bene!* —exclamó Claudia—. Ahora que ya está solucionado, ¿queréis más café?

El siguiente sábado la cocina de casa de Claudia era un hervidero de actividad. Nina fue temprano al mercado a comprar carne, pescado y verdura, y volvió cargada con un gran ramo de girasoles que sobresalía de las bolsas de papel marrón que cargaba en los brazos. Las depositó en la mesa con gran estrépito y soltó un gemido porque no había querido hacer tanto ruido. Esperó no haber despertado a Claudia. Sabía que los sábados, que entraba en el restaurante a las doce en vez de a las nueve, le gustaba dormir hasta tarde. Iba a salir de puntillas para ir a la tienda a por algo que había olvidado cuando oyó su somnolienta voz.

—¿Vas a preparar un banquete?

—¡Oh, Claudia! ¿Te he despertado? Lo siento mucho.

—No te preocupes —la tranquilizó mientras iba medio dormida a hacerse un café.

—¿Quieres que te prepare el desayuno?

—Ni hablar. Quiero que sigas con tu cena. Me tomaré un *cornetto* en el restaurante.

—Ahora voy. Tengo que comprar más cosas.

Claudia la despidió y se preparó un segundo café antes de tomarse el primero, al tiempo que encendía un cigarrillo.

Nina sonrió y salió al tibio sol invernal. Cuando volvió, una hora más tarde, Claudia ya no estaba. En cuanto acabara el turno de cenas se iba el resto del fin de semana a la montaña, al chalé de un amigo.

Sobre la mesa había dejado un par de botellas y un papel en el que había dibujado una cara sonriente. Se echó a reír y lo guardó en el bolso como recuerdo. Miró el reloj. Tenía que ponerse manos a la obra. Apuntó todos los *mezze* que iba a servir acompañados de *prosecco* antes de la cena. Se sentó en una silla y mordisqueó la punta del lápiz. «Demasiado», pensó. Charley no era muy comedor y servir cuatro platos sería excesivo. Tachó algunos, se puso el delantal, encendió la radio y empezó a cocinar.

A las ocho todo estaba listo. Los ramos de girasoles resplandecían en los jarrones y se oía una suave música de *jazz*. La casa olía a limpio y el perfume de jazmín de los parterres se colaba con la brisa nocturna y competía con los exóticos e incitantes aromas de la cocina, en la que Nina disponía los *mezze* en una gran bandeja antes de sacarla al patio trasero. Había encendido velas y las había colocado en antiguas lámparas árabes repartidas por el patio y el jardín. Dejó la bandeja y repasó la lista mentalmente. Oyó un coche y supo que era Charley.

Se echó una rápida mirada en el espejo del vestíbulo. No estaba mal. Había ido a la peluquería de Claudia aquella tarde, donde le habían cortado el pelo para que le cayera ondulado sobre los hombros. Había preferido pintarse ella misma porque por experiencia sabía que las estilistas de los salones de belleza se excedían, y además ese estilo no favorecía sus rasgos, que no eran típicamente libaneses. Se había perfilado los ojos con kohl verde oscuro, había curvado las pestañas para hacerlas más largas y espesas, había aplicado un poco de polvos bronceadores en sus pronunciados pómulos y lápiz de labios color rosa natural. Se miró las pecas de la nariz y las mejillas, pero sabía que nada las ocultaría, excepto un espeso maquillaje, así que no le preocupó que se le vieran. Vestía una larga túnica negra de gasa con mangas transparentes y pedrería color turquesa y diamante alrededor del cuello y los puños, y pantalones negros ajustados.

Oyó que Charley se acercaba y esperó que tocara el timbre. Volvió a mirarse en el espejo. El corazón le latía con fuerza, pero no podía dejar de sonreír ante su imagen. Estaba como loca por verlo. Pasó un minuto, pero no se oyó ni el timbre ni el llamador de latón. Fue de puntillas hasta la puerta y pegó la oreja extrañada. Tenía que estar allí, había oído sus pasos en la gravilla. «¿Qué pasa?», se preguntó conforme pasaban los minutos y esperaba ansiosa.

«¡Esto es ridículo!», pensó. Se irguió, se estiró la túnica, se pasó una mano por el pelo, inspiró con fuerza y puso una mano en la manilla. En el momento en el que la accionaba, Charley golpeó con el llamador y Nina dio un traspié hacia atrás asustada. Uno de los tacones de las sandalias tropezó con una arruga en el *kilim* del vestíbulo, cayó de espaldas y aterrizó sobre el trasero con gran estruendo.

—¡Nina! ¡Nina! *Yallah!* ¿Estás bien? —preguntó Charley, que había dejado caer el ramo de calas y había corrido a su lado. Nina lo miró aturdida—. Por favor, dime que estás bien —repitió estudiando su expresión. Le cogió una mano y la llevó a su pecho mientras con la otra le acariciaba la frente. Nina estaba demasiado confusa como para contestar, pero consiguió sonreír y asentir—. Ven, deja que te ayude. —Se puso de rodillas y le colocó los brazos alrededor para levantarla. Nina gimió, le dolía el tobillo y esperó no haberse hecho un esguince. Hizo una mueca y se mordió el labio para no llorar cuando intentó llevarla hasta un sillón—. Venga, Nina, un poco más. Después podré echarle un vistazo —la animó mientras la depositaba con cuidado. Miró a su alrededor y descubrió un pequeño taburete de cuero, que acercó con un cojín para que pusiera el pie mientras se arrodillaba a su lado.

—Charley —consiguió decir más avergonzada que dolorida—, no pasa nada, seguramente solo me lo he torcido.

—Deja que lo mire para asegurarme de que no tienes un esguince —propuso mientras le cogía el pie como si fuera el objeto más precioso y frágil del mundo; lo observaba, le daba la vuelta, tocaba los huesos y lo masajeaba con suavidad—. Creo que solo te lo has torcido, Nina —opinó tras volver a poner el pie sobe el cojín. Ella se miraba el tobillo, hinchado y rojo, que empezaba a amoratarse—. Pero deberíamos llamar a un médico —añadió sacando un móvil que acababa de salir al mercado y marcando un número.

—No, Charley. Estoy bien. No necesito un médico.

—Lo necesitas. Doctor Talal... Sí... Soy Charley Abboud... No, estoy bien, gracias, pero necesito que venga a Hamra... Sí, es un tobillo... No, no es el mío, es el de una mujer... Una muy especial... Sí, la dirección es...

Nina lo miró atónita. Charley guardó el teléfono y volvió a su lado.

—Eres tan guapa —dijo acariciándole la cara y pasándole un dedo por los párpados, la nariz y los labios—. Eres muy importante para mí. Quiero cuidar de ti, velar por ti. No quiero que te pase nada malo.

Nina lo miró, le cogió la mano y la besó.

—Por favor, deja que te ame. —Nina asintió ligeramente azorada y apartó la vista sin soltarle la mano—. Quiero que seas la mujer más feliz del mundo.

Nina volvió la cara y lo miró a los ojos, en los que vio lo que esperaba: dulzura, honradez y sinceridad. Charley le puso una mano en la barbilla y le acercó la cara.

—Estoy enamorado —aseguró antes de cubrir sus labios y darle un beso elegante, delicado y sutil, como él mismo.

Cuando se apartó, lo miró con timidez. A pesar de sonreír, le desilusionó no haber sentido los fuegos artificiales de los que le había dicho su madre que ella había sentido cuando su padre la había besado por primera vez. No había notado mariposas aleteando enloquecidas en el estómago cuando le cogió la barbilla, y al besarla no había experimentado el temblor que Jumana le había descrito, esa sensación de derretirse como el chocolate, ni el ardor o la pasión desesperada para que la poseyera. Quizá todo eso vendría con el tiempo, se consoló.

El doctor Talal llegó al poco y diagnosticó que era una mala torcedura. Tras vendar el tobillo le dijo que le aplicara hielo y lo mantuviera en alto.

—No lo apoye en una semana o diez días.

—Me encargaré de que no lo haga —aseguró Charley, que había decidido ocuparse personalmente de su curación.

—Muy bien. Entonces me voy —dijo el médico guiñándole un ojo a Charley—. Madame Nina —se despidió antes de cerrar el maletín—. Huele muy bien, debe de ser muy buena cocinera.

—¿Quiere quedarse a cenar? —le invitó cortésmente.

—El doctor Talal tiene una esposa que lo espera —intervino Charley cogiendo al médico por el codo y acompañándolo a la puerta.

—Sí, sí —corroboró un tanto desconcertado.

—Y la ha dejado a medio cenar, ¿verdad?

—Siento mucho haberle hecho salir por una tontería —se excuso Nína diciéndole adiós con la mano.

—No ha sido una tontería. Haría cualquier cosa por mi amigo Charley. *Bonsoir*, madame.

Charley cerró la puerta, se sentó en el taburete de cuero y colocó cuidadosamente el pie vendado en su regazo.

—Le habría gustado quedarse a cenar —comentó sonriendo.

—Hay un montón de comida —aseguró Nina sonriendo también.

—Otro día. Esta es mi noche.

—Sí, pero ¿cómo voy a prepararlo todo? Supongo que podré andar cojeando.

—¡Ni hablar! Vamos a la cocina y me dices qué he de hacer.

—¿Quién? ¿Tú?

—Sí, yo —dijo quitándose la chaqueta y dejándola en el respaldo de una silla. Se arremangó y se quitó la corbata antes de ponerse firmes—. ¡A sus órdenes en la cocina!

—No sé, Charley —dudó entre risas.

—Primero tenemos que llevarte —dijo, y antes de que pudiera darse cuenta estaba en sus brazos.

Cuando Claudia volvió el lunes por la mañana, Nina estaba en la cocina tomando un café con el pie en alto.

—*Mamma mia!* ¡Te dije que no te colgaras de la araña! —exclamó al verla.

—Muy graciosa. No es exactamente lo que pasó.

—¿Qué? ¿Me estás diciendo que te dejé la casa para ti sola y no hicisteis *hamimi*? ¿No hubo juegos de manos? ¿Qué clase de mujer eres?

Nina se rio con ganas y le explicó lo que había sucedido.

—¡Dios mío, Claudia! Fue tan embarazoso. ¿Te me imaginas tropezando con el *kilim* y cayendo de culo?

—Lo tienes morado.

—¿El qué? ¿El qué tengo morado?

—El culo.

—¡No! ¡Claro que no! Ya sabes lo bien acolchado que lo tengo.

Las dos estallaron en risas. Cuando se calmaron, Claudia le dijo que Charley quería llevarla a Roma un fin de semana sorpresa. Le había pedido que hiciera una reserva en el Hassler Hotel, en lo alto de las Escaleras Españolas, y pidiera mesa el domingo por la noche en Vivendo, uno de los restaurantes más caros de la ciudad. Nina se quedó estupefacta.

—¿Seguro que quiere llevarme a Roma? —preguntó por segunda vez.

—Sí, eso es *l'amore*, querida —aseguró Claudia antes de que Nina le contara el final de la noche y que Charley había quemado el pescado, las verduras y el *kibbeh* por haberlos dejado demasiado rato en el horno a quinientos grados—. Ese hombre es un desastre en la cocina, pero no cabe duda de que os habéis divertido.

—Sí —admitió Nina con una amplia sonrisa.

—Estupendo, es lo que quería oír.

—No voy a poder apoyar el pie en unos cuantos días, y Charley quiere llevarme a su casa en la playa...

—Ve y diviértete. Enamórate. Te gustará, ya lo verás —le aconsejó antes de que pudiera pedirle permiso.

Era media tarde, los clientes de la comida se habían ido y los del café todavía no habían llegado. Nina acababa de colgar el teléfono cuando oyó a Claudia a su espalda.

—¿Nina? —Esta se volvió, pero no le dio tiempo a secarse las lágrimas—. *Figlia*, ¿qué ha pasado?

—No, no pasa nada. Son buenas noticias. Mi amigo Khaled, que es como mi hermano pequeño, se casa.

—Fantástico. —Claudia aplaudió—. Ven y siéntate conmigo un momento. Yo también tengo buenas noticias para ti. Pero antes, un aperitivo.

Pidió dos copas de *prosecco* antes de que se sentaran a la mesa de Charley.

—Te encanta ese vino, ¿verdad?

—Hay momentos por los que merece la pena brindar —aseguró mientras esperaban la burbujeante bebida.

—Está delicioso —comentó Nina tras tomar un largo trago.

—Quiero ofrecerte parte del restaurante —propuso Claudia sonriendo.

—*Yallah!* No sé qué decir —contestó con los ojos como platos.

—Di que sí —sugirió encogiéndose de hombros en un gesto típicamente italiano.

—¿Estás segura?

—No suelo hacer nada hasta que estoy segura de que es

una buena idea. Eres tú la que ha de meditar si lo es, antes de aceptar.

—Claro que lo es. Lo que pasa es que me has sorprendido. Cuando vine a Beirut jamás habría imaginado que acabaría trabajando contigo en un restaurante. Soñaba con ir a la universidad.

—Mira —empezó a decir cogiéndole las manos—, eres una joven preparada, ¿para qué quieres ir a la universidad? ¿Por qué necesitas un título para demostrarle a la gente que eres inteligente? Solo tienen que abrir los ojos.

—Porque… Bueno, porque creía que para conseguir un buen trabajo en el que se ganara dinero se necesitaba un título universitario.

—Para ganar dinero no es necesario ir a la universidad, *bella ragazza*. Se necesita tener cerebro, sentido común y don de gentes. Mírame, ¿crees que fui a la universidad? En absoluto. Crecí durante la Segunda Guerra Mundial; créeme, entonces nadie pensaba en estudiar. Simplemente intentábamos sobrevivir. La guerra siempre interfiere en los sueños.

—Lo sé.

—Aquí ganarás dinero. No te harás millonaria, si eso es lo que quieres, pero tendrás suficiente para vivir. Y trabajar en un restaurante es muy duro, *bella*. —Nina inspiró con fuerza—. Ahora, por mucho que quiera tenerte para mí sola, como amiga o hermana mucho mayor, he de decirte que tienes otra opción. —Nina le lanzó una mirada inquisitiva—. Cásate con Charley de una vez para que no siga torturándose ni yo viendo cómo te sigue a todas partes como un perrito.

—¿Casarme con Charley? —tartamudeó sorprendida—. ¿Por qué iba a casarme con él?

—¿Estás ciega? —preguntó meneando la cabeza—. Todo Beirut sabe que quiere casarse contigo.

—¿Sí? —dijo Nina, aún desconcertada—. Nunca me ha dicho nada al respecto.

—Créeme, quiere hacerlo.

—Pero, Claudia… ¿Puedo ser sincera contigo? —preguntó con timidez.

—¡Por supuesto!

—No sé cómo expresarlo sin que me malinterpretes —empezó a decir, obviamente incómoda.

—¡Dilo ya! A estas alturas no creo que puedas contarme nada que me escandalice.

—No sé si quiero casarme.

—¿Y por qué?

—Sé que sonará extraño, pero quiero ser independiente, ser yo misma, ganarme la vida y no tener que pedir dinero a nadie. Llevo sola mucho tiempo. Me asusta amar a un hombre porque siempre pienso que se irá y sé lo que haré en ese caso.

—No todos los hombres son como tu padre —aseguró apretándole la mano—. Además, desapareció al principio de la guerra y no sabes en qué circunstancias.

—Sí, mi mente lo entiende, pero mi corazón no. Me asusta enamorarme. Charley es el primer hombre con el que he intimado, aparte de Khaled, aunque de una forma diferente.

—Nina, no seas egoísta. Deja de encerrarte en ese castillo que has construido a tu alrededor. ¡Venga! ¡Respira! ¡Disfruta la vida! Ya te lo dije, ¡enamórate! Te encantará. Te lo prometo. Eres una mujer hermosa. Comparte esa hermosura con alguien. Deja que te amen. No voy a convencerte para que te cases, pero vivir con alguien, compartir experiencias y tener recuerdos es muy bonito. Puede que Charley no sea un apuesto príncipe a lomos de un caballo blanco, pero es un hombre bueno, generoso y amable, y está enamorado de ti. Deja que te ame a su manera. Quizá no sea el amor con el que has soñado, pero te adora y te seguiría hasta el fin del mundo para que no te pasara nada. Está un poco perdido y es adicto al trabajo, pero jamás te hará daño.

Nina meditó detenidamente aquellas palabras. Le gustaba mucho Charley y siempre estaba deseando ver su coche frente al restaurante, pero ¿casarse con él? La trataba como a una reina, le concedía todos los caprichos y cuando se curó el tobillo la llevó a Roma y a París un fin de semana y la colmó de ropa, joyas y perfumes. ¿Qué más podía pedir? Seguramente Claudia le diría que la mayoría de las mujeres no dejaría escapar la oportunidad.

—Casarse con Charley es todo un éxito —le había dicho Claudia—. Tendrás lo mejor de lo mejor y acceso inmediato a la alta sociedad libanesa, por no decir que la presidirás.

—Pero no quiero ser una señorona. Además, ¿cómo sé si estoy enamorada de él? No sé lo que se siente al estar enamorada.

—¿Te gusta?

—Sí.

—¿Te atrae mirarlo?

—Sí.

—¿Te repulsa que te toque?

—No.

—Entonces, no seas tonta. Tendrás la vida solucionada para siempre.

—¿Y el amor?

—Llegará con el tiempo. Aprenderás a quererlo.

—¿Cómo sabes que quiere casarse conmigo?

—Lo lleva escrito en el rostro. Solo necesita armarse de valor para pedírtelo.

Pero Nina se debatía. Nunca había pensado que fuera de las que se casan. «Quizás está bien llevar la vida matrimonial que tuvieron mis padres —se decía mientras meditaba durante sus largos paseos por la Corniche—. Pero ¿es posible? ¿Seré capaz de reproducirla si me caso con Charley? Posiblemente no —le decía una voz interior—. En cualquier caso —pensó menando la cabeza con fuerza para librarse de cualquier idea sobre el matrimonio—, ¿por qué estoy pensando en todo esto? Ni siquiera se ha declarado. Ya lo solucionaré cuando llegue el momento.»

Era un hermoso sábado, el sol brillaba y el Mediterráneo centelleaba con la luz de media mañana. Las flores se abrían en el jardín de la casa de la playa de Charley. Nina estaba disfrutando de un *pain au chocolat* recién sacado del horno cuando se dio cuenta de que Charley la miraba. Bajó la vista a su propia camisa, pero no tenía nada. Levantó los ojos hacia él y sonrió inquisitivamente.

—¿Tengo chocolate en la nariz?

Charley meneó la cabeza.

—¿Llevo el pelo de punta?

—No —contestó echándose a reír.

—Entonces, ¿por qué me miras?

—Porque eres muy guapa.

Sonrió. Le decía a menudo que estaba muy guapa, pero en aquella ocasión su tono era diferente.

—*Merci*, monsieur.

—¿Quieres casarte conmigo?

—¿Qué? —exclamó, desconcertada—. ¿Por qué? ¿Por qué quieres casarte conmigo?

—Porque te quiero. Porque te he querido desde el momento en que te vi. Porque quiero seguir amándote.

—Pero ¿por qué me lo preguntas ahora? ¿No eres feliz tal como estamos?

—Lo soy, pero quiero cuidar de ti.

—Pero si ya lo haces.

—Quiero asegurarme de que no tengas problemas si pasara algo.

—No lo entiendo. ¿Pasa algo?

—No, *habibti*. No pasa nada. He esperado para preguntártelo porque quería estar seguro de que te sentías cómoda y eras feliz.

—Lo soy —aseguró sonriendo antes de levantarse para abrazarle y darle un beso.

—¿Te casarás conmigo?

Lo miró a los ojos y asintió.

Charley y Nina se casaron en una discreta ceremonia presidida por el alcalde de Beirut a la que asistieron Samir, Claudia, la madre Catherine, la hermana Angélique y Khaled, que hacía poco se había prometido con Amal.

Nina estaba radiante cuando Khaled recorrió con ella el pasillo que habían improvisado en medio del restaurante y que el personal había tapizado con todo tipo de flores. Charley la esperaba nervioso junto al alcalde, que sonreía, al igual que Claudia. Nina lucía un largo vestido suelto de gasa que había comprado a última hora en una pequeña *boutique* de

Verdun. No llevaba velo, se había decidido por una rosa blanca en la oreja, y en las manos sujetaba un ramo de calas, su flor favorita.

—Lo ves, te dije que te casarías en Beirut —le susurró Khaled.

—Tú también te vas a casar —replicó en voz baja dándole un codazo—. Jamás me habría imaginado que sería con Amal.

—Yo tampoco, pero somos felices.

—Es lo único que quiero para ti.

—Lo mismo digo. Cuídala, Charley —le pidió cuando la dejó en sus manos.

Al acercarse a él notó que su padre estaba a su lado.

Todo parecía mágico. Se sintió segura, feliz y amada. En el banquete que se celebró en el restaurante, después de la breve ceremonia, se maravilló de cuánto había cambiado su vida… y en tan poco tiempo. Al mirar a los comensales de la única mesa se sintió a gusto con los que la rodeaban. La felicidad de sus amigos y la suya propia eran tangibles y rezó para que durara para siempre.

Aquella noche, antes de meterse en la cama, abrió una cajita de terciopelo rojo que había guardado en un cajón de su cómoda y sacó el medallón de oro partido por la mitad y la cadena que siempre llevaba al cuello su madre. La otra mitad la tenía Sarkis. «¿Seguirá con vida?», se preguntó. Su madre le había contado que su padre cortó el medallón cuando se casaron, le puso una mitad al cuello y le dijo que solo si recibía la otra mitad podría estar segura de que había muerto. Si no, le prometió que siempre encontraría la forma de volver a ella. Nina levantó el medallón y dejó que colgara de la cadena de oro.

Capítulo diez

Nadine

*N*adine escuchaba a Lailah en una mesa del Claudia's. La propietaria las había saludado efusivamente al entrar y le había comentado a Lailah que hacía mucho tiempo que no la veía.

—Me alegro de verte. ¿A que está fantástica? —preguntó volviéndose hacia Nadine, que asintió entusiasmada—. Se parece a Sofía Loren.

—Claudia, esta es mi amiga Nadine Safi. Y, Nadine, esta es la famosa Claudia Beatrice di Sole, propietaria y chef de este excelente restaurante.

—*Benvenuta* —la saludó estrechándole la mano y dándole un beso en cada mejilla.

—*Piacere* —contestó Nadine.

—¡Ah, *parli italiano!* —exclamó levantando las manos.

—*Sì.*

—*Ma non sei italiana.*

—No, no, *sono libanese e indiana.*

—*Perciò sei tanta bella* —la halagó.

—*Grazie,* Claudia, *come lei* —le devolvió el cumplido.

—*Ma parli italiano perfettamente.*

—*Perché il mio marito e io abbiamo vissuto a Roma molti anni fa.*

—¡Ah! *Brava, brava.*

—Tienes que tratarla igual que a mí —le indicó en broma Lailah haciendo un gesto admonitorio con el dedo.

—*Ma,* Lailah —exclamó Claudia encogiéndose de hombros y gesticulando—. *Certo, certo.*

—Así que puedo practicar mi olvidado italiano contigo —comentó Nadine.

—Cuando quieras. ¿Qué os traigo?

—¿Qué tal una botella de champán frío? —sugirió Lailah.

—¿Che? —exclamó Claudia con las manos en las caderas—. ¿Tú bebiendo champán a mediodía? ¿Celebráis algo? —preguntó inclinándose hacia ellas y bajando la voz. Lailah negó con la cabeza y Claudia la miró con escepticismo—. È incinta?

—*Io no credo* —contestó Nadine—. Me ha preguntado si estás embarazada —comentó a Lailah.

—¿Embarazada? —dijo esta riéndose a carcajadas—. ¡Por favor, Claudia!

—Todo es posible, querida.

—No con el marido que tengo —pensó Lailah sin darse cuenta de que lo había dicho en voz alta.

Se produjo un incómodo silencio.

—¿Qué champán tienes? —intervino Nadine.

—¿Champán o *prosecco*? —preguntó Claudia.

—¿Qué prefieres, Lailah?

—Elige tú —contestó la otra, que todavía no se había recuperado de su embarazoso comentario.

Mientras Nadine y Claudia discutían sobre las excelencias del champán y el *prosecco,* la mente de Lailah divagó. Era curioso que nunca hubiera tenido hijos. Ni siquiera al principio, cuando su marido la buscaba todas las noches, se quedó embarazada. A menudo pensó en ir a un ginecólogo para ver si le pasaba algo, porque Rachid tenía dos hijos, Tania y Roger, de sus dos anteriores mujeres. Los dos eran mayores, y Rachid no mantenía una relación estrecha con ninguno. Tania estaba casada, vivía en Roma y tenía una hija, y Roger se había ido a Estados Unidos a estudiar Medicina. Era todo lo que sabía porque su marido nunca hablaba de ellos. En los últimos años, cuando Rachid se cansó de ella, como todo el mundo había predicho, se había preguntado si habría tenido algún hijo extramatrimonial. No lo creía, pero cómo iba a saberlo. Nadie iba a decírselo, a no ser que se le escapara por equivocación, tal como pasó cuando se enteró de la amiga que había presentado como su mujer en Madrid.

En ese momento pensó en lo improbable e incluso imposible que sería quedarse embarazada. No solo no dormía en la misma cama que Rachid, sino que lo hacían en diferentes dormitorios. Además, su marido dormía a menudo en otra casa, seguramente con alguna o muchas mujeres casadas, dadas sus distintas y perversas inclinaciones sexuales. Cuando las descubrió le avergonzaron tanto que guardó silencio, aunque no para proteger a Rachid (ya no le importaba lo que la gente pensara de él), sino para protegerse a sí misma. No habría sido capaz de soportar lo que diría o pensaría la gente si supiera lo que quería que hiciera. Todavía oía su voz: «Esto es lo que me gusta. Lo tomas o lo dejas. Si lo dejas, me da igual, siempre habrá alguna dispuesta a tomarlo».

No sabía por qué seguía a su lado, si era por miedo al fracaso, a lo que diría su madre, a lo que pensarían de ella… Jamás había tenido valor para abandonarlo y se había acostumbrado a una vida de lujos en la que se sentía protegida y cuidada, aunque también encadenada y sola: controlaba todo lo que hacía e investigaba todo lo que veía.

—Tomaremos champán rosado —pidió Nadine—. ¡Lailah! ¡Lailah! ¿A qué viene esa cara tan seria? —preguntó en voz alta para sacarla de su ensoñación.

—No es nada. Acabo de acordarme de algo que he olvidado hacer —se excusó.

—¿Te apetece champán rosado?

—¡Estupendo!

«Nadine siempre sonríe», pensó Lailah. Nunca se sentía incómoda con ella. Siempre se mostraba alegre, risueña, optimista, atenta a lo que se le decía, y mostraba interés por la gente. Se llevaba bien con todo el mundo, nunca decía nada inoportuno de nadie, dominaba la diplomacia y siempre tenía la palabra adecuada en la boca. No era celosa ni envidiosa, ni intimidaba. Atraía a la gente con su generosa sonrisa, y su cálida y acogedora personalidad los conquistaba. Era inteligente, había viajado mucho y sabía cómo comportarse con la realeza, los políticos y los famosos, pero también con las personas normales, y los trataba a todos por igual. Le encantaba la gente y se notaba. Era sencilla y natural. Una mujer encantadora y auténtica.

—No sabía que hablaras italiano ni que eras medio india

—comentó Lailah en tono inquisitivo y sonriendo. Nadine se echó a reír—. No me extraña que tengas una piel tan bonita.

—Eres muy amable, muchas gracias —agradeció ruborizándose.

—¿Dónde vive tu familia?

—En Jubayl. Cuando mi padre se jubiló, decidieron ir a vivir allí.

—¿A qué se dedicaba?

—Era embajador, así que viajamos mucho.

—*Signore* —dijo Claudia, que había vuelto para ver qué querían—, hoy tenemos una gran selección de cosas deliciosas, aparte del menú.

—Sorpréndenos —corearon.

—Seréis buenas amigas —profetizó cuando se echaron a reír por la coincidencia—. No era necesario que lo dijerais —añadió rellenando las copas de la botella que había en un cubo con hielo—. ¿Hay algo que no comáis? ¿Sois alguna musulmana? Lo digo porque varios de los platos llevan jamón.

—No soy musulmana y me encanta el jamón, aunque el cerdo no me va mucho —confesó Nadine.

—*Va bene* —dijo Claudia recogiendo las cartas antes de dar órdenes tajantes en italiano a los camareros.

—No me gustaría caerle mal —comentó Lailah.

—Pues, por lo que acaba de decir, a mí tampoco.

—¿Cómo es que hablas tan bien italiano? ¿Estuvo destinado tu padre allí?

—No… Roma es otra historia.

Chucri Safi colgó el teléfono completamente abatido. Creía haber hecho lo correcto, pero su jefe le había dicho muy enfadado que lo había colocado en una situación muy comprometida. ¿Cómo podía haber sido tan tonto? ¿Por qué no había sopesado las consecuencias? En su defensa solo podía alegar que era su primer día en ese trabajo. Se sentó frente al escritorio y hundió la cabeza entre las manos. Quizá no debería haberlo aceptado. A lo mejor no servía para ese cargo. Nada en su vida le había preparado para aquella situación.

Se levantó, se dirigió al balcón y apartó las cortinas transparentes que filtraban el reflejo del sol. Abrió la cristalera, se apoyó en la barandilla e inspiró con fuerza. Poco a poco, su frente se relajó, abrió los ojos y su turbada expresión se convirtió en una sonrisa. En la playa, frente al aparcamiento, había dos mujeres que parecían del país. Se quitaron las camisetas y los *sarongs*, y se soltaron el pelo. Llevaban los biquinis más diminutos que había visto en la vida. Empezaron a aplicarse crema y cuando se volvieron para poner las toallas en la arena le ofrecieron una vista perfecta de dos traseros con tanga, perfectamente redondeados. Estaba tan embelesado que no oyó el interfono ni la llamada en la puerta.

—Monsieur Safi —dijo una voz femenina. Chucri se dio la vuelta, era su ayudante—. Perdone que le moleste, pero al no contestar al interfono he llamado a la puerta, pero no ha debido de oírme.

—¿Qué pasa, Chantal? —preguntó aclarándose la voz y esperando que no se hubiera fijado en que estaba mirando a las mujeres.

—Tiene una llamada. Es la *senhora* Ossairan desde Beirut.

«¡Dios mío! —pensó abalanzándose sobre el teléfono—. Solo me faltaba enemistarme con mi superiora, aparte de con el jefe.»

—Chucri, *habibi*. —La voz de Imaan Ossairan le llegó alta y clara.

—*Marhaba*, Imaan. *Kifek?*

—Bien, gracias. No te llamo por nada importante, solo para desearte suerte en tu nuevo puesto. Sé que el embajador tomó la decisión adecuada cuando te nombró cónsul y estoy segura de que lo harás muy bien.

—*Merci*, Imaan —agradeció aliviado.

—De nada, Chucri. Mucha suerte en Río de Janeiro.

Imaan Ossairan había corrido un gran riesgo al elegirlo como nuevo cónsul general en Río. Naturalmente, había consultado a Fadi Assaf, el embajador, y, a pesar de que ambos pensaban que al no ser diplomático de carrera la eficacia de su labor era imprevisible, trabajaría de forma diferente e infundiría nueva vida a un cargo que había perdido pujanza.

Chucri jamás había pensado en ser diplomático. De adolescente quiso ser actor y después humorista. Así que cuando acabó el instituto decidió ser actor de comedias. Durante quince años se presentó a todas las pruebas de teatro, televisión o cine que pudo, para cualquier papel. Consiguió entrar en el reparto de una película para la televisión egipcia, en la que vestido de sumiso comerciante del zoco decía unas frases para congraciarse con el héroe de la película. Pero, aparte de eso, algunos papeles en un par de producciones teatrales y un anuncio en televisión de una brillantina que evitaba la caída del pelo y lo mantenía sano y abundante, no había llegado muy lejos. Lo curioso era que tenía una gracia natural, aunque cuando intentaba ser gracioso fracasaba estrepitosamente. En caso contrario, la gente se reía en cuanto abría la boca, antes de que dijera nada.

No medía más de uno sesenta y cinco, era corpulento y tenía la cara rectangular, aunque sus rasgos recordaban a los de un dulce conejito. Tenía cejas pobladas, que se unían cuando estaba confuso o enfadado. Cuando contaba algo arrugaba la cara y la nariz, gesticulaba con sus pequeñas manos y gruesos dedos, y se divertía con sus propias historias; reía, se desternillaba y se golpeaba los muslos, dando rienda suelta a su alborozo.

A los treinta seguía soltero y sin haber triunfado, dos circunstancias que afligían a sus padres y a su familia, así que cuando su tío le sugirió que pasara unos años en el extranjero para replantearse el futuro, decidió hacerlo, antes de darse cuenta de que no tenía dinero, ni propio ni ajeno. Nadie le prestó nada y, aunque consiguiera viajar, no tendría forma de mantenerse. Así que se le ocurrió ir al Ministerio de Asuntos Exteriores para intentar que le pagaran la estancia en algún país. No se sabe cómo, convenció a la entonces directora de Relaciones Políticas y Consulares, Imaan Ossairan, para que le diera una oportunidad. Imaan no dejó de reírse durante toda la entrevista y, por extraño que parezca, lo colocó en la sección de Asuntos de Emigración y Relaciones con la Unión Cultural Libanesa Mundial. Chucri trabajó duro y consiguió algunos destinos en Estados Unidos, como Nueva York, Los Ángeles, Detroit y Washington.

Aquel era su primer día como cónsul general en lo que creía era la ciudad más *sexy* del mundo. Había anunciado el nombramiento a sus padres, que finalmente se convencieron de que su hijo iba por el buen camino.

—Ahora lo único que te falta es casarte; entonces, el éxito será completo —le dijo su madre.

—No le hagas caso, son tonterías —intervino su padre, que estaba leyendo el periódico y fumando un cigarrillo.

—¿Por qué he de casarme para tener éxito, *immi*?

—Porque tu esposa te dará muchos hijos sanos que llevarán tu apellido. Solo entonces serás un hombre con éxito.

—¿Y si solo tengo hijas? —preguntó Chucri, sorprendido por ese razonamiento.

—No es lo mismo, pero se casarán, si Dios quiere tendrán hijos y tu apellido perdurará, aunque no de forma directa.

—Deja al chico en paz. Chucri, cásate solo si quieres. *Allah ghalib!* —intervino el padre.

—Tú te callas. ¿Qué sabes tú? ¿Por qué hay que dejar el destino en manos de Alá cuando depende de ti?

Chucri se rascó la cabeza y se preguntó si debería casarse y ser el hombre con éxito que quería su madre o seguir el consejo de su padre y dejarlo en manos de Alá. Así que cuando volvió a Estados Unidos para finalizar su contrato compró un libro que prometía que si lo seguía al pie de la letra encontraría a la compañera perfecta. Le encantó. Era fácil de leer y garantizaba una esposa; de lo contrario, le devolvían el dinero. Estaba seguro de que no podía salirle mal. Tenía todas las de ganar. Salió con varias mujeres y las invitó a cenas caras, cenas baratas, al cine, a dar paseos por el parque y a todo lo que recomendaba el libro. Incluso siguió el consejo de renovar el vestuario.

Pero no encontró con quién casarse. Ninguna de las invitadas volvió a llamarlo. No consiguió entender por qué y escribió al autor para que le devolviera el dinero, pero jamás obtuvo respuesta. Aunque quizá, solo quizá, Río iba a ser diferente. Sonrió al acordarse de las mujeres en tanga y tuvo la corazonada de que su suerte iba a cambiar.

Mientras tanto, en Brasilia, Nadine Assaf, hija menor del embajador Fadi Assaf y de su mujer, Marina, entró hecha una furia en su habitación y cerró la puerta de golpe. Estaba tan furiosa que habría tirado la silla con la que tropezó por la ventana o la habría hecho añicos contra el suelo, pero la silla no tenía culpa de nada. Sin poder calmar su rabia, soltó un fuerte gruñido, volvió a la puerta y la cerró aún con más fuerza. En aquella ocasión las bisagras crujieron, la puerta tembló y quedó claro que había formulado una sonora declaración de indignación en la residencia del embajador.

—¡Chúpate esa! —gritó—. ¡Cerdo! ¿Cómo te atreves a tratarme así?

Una vez aquietada su ira, sintió incredulidad, tristeza y autocompasión, seguidas de lágrimas. Oyó una suave llamada en la puerta.

—¿Hija? —Nadine distinguió el dulce tono de su madre, Marina.

Estaba tumbada boca abajo en la cama y no levantó la vista. Marina se sentó en la cama y le acarició el pelo. No pronunció palabra alguna, porque no sabía qué decir. Aquel había sido su segundo desengaño, el segundo novio que había roto el compromiso.

—¿Qué pasa conmigo, *umma*? ¿Por qué no me quiere nadie? —Se puso a llorar y el edredón amortiguó sus palabras.

—Porque son imbéciles, cretinos, unos cabritos…

—Pero ¿por qué yo, *umma*? Tengo una maldición. Dios me ha castigado por algo.

—Quizá te reserva lo mejor para el final.

—¿Para cuándo? ¿Para cuando tenga cincuenta años?

—Sucederá antes de lo que esperas. Todo tiene su razón de ser —explicó filosóficamente—. El universo y los dioses tienen planes para todos nosotros, y, cuando nos desviamos de esos planes o intentamos forzar algo, intervienen y evitan que hagamos una tontería.

—Eso es una estupidez.

—No lo es. Piénsalo. ¿Te imaginas dónde estarías si te

hubieras casado con Claudio? —preguntó refiriéndose a su primer novio. Nadine negó con la cabeza—. Estarías viviendo en algún estudio en Sao Paulo y él estaría borracho a todas horas en el sofá creyendo que iba a ser el próximo Pelé. Y con Sergio…, esto…, ya le encontraremos algún defecto. Lo que pasa es que todavía no sabemos cuál es.

—Seguro que tiene que ver conmigo. No valgo lo suficiente para nadie —se quejó entre sollozos.

—Eso no es verdad y lo sabes —la contradijo tajantemente. Pero sabía que dijera lo que dijese no conseguiría consolarla. No era algo que se olvidara de la noche a la mañana, aunque esperaba que, como de costumbre, el tiempo, el gran sanador, utilizaría su varita mágica y recompondría el corazón de su hija.

«Por favor, Ganesh —rezó Marina, sentada junto a su llorosa hija—. Por favor, no más héroes futbolísticos, no más actores, no más diletantes latinoamericanos. Lo has hecho muy bien con mis otras dos hijas. Por favor, envíale un hombre bueno y amable que cuide de ella y la quiera, un hombre que ponga una sonrisa en su rostro y la haga reír.»

Nadine estaba tomando su matutino café y cruasán en la terraza del pequeño café de la esquina de Rua Paula y la avenida Augusta, contemplando la vida y lamentando su suerte. «¡Por amor de Dios, Alá y Ganesh! ¿Por qué tengo un trabajo que no es mejor que el de una vieja casamentera en Beirut si soy licenciada en Francés y Literatura Comparada por la Sorbona? Y, dados los malos resultados que he tenido conmigo misma, tampoco es que lo esté haciendo muy bien. Miró el reloj. ¡Mierda! Son casi las diez. ¡Cómo pasa el tiempo! —pensó mientras recogía rápidamente sus cosas y las metía en un bolso tipo mochila—. Necesito otro trabajo», se dijo antes de suspirar y entrar en el café para pagar y empezar una nueva vida.

Nadine era la coordinadora de actividades para solteros del club Monte Líbano, un club social formado por 650 familias libanesas, un trozo del Líbano en Brasil. Se había fundado para mantener vivas la cultura, las tradiciones y las costumbres entre la diáspora libanesa y crear un vínculo con su tierra, aunque no regresaran. Había conseguido el trabajo porque la junta directiva estaba más que contenta de contar con la hija del embajador libanés. La única pega es que estaba ubicado en Río, y como vivía en Brasilia, un lugar terriblemente aburrido en comparación, tenía que viajar a menudo a Sao Paulo y Río.

Su cargo implicaba organizar veladas especiales, actividades sociales y fiestas para los solteros del club, sin importar la edad. Una de las actividades que había organizado era el «Ligue de una noche», un cóctel en el que los jóvenes libaneses podían conocerse. Y, a pesar de lo que sugería el nombre, estaba pensado para personas que buscaban cónyuge.

—¡Querida, es perfecto! —exclamó Marina, entusiasmada cuando le habló de su nueva actividad—. Quizá podría ir yo.

—Muy gracioso, *umma*.

Nadine conoció a Chucri en uno de esos cócteles o, mejor dicho, Chucri la vio por primera vez allí.

Él llevaba seis meses en Río y no había encontrado esposa. Lo había intentado todo, incluido el organizar una fiesta en su lujoso ático de la Rua Baraonda da Torres en Ipanema, que contaba con una espectacular terraza con vistas al mar y al famoso Pan de Azúcar, a la que invitó a los vecinos del edificio. Acudieron todos. El espacioso apartamento estaba abarrotado, se consumieron ingentes cantidades de comida y bebida y hubo mujeres por todas partes, algunas vestidas y otras desnudas en la piscina y el *jacuzzi* de la terraza. Pero al acabar la noche, cuando todo el mundo se fue comentando lo bien que lo había pasado, lo único que consiguió fue una colosal factura de la tienda de licores y encontrarse con el apartamento patas arriba.

Empezaba a perder la esperanza de encontrar a alguien con quien casarse cuando un amigo le sugirió ir a las actividades para solteros del club Monte Líbano, donde le aseguró que encontraría una guapa libanesa, del tipo de la que su madre estaría orgullosa de llamar «nuera».

El club estaba instalado en un gran edificio de la Rua Visconde de Piraja, una de las calles principales de Ipanema. Había sido un hotel y contaba con el espacioso salón de baile y comedor que se necesitaba para los grandes acontecimientos. Gracias a Nadine, las actividades para solteros, en especial el «Ligue de una noche», eran muy populares. Los había estructurado de forma que nadie se sintiera violento o cohibido, y los anunciaba como cócteles o cenas en los que la posibilidad de conocer a alguien era la consecuencia natural, casi orgánica, de dos personas que se encontraran en la misma habitación en un momento determinado. Al estar abiertos a todo el mundo, incluidos matrimonios que lo entendían como un acto social, no parecían un «mercado de carne».

En general eran divertidos y habían propiciado muchos compromisos y matrimonios, excepto en el caso de Nadine. Su único inconveniente era la constante presencia de tres ancianas, que no se perdían ni una sola de las fiestas. A Nadine no le caían bien, y viceversa. Pensaban que era una entrometida que había intentado prohibirles la entrada y que había comentado a la junta que no tenían por qué estar allí, que solo iban por la comida, que llenaban sus platos hasta los bordes, envolvían lo que no conseguían comerse en servilletas que guardaban en los bolsos y en ocasiones hasta habían acudido con bolsas para llevarse lo que hubiera sobrado; todo lo cual, según Nadine, tenía la gran ventaja de ser verdad.

Pero el problema, más que su afición a la comida, era su tendencia a gritar, a comentar a voces su opinión sobre las parejas, a atosigar a los presentes sobre a quién deberían conocer y qué deberían decir, a hacer comentarios desagradables de las mujeres que no les gustaban y, en general, a ser indiscretas y a interferir en la vida de los demás, algo que en una actividad en la que la gente se sentía un poco cohibida y vulnerable era totalmente inapropiado, en opinión de Nadine.

Pero la junta no había podido prohibir su presencia y Nadine había tenido que soportar su impertinente comportamiento. Por supuesto, aquello no impedía que intentara que se sintieran incómodas lanzándoles furibundas miradas, pero aquel trío era como las tres brujas, en las que nada haría mella, La menospreciaban y se quejaban de ella a cualquiera con un mínimo de autoridad que se les acercara. Pero a Nadine le daba igual.

Eran casi las seis y estaba arreglando las flores en la encantadora y antigua mesa redonda de caoba de la biblioteca. Aquella noche no esperaba a mucha gente y había pensado que el salón de baile sería demasiado grande. Casi no le quedaba tiempo para prepararse, así que acabó con las flores rápidamente, echó un vistazo a su alrededor para asegurarse de que todo estaba en orden, comprobó con el encargado de los camareros que no faltaba nada y se dirigió hacia su oficina, donde iba a cambiarse. De camino divisó a las tres ancianas. «¡Dios me asista!», pensó poniendo cara de circunstancias.

—Monsieur Safi. *Ahlan, ahlan* —saludó en la puerta el doctor Karam, servil presidente de la junta.

«No solo es un adulador, sino un cotilla —pensó Chucri, que sabía que le había contado a todo el mundo que el cónsul general había acudido a los "Ligues de una noche" y al resto de las actividades para solteros y no había encontrado esposa. Solo con pensar lo que decían de él le zumbaban los oídos—. Ahora verán —se dijo con determinación—. Esta noche encontraré a la mujer de mis sueños.»

—Por aquí, por favor —le indicó haciendo una ligera reverencia.

Pasó por delante de las tres ancianas, que habían entrado justo antes que él, y oyó que preguntaban en voz alta quién era y qué hacía allí. Aquello le recordó a las ancianas que se sentaban en los zocos y los bazares sin nada más que hacer que beber té, cotillear y meterse en los asuntos de los demás.

Nadine permanecía en un rincón de la biblioteca. La habitación estaba preciosa, cómoda, cálida y acogedora, tal como esperaba. Las grandes flores de jengibre rosa oscuro quedaban bien y el resplandor de las velas les confería una imagen suave y sensual. El oscuro suelo de madera, cubierto con antiguas alfombras persas, las estanterías repletas de libros, los cómodos y desgastados sofás de orejas de cuero y las largas y adamascadas cortinas de seda aportaban a la velada un ligero ambiente colonial victoriano. Eran las siete y de momento todo iba bien. Casi todo el mundo que había contestado a la invitación estaba presente. Había caras familiares y algunas desconocidas. «Estupendo, siempre es bueno que haya gente nueva. Creo que me tomaré una copa de vino», pensó, finalmente relajada después del estrés previo a iniciar una velada. Cogió una copa de vino blanco de uno de los camareros, sin darse cuenta de que estaba peligrosamente cerca de las tres ancianas.

—¡Eh! ¡Doctor Karam! ¡Doctor Melham Karam! —gritó la primera de ellas.

A regañadientes, pero obligado al oír gritar su nombre, el lisonjero presidente de la junta se acercó a ellas.

—Señoras —saludó forzando una sonrisa y con cara de que le estuvieran atracando en un cajero automático—, aquí están, como siempre en el «Ligue de una noche», solo para solteros.

—¿Qué insinúa? —preguntó la tercera.

—Nada, querida señora —replicó riéndose como si le doliera algo—. Solo que su devoción por esta actividad es inquebrantable.

—Para su información le diré que somos solteras, así que ni usted ni esa mujer puede impedir que vengamos —dijo la primera anciana señalando a Nadine.

—Así es —recalcó la segunda.

—Nadie intentaría hacerlo —aseguró el doctor Karam—. ¿En qué puedo ayudarlas?

—¿Quién es ese hombre del traje azul marino? Me resulta muy familiar —preguntó la primera.

—Mi querida señora, es Chucri Safi, nuestro nuevo cónsul general en Río —explicó con orgullo.

—¿A quién te recuerda? —quiso saber la tercera, y las tres se pusieron las gafas y estiraron la cabeza para mirarlo.

—¡Un momento! —dijo la segunda—. ¡Un momento! —repitió. Se quitó las gafas, las limpió con un pañuelo y se las volvió a poner para ver mejor—. ¡Dios mío! —exclamó con los ojos como platos detrás de aquellas gafas de culo de vaso con gruesa montura redonda.

—¿Quién es? —preguntó la primera volviendo a mirar a Chucri.

—Sí, ¿quién es? —intervino la tercera.

En ese momento, Chucri estaba en el centro de la biblioteca, junto a la mesa con flores de jengibre rosa, con una copa de vino blanco en la mano, mirando a su alrededor con discreción y saludando a la gente que conocía de anteriores fiestas.

Se fijó en una mujer que estaba sola en un rincón y miraba por la ventana. «¿Quién será? —se preguntó, pues no recordaba haberla visto antes—. Es muy atractiva.» La luz de las velas creaba unos reflejos rojizos en su pelo castaño y reverberaba el dorado de su hermosa y suave piel color moca. Llevaba un sencillo vestido color chocolate que resaltaba su figura y unas sandalias abiertas de tacón alto de un marrón más claro, con bolso a juego colgado del brazo. Se dio la vuelta y Chucri la miró. Estaba guapísima. Era la mujer con la que quería casarse. Lo sabía. Un hombre se acercó a ella y le sonrió. ¿Quién era? Chucri sintió un ligero ataque de celos. El hombre le susurró algo al oído y ella se puso un mechón de pelo detrás de la oreja para oírle mejor. Sonrió. «¿Cómo se atreve a sonreír a otro hombre?» Después se rio. «No, no puede reírse con nadie más. Un momento, caballero», pensó listo para batirse en duelo a muerte con él.

En el momento en el que se armó de valor para acercarse a la pareja y separarla, oyó:

—¡Chucri Safi! ¡Dios mío! ¡Es él! ¡Es él!

Miró a su izquierda y para su horror descubrió a una anciana rolliza corriendo hacia él. Le sorprendió tanto que se quedó quieto, como un ciervo ante la luz de unos faros, con la boca abierta, incapaz de moverse. Todo pareció suceder a cámara lenta. En el último momento consiguió cruzar los brazos delante de la cara para protegerse. La mujer se abalanzó sobre él, con lo que la copa de vino salió disparada, le hizo un placaje que lo derribó y una vez en el suelo se colocó a horcajadas y puso una mano a cada lado de la cara.

—¡Ahhh! —gritó cuando vio la cara de la mujer encima de la suya y volvió a cubrírsela con los brazos.

Al final se desplomó sobre él, sus gruesos muslos se abrieron de forma provocadora sobre su pelvis, lo clavaron al suelo y su generoso pecho aterrizó en su rostro mientras, incapaz de respirar, se movía desesperadamente para intentar librarse.

El doctor Karam, ayudado por otros hombres, consiguió apartarla de Chucri, que se quedó de espaldas en el suelo, sin aliento y aturdido, y con una expresión de sorpresa más moderada.

—¡Excelencia! ¡Excelencia! ¿Se encuentra bien? —preguntó el doctor Karam mientras le ayudaba a sentarse. Chucri, todavía en estado de *shock*, no respondió—. ¡Rápido, llamen a una ambulancia! —ordenó a la multitud que se había arremolinado.

—No es necesario, creo que estoy bien —aseguró Chucri, que se había levantado, se había estirado la chaqueta y la corbata, y se había pasado una mano por el pelo.

—¿Está seguro? Deje al menos que lo vea un médico —suplicó por miedo a que aquella mujer le hubiera roto algún hueso o le hubiera causado un daño irreparable.

—No, estoy bien.

—Lo siento mucho, excelencia. Estoy muy avergonzado. No había sucedido jamás en la historia del club y le aseguro que no volverá a repetirse. —Chucri echó un vistazo a su alrededor para ver si la mujer del pelo rojizo seguía allí—. Por favor, acepte nuestras excusas —continuó disculpándose con las manos unidas—. Prohibiremos la entrada a esa mujer, la expulsaremos inmediatamente. No crea que es el tipo de comportamiento que permitimos en este club. Tenemos unas normas muy estrictas para evitar estas situaciones y jamás se había molestado de esa forma a uno de nuestros miembros.

Chucri no prestaba atención a sus palabras. Lo único que le interesaba era saber dónde estaba la mujer del pelo rojizo, piel moca y el vestido color chocolate. Levantó la vista por encima de las cabezas que le rodeaban, pero no la encontró.

—Por favor, excelencia, la mujer que le ha atacado quiere disculparse; dice que le conoce de un anuncio de brillantina, pero seguro que es un error. Debe de haberle visto pronunciar algún discurso en el Parlamento.

—No es una equivocación. Hice ese anuncio cuando era joven —lo contradijo, decepcionado porque la mujer con la que sabía se casaría había desaparecido.

—¡Ah! —exclamó Karam, sin saber muy bien cómo reaccionar ante aquella confesión.

—¿Dónde esta esa mujer? Creo que deberíamos hacer las paces.

—Por aquí, por favor —indicó Karam.

La mujer estaba flanqueada por sus dos amigas, que cotorreaban ininteligiblemente a toda velocidad. Chucri adoptó su papel de simpático cónsul general, a pesar de que en realidad le hubiera gustado estrangularla.

—*Bonsoir*, madame —saludó ofreciéndole la mano.

—¡Ohhh! —exclamó ella a punto de derretirse.

—Perdone, está encantada de conocerle. Compró esa brillantina durante muchos años por usted —explicó la segunda mujer.

—Pero ¿dónde vio el anuncio? Seguro que no fue aquí.

—No, vinimos cuando empezó la guerra civil —intervino la tercera mujer.

—Mi hijo vivía aquí y decidimos viajar juntas —aclaró la primera.

Chucri no consiguió entender por qué se habían trasladado allí si solo una de ellas tenía un hijo en el país, a no ser que fueran familia, aunque le importaba poco. No quería hacerles más preguntas ni se sentía con fuerzas para escuchar sus complicadas explicaciones.

—Ya. Me alegro de haberlas conocido, en especial a usted, madame. Si hay algo que pueda hacer por ustedes en el consulado, no duden en llamarme. Ahora, si me permiten, tengo un compromiso —se despidió sonriendo a la segunda mujer y estrechó la mano de Karam, que insistió en acompañarlo a la puerta.

—Excelencia —dijo mientras abría la puerta del coche—. Por favor, vuelva y honre nuestras veladas con su presencia.

—No se preocupe —lo tranquilizó antes de apretar un botón para subir la ventanilla—, volveré.

El doctor Karam se quedó mirando a un cristal tintado y Chucri se sintió como Terminator.

—¿Adónde, señor? —preguntó el chófer.

—A casa, por favor. —No tenía ningún compromiso; esperaba haber cenado con alguien en el cóctel, en especial con la mujer con la que iba a casarse.

«¡Dios mío, qué desastre!», se dijo, apesadumbrado. Por

fin había visto a la mujer de sus sueños, pero le había atacado un hipopótamo.

«¿Quién será?», se preguntó, abatido. No sabía su nombre ni qué hacía allí, si era libanesa, miembro del club o había ido como invitada. No sabía nada de ella, aparte de que era la mujer con la que iba a casarse.

«¿Habrá presenciado ese embarazoso incidente? ¿Qué habrá pensado? ¿Se habrá reído?», se preguntó. Le atormentaba que creyera que era un payaso. Para cuando llegó a casa su desilusión se había convertido en desánimo; al subir en el ascensor, estaba terriblemente deprimido. Aquella mujer era un absoluto misterio y ni siquiera había dejado una pista, como Cenicienta. Sintió ganas de llorar. Río se estaba convirtiendo en un auténtico desastre.

—Chucri, ¿has preparado el programa para el general Aoun y su esposa? —preguntó Fadi Assaf con voz firme.

—Sí, excelencia. Chantal está pasándolo a limpio. Se lo enviaré enseguida.

—Muy bien. No te olvides de que Imaan viene dentro de unas semanas y de que tendrás que ir con ella a Brasilia.

—Lo sé. —En cuanto colgó, cerró su libreta y salió de la oficina. Tenía que acudir a un cóctel organizado por el cónsul francés para el Ministerio de Asuntos Exteriores Francés y llegaba tarde—. Chantal, acaba ese programa y envíalo a Brasilia. Nos vemos mañana —se despidió, y desapareció antes de que pudiera desearle que pasara una agradable velada.

El apartamento del cónsul francés no quedaba muy lejos del suyo en Ipanema. Nada más entrar se vio rodeado por multitud de caras y cogió una copa de vino blanco de uno de los camareros.

—¡Ah, Chucri! *Bonsoir* —lo saludó Thierry de Gourillon, cónsul francés en Río y anterior embajador en Beirut.

—*Kifek? Comment vas-tu, habibi?* —preguntó con la típica costumbre libanesa de mezclar los dos idiomas que tanto le gustaba al cónsul. Se estrecharon la mano y se abrazaron. Eran buenos amigos.

—Ven, tengo que presentarte al jefe.

—Vaya montón de gente que ha venido. ¿Qué tal está madame la cónsul? —preguntó mientras se dirigían hacia la fresca terraza.

—*Très bien, très bien.* Le encanta Río. Está pensando en jubilarse en Bahía. Ya sabes que este cargo ha sido un regalo del ministro de Asuntos Exteriores. Después de tantos años en Beirut pensaba retirarme.

—Ya. ¿Te acuerdas de Imaan Ossairan? —preguntó en un aparte.

—¿La gran dama de la diplomacia libanesa? Por supuesto.

—Viene dentro de unas semanas, así que nos reuniremos todos.

—Tenemos que hacerlo. Le ofreceré una cena aquí y la llevaremos a…

Pero Chucri no escuchó sus últimas palabras. Se había parado en seco. Inclinada en el balcón estaba la mujer: la mujer con la que iba a casarse, preciosa a la luz de los dorados rayos del poniente sol sobre Ipanema. *Subhan Allah!*

—¡Chucri! —Thierry gesticuló frenéticamente para que fuera a saludar al ministro de Asuntos Exteriores francés, pero Chucri no supo qué hacer. A su izquierda estaba la mujer con la que iba a casarse hablando y riéndose con un hombre, igual que en el club Monte Líbano. ¿Sería el mismo? A su derecha se encontraban el cónsul y el ministro, por el que había acudido a aquel cóctel. «Por favor. No te vayas. Ahora mismo vuelvo», pensó.

Una hora más tarde, cuando consiguió librarse de los franceses, la mujer ya no estaba allí. «¡Mierda!», estuvo a punto de gritar. No era posible. ¿Cómo podía haberla dejado escapar por segunda vez? Primero el placaje de la hipopótamo y después los franceses. Suspiró, desalentado.

—Johnnie Walker etiqueta negra —pidió al camarero—. Doble, sin hielo, por favor.

Durante los siguientes días no tuvo tiempo de compadecerse de sí mismo, pues debía organizar una recepción para el general Michel Aoun en el club Monte Líbano. Recurrió al doctor Karam para que avisara a la comunidad libanesa y se encargó de invitar a los funcionarios brasileños que creyó que deberían conocer al general. Todo iba a la perfección. Llegó con tiempo para asegurarse de que el presidente había hecho todo lo que le había pedido. Era el primer acto social que organizaba en la ciudad y necesitaba que todo saliera bien. Dio una vuelta por el salón de baile para comprobar que se habían colocado las mesas para la cena, se había probado el equipo de sonido y el podio estaba instalado.

Los invitados empezaron a llegar a las seis. Chucri, que vestía su mejor traje azul marino, estaba muy elegante y se situó en la puerta para darles la bienvenida. Hacía un calor insoportable y deseó poder estar en el salón de baile, equipado con aire acondicionado. Se esperaba al general y a su comitiva a las seis y media, lo que le daría tiempo más que suficiente para alternar durante los cócteles, pronunciar un pequeño discurso en el que dar a conocer al Partido del Movimiento Patriótico Libre, y recaudar dinero para él, y después sentarse a cenar. Estaba nervioso, pero no sabía por qué. Notó que el sudor atravesaba las mangas de la camisa e impregnaba el traje, y sintió que tenía la nuca excesivamente caliente. Pasaron las seis y media y el general no había aparecido. Llegaban diez minutos tarde. ¡Vaya! Debería de haber ido a recogerlo en persona.

—¡Chucri! —lo saludó Marco Sleimane, alcalde de Río.

—¡Marco, querido compañero! —exclamó él dándole una palmada en la espalda. Sabía que tenía otro compromiso—. Llegará en cualquier momento. Acaban de decírmelo. Es por el tráfico…

—Chucri, sabes que te aprecio y que quiero conocerlo, pero no puedo esperar mucho más —se excusó el alcalde, que era de ascendencia libanesa.

—Solo serán unos minutos, Marco —contestó, tal como había hecho con otros funcionarios poco dispuestos a esperar—. Por favor, un whisky doble, solo —pidió a uno de los camareros.

Sudando profusamente, se lo acabó de un trago con la esperanza de que calmara sus nervios.

Finalmente vio que se acercaban dos todoterrenos negros. «¡Gracias a Dios!», pensó consultando el reloj. Eran casi las siete menos diez. Cuando saludó al general y a su esposa notó un ligero mareo y al acompañarlos al salón empezó a sentirse mal. Se le nubló la vista y creyó que se iba a desmayar. Necesitaba beber agua, pero lo único que ofrecían los camareros eran copas de vino. De repente la habitación empezó a darle vueltas y las voces a sonar distorsionadas. «¡Dios mío, me han envenenado!», fue lo último que pensó antes de desplomarse en medio del salón mientras presentaba el general al jefe de Gobierno del estado de Río de Janeiro.

Pocos minutos después abrió los ojos y vio varias caras que lo miraban. «¡Dios mío! Estoy muerto. Esto es el Infierno. ¿Dónde está san Pedro?», pensó.

—¿Puede decir su nombre? —preguntó alguien.

—Sí, claro.

—¿Cómo se llama?

—Chucri Safi.

—¿Sabe dónde está?

—Sí.

—¿Dónde?

—En el club Monte Líbano, en Río de Janeiro. Un momento. ¿Qué ha pasado? —balbuceó, e intentó levantarse, pero varias manos se lo impidieron.

—Cálmese, por favor. Se ha desmayado y necesita mantener la cabeza baja.

—¿Desmayado?

—Sí, señor. Ahora tranquilícese —le recomendó el paramédico al que había avisado el club.

—No puedo. Tengo que atender un acto. No puedo decepcionar al embajador ni al ministro —protestó desoyendo el consejo.

—Por favor, si no se calma, tendré que atarle a la camilla y llevarle a la ambulancia —le amenazó.

—¡No puede hacerme esto! ¡Deje que me levante! —empezó a gritar.

Tal como le había advertido, lo pusieron en una camilla y lo llevaron a un extremo del salón. Una vez que quedó claro que Chucri no corría peligro de muerte, el general decidió dar su discurso y le aseguró a todo el mundo desde el podio que el valiente cónsul general del Líbano estaba bien y que se reuniría con ellos enseguida.

De repente, mientras intentaba soltarse de la camilla, Chucri vio que aquella mujer estaba hablando con otro hombre.

—¡Un momento! ¡Por favor! —pidió. Era la tercera y quizá su última oportunidad—. ¡Por favor! ¡Solo un segundo! ¡Es muy importante! Necesito hablar con esa señorita. Es la mujer con la que voy a casarme, la que hará feliz a mi madre. ¡Por favor! —Los camilleros intercambiaron miradas y sonrieron pensando que estaba completamente ido—. ¡Por favor! —siguió suplicando Chucri.

—Basta. ¿Dónde está la mujer con la que se va a casar? —preguntó al final uno de los camilleros.

—¡Allí! ¡Allí!

—Pero si está con otro hombre.

—No importa, no importa.

Los camilleros sonrieron y llevaron la camilla hasta donde estaba Nadine.

—Desátenme, por favor —pidió, y en cuanto estuvo libre se incorporó tan rápido que volvió a sentir el mareo que le había provocado el whisky doble y el calor, y se desmayó antes de poder decirle nada, aunque, en aquella ocasión, con una sonrisa en los labios.

Se despertó en el hospital Copa D'Or. Abrió los ojos y, sin mover el cuerpo, miró a su alrededor y descubrió a Nadine. Se asustó tanto que casi perdió la vía que le habían colocado en el brazo.

—¿Estoy muerto?

—Está más vivo que nunca —le aseguró ella.

—¿Dónde estoy?

—En el hospital. Anoche se desmayó en el club Monte Líbano.

—¿Y qué hace aquí?

—Los camilleros me dijeron que soy la mujer con la que va a casarse.

—¿Eso dijeron?

—Sí.

—¿Y les creyó?

—¿Por qué iban a mentirme?

—No lo sé… ¿Está segura de lo que dijeron?

—Sí. Esto…, ¿por qué quiere casarse conmigo?

—No sé qué decir —se excusó avergonzado.

Nadine se echó a reír.

—¿Qué le parece preguntarme cómo me llamo?

—¿Cómo se llama?

—Nadine… Nadine Assaf.

—*Allaho Akbar!* ¡Assaf! Es libanesa. ¡Lo sabía! ¡Lo sabía!

—Medio libanesa.

—¿Y la otra mitad?

—India, mi madre es india.

—Pero su padre… ¿es libanés?

—Sí —aseguró con una sonrisa.

—¿De qué parte del Líbano es su padre? ¿A qué se dedica? A lo mejor lo conozco a él o a su familia.

—La familia de mi padre es de Jubayl, y lo conoce. Es su jefe, el embajador Fadi Assaf.

Al no notar ningún movimiento en la cama ni reacción alguna, Nadine se levantó para ver qué pasaba.

Chucri se había desmayado, de nuevo.

Nadine no sabía qué pensar de Chucri, pero no pudo dejar de sonreír durante todo el viaje en avión de Río a Brasilia. Nada más llegar a casa le contó a su madre lo sucedido.

—¡Qué payaso! ¡Absoluta y totalmente ridículo! ¿Y es el cónsul general en Río? ¿En qué demonios estaba pensando tu padre? ¿Cómo se le ocurriría a Imaan? —explotó Marina.

—*Umma*, la verdad es que es muy dulce. Había algo encantador en la forma en que insistió en que lo llevaran en la camilla hasta donde estaba yo, muy romántico.

—¿Romántico? ¿Te has vuelto loca? Da la impresión de que después de dos compromisos rotos has perdido la cabeza.

—*Umma*, no puedo explicarte lo que he visto en él, pero tiene una cara amable y una forma de comportarse muy dulce.

—Solo lo has visto una vez, ¿y porque cuando estaba borracho le dijo a unos camilleros que quería casarse contigo te has vuelto loca por él?

—*Umma*, no ha sido la primera vez. Lo vi en un «Ligue de una noche» en Río y en casa del cónsul francés.

—Creo que estás confusa, querida.

—Puede, pero me hizo reír de verdad. Y es posible que su comportamiento fuera extraño, ridículo y una payasada, pero ninguno de los otros dos lo consiguió.

—Te esperamos mañana por la noche con Imaan a eso de las siete, Chucri. La cena es informal, así que nada de ceremonias. Enviaré un coche —dijo Fadi Assaf.

Chucri colgó y escondió la cara entre las manos. No sabía qué hacer. No estaba seguro de si ir a Brasilia era buena idea. Nadine estaría allí y no podía predecir cómo se comportaría. Había hecho el más absoluto ridículo delante de ella. ¿Cómo iba a atreverse a mirarla a la cara? Sonó el interfono.

—¿Sí?

—Monsieur Abboud, hay una mujer al teléfono que dice llamarse Nadine y dice que sabe quién es.

—¿Nadine? —tartamudeó—. ¿Estás segura, Chantal?

—Sí, señor. ¿Le digo que deje un mensaje?

—No, no. —Inspiró con fuerza y descolgó el teléfono—. Chucri Safi al habla.

—Excelencia, soy Nadine Assaf. —Por el tono de su voz supo que estaba sonriendo.

—¡Ah! Nadine… —dijo intentando hacerse el sorprendido.

—Quería asegurarme de que vendrá a la cena que ofrece mi padre a Imaan Ossairan.

—Esto…, sí…, espero poder. Todavía no lo sé… Tendré que hacer algunos cambios en mi agenda…

—*Wa Allah*. Espero que pueda porque estoy deseando verle.

—Sí…, esto…, bueno… Yo también.

—*Tayeb*, entonces nos vemos. *Yallah!* Adiós.

Cuando colgó, Chucri se dio cuenta de que el corazón le

latía a toda velocidad. Lo que no supo es que a Nadine le pasaba lo mismo. Esta sonrió y se puso a saltar y bailar como una niña, ilusionada con su secreto.

En el avión a Brasilia, sentado junto a Imaan, intentó por todos los medios ocultar lo nervioso que estaba. Imaan había llegado el día anterior, Chucri la había recogido en el aeropuerto, la había acompañado al hotel y después la había llevado a la cena que le había ofrecido su amigo Thierry. Se alegró de que hubiera otros diez comensales, pues estaba seguro de que no habría soportado un interrogatorio en profundidad por parte de Imaan.

—¿Has estado en la residencia del embajador en Brasilia? —preguntó Imaan.

—Todavía no —respondió mirando por la ventana.

—Es un edificio encantador, con columnas muy bonitas y techos altos, colonial portugués.

—Suena bien —contestó distraído.

—¿Has conocido a Marina? —continuó intentando sonsacarle.

—Todavía no.

—Es una mujer muy agradable, aunque cuesta llegar a conocerla y es un poco escéptica. Pero, cuando le caes bien, le caes bien. Hay que ganársela, es una mujer seria, nada frívola. —Chucri asintió—. Es india, ¿lo sabías? Conoció a Fadi en Beirut cuando su padre era embajador allí y se enamoró perdidamente de él. Su padre se opuso en redondo al matrimonio y Marina tuvo que escaparse. Tuvieron tres hijas encantadoras. Dos se casaron y la más joven todavía vive con ellos, Nadine. —Chucri continuó mirando por la ventanilla sin decir nada—. La adoro. Es una chica estupenda. Espero que encuentre el mejor de los maridos. Lo merece.

Chucri asintió, intentando concentrarse en las suaves y blancas nubes.

Cuando el coche se detuvo en la entrada, el corazón de Chucri latía a tal velocidad que estaba seguro de que Imaan lo estaba oyendo. Imaan no podía dejar de sonreír, era encantador ver a un hombre tan enamorado.

Tal como había anunciado Fadi, la cena fue informal; solo había invitado a unos cuantos empleados de la embajada que querían conocer a Imaan. Chucri era un manojo de nervios y Marina se comportó como una auténtica suegra potencial: lo intimidó hasta hacerle guardar silencio, lo puso a prueba tanto como pudo y le hizo las más extrañas preguntas, que seguramente había buscado en el Trivial Pursuit. Chucri estaba convencido de haber fracasado y de que Marina se opondría a cualquier intento de casarse con su hija.

—No le has dado ni una oportunidad, Marina —la reprendió dulcemente Imaan cuando más tarde se sentaron a tomar un té con pastas—. Lo habías descalificado antes de que llegara a Brasilia.

—¡Por Dios, Imaan! ¡Míralo! ¡Es un payaso! Su cara da risa.

—No te dejes engañar. Es un buen hombre. Tiene buen corazón y no mataría una mosca. —Marina resopló, incrédula—. Y, por lo que he visto y he oído en la cena, adora a Nadine.

—Puede conseguir a alguien mucho mejor.

—¿Sí? —inquirió deliberadamente.

—¡Imaan! —exclamó poniéndose a la defensiva—. Tuvo mala suerte con los dos pretendientes anteriores, pero seguro que merece algo mejor.

—Te comportas como una esnob. Además, a Nadine parece gustarle.

—Nadine no sabe lo que quiere. Las dos decepciones le han afectado mucho.

—Creo que la estás infravalorando. Sabe distinguir perfectamente algo bueno cuando lo encuentra.

—¿Desde cuándo eres una casamentera? —preguntó entre risas—. ¿Por qué insistes tanto? ¿Te pagan comisión?

—No digas tonterías. Me gustan los dos y los veo bien juntos.

—A propósito. ¿Qué tal con Joseph?

—A rachas.

—¿Y tu hija?

—Tala está bien. Me da mucha alegría y paz, y me siento muy contenta y dichosa de tenerla.

—Entonces entenderás cómo me siento respecto a Nadine y por qué quiero evitar que cometa un error.

Marina, querida, Nadine es adulta. Tienes que dejar que tome sus propias decisiones y que aprenda de la vida

—Pero con ese Chucri está cometiendo una equivocación.

—Deja que decida ella. —Marina guardó silencio—. ¿Qué opina Tadi de todo esto?

—Cree que tomará la decisión adecuada.

—Entonces, deja que lo haga.

Pero Marina no podía. Daba la impresión de que los dos compromisos rotos le habían pasado más factura a ella que a su hija. Madre e hija se enzarzaron en agrias discusiones acerca de Chucri, sobre todo cuando Nadine tenía que ir a trabajar a Río. Marina le prohibió que lo viera y la chica insistió en hacerlo, y así pasó tanto tiempo con él como pudo. Finalmente suplicó a su padre que interviniera, pero este se limitó a decir que era una cuestión entre ella y su madre.

—Tienes mis bendiciones, hija; por mí como si te casas con él mañana.

—Entonces, ¿por qué no puedo hacerlo? —preguntó retóricamente—. Tengo tu bendición, ¿qué más necesito? ¿Por qué no lo entiende *umma*? ¿Por qué no confía nunca en mí? ¿Por qué no ve lo mismo que tú?

—Tu madre te quiere, mucho. No desea que vuelvan a hacerte daño.

—Pero Chucri no lo hará. Sé que es el hombre al que estoy destinada. —Los dos se quedaron callados—. ¿Debería casarme con él y olvidarme de *umma*? Al fin y al cabo es mi vida, ¿no?

—No sé, Nadine. Es una pregunta que solo tú puedes contestar.

Nadine no pretendía herir a su madre. La quería y no deseaba alejarse de ella, sino que fuera feliz. Ansiaba y necesitaba la bendición de su madre, quería compartir con ella su felicidad y no podía entender por qué no confiaba en su elección.

Lo intentó todo para hacerla cambiar de opinión: Chucri volvió a Brasilia una docena de veces en los siguientes meses, pero lo único que consiguió fue sacar de quicio aún más a su madre, aumentar su ira y su aversión, y forzarla a que se cerrara en banda con el que había apodado «Mr. Bean».

Cuando las visitas no funcionaron, sugirió que le escribiera cartas, pero tampoco surtieron efecto. Marina las tiraba después de leerlas y argumentaba que no tenía ni idea de lo que decían porque su escritura era incomprensible. Chucri escribió una a máquina, pero Marina alegó que no tenía sentido gramatical.

—¿Por qué no vienes a Brasilia y hablas con ella? —propuso Nadine durante una cena en un encantador y poco conocido restaurante italiano de Ipanema.

—Ya lo he hecho.

—Pero no podemos seguir así —adujo Nadine, desesperada.

—¿Y si hablo con tu padre?

—¿Para qué lo preguntas? Estoy segura de que ya lo has hecho.

Chucri sonrió, lo conocía muy bien.

—¿Y si le escribes otra carta?

—Lo he hecho muchas veces, y me ha insultado otras tantas.

Nadine no sabía qué hacer, retorció las manos e intentó encontrar una solución.

Casi un año más tarde, seguían viéndose en secreto y cenaban en restaurantes en los que sabían que no los vería nadie que conociera a Marina, pero, sobre todo, comían en casa, disfrutaban de la terraza, de la vista y de estar juntos.

Entonces llegaron las malas noticias: la estancia de Chucri en Río había finalizado. Su siguiente destino era Roma. Nadine estaba desolada. Sintió que todo se repetía, que una vez más la abandonaban en el altar, solo que en aquella ocasión no era porque el hombre no la quería, sino porque su madre no veía bien al hombre que amaba.

Antes de que Chucri ocupara su nuevo puesto, Fadi fue a Beirut por cuestiones de trabajo y Marina lo acompañó, con intención de ir a la India un mes y pasar un par de semanas en Delhi con sus padres y el resto en Calcuta con su hermana. Nadine aprovechó su ausencia para pasar todo el tiempo en Río. Conforme se acercaba la fecha en que Chucri debía partir empezó a preocuparse cada vez más. No sabía qué hacer. Se debatía entre el amor y el matrimonio, el deber y la responsabilidad. Amaba a Chucri y él la amaba a ella, y sabía que serían felices juntos, pero también sentía una profunda lealtad filial hacia sus padres, en especial hacia su madre, que siempre había estado a su lado.

—¿Qué hago, Chucri? —preguntó por enésima vez.

—Mi hermosa Nadine —contestó él también por enésima vez con su acostumbrada dulzura y paciencia—. Sabes lo que quiero, pero no puedo decirte lo que debes hacer. Tienes que decidirlo tú.

—Pero ¿qué pasará si me quedo?

—Si te quedas, te quedas —respondió encogiéndose de hombros.

—Pero quiero ir contigo.

—Y yo quiero que vengas —aseguró cogiéndole las manos—. Para mí eres la mujer más guapa del mundo. Eres la mujer con la que supe que me casaría desde el momento en que te vi y a la que he amado y he sido fiel desde entonces. —Nadine tragó saliva e intentó contener las lágrimas—. El que esté en Roma no significa que vaya a dejar de quererte. Te esperaré, te lo prometo. De ser necesario, el resto de mi vida. Esperaré hasta que decidas qué es lo que quieres hacer.

—Estoy confusa —confesó al tiempo que derramaba una lágrima—. No sé qué es lo correcto. Me gustaría que mis padres siguieran queriéndome y fueran felices por mí, lo mismo que espero de ti. ¿Es mucho pedir?

—No puedo contestar por tus padres, pero yo te quiero. Sea cual sea tu elección, estará bien.

—¡Oh, Chucri! —exclamó apoyando la cabeza en su hombro y dejando que la abrazara—. ¿Por qué eres tan bueno conmigo, mi maravilloso y querido Chucri?

Él tuvo que hacer un gran esfuerzo para no echarse a llorar.

Chucri viajó a Roma con el corazón roto y se instaló en el apartamento que habían dejado el anterior cónsul y su familia, un palacio del siglo XVIII en pleno Trastevere, pero no conseguía apartar a Nadine de su mente. Intentó concentrarse en su trabajo, pero solo veía su cara; se perdió por las antiguas y serpenteantes calles de la ciudad y sintió que la cogía de la mano. Fue a las Escaleras Españolas y casi rompió a llorar al creer verla corriendo hacia él con un helado de chocolate en la mano.

Empezó a escribirle, todos los días. Eran cartas formales con estilo anticuado, de las que escriben los amantes separados pero destinados a reunirse algún día. Le describió la ciudad, lo que hacía a diario, lo que veía, aprendía, comía, a quién veía, los vinos que descubría, sus actividades, su vida, sus sentimientos por ella, su filosofía del amor…, todo.

Nadine empezó a recibirlas, día tras día. Las guardaba por orden y las leía y releía, las disfrutaba; adoraba a Chucri cada vez más y se enamoraba aún más al leer sus palabras, al percatarse de su entrega, al entender su amor por ella en el tiempo y esfuerzo que dedicaba a que formara parte de su vida. Aquellas cartas lo mantuvieron presente en Brasilia, jamás dejaron de verlo sus ojos ni de sentirlo su corazón.

Seis meses después de su partida, ella escribió una carta a sus padres en la que les decía cuánto los quería, en la que expresó a su madre la forma en que la admiraba y en la que le contó que la consideraba su heroína, y que tras meses de reflexión se había dado cuenta de que quería lo mismo que habían disfrutado ellos: una vida, una familia y el amor de un cónyuge; quería reírse y ser feliz; y esperaba que también sus padres desearan para ella eso mismo, algo que solo podría encontrar en Roma.

Preparó una pequeña maleta con lo imprescindible, dejó la carta en la repisa de la chimenea del estudio y compró un billete de ida a Roma. Cuando llegó al aeropuerto de Fiumicino llamó a Chucri.

—Signore Safi, tiene una llamada —le avisó su ayudante.

—¿Quién es, María? —contestó malhumorado. Sabía que era nueva en el trabajo, pero no le gustaba que le molestaran por nimiedades.

—Es una mujer, signore. Dice que la conoce.

—María, conozco a un montón de gente, ¿puedes enterarte de quién es? —pidió a punto de perder la paciencia.

—Signore, dice que se llama Nadine —le informó al cabo de unos segundos.

Chucri miró el interfono creyendo que no había oído bien. Cogió el teléfono convencido de que era un error o una coincidencia, de que era alguien que tenía el mismo nombre o que algo había sucedido en Brasil.

—Chucri Safi al habla.

—Excelencia… —dijo la voz de Nadine.

—¡Nadine! ¿Qué pasa? ¿Estás bien? ¿Por qué llamas?

—Por favor, Chucri, no grites. No estoy sorda.

—Perdona, pero me has asustado. ¿Qué pasa?

—Tengo que hacerte una pregunta muy importante.

—Bien…

—¿Todavía me quieres?

—Por favor, Nadine, espero que no sea otra de las pruebas ideadas por tu madre…

—Chucri, esto no tiene nada que ver con mi madre, sino contigo y conmigo. ¿Todavía me quieres?

—¡Por supuesto!

—¿Y todavía quieres casarte conmigo?

—Cuando quieras.

—¿Qué te parece hoy?

—¿Qué? —preguntó sorprendido. Oyó anuncios en italiano y el inimitable sonido de la sirena de un coche de los *carabinieri*—. Nadine —casi le asustó formular la pregunta—, ¿estás en Roma?

—Te espero en Fiumicino; solo tenía dinero para el billete de avión.

Capítulo once

Nina

—*B*ienvenida a su casa, madame Abboud —la recibió Charley abriendo la puerta.

Nina se quedó fascinada y entró en el bonito vestíbulo de mármol blanco del ático que él había comprado en un edificio de apartamentos recién renovado en la Corniche.

—No es el que quería —se excusó—, pero han parado la construcción del que me gustaba.

—¡Es precioso! —lo interrumpió Nina.

—¿Te gusta? —preguntó aliviado.

—¿Que si me gusta? ¡Me encanta! —aseguró dándose la vuelta para ver el vestíbulo—. Enséñamelo —pidió antes de cogerle la mano y recorrer las habitaciones vacías sin dejar de reír y sugerir cómo las iban a decorar.

Los dos primeros años de su matrimonio fueron los más felices de su vida. La llevó a París de viaje de novios y cuando volvieron siguió trabajando con Claudia como accionista del restaurante, aunque tampoco iba todos los días, debido a los muchos compromisos sociales que implicaba ser la esposa de Charley. No le gustaban mucho las comidas benéficas o las juntas de instituciones culturales y artísticas que intentaban reestructurarse después de la guerra y a las que tenía que pertenecer; tampoco le agradaban las fiestas, actividades, cenas, bodas e incluso funerales en los que debía estar presente, pero entendió que formaban parte del cargo de presidente del Banco de Beirut. A Charley le encantaba salir con ella, la presentaba orgulloso como su esposa y sonreía cuando la reconocían por trabajar en el restaurante. Huelga decir que hubo una auténtica profusión de celosos y envidiosos comentarios por parte de algunas mujeres beirutíes, que la consideraban una advenediza que se había infiltrado en la alta sociedad y había seducido a Charley solo por su dinero y posición social.

Todo parecía ir bien. Beirut se estaba reconstruyendo y, como siempre, los libaneses afrontaban su pasado y lo superaban mirando al futuro. Gran parte del optimismo que impregnaba el país se debía a Rafik Hariri, un empresario musulmán nacido en Sidón que fue elegido primer ministro. Su mandato inspiró al pueblo libanés, que sintió que no era como el resto de los políticos, que solo se dedicaban a hablar. Tenía un plan para la reconstrucción del Líbano y lo iba a llevar a la práctica, aunque tuviera que recurrir a su propio dinero, gran parte del cual había ganado en la construcción.

—Claudia's, *buongiorno* —contestó Nina.

—*Habibti!*

—Hola, Charley.

—Nina, *chérie*, lo siento, pero he tenido tantas reuniones estas últimas semanas que he olvidado decirte que esta noche tenemos una cena importante en la residencia del primer ministro.

—¡Oh, no! Le prometí a Claudia que me encargaría del restaurante esta semana. Por eso ha ido a Roma.

—Lo sé, lo sé, *habibti*, lo siento. ¿No puedes dejar a alguien al cargo? ¿Aunque sea solo esta noche?

La había puesto en una situación delicada. Conocía sus responsabilidades, pero había dado su palabra de que se ocuparía del restaurante.

—Vale, pero solo hoy, o Claudia me pedirá que le devuelva las acciones.

Colgó y fue a dar instrucciones a Amr, el ayudante egipcio que acababan de contratar.

—Y, por Dios, no te pelees con Marcello. Ya sabes que se

pone muy tenso y que se considera más un artista que un cocinero.

—No se preocupe, madame Nina —la tranquilizó antes de que subiera al todoterreno.

—Estos son los números de casa y del coche. Cualquier cosa que pase, me llamas.

—Prefiero no llamarla cuando esté con su marido, madame.

—Hazlo, por favor. No quiero que Claudia se encuentre con un desastre cuando vuelva, por pequeño que sea.

—De acuerdo, madame —aseguró cerrando la puerta y despidiéndola con la mano.

Aquella noche llevaba un vestido de gasa negro sin mangas, con algo de vuelo, que le llegaba por encima de las rodillas y resaltaba sus piernas, unas chinelas sin apenas tacón de ante negro y un bolsito de Chanel. Le habría gustado ponerse tacones altos, pero no quería sobresalir por encima de Charley. De hecho, cuando estaba con él solía agacharse, pues era cinco o seis centímetros más bajo que ella.

—Así que esta es la famosa Nina. He oído hablar mucho de ti —la saludó Rafik.

—Es un honor conocerle, señor —respondió. Como la mayoría de libaneses, era una ferviente seguidora de aquel hombre.

—Charley, Nina, me gustaría presentaros a varias personas. ¿Conoces a Fouad Sayah, Charley?

—Por supuesto. ¿Qué tal amigo mío? —lo saludó dándole un abrazo.

—Mi hijo Joseph está por ahí —comentó—. Ha venido conmigo, sabe Dios por qué. Menudo inútil, solo le interesan los coches y las mujeres.

—¡Ah, *habibti*! —exclamó Rafik al descubrir a una rubia que se acercaba a ellos y lo saludaba afectuosamente.

—¿Charley Abboud? *Kifek? Ça va?* Hacía mucho que no nos veíamos.

—Imaan, estás tan guapa como siempre.

—Acabo de volver de Brasil. Vi a Fadi Assaf, que te envía recuerdos, al igual que Marina. Creo que vendrán pronto a Beirut.

—¿Qué tal le va a nuestro amigo el actor en su nuevo puesto?

—Muy bien, muy enamorado de la hija menor de Fadi, Nadine, aunque Marina se opone rotundamente a ese matrimonio.

—Pues le va a costar trabajo convencerla. Ven, Imaan, deja que te presente a mi hermosa mujer, Nina.

—Eres muy alta, pero estoy segura de que te lo han dicho muchas veces —comentó—. *Tsharrafnah*. Encantada de conocerte.

—Igualmente.

—Imaan es la nueva promesa del Ministerio de Asuntos Exteriores, una mujer muy poderosa —la elogió uniendo las cejas—. ¿Tenéis algún parentesco?

—¡Por favor, Charley! ¿Cómo voy a ser familia de una mujer tan alta, majestuosa y escultural?

—Lo digo en serio. Imaan se apellida Ossairan, igual que tu apellido de soltera, Nina.

—Pues todavía me pareces más interesante. Ven conmigo, *habibti*. Vamos a tomar una copa —sugirió Imaan cogiéndola por el brazo.

—Vamos —aceptó Nina sonriendo.

—Así que has heredado la altura de tu padre —comentó cuando se sentaron en las cómodas sillas del jardín.

—¿Cómo lo sabes? —preguntó Nina, perpleja.

—Eres hija del armenio.

—Ni que fueras Sherlock Holmes.

—He oído hablar de ti toda mi vida. La historia de tus padres es famosa en mi familia.

—Siempre he deseado conocer a algún miembro del clan Ossairan. ¿Pertenecemos a la misma familia?

—Sí.

—¿Estás segura?

—Solo hay una familia en la que un armenio sargento del Ejército libanés mató a uno de los hermanos, se enamoró de la viuda y se casó con ella —explicó echándose a reír.

—Bueno, si lo pones así… No sé qué decir. Me siento un poco violenta. Al fin y al cabo, mi padre mató a tu hermano.

—Sí, pero a un hermano que no conocía. Pasó hace mucho tiempo, yo ni siquiera había nacido y, evidentemente, tú tampoco.

—Aun así, me siento rara…

—No tienes por qué. Siempre me he preguntado cómo serías.

—Sin embargo, yo no sabía nada de ti. Mi madre no hablaba mucho de su familia.

—No me extraña. La echaron. Mi padre le dijo que si se iba no volviera nunca.

Las dos mujeres sintieron una instantánea afinidad, una cálida sensación de comprensión, y continuaron hablando abiertamente como si hiciera años que se conocieran. Compartieron experiencias, intimidades y recuerdos, y reforzaron su camaradería riéndose de algunas de las curiosas semejanzas que compartían.

—Es como si estuviera hablando con mi hermana —confesó Imaan.

—Sí. Nunca había conocido a nadie que le gustara tanto el *nammura* como a mí.

Imaan se echó reír.

—Eres una mujer muy valiente, Nina.

—Igual que tú, amiga mía. —De repente se le ocurrió algo—. ¿Podrías hacerme un favor?

—Lo que sea, al fin y al cabo, somos familia.

—Mi padre desapareció en junio de 1975 y nunca he sabido qué fue de él.

—Y te gustaría saber qué le pasó —dijo tras tomar un trago de vino.

—Claro.

—¿Quieres que te ayude?

—¿Es mucho pedir? —preguntó ligeramente avergonzada. Imaan negó con la cabeza—. Sé que hay miles de familias que buscan a sus parientes y amigos, y no pretendo un tratamiento especial. Me gustaría que me pusieras en contacto con la persona adecuada. Ya sabes, alguien que se ocupe de encontrar a las personas desaparecidas.

—Me encantará echarte una mano.

—Solo quiero saber qué le pasó y por qué nos abandonó a mi madre y a mí.

—¿Intentaste buscarlo cuando desapareció?

—Sí, cuando mi madre murió me quedé en Baalbek y empecé a dar clases. En los días libres iba a preguntar a los líderes de la guerrilla en el valle de la Bekaa.

—Eso demuestra mucho valor —la elogió con los ojos muy abiertos—. Podrían haberte matado.

—Sí, ahora que lo pienso me parece una locura, pero entonces era joven y me creía invencible.

—¿Sabes que muchos de esos líderes son ahora funcionarios? Si fueras a verlos te dirían que dejaras de buscar, que lo olvidaras y siguieras con tu vida.

—Nunca se mostraron muy dispuestos a ayudar. Estoy en paz con la desaparición de mi padre. Solo quiero pasar página.

—En ese caso hablaré con alguien que seguramente averiguará qué pasó —dijo sacando una pequeña agenda—. Es un viejo amigo que trabajó en los servicios de inteligencia.

—Mira, Imaan, en serio… No quiero que hagas nada especial o que creas que me estoy aprovechando…

—Ni una palabra más —ordenó enarcando una ceja.

—Solo si estás segura —murmuró soltando un avergonzado gemido.

—Estoy más que segura.

—¡Eh, Imaan! —oyó que la llamaban mientras anotaba algo en la agenda.

Se volvieron y vieron a una mujer vestida con unos pantalones negros demasiado ajustados, una blusa de gasa con grandes y abultadas mangas, y unos zapatos de charol de tacón alto con los que apenas podía andar.

—Prepárate —previno en un susurro a Nina, poniendo cara de circunstancias—. ¡Rima! Me alegro de verte. *Kifek?*

—¡Qué sorpresa! ¿Cuándo has vuelto? —chilló Rima avanzando para darle un abrazo. Cuando se le echó encima, Imaan pensó: «Tierra, trágame».

—¿Qué tal estás?

—*Hamdellah, habibti* —respondió suspirando hondamente y dejándose caer en una silla vacía.

—Rima, esta es Nina Abboud.

—¿Nina Abboud? ¿La mujer de Charley? —Nina sonrió y asintió—. Eres la dueña del restaurante.

—No exactamente, tengo acciones. Claudia sigue siendo la dueña.

—*Habibti*, llevo no sé cuánto tiempo intentando reservar mesa —se quejó.

—No te preocupes, me aseguraré de que la consigas.

—Te arrepentirás de lo que acabas de decir —le susurró Imaan meneando la cabeza.

—¿Cuándo has vuelto, Imaan? ¿Como es que no me has llamado? ¿Qué has estado haciendo? —Rima formuló una pregunta tras otra, sin darle tiempo a contestar.

El resto de la velada transcurrió sin incidentes.

—Gracias, *chérie* —dijo Charley cogiéndole la mano en el coche cuando volvían a casa—. Sé que tenías obligaciones en el restaurante.

—No te preocupes, cariño —lo tranquilizó apretándole la mano—. Solo ha sido una noche y no ha pasado nada. O, al menos, eso espero. Si no, seguro que me habría enterado.

—Bueno, en cualquier caso siempre puedes echarme la culpa; pagaré lo que sea necesario.

—A lo mejor intenta que le aumentes el préstamo.

—Conociendo a Claudia, seguro que lo hará. ¿Has disfrutado de la velada, *habibti*?

—Sí, me ha encantado conocer a Imaan. Es toda una dama.

—Además está escalando puestos en el Ministerio de Asuntos Exteriores. Llegará muy lejos.

—Me ha dicho que intentará averiguar qué pasó con mi padre.

—Si hay alguien que puede hacerlo, es ella.

—Y tú, ¿lo has pasado bien?

—*Habibti*, para mí estas reuniones forman parte de mi trabajo, ya lo sabes.

—Ya, *chéri*, pero a lo mejor esta había sido diferente.

—Pues no. Hariri ha propuesto un plan para reconstruir Beirut y quiere llevarlo a la práctica en muy poco tiempo.

—¿Qué significa eso?

—Que gente como Fouad Sayah o como yo mismo vamos a tener que trabajar duro durante semanas, meses e incluso años. Hay mucho que hacer. No pienso que Hariri sepa realmente cuánto, ni nosotros tampoco —comentó proféticamente.

Nina estaba en la cama cuando la criada entró de puntillas con una bandeja antes de abrir las cortinas.

—Hoy desayunaré en la terraza, Suzi.

—Muy bien, madame.

—Suzi… Ahueca las almohadas y tráeme el móvil.

—Enseguida.

—¿A qué hora se ha ido esta mañana monsieur Abboud?

—Se ha levantado a las seis y se ha ido al cabo de poco, madame.

Nina se incorporó en la cama de matrimonio, bostezó e inspiró con fuerza. Hacía una hermosa mañana y la forma de media luna del dormitorio le permitía ver el mar enfrente y las montañas al este. Consultó el calendario en el teléfono. Hacía unos años Claudia había vuelto a comprar las acciones de Nina, debido a su situación de residente y los impuestos que tenía que pagar, un proceso más sencillo si era propietaria única.

Aquella mañana tenía que hacer algunas llamadas y un par de recados de los que podría ocuparse Suzi, y había quedado a comer con Imaan, aunque quizá cancelaría la cita. Miró el reloj, solo eran las diez. Apartó la colcha y se sentó con los pies colgando. Cogió el periódico de la enorme bandeja de plata que Suzi había dejado sobre el antiguo baúl al pie de la cama. ¡Estupendo! Más políticos corruptos, más sobornos, más fraudes, bandas de traficantes y redes de prostitución, tráfico de armas. ¿Cuándo habría alguna buena noticia, para variar?

Metió los pies en las suaves zapatillas de piel de becerro hechas a medida y se dirigió al baño, que también tenía una vista de ciento ochenta grados, del Mediterráneo a las montañas. Era todo de mármol blanco con ventanales y espejos del suelo al techo. Hacía unos años que se habían mudado a la exclusiva Bay Tower del puerto deportivo y habían abandonado el apartamento que tanto le gustaba. El nuevo era demasiado frío y aséptico.

Se miró en el espejo. Tenía cuarenta y seis años. No había sido nunca guapa, pero sí atractiva, y su altura llamaba la atención y le confería presencia y carácter. Se recogió el pelo castaño en una coleta antes de lavarse los dientes y la cara. Con el pelo retirado parecía tener la cara más grande y resultaba difícil discernir su forma debido a la papada que se le había formado, un rasgo que había heredado de su madre. Apretó la flácida piel del cuello y la echó hacia atrás. «No sé si debería arreglarla», pensó.

—¿Café o té, madame? —ofreció Suzi cuando se sentó a desayunar.

—Café.

Mientras le servía observó el grueso anillo de diamantes y el anillo de compromiso con un diamante en forma de esmeralda que llevaba en el dedo anular izquierdo. Eran preciosos, como todo lo que su marido le había regalado durante quince años. Frunció los labios.

Charley seguía siendo el todopoderoso presidente del Banco de Beirut; ella, la esposa ejemplar. No tenían hijos, pero ninguno de los dos los había echado en falta. En apariencia, su matrimonio era perfecto y nadie pensaba lo contrario, pero Nina no se sentía satisfecha. Charley se había dedicado en cuerpo y alma al proyecto de Hariri para la reconstrucción de Beirut, que le absorbía hasta la práctica exclusión de todo y todos. El asesinato de Rafik Hariri redobló su determinación de finalizar el proyecto comenzado por su amigo. Casi nunca estaba en casa y cuando llegaba parecía ausente. Ya no salían a cenar ni iban a la casa de la playa, no viajaban…; habían dejado de hacer cosas en pareja. En lo que a ella respectaba, vivían como compañeros de piso y solo compartían una aburrida rutina.

Hacía años que no tenía relaciones con Charley. Él tampoco había mostrado mucho interés; tras los dos primeros años de matrimonio su vida sexual se fue apagando. Durante un tiempo pensó que tenía una querida, pero no era así. Le era fiel. Demasiado tímida y vergonzosa como para hablar de ese tema, intentó emborracharlo, pero no pasó nada. Después intentó emborracharse ella para ver si se aprovechaba, pero no lo hizo. Parecía que Charley era feliz así. Sabía que la quería y ella le quería. Era su mejor amigo, el hombre al que recurriría si pasaba alguna desgracia, y sabía que podía contar con él, para siempre.

Pero echaba de menos la intimidad, alguien que la abrazara y le hiciera el amor. Quería alguien que le dijera de nuevo lo guapa que era, sentir que el corazón le daba un vuelco cuando oía una voz masculina en el teléfono. Quería sonreír, compartir su vida, experimentarla con alguien como lo había hecho con Charley al principio.

Acabó el desayuno, se duchó y decidió ir a aquella comida. Después de todo, la había organizado Imaan y le había suplicado que fuera porque quería presentarle a alguien. Se puso unos vaqueros, una colorida camisa de rayas moradas y rosas, y unas sandalias planas abiertas. Estaba a punto de maquillarse, pero prefirió aplicarse un poco de su vaselina para labios con sabor a melocotón y se recogió el pelo en una coleta poco apretada. Ató un pañuelo Hermès al bolso color ladrillo de la misma marca, se puso unas grandes gafas Tom Ford y su inconfundible sombrero de paja negro, y se miró en el espejo. Esa era ella. Iba como más cómoda se sentía y no le importaba tener el característico abigarrado aspecto beirutí.

Llegó al Claudia's a la una y media en punto. No merecía la pena ir antes, pues sabía que Claudia estaría liada y no tendrían tiempo para ponerse al día.

—*Tesoro! Come stai, amore!* —exclamó al verla.

—*Bene, bene* —contestó Nina dándole un fuerte y cálido abrazo.

—¿Por qué no pasas un día para tomar café y charlar tranquilamente?

—Lo haré, te lo prometo. Hoy pensaba haber venido antes, pero sabía que estarías ocupada.

—¡Ah!, has venido para comer con la *signora* Sayah —comentó consultando la agenda.

—Nunca he entendido por qué todavía la llamas *signora* Sayah.

—Ahora es embajadora. Tengo que mostrar respeto —explicó encogiéndose de hombros.

—Hablando de ella… ¿Ha llegado ya?

—Todavía no, pero hay un auténtico bombón en su mesa.

—¿A qué te refieres? Creía que era una comida de mujeres; si no, me habría vestido mejor.

—Estás bellísima, como siempre.

—¿Y quién es? —preguntó, curiosa.

—No sé, pero es tan guapo… Está buenísimo —contestó encogiéndose de hombros—. Ven, deja que te acompañe.

—Madame Sayah todavía no ha llegado, signore —comunicó al hombre que estaba en la mesa—. La signora Nina Abboud es la otra invitada.

Nina se estremeció. Claudia tenía razón.

—Por favor —indicó levantándose inmediatamente y sujetando la silla que había a su derecha para ayudarla a sentarse.

Ella sonrió tímidamente.

—¿Quiere beber algo, *signora* Abboud? —preguntó Claudia guiñándole un ojo—. ¿Un aperitivo? ¿Una copa de *prosecco*?

—Agua Pellegrino, por favor, Claudia —pidió devolviéndole el guiño.

—*Ma*… el agua es muy aburrida. Disfruta de la vida.

—Puede que con el postre —contestó lanzándole una mirada furibunda.

—¿Y el *signore*?

—Tomaré lo mismo que la signora —pidió con voz profunda y ronca; tenía unos ojos color avellana intensamente sensuales.

Claudia se llevó la mano al corazón fingiendo que intentaba calmar los latidos y Nina apartó la cara y se puso un mechón detrás de la oreja para que aquel hombre no viera la risita que le había provocado.

—Muy bien —suspiró Claudia.

—No cabe duda de que la ha impresionado —comentó Nina cuando se fue la italiana. El hombre sonrió lentamente, se recostó en la silla y se metió las manos en los bolsillos—. ¿Conoce mucho a Imaan? —preguntó, y cayó en la cuenta de que no sabía su nombre.

—Sí.

Nina no dejaba de mirarle. Cuando el camarero llegó con el agua con unas rodajas de lima, le puso la mano en el codo y a Nina se le aceleró el pulso. «Tranquila, no es el primer hombre apuesto que ves», se dijo a sí misma.

Era alto, uno noventa o noventa y cinco, y tendría unos cincuenta y tantos o casi sesenta años. Parecía un hombre serio rodeado de un aura magnética y absorbente. Era reservado y hablaba con frases cortas, casi monosilábicas, lenta e intencionadamente. A pesar de su discreción, parecía agradable y amable. Tenía el pelo corto y negro, con abundantes canas. No cabía duda de que era árabe, pero con rasgos bien definidos, e iba recién afeitado. Tenía una frente poderosa y amplia, surcada por la experiencia acumulada a lo largo de los años; una larga y delgada nariz; y una tímida y misteriosa sonrisa, casi de adolescente, que dejaba ver unos dientes perfectos. Su piel color aceituna estaba bronceada y vestía de *sport*, unos vaqueros con camisa blanca y chaqueta azul marino.

Nina dio un respingo cuando el móvil la sacó de su ensueño. Era un mensaje de Imaan en el que le decía que estaba en una reunión y que podían empezar a comer sin ella. Miró al hombre, que también estaba consultando su teléfono.

—Es Imaan… —explicó.

—… que quiere que empecemos a comer sin ella. —El hombre acabó la frase e hizo un gesto con la cabeza como para preguntar si le parecía bien.

—Si tiene otros planes o prefiere hacer otra cosa… —empezó a decir Nina, que se sentía un poco violenta. El hombre negó con la cabeza—. En ese caso, ¿comemos?

—Pensaba que no lo iba a proponer nunca.

—Pediré la carta —sugirió poniéndose de pie. Inmediatamente el hombre le puso la mano en el brazo y meneó la cabeza. Nina se sentó y el hombre levantó la mano para llamar a un camarero—. En tiempos trabajé aquí, por eso…

—Pero hoy no está trabajando.

Cuando el camarero les entregó las cartas, Nina notó que se había ruborizado.

—No sé si vendrá alguien más —comentó mientras estudiaba la suya, pero el hombre no dijo nada.

—¿Qué me recomienda?

—Yo me pondría en manos de Claudia y dejaría que me preparara algo especial.

—De acuerdo, pero ¿qué le gusta comer aquí?

—*Ossobuco*, milanesa de ternera...; aunque no son platos típicos sicilianos, son excelentes, y los *rigatoni* con berenjena y la lubina, que sí lo son, están riquísimos.

—Suena delicioso, pero me pondré en sus manos —aceptó sonriendo.

—¿Y no en las de Claudia?

—En las suyas —repitió. Nina escondió la cara tras la carta, estaba segura de que estaba roja—. Por cierto, me llamo Ahmed Salaam.

El tiempo pasó volando, comieron, bebieron, hablaron, se rieron y se dieron cuenta de que tenían muchas cosas en común, como su preferencia por los libros, películas, música y su actitud ante la vida. Nina cada vez se sentía más atraída por él, seducida por la forma en que la miraba, fascinada por su forma de pensar y por cómo se comportaba.

Imaan llegó finalmente a las tres y media, y se deshizo en disculpas.

—Sabía que os llevaríais bien —aseguró antes de tomar un poco del agua de Nina—. Por eso no me ha parecido tan mal llegar tarde.

—Siempre has sabido cómo poner en contacto a la gente —la alabó Ahmed.

—¿Qué tal, Ahmed? ¿Cómo llevas la jubilación? —preguntó Imaan, y este soltó una risita—. Y lo que es más importante, ¿qué tal lo lleva tu guapa mujer?

Nina se sobresaltó. «¿Casado? ¿Está casado? —pensó. No lo había comentado, pero ella tampoco había dicho nada de su situación. No podía culparle—. ¡Mierda! ¡Está casado!», se repitió, un tanto decepcionada. Había pasado dos horas con él y se había dejado encantar, fantasear, flirtear y disfrutar de las atenciones de un hombre casado. «Eres idiota», se dijo. Le encantaba todo en él: su inteligencia, su absorbente presencia, la forma en que la miraba, hablaba o le tocaba suavemente el codo o el brazo..., pero, ¡maldita sea!, estaba casado.

—Lo lleva bien —contestó Ahmed encogiéndose de hombros.

—Tiene la mujer más paciente del mundo y dos hijos —explicó Imaan.

«¡Estupendo, además tiene hijos!» Nina no sabía por qué estaba tan desilusionada. Al fin y al cabo, ¿por qué iba a estar soltero un hombre guapo y triunfador como él? Era la primera vez desde hacía muchos años que se sentía atraída de verdad por alguien y subconscientemente se había creado demasiadas expectativas de lo que podría suceder.

Sonó el móvil de Imaan, que se excusó y se levantó para contestar.

—¿Dónde vive tu familia? —preguntó Nina mientras se recostaba y cruzaba los brazos sobre el pecho, con la esperanza de que no notara el tono de decepción, aunque, por la forma en que sonrió, estaba segura de que lo había hecho.

—En Ammán.

—¿Y vives allí?

Ahmed asintió.

—¿Qué haces aquí entonces?

—He venido a hacer un trabajo.

—¿A qué te dedicas?

—Tal como has oído, estoy jubilado.

«Es para volverse loca. Conseguir que hable de él es como pedirle peras a un olmo», pensó.

—¿A qué te dedicabas antes de jubilarte?

—Era el jefe de la inteligencia jordana, el DGI —contestó enderezándose.

—¿Y por qué has venido?

—He de hacer un trabajo para las Fuerzas de Seguridad Internas.

—Mi hijastro trabaja en inteligencia militar.

—Sí, Samir.

—¿Lo conoces?

—Sí, es mi mano derecha en ese proyecto con las FSI.

—¿Y por qué no lo has dicho?

—No ha venido al caso.

Nina se recostó, aún más enfadada.

—Nina... —empezó a decir. Colocó los codos sobre la

mesa y juntó las manos al tiempo que la miraba de forma misteriosa, como si estuviera sopesando las palabras—. Sé mucho más de ti de lo que imaginas.

—¿A qué te refieres?

—Hace unos años Imaan me pidió que averiguara qué le pasó a tu padre.

Ella se quedó con la boca abierta. Había preguntado varias veces a Imaan si su amigo había descubierto algo, pero siempre le había contestado que seguía indagando. Y ahí estaba, lo tenía delante.

—Empecé a investigar, pero tuve que dejarlo. Después, una vez jubilado, continué. Encontrar a alguien que desapareció al principio de la guerra supone un largo proceso. No existen pistas documentadas ni nada parecido, ¿me explico?

Nina asintió, intentando asimilar lo que estaba oyendo.

—¿Qué habéis comido? —preguntó Imaan al volver a la mesa.

Miró a Nina y después a Ahmed, que asintió para indicarle que su amiga sabía quién era.

—Nina, *habibti*. Tendría que haberte dicho con quién íbamos a comer —se excusó poniéndole la mano en el brazo con delicadeza.

—No pasa nada —agradeció antes de volverse rápidamente hacia Ahmed—. ¿Has encontrado algo?

—De momento todo lo que sé es que tu padre tenía relación con la CIA.

—¿Qué quiere decir eso?

—Que trabajaba para ellos.

—¿La CIA norteamericana? ¿Mi padre trabajaba para la CIA? —preguntó incrédula—. ¿Estás de broma?

—No.

—*Walaw!* Mi padre no trabajó para la Agencia Central de Inteligencia. Es imposible. —Ahmed no intentó discutir con ella—. Fue oficial del Ejército libanés. Era un hombre valiente. Luchó por su país. Estaba orgulloso de ser libanés —aseguró con el entrecejo fruncido.

—El que tuviera relación con la CIA no lo convierte en un traidor. Puede que en aquel momento pensara que hacía lo correcto —aventuró Ahmed.

—¿Sabes lo que hizo para ellos?

—Empezó siendo un IC, un informador confidencial.

—¿Mi padre un espía? —se maravilló meneando la cabeza.

—Bueno, no exactamente. Proporcionaba información a la CIA a cambio de dinero.

—¿Y por qué iba a hacerlo? —preguntó desconcertada.

—No lo sé. Todo el mundo tiene sus razones.

—¿Por qué iba a implicarse en algo así?

—No lo sé, pero espero averiguarlo.

—¿Sabes si sigue vivo?

—Eso tampoco lo sé.

—Nina, ¿quieres que investiguemos lo que pasó o prefieres dejarlo? —preguntó Imaan, que había estado callada todo ese tiempo.

El móvil de la mujer volvió a sonar. Esta puso cara de circunstancias y lanzó una mirada de disculpa a su amiga, que asintió para que contestara.

—Lo siento —dijo antes de levantarse.

—Quiero saberlo. —Nina miró a Ahmed—. Quiero saber por qué nos abandonó a mi madre y a mí —añadió con voz ahogada escondiendo la cara entre las manos—. Mi madre murió en una cuneta porque no tenía dinero para que aquel *haraami* conductor nos llevara a un hospital. Murió porque estábamos buscando a mi padre. Murió creyendo que había fallecido y quiero saber si era verdad.

Notó que se le agolpaban las lágrimas; no quería echarse a llorar delante de un extraño, pero el tema de la desaparición de su padre había actuado como un catalizador que había removido las emociones y sentimientos de los últimos años, en especial el de la soledad, que había reprimido y silenciado.

—No pretendía incomodarte —se disculpó.

—Siento haber perdido el control. Me he llevado una gran sorpresa —se excusó mientras se secaba los ojos con un pañuelo.

—Tengo que irme, pero me gustaría verte luego. ¿Te apetece una copa? Estoy en el Albergo Hotel, cerca de aquí.

Nina dudó. Se sentía vulnerable y no estaba segura de si

era buena idea. Por supuesto, no pasaría de ahí. Después de todo los dos estaban casados, y él la estaba ayudando a encontrar a su padre. Aun así, no le sonó como si un amigo la invitara a tomar algo. Había algo entre ellos, estaba segura, una chispa que había saltado antes de que llegara Imaan: temía que si volvía a verlo se convertiría en una intensa llama.

—Si no te importa, te llamo luego —propuso Nina.

—De acuerdo. ¿Te doy mi número o se lo preguntas a Imaan?

—Toma, apúntalo aquí —pidió buscando en el bolso y sacando una agenda Moleskine.

—Ha sido un placer conocerte, Nina Ossairan Chadarevian Abboud. *Maa salama.*

Nina sintió que la invadía la tristeza. «¿Qué me pasa?», se preguntó antes de esconder la cara entre las manos. Cuando levantó los ojos Imaan seguía al teléfono.

—¿Un aperitivo? —le ofreció Claudia, que estaba frente a ella con una botella de *prosecco* y dos copas—. Sea lo que sea, no hay nada que no puedan solucionar unas cuantas burbujas —aseguró sentándose y sirviendo el frío, dorado y burbujeante líquido.

—¿Qué me pasa, Claudia? Creo que me estoy volviendo loca.

—No te pasa nada, eres una mujer, tienes necesidades y él es todo un bombón. En mi opinión, le has gustado mucho.

—Pero, Claudia, estoy casada, y él también.

—¿Y?

—¿Qué quieres decir?

—Que a veces necesitamos un poco de amor y emoción en nuestras vidas —explicó guiñándole un ojo.

—¡Claudia! No voy a ser una esposa infiel —replicó en un susurro poniéndose colorada.

—¿Qué ha pasado con Ahmed? —preguntó Imaan al volver a la mesa.

—Ha dicho que tenía una reunión —explicó Nina.

—Eso es lo que yo llamo un hombre —intervino Claudia.

Imaan la miró y se echó a reír.

—Sí, es muy atractivo, pero lo que más atrae de él es que es muy agradable... y muy bueno en su trabajo. Si alguien puede descubrir lo que pasó con tu padre, es él —aseguró volviéndose hacia Nina.

Nina estaba acurrucada en un cómodo sillón del estudio mirando la página en la que Ahmed había escrito su número. No había dejado de pensar en él. Lo marcó, pero no fue capaz de pulsar el botón de llamada. Intentó enviarle un mensaje de texto, pero lo borró. Tiró el móvil al sofá. «¿Por qué? ¿Por qué tengo tanto miedo de tomar una copa con ese hombre? —se preguntó por enésima vez—. Solo he comido con él y se supone que Imaan iba a estar presente», se dijo para justificarse. Se preguntó qué habría pasado si su amiga hubiera estado con ellos todo el tiempo. ¿Seguiría sintiendo lo mismo? No supo contestar. «En cualquier caso, no ha sucedido nada —se aseguró. Pero sí que había pasado, sentía que había engañado a su marido—. No puedo hacerlo, es una equivocación. Soy una mujer casada y prometí amar y respetar a Charley. Tengo que dejar de comportarme como una adolescente. ¡Dios mío! ¿Por qué me habrá mirado así?»

Sonó el móvil y supo que era Ahmed.

—¿Vas a aceptar esa copa? —preguntó cuando Nina contestó al teléfono.

—¿Dónde estás?

—Esperándote en el bar del Albergo, en la calle Gouraud de Gemmayzeh.

—¿No puede ir más deprisa? —preguntó consultando su Cartier de diamantes. No quería llegar tarde. El taxista se encogió de hombros y señaló con un dedo hacia los coches que tenía delante.

—¿No ve el tráfico que hay? ¿Qué se cree que es esto, un helicóptero?

La miró por el espejo retrovisor. ¿Quién sería esa mujer? ¿Y qué hacía alguien como ella en un taxi camino de Gemmayzeh? Parecía demasiado rica, demasiado elegante. Seguramente aquel reloj costaba más que lo que había ganado él en tres años.

—¿No puede ir por otra calle? Aunque el trayecto sea más largo. —El taxista se encogió de hombros y se rascó la cabeza. Le daba igual. Hacía su trabajo. Si quería ir más rápido que hubiera cogido su coche o que la hubiera llevado su chófer—. Mire, si llegamos dentro de diez minutos, le daré otras cincuenta mil libras.

El taxista frenó en seco antes de dar media vuelta. Volvió por la calle en la que habían estado quince minutos, dio un giro cerrado en un callejón, torció a la izquierda en otro y zigzagueó por calles que en su mayoría eran de sentido único o peatonales.

Todo lo que hizo era ilegal, pero diez minutos más tarde bajó a toda velocidad una calle, que Nina no estaba segura de que lo fuera, ni siquiera que fuera un camino, y aterrizaron directamente enfrente de la Escalier de l'Art. El hotel estaba doscientos escalones más abajo.

—¿Puede bajar a la Rue Gouraud? —preguntó riéndose.

—Tardaré otros cinco minutos.

—No pasa nada.

—Dijo que solo tenía diez minutos y no quería perder esa propina.

—Le daré otras veinte mil más si me lleva allí.

—¡*Haraam*, señora! Dios la guarde, porque está loca.

Arrancó de nuevo y giró por una estrecha calle paralela a las escaleras que Nina no sabía que existía. «Esta mujer está majara», pensó el taxista mientras conducía con centímetros de separación a cada lado del vehículo y rozaba las encaladas paredes de dos casas a menos de tres metros de distancia entre ellas. No solo iba a cobrar el trayecto, sino a ganar otras setenta mil libras. Algo que para aquella mujer no sería mucho, pero que para él significaba poder pagar el alquiler. El taxi salió a la Rue Gouraud y casi chocó con un coche que circulaba en el otro sentido. Ambos frenaron y evitaron la colisión, por poco. Nina se echó a reír cuando se empotró en el asiento trasero. Era como una persecución al estilo James Bond en los callejones de Beirut, excepto que no viajaba en un Aston Martin.

—¿Qué demonios está haciendo? —gritó el otro conductor amenazando con el puño.

—¿Yo? ¿Y qué narices haces tú bajando la Rue Gouraud a cien por hora?

—¿Yo? ¿A cien por hora? ¿Has visto de dónde has salido? Eso es un camino de cabras —gritó bajando del coche, listo para darse de bofetadas o, al menos, tener una disputa a gritos y salivazos cara a cara.

—Vale, muy bien, listo. Como puedes ver, el camino existe.

Nina sacó un billete de cien mil libras y se lo entregó al taxista, que lo miró dos veces. Jamás había visto uno. Estaba atónito. Había cumplido su promesa, le había dado una *bajshish* de setenta mil libras y quince mil libras de más por la carrera. Se quedó extasiado, ajeno al conductor que le insultaba y le soltaba improperios, pegado a la ventanilla del taxi.

Se volvió para darle las gracias, pero Nina había desaparecido aprovechando la confusión. Pasó al asiento del pasajero y bajó la ventanilla.

—¡Eh! ¡Eh! ¿Dónde crees que vas? —preguntó el iracundo conductor cogiéndole por el cuello.

—¡Suéltame! —gritó apartándole las manos—. ¡Madame! ¡Madame! *Shukran! Yislamo! Merci!* —Nina se dio la vuelta—. ¡Madame! *Merci!* —gritó besando el billete y sonriendo con su bronceada cara asomada por la ventanilla—. ¡Dios la bendiga, madame! ¡Dios la proteja y la haga feliz! *Maa salama* —se despidió con la mano en el corazón.

—*Barak Allah Fik* —dijo Nina levantando la mano.

—Y que la bendiga a usted un millón de veces, madame.

Ella sonrió. La sinceridad de aquel hombre había sido tan auténtica y su gratitud tan franca que le había contagiado su alegría y le había dibujado una amplia y hermosa sonrisa. Estaba contenta de haberle alegrado tanto la vida que se olvidó del hotel y siguió caminando, disfrutando de la libertad que sentía de repente. Se dio la vuelta y soltó una risita. El taxi estaba cruzado en la Rue Gouraud y bloqueaba el tráfico. Por supuesto los dos conductores se gritaban y se echaban la culpa, agitaban los puños y juraban a gritos. Finalmente, el resto de los conductores atascados se unió a la trifulca.

—¡No deberías conducir un taxi! ¡No estás cualificado ni para montar un camello! —gritó uno.

—¿Un camello? ¿Yo montando un camello? Debes de estar hablando de tu familia, cerdo.

—¿Cómo te atreves? Mi familia no iba en camello, sino a caballo.

—¡Y una mierda! ¿A caballo? Seguramente tu padre iba en burro y le ponía una zanahoria delante para que fuera más rápido.

—No se te ocurra insultar a mi padre.

—¿A tu padre? El que me da pena es el burro.

Nina se echó a reír. Sacó el móvil para ver qué hora era. Las cinco y media, llegaba tarde. Aceleró el paso y corrió hacia el hotel.

Al llegar, el corazón se le desbocó; jamás había estado allí y no sabía dónde se encontraba el bar. Esperó encontrarlo sin problemas, porque no le apetecía preguntar en recepción. Estaba bastante paranoica y no quería que la viera alguien y llamara a Charley. Por suerte, nada más pasar las puertas giratorias, divisó el bar. Entró en una sala oscura, cavernosa y llena de humo, y miró a su alrededor hasta que sus ojos se acostumbraron a la penumbra. Dio una vuelta, pero no encontró a Ahmed. Volvió a la puerta y por un momento pensó que quizás había cambiado de opinión.

—Madame, ¿le importaría seguirme? —preguntó una voz masculina.

Nina se volvió y vio a un hombre que le hacía señas, y cuyos penetrantes ojos y espesa barba le conferían un aspecto un tanto siniestro.

—¿Quién es usted?

—Mustapha Kassab, jefe de personal del señor Salaam.

—¿Dónde está?

—Por aquí, por favor, madame.

Se dirigieron hacia la parte trasera, donde había unos reservados en forma de tiendas beduinas, cuya tela semitransparente parecida a la gasa flotaba con la corriente que producía el aire acondicionado. Cuando las cortinas estaban cerradas era imposible distinguir quién había dentro, por eso había pasado por delante sin verlo.

Mustapha abrió las cortinas, la invitó a entrar y después las cerró y se quedó fuera montando guardia. Ahmed estaba recostado cómodamente sobre una pila de opulentos cojines; en una mesa baja, había un vaso de whisky

—Me alegro de que hayas venido —agradeció con voz suave—. Estás muy guapa.

Nina sonrió y se percató de que no dejaba de mirarla. Se felicitó por haberse puesto pantalones, sentarse con un mínimo de elegancia con falda o vestido habría sido muy complicado.

—¿Qué quieres tomar?

—Una copa de champán.

Antes de haber pronunciado las palabras, Ahmed chascó los dedos y segundos más tarde Mustapha tosía discretamente antes de abrir las cortinas para dejar un cubo con hielo en la mesita.

—¿La abro, señor?

Ahmed asintió casi imperceptiblemente.

Consciente de que no le quitaba la vista de encima bajó los ojos a las manos, que había apoyado en su regazo, mientras Mustapha descorchaba la botella. Se sentía cohibida. «¿Qué le digo?», se preguntó.

Mustapha sirvió el burbujeante líquido en una copa alta y la dejó a la distancia adecuada antes de volver a su puesto.

Cuando la cogió, esperando que no notara que le temblaba la mano, una furtiva sonrisa se dibujó en los labios de Ahmed. Tomó un buen trago, cerró los ojos, saboreó su vigorizante gelidez y sintió que se deslizaba por sus músculos y los distendía. La corta distancia que los separaba estaba cargada de una electricidad casi palpable, que atraía hacia él incluso el vello prácticamente invisible de su cuerpo.

—¿Es de tu agrado?

Nina lo miró y asintió. Sus ojos tiraban de ella. Se levantó para sentarse sobre los tobillos, rozó de un modo accidental sus rodillas y notó que le quemaba la piel.

—¿Qué hace exactamente Mustapha? —consiguió decir por fin, después de tomar otro trago para calmar los nervios.

—Casi de todo. Siempre viajo con él. Está en contacto con mi secretaria para consultar mi agenda, conduce, es mi guardaespaldas…

—¿Hace mucho que lo conoces?

—Lo suficiente —contestó, e hizo una pausa—. Pero no creo que hayas venido para hablar de él, ¿verdad?

Meneó la cabeza. Se acabó la copa y la dejó en la mesa. Nunca supo exactamente qué pasó después, pero Ahmed le puso una mano en la cintura y la atrajo hacia él, le cubrió la boca con la suya y la exploró con su lengua. Le puso la otra mano en la nuca y tiró del pelo para bajarle la cabeza mientras le besaba la mejilla y el largo cuello, y sus dedos le desabrochaban la blusa y tiraban del sujetador de encaje. Se puso de pie, la levantó y sus bocas volvieron a unirse mientras Nina respondía a sus besos con el mismo ardor y la misma pasión. Le pasó los dedos por el pelo entrecano y se apretó a él cuando le besó el cuello y la acarició con dulzura y firmeza a la vez.

Cuando se separaron para respirar, Nina jadeaba de deseo. Lo miró a los ojos y descubrió en ellos el mismo deseo que había sentido cuando apretaba su musculoso y esbelto cuerpo contra ella.

—Nina, si nos quedamos aquí, me arrestarán —susurró con voz ronca, y ella se echó a reír en su pecho—. ¿Quieres…?

—Sí, vamos a tu *suite* ahora mismo —pidió con voz entrecortada.

—¿Estás segura? ¿Es lo que quieres?

—Sí.

—Y aceptas las consecuencias y repercusiones de estar conmigo. Estoy casado, ya sabes, y tengo hijos.

—Sí, yo también estoy casada.

—Pero no es lo mismo, Nina. Tú no tienes hijos.

—Lo sé.

—¿Estás segura?

—Parece que intentaras disuadirme —dijo pasándole la mano por la espalda.

—No, pero no quiero que te crees falsas expectativas o que tengas remordimientos. No quiero hacerte daño.

—No me lo harás —aseguró acariciándole la cara y buscando su boca para sellar el comienzo de aquella aventura.

Υ

Nada en la aventura entre Nina y Ahmed fue sosegado: no eran viejos amigos que se conocieran, hubieran compartido buenos y malos momentos, o que hubieran reído juntos... Fue como una erupción volcánica, inevitable, ardiente y sexual, con una atracción mutua visceral e intuitiva en la que ambos querían, necesitaban y bebían del otro como si hubieran estado vagando por un árido desierto toda su vida. A ratos no necesitaban palabras, pues sus ojos lo decían todo y sus cuerpos necesitaban tocarse, reacios a separarse.

El sexo con Ahmed le abrió los ojos y se dio cuenta de lo sobria y tediosa que había sido su vida sexual con Charley. Jamás había sido excitante; en los últimos años se había ido reduciendo hasta una absoluta ausencia. Pero con Ahmed cada vez era diferente, estimulante, apasionante. Se sentía lo bastante cómoda como para llevar la iniciativa, lo tumbaba en la cama, se sentaba sobre él y le hacía cosas que le obligaban a suplicar que parara, algo que jamás habría hecho con Charley ni se habría atrevido a sugerir. Ahmed hacía que se sintiera liberada. Con él se sentía mujer. No conseguían apartar las manos el uno del otro.

«Eres mi media naranja», decía Ahmed sobre ella. «Nací para ti», gemía Nina como respuesta.

Y cuando se veía obligada a irse tras horas de tener un orgasmo tras otro, muchas veces era incapaz. Volvía a arrojarse en sus brazos para estar un poco más, aunque fueran cinco minutos de sentir sus labios en los suyos, su lengua en su boca, sus manos quitándole la blusa, a veces rasgando los botones, impelidos por la urgencia, por la necesidad de Ahmed de estar dentro de ella y la de Nina de sentir su excitación en lo más profundo de su ser mientras murmuraban palabras apasionadas que culminaban en la cálida descarga que sobreviene a la satisfacción del deseo sexual.

Llegar a casa después de pasar la tarde con Ahmed era una tortura. No soportaba estar sin él. El dolor de estar alejados era como si la hubieran cortado en dos, y en ocasiones sucumbía al llanto. Vivía por los ratos que pasaba en Gemmayzeh y se moría por su tacto, su olor, sus atenciones y su amor.

En los momentos de lucidez se preguntaba si Charley se

había dado cuenta de lo que pasaba, si había notado que resplandecía, que había perdido peso y estaba más guapa. Pero no, seguía demasiado absorto en su trabajo. Imaan y Claudia fueron las únicas que se percataron, pero no se entrometieron ni la importunaron. A lo único que se atrevió Claudia alguna vez fue tatarear la canción de Dean Martin *That's amore*.

Estaba sorprendida de lo rápida y fácilmente que se había sumido en la aventura con Ahmed y se preguntó si su madre habría engañado alguna vez a su padre. Pero estaba convencida de que jamás lo había hecho. Sarkis lo era todo para Jumana; por la forma en que recordaba a su madre hablando de él, sabía que la satisfacía plenamente: se adoraban y respetaban.

Cuando se casó con Charley quiso lo mismo que habían tenido sus padres: una relación de amor y entrega mutua entre dos personas cuyas vidas giran alrededor de ellos. Pero había puesto el listón muy alto. Charley no era capaz de satisfacer sus expectativas. No cabía duda de que la amaba, pero era incapaz de darle el tipo de amor que esperaba de él. Aun así, jamás había pasado por su mente la idea de engañarlo hasta que Ahmed entró en su vida.

Aquella aventura le provocaba una lucha interior. Su mente intentaba justificar un comportamiento que su corazón aceptaba sin problemas. «¿Qué hago? ¿Dejo a Charley por Ahmed? —se preguntaba. Su corazón respondía que sí, aunque un pedacito de él la contenía—. Pero Ahmed es mi media naranja, mi alma gemela —argumentaba consigo misma—. Dices que lo quieres ahora, que dejarías a Charley por él, pero ¿qué pasará cuando desaparezca la novedad? ¿Qué sucederá cuando la monótona rutina del día a día eclipse la relación? ¿Lo querrás tanto?» Su corazón le decía que sí. Su cabeza, fríamente, le contestaba que no.

Nina abandonó la *suite* de Ahmed a las seis y media, hora en que la llamó Imaan.

—¿Dónde estás, *habibti*?

—Intentando coger un taxi —contestó nerviosa, paranoica, temiendo que supiera algo.

—¿A esta hora? Estás loca.

—No, aún conservo la fe.

—Bueno, espero que tengas mucha. Pareces muy contenta... ¿Estás libre el viernes?

—Sí, ¿por qué?

—Tengo que hablar contigo.

—Suena muy serio.

—Lo es.

—¿Qué puede ser tan serio? Deberías estar contentísima, excelencia. Eres la nueva embajadora en el Reino Unido.

—No es por eso. Quería contártelo el otro día en Claudia's, pero el teléfono no dejó de sonar y Ahmed estaba delante.

—¡Oh, no! —exclamó cayendo en la cuenta de a qué se refería—. Es por Joseph, ¿verdad? —Imaan guardó silencio—. ¿Dónde nos vemos?

—En la Rue Gouraud. Hay un salón de belleza que se llama Cleopatra, en el número cinco o así.

—Sí, lo conozco.

Capítulo doce

*E*l viernes por la mañana Mouna llegó al Cleopatra y, como de costumbre, Amal la esperaba mascando chicle y fumando un cigarrillo, con las gafas de sol puestas y una gorra de béisbol hacia atrás. «Ojalá supiera cómo consigue llegar siempre a su hora», pensó.

—*Bonjour*, Amal —saludó cariñosamente, y la chica hizo una uve con los dedos—. *Kifek? Ça va?* —preguntó esperando algo más que un gesto con la cabeza. Amal se encogió de hombros. «Bueno, al menos es más que un movimiento de cabeza», se consoló—. Hoy viene madame Sayah —dijo mientras abría los candados de la persiana y la subía.

—Lo sé, el salón estará impecable, pero…

—Pero ¿qué?

—Necesito un rato esta tarde.

—¿Por qué? ¿Qué tienes que hacer? ¿Por qué hoy? ¿Por qué el día que viene madame Sayah?

—No es asunto tuyo.

—¡Lo es! ¡Soy tu jefa! —gritó.

—No lo es —replicó con voz calmada—. Vengo todos los día a la hora y nunca pido tiempo libre. Da la casualidad de que hoy lo necesito y tengo todo el derecho a que me lo des.

Mouna chasqueó la lengua y arrugó la nariz. Tenía razón.

—No voy a dejar el trabajo —aclaró ante la reacción de Mouna.

—Muy bien. ¿Cuánto rato necesitas?

—Le lavaré la cabeza a madame Sayah y después me iré. Si quieres, volveré.

—¿Qué voy a hacer sin ti?

Te las apañarás —concluyó antes de irse hacia la parte de atrás.

Mouna se sentó frente al mostrador y abrió todos los cajones, disgustada con la basura que se había ido acumulando. Sacó envoltorios de chicle, lápices sin punta, papel carbón que utilizaba para los recibos, artículos de revistas y cosas de las que ya era hora que se deshiciera.

—¡Amal! ¿Puedes traerme una bolsa de basura grande?

Quizá no era el mejor día para una limpieza general. Esperaba a Imaan Sayah y se había puesto su nueva chaqueta de algodón y el vestido estampado color azul cobalto. Pero decidió hacerlo de una vez. Se quitó la chaqueta, la dejó en una silla para que no se manchara y empezó a vaciar los cajones en la bolsa. Al moverla para que cupiera más basura, cayó al suelo una fotografía en la que aparecían tres hombres, dos de ellos sus hermanos. Estaban en una obra frente a lo que parecían los cimientos de una casa. Tenían los brazos sobre los hombros: uno de sus hermanos sujetaba una pala y el otro un martillo. Pero ¿quién era el hombre del centro? No lo reconoció. Miró la parte de atrás, pero solo ponía «Sidón, 1965» en tinta desvaída. La dejó en el escritorio y se aseguró de que no había tirado ninguna más. Volvió a mirarla. Sus hermanos debían de tener veinte o veinticinco años. En el siguiente cajón encontró un viejo sobre marrón en el que alguien había escrito «Ibrahim y Ghassan» con tinta que también se había descolorido. Aquel sobre le recordó a su padre sentado en la oficina de la tienda de Sidón, escribiendo direcciones en sobres y pasando la lengua por los sellos antes de colocarlos con cuidado en una esquina sin dejar de mirarla. Ella se sentaba frente a él e intentaba imitarlo.

Abrió el arrugado sobre y sacó un puñado de fotos, todas arrugadas y con las esquinas dobladas. Una de ellas era una antigua foto de clase de Mouna y las otras cuatro de sus hermanos en distintas obras. En un par de ellas aparecía el mismo hombre de la primera fotografía; en otra, unos doce tipos, seis de pie y seis agachados, una imagen de grupo. La última era la más dañada. Intentó alisarla lo mejor que pudo. Era de un desconocido con una niña en brazos que no tendría más de seis o siete años. Sonreía tímidamente a la cámara con la cabeza reclinada sobre el hombro del hombre y una mano en su pecho. Le dio la vuelta, pero no ponía nada, aparte de «Sidón, 1965». Volvió a meterlas todas en el sobre, lo dejó en el escritorio y continuó limpiando el resto de los cajones, en los que no encontró nada de valor.

El timbre sonó y entraron Ghida y Nisrine. Miró el viejo reloj. «¡Ya son las doce y media! ¡Cómo pasa el tiempo!», pensó. Cerró la bolsa de basura, pidió a Amal que pasara un trapo por los cajones y fue a ocuparse de las reposteras y a enterarse de los cotilleos del barrio.

—¿Han visto a Claudine? —preguntó mientras peinaba a Ghida antes de que Amal le lavara la cabeza.

Las dos mujeres intercambiaron miradas.

—Yo la vi el otro día comprando judías verdes en Said —dijo Ghida.

—Es verdad, creo que compró doscientos cincuenta gramos y que quería una berenjena, pero discutió con el dueño porque no quería que pesara más de un cuarto de kilo, y las que tenía sobrepasaban los trescientos gramos —especificó Nisrine.

—¿Y por qué no compró alguna de las que había? —preguntó Ghida.

—Porque sería más cara —aventuró Nisrine.

—¿Y cuánto iban a costar cincuenta gramos más? —replicó Ghida, y las dos empezaron a hablar sobre el coste de la verdura y sobre lo barata y sabrosa que era antes.

«Gracias a Dios que están de acuerdo en algo», pensó, y envió a Ghida a que Amal le lavara la cabeza, antes de que empezaran a discutir.

—Si Claudine no viene hoy, iré a verla —le dijo a Nisrine mientras la peinaba—. *Tante*, tiene que hacerse las raíces.

—¿Otra vez? —preguntó, incrédula.

—Sí. ¿De qué se sorprende? Han pasado tres semanas.

—¿Y por qué no se las haces a Ghida? ¿Por qué solo a mí? —replicó indignada—. Nos teñimos el mismo día.

—Porque ella no necesita ningún retoque —explicó mientras iba a mezclar el tinte.

—¿Por qué no? ¿Estás intentando decirme que me salen canas antes o que soy más vieja?

—En absoluto —la tranquilizó—. Su color es diferente que el de Ghida y pierde tono más rápido.

—¿Por qué? ¿Es de peor calidad?

—No, unos colores duran más que otros. No hice nada diferente, pero tienen distinto tipo de cabello.

—Pues hoy no tengo dinero para pagar. Creía que no lo necesitaría hasta la semana que viene.

—Ya me pagará cuando lo tenga —cedió mientras se ponía un delantal y unos guantes.

—Muy bien. —Nisrine sonrió pensando que Mouna se olvidaría y el retoque le saldría gratis.

—Amal, ¿puedes apuntar «retoque» a nombre de Nisrine en la libreta que acabo de comprar, con la fecha y la cantidad, por favor? —Amal, que estaba secando con una toalla a Ghida, asintió. Cuando la miró en el espejo, la sonrisa de Nisrine se había desvanecido—. Nuevo sistema. Es la única forma de acordarme de lo que me deben.

—Yo siempre lo recuerdo y lo pago —aseguró malhumorada.

—Lo sé, *tante*. Es la única que lo hace —mintió. De hecho siempre intentaba no pagar—. Es la nueva política del salón y la aplicamos a todo el mundo, incluida madame Sayah.

—¡Ah! ¿Cuándo va a venir? Ghida y yo habíamos planeado preparar otros pasteles para que viera que no solo hacemos *nammura*.

El móvil de Mouna sonó; suspiró, aliviada.

—Un momento, *tante*. —Sonrió y metió una mano enguantada en el bolsillo para sacar el teléfono. Antes de contestar miró el número, pero no lo reconoció—. *Allo, allo*. —No obtuvo respuesta—. *Marhaba*. —Miró el móvil, había cobertura. Dijo «hola» un par de veces más y colgó—. Ya volverá a llamar.

—Esos teléfonos… No me extraña que no funcionen, son muy pequeños. ¿Cómo van a servir para nada si ni siquiera están conectados a la pared?

—*Tante*, son móviles. Si estuvieran conectados, no lo serían. Reciben la señal desde una antena de telefonía móvil y se supone que pueden utilizarse en todas partes.

—¿Qué es una antena de telefonía móvil?

—Una antena conectada a un satélite.

—¿Un satélite? ¿Esas cosas que van por el cielo?

—Sí.

—Eso sí que no lo entiendo.

El teléfono volvió a sonar, era el mismo número. Cuando contestó solo oyó el susurro de la electricidad estática y colgó. Volvió a sonar más veces, pero no consiguió establecer comunicación. La sexta vez tenía los guantes llenos de tinte y le pidió a Nisrine que lo sacara, apretara el botón de color verde y contestara. La obedeció con recelo y sujetándolo como si fuera un micrófono gritó:

—¡Hola!

—*Tante*, tiene que ponérselo en la oreja, como un teléfono normal.

—¡Hola! —gritó de nuevo tras seguir las instrucciones. Mouna se rio—. ¿Por qué no llama a un número normal como hace la gente normal? —gritó sujetando el móvil contra la oreja con las dos manos.

—¿Se oye algo?

—No. ¿Qué se supone que debía oír, la operadora de un satélite?

—Es igual. Apriete el botón rojo y métalo en mi bolsillo.

Acabó las raíces de Nisrine. Iba a empezar con los rulos de Ghida cuando sonó el teléfono del escritorio y su tintineo de los años setenta resonó por todo el salón.

—¡Por fin! A lo mejor la operadora del satélite ha transmitido mi mensaje —comentó Nisrine.

—¿Qué operadora de satélite? ¿Qué tonterías estás diciendo? ¿Estabas hablando con la operadora de un satélite? —intervino Ghida.

—Ahora soy una espía, como en las películas de James Bond. Salón de belleza Cleopatra, *bonjour* —contestó Mouna sonriendo a las dos mujeres.

—*Allo*, ¿eres Mouna? —preguntó una voz femenina.

—Sí.

—No sé si te acuerdas de mí, soy Dina Chaiban… Dina Nasr. Me peinaste el día de mi boda.

Mouna se quedó callada. Así que Dina era madame Chaiban, esposa de Amín Chaiban. Amín había flirteado con ella el día de su boda y en su primera semana de casado habían empezado una aventura. Era ella la que había visto en el Mercedes el día que iba a comprar judías, y estaban casados... La mente le iba a toda velocidad.

—Lo siento, he intentado llamar al móvil, pero no me oías. Estoy en el nuevo apartamento y no tenemos buena cobertura. Me alegro de que hayas sugerido que te llamara al fijo.

—¿En qué puedo ayudarla? —preguntó secamente.

—Estoy desesperada. Tengo que arreglarme el pelo y hacerme las uñas de las manos y los pies.

¿De verdad quería ver a esa mujer? ¿Lo soportaría?

—¿Cuándo quiere venir? —contestó, pues necesitaba el dinero. Los sentimientos podían esperar.

—¿Puedes venir a casa? Estoy cuidando a mi sobrina y hasta que venga a buscarla su madre no puedo salir.

—Esto... —Miró el reloj, eran casi las dos. Claudine llegaba normalmente a las dos y cuarto, y a las cuatro esperaba a Imaan—. Depende de dónde esté, madame. Tengo citas para esta tarde que no puedo cancelar.

—En el club náutico. Por favor, te pagaré lo que quieras, y el taxi.

Mouna se rascó la cabeza. ¿Podría ir al apartamento de Amín? ¿Soportaría ver dónde vivía, dormía, comía y hacía el amor?

—Madame, no podré ir hasta las seis.

—¿No puedes venir a las dos y media, por favor?

—Imposible. Aunque estuviera libre, encontrar taxi no es fácil; es viernes y el tráfico está peor que de costumbre.

—Bueno, a las seis. Pero si puedes venir antes, llámame, por favor. Mi número es 187-2983.

«Al menos lo ha pedido por favor», pensó.

—Haré lo que pueda, madame.

—Por favor, llámame Dina. Lo de madame me hace sentir como si fuera mi madre.

—De acuerdo, Dina.

—¿Cuánto me costará?

—Sesenta mil libras, en efectivo —contestó, y colgó antes de que pudiera replicar.

Sonrió, era un diez por ciento de lo que necesitaba para pagar el nuevo impuesto municipal y renovar la licencia. Dina Chaiban y su infiel marido lo iban a pagar caro.

Era muy raro que Claudine no hubiera aparecido a las dos y media. Miró el móvil, las tres menos veinte.

—¡Amal! —gritó.

La chica apareció de repente.

—No hace falta que grites, no estoy sorda.

—Perdona, creía que estabas en la parte de atrás.

—Allí también te oigo —aseguró, apoyada sobre la escoba con un trapo colgando del cinturón de los vaqueros.

Estuvo a punto de preguntarle cómo podía oír con los auriculares puestos, pero sabía que se encogería de hombros o no le prestaría atención.

—He de ir a una casa esta tarde, así que tendrás que volver después de lo que vayas a hacer.

Amal asintió. Dudó si explicarle que tenía que ir a un fisioterapeuta para ejercitar la mano. Pero si lo hacía tendría que contarle toda la historia y no le apetecía hacerlo, de momento.

—Voy a casa de Claudine a ver qué tal está. Es muy raro que no haya venido.

—No está.

—¿Cómo lo sabes?

—La he visto salir.

—¿Cuándo? —preguntó meneando la cabeza, extrañada.

—Hace una media hora. Las dos *mamul* todavía estaban aquí.

—¿Quién? Ah, Ghida y Nisrine —dijo al caer en la cuenta, y se echó a reír—. Es muy extraño. Debe de tratarse de algo importante. Nunca deja que nada interfiera en su pelo.

—Puede que ya no le quede.

—Amal, eso es muy cruel. Es verdad que se le cae, pero no es razón para ser desagradable.

—Lo digo porque llevaba un pañuelo cuando ha salido.

—¡Dios mío! Espero que no sea por mi culpa.

—¿Por qué?

—Vino el lunes cuando estaba haciendo las cuentas. Se había hecho un desastre en el pelo y la única forma de arreglarlo era decolorándolo.

—¿Y? Se lo hiciste, punto.

—¿Y si hice mal la mezcla o era demasiado fuerte?

—Si se le ha caído el pelo, no ha sido por culpa tuya, o ya te habría desahuciado.

—¡Amal, por favor!

—En serio, no creo que le hicieras nada. Se le cae el pelo, pero el poco que le queda es muy fuerte.

—Quizá debería escribirle una nota y metérsela por debajo de la puerta.

—Lo que deberías hacer es dejarla en paz y no entrometerte.

—Lo hago porque estoy preocupada.

—¿Preocupada por ella o por que te desahucie? —Volvió a ponerse los auriculares y se desentendió de Mouna y del mundo.

«Por supuesto que estoy preocupada por ella. ¿Por qué tendría que sentirme culpable? Le arreglé el pelo y le quedaba bien cuando salió de aquí», pensó. Gruñó por haber prestado atención a Amal y se sentó a escribirle una nota a Claudine.

—La meteré por debajo de su puerta —avisó a Amal.

—Yo no lo haría.

—¿Por qué?

—Porque es una persona muy reservada; si te metes en su vida, se enfadará.

—Bueno, hay mucha gente a la que le gusta que alguien se preocupe y pregunte qué tal está.

—Claudine no. Si quiere contarte algo, lo hará. Si no, te echará la bronca por meterte en sus asuntos.

—¡Por favor, Amal!

—A lo mejor piensa que intentas sacarle algo, dinero, por ejemplo, o que le estás haciendo la pelota porque no puedes pagar el alquiler.

—Te equivocas —aseguró rotundamente, y cerró la puerta, enfadada por haber vuelto a prestarle atención.

Llamó al timbre de Claudine y esperó por si respondía o si oía ruido en el interior. Al cabo de un rato llamó con los nudillos y metió la nota por debajo de la puerta. De regreso al salón, un Ford Explorer negro paró a su lado.

—*Bonjour*, mademoiselle Al-Husseini —la saludó Samir tras bajar la ventanilla e inclinándose hacia el asiento del copiloto.

—*Kifek?* —preguntó sonriendo y haciéndose visera con la mano para tapar el sol.

—*Hamdellah*, mademoiselle. Mucho mejor ahora que te he visto.

—¿Qué haces en la Rue Gouraud?

—He de ocuparme de un asunto. Tengo que hablar con una mujer.

—¿Sí? ¿Quién es? A lo mejor la conozco —dijo sonriendo coquetamente.

—Es muy exótica, tiene un pelo precioso, lleva vestidos bonitos, le encanta el azul… Y tiene los ojos más expresivos que he visto en mi vida.

—Mmm… —musitó con una mano en la cadera y otra en la frente fingiendo pensar—. ¿Es alta, baja, gorda, delgada?

—Es la mujer más guapa del mundo —aseguró mirándola directamente a los ojos.

—¿Y por qué quieres hablar con ella? ¿Qué ha hecho?

—Se trata de un asunto muy serio. Ha robado algo.

—¡Jesús! —exclamó preguntándose qué había podido hacer.

—Tendrá que pagar una multa o cumplir un castigo, nada serio.

—¿Y cuál es la multa?

—Cenar conmigo —explicó sonriendo.

—¡Un momento! Primero, ¿qué delito ha cometido?

—Ha robado… mi corazón.

—¿Y no va a ir a la cárcel por algo tan serio?

Samir sonrió.

Un bocinazo interrumpió la conversación. El todoterreno no dejaba pasar una furgoneta y se había formado una larga fila de vehículos.

—¡Eh, vosotros dos! ¡Buscaos una habitación! —gritó el conductor.

—Te llamo luego —prometió poniendo el coche en marcha—. ¿Cenamos esta noche?

Mouna sonrió y asintió.

—¡No, espera! Tengo cita con una clienta en su casa. ¿Mañana?

Samir levantó un pulgar, sonrió y se despidió con la mano.

—¡Malditos enamoraditos! —les increpó el conductor—. ¿No sabéis que todo acaba mal? El hombre pierde interés, la mujer engorda, los hijos te escupen en la cara…, un asco.

—¡Calla la boca! ¡No nos cuentes tu vida! —le increpó un viandante.

Mouna se echó a reír. Cuando iba hacia el salón vio llegar un Mercedes negro. Se detuvo delante del Cleopatra y el conductor salió para abrir la puerta a Imaan Sayah. Miró el móvil, eran las cuatro en punto. Si hubiera levantado los ojos habría visto a Ghida y Nisrine mirando por la ventana con expresión horrorizada.

—Por favor, Tony, llévame a la Rue Gouraud —le pidió Imaan a su chófer cuando subió a su lujoso coche después de comer con el ministro de Asuntos Exteriores.

—Sí, madame.

—Tengo una cita a las cuatro.

—Sí, madame.

La mujer se recostó y aprovechó aquellos minutos libres para abstraerse en sus pensamientos. El tiempo pasaba volando y tenía tantas cosas que hacer antes de ir a Londres que no sabía por dónde empezar. «Necesito hacer una lista», pensó mientras sacaba una libreta pequeña. La abrió y anotó en la parte izquierda de una de las páginas: «Cosas que hacer»; en la derecha: «Problemas». Lo primero que escribió en esta última fue «Joseph», seguido de un gran signo de interrogación.

Miró por la ventanilla. ¿Qué iba a hacer? Hacía dos semanas de la fiesta en la que anunció que la habían nombrado embajadora en el Reino Unido y no lo había vuelto a ver desde entonces. Por supuesto, no estaba sorprendida, hacía tiempo que llevaban vidas separadas. «¿Nos hemos distanciado o jamás hemos estado realmente juntos?», se preguntó.

Siempre había pensado que habían comenzado en igualdad de condiciones. Ella estaba ascendiendo en el Ministerio de Asuntos Exteriores y él empezaba a establecerse como empresario por cuenta propia sin tener que recurrir a su prestigioso apellido, como había hecho cuando iban a la universidad. Todo había ido bien al principio, pero es lo normal, ¿no? Todo el mundo se comporta de la mejor forma y muestra su lado bueno, e incluso las discusiones se arreglan con sexo apasionado. Tenía que reconocer que le había ayudado y que había estado a su lado cuando Kamal, su primer marido, había jugado sucio durante el divorcio. Por primera vez en su vida había creído que no estaría siempre sola, que realmente había alguien a su lado, alguien en quien confiar que la recogería si caía. Recordó lo seguro de sí mismo que estaba, el interés que mostraba en su trabajo, que leía tanto como ella y que la sorprendía en las fiestas cuando demostraba tener firmes, sólidos y coherentes argumentos acerca de cualquier tema que se tratase y estar al tanto del espíritu de su tiempo.

—*Ahlan*, madame Sayah —saludó Mouna cuando la vio bajar del coche—. Bienvenida.

—Por favor, llámame Imaan.

—Llegas a tiempo —comentó manteniendo la puerta abierta para que entrara.

—Me gusta ser puntual. Ah, otra vez ese olor. Me recuerda a Sidón.

—Muy amable, lo tomo como un cumplido.

—Esa era mi intención.

—¿Qué quieres que te haga hoy? He apuntado lavar y marcar, pero si quieres algo más...

—Si tienes tiempo, a lo mejor me haces las cejas.

—Por supuesto. Por aquí —le pidió indicando hacia las dos pilas de color rosa.

—¿Sabes? Todas mis amigas están como locas con este salón.

—Muchas gracias.

—Y suelen ir a Alexandre, así que debes de ser muy buena.

—Muy amable por tu parte.

—Es la verdad, me lo han dicho Lailah Hayek y Nadine Safi.

—¡Ah, sí! Estuvieron aquí las dos, el miércoles.

—Fue una coincidencia, vinieron por separado el día que ofrecía una fiesta. Ya sabes, cuando vine a recoger los *nammura* de tus vecinas. Después se conocieron en mi casa, se acordaron de que se habían visto aquí y ahora son amigas.

—¡Qué casualidad! Esta es Amal, le lavará el pelo.

La chica se había puesto una camiseta negra, se había quitado los auriculares y las gafas, y se había recogido el pelo en una coleta.

—*Marhaba*, he oído hablar muy bien de ti.

—*Yislamo* —agradeció Amal.

—¿También eres de Sidón?

—No —contestó mientras le entregaba una bata y le ponía una toalla alrededor del cuello—. ¿Quiere que le dé un masaje como a madame Hayek? —preguntó, ansiosa de que dejara de hacerle preguntas.

—Sí, por favor. A Lailah y a Nadine les encantó.

Mouna la dejó en manos de Amal y volvió hacia la parte delantera. Se había fijado en que, aunque el salón tenía un aspecto destartalado, estaba impoluto y ordenado. Amal había limpiado y organizado los rulos, horquillas, cepillos y peines en sus bandejas de plástico rosa, y el suelo brillaba. Asintió convencida y reconoció que no podría pasar sin ella. A pesar de su hosquedad habitual, era amable y eficiente con las clientas; era una parte vital del Cleopatra, tanto como ella misma. Además, cuando quería, se arreglaba y tenía buena presencia. «¿Qué aspecto tendrá maquillada? Cuando tenga algo de dinero tengo que subirle el sueldo», pensó.

Mientras esperaba a Imaan sacó la bolsa que había guardado en un armario desde la boda de Dina Nasr, por si volvían a llamarla para una emergencia. Contenía todo lo necesario, desde champú y acondicionador hasta rulos, horquillas, un rizador, maquillaje, quitaesmalte... Miró el mostrador, Amal le había dado cera y había limpiado los cajones, en los que solo había dejado las llaves del salón, la agenda, un talonario de recibos, la nueva libreta en la que había apuntado lo que le debían sus tres clientas habituales, una calculadora, una cajita en la que había colocado dos lapiceros con punta y un bolígrafo, y el sobre con las fotos. Estaba mirándolas cuando Amal llevó a Imaan a uno de los sillones y dejó una de las bandejas con ruedas junto a ella.

—¿Quiere un café?

—Sí, muchas gracias.

—¿Y un pastel?

—Un *mamul* sería perfecto —dijo Imaan cuando Mouna se acercó—. ¿Te acuerdas de la panadería-repostería Al-Kaisar?

—¿La que estaba dentro de las murallas del casco antiguo?

—Esa. Creo que el dueño se llamaba Mansour; hacía unos *nammura* y *mamul* exquisitos. Los de tus vecinas son buenos, pero los de él eran extraordinarios.

—Ghida y Nisrine me han preguntado cuándo venías, querían que probaras todos los postres libaneses que puedas imaginar.

—Espero que no se lo hayas dicho, necesito perder unos kilos antes de ir a Londres.

—¿Cuándo te vas?

—Dentro de unos meses, pero, ya sabes, el tiempo pasa volando.

—Lo sé. ¿Vas de vacaciones?

—No, voy a vivir allí.

—¡Estupendo!

—Sí, estoy encantada.

Deseaba preguntarle por qué, pero prefirió no entrometerse y dejó de hablar mientras le secaba la cabeza.

—Tienes un pelo excepcional.

—Gracias.

—Tengo que irme —susurró Amal a Mouna cuando regresó con un café y un *mamul* relleno de dátiles.

—Sobre todo, no dejes de volver, tengo que ir a casa de Dina Chaiban.

—No te preocupes, estaré de vuelta antes de que te vayas.

Está muy bueno —comentó Imaan después de dar un bocado—. No tanto como los de Al-Kaisar, pero esta bien. ¿Has vuelto a Sidón desde que te fuiste?

—No, aunque me gustaría hacerlo. De hecho hoy estaba limpiando el mostrador y he encontrado unas fotos antiguas de mis hermanos.

—¿Dónde viven? ¿Están todavía en Sidón?

—Murieron en la Guerra de Julio.

—¡Lo siento mucho! —exclamó, y la pena le surcó la frente.

—Una bomba alcanzó la casa y mató a mi padre, a mis hermanos, a mi tío, a mis primos… Vivíamos todos en una casa muy grande, típica de familia tradicional.

—Siento mucho tu pérdida.

—Gracias. Por desgracia esas tragedias forman parte de nuestras vidas.

—Así es.

—No creo que alguien que no haya vivido en este país pueda entenderlo. Es algo que los libaneses aceptamos.

—Sí, la muerte forma parte de la vida en el Líbano. ¿Tienes más familia?

—Sí, mi madre y mi tía. Tuvimos mucha suerte. Aquel día habíamos ido a ver a unos parientes a un pueblo cercano.

—¿Trabajaba toda tu familia en la tienda de tu padre?

—No, solo mi padre, pero mis hermanos le ayudaban a veces y en algún momento le reemplazarían. En las fotos que he visto hoy parecen estar trabajando en una obra, algo que no sabía.

—¿De verdad? Mi familia también se dedicaba a la construcción. Mis hermanos tenían una pequeña empresa. Tienes que enseñármelas. A lo mejor reconozco a alguien.

—Eso sí que sería una coincidencia.

El timbre de bicicleta sonó. Mouna se volvió para ver quién era.

—¡Nina! ¡Estoy aquí! —la llamó Imaan con la mano.

Nina se quitó las gafas. Llevaba unos vaqueros estrechos, manoletinas color rojo teja, a juego con el bolso Hermès Birkin, y camisa blanca.

—Imaan, *cherie. Comment vas-tu?* —saludó antes de darle tres besos.

—*Hamdellah, très bien, très bien*. Casi estoy lista, después iremos a tomar una copa tranquilas. Conoces a Mouna, ¿verdad? Mouna, esta es mi buena amiga Nina Abboud.

Nina la miró y se preguntó si diría algo de la depilación a la cera, pero no lo hizo. Mouna prefirió esperar alguna indicación por su parte. ¿Cómo iba a olvidar a esa ultrarrefinada mujer? Pero las reglas de un salón son las reglas de un salón. Mouna lo sabía. Lo que se decía, oía y veía en un salón de belleza permanecía entre sus paredes. Nunca se hablaba de ello ni sobre los clientes o lo que hacían. Los cotilleos habían arruinado más de un salón.

—*Marhaba*, madame —se limitó a decir.

—He oído hablar mucho de su talento. Tendré que pedir cita —comentó Nina, que agradecía su discreción.

—Gracias, madame.

—Y todavía depila con antiguo azúcar quemado —añadió Imaan.

—También lo necesitaré dentro de poco. Así pues, amiga mía, ¿qué pasa? Cuéntamelo todo —pidió volviéndose hacia Imaan.

Mientras Mouna secaba y daba forma a su peinado fingiendo que no oía, como toda buena peluquera, se enteró del deshonroso estado de su matrimonio.

Imaan se dirigió al mostrador para pagar, moviendo el pelo.

—Me encanta. Nina, tienes que venir. Esta chica tiene magia en las manos.

—Gracias, pero gran parte se debe al lavado y al masaje.

—¡Es verdad! Tu ayudante es fantástica, tengo que darle una propina. ¿Dónde está? —preguntó mientras buscaba en el bolso.

—Ha tenido que salir a hacer un recado.

—Bueno, pues asegúrate de darle esto —dijo entregándole un billete y cogiendo el móvil para llamar al chófer—. Volveré. —Segundos más tarde apareció el Mercedes negro y el conductor salió para abrir la puerta—. Ven, Nina. ¿Vamos a Claudia's?

Unos minutos después llegó Amal sin aliento.

Espero no llegar tarde

—No, pero tengo que irme ahora mismo —dijo Mouna, que había mirado el reloj y se había dado cuenta de que eran las cinco y media. Había prometido a Dina que llegaría a las seis.

—Gracias a Dios.

—Toma, de parte de madame Sayah —dijo dándole el billete de diez mil libras.

Al verlo se le pusieron los ojos como platos y lo guardó rápidamente.

—¿Ha visto las fotografías?

—¿Qué fotografías?

—Las de tus hermanos en Sidón, las que ha dicho que quería ver.

—¡Vaya! —exclamó mirando la «bolsa de emergencias y bodas» que había sacado antes—. Lo ha dicho por cumplir.

—No creo que diga cosas por quedar bien.

—Gracias por todo. El salón estaba impecable y has hecho un buen trabajo con madame Sayah —agradeció colgándose la bolsa al hombro.

Amal frunció los labios y asintió.

—Tú también estás impecable.

—Gracias.

—Voy a coger la moto. No creo que encuentre un taxi a estas horas.

—¿Quieres que me vaya?

—¿Puedes cerrar tú? —Amal se quedó mirándola—. Pero eso quiere decir que mañana tendrás que abrir. —La chica permaneció callada—. Mira, no quiero meterte prisa, pero llego tarde.

—¿Dónde están las llaves?

—Ya sabes dónde están. Has limpiado el mostrador. Hasta mañana —se despidió antes de salir.

La puerta se cerró y Amal se encontró sola en medio del Cleopatra. ¿Dónde estaban sus gafas? ¿Y sus auriculares?

Capítulo trece

Amal

Amal no había sido siempre tan arisca e introvertida. De hecho, cuando creció en Deir el-Ahmar, un pueblecito del valle de la Bekaa, era una niña normal y feliz. Su padre, Zakaria Abdo, era un experto en literatura árabe y había enseñado durante muchos años en la Universidad Libanesa de Beirut, hasta que decidió jubilarse y dedicarse a la investigación académica y a escribir ensayos. Su madre, Youmna, era siria y en su juventud había sido una de las mujeres más bellas de Oriente Próximo.

A Amal le encantaba pasar el tiempo en los hermosos campos, arroyos, huertos y jardines que rodeaban el pueblo; adoraba las ruinas de Baalbek, donde se perdía entre los antiguos templos y soñaba con apuestos reyes y reinas que en tiempos paseaban por aquellos lares. Empezó a pintar todo lo que veía y tenía buen ojo para los detalles y el color, algo sorprendente en una niña tan pequeña. En el colegio mostró gran afición por la historia, algo que deleitaba a su profesor, Khaled Waleed, antiguo alumno de su padre.

Al ser hija única pasaba mucho rato sola, pero no le importaba y siempre encontraba la manera de entretenerse, sobre todo leyendo y pintando. Su forma favorita de pasar el día era coger un libro, papel, pinturas de colores y lápices, o las queridas acuarelas que le había regalado su padre cuando había cumplido diez años, y pasear por los campos hasta que encontraba algún lugar fresco y a la sombra, donde dejaba su preciada carga y se sentaba a comer lo que hubiera llevado; no regresaba hasta que el sol empezaba a ponerse, una vez acabado el libro y utilizado todo el papel. Al llegar enseñaba orgullosa a su padre lo que había pintado y él le «compraba» uno de los dibujos poniendo una moneda en una hucha con forma de cerdito antes de colocar el dibujo en su estudio.

En la feria de final de curso de 1986, cuando tenía doce años, el señor Waleed y las otras dos profesoras, la hermana Angélique y Nina Ossairan, solicitaron a los alumnos con más talento que los ayudaran a conseguir dinero para comprar libros y otros materiales muy necesarios. El señor Waleed le preguntó si le gustaría vender alguno de sus bocetos y ella aceptó encantada. Con la ayuda de su padre instaló un puesto con sus pinturas y dibujos de los templos de Baalbek. Estaba sentada junto a él esperando a que empezara la feria cuando vio a dos niñas de su clase riéndose y cuchicheando mientras la señalaban con el dedo. Oyó que una de ellas decía que sus padres eran demasiado mayores para tener una hija de doce años.

—Mi padre dice que es adoptada —comentó una.

—Mi madre también. Dice que es porque su madre no podía tener hijos. Por eso no se parece a ellos.

—Era huérfana —continuó la primera de ellas.

—Mi madre dice que la dejaron en la puerta —añadió la segunda—. Y que tuvieron que adoptarla para que no se muriera de hambre.

—Mis padres nunca me dejarían morir de hambre.

—Ni los míos, me quieren mucho.

—Y también te dan mucho de comer —se burló la primera.

—¿Qué dices? Me parezco a mi madre —aseguró orgullosa—. Y es muy guapa.

—Estás demasiado gorda para parecerte a ella —dijo la primera antes de echar a correr perseguida por su amiga.

Amal se había dado cuenta de que sus padres parecían mayores que los de las niñas de su clase, que siempre se metían con ella diciendo que era adoptada. La primera vez que preguntó a sus padres se echó a llorar, pero estos la abrazaron, la calmaron y la llenaron de besos. Le aseguraron que eran sus padres y que no hiciera caso de lo que decían sus envidiosas compañeras.

Así que no prestó atención a aquellas dos niñas y siguió

callada pensando en sus cosas mientras Zakaria hablaba con toda la gente que preguntaba por el artista. Todos se sorprendían al saber que era ella.

—¿Profesor? —dijo un hombre que se acercó al puesto—. ¿Es el profesor Zakaria Abdo?

—Lo soy. ¿Le conozco?

—Eso espero. Soy Bashir, Bashir Hachem. ¿Se acuerda de mí?

—*Hamdellah!* ¡Cuánto tiempo! —lo saludó saliendo del puesto.

—Demasiado, mi querido Zakaria, demasiado.

—Ven, deja que te presente a la joya de la familia —propuso orgulloso poniéndole la mano en el hombro—. Amal, este es mi buen amigo Bashir Hachem, fue profesor de Clásicas en la Universidad Libanesa.

—*Salam aleikum* —saludó Amal.

—*Wa aleikum assalam* —respondió pasándole la mano por la cabeza—. Así que eres la artista de la familia...

—¡Y tanto! Todo esto lo ha pintado mi hija —indicó Zakaria con orgullo.

—¿Hija? Querrás decir nieta... —corrigió con expresión de extrañeza. De repente esbozó una amplia sonrisa y soltó una carcajada—. ¡Ah, pillín! ¡Te volviste a casar y ni siquiera me invitaste a la boda! —Zakaria y Amal lo miraron, sorprendidos—. ¡Qué suerte! —comentó guiñándole un ojo—. Debe de estar bien tener una mujer joven. ¿Qué pasó con Youmna? ¿Cómo la convenciste para que te dejara casarte otra vez? No parece el tipo de mujer que permite esas cosas...

—Bashir, *habibi*... Vamos a tomar un té y te lo explicaré. Algún día tienes que venir a comer a casa. Youmna estará encantada de verte y te lo contaremos todo con calma. Amal, ahora vuelvo —dijo volviéndose hacia su hija—. Voy a decirle al señor Waleed que se quede contigo un rato.

Amal no entendió lo que estaba pasando y al verlos alejarse se preguntó por qué Bashir volvía la cabeza de vez en cuando con los ojos como platos y la boca abierta, llevándose las manos a la cabeza.

—¡Amal, mi mejor alumna! Estoy muy orgulloso de ti. Lo estás haciendo muy bien —la alabó el señor Waleed, que se sentó a su lado. Ella parecía pensativa—. Eres la que más ha vendido. Finalmente podremos comprar libros y te lo deberemos a ti.

Amal no dijo nada, era muy extraño que no se alegrara.

—Señor Waleed. ¿Soy la hija de Zakaria Abdo?

—*La ilaha ila Allah*. ¿Por qué preguntas eso? Claro que lo eres.

—¿Y de Youmna Abdo?

—Por supuesto.

—Entonces, ¿por qué ha preguntado el señor Hachem a mi padre si tenía una segunda mujer más joven?

Khaled cayó en la cuenta. «Alá me ayude a explicarle cómo funciona este mundo. Pero ¿cómo voy a hacerlo si sus propios padres no lo han hecho», pensó.

—¿Tiene otra mujer mi padre?

—No, claro que no.

—Entonces, ¿me adoptaron?

—¿No sabías que Zakaria y Youmna no son tus padres biológicos? —se vio forzado a preguntarle.

La chica negó con la cabeza.

—Señor Waleed, si Zakaria y Youmna no son mis padres, entonces ¿quiénes son?

—Es una pregunta que tendrás que hacerles a ellos.

Amal se quedó callada. Khaled se sentó y notó que su actitud había cambiado instantáneamente: de alegre a triste, de habladora a callada y de animada a meditabunda. Entendió que se sentía traicionada por los padres que amaba y en los que confiaba; abandonada por los padres que deberían amarla e indignada con todos los que la rodeaban y se lo habían ocultado, incluido él. Pero ¿cómo iba a explicarle que, a pesar de que no había salido del útero de Youmna, a efectos prácticos era hija de Zakaria y Youmna, que la habían cuidado y querido desde que la habían abandonado en su puerta a los pocos días de nacer? Al ver su entristecida cara deseó fervientemente que algún día lo entendiera y se liberara del resentimiento y la animadversión que sentía hacia las únicas dos personas que la habían querido de verdad.

Y

—¡Me mentiste! ¡Dijiste que eras mi madre! —le reprochó a gritos a Youmna.

—Y lo soy.

—No, no lo eres.

—Amal, por favor, no te llevé dentro de mí nueve meses ni te traje al mundo, pero te he cuidado.

—¿Qué pasó con mi madre? ¿Por qué me dejó aquí? ¡Seguro que le hiciste algo, que la obligaste a irse, porque, si no, jamás me habría abandonado!

—Amal, hija mía…

—No me llames así —gritó.

Youmna se echó a llorar, incapaz de conseguir que la entendiera; la dejó en su habitación y rezó para que se aplacara su rabia, para poder hablar con calma con ella. Pero no se calmó. Sus padres hicieron caso omiso a su maleducado y agresivo comportamiento. Ella hacía lo que quería, no les decía adónde iba, desaparecía horas y horas, y a veces volvía a la puesta de sol, con expresión huraña y hostil.

Su rendimiento en el colegio bajó mucho; cuando Zakaria y Youmna intentaban hablar con ella respondía con un «¡Qué narices os importa!» que los descorazonaba. Durante las siguientes semanas y meses se encerró en su concha y se negó a exteriorizar sus sentimientos, se refugió en su pintura y cerró la puerta al mundo sin dejar que nadie viera lo que expresaba en el papel. Ni Zakaria ni Youmna entendieron cuál había sido su terrible equivocación. Al fin y al cabo, eran sus padres y la querían. Tenía que saberlo y sentirlo. Jamás habían querido ocultarle la verdad, simplemente habían preferido esperar a que creciera para que pudiera entenderlo. A partir del sexto cumpleaños, Youmna empezó a preguntar a su marido si deberían decírselo, y cada año este argumentaba que era muy joven y que debían esperar un poco más.

—Deberíamos habérselo dicho —repetía Youmna una y otra vez mientras Zakaria intentaba consolarla.

—No lo hicimos con mala intención. Nunca se lo ocultamos…

—¡Sí! Si se lo hubiésemos dicho cuando era más joven, no estaríamos en esta situación.

—¿Y qué querías hacer? ¿Contarle a ella y a todo el

mundo que una puta la llevó nueve meses en su vientre sin saber quién era el padre? ¿Hablarle de su pecaminoso comportamiento a una niña de doce años?

—Tenemos que decirle que somos sus abuelos y explicarle lo que pasó con Heba —imploró sin dejar de llorar sobre la almohada.

—No pronuncies ese nombre en mi presencia, por favor.

—Por mucho que te duela, es nuestra hija, y Amal ha de saber que es su madre.

El rostro de Zakaria se tiñó de cólera. Jamás olvidaría el día en que su propia hija estaba tan borracha que intentó seducirlo.

—Lo siento, Youmna. No quería hacerte más daño. No llores, por favor.

Pero aquella noche Youmna no pudo contener las lágrimas. Se culpó por no haber sido una buena madre y por todo lo que le había pasado a su hija. Después de haber suplicado una segunda oportunidad a Alá, este le había concedido a Amal y también había fallado.

Youmna estaba embarazada cuando se casó con Zakaria a los diecisiete años. Él tenía veinte y acababa de obtener una diplomatura. La posibilidad de hacer un máster y el nacimiento de una niña sana llenó de dicha a la joven pareja. Intentaron tener más hijos, pero Youmna sufrió varios abortos seguidos y su médico les recomendó que, debido a que el embarazo y parto de Heba habían sido complicados, no tentaran a la suerte. Decidieron posponer la ampliación de la familia y se centraron en su preciosa hija. No cabía duda de que había heredado la belleza de su madre. Cautivaba a todo el mundo con sus grandes ojos azules, sus dorados cabellos y su inocente risa.

Los problemas llegaron cuando cumplió catorce años y empezó a frecuentar malas compañías. Se convirtió en la Lolita de Beirut y se dedicó a consumir drogas, a beber y a alternar con hombres ricos, casi todos mayores que su padre. Disfrutaba desobedeciendo a su madre y llegaba tarde a casa, pues sabía que ella la esperaba despierta. Procuraba hacer ruido y acariciaba y se apretaba a aquel que le había acompañado frente a la ventana desde la que la estaría mirando Youmna. Cuando tenía quince años, una noche llegó tambaleándose y riendo. Llevaba unos zapatos de tacón muy alto, minifalda y una camisa que dejaba ver su sujetador de encaje, los labios pintados de rojo y el pelo despeinado. Cuando intentó concentrarse para meter la llave en la cerradura, una copia de la original que había robado a su madre, Youmna abrió la puerta. Zakaria estaba detrás, los dos en bata, enfadados, tristes, desconcertados y horrorizados.

—Heba, tu comportamiento es escandaloso —la reprendió Youmna.

—Mamá, no seas pesada —protestó antes de dejarse caer en un sillón del vestíbulo, poner una pierna sobre el reposabrazos y subirse la minifalda.

—¿Es que no tienes vergüenza? ¿Qué te pasa? —continuó Youmna.

—Vives en el pasado. No seas tan anticuada. Las mujeres de hoy día se comportan así, nos hemos liberado —proclamó arrastrando las palabras y moviendo la cabeza de un lado a otro—. Necesito fumar. —Sacó un paquete del bolso, encendió un cigarrillo y se arrellanó en el sillón mirándolos a través del humo azul grisáceo.

—¡Por el amor de Dios, Zakaria! ¡Dile algo!

Heba miró a su padre y se llevó el pulgar a la boca de forma insinuante. La camisa se le había desabrochado y dejaba ver el sujetador de encaje blanco que contenía sus turgentes senos.

—¿Tienes algo que decirme? —preguntó abriendo más las piernas.

No llevaba ropa interior. Youmna soltó un grito, se tapó los ojos y le dio la espalda, aunque sus encorvados hombros delataban sus lágrimas.

Zakaria se había quedado sin habla. Parecía como si le hubieran dado un golpe en la cabeza que lo hubiera dejado inconsciente e incapaz de pensar o ver con claridad.

—Ven, Youmna —le pidió cogiéndola de la mano—. Ya no tenemos hija. No reconozco a esta puta que está sentada en el vestíbulo y ofrece su mercancía sin ningún tipo de vergüenza. —Empezaron a subir las escaleras, pero a mitad de camino se volvió y dijo—: Vete y no vuelvas nunca más. Para nosotros estás muerta.

Al día siguiente había desaparecido sin dejar una nota.

Youmna cayó en una profunda depresión y le recomendaron que se fuera de Beirut y se mudara a un lugar más tranquilo y pacífico.

Los Abdo se trasladaron a Deir el-Ahmar.

—¿No tenéis hijos? —se extrañó su vecina Rima Waleed cuando los invitó a cenar el día que llegaron.

Youmna miró a Zakaria: no habían decidido qué decir si alguien les formulaba esa pregunta.

—Tuvimos una hija, pero por desgracia nos fue arrebatada cuando solo tenía quince años —aseguró Zakaria dando a entender que estaba muerta.

—¡Oh, no! Lo siento mucho, Youmna —se compadeció Rima poniéndole una mano en el brazo con lágrimas en los ojos.

—Fue una tragedia —explicó Zakaria.

—No debéis daros por vencidos. Todavía sois jóvenes —los alentó.

—Lo hemos intentado, pero nos hemos llevado muchas desilusiones.

—No os desaniméis. Tendréis un hijo. Lo presiento.

—Espero que sea pronto, el tiempo pasa rápido.

—Lo sé, tuve a Khaled con treinta y nueve años —confesó abrazando a su hijo de nueve, que intentó escapar de los brazos de su madre.

Cierto día de febrero de 1975, Youmna estaba en la cocina y Zakaria en su estudio. El ambiente estaba cargado de incertidumbre. Repentinamente, unas milicias sirias y palestinas habían aparecido en el valle y todo el mundo estaba muy preocupado. Nadie sabía qué estaba sucediendo ni en quién confiar. Los amigos se volvían contra los amigos; los hermanos contra sus hermanos. La delicada paz del Líbano, que siempre había dependido del equilibrio entre musulmanes y cristianos, y sus distintas facciones, se había visto perturbada y había conducido al país y a los distintos pueblos que lo habían habitado durante miles de años a la confusión y el caos.

Youmna se sentía muy triste, pronto cumpliría treinta y ocho años, lo que significaba que Heba tendría veintiuno. Hacía siete años que no la veía. No sabía qué hacía, dónde vivía o si se había casado. Alguna vez había visto fotos de Heba en revistas del corazón. Había intentado ser actriz, cantante y modelo. Aparecía rodeada de todo tipo de personalidades, con una sonrisa en los labios y una copa de champán en la mano. Siempre le había parecido poco natural y falsa. Una revista aseguraba que se había sometido a todo tipo de cirugía plástica: se había arreglado la nariz, se había estirado los párpados para dar un aspecto más felino a sus ojos y había aumentado su de por sí generoso pecho.

Estaba tan perdida en sus pensamientos que casi no oyó una tímida llamada en la puerta. Se limpió las manos rápidamente en un trapo y fue a la puerta, preocupada porque fuera alguna de las milicias que rondaban por el valle. Aunque, de haber sido alguna de ellas, la habrían aporreado, no habrían llamado educadamente.

—¿Quién es? ¿Quién es? —preguntó.

Abrió con cuidado, esperando que no fuera algún tipo de ardid, pero no vio a nadie. «Seguramente lo habré imaginado», se dijo antes de cerrarla y volver a los quehaceres de la cocina. A medianoche el llanto desconsolado de un bebé desgarró la tranquila y silenciosa noche en Deir el-Ahmar, sobresaltó a los animales y desveló a otros niños que dormían en sus cunas. El bebé rompió a llorar de nuevo, como si fuera su grito de guerra, y despertó a los que habían desatendido su requerimiento de que lo cogieran en brazos, lo alimentaran, lo calmaran y lo acostaran.

Youmna se revolvió en la cama, aquel sonido se había colado en su profundo sueño.

—¿De quién es ese niño? —preguntó Zakaria, medio dormido.

—No lo sé, pero su madre debería calmarlo; de lo contrario, despertará a todo el valle.

Los lloros continuaron y Youmna metió la cabeza bajo las almohadas para ahogar aquellos sollozos. De repente oyó golpes en la puerta.

—¡Zakaria! ¡Zakaria! —llamó una voz masculina.

Este se levantó, abrió la ventana y se asomó para ver quién llamaba. Hacía una noche muy fría. Era Ilyas Waleed, el vecino.

—¿Qué pasa?

—¿No has oído el llanto de un niño?

—¿Que si lo he oído? Ha despertado a todo el valle.

—Está en tu puerta.

—Mira, esto es el valle de la Bekaa, no la Biblia. Así que, por favor, nada de bromas, sobre todo a estas horas de la noche. Seguro que después me dices que es Moisés en una cesta de papiros —protestó empezando a cerrar la ventana.

—Muy bien. No me creas si no quieres. Lo voy a dejar en la iglesia. Allí sabrán qué hacer con él, la gente lleva siglos abandonándolos.

—Estupendo, así podremos dormir.

—¿Quién era? —preguntó Youmna, que había sacado la cabeza de debajo de las almohadas.

—Ilyas, que quería gastarme una broma pesada. Decía no sé qué de un bebé en la puerta —explicó mientras se metía en la cama.

—Qué tontería —susurró. Segundos después abrió los ojos. «¿Será por eso por lo que han llamado a la puerta? No, lo he imaginado», se convenció antes de dormirse de nuevo.

Al día siguiente dos monjas de Nuestra Señora de Deir el-Ahmar tocaron el timbre de los Abdo. Youmna abrió la puerta, sonrió al verlas y las invitó a entrar.

—¿En qué puedo ayudarlas? —preguntó cuando se sentaron para tomar café y pastas.

—Madame Abdo —empezó a decir la hermana Jeanne—, anoche dejaron un bebé en una cunita en la puerta de la iglesia.

—Fue Ilyas Waleed, su vecino —añadió la hermana Josephine.

—Dijo que lo había encontrado frente a su casa —continuó la hermana Jeanne.

—En la puerta —precisó la hermana Josephine.

—No me di cuenta de que hubiera ninguna cunita —se excusó Youmna.

—No, claro, no es el lugar en el que uno piensa encontrar un bebé —convino la hermana Jeanne.

—No nos extrañó que no lo viera —intervino la hermana Josephine.

—Pero evidentemente era para ustedes; si no, no lo habrían dejado allí.

—Sí, pero ¿quién fue?

—Por eso hemos venido a preguntarle —explicó la hermana Josephine.

—No sé de nadie capaz de hacer algo así, sobre todo en una fría noche de febrero —explicó Youmna.

—Fue una absoluta imprudencia —comentó la hermana Jeanne.

—Bueno, madame Abdo —empezó a decir la hermana Josephine lentamente—, sabemos bien que su esposo y usted han estado rezando por tener un hijo.

Youmna asintió.

—Entonces estará de acuerdo en que esta es la respuesta a sus plegarias —concluyó la hermana Jeanne.

—Sí, ha sido obra de Dios. ¡Un milagro! —añadió la hermana Josephine.

Youmna casi se echa a reír. No sabía si podría mantener la seriedad si las monjas continuaban con aquella parodia.

—Hermanas, hemos rezado por tener un hijo, pero no sé qué pensará mi marido de este milagro.

—Estaba destinado a ser suyo —insistió la hermana Jeanne perfectamente erguida en la silla de la cocina, con las manos unidas sobre el regazo.

—Puede que sí y puede que no —replicó Youmna—. La guerra ha dejado muchos niños huérfanos en el país. El otro día leí en el periódico que las mujeres embarazadas que han perdido a sus maridos y no tienen medios abandonan a sus hijos en iglesias, mezquitas o casas para que alguien cuide de ellos.

—Sí, es verdad. Una guerra es algo horrible —admitió la hermana Josephine.

—En cualquier caso, madame Abdo: lo dejaron para que lo cuidara usted —continuó la hermana Jeanne.

—Gracias por pensar en nosotros, pero ¿cómo está tan segura de que era para nosotros?

—Bueno, la niña se parece a usted —comentó la hermana Josephine.

—¡Ah! ¿Es una niña?

—Sí, ¿no lo habíamos mencionado?

—Se le parece mucho —insistió la hermana Josephine.

—Bueno, no del todo —precisó la hermana Jeanne.

—Pero es evidente que hay un parecido de familia —añadió la hermana Josephine.

—¿Había alguna nota en la cuna o algo que pueda considerarse como prueba, aparte del parecido?

—Solo había algo que parece un poema —dijo la hermana Jeanne sacando un papel del bolsillo y entregándoselo.

Cuando Youmna lo leyó se le llenaron los ojos de lágrimas:

Vuestros hijos no son vuestros: son hijos e hijas de las ansias de vida que siente la vida misma.

Vienen a través de vosotros, pero no desde vosotros, y, aunque estén con vosotros, no os pertenecen.

Podéis darles vuestro amor, pero no vuestros pensamientos, porque tienen los suyos propios.

Podéis cobijar sus cuerpos, pero no sus almas, porque estas habitan en la casa del mañana que no podéis visitar, ni siquiera en vuestros sueños.

Podéis esforzaros por ser como ellos, pero no intentéis volverlos como vosotros, porque la vida no va hacia atrás ni se detiene en el ayer.

Sois los arcos con los que, como flechas vivientes, se disparan vuestros hijos.

El arquero ve la diana en el sendero del infinito y os doblega con su poder para que sus flechas vuelen rápido y lejos.

Haced que vuestra tensión en la mano del arquero sea para la alegría: porque, al igual que ama a la flecha que vuela, también ama el arco estable.

Era un poema de Khalil Gibran que le gustaba mucho y que a menudo leía a su hija en la cuna. Sin siquiera ver al bebé supo que era la hija de Heba.

Con el tiempo, Amal sosegó la rabia que sentía hacia los que seguía considerando su padres adoptivos y la reemplazó por la triste aceptación de que jamás conocería a los biológicos. Por más que insistía nunca conseguía más detalles: Zakaria y Youmna negaban sistemáticamente saber quién la había abandonado en su puerta; en cuanto a las monjas, lo único que le decían era que Ilyas Waleed la había llevado a la iglesia.

Youmna intentaba a veces convencer a Zakaria para que le dijera que era su nieta, pero este se mantenía firme. Heba era el mal, la encarnación de la maldad, y Amal era tan inocente y la quería tanto que prefería protegerla de aquella libertina y desvergonzada adicta al alcohol y las drogas.

En 1991 la guerra civil acabó oficialmente y el Líbano intentó rehacerse tras quince años de devastación. Los sirios seguían en el valle de la Bekaa y se negaban a abandonar su cuartel general de Anjar, próximo a Deir el-Ahmar. Amal iba a cumplir dieciséis años. Youmna, Zakaria y sus vecinos Ilyas y Rima decidieron organizar un cumpleaños conjunto, pues había nacido el mismo día que Rima.

Amal estaba en una habitación del piso de arriba que utilizaban como ático buscando en un baúl un pañuelo de seda bordado que le había pedido Youmna. Lo encontró en un montón de pañuelos y chales cuidadosamente doblados. Al cogerlo sacó un chal de lana tan fino que casi era transparente. Cuando intentó doblarlo para volver a dejarlo en su sitio, encontró un pequeño cuaderno de cuero repujado del que se cayó una fotografía. La miró, parecía la familia de Youmna, frente a la mezquita de los Omeya de Damasco. En la parte delantera había varios niños sentados y uno de pie. Reconoció a Youmna cogiendo la mano de su madre. Sintió curiosidad y quitó la tira de cuero que sujetaba el cuaderno para ver si había más. Sus amarillentas páginas estaban llenas de la hermosa escritura en árabe de Youmna, aunque la tinta se había borrado en algunas líneas. También había unas cuantas fotografías pequeñas en blanco y negro, sin duda de la numerosa familia de Youmna. Pudo ver otra de Zakaria y de Youmna en la que aparecía sentada en una silla con las manos en la tripa mirándolo amorosamente; él estaba sonriente y de pie, con el brazo en el respaldo de la silla. En el anverso leyó escrito: «Octubre de 1953, cinco meses». Se preguntó qué significaría aquello. Volvió a meterlas en el cuaderno un tanto confusa, porque estaba segura de que se habían casado en noviembre de 1953 y le resultó extraño que aquellas fotos mostraran semejante intimidad antes de la boda, ya que muchas parejas no podían verse antes del enlace.

Hojeó el cuaderno rápidamente y leyó varias palabras aquí y allá. Era una especie de diario. Cuando estaba atándolo de nuevo, una bolsita de fieltro se desprendió de su interior. Dentro había un guardapelo de oro. Se sentó con las piernas cruzadas y le dio vueltas entre los dedos. Había perdido el brillo con el tiempo y estaba arañado, pero seguía siendo muy bonito, de forma ovalada y sujeto a una fina cadena de oro. Mientras lo estudiaba oyó un ligero clic y se abrió. Dentro había una diminuta fotografía en blanco y negro de una niña. Era rubia y sonreía. «Debe de ser Youmna cuando era joven», pensó.

Volvió a dejarlo todo como estaba y cerró el baúl. Cogió el pañuelo negro y bajó las escaleras. Se detuvo un momento y dudó si debería coger el cuaderno y preguntar a Youmna por las fotografías, pero no lo hizo. A pesar de que sentía curiosidad, seguía dolida por haber descubierto que era adoptada, por la vergüenza que sentía en el colegio y por tener que admitir ante las niñas que siempre se habían reído de ella que tenían razón y que Youmna y Zakaria jamás habían hecho nada por averiguar quiénes eran sus verdaderos padres.

A veces intentaba sonsacarles una respuesta.

—Amal, tienes que entender que estábamos en plena guerra civil, era imposible averiguar nada. Los servicios de inteligencia sirios vigilaban y había que tener mucho cuidado con lo que se hacía, se decía y se preguntaba —aducía Zakaria.

No entendía por qué Youmna no soltaba prenda. Si le preguntaba directamente, siempre le contestaba que hablara con su padre. Y cuando este le daba la misma respuesta una y otra vez, notaba la cara de desacuerdo que ponía su madre mientras Zakaria le daba un sermón sobre lo que era la vida en los peores momentos de la guerra; entonces, Youmna volvía a sus quehaceres si estaban en la cocina o se iba de la habitación pretextando que estaba cocinando o que tenía ropa tendida.

Bajó las escaleras entusiasmada con la fiesta. Había presenciado los preparativos y al parecer iba a acudir todo el pueblo. Se iba a celebrar a medio kilómetro de las casas de los Abdo y los Waleed, en el patio de un antiguo monasterio construido sobre las ruinas de un templo romano. Miró desde la ventana de su habitación. Habían dispuesto unas largas mesas cubiertas con manteles blancos. Había gente distribuyendo platos y platos, y las bandejas y cestas que se utilizarían para la comida. Habían llevado hielo y los gritos de los que colocaban las linternas y las luces de colores la hicieron sonreír. Oyó a Youmna y a Rima discutiendo sobre la hora a la que llevarían las tartas, y a Zakaria e Ilyas hablando con el encargado de los fuegos artificiales.

Tenía mucho tiempo para arreglarse, así que cogió el cuaderno de dibujos, carboncillo y acuarelas, y fue a los campos que había más allá del jardín. Se dirigió hacia la cueva que había descubierto hacía unos días, pero que no había explorado todavía. Pensó que sería interesante pintarla. Buscó donde creía que estaba, pero no la encontró. Seguramente había tomado el desvío equivocado. Estaba en una zona del valle que no conocía bien, pero era temprano y el sol estaba todavía muy alto. Recorrió un pequeño cañón y en su extremo descubrió una grieta en la roca roja. Entró por ella, oyó un extraño sonido y lo siguió. El suelo era llano y había luz. La cueva se fue estrechando; al otro lado de una hendidura por la que podía pasar una persona, descubrió una poza natural. El sol entraba por la parte superior y el agua brillaba. Contuvo el aliento. Era magnífica. El agua era transparente, de color turquesa; cuando metió la mano, la notó fría. Sin duda provenía de una fuente subterránea.

—Así que mi estudiante favorita ha descubierto mi cueva secreta —la asustó una voz.

Al darse la vuelta vio al profesor Khaled Waleed.

—¡Señor Waleed! —saludó un tanto incómoda—. Es un sitio precioso.

—Sí, vengo siempre que me apetece estar solo.

—¿Sabe alguien que existe?

—No lo sé... No lo creo. ¿Por qué no te estás arreglando? —preguntó antes de sentarse junto a la poza—. Es un cumpleaños muy importante, ¿no?

—Sí —contestó sentándose también.

—¿No tienes ganas de celebrarlo?

—Sí —contestó sonriendo mientras la suave luz de la tarde se reflejaba en su cara. Khaled se quedó tan fascinado que no supo qué decir y se limitó a mirarla perplejo—. Señor Waleed, ¿está bien?

—Sí, sí..., estoy bien —se disculpó—. No sé en qué estaba pensando.

—¿Cree que es una cueva romana? —preguntó con los ojos muy abiertos y brillantes. No había perdido interés por la historia.

—Me parece que es aún más antigua —respondió antes de hablarle sobre el valle de la Bekaa y las civilizaciones que lo habían habitado antes de los romanos. Se alegró de hacerlo, pues desviaba su atención de ella; su sonrisa le había impresionado. Quizás había sido el reflejo de la luz en sus ojos, pero la belleza y la tristeza que había visto en aquellas almibaradas profundidades verdes le habían cautivado.

Eran casi las siete y en la cueva empezaba a oscurecer, aunque la poza seguía teniendo luz.

—Tengo que irme —dijo Amal poniéndose de pie.

—Voy contigo —se ofreció Khaled—. Iba a darme un baño, pero lo dejaré para otro día.

—¿Se puede nadar?

—Por supuesto. El agua está estupenda.

—Algún día lo haré.

—Deberías sonreír más en clase. Tienes una sonrisa encantadora.

—Allí no tengo mucho por lo que sonreír —dijo sintiéndose repentinamente avergonzada y mirando al suelo—. No sé..., fuera de ella, los árboles, las rocas, el agua..., me siento segura. Mirar esa poza me hace feliz. —Khaled asintió para que continuara—. Aquí me siento libre. Es como si pudiera respirar, a pesar de ser una cueva.

—Sí, es la magia de la naturaleza. —Caminaron en silencio y al poco llegaron a casa—. Amal, sé que estos últimos años no lo has pasado bien y que todavía estás dolida. También sé que buscas algo y que no pararás hasta que lo encuentres. Me gustaría que supieras que, además de ser tu profesor, soy tu amigo y que puedes contar conmigo para lo que necesites y cuando quieras.

—Gracias, señor Waleed.

—Estupendo, te veo luego.

—Señor Waleed, ¿por qué no se ha casado nunca?

Khaled se rio, el matrimonio era un tema delicado en su familia. Pronto cumpliría los treinta y seguía soltero.

—Todavía no he encontrado la mujer adecuada.

Aquella tarde lo había hecho.

—¿Dónde has estado? —preguntó Youmna cuando la vio entrar.

—Pintando.

—¿Sabes qué hora es?

—Sí, *immi*. No te preocupes, estaré arreglada a tiempo.

—Cuando te vistas, avísame para peinarte.

Corrió escaleras arriba y se dio un baño rápido. Su madre le había confeccionado un vestido ligeramente acampanado de sedoso algodón blanco con grandes flores rosas. Rima le había dejado unas sandalias a juego y Youmna había tejido también una chaqueta de algodón blanco.

—*Immi!* ¡Estoy lista! —Youmna subió a la habitación y la encontró frente al espejo—. ¿Qué te parece?

—Estás preciosa, estoy muy orgullosa de ti —dijo acercándose a ella con lágrimas en los ojos—. Ahora siéntate y deja que te arregle el pelo. Estarás aún más guapa —aseguró mientras sacaba una barra de brillo rosa que Amal había suplicado que le comprara.

Al principio se había negado, pero después había decidido darle una sorpresa. Amal soltó un chillido y la abrazó.

—Muchas gracias, *immi*.

—Vale, siéntate —le pidió, pues no quería que la viera llorar . ¿Qué te parece? —preguntó haciéndose a un lado.

Estaba deslumbrante. Le había cepillado el largo y oscuro cabello, y se lo había recogido en una alta coleta para hacer un moño, pero luego pensó que la coleta estaba mejor, sobre todo con una rosa roja sujeta en la oreja. Hacía poco que le dejaba depilarse las cejas y se las curvó.

—Bueno, ahora el brillo de labios… Y después…

—*Immi!* —gritó al ver que sacaba un tubito de rímel.

—¡Felicidades, Amal! Que Alá te dé salud y seas feliz toda tu vida —deseó mientras su hija la abrazaba—. Estoy muy orgullosa. Ahora me toca vestirme a mí o pareceré una vieja.

—Nunca lo parecerás, *immi.*

—Gracias, Amal, es un cumplido muy bonito.

—*Immi…*

—¿Sí, *habibti?*

—Sé que me he portado muy mal.

—Venga, venga, dejemos en paz el pasado.

—Por favor. Sé lo que dije y que fui egoísta y desagradable. Te hice daño y quiero que sepas que lo siento mucho.

—No tienes por qué disculparte —aseguró sonriendo.

—Sí —contestó dándole un abrazo—. Sí que tengo que hacerlo.

—Has de saber que te querré siempre, hagas lo que hagas, por mala que seas o por mucho que me digas —recalcó inclinándole la cabeza para mirarla a los ojos—. Aunque me enfade o te grite, nunca dejaré de quererte. —Los ojos de Amal se llenaron de lágrimas—. Te lo prometo.

—Tú eres mi madre, *immi*, no la otra —confesó con la cabeza apoyada en su hombro.

—Venga, venga —la tranquilizó secándole las lágrimas con un pañuelo—. Si lloras, se te correrá el rímel.

Fue lo único que acertó a decir.

La fiesta fue todo un éxito. Prácticamente todo Deir el-Ahmar se reunió en aquel amplio patio y comieron, bebieron y bailaron hasta pasada la medianoche. Khaled sacó a bailar a Amal. Estaba claro que se había enamorado de ella. Tras varias canciones se sentaron en un bloque de piedra en un extremo.

Al principio se creó un incómodo silencio y ninguno de los dos supo qué decir. Khaled tenía problemas de conciencia. «¿Qué estoy haciendo? Es una locura. ¿Cómo voy a enamorarme de ella? ¡Es una de mis alumnas!», pensó.

—Hace una noche muy bonita —comentó finalmente.

Amal sonrió tímidamente. Sus sentimientos por ella le habían cogido totalmente desprevenido. Tenía una sensación muy extraña. Después de todo, solo tenía dieciséis años; él, veintiocho. Recordó sus comienzos como profesor. Cuando consiguió su diplomatura pensó quedarse en Beirut, pero tras varios meses de buscar trabajo, algo prácticamente imposible en tiempos de guerra, decidió volver y dedicarse a la enseñanza en el colegio del pueblo. En aquel momento, Amal solo tenía ocho años y le llamó la atención que una niña tan pequeña mostrara tanto interés por la historia antigua y el dibujo.

—¿Has estado pintando últimamente?

—Sí, he empezado algunos óleos —contestó sin dejar de sonreír.

—Sí, ¿cuándo? —preguntó con sincera alegría.

—No hace mucho. *Baba* me regaló un caballete, pinceles y pintura por mi cumpleaños.

—Bueno, eso quiere decir que no me he perdido ese nuevo giro en tu carrera artística.

—No, no mucho —contestó balanceando los tobillos cruzados y mirando tímidamente al suelo. Le daba miedo levantar la vista. Khaled la miraba como nunca lo había hecho y la intensidad de sus ojos la cohibía.

—¿Tienes algo acabado?

—Sí.

—¿Cuándo puedo verlo?

—Cuando quieras.

—¿Qué hacen estos dos guapos jóvenes sentados ahí? ¡La fiesta está aquí! —preguntó uno de los músicos con una amplia sonrisa.

—¡Venid! —los animó otro de ellos.

—Sí, necesitamos gente joven, ya hay demasiados viejos.

Khaled y Amal se sonrieron y acordaron en silencio volver a la fiesta. El chico fue el primero en saltar y le puso las manos en la cintura para ayudarla. Ella apoyó las suyas en sus hombros, echó la cabeza hacia atrás y se echó a reír porque le hacía cosquillas.

Capítulo catorce

*E*l tráfico era horrible. Incluso la moto de Mouna estaba parada. Normalmente conseguía abrirse paso, a pesar de atraer la ira del resto de los conductores que no podían hacer lo mismo, pero no aquel día. Miró el reloj, tenía diez minutos para llegar a la Corniche y ni siquiera estaba cerca. «¿Por qué seguimos teniendo policías que dirigen el tráfico. Estamos en el siglo XXI. ¿Por qué sigue el país en los años cincuenta?», pensó mientras esperaba que avanzaran los coches. Oyó la sirena de un coche de policía a lo lejos y puso los ojos en blanco. Seguramente se había producido un accidente y tendría que buscar una ruta alternativa. «¡Maldita sea!», maldijo. Llamó a Dina para decirle que estaba en un atasco y esta insistió en que fuera inmediatamente.

—Madame Chaiban, si tuviera alas, iría volando, pero no las tengo.

Cuando llegó a la torre Marina Garden eran ya las seis y media. Aparcó la moto y corrió hacia el edificio.

—*Bonsoir*, madame —la saludó el portero manteniendo la puerta abierta.

—*Bonsoir* —contestó pasando rápidamente por delante de él para buscar un ascensor que la llevara al piso 24.

—Madame, *s'il vous plaît* —gritó un hombre, pero Mouna no se detuvo y se dirigió hacia los ascensores—. ¡Madame, espere por favor! —Mouna apretó el botón para subir—. ¡Madame! —volvió a llamarla un hombre uniformado.

—Llego tarde. ¿Qué quiere?

—Madame, es un edificio con conserje.

—No sé lo que significa eso ni me importa. Me están esperando en el apartamento 2407 y llego media hora tarde.

—Madame, no puedo dejarla subir sin avisar antes.

—Mire, creo que no me ha entendido. La señora lleva esperándome desde las seis.

—Madame, he de avisar. No puedo dejarla subir.

—Pero esto es un caso de urgencia.

—¿A qué se refiere?

—Es una urgencia personal. Femenina... —aclaró entrando en el ascensor.

—De acuerdo. Dejad pasar a la enfermera, es una emergencia —dijo en su transmisor—. Lo siento mucho, madame —se excusó llevándose la mano al sombrero.

Mientras subía se preguntó por qué había insistido tanto en avisar a Dina. Al fin y al cabo, la había llamado ella. Llegó al apartamento y buscó el timbre, pero no había. Llamó con los nudillos suavemente y pegó la oreja a la puerta. No parecía haber nadie. Llamó con más fuerza, pero no obtuvo contestación. Al final sacó el móvil.

—Mira, Mouna, es muy tarde. Si todavía estás en ese atasco...

—Madame, estoy en la puerta.

Segundos más tarde, Dina apareció con una toalla en la cabeza y el móvil en la oreja, como si no hubiera creído que Mouna estuviera allí.

—Entra, ¿por qué no me han avisado? Se supone que es lo que han de hacer esos idiotas. Les pagamos para que pregunten quién viene y llamen para notificarlo. Si no, cualquiera podría entrar, ladrones, bandidos, delincuentes... Dios sabe quién. Por suerte eras tú. ¡¿Te han preguntado quién eras?! —Mouna se encogió de hombros, avergonzada. Por eso había insistido tanto. Jamás había estado en un edificio así y no tenía ni idea de cómo funcionaban—. Tendré que quejarme.

—¿Qué quiere que le haga primero? —preguntó para cambiar de tema.

—El pelo. Las manos no están tan mal.

Le quitó la toalla y empezó a trabajar. Echó un vistazo a su alrededor, así que esa era la casa de Amín. Le habría gustado ver alguna fotografía, pero no parecía haber ninguna. El apartamento era impersonal y frío.

—Sí, Amín —contestó Dina cuando sonó su móvil—. Por supuesto que estaré lista a las nueve. Recógeme abajo. Tengo a una chica que me está peinando y haciéndome las uñas. Ya sabes, la que *immi* encontró para la boda… ¿Qué? ¿Para qué quieres venir a casa ahora? Creía que tenías que ir a un cóctel… ¿Que lo han cancelado? ¿Cómo es posible que lo hayan cancelado a última hora? ¡No! No estaré lista… Vale, allá tú…, pero tendrás que esperarme —replicó antes de colgar—. ¡Hombres!

Mouna fingió concentrarse en las uñas de sus pies.

—No los entiendo. Cambian de parecer y de planes más que las mujeres, pero si nosotras hacemos algún cambio, por pequeño que sea, nos acusan de ser unas locas que nos hacemos un lío. Y lo dicen de tal forma que nos lo creemos.

Mouna volvió a sonreír, se inclinó hacia delante y tuvo que recurrir a toda su fuerza de voluntad para concentrarse en los pies de Dina.

—Creía que tenía tiempo hasta las nueve, y de repente ahora viene a casa —comentó encendiendo un cigarrillo—. ¡Qué lata! Odio que esté aquí cuando estoy pintándome las uñas, peinándome o maquillándome. No hace nada más que estorbar.

Mouna se encogió de hombros y asintió de forma evasiva. Dina se quedó callada un momento, como perdida en sus pensamientos.

—Mira, Mouna, no me pintes las uñas de los pies. Esta noche llevaré zapatos cerrados.

—Muy bien. —Si Amín iba a llegar pronto no sabía cómo se sentiría al verlo en su casa, con su mujer—. ¿Cuánto tiempo llevan viviendo aquí? —preguntó para intentar aliviar el estrés que le causaba el que su marido, al que se suponía que amaba, llegara antes de lo previsto.

—Mis padres nos compraron el apartamento hace un par de años, cuando nos prometimos.

—Parece nuevo.

—Contraté a un decorador minimalista —explicó, y al apagar el cigarrillo en un cenicero se le abrió la bata. Mouna no quería mirar, pero le pudo la curiosidad. Su piel parecía muy basta. Tenía manchas y se había puesto un sujetador en tonos rosas y demasiado color lavanda, con el que la piel parecía amarilla—. Ese rojo es muy bonito para las uñas —dijo indicando hacia los esmaltes que había llevado Mouna, que se apresuró a pintárselas, angustiada ante la idea de que Amín llegara en cualquier momento.

—¡Ya está! —anunció cuando acabó la última. Empezó a recoger a toda velocidad, ansiosa por irse.

—Mouna, lo siento mucho, pero no he sacado dinero de la caja. El conserje no me ha avisado de que venías.

—No le entiendo —se extrañó mirándola con recelo.

—Lo que quiero decir es que no tengo dinero a mano y no puedo abrir la caja hasta que se me sequen las uñas. Lo entiendes, ¿verdad?

—No, madame. ¿Me está diciendo que no puede pagarme?

—No digas tonterías. Te enviaré el dinero mañana. Mira a tu alrededor, ¿te parece que no tengo dinero?

Mouna intentó pensar una contestación, pero en ese momento se abrió la puerta y apareció Amín. «O se ha dado prisa, o estaba muy cerca, porque ha llegado en un tiempo récord», pensó. Notó que le clavaba los ojos, pero no se atrevió a mirarlo.

—¿Llevas dinero encima, Amín? —le preguntó Dina sin siquiera saludarlo—. ¿Puedes pagar a Mouna? Te acuerdas de ella, ¿verdad? —comentó soplándose las uñas—. Me peinó el día de la boda.

—¿Cuánto necesitas?

—No lo sé —respondió mirándose las manos con el entrecejo fruncido—. ¿Puedes ocuparte tú? Si quieres que salgamos a las nueve, tengo que cambiarme —añadió saliendo de la habitación sin dar las gracias o decir adiós.

A Mouna no le importó. Se le había acelerado el corazón. Había imaginado aquel momento muchas veces, lo que le diría, cómo se comportaría. ¿Le haría reproches? ¿Se mostraría enfadada, callada, calmada? ¿Lo dejaría plantado con elegancia? ¿Le daría una bofetada? Llegado el momento, no sabía cómo reaccionar. Por un lado quería abalanzarse sobre él, darle un bofetón, tirarle del pelo y castigarle por lo que le había hecho pasar, hacer que sintiera el dolor que había sufrido ella cuando al dejarla de repente y sin explicaciones la había convertido en una puta. Pero, por otro lado, ¿para qué? Si se lo hubiera encontrado por casualidad hacía unas semanas, cuando todavía se preguntaba qué había pasado, seguramente le habría sacado los ojos. Pero en ese momento, una vez que el fuego de su ira se había reducido a un par de brasas tibias, no sabía si merecía la pena.

—Mouna… —empezó a decir Amín.

—Tu mujer me debe sesenta mil libras —le espetó fríamente.

—¿Qué? Me parece un poco caro.

—¿No crees que las merece? —preguntó arqueando una ceja.

—No es eso… Simplemente me ha sorprendido… Mouna, por favor…

—Si no te importa, tengo prisa —contestó con la mano extendida—. He de ir a casa y vivo muy lejos de aquí, en Dahiya. ¿Quizá lo conozcas? Los suburbios pobres del sur de la ciudad.

Amín sacó seis billetes de diez mil de la cartera y se los dio.

—Gracias —dijo ella colgándose la bolsa al hombro.

—¿Puedo ayudarte?

Mouna lo miró con ojos iracundos.

—Una vez utilizaste esa frase conmigo y te creí. No volveré a hacerlo.

—Mouna, por favor, deja que te explique…

—Es inútil —subrayó antes de salir. Fue rápidamente al ascensor y apretó el botón.

Amín salió detrás de ella.

—Mouna, por favor… Lo siento mucho… —se excusó cuando se cerraban las puertas.

Creyó ver lágrimas en los ojos de Mouna.

Y las había, pero de cólera. Inspiró con fuerza para contenerlas. Ya había derramado demasiado llanto por su culpa. ¿Cómo se atrevía a hablarle? ¿Cómo osaba intentar disculpar su comportamiento? ¿Cómo podía pensar en justificar una aventura el día de su boda?, se preguntó mientras se sentaba en la moto y se ponía el casco. Había repasado lo sucedido cientos de veces, había creído en su palabra, pero él había mentido, engañado y traicionado no solo a ella, sino también a su mujer y a todos los que le rodeaban. «¡Qué asco!», se dijo. Recordó que en tiempos se derretía si sus dedos rozaban los suyos. Aquella noche su tacto le habría repugnado. Se preguntó qué la había atraído tanto. ¿Había sido porque le hacía sentir mujer, femenina y hermosa? ¿Porque le había deseado? Tuvo que admitir que al principio le gustaba esperar sus llamadas y notar un sobresalto en el corazón cada vez que oía su voz, pensar en él a todas horas, fantasear, pasar los días en un ensueño, estar radiante y feliz, por no mencionar los kilos que había perdido, pues el amor saciaba su apetito.

Le sorprendió que le molestara la idea de verlo, que se hubiera apresurado a acabar la manicura de Dina, y que se hubiera enfadado cuando apareció. Sintió cierta pena por él cuando había corrido detrás de ella por el pasillo. Parecía un niño al que hubieran castigado, con ojos tristes, desesperado por reparar el daño. ¿Para qué? ¿Para mitigar su culpa si le perdonaba? ¿Pensaba que iba a volver con él para que la tratara de nuevo como si fuera basura? ¿Qué se creía? Había empezado aquella relación porque estaba convencida de que era un hombre libre. ¿De verdad imaginaba que iban a retomar su aventura? ¿Sabiendo que estaba casado? ¿Conociendo a su mujer? Se alegraba de haberle vuelto la espalda, a pesar de que merecía algo peor. Al menos, había tenido la decencia de sentirse culpable; a muchos hombres les habría dado igual. «Bueno, en cualquier caso, que sufra», pensó mientras se dirigía hacia el aeropuerto. Aunque, seguramente, su matrimonio con Dina era suficiente castigo. ¿En qué estaba pensando? ¡Menudo fracasado! Ya había conocido demasiados de esos. No quería saber nada de él ni volver a verle. Había cortado por lo sano. Seguía su camino. Sonrió mientras la moto petardeaba. Sintió que había madurado, que había crecido, que había encontrado una fuerza interior que ignoraba tener. Finalmente sabía lo que quería: en su vida no cabían los quejumbrosos niñatos malcriados como Amín Chaiban.

Imaan y Nina estaban en una mesa del Claudia's disfrutando de un vaso de vino blanco. Claudia se alegró al verlas y les contó que había estado con Lailah Hayek hacía poco y que había conocido a Nadine, de la que todas opinaban que era una mujer adorable.

—¿Cómo es posible que Nadine no tenga problemas? —preguntó Imaan cuando se quedaron solas—. Parece contenta con su matrimonio con Chucri.

—Son una pareja un poco extraña. Chucri se comporta como un payaso, pero Nadine tiene más compostura.

—Quizá funciona porque se equilibran el uno al otro.

—No sé. Yo no he encontrado ese equilibrio en mi vida —confesó Nina con tristeza dando vueltas a la copa por el pie.

—Conozco esa cara. ¿Qué te pasa?

—No lo sé, Imaan… Estoy confusa, harta, no soy feliz.

—¿Por qué?

Nina se encogió de hombros.

—¿Es reciente?

—No —confesó mirándola con el rostro entristecido—. Hace tiempo que estoy así.

—¿Y por qué no me lo has dicho antes, *habibti*? —Nina suspiró y volvió a encogerse de hombros—. ¿Es por Charley?

—¿Y por quién si no?

—No lo entiendo, creía que erais felices. Todo el mundo piensa que sois la pareja perfecta.

—Oh, Imaan. No sé cómo explicártelo. —Imaan le apretó la mano—. Está enfrascado en la reconstrucción de Beirut, sobre todo después de la muerte de Hariri. Cree que está obligado a cumplir su sueño…, aunque tenga que prescindir de todo en su vida, incluida yo. Cada vez se aleja más de mí. Me paso semanas sin hablar con él, sin siquiera verlo.

—¡Oh, no! —exclamó Imaan, apenada.

—No sé qué pasa con nuestro matrimonio. Me asusta

pensar que trabajar tanto le lleve a la tumba —Hizo una pausa— Es como si no estuviéramos casados.

—Si puedo hacer algo…

—Gracias, Imaan, pero dejemos mi vida. Se supone que deberíamos estar hablando de ti.

—Y lo hacemos, pero como últimamente solo nos vemos en cócteles y cenas rodeadas de gente, como la rastrera de Rima, quería tomar una copa tranquila contigo.

—¡Dios mío! ¡Rima! Fuiste tú la que me la presentaste en un cóctel que organizó Hariri hace unos años. ¿Te acuerdas?

Imaan asintió y sonrió al recordarlo.

—No es tan tonta como parece.

—Es una sinsustancia y una borracha.

—No la infravalores. Utiliza ese estúpido y tímido comportamiento para despistar. Para que bajes la guardia y la aceptes.

—Pero ¿cómo puedes tomarla en serio después de que vomitara en el jardín?

—Porque sabe lo que quiere y no tiene escrúpulos para hacer lo que sea por conseguirlo.

—¿Y qué es lo que quiere?

—Siempre ha deseado tener un marido rico con estatus social. Proviene de una familia pobre, el dinero la ciega.

—Bueno, pues, si le gusta tanto, ¿por qué no lo gana ella?

—¿Y para qué esforzarse y trabajar si puede casarse y disfrutar?

—¿Su marido no tiene dinero?

—No creo. Trabaja mucho, pero nunca se ha hecho rico.

—Entonces, ¿por qué se casó con él?

—Porque fue el único que se lo ofreció. Nadie la quería como esposa. Se había follado a medio Beirut, y ya sabes cómo vuelan las noticias. Tenía mala reputación y las mujeres de la alta sociedad la etiquetaron de puta. Ninguna de ellas quería que su hijo le propusiera matrimonio.

—¿Y qué pasó? ¿De dónde salió Tony?

—Tony vivía en Estados Unidos y no sabía nada. Cuando volvió, Rima hizo lo habitual, lo sedujo con su timidez pensando que tenía dinero, pero no lo tenía. Y, por supuesto, Tony se tragó sus embustes y se declaró. —Nina sonrió y

asintió—. La madre de Rima insistió en que se casara porque, como bien dijo, ya no era tan joven ni le llovían las pro-
puestas.

—¿Es feliz con él?

—No creo que sea feliz ni consigo misma. En cuanto a
Tony, me da pena porque me cae bien. Es una buena persona,
pero Rima se burla de él porque no tiene el estatus que cree
que merece ni es lo suficientemente rico.

—¿Y por qué no se divorcia y hace lo que le dé la gana?

—Hace lo que le da la gana de todas formas. Persigue lo
que y a quien quiere, y le da igual si hiere o pisotea a alguien. Lo único que le importa es el dinero y la posición
social.

—¿Por qué estamos hablando de ella?

—Porque la voy a utilizar como motivo de divorcio.

—¿Qué?

—Necesito un pretexto para divorciarme. He de alegar
razones de por qué no funciona el matrimonio.

—Lo siento mucho, Imaan. ¿Estás segura de querer hacerlo?

—Sí, estoy decidida.

—Eres muy dura.

—Soy como un cirujano. Cuando algo no funciona, corto
por lo sano.

—Así pues, imagino que no funciona.

—No, desde hace muchos años.

—¿Y por qué utilizar a Rima? ¿Por qué no alegas dife-
rencias irreconciliables?

—Porque se folló a Joseph en la fiesta. En mi casa, en mis
narices —aseveró con toda naturalidad.

—¿Qué? ¿Lo dices en serio?

—Sí —contestó antes de encender un cigarrillo—. Necesito un divorcio rápido. No quiero que el caso se retrase en los
tribunales. Si alego y demuestro que me fue infiel, en mi casa,
me lo concederán enseguida, casi instantáneamente. —Hizo
una pausa—. Sé que te escandaliza, que te parece una forma
muy fría de abordar la cuestión, pero quiero olvidarla rápidamente. Antes de ir a Londres me gustaría hacer borrón y
cuenta nueva. No me apetece estar pendiente de ese tema.

—¿Y qué prueba tienes de que estuvo con Joseph?

—Me lo dijo Shehla, la ama de llaves —explicó dando una calada.

—¿Estás segura de que no miente?

—Shehla es la persona que más sabe de las actividades extracurriculares de Joseph.

—Me sorprende lo calmada que estás.

—No es la primera vez.

—¿Con Rima o en general?

—Nina, no seas ingenua. Sabes que Joseph es un mujeriego. Lo ha sido desde que lo conocí, pero, estúpida de mí, creí que podría cambiarlo.

—No te castigues, todas creemos que podemos cambiarlos. Nuestra vida sería mucho más fácil si no tuviéramos esperanzas de hacerlo. —Imaan asintió—. Lo que no entiendo es por qué no fue más discreto.

—¿Como tú?

A Nina se le encogió el corazón.

—¿Lo sabes? —preguntó ruborizándose. Imaan volvió a asentir—. ¿Cuándo te has enterado?

—No te engañes, cuando vine a comer era evidente que había química entre vosotros.

—Por favor, no me juzgues.

—No voy a hacerlo. Eres mi amiga y una persona leal. Estoy segura de que tienes tus razones, y que son buenas.

—Gracias, Imaan —suspiró aliviada.

—¿Eres feliz?

—Mucho.

—Es lo que parece.

—Es tan distinto a Charley. Me gusta muchísimo. No podemos quitarnos las manos de encima.

—Y… —la apremió.

Nina apuró la copa.

—Creo que me he enamorado de él. No sé si podría vivir sin él.

—Bueno, pues tienes un problema —razonó Imaan tras inspirar con fuerza.

—Lo sé, lo sé —aceptó sirviéndose más vino—. Sé que pensar que podremos estar juntos siempre, que abandonará a su mujer y a sus hijos, y que yo dejaré a Charley, es una locura. Pero no puedo evitarlo, pienso en él a todas horas.

—*Ya Allah!* Vaya lío en que te has metido.

—Pero cuando estoy con él ese sueño no parece tan inverosímil. Dice que me quiere, que desearía haberme conocido hace años, antes de casarse.

—No seas tonta. Es una aventura, nada más, y se acabará. Si sigues así, lo único que conseguirás es hacerte daño.

—Sé que me quiere. Sé que es verdad, lo siento así… —Imaan guardó silencio—. Con Ahmed tengo lo que siempre había soñado en un hombre. El tipo de amor que tuvieron mis padres. Cuando conocí a Charley creí que me lo daría, pero no fue así. Jamás he sentido por él lo que siento por Ahmed.

—Nina, has infringido la regla principal de una aventura; Ahmed jamás abandonará a su mujer.

—¿Y por qué no? En estos tiempos, los divorcios están a la orden del día.

—¿Te imaginas cómo se sentiría Charley si le pidieras el divorcio? ¿Serías capaz de causar semejante dolor a un hombre que evidentemente te quiere y ha cuidado de ti? —Nina pareció avergonzada—. Mira, Ahmed está muy bueno y estás disfrutando del mejor sexo de tu vida; jamás has tenido semejantes orgasmos y quieres más y más, pero no confundas el amor con el sexo ni dejes que eso te impida ver lo que es mejor para ti. No tires por la borda la vida que has consolidado con Charley ni destruyas su reputación y la tuya por una aventura. Porque, al cabo de un par de años, o quizá de tres o cuatro, cuando el sexo deje de ser algo novedoso y excitante, la realidad se hará patente…, y no hay nada como la rutina para acabar con una aventura.

Nina asintió, pero Imaan no estaba segura de si la había entendido ni de si haría caso a sus consejos. De nada servía hablarle con sensatez a una mujer inmersa en una apasionada aventura.

—Bueno, ya vale de hablar de mí —pidió Nina tras un corto silencio en el que ambas se perdieron en sus pensamientos—. ¿Vas a seguir adelante con lo del divorcio?

Imaan asintió y volvieron a quedarse en silencio.

—Me siento fracasada —admitió Imaan.

—¿Y por qué crees que tienes la culpa? Las relaciones son cosa de dos.

—Sí, pero he sido muy egoísta. Al principio, cuando estábamos en España, Joseph era fantástico. Apoyaba mi carrera y mis ambiciones, era generoso, siempre estaba dispuesto a ponerme por delante, a dejarme acaparar el protagonismo…, y yo no hice nada por él. Acepté lo que me dio sin ofrecer nada a cambio, y con el tiempo ni siquiera valoré lo que hacía, ni a él. Nunca le pregunté qué tal se sentía, ni me importaba; solo pensaba en mí misma y en lo que estaba haciendo. Sabía que había empezado a hacer negocios por su cuenta, inversiones y cosas así, pero no le fueron bien. Al poco se volvió pesimista y negativo. Se estresaba sin motivo y se quejaba de que nada de lo que hacía le salía bien. Todo era una pérdida de tiempo porque siempre acababa mal. Así que dejé de prestarle atención, no podía tolerar semejante desánimo.

—Te entiendo.

—A mí me iban bien las cosas, disfrutaba con lo que hacía y estaba en racha. Lo siento tanto…

—¿Por qué te disculpas?

—Porque no quería que me arrastrara con él, y en vez de ayudarle, como debería haber hecho, lo dejé tirado y solo me preocupé de mí misma. —Hizo una pausa—. No me di cuenta de cuánto me necesitaba ni de que intentaba llamar mi atención. Estaba demasiado absorta en ser la diplomática importante como para preocuparme por él, era excesivamente arrogante como para preocuparme por un hombre que creía era un fracasado —confesó sin ningún tipo de rodeos.

—¿Y ahora?

—Ahora creo que el daño es irreparable.

—El matrimonio no funciona con todo el mundo.

—Mira a tu alrededor. Estamos en Beirut, en el Líbano, en un país en el que las mujeres son mujeres, y los hombres, hombres; en el que el matrimonio forma parte de la vida…

—Una parte muy importante —la interrumpió.

—Un país en el que la mayor ambición de toda mujer es

casarse y tener hijos; en el que nuestras madres se casaron para toda la vida. Y aquí estoy yo, una representante del país en el extranjero, incapaz de hacerlo.

—¡Imaan! —exclamó Nina en tono jocoso—. Si fueras la típica mujer libanesa, no habrías llegado tan alto en tu carrera. Estarías casada, tendrías diez hijos y prepararías *manush* todos los días.

Las dos se echaron a reír.

—¿Debería darle una segunda oportunidad? ¿No es lo que habrían hecho nuestras madres? ¿Debería ir con él a Londres o es demasiado tarde?

—¿No le has dado ya suficientes? Imagino que si sabes lo de Rima te habrás enterado de muchas otras. —Imaan asintió—. Mira, creo que en el fondo todavía le quieres y que te duele que no te preste atención y busque satisfacción en otras mujeres como Rima. —Imaan la miró atentamente—. Puedes argumentar, racionalizar y justificar el fracaso del matrimonio porque no le prestaste atención, pero la realidad es que él tampoco intentó ningún tipo de reconciliación. ¿Lo hizo? ¿Me explico? —Imaan asintió—. Siempre he pensado que un hombre que busca placer fuera del matrimonio quiere ser libre. Y si eso es lo que quiere, deja que lo sea, con la ventaja de que, al mismo tiempo, tú también lo serás. ¿Para qué irte a Londres sintiéndote atrapada y tensa, preocupada por lo que dirá o hará o por lo que sería capaz de hacer para ponerte en una situación violenta? Recuerda que la prensa británica es implacable.

—Sí, lo sé; por eso me preocupa tanto que venga conmigo.

—Vas a empezar un nuevo capítulo en tu vida. Ponle fin a este y comienza de cero. ¿Para qué cargar con el pasado?

Se produjo un violento silencio en el que las dos se abstrajeron en sus pensamientos.

—¿Otra botella de vino, *signore*? —las interrumpió Claudia.

Imaan y Nina se miraron indecisas.

—¿Por qué no? —contestó Nina.

—*Brava! Brava!* —aplaudió Claudia, que pidió vino, queso y el pan de romero y limón por el que era famoso el restaurante—. Aquí —indicó al camarero que la seguía, que le entregó la botella y dejó la comida en la mesa. Quitó el corcho y sirvió las copas—. Probadlo, es delicioso. Es siciliano, de una bodega que se remonta a los romanos.

—Entonces se habrá vuelto vinagre —bromeó Nina.

—*Dai, dai*. Pruébalo y verás.

A las dos mujeres les pareció delicioso.

—Ya os lo había dicho. Os dejo para que sigáis hablando de esos asuntos tan importantes.

—¿Es la impresión que damos?

—Lo han notado hasta en Sicilia, por eso he pensado que un poco de vino os ayudaría.

—Y has acertado. Basta de conversaciones serias. Sirve más vino —pidió Imaan.

—*Certo*, signora.

—¿Por qué no te tomas una copa con nosotras? —la invitó Imaan.

—Porque no me gustan las conversaciones serias. La vida es demasiado corta.

—Tienes razón —intervino Nina levantando la copa—. ¡Por la salud y la vida!

—Y por el amor, sin él la vida no es divertida. Las mujeres deberían estar enamoradas todos los días —añadió Claudia sirviéndose un poco de vino.

—¡Eso, eso! —jaleó Imaan.

—*Cent'anni!* —brindó Claudia.

—*Cent'anni!* ¡Por nosotras! —añadió Nina.

—Ahora, ¿qué bonita historia de amor vais a contarme? —preguntó Claudia.

—Parece que te apetece algo picante y sensual —bromeó Imaan.

—Y *sexy* —pidió Claudia.

—Bueno, Nina es la experta —bromeó Imaan levantando la copa en su dirección.

—¿Yo? ¿Por qué yo?

—Porque, querida, tú lo sabes todo del *amore* —aseguró Claudia.

—Igual que los italianos —replicó.

—Os voy a contar un cotilleo muy sabroso —anunció

Imaan, sabedora de que Nina era demasiado discreta como para hablar de Ahmed, aunque conociera bien a Claudia.

—Dicen que Rima le ha echado el ojo a Rachid Hayek. Al parecer, ni siquiera ha desmentido el rumor. —Nina se quedó perpleja y Claudia puso cara de circunstancias—. Incluso ha comentado abiertamente las inclinaciones sexuales de Rachid.

—¡Santo Cielo! ¡Es increíble! —exclamó Nina.

—Sí, nuestra Rima es toda una puta —matizó Imaan.

—Me da asco —dijo Nina.

—Bueno, en lo que a él respecta, era el próximo. Ya se había acostado con prácticamente todo el mundo —añadió Imaan maliciosamente.

—No tiene vergüenza —comentó Nina.

—No, pero él tampoco. Los dos son implacables —precisó Imaan.

—Pero ¿por qué iba nadie a querer acostarse con Rachid? Es un asqueroso —preguntó Nina, asqueada.

—¿Y por qué iban a querer hacerlo con ella? —replicó Imaan, y las tres se echaron a reír.

Estaban tan ensimismadas en sus cotilleos y especulaciones que no se fijaron en la persona que se escondía tras una columna.

Capítulo quince

*R*ima buscó en el guardarropa. «*Haraam!*», maldijo entre dientes. No encontraba el bolsito que había llevado en la fiesta de Imaan.

—¡Lina! ¡Lina! —gritó. «¿Dónde estará esa maldita vaga?», pensó mientras abría cajones y cajas, y revolvía todo lo que la criada había organizado con sumo cuidado—. ¡Lina! —gritó a voz en cuello.

—¿Madame? —contestó esta desde la puerta del dormitorio.

—¿Dónde está mi bolso?

—¿Cuál, madame? —contestó con un tono que disimulaba condescendencia.

Rima chasqueó la lengua, molesta por su fingida ignorancia y se dejó caer en un sillón.

—Lina —empezó a decir tras inspirar con fuerza para no perder la calma—, no te hagas la tonta. El que llevé a la fiesta.

—¿Qué fiesta, madame? ¿La del martes? ¿La del miércoles? ¿Las de la semana pasada? —inquirió sin alterar el tono.

—¡No hagas preguntas idiotas! ¡El bolso que llevé con los pantalones negros y el top!

—Ah, ahora lo tengo claro, madame.

—Vaya, así que sabes a cuál me refiero. ¿Por qué te haces la tonta?

—Madame, siempre viste de negro cuando sale.

—¡Encuéntralo!

Lina entró en el guardarropa. Diez minutos más tarde, Rima dejó el ejemplar del *Mondanite* en el que había estado comprobando los ecos de sociedad por si aparecía en alguna fotografía o si se mencionaba su presencia en alguna fiesta o cena.

—¡Lina! ¿Qué estás haciendo?

No hubo respuesta.

Resopló y volvió a concentrarse en la revista. Poco después la cerró de golpe y se levantó. «¿Qué demonios está haciendo?», pensó. Estaba a punto de entrar en el guardarropa cuando la vio salir tambaleándose con un montón de cajas.

—¡Por Dios! ¿Qué es eso? —Lina las depositó en el suelo—. ¿Estás sorda? ¿Qué estás haciendo?

—Madame, pensaba enseñarle todos los bolsos que tiene.

—Pero si solo quiero el que llevé a la fiesta de Imaan...

—Ese está en la tintorería.

—¿Por qué?

—Porque vomitó en él, madame.

Rima guardó silencio. Aquella noche estaba tan borracha que no se acordaba de nada.

—¿Qué hiciste con lo que había dentro?

La sirvienta abrió una caja en la que entre otras cosas estaba la tarjeta de Rachid.

Rima se abalanzó sobre ella con una sonrisa en los labios, sabía perfectamente qué iba a decirle.

—¿Qué estás mirando? ¡Recoge todo eso y prepárame un café!

Rima dejó a Lina en el dormitorio y fue al salón para hablar en privado. Había esperado unos días antes de llamarlo, no quería parecer ansiosa.

Marcó el número, pero su llamada fue directamente al buzón de voz. Dudó si dejar un mensaje. Esperó unos minutos y apretó el botón de rellamada. Aquella vez estableció comunicación y su corazón se aceleró.

Rachid solo llevaba puestos unos calzoncillos blancos, su enorme tripa colgaba por encima del elástico y las tetas le llegaban casi hasta el estómago. Estaba despeinado y miraba el televisor sentado en un sofá del salón de la casa en la que había instalado a Heba Abdo, una antigua querida con la que había vuelto a retomar la relación hacía poco tiempo. Acababa de pagar y despedir a la francesa que había compartido cama con Heba mientras él miraba. Encendió un cigarrillo y contestó.

—*Allo.*

—¿Rachid? —preguntó en tono seductor.

—¿Quién llama?

—Soy Rima —contestó alegremente.

—¿Rima?

—Sí, esto... Te acuerdas de mí, ¿verdad?

¿Con quién estaba hablando? Seguramente merecía la pena como para darle su número privado. Lástima que no hubiera llamado antes, seguro que le habría encantado unirse a Heba y a la francesa.

—Por supuesto, *chérie.* Nos vimos la otra noche.

—Sí —dijo Rima, encantada de que la recordara.

—*Kifek?* —preguntó para que siguiera hablando.

—Muy bien. No te he llamado antes porque he estado muy ocupada. Tony había invitado a unos amigos de Londres y ha sido un caos.

«¿Tony? ¿Rima? ¡Claro, Tony Saad! ¡Es su mujer! La borracha de la fiesta de Imaan. No está mal. Tiene un buen culo y está deseosa», pensó.

—No te preocupes. Al menos no te has olvidado de mí. Mejor tarde que nunca.

Rima soltó una risita.

—Te llamo porque comentaste que a lo mejor podías ayudar a Tony en su nuevo negocio.

—Sí, me encantan los nuevos negocios —aseguró riéndose por lo bajo.

—¿Entonces?

—¿Por qué no nos vemos antes? Me encantaría que me hicieras una demostración.

—Estaré encantada —aseguró coquetamente—. Una demostración... Sí, estaba pensando en lo mismo.

—Le diré al chófer que pase a buscarte a las siete —dijo con voz imperiosa.

—¡Estupendo! —aceptó entusiasmada; le encantaban los hombres que tomaban la iniciativa—. ¿Adónde iremos?

—Ya lo verás.

—Estoy deseando verte. *Yallah!* Hasta luego.

Υ

Lailah miró su iPhone. Eran las seis y media. No sabía si cancelar la cena que había organizado en casa para su madre y dos de sus tías, pero seguramente su madre estaría vistiéndose ya. Llamó a la cocina por el interfono.

—Teresa, ¿puedes venir, por favor? Espera, ¿antes puedes decirle a Marcos que salga a las siete y media para recoger a mi madre? —le pidió a la criada paraguaya.

—Madame, Marcos ha salido con monsieur.

—¿Por qué? Pensaba que había dicho que no lo necesitaba.

—No lo sé, madame. Me ha dicho que se iba con monsieur. —Lailah guardó silencio—. ¿Lo llamo?

—No. Sube, por favor, ya le diré a mi madre que venga con su chófer.

Escondió la cara entre las manos. Sabía lo que estaba haciendo. ¿Por qué tenía que implicar a los criados? ¿Por qué no era más discreto? Bastante vergonzoso era que durmieran en habitaciones distintas como para que Marcos tuviera que hacerle el trabajo sucio. Estaba segura de que Teresa y el resto del personal lo sabían. Se miró en el espejo del tocador y se retiró el pelo de la cara. ¿Cómo podían haber acabado así? Rachid la había apartado de él porque se negaba a hacer lo que le pedía. Pero a ella le repugnaba, le daba asco y solo conseguía que sintiera mayor repulsión hacia él. Había mencionado el tema a los pocos meses de casarse y ella se había reído pensando que era un chiste. Pero no lo era. Siguió sacándolo a relucir, insistió, le enseñó fotografías… Al recordarlo sintió un escalofrío.

Se alegraba de no haber cedido a sus exigencias, a satisfacer sus desviaciones sexuales.

—Madame? —Teresa llamó suavemente a la puerta.

—Sí, pasa.

Teresa era paraguaya, tenía casi sesenta años y había trabajado para Rachid durante mucho tiempo. Lo había visto y oído todo, o casi todo. Lailah le caía bien y se había alegrado de que se convirtiera en la señora de la casa. A su vez, Lailah estaba encantada con ella. Le gustaba la forma en que se ocupaba de todo, pero además confiaba y le agradaba hablar con ella.

—Mi madre y mis tías vendrán a cenar esta noche.

—Sí, madame. Me he tomado la libertad de preparar algunos de los platos que le gustan a su madre.

—Gracias, Teresa. Llegarán a las nueve, más o menos.

— Muy bien, madame. Si no me necesita para nada más...

—No, Teresa, gracias. —La mujer se quedó frente a ella con la vista baja—. ¿Qué pasa?

—Madame, sé que no es asunto mío, pero he notado que últimamente está muy triste. ¿Le ocurre algo?

—No lo sé, Teresa...

—Tiene que ver con monsieur, ¿verdad? —preguntó, aunque sabía bien que esa era la razón.

Lailah asintió y la miró a los ojos.

—¿Qué voy a hacer?

—Madame, intente no disgustarse. Monsieur es como es, siempre será así.

—Lo sé, sé que los hombres no cambian nunca; por mucho que digamos que una vez casadas conseguiremos cambiarlos, nos mentimos a nosotras mismas.

Teresa sonrió.

Sonó el teléfono. ¿Quién sería?

Hizo un gesto con la cabeza para indicar a Teresa que podía retirarse.

—Si hay algún cambio en los planes, te avisaré.

—Gracias, madame.

—¿Sí? —contestó al teléfono.

—¿Madame Hayek? —preguntó una voz femenina.

—Sí, soy yo. —La línea se quedó en silencio—. ¿Sí? —volvió a preguntar, pero no obtuvo respuesta.

—Esto... Madame Hayek

—¿Quién es?

—Soy...

—¿Quién? ¿Quién es? —repitió enfadada.

Pero Amal no consiguió articular palabra y, al notar el tono de irritación en su voz, colgó. Lailah miró el número, era el del salón de belleza Cleopatra. Se preguntó a qué vendría aquella llamada y concluyó que habría sido una equivocación.

Capítulo dieciséis

Amal

*E*l día de San Valentín del 2005, Amal, que acababa de cumplir treinta años, iba muy abrigada pintando unas viñas que había encontrado cerca de la cueva de Khaled mientras este se sentaba al tenue sol de invierno. La luz provocaba un precioso reflejo en las vides. No era la nítida luz de la primavera ni la intensa claridad del verano. Era suave. Las cepas parecían viejas, pero tenían carácter y sus frutos empezaban a brotar. Eran silvestres, Khaled le había dicho que seguramente llevaban siglos allí sin que nadie se ocupara de ellas y que no formaban parte de los viñedos de los pueblos cercanos. Amal estaba sentada en un taburete frente a un lienzo apoyado en un improvisado caballete cuando oyó disparos y un gran alboroto a lo lejos. Khaled miró en esa dirección.

—¿Qué ha sido eso?

Amal meneó la cabeza y Khaled se acercó a ella, la rodeó con los brazos, le dio un beso en la mejilla y miró el cuadro.

—¡No mires! —pidió intentando ocultarlo.

—Demasiado tarde, *habibti*. Te está quedando muy bien. ¿Qué crees que estará pasando?

—No lo sé. Seguramente serán soldados sirios divirtiéndose, como siempre —aventuró antes de continuar pintando.

En el valle de la Bekaa, ocupado por Siria desde hacía treinta años, se oían disparos a menudo, sobre todo por la presencia del cuartel general de la inteligencia siria en la cercana Anjar.

Khaled la abrazó, le besó la cara y los ojos, y escondió la cabeza en su hombro y en su pelo.

—¡Khaled, estoy trabajando!

—¿No puedes parar un momento?

—No, déjame —protestó entre risas.

—¿Que te deje? ¿De verdad? ¿Realmente quieres que te deje? —preguntó apretándola con más fuerza y haciéndole cosquillas.

Amal chilló y se rio cuando la cogió y la puso en el suelo. Una vez sujeta le levantó la cabeza.

—Amal, ¿quieres casarte conmigo? —preguntó muy serio.

—¿Qué? Soy demasiado joven para ti.

—Me da igual, cásate conmigo.

—Idiota, ya estamos casados. ¿Te acuerdas?

—Sí, pero te quiero tanto que me gustaría casarme otra vez.

Amal lo empujó en broma. Llevaban diez años casados y eran muy felices. Zakaria había fallecido e Ilyas dependía mucho de Youmna desde la muerte de su esposa.

Seguían oyéndose disparos y gritos.

—Amal, creo que está pasando algo grave.

—¿Qué quieres decir? ¿Cómo lo sabes?

—He recibido un mensaje de texto muy extraño, algo sobre que han asesinado a Hariri.

—¿Qué? Eso es imposible.

—Creo que deberíamos ir a casa a ver qué pasa.

—Sí, vamos.

Cuando llegaron, sin aliento después de haber corrido desde la cueva, todos estaban viendo la televisión. Khaled seguía recibiendo mensajes de amigos que vivían en Beirut. Era verdad. Una bomba había explotado frente al St. Georges Hotel al paso del vehículo de Rafik Hariri, antiguo primer ministro del Líbano. El país estaba en estado de *shock*. Hariri era una persona muy querida. Había sido un filántropo hombre de negocios y había liderado la vida política y empresarial del Líbano desde el final de la guerra civil; además había invertido gran cantidad de su dinero en la reconstrucción de Beirut.

—No puedo creerlo —dijo Amal llevándose una mano a la boca. Youmna estaba llorando e Ilyas meneaba la cabeza—. ¿Qué va a pasar ahora?

Y

El Líbano contuvo el aliento tras aquel asesinato. Todo el mundo imaginaba que lo había apoyado, y seguramente instigado y ejecutado, el Gobierno sirio y sus agentes. Se creía que el país volvería a sumirse en otra guerra civil y en el caos, que era exactamente lo que querían los sirios para poder justificar su presencia e influencia. Pero aquel asesinato provocó un gran cambio político que unió a los libaneses de una forma que ni los políticos ni los partidos y sus facciones habían conseguido jamás. El pueblo supo que si quería independizarse y liberarse de Siria debía unirse y dio comienzo a la Revolución de los Cedros o *Intifadat al-Istiqlal*, la *intifada* de la independencia, que consistió en diversas manifestaciones pacíficas en Beirut que reclamaban no solo la retirada total de las tropas sirias, una exigencia respaldada por George W. Bush y Jacques Chirac, sino también el fin de la influencia siria en la política libanesa, un Parlamento elegido libre y democráticamente y una comisión internacional que investigara el asesinato de Hariri, que al final fue aprobada por el secretario de las Naciones Unidas, Kofi Annan.

—Khaled, tenemos que ir —sugirió Amal, que estaba preparando café cuando oyó la noticia en la radio—. Es lo más importante que se ha organizado en este país y debemos estar presentes.

—Amal… —protestó Khaled, pero sabía que no serviría de nada. Estaba decidida y nada que dijera la disuadiría.

Acababa de leerlo en la edición matutina de *Al-Anwar*. Como parte de la *Intifadat al-Istiqlal*, el lunes 14 de marzo, un mes después de la muerte de Hariri, se celebraría una concentración en la plaza de los Mártires de Beirut. Era muy importante porque se anunciarían oficialmente los objetivos de la *intifada*.

—¿Khaled? —suplicó con las manos en las caderas.

—¿Crees que puedo decirte que no?

—¡Bien! —gritó levantando los brazos—. Gracias, muchas gracias.

—*Tayeb, tayeb*. Tendré que pedir que me den fiesta ese día.

—Khaled...

—Soy el director del colegio.

—Sí, pero esto va a ser histórico. Podremos decirles a nuestros nietos dónde estábamos cuando los libaneses echaron a patadas a los sirios.

—¿Nietos? ¿No hay un paso intermedio?

—Por supuesto —dijo con una enigmática sonrisa.

—Un momento. ¿Qué has dicho?

—No he dicho nada, *habibti* —respondió echándose a reír.

—Ya, pero has insinuado algo. —Khaled dejó el periódico en la mesa, se giró en la silla y se quedó frente a su tripa. Levantó la mirada con cara expectante y ojos que preguntaban lo que no se atrevía a decir con palabras. Amal asintió sonriendo—. ¡Alabado sea Dios! —exclamó poniendo los brazos alrededor de su cintura y apretando la cara contra su vientre.

Khaled había querido tener hijos desde que se casaron, pero Amal no se había quedado embarazada. Los médicos no consiguieron encontrar ningún problema físico y finalmente le recomendaron que tuviera paciencia y lo dejara en manos de Alá.

—No quería decírtelo hasta saberlo con seguridad —confesó besándole la cabeza.

—¿Estás segura de que es buena idea ir a la concentración? —preguntó preocupado—. Quizá deberíamos quedarnos en casa.

—No, quiero formar parte de esta revolución.

—¿Y si pasa algo?

—¿Qué quieres que pase? ¿Qué puede pasarme si estoy contigo? —bromeó dándole una palmadita en la mejilla.

Salieron hacia Beirut el lunes por la mañana. Querían llegar con tiempo suficiente para desayunar y estar a las doce en la plaza de los Mártires. Tal como imaginaban, había mucho tráfico, pero al aproximarse a la ciudad empezaron a avanzar lentamente hasta quedarse parados. Parecía que todo el mundo había tenido la misma idea, pero Amal estaba decidida a estar presente a la una menos cinco, hora en la que la bomba había acabado con la vida del hombre que tanto había hecho por el país. Era imposible llegar en coche, así que aparcaron y caminaron los seis kilómetros restantes, acompañados por una multitud que portaba banderas libanesas.

Los ojos se les llenaron de lágrimas al caminar codo con codo con gente que no conocían. No sabían si eran musulmanes, cristianos, sunitas, chiitas, maronitas, drusos, católicos o cristianos ortodoxos. Pero no parecía importarle a nadie. Habían dejado a un lado la religión. Eran libaneses y estaban orgullosos de estar allí, de haber sobrevivido, de luchar por su país. Cantaron el himno nacional, rezaron por el alma de Rafik Hariri y corearon los eslóganes de la revolución *hurriyya*, *siyada*, *istiqlal*, *haqiqa* y *wahda wataniyya*.

A la una menos cinco se hizo un silencio sepulcral en todo Beirut, durante el que se meditó y rezó, y al que siguió el griterío de la multitud que exhortaba a los sirios a que se fueran, dejaran de intervenir, permitieran a los libaneses gobernarse a sí mismos y exigían una investigación independiente sobre el asesinato de Rafik Hariri.

A media tarde echaron a andar hacia el coche. Había sido un día muy largo y Khaled estaba preocupado por que Amal se hubiera cansado demasiado.

—Un día glorioso —suspiró Amal poniendo la mano en el brazo de su marido.

—Sí, ha sido fantástico. Me ha hecho sentirme orgulloso de ser libanés. Jamás me había sentido patriota. Antes solo se era leal al clan o a la tribu. Ver a toda esa gente unida por una bandera ha sido extraordinario.

—Quizá Hariri no murió en vano, tal vez su muerte haya tenido el efecto contrario al que pretendían los sirios —aventuró Amal.

—Tienes razón. Los sirios pensaban que el país volvería a desgarrarse y en vez de ello se ha reconciliado y se ha unido.

—¿Te alegras de haber venido?

—Sí, mucho.

Caminaron junto a los que volvían hacia sus coches. Los había jóvenes y muy jóvenes, sanos y fuertes, pero también ancianos con bastón o en silla de ruedas que habían acudido para expresar su orgullo de ser libaneses, unidos en un propósito común.

—¿Crees que Hariri se habría alegrado al vernos? —preguntó Amal.

—Creo que ahora mismo nos está mirando y está contento porque los sirios se irán muy pronto.

Llegaron muy tarde al pequeño Toyota que Khaled le había pedido a su padre. Le preocupó tener que conducir a esas horas porque los faros no funcionaban bien, pero apenas estaba anocheciendo y esperaba poder llegar a Deir el-Ahmar antes de que fuera noche cerrada. Los miles de coches que intentaban salir de la ciudad y la niebla complicaron el viaje de regreso. Los jóvenes en motos que conducían temerariamente y se colaban por todas partes gritando y ondeando banderas, borrachos de su nueva lealtad y patriotismo, volvieron aún más peligrosas las carreteras.

Khaled condujo pacientemente, no tenía prisa. Además, Amal se había dormido y quería que llegaran los tres sanos y salvos. Sonrió ante la idea de ser padre. Miró a su mujer. Había apoyado la cabeza en su hombro y se sujetaba el vientre con las manos, como si supiera instintivamente que lo que estaba creciendo en su interior necesitaba protección de la crueldad del mundo en el que nacería. Pensó que estaba muy guapa. Tenía la piel suave y clara. No le gustaba mucho el sol; cuando salía a pintar vestía camisetas de manga larga, sombrero y unas enormes gafas con cristales rosas de imitación de Gucci que le había regalado poco después de prometerse. No era de extrañar que sus cuadros tuvieran unos colores tan profundos e intensos. Siempre le había extrañado que pintara el rosa pálido con tono fucsia, el violeta en tonos morados, y el rojo, burdeos. «Ahora ya sé por qué», se rio. Amal se movió y gimió, y la miró para asegurarse de que estaba bien. «Será una madre muy hermosa», pensó. De repente le deslumbró un gran resplandor, seguido de un tremendo frenazo. Oyó el impacto de sus cabezas contra el cristal y después un oscuro y absoluto silencio.

Amal notó una luz muy brillante y gente a su alrededor. Creyó oír su nombre, pero como a cámara lenta. Cerró los ojos. Cuando los volvió a abrir no consiguió enfocar la mirada. Veía imágenes borrosas y oía un monótono zumbido interrumpido por un sonido grave o agudo. Cerró los ojos de nuevo y rezó para que todo aquello acabase. Al volver a abrirlos tenía una cara tan cerca que se asustó, inspiró con fuerza, pero empezó a ahogarse. No podía respirar, no podía hablar. Se asustó. Oyó un monitor cardiaco acelerándose, como en las películas cuando alguien está a punto de morir. «¡Dios mío! ¡Soy yo! ¿Dónde está Khaled? Tengo que verle. Tengo que decirle que le quiero, que cuide del niño. ¡Dios mío! ¡El niño! ¿Qué le ha pasado?», pensó mientras le caía una lágrima del ojo izquierdo.

—¡Amal, no respires! ¡No respires! —ordenó alguien que acababa de entrar corriendo en la habitación. Cerró los ojos, pero las lágrimas seguían brotando bajo sus pestañas—. ¡No respires, por favor!

Pero ya no oía nada, había vuelto a sumergirse en las oscuras profundidades de la inconsciencia. Así que eso se sentía al morir…

Cuando recobró el conocimiento distinguió a una mujer con un tocado. Abrió más los ojos y los movió de un lado a otro para intentar averiguar quién podía ser. Era una enfermera. Además del tocado llevaba una chapa que lo atestiguaba. Notó que la estaba mirando y se acercaba con rapidez a ella.

—Amal —dijo suavemente mientras le cogía la mano—. No respires. No intentes respirar. Sé que parece una locura, pero no lo hagas; relájate.

Tenía la lengua como un pergamino, necesitaba beber. Intentó mover los brazos, la cabeza, cualquier cosa, pero todo parecía de plomo. Trató de decirle con los ojos que tenía sed, pero no pudo, intentó respirar y volvió a ahogarse. Le entró un ataque de pánico y la enfermera corrió hacia ella.

—Amal, relájate. Estás conectada a un respirador que no te permite respirar. Cada vez que lo intentes te ahogarás.

Necesitaba algo con que mojar la lengua. Miró a la enfermera. «Por favor, entiéndeme», rogó.

—Sé que es difícil, pero no respires por tu cuenta.

«¡Maldita sea! ¡Ya lo sé! ¡Me lo has dicho tres veces! ¡Quiero agua!», quiso gritar.

—Voy a buscar al médico para decirle que estás despierta.

«No, por favor, No te vayas. Necesito beber.» Con un esfuerzo supremo consiguió apretarle ligeramente la mano

—¿Qué te pasa? ¿Qué quieres?

«¡Maldita idiota! ¿Para qué narices me preguntas si sabes que no puedo contestar sin ahogarme.» Le entraron ganas de atizarle.

—¿Quieres hielo? ¿Tienes la boca seca?

«¡Por fin!», pensó poniendo los ojos en blanco.

—No puedo darte agua, pero te traeré un cubito de hielo. —Salió de la habitación y regresó al poco con un contenedor de plástico lleno de hielo. Cogió un cubito y se lo pasó con cuidado por los labios y la lengua.

—¿Te sientes mejor? —Amal asintió con los ojos—. Estupendo, voy a avisar al médico.

Quería saber dónde estaba Khaled. Lo último que recordaba era que iban en el coche después de la concentración.

El doctor entró en la habitación seguido por la enfermera y se quedó al pie de la cama. Miró la hoja clínica, levantó la vista por encima de las gafas en dirección a Amal y volvió a bajarla. La firmó y se sentó junto a la paciente. Se quitó las gafas y las limpió con un pañuelo.

—Soy Roger Hayek —se presentó, tenía acento norteamericano—, uno de los cardiólogos del Centro Médico de la Universidad Americana y estoy al cargo de Urgencias, donde te trajeron —le informó volviendo a ponerse las gafas—. Te voy a quitar el respirador porque creo que estás lo suficientemente fuerte como para respirar por ti misma. Después hablaremos, estoy seguro de que quieres hacer un montón de preguntas. Intentaré contestarlas lo mejor que pueda.

Amal vio que se ponía unos guantes, apretaba unos botones en la máquina que había a su lado y sacaba lentamente el largo tubo que le habían introducido por la boca.

—¿Estás mejor? —preguntó antes de darle el tubo a la enfermera. Asintió—. No quiero que hables mucho. Has estado conectada a esa máquina varios días y necesitas que la garganta descanse. Si necesitas hablar desesperadamente, susurra, por favor.

Amal volvió a asentir y se frotó la garganta.

—Tuviste un accidente. Había mucha niebla y vuestro

coche chocó contra una furgoneta. El conductor resultó malherido y aseguró que no os vio venir. Según él, vuestro coche circulaba sin luces.

—¿Dónde está Khaled? —susurró.

—Me temo que murió en el acto. Lo siento mucho.

Amal lo miró y meneó la cabeza como si no le creyera.

—Amal —empezó a decir cogiéndole de la mano, pero la chica la retiró—. Lo siento mucho.

Era imposible, no podía estar muerto. Acababan de estar en la concentración e iban a casa, felices y contentos porque habían hecho historia. No, no estaba muerto. Estaban equivocados. Era una broma. Alguien le estaba gastando una broma pesada.

Apartó la cara. Quería darle la espalda, pero no podía moverse, tenía una vía en cada brazo. La enfermera fue al otro lado de la cama; como tampoco quería verla, fijó la vista en el techo.

—Amal, sé que estás conmocionada y que ese tipo de noticias son difíciles de aceptar…

No le escuchaba. Era un mentiroso, un farsante, un impostor. ¿Cómo se atrevía a decirle que Khaled había muerto?

—Si necesitas tiempo, podemos hablar más tarde.

Permaneció inmóvil, con los ojos abiertos, mirando sin parpadear al techo. De no haber estado conectada al monitor podrían haber pensado que estaba muerta.

—Volveré luego. Descansa, hablaremos más tarde.

El médico le susurró algo a la enfermera, que se acercó y sonrió mientras insertaba una jeringuilla en la vía y aumentaba la velocidad del gotero.

—Me temo que también has perdido al niño —dijo antes de abandonar la habitación seguido por la enfermera.

Tenía la mente en blanco y confusa al mismo tiempo. No sabía qué creer ni qué pensar. ¿Cómo podía haber cambiado tanto su vida en un instante? ¿Cómo podía haber sido Dios tan cruel como para arrebatarle a su marido y a su hijo aún no nacido? ¿Dónde estaba Youmna? ¿Dónde estaba Ilyas? Empezó a sentir sueño, pero no quería dormir. Quería mantenerse despierta. Tenía que encontrar a Khaled. No debía quedarse dormida, pero los párpados se le cerraban: el sedante hizo efecto y perdió el conocimiento.

Cuando se despertó creyó que había oscurecido, pero solo empezaba a atardecer. Oyó una leve llamada en la puerta y otra enfermera asomó la cabeza. Parecía más simpática que la anterior. Tenía una cálida sonrisa, era rechoncha y alegre, y llevaba una bandeja con lo que parecía la cena.

—Me alegro de que estés despierta. Has tenido una visita, pero estabas dormida y no hemos querido molestarte.

Asintió. Seguía aturdida y mareada por el sedante.

—Sé que te costará comer, pero son cosas muy blandas. Podrás tragarlas. A ver si te lo acabas.

—No puedo.

—Tienes que hacerlo. ¿Cómo vas a recuperar las fuerzas? —Se encogió de hombros—. Voy a dejar la bandeja aquí y espero que hayas comido algo cuando vuelva.

La enfermera se fue y Amal permaneció recostada sobre las almohadas. «¿Qué ha pasado? ¿Por qué?», se preguntó una y otra vez. El doctor Hayek entró al cabo de pocos minutos.

—Ah, lo siento. Creía que habrías acabado de cenar. Quería hablar contigo y explicarte algunas cosas.

Amal continuó mirando al techo, no quería que le diera detalles. Khaled había muerto. ¿Qué más podía decirle? ¿Iba a relatarle con pelos y señales su muerte en el acto? ¿Qué les pasa a los médicos? ¿Por qué están tan obsesionados con la muerte? ¿Porque no pueden con ella?

—No tiene que explicarme nada, doctor Hayek —susurró esperando librarse de él.

—Hay algunas cosas que debes saber.

—Por favor, doctor Hayek —lo interrumpió—. No quiero saberlas. Se ha ido, eso es todo.

—No se trata de Khaled, sino de ti.

—¿Qué?

—En primer lugar has estado en coma. Tus heridas eran muy graves y durante un tiempo tu evolución fue impredecible. Creo que de alguna forma sabías que Khaled estaba muerto y no querías vivir. Hicimos todo lo que pudimos para no perderte.

—¿Por qué?

—Porque me dedico a eso, a mantener a la gente con vida.

—En esta ocasión ojalá no hubiera hecho bien su trabajo —gritó forzando las cuerdas vocales.

—Eres una muy guapa, tienes toda la vida por delante.

—Sin Khaled no.

«Esto va a ser difícil. No ha aceptado la muerte de su marido. No ha llorado, ni siquiera ha empezado el duelo de su ausencia», pensó. Había presenciado esa situación muchas veces y a ese tipo de pacientes les costaba mucho más recuperarse. Cuanto más rápido lo dejaban ir, más pronto podían continuar sus vidas. Se preguntó si debía decirle que había llamado su madre.

—Tu mano y tu pierna derechas resultaron dañadas.

Amal permaneció callada.

—Por la forma en que te encontraron creo que Khaled se echó encima de ti para protegerte, pero el coche patinó y la parte del pasajero fue la que chocó contra el árbol. Te llevaste la peor parte del impacto.

Amal cerró los ojos y respiró con las aletas de la nariz muy abiertas.

—Puede que no recuperes por completo el control de la mano, aunque es pronto para decirlo. Los huesos se aplastaron y, aunque hemos hecho todo lo posible por reconstruirlos, quizá no vuelvas a tener la misma movilidad. No conseguimos recomponer muchos nervios. Necesitarás hacer rehabilitación para recobrar la movilidad y la sensibilidad.

—Quiero irme a casa. Quiero ver a mi madre y hablar con ella.

—Tu madre ha venido esta tarde, pero estabas dormida. Ha preferido no quedarse, así que le hemos dicho que la avisaríamos cuando estuvieras despierta.

—¿Qué? ¡Tonterías! Mi madre estaría sentada a mi lado. No creo que fuera ella. Quiero irme a casa ahora mismo.

—No puedo dejarte ir. Tendrás que quedarte unos días. Si sigues mejorando, saldrás dentro de unas semanas.

—¿Unas semanas? Quiero hablar con mi madre.

—Por favor, Amal, acabamos de desconectarte del respirador. Tranquilízate. La llamaré para decirle que venga. —Se levantó y se acercó a la cama—. Lo siento mucho, de verdad.

—Gracias —consiguió decir.

No entendía por qué Youmna no estaba allí.

—¿Cuánto tiempo estuve en coma?

—Casi tres meses.

—¿Qué día es hoy?

—Veintiséis de abril. Un día muy importante para ti y para el Líbano.

—¿Por qué?

—Para ti porque te hemos desconectado del respirador; para el Líbano porque hoy se han ido los últimos sirios. Hemos pasado página. Hariri no murió en vano.

—Gracias, doctor.

—Siempre que hay sueños, hay esperanza.

Roger Hayek salió de la Unidad de Cuidados Intensivos en la que Amal había estado internada todas esas semanas. Se preguntó quién sería. Sabía muy poco de ella, pero la había cuidado desde el día en que llegó medio muerta, con múltiples fracturas y sangrando. Se había sentado junto a ella a diario para cogerle la mano, hablarle, informarle sobre las últimas noticias y ponerle al corriente sobre la retirada siria y la serie de bombas y asesinatos que habían seguido convulsionando Beirut, un regalo de despedida de los sirios. Sabía que había cometido un error. Le habían instruido para no establecer vínculos emocionales con los pacientes. Pero algo en Amal le impulsaba a cuidarla. Le había llegado al corazón.

Sacó el móvil y llamó al control de enfermeras.

—Soy el doctor Hayek. ¿Puedo hablar con la enfermera que ha estado con la madre de Amal Waleed esta tarde?

—He sido yo.

—¿Ha dejado algún número?

—Sí, doctor, le he dicho que se pondría en contacto con ella.

—Démelo, por favor... ¿Le importa llamarla para decirle que trasladaremos a Amal a la planta de recuperación dentro de un par de días y que entonces podrá venir?

«Es muy extraño en una madre. Aparece de repente y dice que acaba de enterarse de que su hija está en el hospital», pensó.

Y

A los pocos días la trasladaron. El doctor Hayek movió algunos hilos para conseguirle una habitación bonita con buenas vistas, ya que pasaría en ella un tiempo antes de volver a Deir el-Ahmar. Fue a verla pensando que un ambiente más agradable le habría alegrado, pero seguía poco comunicativa.

—¿Dónde está mi madre? ¿Por qué no ha venido? ¿La han llamado? ¿Por qué no puedo llamarla? ¿Hay alguna extraña ley que me lo prohíba?

—La hemos llamado, pero no ha contestado —le informó una de las enfermeras—. El doctor Hayek también ha intentado ponerse en contacto con ella.

—Le hemos dejado varios mensajes —añadió otra enfermera.

—Pero si no tenemos contestador automático en casa... Además, casi nunca sale, siempre contesta el teléfono.

—No te preocupes, seguro que todo tiene una explicación. En estos últimos meses han pasado muchas cosas.

Amal asintió, aunque sabía que algo no iba bien.

El teléfono del doctor Hayek sonó cuando estaba mirando la hoja clínica.

—Esto... Sí, ¿quién llama? Estupendo, iré enseguida —dijo sin dejar de mirarla por encima de las gafas—. Ha llegado tu madre, voy a buscarla —anunció dubitativo, como si le estuviera pidiendo permiso.

—*Immi!* ¡Por fin! Me alegro de que haya venido. No suele viajar.

—Vale, enseguida vuelvo.

—Doctor Hayek —lo llamó cuando iba a salir.

—¿Vino a verme cuando estaba en coma? ¿Llamó?

—Sí, claro —mintió.

Amal asintió.

—Madame Abdo, soy el doctor Roger Hayek —se presentó a la mujer que le esperaba en la recepción.

—*Enchantée, docteur* —dijo la mujer de tez blanca, demasiado arreglada y peinada. Llevaba unas gafas negras que le tapaban gran parte de la cara.

—Me alegro de que haya venido, Amal ha preguntado mucho por usted desde que salió del coma.

—¿Sí? Qué interesante...

—Tiene mucha suerte de estar viva, madame Abdo. —La puso al corriente de todo lo que había pasado mientras recorrían los pasillos y sus altos tacones resonaban al intentar mantener el paso, su falda demasiado estrecha no le permitía ir rápida—. Ya hemos llegado.

—¿Le importa dejarnos a solas? Es un poco complicado de explicar...

—Por supuesto —dijo manteniendo la puerta abierta.

La mujer inspiró con fuerza y entró, pero el doctor Hayek no cerró. Quería entrar con la madre; pensó que Amal quizá necesitaría su protección, aunque no sabía por qué. Se dirigió hacia el control de enfermeras, desde donde podía vigilar la puerta.

De repente empezó a sonar un timbre. O era una urgencia real, o alguien se había sentado en el botón. El doctor Hayek estaba leyendo el historial de un paciente ligeramente distraído.

—Ya voy yo. ¿Dónde es?

—En la habitación de Amal Waleed —contestó una enfermera.

—Venga conmigo —le ordenó dirigiéndose allí a toda velocidad.

Amal se había vuelto de lado y tenía la cara escondida en una almohada. Su madre estaba sentada en una silla junto a la cama con las piernas cruzadas y la punta de los dedos de las manos juntas, la elegancia personificada.

—¡Amal! ¡Amal! —exclamó el doctor Hayek corriendo a su lado, pues tenía convulsiones—. ¡Amal!

—¡Fuera! ¡¿Quién te crees que eres?! ¡No quiero volver a verte en la vida! ¡No te atrevas a acercarte! —gritó con la cara crispada por la rabia.

El doctor Hayek miró a la mujer, que sin gafas le resultaba familiar. ¿Quién era? Estaba seguro de que la había visto antes. Pero ¿dónde? ¿Había sido una de sus pacientes? ¿Alguien de su familia? ¿La había visto en alguna fiesta?

—Será mejor que se vaya, madame Abdo. La llamaremos cuando esté más calmada.

—¡No es mi madre! ¡No soy su hija! —gritó Amal.

—Lo quieras o no saliste de aquí —aseguró la mujer acercándose e indicando su vientre.

Amal se incorporó. El doctor permaneció a su lado, preparado para placarla si intentaba golpear a la mujer.

—Mi madre es Youmna Abdo. Tú no tienes nada que ver conmigo —le espetó con voz amenazadoramente baja.

—¿Por qué no le preguntamos al médico? —sugirió frívolamente—. ¿No cree que una mujer que tiene a un niño nueve meses en sus entrañas es su madre? —preguntó con sorna.

De repente, un gran pegote de líquido viscoso aterrizó en el ojo perfectamente pintado de la mujer y se le corrió el rímel.

Le había escupido.

—Madame, acompáñeme por favor —le pidió una enfermera con un tono tajante y enérgico que no admitía negativas.

Horrorizada y atónita, la mujer se limpió con un pañuelo, se puso las gafas y salió tras la enfermera.

El doctor Hayek no supo qué decir o hacer. Había reconocido a la mujer. La recordaba de las pocas semanas que había pasado con su padre antes de ir a estudiar Medicina a Estados Unidos. Se llamaba Heba Abdo y había sido la querida de su padre, Rachid Hayek.

Roger Hayek se quedó con Amal hasta que se calmó.

—¿Necesitas algo? —preguntó media hora más tarde, cuando vio que inspiraba con fuerza y recostaba los hombros en la almohada.

La chica meneó la cabeza sin apartar la vista del techo.

—Intenta dormir esta noche. ¿Necesitas más analgésicos? —preguntó después de haberla auscultado; su pulso volvía a ser normal.

Ella volvió a negar con la cabeza.

—Doctor Hayek —dijo al cabo de un rato—, tengo que ir a casa. Necesito ir a Deir el-Ahmar.

—Dame unos días y te prometo que te daremos el alta. Sé que es importante para ti.

—Sí, lo es —dijo mirándolo a los ojos finalmente—. Mi madre, mi verdadera madre, Youmna Abdo murió de un ataque al corazón poco después del accidente.

Y

—Amal, ¿tienes algún familiar que pueda venir a recogerte? Son las normas —preguntó el doctor Hayek cuando se sentó para rellenar el parte de alta.

Ella negó con la cabeza.

—Entiendo. ¿Dónde vas a ir después de Deir el-Ahmar? —inquirió mientras ponía su nombre como familiar al cargo.

—No lo sé —admitió al cabo de un rato.

—Me gustaría que vinieras a Beirut e hicieras fisioterapia para la mano. Conozco un buen fisioterapeuta en el hospital. Es amigo mío.

—Ya le informaré. Puedo ir andando hasta la puerta —protestó al sentarse en una silla de ruedas.

—Sí, lo sé y me alegro de lo bien que se ha curado tu pierna, pero las normas obligan a que salgas así.

Amal sonrió, era una de las pocas veces que el doctor Hayek la había visto hacerlo. En la entrada había un taxi esperándola para llevarla al autobús en el que regresaría al valle de la Bekaa.

—Bueno, es hora de despedirse. Muchas gracias, doctor Hayek, gracias por todo.

—Te echaré de menos. Nos vamos a aburrir sin ti.

—Seguro que tendrá muchas vidas que salvar —comentó riéndose.

—Sí, pero te seguiré echando de menos.

—Gracias de nuevo —se despidió dándole un abrazo.

El doctor Hayek se quedó tan sorprendido que no supo si abrazarla o no.

—Cuídate y cuéntanos qué tal te va. —Hizo que se lo prometiera cuando se sentó en el asiento trasero—. Si necesitas algo, llama.

—Lo haré.

Cuando el taxi se perdió en el caos del tráfico beirutí se preguntó con quién se habría casado Heba y de quién sería hija Amal. Quizá seguía soltera y simplemente había entregado el bebé a sus padres, lo que explicaría por qué Amal hablaba de su verdadera madre, que seguramente sería su abuela. Si no, habría sido demasiada coincidencia que tuviera el mismo apellido que Heba. Pero ¿quién será el padre? ¿Lo sabrá Rachid? «Si algún día vuelvo a hablar con él se lo preguntaré. Sería un capricho del destino que Amal fuera mi hermanastra», pensó cuando volvía a entrar en el hospital.

Amal miró por la ventanilla y admiró el paisaje del valle de la Bekaa desde el autobús. Seguía siendo muy hermoso, mucho más desde que se habían ido los sirios. Pensó en Heba, no había dejado de hacerlo desde que había ido a verla. Inconscientemente sabía que le había dicho la verdad, pero no podía admitirlo. No conseguía entenderlo de forma lógica y razonable. Nada de ella le atraía ni se había visto reflejada en forma alguna. Tampoco mantenían ningún vínculo, aparte de Zakaria y Youmna, que estaban muertos. Al menos sabía que habían sido algo más que sus padres adoptivos, eran sus abuelos. Y la habían querido como si fueran sus padres biológicos. Heba la había abandonado en su puerta cuando era un bebé. ¿Por qué no se lo habían dicho? Tenían que saber la verdad. ¿Se avergonzaban de ser sus padres? Seguramente. «Yo lo estaría si fuera mi hija, y me resisto a reconocer que es mi madre», se dijo. Intentó imaginar qué habría pasado de haberse enterado de la existencia de Heba cuando tenía doce años y si la habría reconocido de haber ido a verla a Beirut.

En Baalbek se bajaron la mayoría de los pasajeros. Amal salió un momento para estirar las piernas. Hacía un día bonito y brillaba el sol. El verano había llegado al valle. Recordó lo mucho que le gustaba ese lugar y la cantidad de pinturas y dibujos que había hecho en los templos. Tenía la mente inundada de recuerdos de los últimos veinte años. Recordó el día que conoció a Khaled, el que Zakaria colocó el primer dibujo en la pared de su estudio, el que Youmna le dejó usar carmín y su decimosexto cumpleaños, cuando había mirado a los ojos de Khaled y había visto en ellos lo que a ella le faltaba. La había colmado, la había sanado y se había ido. Se sentía como un recortable, una persona unidimensional. «¿Por qué me dejó?», se preguntó. Las lágrimas se agolparon en sus ojos justo en el momento en el que el conductor tocó la bocina para avisar de que el autobús iba a arrancar.

Volvió a su asiento. Se puso sus grandes gafas con cristales rosas para que escondieran las lágrimas que amenazaban con desbordarse, pero nada podía ocultar su desesperación. Cuanto más se acercaba a Deir el-Ahmar, más abatida se sentía; cuando finalmente llegó a la casa de su infancia y vio todas las ventanas cerradas, la puerta de la verja fuera de sus goznes y un gran candado en la de la entrada, el dolor y la pena la inundaron. La verja chirrió. Por un momento pensó que aquello era una pesadilla y que se despertaría, que Youmna abriría la puerta y ella subiría corriendo los escalones y se arrojaría en sus brazos. Pero no era un sueño y la puerta estaba cerrada.

—¡*Immi! Immi!* —gritó.

Se sentó en la veranda, escondió la cara entre las manos y lloró. Se sentía perdida y fría, no deseada y sola, como el bebé que Heba había dejado en esa misma puerta hacía treinta años.

Se recompuso y fue a ver a Ilyas. Heba le había dicho que no estaba muy bien, pero no había imaginado encontrarlo en estado catatónico. Una de las monjas del convento iba todos los días a cuidar de él. Pero ya no hablaba, ni veía ni oía. Estaba en pijama todo el día, sentado en una dura silla de madera, apoyado en su bastón, con la mirada perdida frente al televisor.

Permaneció un rato fuera de la puerta con mosquitera con la esperanza de que notara su presencia, se volviera y sonriera como siempre había hecho. Pero no lo hizo.

—*Baba* —lo saludó cuando entró finalmente.

Le dio un beso en la cabeza. Cogió una silla, se sentó junto a él y colocó su vendada mano sobre las suyas en el bastón. Tenía los ojos llorosos e inexpresivos, la cara marchita y arrugada, y el pelo blanco. Le apretó las manos, le puso un brazo en el hombro e intentó abrazarlo. Al no reaccionar, apoyó la cabeza en su brazo.

—Háblame, *baba*. Soy Amal, he vuelto.

Pero no dijo nada.

Se le llenaron los ojos de lágrimas.

—*Baba*, por favor. Habla conmigo.

No consiguió que reaccionara.

—Yo también lo echo de menos, *baba* —dijo antes de levantarse y darle un beso en la cabeza—. Volveré luego.

Quería ir al convento y pedir la llave del candado de su casa antes de que se hiciera de noche. Cuando se dio la vuelta para marcharse, sintió que Ilyas le tocaba la muñeca derecha. Lo miró, pero no se había movido.

Abrió la puerta y entró en la casa en la que había crecido. Dio una vuelta, jamás se había sentido tan sola. Olía el perfume de Youmna y veía a Zakaria ponerse las gafas para admirar uno de sus dibujos como si fuera un profesional y rascarse la mejilla antes de ofrecerle un precio.

Subió a su habitación y después al ático, donde guardaba sus cuadros. Todas las telas estaban allí, apoyadas contra una pared y cubiertas por una sábana. Miró a su alrededor, no había gran cosa, aparte de algunos muebles viejos y el baúl de su madre. Pasó la mano por el suave cuero y cayó en la cuenta de que hacía quince años que lo había visto por primera vez. Lo abrió. En el interior estaban los pañuelos y chales de Youmna, unas sandalias con pedrería que había llevado el día de su boda y el cuaderno. Lo hojeó y volvió a mirar las fotografías. Encontró las de Youmna y Zakaria, en las que habían escrito tres meses y cinco meses. Sabía que cuando se habían casado, en noviembre de 1953, Youmna estaba embarazada de seis meses y que Heba era la niña rubia de una de las fotografías.

Se sentó en el suelo y abrió el cuaderno que Youmna había empezado a escribir poco después de conocer a Zakaria. En él hablaba de sus deseos, esperanzas y aspiraciones, y, una vez nacida Heba, de sus desilusiones y problemas para ampliar la familia. Leyó sobre su dolor cuando Heba creció y se mudaron al valle de la Bekaa. La última entrada era de cuando la habían dejado a ella en la puerta y su vida había vuelto a tener sentido. Allí estaba, bien claro, era hija de Heba. «¿Quién será mi padre?», se preguntó deseando conocer la respuesta antes de llegar al final.

Casi había amanecido cuando acabó de leer, pero no encontró nada sobre su padre. Abrió todas las ventanas para ventilar la casa y sacó la cabeza por una de ellas para llenar de oxígeno sus pulmones. La luz sería perfecta enseguida.

Cogió un lienzo pequeño y pinturas, y salió al campo deseosa de volver a ver colores y pintar. Era lo único que le quedaba. Dios no podía habérselo arrebatado.

Fue hacia la cueva del cañón cercano al afluente del Litani. El sol aparecía en el horizonte y el cielo era un espectacular despliegue de colores lila, rosa, coral y naranja que envolvían el paisaje con una energía y una vivacidad magnéticas e inspiradoras. Apoyó el caballete en una roca y sacó las pinturas de la bolsa de tela que llevaba al hombro. Miró las vetas color terracota, rojo ladrillo y marrón de la roca. Untó un pincel en pintura. Le temblaba la mano y le sudaban los dedos. Levantó el brazo para dar la primera pincelada en la blanca tela, pero no pudo controlar la mano. El sencillo trazo parecía zigzaguear de derecha a izquierda. Lo intentó de nuevo, pero volvió a pasar lo mismo. Dejó el pincel horrorizada y cogió un carboncillo y el bloc que llevaba siempre en el bolso. Intentó dibujar la roca que había en la entrada de la cueva de Khaled, pero no lo consiguió. Parecía el garabato de un niño de cinco años. Empezó a ir de un lado a otro. No era posible. Necesitaba dejar descansar la mano y empezar de nuevo. Solo estaba nerviosa. No aceptaba no ser capaz de pintar. Decidió dar un paseo y relajarse.

Pero no pudo. Volvió a la cueva y al levantar la vista creyó ver a Khaled sentado sobre la gran roca saludándola con la mano. Corrió hacia él, pero al llegar había desaparecido. Entró en la cueva y fue hasta la poza. Sus colores eran espectaculares y reflejaban las vetas de las rocas. La luz y el agua provenían del mismo sitio; parecía que la poza estaba iluminada desde el interior. Se sentó. «¿Qué voy a hacer si no puedo pintar? ¿Qué será de mí si no puedo volver a utilizar la mano derecha?», pensó.

«Aprenderás a utilizar la izquierda», creyó oír que le decía.

«Te echo de menos», susurró pasando los dedos por el agua. La notó caliente, era junio. De repente sintió la necesidad de bañarse, de que el agua lavara la rabia, el dolor, la tristeza, el trauma y la tragedia que había experimentado desde el 14 de mayo. Apiló la ropa y entró con cuidado pisando los escalones naturales de la roca. Se zambulló y se hundió para recobrar la esperanza, resarcir la pena y renovar sus fuerzas. Volvió a la superficie y se sentó en uno de los escalones, con el agua a su alrededor. Y allí, rodeada por el agua de la poza que tanto le gustaba a Khaled, empezó a llorar. Pero no se sintió sola; imaginó que Khaled la rodeaba con los brazos sin decir nada, mientras vaciaba su pena y dejaba que se deshiciera el nudo que tenía en el estómago y cesara el inmenso dolor que sentía en su corazón. En ese momento, lo dejó ir.

Decidió ir a Beirut. A pesar de que le gustaba aquel rincón del valle de la Bekaa, necesitaba un cambio radical para empezar una nueva vida. Pasó varias semanas organizando la casa, resolviendo los asuntos pendientes de sus padres y dejándolo todo en orden antes de darle la llave a una de las monjas del convento.

Estaba pensando dónde podría quedarse hasta encontrar un alojamiento permanente cuando sonó el teléfono.

—¿Sí?

—¿Amal? Soy el doctor Hayek.

—Hola, *kifek?*

—Mejor dicho: ¿cómo estás tú?

—Muy bien.

—¿Sí? —preguntó sorprendido.

—Voy poco a poco. No estoy bien del todo, pero pronto lo estaré.

—¿Y la mano?

—Nada, no puedo hacer nada con ella.

—Aun así te noto alegre.

—¿Sí?

—Más que la última vez que te llamé.

Roger había telefoneado todas las semanas para asegurarse de que hacía ejercicios con la mano, aunque sin agobiarla.

—Tengo días buenos y malos.

—Por supuesto. —Amal dudó si contarle que pensaba ir a Beirut. Pero sabía que intentaría ayudarla y no quería que nadie interviniera. Quería hacerlo sola, ser libre e independiente—. ¿Por qué no vienes a Beirut? —preguntó como si lo hubiera leído el pensamiento.

—Es posible que lo haga —respondió con evasivas.

—No sé a quién más conoces aquí, pero tengo una pequeña casa de huéspedes con entrada propia, si la necesitas.

—Te lo agradezco mucho —dijo emocionada por su generosidad.

—No es muy grande. La verdad es que es un estudio, pero, si lo quieres, es tuyo.

—Gracias, doctor Hayek. Le estoy muy agradecida.

Amal se preguntó si se la ofrecería a todos los pacientes que se recuperaban de un accidente de tráfico casi fatídico, y Roger si ella se estaría formulando esa misma pregunta.

—Doctor Hayek, ¿esa oferta es parte de su trabajo?

Roger se habría dado de bofetadas, seguro que ahora creía que era un excéntrico médico soltero de mediana edad que hacía lo mismo con todas sus pacientes. Pero no era así. Amal era la primera con la que había tenido la suficiente confianza como para ofrecérsela; la primera con la que había pasado por alto la regla fundamental de no establecer vínculos emocionales. Quería ayudarla, pero no sabía por qué. Por supuesto, era normal que le hubiera hecho esa pregunta. No sabía nada de él; jamás le había contado nada de su vida, pasada o presente.

—Mira, no es eso —tartamudeó intentando explicarse—. Entiendo que te extrañe y que no aceptes la propuesta. Estoy de acuerdo en que suena un poco forzado..., incluso extraño..., no sabes nada de mí.

—Doctor Hayek.

—¿Sí?

—Está farfullando.

—Ah..., sí... es verdad...

Amal casi se echa a reír. Lo imaginó abochornado, quitándose las gafas para limpiarlas con un pañuelo.

Capítulo diecisiete

Amal

En la primavera del 2006, Amal se mudó a la casa de huéspedes de Roger Hayek en Raboueh, una elegante zona residencial de Beirut. Desde el primer momento insistió en pagar un alquiler. Tenía algo de dinero que le habían dado en el colegio en el que trabajaba Khaled y un poco más que le había dejado Youmna. Sabía que no le duraría mucho y que tendría que buscar la forma de ganarse la vida, pero quería hacer las cosas a su tiempo y lo primero era curar la mano.

La casa tenía el tamaño perfecto. Era una habitación grande, dividida en cuarto de estar y dormitorio. Había baño, pero no cocina, así que tendría que utilizar la de la casa de Roger. Aparte de eso poseía todas las comodidades imaginables, incluidas dos chimeneas, lo que le pareció excesivo.

Antes de hacer la mudanza, Roger se sentó un día con ella y le habló de su vida: tenía casi cincuenta años, no se había casado, había tenido una infancia enloquecida y caótica, y su madre era una mujer francesa que se había casado con Rachid Hayek porque había perdido una apuesta una noche de borrachera en Montecarlo. Jamás habían tenido nada en común y él había sido fruto de un accidente. Al poco de casarse su relación fue desintegrándose, porque carecía de cimientos en los que sustentarse. Sus padres se separaron cuando apenas tenía unos meses. Había estudiado en París y pasaba un par de semanas en Beirut de vez en cuando. Fue a Estados Unidos a estudiar Medicina y pasó casi veinticinco años en Nueva York antes de volver a Beirut, donde no mantenía ningún tipo de relación con su padre ni sabía si se había enterado de su regreso. Le daba igual.

Durante los siguientes meses, Roger y Amal mantuvieron una relación cordial, aunque había dos temas que nunca trataban. Al principio por respeto y después porque se convirtieron en tabúes. Roger nunca mencionaba a Heba; Amal jamás le preguntaba por qué no se había casado. Los dos tenían sus respectivas teorías, pero no las expresaban.

Se acostumbraron a una cómoda rutina: desayunaban e iban juntos al hospital, donde Roger hacía sus turnos mientras Amal acudía al fisioterapeuta. Tras la sesión diaria, solía ir a Achrafieh y pasaba horas en el Sursock, el museo de arte moderno que exhibía obras de artistas libaneses, ya fuera en exposiciones itinerantes o permanentes. Envuelta en el silencio y sentada en un banco, sacaba un cuaderno y ejercitaba la mano derecha, con carboncillo o lápiz. Uno de los guardias le comentó que para exponer allí tenía que elegirla el comité de selección del museo y después otros tres comités estudiarían su obra para decidir si era digna del Sursock. Le había señalado quiénes eran varios de los miembros de la junta y le había dicho que la más influyente era Lailah Hayek.

Pero los huesos de su mano no se habían curado como para pintar con la misma confianza y seguridad. Sus esperanzas empezaron a disiparse cuando se dio cuenta de que posiblemente no lo haría como antes. Volvía a utilizar la mano, pero no como para dar las controladas pinceladas que resaltaban la profundidad de sus cuadros.

También se le estaba acabando el dinero; a pesar de que Roger le decía que no tenía por qué pagar alquiler, ella se sentía obligada. Necesitaba un trabajo. El fisioterapeuta la animó a buscar uno en el que tuviera que utilizar la mano de forma lenta y metódica, abriendo y cerrando los dedos, para recuperar sensibilidad.

Un día de invierno pasó por la Escalier de l'Art de camino al Sursock y se paró en una galería que exhibía unas obras muy interesantes, estilo Modigliani. Acercó la cara al escaparate para intentar ver los cuadros del estrecho pasillo que conducía a la parte de atrás. Dos mujeres que le daban la espalda admiraban uno de ellos. De repente se volvieron. Amal se apartó rápidamente. Estaba a punto de seguir hacia el museo cuando creyó reconocer a una. «¡Es Lailah Hayek, miembro de la junta del Sursock! Ojalá pudiera entrar y presentarme. Lo que daría por conocerla. Si le gustara mi obra, quizá me daría una oportunidad», pensó. Pero era tímida y vergonzosa, y estaba demasiado nerviosa como para hacerlo.

Entonces se le ocurrió una idea. Parecía que Lailah era amiga de la dueña de la galería e iba a menudo. «¿Y si envío mi obra de forma anónima a ver qué pasa?», se dijo.

Conforme el plan iba tomando forma, una amplia sonrisa se dibujó en sus labios y se le iluminaron los ojos, que brillaron con destellos verdosos. Enviaría sus cuadros de uno en uno, simplemente con una nota sobre la historia del cuadro. Pero tendría que vigilarlos. ¿Qué pasaría si no le gustaban? Sería muy raro que la vieran subiendo y bajando la calle a todas horas. ¿Y si buscaba un trabajo en ese barrio? ¿Y si lo conseguía en la galería? Quizá la dueña necesitaba una ayudante. Pero no tuvo valor para entrar y preguntar.

Pocos días después volvió a pasar por la galería Najjar de camino al museo y vio que la dueña estaba cerrando la puerta. «¡Esta es la mía! ¡Venga! ¡Puedes hacerlo!», se dijo, pero cuando vio la cara de prisa que llevaba decidió pasar de largo. «¡Dios mío! ¿Por qué no tengo valor para decirle algo?», pensó.

—Perdone… —oyó una voz a su espalda, pero estaba demasiado absorta en su autocrítica—. Perdone… —repitió en voz más alta—. Por favor… —Amal se volvió, era la dueña de la galería—. ¿Tiene cambio? Solo tengo un billete de veinte mil libras y necesito monedas para el parquímetro. —Amal la miró atónita—. ¿Tiene?

—Sí…, creo que sí —consiguió tartamudear antes de buscar en el bolso.

—Gracias, le estoy muy agradecida.

Cuando se iba, Amal inspiró con fuerza.

—Estoy buscando trabajo.

La mujer miró hacia su coche y al policía de tráfico que la multaría si no ponía monedas en el parquímetro.

—Lo siento, tengo que irme corriendo.

A mitad de la Escalier de l'Art tuvo remordimientos. La chica parecía desesperada, se había vuelto para decirle que esperara, pero había desaparecido. Había algo en ella…, quizá le había atraído su sensibilidad y elegancia.

Amal se sintió fatal. Había metido la pata. «¿Por qué seré tan tonta? Ha sido una estupidez», se martirizó todo el trayecto hasta el Sursock. Aquel día deambuló por el museo incapaz de concentrarse, pero después consiguió levantar el ánimo; cuando llegó a casa, pasó un buen rato mirando sus telas. Finalmente se decidió por un bonito campo de trigo de color amarillo brillante que había pintado hacía unos años. Sería el primero que enviaría a la galería Najjar. Se había enterado de que la propietaria se llamaba Hala Najjar y tenía unos cuarenta años.

Colocó el cuadro entre dos planchas de madera de balsa, lo envolvió en papel de estraza y lo ató con una cuerda. No estaba muy segura de qué haría con los cuadros más grandes, pero decidió no preocuparse por el momento. Escribió una nota en la que decía que era una pintora de cerca de Baalbek, en el valle de la Bekaa, que lo había pintado hacía cinco años y que le gustaría saber su opinión. Fue a la oficina de correos con el paquete bajo el brazo, pero luego tuvo una idea mejor. Sabía que abría a las once, así que lo entregaría ella misma. Al día siguiente se puso unos vaqueros holgados, una vieja camisa de Roger que utilizaba para pintar, zapatillas de deporte, gorra de béisbol en la que esconder el pelo y unas grandes gafas negras. Se miró en el espejo. Estaba perfecta. Todo el mundo pensaría que era una mensajera. Cogió la bolsa de tela en la que solía llevar los pinceles y fue a coger el autobús. De camino se colocó unos auriculares y puso música.

Llegó a la galería justo en el momento en el que Hala estaba a punto de abrir. Por suerte no tuvo que decir nada.

—¡Ah! ¡Gracias a Dios! Me alegro de que haya llegado. Hacía tiempo que esperaba este cuadro. —Amal se extrañó, seguramente había confundido el envío. El disfraz había funcionado, creía que era una mensajera—. ¿Dónde firmo?

Amal no había pensado en el recibo, pero, por suerte, sonó el teléfono y Hala empezó a hablar de un cuadro que quería encontrar. Abrió la puerta con el móvil entre la oreja y el hombro y entró. La chica dejó el paquete apoyado en una pared, cerró la puerta y bajó la Escalier de l'Art sonriendo. «¡Estupendo! Ahora solo tengo que encontrar un trabajo por aquí», se dijo.

Hala fue a poner el aire acondicionado sin dejar de hablar. Finalmente colgó y se concentró. «¡Un momento! ¿Dónde está la mensajera? ¿Y el cuadro? ¡Oh, no!», pensó. Miró por todas partes. ¿Por qué no le había prestado atención? Entonces vio el paquete cerca de la puerta. Cogió la nota y antes de leerla desenvolvió el cuadro. ¿Qué era aquello? Desde luego no era lo que le había prometido Lailah. Era una impresionante interpretación de un campo de trigo, sin duda del valle de la Bekaa. Lo colocó en una mesa y se alejó para verlo mejor. Era extraordinario, tan real que uno creería que era posible pasearse por él, pero tan personal como para tener que pedir permiso al artista para entrar en su mundo. «¿De quién será?», se preguntó sin darse cuenta de que tenía una nota en la mano. La abrió y la leyó. ¿Amal Abdo? ¿Cerca de Baalbek, en el valle de la Bekaa? Se estrujó los sesos. «¿La conozco? ¿Quién es? ¡Dios mío! Es el cuadro más sensacional que he visto desde hace mucho tiempo.»

Se sentó frente al escritorio y empezó a escribir a la artista. Comprobó en la nota si había algún número de teléfono o de móvil, pero solo aparecía un apartado de correos. «¡Maldita sea! ¿Por qué es tan reservada esta gente? ¿Por qué no tendrán un teléfono?», pensó. En la nota le preguntaba si podría pasar por su taller, pues estaba muy interesada en el resto de su obra. Le dijo que estaría encantada de conocerla y le dio las gracias por confiar en la galería. Mientras cerraba el sobre y ponía un sello se preguntó si la mensajera conocería a Amal.

Estaba distraída con esos pensamientos cuando volvió a sonar el móvil.

—¡Lailah! Justamente estaba pensando en ti, *habibti*… *Hamdellah*, todo bien. No me has enviado el cuadro que me prometiste. No, no…, no pasa nada… ¿Cuándo puedes venir? ¡Oh, no! ¿Adónde vais? ¡A París! *Masbut*… ¿Qué día? Ya… ¿Y cuándo volvéis? Excelente, *tayeb*. No, no es nada urgente; creo que he descubierto una joya. Pásatelo bien y nos vemos dentro de unas semanas, a lo mejor tengo más cosas para enseñarte. Ok, *tayeb habibti… Merci chérie, ya-llah!*

Colgó y miró el *Campo de trigo*. Estaba segura de que a Lailah le encantaría, era muy de su estilo. Esa joven, mujer o lo que fuera, era buena, muy buena. Incluso podría estar en el Sursock. «Venga, Hala, te estás pasando. Espera a ver algo más. Puede que solo sea una excepción», se dijo.

Nada más salir de la galería, Amal bajó la Escalier de l'Art hasta la Rue Gouraud para ir al café Arabica. Sonreía. «Tiene que funcionar. Seguro que le gusta. Por favor, Alá, échame una mano.» Estaba tan ensimismada que en vez de torcer a la izquierda lo hizo a la derecha. Unos minutos después seguía sin encontrar el café, pero decidió seguir caminando.

Un poco más adelante vio el salón de belleza Cleopatra y decidió preguntar allí. El cartel rosa de la puerta del mismo color ponía «Abierto» y la puerta estaba entornada. La abrió un poco más y miró dentro, pero no había nadie. El salón parecía un poco destartalado.

—*Bonjour* —saludó mientras se dirigía cautelosamente hacia el mostrador.

En la pared de la izquierda había tres espejos y tres sillones negros parcheados con cinta adhesiva. Junto a los espejos había otros tres sillones bajo sendos anticuados secadores con forma de huevo. En las tres bandejas con ruedas reinaba un absoluto caos de cepillos, peines, horquillas y rulos rosas y violetas. Había rulos y horquillas por el suelo, que estaba lleno de pelo que no se había barrido. En la pared de enfrente había una cortina de flores rosas y blancas, y detrás un antiguo sillón abatible y una mesa de formica blanca manchada con una pegajosa sustancia marrón y una pequeña cocinilla. En el suelo, una caja de cartón con azúcar y limones, y lo que parecían toallas usadas.

—¿En qué puedo ayudarla? —dijo una mujer que salió de la parte trasera, en la que otras dos mujeres, mayores y más rollizas, estaban sentadas con las cabezas apoyadas en dos lavabos—. ¿Puedo ayudarla en algo? ¡Ah!, eres la que ha llamado antes por el trabajo. Estupendo, me alegro de que hayas cambiado de opinión. Estás contratada.

Era bastante guapa. Llevaba el pelo recogido de cualquier manera y le caían unos rizos por la frente, que apartaba continuamente. Cogió unas gafas de sol de una de las bandejas y se las colocó a modo de diadema. Iba muy maquillada y llevaba un vestido corto y ajustado. Parecía un poco despistada; por el aspecto que tenía el salón, seguramente no era muy organizada.

—¿Qué trabajo? Solo quiero tomar un café. Estoy buscando el café Arabica.

La mujer no la oyó.

—Mira, a pesar de que te lo haya dicho antes, no hace falta que traigas referencias. Necesito ayuda y pareces competente. Empezarás lavando las cabezas y limpiando el salón…, después ya veremos —soltó antes de mirarla de arriba abajo—. ¿Tienes algo más bonito que ponerte? ¿Sabes qué? No te preocupes. Me da igual, no es un salón elegante.

Amal intentó interrumpirla, pero la mujer no dejó de hablar. Le entraron ganas de echarse a reír. Era muy divertido, la acababan de contratar en un salón de belleza.

—*Tayeb*… Ok… ¿Puedes lavarles el pelo? —preguntó indicando hacia las dos ancianas—. Son clientas habituales. La de la izquierda se llama Ghida y la de la derecha Nisrine. Tendrás que darte prisa porque Claudine llegará en cualquier momento y no las soporta. Ah, te pagaré el salario mínimo, pues es lo único que puedo permitirme de momento, *tayeb*? ¡Venga, a trabajar! —le ordenó sin esperar respuesta—. Por cierto, ¿cómo te llamas?

—Esto…, Amal —contestó un tanto sorprendida. No sabía cómo respondería la mano, pero quizá le vendría bien. Era exactamente el tipo de ejercicio que le había recomendado el fisioterapeuta.

—Creía que habías dicho que te llamabas Mireille. Es igual, Amal, Mireille, suenan parecido.

«No para de hablar, me va a volver loca», pensó Amal.

—Me llamo Mouna Al-Husseini.

Capítulo dieciocho

Mouna

Mouna miró el reloj: eran casi las ocho y media, hora en que Samir pasaría a recogerla por el salón. Era mejor así, en su casa no habría podido salir tal como iba vestida. Se preguntó dónde irían a cenar. Cuando le preguntó si quería ir a un libanés o a un italiano se había decantado por el segundo, pero el restaurante iba a ser una sorpresa. Se dirigió a la puerta y miró a través de la cortina rosa, pero el todoterreno negro no había aparecido.

Mientras iba de un lado a otro se vio en el espejo. El vestido estaba mucho mejor de lo que creía. Lo había hecho para esa noche, copiado de una revista y con el crepé negro de una de las *abayas* de su tía. Se había preocupado por coger un chal, por si hacía frío o por si, al no tener espalda ni mangas, enseñaba demasiado y no era apropiado para el restaurante al que iban.

Llevaba unas sandalias abiertas de tacón alto y un bolso sin asas. Iba bien maquillada, sin excesos, excepto los ojos, algo recargados y perfilados con kohl. Se había rizado el pelo y lo llevaba sujeto en lo alto con una peineta y una fina cinta, que dejaba caer unos largos rizos que le daban un aire griego.

Miró el reloj otra vez, las nueve menos veinte. «O es por culpa del tráfico, o está trabajando. ¿Por qué no me llama?», se preguntó, frustrada. Sacó el móvil. ¡Mierda! Había una llamada perdida y un mensaje de texto. Eran de Samir para decirle que llegaría tarde, que la recogería a las nueve.

A esa hora sonó un claxon y se echó un último vistazo en el espejo, apagó el aire acondicionado y la luz, y salió. Samir salió del Ford Explorer para ayudarla a bajar la persiana y poner los tres candados.

—Gracias —dijo Mouna.

—Espero que hayas recibido el mensaje.

Mouna asintió.

—¿Vamos? —la invitó abriendo la puerta del pasajero y manteniéndola abierta hasta que se acomodó—. El cinturón, madame.

—Sí, claro.

Cuando se dirigió a su asiento y paró frente al semáforo para dejar pasar un coche, Mouna se fijó en lo guapo que estaba. Llevaba vaqueros, una camisa de seda azul y mocasines. Estaba bronceado y su aspecto era muy saludable.

—Me alegro de verte —dijo sonriendo antes de arrancar.

—¿Adónde vamos? —preguntó mientras circulaban por calles estrechas para evitar las congestionadas avenidas.

—Has dicho que querías ir a un italiano.

—Sí —mintió. No sabía nada de comida italiana, aparte de la que servían en los Pizza Hut, donde compraba algo de camino a casa cuando llegaba tarde.

—Conozco uno excelente que no queda lejos del salón si se va a pie, pero con todas las obras, desvíos y tráfico, en coche se tarda media hora.

—Entonces, ¿por qué no vamos andando?

—¿Qué clase de hombre sería si te invitara a cenar y no te llevara en coche?

Mouna miró al suelo con timidez, sorprendida de cuánto le gustaba.

Cuando giraron en la calle Abdel Wahab Inglezi tragó saliva. Sabía que iban al Claudia's y empezó a sentirse insegura. Era el tipo de local al que solían ir Imaan Sayah o Lailah Hayek. «No puedo entrar allí, no estoy a la altura. Se reirán de mí», pensó, pero antes de que pudiera reaccionar Samir dijo:

—Ya hemos llegado. Es mi restaurante italiano favorito en Beirut.

Sonrió, pero tenía un nudo en el estómago y el corazón acelerado. Ni siquiera iba adecuadamente vestida. Los clientes de ese local eran la élite, los ricos que compraban en Aishti y salían en revistas y periódicos. Y allí estaba ella, una peluquera desconocida, con un vestido que había hecho con una *abaya* vieja y zapatos comprados en un puesto del zoco. «¡Qué he hecho, Dios mío!», pensó.

—¿Te parece bien o prefieres ir a otro? Conozco muchos italianos.

—No, no, ¿por qué iba a querer ir a otro? Este me parece estupendo.

Samir asintió, la cogió por el brazo para entrar y solo la soltó cuando saludó a Claudia.

—Signor Abboud. Me alegro de verte. Hace mucho tiempo desde la última vez.

—Claudia —la saludó dándole un abrazo y dos besos—. He estado trabajando y no he tenido ocasión de venir a tu bonito restaurante para probar tu exquisita comida.

—Hasta ahora —precisó con una pícara sonrisa.

—Cierto. Esta noche tengo la excusa más bonita del mundo.

—Bienvenida a Claudia's. Me llamo Claudia di Sole —se presentó dándole dos besos a Mouna.

—Mouna, Mouna Al-Husseini.

—*Piacere*. Venid, os voy a poner en una mesa romántica —dijo mientras los guiaba con las cartas en la mano, sin dejar de saludar y besar a otros clientes por el camino.

—Estás muy guapa, Mouna —susurró Samir.

—Gracias.

—Me alegro mucho de que hayamos venido.

Seguía sintiendo el corazón acelerado. Reconoció a cantantes, actores y actrices, modelos, famosillas, *la crème de la crème* de la sociedad beirutí. El restaurante estaba lleno, pero cuando se sentó no lo encontró tan ruidoso como esperaba. Por supuesto, Claudia les había ofrecido una mesa en un rincón apartado e inmediatamente les llevó dos copas de champán.

Sonrió nerviosa, jamás lo había probado, solo había tomado vino alguna vez.

—*Cent'anni* —les deseó Claudia—. Espero que disfrutéis de la cena —añadió levantando los brazos como si fuera el papa.

—Salud —brindó Samir levantando su copa hacia Mouna.

Esta le imitó, pero no pudo evitar sentirse un poco perdida. Miró el burbujeante y espumoso líquido rosa de la botella y le pareció bonito, demasiado bonito como para beberlo.

Tomó un sorbo y las burbujas le salieron por la nariz. Estaba intentando no toser cuando, de repente, Samir empezó a hacerlo ruidosamente y atrajo la atención de los comensales cercanos.

—Lo siento —se excusó sacando un pañuelo—. Se me han subido las burbujas a la nariz.

—A mí también, no he sabido cómo pararlas.

—El truco está en no respirar cuando se bebe.

—Intentaré acordarme —dijo sonriendo. No estaba segura de si había notado lo incómoda que se sentía y había querido ayudarla o había tosido de verdad.

—¿Miramos la carta para ver qué tomamos?

Mouna asintió y cogió la carta forrada en piel que había en un extremo de la mesa. No supo por dónde empezar. Estaba dividida en secciones: *Antipasti, Insalate, Zuppe, Primi Piatti, Secondi Piatti, Contorni* y *Dolci*.

—Mouna —dijo poniéndole la mano en el codo—. Lo siento, pero no tengo ni idea de qué significa todo esto. He estado unas cuantas veces, pero Claudia ha cambiado la carta. ¿Por qué no nos ponemos en sus manos y vemos qué nos recomienda?

—Me parece perfecto, porque yo tampoco sé que quieren decir los nombres.

—Estupendo, cuando venga Claudia o alguno de los camareros pediremos que nos los descifren. —Mouna suspiró, aliviada—. Dime, ¿has cortado el pelo a un hombre alguna vez?

—No, ¿por qué?

—Porque hace poco despedí a mi peluquero. La última vez me hizo una chapuza. Llevaba años con él y siempre le pedía lo mismo. No sé qué le pasaría.

—A mí me gusta cómo lo llevas.

—Mientes muy bien.

—No, de verdad. Lo digo de corazón. Te queda muy bien.

—A mí no me gusta.

—Creo que estás siendo muy duro con él. Te hizo un buen corte.

—¿Debería seguir con él?

—Sin duda —contestó antes de descubrir a Claudia junto a la mesa con una libreta y un lápiz en la mano.

—¿Qué vais a tomar?

—Claudia, estamos un poco perdidos…

—*Ma, perché?* —se extrañó gesticulando y hablando con las manos como hacen todos los italianos.

—Porque has cambiado la carta. Hay demasiadas cosas para elegir.

—Bueno, amigo mío, eso es lo que pasa cuando dejas de ir durante un año a un sitio y apareces de repente. Si hubieras seguido viniendo, habrías visto los cambios paulatinamente.

—Lo siento —se excusó.

Mouna bajó la vista, incapaz de mirar a Claudia. Tenía la impresión de que sabía que no tenía mucho mundo ni era sofisticada y, por la forma en que la había mirado de arriba abajo al entrar, le horrorizaba lo que pudiera pensar de su vestido.

—De verdad, Claudia, he tenido un año de locura. Ha pasado volando.

—Bueno, nunca puede ser tan de locura como para olvidar a los amigos —le reprendió.

—No, y estoy de acuerdo en que no debe hacerse, pero no era mi intención. Pensaba en ti todos los días.

—¡Ah, Pinochio! Eso sí que no es verdad.

—¿Qué recomiendas a dos personas hambrientas que hace mucho que no comen auténtica comida italiana?

—Ya me encargo yo —aseguró con voz firme anotando en la libreta—. ¿Hay algo que no comáis?

—Ni jamón ni cerdo —dijo Samir, sabedor de que Mouna era musulmana—. Eres estupenda, Claudia.

—Ya sabes que con halagos conseguirás lo que quieras de mí —comentó sonriendo antes de inclinarse hacia Mouna—. Tienes mucha suerte. Es el soltero más cotizado de Beirut. Todas lo perseguimos. Estamos como locas por que nos lleve a cenar, pero siempre tiene una excusa: está muy ocupado, tiene otros compromisos, su tortuga está enferma… —Mouna sonrió sin saber qué decir—. ¿A qué te dedicas? ¿Trabajas también para el Gobierno?

No tenía ni idea de a qué se dedicaba Samir; de hecho, no sabía nada de él.

—No, soy peluquera —dijo con humildad.

—Tiene su propio salón —intervino Samir.

—¿Sí? ¿Está cerca? Porque necesito uno bueno. Ir a Alexandre los jueves es prácticamente imposible.

—Está a la vuelta de la esquina.

—¡Samir! —exclamó Claudia clavándole su intensa mirada siciliana—. Sé que estás muy orgulloso de estar aquí con ella y estás en tu derecho porque es una mujer muy guapa, pero ¿podrías callarte por favor y dejar que hable ella?

Mouna se echó a reír y Samir puso cara de niño castigado. Le gustaba Claudia, tenía agallas, hablaba con franqueza y le decía a la gente lo que pensaba.

—Está en la Rue Gouraud —explicó sonriendo.

—Iré. ¿Cómo se llama?

—Se… —empezó a decir Samir, pero Claudia lo fulminó con la mirada.

—Cleopatra. Estaré encantada de que vengas.

—Lo haré. Y ahora, antes de que pase toda la noche aquí, dejad que os sirva algo de comer. ¿Vino? —Samir asintió—. ¿Blanco o tinto?

—Un buen blanco fresco. Elige tú —pidió Samir.

Claudia sonrió, le gustaba Mouna. Al principio había pensado que era demasiado inexperta y poco sofisticada para alguien como Samir, pero le habían engañado las apariencias. Puede que no tuviera mucho mundo ni fuera refinada, pero demostraba madurez y humildad, algo de lo que carecían muchos de sus clientes.

—Así que trabajas para el Gobierno… —comentó Mouna cuando se fue Claudia.

—Sí. Lo siento, debería habértelo dicho.

—No tienes por qué disculparte.

—Lo que pasa es que todavía no hemos tenido tiempo de hablar con calma.

Mouna asintió.

—Trabajo para el Ejército libanés.

No quiso asustarla en su primera cita explicándole que en realidad era miembro de la inteligencia militar y que su cometido abarcaba desde proteger a políticos libaneses o diplomáticos extranjeros hasta participar en operaciones encubiertas, realizar búsqueda de información e incluso actividades paramilitares.

—¿Naciste en Estados Unidos?

—Nacido y criado en Washington DC.

—Siempre he querido ir.

—Entonces tendremos que hacerlo.

—¿Qué hacías allí?

—Después de la universidad entré en el Ejército para pagar el préstamo escolar. No quería pedirle dinero a mi padre. Quería ser independiente, autosuficiente y todo eso. Después me eligieron como enlace en Kuwait porque sabía árabe.

—¿Y cómo es que hablabas árabe?

—Mis padres se divorciaron cuando tenía dos años, pero mi madre insistió en que debía ver a mi padre a menudo, a pesar de que había vuelto a Beirut. Así que cuando era pequeño él venía a Estados Unidos, y de adolescente empecé a venir yo; lo aprendí de oídas.

—¿Por qué viniste a vivir a Beirut?

—Me hice marine y pasé un tiempo en Afganistán. Después, en febrero del 2005, cuando asesinaron a Hariri, formé parte de la misión investigadora de las Naciones Unidas.

—¿Sí?

—Sí, conocí a Peter Fitzgerald, el comisionado adjunto de la Policía irlandesa que dirigió la misión durante la Primera Guerra del Golfo, y me metió en el equipo.

—Impresionante. ¿Qué tuviste que hacer?

—Entrevisté a funcionarios y políticos libaneses del Gobierno y la oposición, estudié la investigación y actuaciones judiciales libanesas, inspeccioné el lugar del crimen, reuní pruebas…

—¡Santo Cielo!

—Mi padre me convenció para que me quedara un tiempo en Beirut. «Imagina que son unas largas vacaciones», me dijo, y me sugirió que encontrara una guapa libanesa con la que casarme. —Se echó a reír—. Y aquí estoy dos años después...

—¿Y la has encontrado?

—Ahora sí —aseguró mirándola.

Los interrumpió un camarero que dejó en la mesa una pequeña *pizza margherita* hecha en horno de leña.

—¿Os traigo el vino o preferís otra copa de champán con la *pizza*? —preguntó Claudia.

—Creo que otra copa de champán —sugirió Mouna, que estaba disfrutando de las burbujas de color rosa.

Samir la miró orgulloso y Claudia arqueó una ceja, encantada de que la primera copa la hubiera relajado.

—Os traeré otra. Por cierto, ¿como está tu preciosa madrastra? El otro día vino con Imaan Sayah.

—No la veo mucho últimamente, he estado muy liado con un curso de formación, pero creo que está bien.

—¿Y qué es eso que he oído de que Imaan va a ser la nueva embajadora en el Reino Unido?

—Has oído bien. Es un nombramiento fantástico, un paso muy inteligente.

—¿Qué tal tu padre?

—Muy ocupado, como siempre.

—Al menos tiene a Nina para que se ocupe de algunas cosas, aunque me gustaría que volviera a trabajar aquí; me estoy haciendo vieja.

—A lo mejor lo hace...

«¿Nina?», pensó Mouna aguzando el oído. ¿Nina Abboud? ¿La amiga de Imaan Sayah? ¿La mujer alta? ¿Sería ella? Tenía que serlo. Solo había una Nina Abboud en la alta sociedad beirutí. Dudó si contarle a Samir que conocía a su madrastra, que había estado en el Cleopatra hablando con Imaan sobre Rachid Sayah. Pero no lo hizo. Las normas de un salón son inquebrantables.

—Te gustará mucho Nina. Es una mujer estupenda. Le tengo mucho cariño. —Por suerte, la llegada de Claudia con la segunda copa de champán salvó a Mouna—. Por ti, Mouna. Gracias por cenar conmigo.

—Gracias por invitarme —contestó chocando su copa con la de Samir.

Capítulo diecinueve

Amal

*D*espués de Año Nuevo, Amal abrió el buzón con un número de apartado de correos que había alquilado en Raboueh. En el interior había algo. Se le encogió el corazón. Tenía que ser una carta de Hala Najjar. Nadie conocía esa dirección. Se moría por abrirla, pero no quiso hacerlo allí. La metió en el bolso y corrió hacia el autobús. El tráfico era tremendamente lento. De vez en cuando abría el bolso para asegurarse de que la carta seguía dentro. Era la primera vez que alguien, aparte de sus padres o Khaled, veía uno de sus cuadros. Estaba ansiosa por saber qué pensaba la dueña de la galería. «¿Y si son malas noticias? ¿Y si a Hala no le ha gustado? Calma, no te desanimes», se dijo. Pero no podía evitarlo. No conseguía detener esa sensación de nerviosismo en la boca del estómago. Finalmente no pudo soportar la incertidumbre. Sacó el sobre, echó un vistazo a su alrededor por si la miraba alguien, lo abrió y sacó la nota. El corazón empezó a latirle con fuerza. ¡Alabado sea Dios! No podía creerlo. Se llevó la nota al pecho y la apretó con fuerza. A Hala le había encantado el *Campo de trigo* y quería ver más cuadros.

Bajó del autobús y fue dando saltos hasta casa. Llevaba las gafas negras que se había comprado con la primera paga y los auriculares, pero rebosaba alegría. De camino sonrió a todos los vendedores de frutas y verduras, saludó con la mano a los tenderos y se puso a bailar en los semáforos en rojo que encontró.

—¿Era esa Amal Abdo? —le preguntó el frutero al verdulero.

—Creo que sí, aunque quizás era su gemela malvada.

—Cómo iba a serlo si estaba sonriendo.

—Vale, como quieras; era la gemela alegre.

Continuaron mirando a la joven que nunca sonreía y se encogieron de hombros.

En cuanto entró en casa sacó el bloc de dibujo, decidida a pintar, pero al cabo de unas horas perdió la paciencia, estampó el bloc contra la pared y saltó sobre el carboncillo hasta reducirlo a polvo. ¿Por qué? ¿Qué le pasaba a la mano? ¿Por qué no conseguía dibujar nada que mereciera la pena? Para lo único que servía era para lavar cabezas.

Roger fue a verla por la noche y vio manchas en la entrada. Fue a la cocina a coger un vaso de agua; también las había en el suelo. ¡Qué raro! Se dirigió al estudio y la alfombra blanca mostraba un rastro de manchas. ¿Qué pasa? ¿Por qué parece un dálmata la casa?

Oyó murmullos en el cuarto de estar y se preguntó si realmente se habría colado un dálmata. Entró con cuidado y encontró a Amal en el sofá con la cara entre las manos.

—¿Qué ha pasado? —Amal meneó la cabeza sin enseñar la cara—. ¿Qué pasa? ¿Estás bien? —Intentó apartarle las manos, pero no le dejó—. Amal, por favor…

—¡No puedo! ¡Tengo una mano inútil! ¡No puedo dibujar! ¡No puedo pintar! —gritó yendo de un lado al otro de la habitación.

Roger se fijó en la mancha negra que dejaba a cada paso.

—¡Amal!

—¿Qué voy a hacer si no puedo pintar? ¿De qué voy a vivir? He de ganar dinero y la única forma que tengo es vendiendo mis cuadros…

—¡Amal! —gritó Roger. Amal se calló y lo miró—. ¡Siéntate!

—¿Por qué? ¿Sabes lo que es no poder pintar más? ¿Sabes lo que es ver destruida tu pasión?

—¡Si no te sientas, tendré que obligarte! ¡Siéntate y quítate los zapatos!

—¿Qué? ¿Te has vuelto loco? —protestó levantando las manos—. No quiero sentarme.

—Amal —repitió en voz baja acercándose a ella—. Siéntate y quítate los zapatos.

La chica rezongó, pero obedeció.

Roger se agachó y cogió el zapato derecho. Había pisado con tanta fuerza un trozo de carboncillo que se había quedado pegado a la suela y había ido dejando un reguero de manchas negras.

—¡Mira! Creía que te habías vuelto Cruella de Vil. —Amal observó el zapato, la alfombra y finalmente a Roger. Tenía una cara tan cómica que no pudo evitar echarse a reír—. Ahora cuéntame qué te ha pasado.

—La mano... Todavía no la controlo como para poder pintar...

—¿Has intentado utilizar la izquierda?

—No soy zurda —replicó empecinada.

—Tenemos dos manos; si la derecha no funciona, ¿por qué no probar con la izquierda? Creo que algunos artistas lo hicieron.

—Demasiado tarde, soy muy vieja.

—De eso nada. Ven.

Roger sacó un cuaderno y dos lápices de su cartera y le entregó uno.

—¿Qué quieres que haga?

—Que escribas con la mano izquierda.

—Lo he intentado, pero no puedo.

—Inténtalo otra vez —le ordenó—. Si quieres, yo también lo haré también. No pasa nada por ser ambidiestro.

—¿Y de qué me sirve escribir con la mano izquierda?

—Quizás aprendas a pintar con ella.

Durante las próximas semanas Amal llevó otras tres telas a Hala. Las dejó en la puerta de la galería cuando la vio aparcar y esperó hasta que las metió dentro.

Nina Abboud iba de camino al Albergo Hotel cuando recibió un mensaje de texto de Ahmed en el que le decía que llegaría tarde. ¡Vaya! Casi había llegado. Podía ir al Sursock para matar el tiempo; Lailah la había invitado varias veces, pero no le apetecía ver a nadie conocido. Era un bonito día de marzo, así que decidió echar un vistazo a las galerías de la Escalier de l'Art.

Algo muy familiar en los cuadros de la de Hala Najjar le llamó la atención: eran paisajes, un campo de trigo y otro de amapolas, que le recordaron a Baalbek.

—*Marhaba, ahlan* —la saludó una mujer cuando entró.

—*Bonjour.* ¿Es la dueña?

—Sí, me llamo Hala Najjar.

—Nina Abboud.

—Sí, la conozco, la he visto en fotografías en los periódicos.

—Los cuadros del escaparate… ¿Puedo verlos de cerca?

—Por supuesto, madame.

—¿Quién es el pintor?

—Se llama Amal Abdo, es de cerca de Baalbek. Por desgracia es lo único que sé de momento.

Nina sintió un nudo en la garganta. ¿Sería la misma Amal? ¿La mujer de Khaled? Tenía que serlo. Pero ¿no había muerto en un accidente de coche?

—¿La conoce? —preguntó observando los cuadros más de cerca.

—Todavía no, madame. Le he escrito para saber si puedo ir a su taller, pero todavía no me ha contestado. Este es el cuadro que más me gusta —dijo señalando el *Campo de trigo.*

Nina asintió y se puso las gafas de sol. No quería que Hala fuera testigo de las emociones que estaba sintiendo. Amal estaba viva, era su estilo. Jamás había visto antes esas breves pinceladas que solía utilizar. ¿Dónde estaría? ¿Cómo iba a ponerse en contacto con ella?

—Es extraordinario —consiguió decir.

—Este otro es espectacular —comentó Hala levantando un cuadro algo más grande de amapolas, cuyas flores escarlata se recortaban contra un paisaje dorado y un hermoso cielo azul estival—. Acaba de entregármelo junto con otros dos. Si quiere, puedo enseñárselos.

Nina miró el reloj, tenía que irse.

—¿Cuánto cuestan?

—Trescientas mil libras cada uno.

—Le daré quinientas mil por cada uno y me llevaré el *Campo de trigo* y el *Campo de amapolas*, a condición de que le entregue a la artista las doscientas mil libras de diferencia. —Hala abrió desmesuradamente los ojos. No podía creerlo, acababa de ponerlos en el escaparate—. Quiero ponerme en contacto con ella. ¿Tiene su número de teléfono? —preguntó mientras firmaba un cheque por un millón de libras.

—Lo siento, madame Abboud, solo tengo un número de apartado de correos. Si quiere, se lo puedo dar.

—¿Va a escribirle?

—Sí, hoy mismo. Tengo que informarla de la venta.

—Estupendo. ¿Puede decirle que Nina Ossairan Abboud quiere hablar con ella? Dele este número —pidió dándole una tarjeta.

—Por supuesto, madame Abboud. ¿Qué hago con los cuadros? ¿Se los envío?

—Enviaré a alguien a recogerlos.

Era casi la hora de comer y Lailah había pasado gran parte de la mañana en el Sursock decidiendo qué exposiciones organizarían, qué cuadros estaban interesados en comprar y qué nuevos artistas libaneses debían exponer. Hala Najjar le había enviado un correo electrónico durante aquella interminable reunión para preguntarle si pasaría a verla. Quería saber su opinión sobre Amal Abdo.

Al final salió del museo. El chófer estaba debidamente colocado junto al Range Rover que Rachid le había regalado. Se puso las gafas de sol y se acercó.

—Gracias —dijo cuando le abrió la puerta—. Voy a la galería Najjar, cerca de la Escalera de San Nicolás. Espera, Marcos, he cambiado de idea. Estamos al lado y me costará menos ir andando que si me llevas. Hace un día muy bonito. Ya te llamaré para decirte dónde tienes que recogerme.

—¿Qué le digo al señor Hayek? Si pregunta, claro.

Lailah sabía que Rachid le pedía información detallada sobre sus movimientos diarios, adónde iba, qué hacía, a quién veía... No entendía por qué no le preguntaba a ella directamente, no tenía nada que ocultar. No mantenía ninguna aventura extramarital, nunca lo había hecho y no las buscaba. A menudo se preguntaba si creía que sus amigos se acostaban con ella como venganza porque él se acostaba con sus mujeres. «Debería hacerlo», pensó sonriendo, aunque sabía que no tenía valor.

—Dile al señor Hayek que he ido andando a la galería Najjar porque hacía un día muy bonito —le instruyó, molesta porque le preguntara si quería que le dijera la verdad o no—. Gracias, Marcos —se despidió antes de que pudiera reaccionar.

Sabía que la miraría hasta que torciera en la esquina de la iglesia de San Nicolás. Era imposible aparcar en la Rue Sursock; si no, la habría seguido para asegurarse de que iba donde le había dicho. «Menudo sapo lameculos», pensó meneando la cabeza y disfrutando de la brisa en la cara y las piernas, ajena al alboroto que estaba provocando, pues los conductores se detenían para mirarla y algunos silbaban y la piropeaban.

—Hala —saludó al entrar en la galería.

—¡Lailah! Me alegro de verte. No sabía si podrías venir. Han pasado semanas.

—Lo siento —se excusó, y le dio tres besos—; el tiempo vuela. A los miembros de la junta les cuesta una eternidad tomar una decisión —explicó mientras dejaba el bolso sobre un montón de papeles del escritorio—. Estás guapísima.

—Gracias, *habibti*, tú también.

—*Haraam!* —exclamó al acordarse de algo. Volvió rápidamente al bolso, sacó la Blackberry y la miró—. ¡Maldita sea! ¡Se me había olvidado!

—¿Qué pasa? ¿Te ocurre algo?

—No, es que tengo que ir a una fiesta con Rachid esta noche y se me había olvidado por completo. No tengo tiempo para ir a Alexandre para que me arregle el pelo y volver a casa. Cualquier otro día no me habría importado y me lo habría recogido, pero es una de «esas» fiestas, ya sabes. —Hala asintió—. Es muy importante y todas las mujeres irán arregladísimas. Espera, iré al Cleopatra. Está en la Rue Gouraud. Además, me gusta más que Alexandre.

—¿Conoces ese salón? —preguntó sorprendida.

—Un día que tenía mucha prisa estaba en el Sursock y necesitaba que me hiciera algo rápido. Alguien me lo recomendó, pero no me acuerdo de quién.

—Es una coincidencia, porque yo también pensaba ir más tarde. Nunca he estado, pero quiero probarlo; me cae muy a mano.

—Tienes que ir. Mouna es fantástica. Nadine Safi, una amiga mía, también va. De hecho pensaba traerla algún día, pero el tiempo pasa volando.

—Sí que iré. Si tú también eres clienta, será estupendo. Ahora échale un vistazo a los cuadros.

—De acuerdo.

—Toma, llama al Cleopatra y pide hora —sugirió pasándole el teléfono.

—Estupendo, ¿dónde está ese nuevo hallazgo? —preguntó después de colgar.

—Te va a encantar. Y lo más interesante es que no sé nada de ella. Es todo un misterio, me envía los cuadros con una mensajera.

—¿Y por qué no viene ella?

—No tengo ni idea. Quizá porque no vive aquí, pero no estoy segura.

Las dos mujeres fueron del brazo hasta el fondo de la galería. Hala apartó la gruesa tela de algodón que cubría el primero y Lailah soltó un grito ahogado. Era una tela de metro por metro y medio, con un espectacular paisaje centrado en un campo lleno de girasoles. Los ojos de Lailah se abrieron de par en par y pasó un dedo por los tonos naranjas y amarillos antes de alejarse para verlo en conjunto.

Hala empezó a quitar las telas de los demás; ninguno tenía el mismo tamaño, pero todos eran extraordinarios. Vio el *Campo de trigo* y el *Campo de amapolas* que Nina había comprado; el cuarto era una viña con exuberantes verdes y marrones.

Lailah fue de un cuadro a otro para formarse una opinión.

—Son preciosos. Es lo mejor que he visto en mucho tiempo. Son muy sencillos, pero a la vez muy elegantes… ¿No te recuerdan al valle de la Bekaa?

—Es la Bekaa. Amal es de cerca de Baalbek.

—Voy a hacerles una foto con el teléfono, pero creo que deberías organizar una exposición. ¿Tiene más? Porque de ser así podría ir al museo como una de las nuevas promesas libanesas.

—Eso espero. Le he escrito y le he pedido más.

—¿Escrito? ¿No la puedes llamar?

—La única forma de ponerme en contacto con ella es a través de un apartado de correos. Por cierto, estos dos están vendidos.

—¿Qué? ¿Quién los ha comprado?

—Nina Abboud.

—¿La mujer de Charley Abboud? ¿Cuándo?

—Ha sido muy extraño. De repente ha aparecido hace un rato.

—¿Nina? ¿Aquí en Gemmayzeh? ¿Qué hacía en esta parte de la ciudad?

—No sé, creo que tenía una cita. Parecía que tenía prisa.

—¿Y por qué no me ha llamado? —preguntó sorprendida; era la segunda vez que la veía en ese barrio—. Sabe que trabajo en el Sursock y le he enviado cientos de correos electrónicos para invitarla a todo tipo de actos.

—Ha sido muy raro. Se ha emocionado mucho al ver los cuadros, como si conociera a la artista.

—¿Le has preguntado?

—No, no me ha parecido adecuado. Se ha puesto las gafas de sol y creo que era para que no viera lo turbada que estaba. —Lailah asintió—. Me ha pedido que la artista se ponga en contacto con ella y ha pagado un millón de libras por los dos cuadros.

Capítulo veinte

$\mathcal{M}$ouna estaba sentada en la silla del mostrador pensando si volver a pintarse las uñas.

—¿Amal? —llamó, y esta apareció por detrás de una columna, escoba en mano—. *Ya Allah!* ¿Por qué me das esos sustos siempre? —La chica se encogió de hombros—. La próxima vez haz ruido para que sepa dónde estás —le reprendió. Al morderse una cutícula se rompió accidentalmente una uña—. ¡Ay! Mira lo que me has hecho hacer.

—Yo no te he mordido. Te lo has hecho tú. ¿Por qué me echas la culpa? —inquirió en su fastidioso tono habitual.

Mouna resopló. ¿Por qué quería tener siempre la razón?

—¿Has visto a Claudine?

—No —contestó tras encender un cigarrillo.

—¿Por qué tienes que fumar? —protestó apartando el humo. Amal la miró y siguió fumando—. Es un hábito asqueroso. Es igual, ¿has visto a Ghida y Nisrine? —Amal meneó la cabeza sin dejar de exhalar humo—. ¿Qué les habrá pasado? Hace días que no vienen. —Amal se encogió de hombros—. ¿Sabes algo?

La chica negó con la cabeza de nuevo y siguió barriendo. Al cabo de un rato, cuando se estaba arreglando la uña rota oyó:

—A lo mejor están enfadadas.

—¿Por qué? —preguntó saltando de la silla—. ¿Qué les he hecho?

Amal se encogió de hombros.

—Sabes algo que no quieres decirme.

—No.

—Entonces, ¿por qué dices que están enfadadas?

—Porque es por lo que la gente deja de ir a los sitios donde suele ir: o está enfadada, o muerta.

—¡Amal! ¿Por qué eres tan pesimista?

—Realista —la corrigió mientras seguía con su trabajo.

—Voy a enterarme de lo que ha pasado.

—Por querer saber la zorra perdió el rabo.

—¡Te he oído!

Recorrió el barrio de arriba abajo preguntando por Ghida y Nisrine, y todo el mundo las había visto. Habían estado en el tienda de comestibles, en la frutería, en la verdulería... Y a decir de todos, estaban bien, al igual que sus maridos. Regresó y se lo contó a Amal.

—Así que si no están muertas, están enfadadas —concluyó esta.

—Pero ¿por qué? ¿Qué les he hecho? Venían todos los días.

—Son agarradas, mezquinas y egoístas.

—No te pases. Son unas encantadoras ancianas...

—¿Sí?

—Sí que lo son.

—Si es lo que quieres creer...

—¿Qué sabes que no quieres decirme?

—Nada.

—Si sabes algo, dímelo, por favor.

—Creo que te han estado utilizando y que tú les has dejado.

—¿Cómo?

—Has estado arreglándoles el pelo, las uñas y todo lo que necesitaban, y nunca te han pagado lo que te deben.

—¿Y qué tiene eso que ver con que hayan dejado de venir?

—¿No te das cuenta? Antes no pagaban o te pagaban una parte de lo que te debían y tú lo aceptabas o te olvidabas, pero ahora que lo apuntas han dejado de venir.

—Pero sí que pagan —insistió, aunque sabía que tenía razón, de nuevo.

—Cuando se enteraron de que madame Sayah iba a venir querían transformar la peluquería en una pastelería y no les dejaste, lo que, por cierto, fue un acierto.

—¿Y?

—Pensaron que podrían sonsacarte cuándo vendría para llenar el mostrador de *mamul*, *nammura* y lo que quisieran.

—Supongo que podría haberles hecho el favor.

—No, hiciste lo que debías. Son déspotas y egoístas. Esto es un salón al que madame Sayah viene a relajarse, no es un zoco. Si quiere comprar pasteles, sabe dónde hacerlo.

—Sí, pero me siento mal —dijo dejándose caer en la silla del mostrador—. Madame Sayah descubrió el Cleopatra gracias a ellas.

—No, fue porque les hiciste el favor de que recogiera los pasteles aquí en vez de en sus casas, delante de sus refunfuñones maridos.

—¿Crees de verdad que no vienen por eso?

—Sí, están enfadadas porque no dejas que te avasallen. Pero no te preocupes; cuando necesiten algo de ti, volverán.

Se oyó el timbre de bicicleta. Mouna se dio la vuelta para ver quién era.

—¡Madame Hayek! *Ahlan*. Bienvenida. No la esperaba hasta dentro de un rato.

—Lo siento, vengo un poco pronto. He acabado todo lo que tenía que hacer y he preferido no esperar. ¿Te parece bien?

—Por supuesto, siempre es agradable verla. ¿Me permite que le coja los paquetes?

—Muchas gracias, ya se los doy a Amal —dijo dirigiéndose a esta, que se había quedado paralizada—. *Kifek*, Amal.

—*Hamdellah, shukran* —murmuró.

Se sentía muy violenta. Qué pasaba si madame Hayek le preguntaba a Mouna. La peluquera no tendría ni idea de qué le estaba hablando. «¿Por qué sería tan tonta? Es la mujer más importante del Sursock», se reprendió.

—Me encantan tus gafas. ¿Son de Prada?

—Imitación —contestó colocándoselas en la cabeza a modo de diadema; no podía llevarlas puestas delante de madame Hayek.

—No se lo digas a nadie, parecen de verdad —dijo mientras Amal le ponía una bata y una toalla alrededor del cuello.

—¿Desea un masaje, madame?

—¿Sería pedir demasiado?

—No, claro que no.

Mientras le aplicaba el aceite que tanto parecía gustarle a todo el mundo dudó si decirle que era pintora, ya que Hala Najjar tenía algunos de sus cuadros.

—Creo que vais a tener más clientas esta tarde —comentó Lailah para darle conversación.

—¿Sí?

«Es muy taciturna. Intentar hablar con ella es como sacarle un diente», pensó.

—Sí, una amiga mía, Hala Najjar.

Amal tragó saliva.

—Tiene una galería cerca de aquí. He estado esta tarde, de hecho, vengo de allí.

A Amal le temblaban tanto las manos que derramó parte del aceite en el lavacabezas.

—Es fantástica, una buena amiga.

La chica empezó a masajearle la cabeza.

—¿Te gusta el arte? —Por suerte no podía verle la cara—. Ha descubierto a una pintora increíble. Se llama Amal, como tú. Amal Abdo. Es extraordinaria. Sus cuadros son preciosos, elegantes...

Amal dejó caer la botella de aceite y se rompió.

—Lo siento —murmuró antes de coger la escoba y barrer los trozos de cristal. Por suerte, la botella estaba vacía.

—¿Qué ha pasado? —preguntó Mouna.

—Ha sido un accidente —intercedió Lailah—. Amal tenía aceite en las manos y se le ha resbalado la botella.

—Ten cuidado con los cristales —aconsejó Mouna antes de irse a la parte delantera.

—Lo siento, madame Hayek —se excusó Amal.

—¿Qué te pasa? —preguntó Lailah con la cabeza apoyada en la pila para que continuara el masaje.

—Nada; tal como ha dicho, ha sido un accidente.

—¿Eres de Beirut? —preguntó al cabo de unos minutos de silencio.

—No.

—¿De dónde eres?

—De Deir el-Ahmar.

—¿Dónde está?

«¿Qué le pasa? Se muestra distante y reservada; sin embargo, hay algo en ella que me gusta. Parece inteligente, trabaja bien, es eficiente, no como esas chicas aduladoras de Alexandre que dan conversación tonta para que les des una propina», pensó.

—En el valle de la Bekaa.

—¿Es donde creciste?

—Sí.

—¿Cuánto tiempo viviste allí?

—No mucho.

—¿Estudiaste para esteticista?

—No.

—¿Estilista?

—No.

Lailah suspiró y permanecieron en silencio.

—¿Conoces el museo Sursock? —Sintió que Amal aumentaba la presión del masaje, pero no contestó—. ¿Amal?

—Sí, madame Hayek.

—¿Conoces el Sursock?

—Sí, madame —admitió al cabo de un momento.

—Así que te gusta el arte —comentó con tono más animado.

—Sí, madame. Como a todo el mundo.

—A todo el mundo no le gusta el arte, eso puedo asegurártelo. —Hizo una pausa—. ¿Qué tipo de arte te gusta?

—De todo.

—¿Algún periodo en especial?

Amal estaba cohibida, no sabía qué decir. Era la oportunidad que tanto había esperado y no sabía cómo reaccionar. Lailah Hayek, la persona más influyente en el museo más importante para los artistas libaneses, le hacía preguntas sobre arte y solo contestaba con monosílabos. «¡Dios mío, ayúdame! ¿Qué hago?»

—En el Sursock tenemos unas exposiciones itinerantes muy buenas y también permanentes, de artistas libaneses por supuesto. Me encanta ayudar a los jóvenes con talento.

—Madame Hayek… —tartamudeó.

—¿Sí?

—Madame Hayek… Esto… Quería preguntarle si…

—Sí, Amal —la animó.

—Esto… ¿Está bien la temperatura del agua?

—Sí, está bien, *merci*. —Lailah se quedó perpleja, Amal era una chica muy extraña.

Empezó a lavarle la cabeza, suavemente pero con firmeza, debatiéndose sobre qué hacer. No solo no sabía qué decir, sino tampoco cómo hacerlo. Estaba peinándola antes de ponerle una toalla tibia en el pelo cuando sonó el teléfono de Lailah.

—¡Hala! Sí, *habibti*… Estoy en el Cleopatra. Fantásticas noticias… Excelente… Bueno, cuanto antes localices a esa artista tan esquiva, mejor. Dile que nos envíe todos los cuadros que pueda. Sí, te ayudaré a organizar la exposición, por supuesto. ¿Crees que voy a dejar que te lleves todo el mérito? Sí, dile también que quiero proponerla para el Sursock… Ok, *habibti*, hablamos luego. *Yallah!* Era mi amiga Hala —le explicó—. Otra amiga mía, Nina Abboud acaba de enviar a su chófer para que recoja dos cuadros de Amal Abdo. Ha pagado un millón de libras por ellos.

Se oyó un gran estruendo. Amal se había caído y había derribado todas las botellas de plástico y las cajas de las estanterías.

Mouna estaba hojeando una revista y esperando a que Amal acabara de lavarle el pelo a Lailah cuando se abrió la puerta y entró un hombre. A pesar del calor vestía traje y corbata, parecía un funcionario.

—Estoy buscando a Mouna Al-Husseini.

Mouna se levantó con un nudo en el estómago. Sabía que venía de parte de la corporación municipal para cobrar el impuesto. Se aseguró de que Lailah y Amal no estuvieran cerca, porque iba a mentirle.

—Hoy se ha ido a casa pronto.

—¿Cuándo volverá? —preguntó entrecerrando los ojos.

—La verdad es que se ha ido varias semanas. Una emergencia familiar.

—¿Cuándo volverá exactamente?

Sabía que Amal llevaría a Lailah allí al cabo de poco tiempo; si la oían estaba perdida. Se acercó al hombre, le cogió por el codo y lo llevó hacia la puerta.

—Ya le daré el recado a madame Al-Husseini.

—¿Quién es usted?

—Su sobrina —contestó, y poco después oyó un gran estruendo. Lailah se dirigía hacia allí. ¿Dónde demonios estaba Amal?

—Bueno, no sé... Supongo que si es familia...

«*Ya Allah!* ¿Qué le pasa a este hombre? ¿Por qué es tan lento?» Empezó a ponerse nerviosa y le hizo un gesto a Lailah para indicarle que enseguida iba.

—Lo siento, tengo que dejarle. O me dice lo que tengo que comunicarle a madame Al-Husseini, o tendrá que volver dentro de dos meses.

—¿Dos meses?

«¡Lo que faltaba, encima es tonto!», pensó mientras le ponía una mano en la espalda para sacarlo.

—La próxima vez, avise antes de venir. No hacemos depilación a la cera para hombres —dijo en voz alta antes de cerrar la puerta. Inspiró con fuerza antes de volverse hacia Lailah y Amal. Afuera, el hombre miraba por el cristal, pero Mouna bajó la persiana—. Es increíble, hay gente que no acepta un «no» por respuesta.

No se dio cuenta de que le temblaban las manos hasta que cogió un cepillo redondo. Amal se fijó.

—¿Qué ha pasado? Parece que habéis tenido una larga conversación —preguntó Lailah.

—Nada, era un hombre que quería que le depilara la espalda. Alguien le había recomendado este salón —explicó. Las manos le temblaban tanto que se le cayó el cepillo.

—Por favor, Mouna —intervino Amal—. ¿Te importa ir a echar un vistazo al generador? Ya me encargo yo de madame Hayek, si a ella no le importa, claro.

Lailah se encogió de hombros en señal de aprobación. Mouna se retiró y se sentó junto a la mesa de depilación. No era consciente de lo nerviosa que estaba, las manos le temblaban y notaba que el corazón se le había acelerado. Le había mentido a aquel tipo del Ayuntamiento. Tenía que conseguir el dinero.

No quería vender el brazalete de su tía, pero seguramente tendría que hacerlo. Había hecho caso omiso a todas las cartas de la corporación municipal, pero se le había acabado el tiempo. Con todo, de momento tenía que ocuparse de madame Hayek. Gracias a Dios que contaba con Amal. Inspiró profundamente y volvió.

—Arreglado, Amal. No le pasaba nada. Ahora, madame Hayek —dijo con una gran sonrisa—. ¿Qué quiere que le haga hoy?

Amal fue a la parte de atrás para ordenar las botellas y cajas que se habían caído. El corazón le latía a tal velocidad que estaba segura de que Lailah lo había notado. Después preguntó a Mouna si podía ir a por té.

—¿Puedes traerme uno a mí también? —pidió Lailah buscando el monedero en el bolso.

Amal asintió. En realidad había pensado pasar un rato en el café Arabica para calmarse, pero no le quedaba más remedio que volver con el té.

—Siento el retraso, madame. El café estaba lleno —se disculpó al volver.

—No pasa nada. —Al coger la taza se fijó en que los dedos de la mano derecha de Amal tenían una forma extraña—. ¿Qué te ha pasado?

—Sufrí un accidente —respondió escondiéndola rápidamente.

—Lo siento mucho. Aun así, creo que haces tu trabajo de maravilla.

—Gracias, madame.

—¿Quiere que le ponga laca, madame Hayek? —preguntó Mouna mientras le ajustaba el secador.

—No, gracias. Así está bien.

Mouna le puso un espejo detrás para que se viera mejor.

—Estupendo, gracias.

Sonó el móvil de Mouna. Lo sacó y miró quién llamaba.

—¿Me perdona un momento, madame? —Lailah asintió—. Amal, ¿puedes preparar la cuenta de madame, por favor? Vuelvo enseguida.

—Gracias, Amal, el masaje ha sido excelente. Se lo recomendaré a Hala.

Amal tragó saliva.

—Un momento, has dicho que eras del valle de la Bekaa, ¿verdad?

Asintió.

—¿Sabes dónde pueden estar estos campos? —preguntó mostrándole las fotografías que había sacado con el móvil.

Amal no pudo seguir ocultando su identidad.

—Los has pintado tú, ¿verdad?

Frunció los labios y asintió.

—¿Por qué no me lo has dicho?

Se encogió de hombros.

—Tus cuadros son extraordinarios. Tienes mucho talento. Créeme, veo un montón todos los días y los tuyos tienen algo muy especial

No pudo mirarla, tenía los ojos llenos de lágrimas.

—Muestran una sensibilidad muy especial, algo muy cálido. Demuestras el amor que sientes por lo que pintas. —Hizo una pausa—. Lo digo de verdad. Hala va a organizar una exposición en la galería y seguro que lo vende todo.

—Por favor, madame. No se lo diga a nadie.

—¿Por qué? Tendrías que estar orgullosa, proclamarlo a los cuatro vientos.

—No sé, madame… Nadie había visto mis cuadros antes, al margen de mi marido y mis padres. Siempre había creído que me decían que eran buenos para halagarme.

—Mira, lo digo muy en serio. No solo Hala te va a ayudar, sino que yo te voy a proponer para el Sursock. —Amal se quedó sin habla—. No digas nada. ¿Cuántos cuadros has pintado? En la galería de Hala hay cinco, ¿cuántos tienes en casa?

—Solo tres más.

—Con eso son ocho. Tendrás que seguir pintando. Necesitarás por lo menos otros cuatro para la exposición.

—No puedo, madame —aseguró, y se puso las gafas para que no viera sus lágrimas.

—¿Por qué?

—No puedo hacer nada con la mano derecha.

—Lo siento mucho. ¿Has ido a fisioterapia? Supongo que te vendría muy bien. Seguro que conozco a alguien…

—Estoy haciéndola —confesó mirando a su alrededor por si la oía Mouna.

—¿Y?

—No avanzo mucho.

—Cada cosa a su tiempo. Ahora tendríamos que encontrar la forma de que vuelvas a pintar —insistió. Sería horrible que no pudiera hacerlo. Hablaría con Hala para ver si se le ocurría algo y, en el peor de los casos, con su marido para que preguntara entre sus conocidos, incluso en el extranjero—. Si encontramos a alguien que pueda ayudarte, ¿podrás pagarle?

—Trabajo porque necesito el dinero, madame.

—¿Dejarías que te ayudara?

—Depende, madame.

—Bueno, si Hala vende los ocho cuadros, ¿estarías dispuesta a dejar de trabajar aquí e invertir en algo que te ayude a pintar de nuevo?

—La pintura es mi vida, madame. Haría lo que fuera por volver a pintar.

—Bueno, como ya te he dicho, Hala ha vendido dos. Por cierto —comentó al acordarse de que Nina quería ponerse en contacto con ella—, la mujer que los compró…, Nina Abboud, quiere conocerte. Este es su número —dijo entregándole el papel en el que lo había anotado. Amal lo observó en silencio—. ¿De qué conoces a Nina? ¿O es que Nina te conoce a ti?

—Nina Ossairan era la mejor amiga de mi marido —explicó al tiempo que una lágrima caía sobre el papel.

Sonó el timbre de bicicleta y Claudine entró con un pañuelo en la cabeza y un papel en la mano.

—Gracias, madame Hayek —se despidió Mouna—. Amal, ¿puedes acompañarla a la puerta?

—*Tante* Claudine. Me alegro de verla. Hace mucho que no viene, la hemos echado de menos.

—¿Qué pasa! Dejo de venir unos días y se lía una gorda...

—¿Y eso? —preguntó Mouna, azorada.

—¿Qué significa esta carta? ¿Por qué me la has enviado?

—Madame Claudine, no pretendía ofenderla. Solo quería saber si estaba bien.

—No necesito tu compasión. Estoy bien. ¿Por qué no iba a estarlo? ¿Por qué crees que si no vengo unos días al salón estoy enferma?

—Pero *tante*...

—Y no me llames así, no somos familia.

—Por favor, madame Claudine. Ha venido a las dos y media todos los días desde que abrí, pero de repente desaparece sin decir palabra... Es normal que me preocupe por usted.

—¿Por qué? ¿Por qué vas a preocuparte por una anciana como yo?

—Porque, *tante*, perdón, madame Claudine, la verdad es que la aprecio mucho. Sé que es mi casera, pero...

—¡Ajá! Es porque soy tu casera. Lo único que pretendías era congraciarte conmigo porque no puedes pagar el alquiler este mes. ¿O es que quieres que te preste dinero?

—No es eso, madame Claudine.

—No tienes para el alquiler porque has de pagar el impuesto y no tienes dinero para las dos cosas.

—Eso no es verdad.

—¿Ah, sí? Entonces, ¿por qué le mentiste al recaudador? —le espetó con las manos en las caderas.

—No le mentí abiertamente. Fue una mentira piadosa...

—¡Y un cuerno! Le dijiste que eras la sobrina de Mouna, que ella se había ido unos meses por una urgencia familiar.

—Pero solo porque necesitaba tiempo para conseguir el dinero

—¿Y piensas que te creyó? Pues, para que lo sepas, no fue así. —Mouna no supo qué decir—. Gracias a esa mentira, como soy tu casera, he de pagarle yo. Y no pienso hacerlo. Me importa un bledo que te cierren el salón.

—Madame Claudine, estoy reuniendo el dinero. Trabajo mucho, tengo nuevas clientas...

—¡Por favor! Que sea una anciana no quiere decir que me deje engañar.

—Madame Claudine, no estoy intentando engañarla. En absoluto.

—Entonces, si no querías nada de mí, ¿por qué escribiste esta carta? Sé que lo hiciste porque no tenías el dinero y querías hacerme creer que estabas preocupada por mí. Así, cuando llegara el momento de pagar, me ablandaría y te ayudaría.

—Pero, madame Claudine… —protestó al borde de las lágrimas.

—No te metas en mi vida —la advirtió blandiendo un dedo acusatorio.

—No lo hago —se defendió con labios temblorosos.

—¿Sabe?, madame Claudine —las interrumpió Amal—, escribió esa carta porque se preocupa de verdad por usted, pero usted está tan amargada y es tan egoísta que no puede creer que alguien lo haga.

—No te metas conmigo, lavapelos.

—No he hecho nada más que empezar.

—Por favor, Amal —intentó interceder Mouna.

—Está enferma y cree que la gente le va a tener lástima. Pues sepa que Mouna se preocupó por usted porque no sabe que está enferma. Solo quería ver si estaba bien. Y si cree que es por dinero, está equivocada. No necesita su dinero o su compasión porque podemos pagar. ¡Tome! —gritó tirándole a la cara el billete de cincuenta mil libras que había dejado Lailah—. ¡Ahí lo tiene! Ahora dígame qué va a hacer con él cuando esté criando malvas, ¡miserable! —Claudine la miró con la boca abierta—. Y me importa un carajo que sea una anciana. No le tengo respeto porque no ha hecho nada por demostrar que lo merece. No tiene derecho a tratar a Mouna así ni a acusarla sin fundamento. Siento que esté enferma, no se lo deseo a nadie, pero si no acepta que alguien se preocupe por usted, merece estar sola y ser testigo de su vida miserable. En la vida no todo es dinero.

—¡Sí que lo es! Y no estoy enferma. Llevo este pañuelo porque esta idiota me lo estropeó y ahora estoy calva —gritó acusando a Mouna—. ¿Quieres ver lo horrible que es? Pues te lo enseñaré, por eso me escribió la carta —aseguró mientras se quitaba el pañuelo.

Estaba completamente calva, pero Amal sabía que no tenía nada que ver con la peluquería.

Mouna, que ignoraba que se debía a la quimioterapia, pensaba que era por el decolorante que había usado. Se quedó sin respiración y escondió la cara entre las manos.

—*Tante*, Claudine. Lo siento mucho, le haré una peluca.

—Solo te preocupas por ti. En este mundo la gente solo se preocupa por sí misma o por el dinero. Lo único que cuenta es el dinero. El dinero y la codicia es lo que motiva a la gente —sentenció antes de meter el billete en el bolsillo de la bata, ponerse el pañuelo e irse.

—¿Qué he hecho? ¿Tiene la cabeza así por mi culpa? —preguntó Mouna deshecha en llanto.

—No, es por la quimioterapia. Tiene cáncer. Lo lleva escrito en la cara.

—¿Cómo lo sabes?

—Es obvio, solo hay que verle los ojos y la piel. No me lo estoy inventando, la vi entrar en la Departamento de Oncología del Centro Médico de la UAB.

—¿Y qué hacías allí?

—Es una larga historia. Tengo que ir al edificio de al lado a hacer fisioterapia para la mano derecha —confesó, dudando si contárselo todo. Inspiró y se sentó frente a su jefa—. Soy artista, pintora. Hace años tuve un accidente y ya no puedo pintar con la mano derecha. Los auriculares, las gafas..., eran para aislarme del mundo. Estaba llena de amargura y autocompasión, pero ha llegado el momento de abrirme y disfrutar de la segunda oportunidad que me han concedido.

Nina miró a izquierda y derecha antes de salir del Albergo Hotel. Se sentía de maravilla. Había pasado una placentera tarde en los brazos de Ahmed y habría preferido no tener que irse. Había intentado levantarse de la cama varias veces, pero él la había retenido y su simple tacto había hecho imposible que se negara. Llegaba tarde. Aún ardiente y eufórica corrió a la esquina para detener un taxi sin que nadie la viera. Prefería no tener que llamar al chófer y dar un montón de explicaciones de por qué estaba en Gemmayzeh.

—¡Nina! —Oyó que la llamaba alguien y rápidamente se puso el móvil en la oreja para fingir que estaba hablando—. ¡Nina! —Oyó de nuevo, acompañado de un sonoro claxon.

«¡Vaya! Sea quien sea va en coche. Si no llego pronto a la Rue Lebanon, me alcanzará enseguida», pensó. Era una voz muy familiar, pero no se atrevió a volverse.

Un Ford Explorer negro aceleró y frenó haciendo rechinar las ruedas junto a ella. Nina simuló seguir hablando y se sorprendió al ver a Samir, su hijastro, haciéndole señas desde la ventanilla.

—¡Samir! —lo saludó, desconcertada. ¿Qué iba a decirle?—. Imaan, acabo de encontrarme a Samir. Te llamo luego —dijo al teléfono y aparentó escuchar algo mientras buscaba una excusa que justificara su presencia en Gemmayzeh—. *Tayeb, habibti.* Ok, *yallah!* Adiós. —Colgó y se quitó las gafas de sol—. ¡Samir, qué sorpresa! ¿Qué haces en esta parte de la ciudad? No sabía que vinieras por Gemmayzeh.

—Pues sí —dijo dándole un abrazo—. Estoy trabajando en un par de asuntos con un jordano que se aloja cerca de aquí y tengo una amiga en el barrio.

—Qué curioso.

—Hace semanas que no te veo —comentó con una gran sonrisa—. ¿Adónde vas? ¿Puedo llevarte a algún sitio?

—Esto…, no… —contestó mirando a su alrededor.

—No veo tu coche.

—La verdad es que había tanto tráfico que el chófer me ha dejado cerca de la Escalier de l'Art y he venido andando.

—¿Y qué haces aquí? Te queda un poco lejos de casa, ¿no?

—Sí —contestó intentando buscar un pretexto.

—¿Y?

—¿Qué?

—Que qué haces aquí…

—¡Ah! —exclamó soltando una risita nerviosa—. Imaan ha descubierto un salón de belleza y como voy a una fiesta

esta noche quería probarlo. Pero no lo he encontrado, por eso estaba hablando con ella.

—No me digas que se llama Cleopatra —comentó sonriendo.

—¿Cómo es que lo conoces?

—Porque…, bueno… —balbució poniéndose colorado—. Salgo con la dueña.

—¿Qué?

—Sí, es estupenda.

—No me lo puedo creer.

—De hecho iba a verla ahora. —Nina se quedó con la boca abierta—. Si quieres, puedo llevarte.

—Muchas gracias —dijo mientras entraba en el todoterreno. «¡Maldita sea, ahora tendré que lavarme y peinarme el pelo!»—. ¿Cuánto tiempo lleváis juntos? —preguntó para centrar la conversación en su vida amorosa.

—No mucho —contestó antes de contarle cómo la había conocido.

Llegaron al Cleopatra y entraron juntos.

Mouna pensaba que sería una tarde tranquila. Había sacado el libro de contabilidad y estaba repasando los gastos mensuales. Se puso el lápiz en la oreja y empezó a teclear en la calculadora. Seguía en números rojos. Estaba mordisqueando el lápiz sin dejar de mirar la calculadora cuando sonó el timbre. Se sorprendió mucho cuando vio a Nina con Samir. No lo esperaba a él, y mucho menos a ella.

—*Marhaba.* ¿Sorprendida? —preguntó Samir.

—Claro, no te esperaba. *Marhaba, ahlan.*

—Mi madrastra, Nina Abboud, la hermosa mujer de la que te hablé durante la cena.

Mouna sonrió y esperó que Nina le hiciera alguna indicación. No cabía duda de que las normas del salón le venían de maravilla.

—Mi amiga Imaan Sayah es clienta y me aconsejó que viniera —pretextó Nina.

—Me alegro, madame.

—He intentado llamar para pedir una cita, pero debí de

apuntar mal el número de teléfono. ¿Puedes atenderme ahora?

—Por supuesto, madame, estaré encantada. Venga conmigo, por favor —le indicó al tiempo que le hacía un gesto a Samir para que esperara.

—Muchas gracias —susurró Nina cuando le ayudó a ponerse la bata.

—¿Por qué, madame?

—Es la segunda vez que actúas con discreción sobre mi presencia en la Rue Gouraud. Es que…, bueno…, es un poco complicado; es alguien que conozco bien…, pero…, esto…, es una amistad importante. ¿Cómo explicarlo? Es…

—Por favor, madame Abboud —la interrumpió.

—Llámame Nina, por favor.

—Nina, no tienes que justificar nada. Nos alegramos de verte. Gracias por venir. Voy a buscar a Amal, espera un momento.

Nina se sentó en uno de los sillones y cogió una revista.

—¡Amal! —gritó mientras iba a la parte de atrás, donde la encontró colgando toallas—. Tenemos una clienta.

—Ahora voy.

—Me he encontrado a mi madrastra en la Rue Gouraud. Te estaba buscando —comentó Samir cuando volvió al mostrador.

—¿Sí? —preguntó sonriendo con coquetería—. ¿Y qué hacías allí? —continuó para alejar la conversación de Nina.

—Merodeaba con fines sospechosos.

—¿Sospechosos de qué?

—De preguntarle a una guapa chica si tenía tiempo de tomar un café —confesó poniéndole una mano en la mejilla y mirándola a los ojos.

—Lo tiene, aunque no mucho.

—¿Qué tal si cenamos?

—No sé, no voy vestida para salir y no he traído nada bonito para ponerme. Tampoco le he dado ninguna excusa a mi madre y me estará esperando.

—¿Excusa? ¿No puedes decirle simplemente que te vas a cenar?

—*Haraam!* Esto es el Líbano, no Estados Unidos. Mi familia es musulmana. Aquí no tenemos citas a no ser que estemos prometidas, e incluso entonces no lo ven con buenos ojos.

—Un momento. La otra noche que estuvimos cenando…, ¿tu madre no lo sabía?

—¿Estás loco? Claro que no.

—Pero eres lo suficientemente mayor como para saber con quién quieres salir.

—Esa no es la cuestión. Aquí las cosas son así.

—Entonces, mi pequeña rebelde, ¿volvemos a infringir las normas y tomamos un café donde casi me rompes la nariz? —propuso ofreciéndole el brazo.

Mouna se echó a reír.

—Sí, ahora vamos. Voy a ver por qué no ha salido Amal a ocuparse de tu madrastra. ¡Amal! ¡Voy a tomar un café con Samir! ¿Puedes lavarle la cabeza a madame Abboud? Vuelvo dentro de media hora.

Amal se quedó de piedra cuando oyó ese nombre. ¿Madame Abboud? ¿Nina Abboud? Miró el papel que le había dado Lailah con su número. Cerró los ojos para evitar que le cayeran las lágrimas. «¿Qué estará haciendo aquí?» Casualmente no había estado presente cuando había ido a depilarse el labio ni cuando fue a recoger a Imaan Sayah. Esperó a oír el timbre de bicicleta que anunciaba que Mouna se había ido. No podía encontrarse con Nina delante de ella. Se acercó poco a poco y la miró al espejo. Nina levantó la vista.

—Señorita Nina… —fue lo único que consiguió decir antes de que las lágrimas la abrumaran.

Nina no dijo nada. Se levantó y abrazó a la joven, que no paraba de sollozar. Al verla había recordado Deir el-Ahmar y a Khaled, y el dolor y el sufrimiento que había sentido los meses siguientes a su muerte.

—Señorita Nina —repetía una y otra vez—, le echo de menos. No soporto estar sin él. ¿Por qué tuvo que irse sin mí?

Nina no encontró respuesta. También tenía los ojos inundados en lágrimas, pero hizo todo lo que pudo por calmarla acariciándole el pelo.

—Todo saldrá bien, Amal.

Cuando se tranquilizó, Nina la sentó en una silla y le dio un botellín de agua que llevaba en el bolso y un pañuelo.

—Bebe y suénate la nariz.

—Parece como si estuviera otra vez en el convento —comentó soltando una risita.

—A mí me pasa lo mismo. Me alegro mucho de verte. No puedo creer que te haya encontrado. Te habría buscado, pero no sabía que estabas en Beirut. Creía que habías muerto en el accidente —explicó con voz ahogada por la emoción—. He venido dos veces aquí, es extraño que no te haya visto. —Amal continuó secándose los ojos en silencio—. No es el lugar ni el momento, pero tenemos que vernos y hablar largo y tendido... De momento me basta con decirte que me alegro mucho de verte. No puedes imaginar cómo me sentí al ver tus cuadros en la galería Najjar.

—Gracias por comprarlos.

—Son extraordinarios. Siempre supe que tenías talento, pero estos son... No tengo palabras para describirlo.

—Gracias.

—Todavía guardo el dibujo con flores que me regalaste cuando tenías ocho años —confesó limpiándose una lágrima—. Y en el que estamos Khaled, la hermana Angélique y yo, que me dio Khaled cuando subí al autobús hacia Beirut hace quince años.

—¡Oh, no! —se rio en medio del llanto.

—Lo miro muy a menudo. Lo tengo en la mesilla.

—Gracias, señorita Nina.

—Ahora soy solo Nina. —Amal se levantó y se arrojó en sus brazos—. No voy a volver a perderte. Dime, ¿dónde vives? ¿Necesitas casa? ¿Dinero? ¿Qué puedo hacer por ti?

—Estoy bien, de verdad. Solo quiero volver a pintar.

—¿Por qué? ¿Qué te ha pasado? —preguntó preocupada.

Amal le contó lo que había sucedido en el accidente; le habló de Heba, del doctor Hayek, de que vivía en su casa de huéspedes y de que trabajaba en el Cleopatra.

—¡Menuda estás hecha!

—Tengo un gran secreto —dijo intentando esbozar una sonrisa.

—Venga, cuéntamelo.

—La galería en la que has comprado los cuadros va a organizar una exposición.

—*Mabruk!* ¡Es una noticia excelente!

—También hay posibilidades de exponer en el Sursock.

—Sé que Khaled estaría muy orgulloso de ti —dijo sonriendo antes de volver a abrazarla con lágrimas en los ojos—. Conozco a Lailah Hayek. Es miembro de la junta del Sursock. Ella puede ayudarte.

—Me ha dado tu número —la informó sacando el trozo de papel—. Es clienta, le encanta Mouna. Ha prometido que me ayudaría.

—Entonces estás en buenas manos.

Amal se sonó la nariz y sonrió. Por primera vez desde la muerte de su marido sintió que todo iba a ir bien, que, si Nina estaba a su lado, Khaled también lo estaba de alguna forma.

Mouna se sentó frente a Samir en el café Arabica y sonrió. Estaba encantada de verle, contenta de que la hubiera sorprendido, y él se empapaba de su belleza y energía, y sonreía tanto como ella.

—¿Sabes? —El hechizo que estaban tejiendo a su alrededor se deshizo—. Si estuviéramos en Estados Unidos, te habría cogido la mano.

—Me encantaría.

—No entiendo por qué no puede hacerse aquí —dijo inclinándose hacia delante.

Mouna se echó hacia atrás meneando la cabeza tímidamente.

—Estamos dando el suficiente espectáculo como para que los camareros dejen de trabajar y nos miren.

—Por cierto, gracias por atender a Nina sin cita.

—No hay de qué. No teníamos mucha gente. Además, estaba a punto de deprimirme.

—¿Por qué? ¿Qué ha pasado?

—Nada importante. Ya lo solucionaré.

—Pero ¿de qué se trata?

—Nada por lo que debas preocuparte. Mira, estoy sonriendo. ¿Crees que estoy deprimida?

—Has dicho que estabas a punto…

Finalmente consiguió sonsacarle qué le preocupaba.

—El impuesto puedo entenderlo hasta cierto punto. Pero ese dinero que tenemos que aportar, nosotros que no tenemos mucho, ¿se destinará realmente a la reconstrucción de Beirut? Porque para mí que va a ir a parar a los bolsillos de todos esos mezquinos burócratas.

—No sé, Mouna. No me gusta involucrarme en la gestión del Ayuntamiento, pero…

—No, por favor, no lo hagas. Ya lo solucionaré. Sé que ibas a ofrecerme tu ayuda y te estoy muy agradecida. Me basta con que lo hayas pensado.

—Conozco a alguien que podría retrasar el proceso, tanto del impuesto como de la licencia.

—No, por favor. Eso es exactamente lo que no quiero que hagas.

—Pero ¿por qué? Si puedo sacarte de un lío…

—Eso es lo que pasa con este país. Hay demasiada gente que intenta encontrar algún subterfugio o conseguir que sus conocidos no paguen algo que deberían. No, voy a hacer las cosas bien. Encontraré el dinero y pagaré mis deudas.

—Amén. Esa es mi chica —exclamó, y delante de todo el café Arábica, de los camareros y del cocinero, que miraba desde una ventanita cuadrada en la puerta batiente, se inclinó y la besó.

Samir insistió en volver al salón cogidos de la mano. Mouna se sintió tan tímida y cohibida como una niña de quince años intentando retirar la mano y escondiéndose detrás de él cuando se cruzaban con alguien, pero Samir no la soltó.

—¿Por qué me rehúyes?

—No es eso. Es que no estoy acostumbrada a esta muestra de afecto en público.

—Pues tendrás que acostumbrarte. Si vuelves a soltar mi mano, te besaré en la calle.

—¡Dios mío! ¡Mira qué hora es! Tengo que atender a tu madrastra o creerá que nos ha pasado algo.

—Voy contigo. No tardarás mucho, ¿verdad? La esperaré y la llevaré a casa. Así podré verte mientras trabajas y estar un rato más contigo.

Mouna sonrió y se puso de puntillas para acercarse más a él. Estaba a punto de ponerle el brazo alrededor cuando oyó:

—Mouna Al-Husseini. —Ghida y Nisrine, cogidas del brazo, le lanzaban una mirada reprobatoria.

—¡Traidora! —murmuró Ghida.

—¡Doble agente! —gruñó Nisrine.

—¿Has visto lo que estaba haciendo?

—Es una fresca.

—Peor.

—¿Peor que qué?

—Peor que fresca.

—¿Qué hay peor que ser fresca?

—No lo sé.

—Tú eres la que lo has dicho.

—Y tú eres la que lo sabe todo.

—No es verdad.

—Sí que lo es.

—Buenas tardes —las saludó Mouna, pero las dos pusieron cara de desdén—. ¿Cómo es que no las he visto por el salón últimamente? —No contestaron. Cruzaron los brazos y levantaron la barbilla—. Muy bien, entonces me voy.

—Fresca.

—Y maleducada.

—Ni siquiera nos ha presentado.

—*Mesdames* —intervino Samir, que había preferido mantenerse al margen—. Me llamo Samir Abboud, y Mouna y yo estamos prometidos. Nos casaremos pronto.

Ghida y Nisrine se quedaron con la boca abierta, al igual que Mouna.

—Vamos, Mouna —dijo cogiéndola del brazo para ir al salón—. ¿Has visto la cara que han puesto las abuelas?

Se detuvo en la puerta del Cleopatra y le preguntó con los ojos lo que no conseguía decir con palabras.

—Sí, Mouna, quiero casarme contigo.

Mouna se quedó sin habla.

—Señorita Al-Husseini ¿quiere…? —empezó a preguntar de rodillas, pero no pudo acabar porque Mouna se arrojó en sus brazos y, delante de todo el mundo y de los que los miraban desde los balcones, lo besó en los labios. Cuando se separaron tenía lágrimas en los ojos. A su alrededor, la gente la miraba, unos con desaprobación y otros contentos.

—¡Me caso! —gritó antes de abrir la puerta y entrar en el salón, lo que propició que todo el vecindario empezara a comentar la noticia. No se fijó en que Claudine la había visto desde la ventana.

Capítulo veintiuno

*I*maan Sayah fue de un lado al otro de su oficina hasta que finalmente se sentó frente a su amplio escritorio de caoba *art nouveau*. Miró a su alrededor. Tenía uno de los despachos más bonitos del Ministerio de Asuntos Exteriores y lo había decorado con el gusto y estilo que la caracterizaban. Era moderno, pero confortable, en tonos neutros marrón, arena y beis, agradables a la vista, rematado con su toque personal: unas largas y elegantes calas.

—Amira, dile al chófer que me recoja, por favor —pidió a través del interfono.

—Sí, madame. ¿Le informo de adónde se dirige?

—Voy a casa.

—¿A casa, madame? Son solo las cuatro —comentó sorprendida.

—Sí, Amira, a casa —confirmó ligeramente exasperada.

—Pero, madame, ¿y todas sus citas?

—Cámbialas para mañana.

—Pero, madame, mañana tiene todo el día ocupado.

—Entonces para el día siguiente.

—Pero, madame...

—¡Amira! Necesito unas horas para decidir qué voy a hacer el resto de mi vida. Así que, por favor, ¿puedes hacer tu trabajo y cambiar mis citas?

—Por supuesto, madame Sayah. Disculpe, lo haré de inmediato.

—Gracias, Amira —dijo Imaan, un poco dolida por haber sido tan seca con la mujer que llevaba varios años siendo su secretaria. No tenía la culpa. Nunca salía pronto de la oficina y jamás lo había hecho a las cuatro. Metió unas carpetas en su elegante cartera, cogió el bolso y salió—. Llámame si hay algo urgente —pidió antes de salir.

Refugiada en el Mercedes pensó en cómo abordar a Joseph. ¿Debería ser directa? ¿Debería suavizar la situación mediante el diálogo? Era capaz de sentarse a una mesa con el secretario general de las Naciones Unidas, presidentes y primeros ministros para negociar el destino de un país y su pueblo, pero no de hablar con su marido y arréglar su matrimonio. Sacó el móvil para llamar a Nina. Necesitaba apoyo moral. También quería decirle que había cambiado de idea respecto al divorcio y preguntarle si hacía bien dándole otra oportunidad a Joseph, pero contestó el buzón de voz. «¡Vaya!» Siempre se sentía mejor después de hablar con ella. Cuando llegó a casa notó un nudo en el estómago y reconoció el estado de ansiedad en el que se encontraba; se había encontrado en esa situación muchas veces. Abrió la puerta y entró.

—Madame! —la saludó la sorprendida voz de Shehla.

—¿Dónde está monsieur Joseph?

—Esto…, madame. Ha dicho que tenía una reunión.

—Mientes muy mal. ¿Por qué no me dices la verdad?

—Madame, le aseguro que es lo que me ha dicho.

—¿Dónde está?

—No lo sé, madame.

Imaan suspiró.

—No me tomes por idiota. Sabes muy bien lo que está pasando. Así que no me obligues a sonsacarte. —Shehla permaneció callada—. ¿Quién es? ¿Con quién está?

—Hola, Imaan —oyó que decía la voz de su marido a su espalda y se dio la vuelta—. Me has decepcionado mucho —aseguró tomando un buen trago de whisky.

—¿A qué te refieres? —preguntó mientras Shehla desaparecía de escena.

—Sabes muy bien lo que has hecho.

—¿De qué me estás hablando?

—Al parecer todo Beirut está en vilo por saber si la gran Imaan Sayah va a llevar a Londres al fracasado de su marido o lo va a dejar aquí como si fuera un mueble viejo. Has estado diciendo en público que ya no encajo en el papel de sumiso esposo de la poderosa embajadora porque te avergüenzas de mi libertino y depravado comportamiento.

—¿Qué? Jamás he dicho tal cosa. —La única a la que se lo había dicho era a Nina y ella jamás la traicionaría.

—Lo sé de buena tinta.

—¿Crees la palabra de otras personas en vez de la de tu mujer?

—¿Qué mujer? ¿Qué clase de mujer he tenido en los últimos años? Si crees que lo has sido, eres más ilusa de lo que pensaba.

—Soy tu esposa. A pesar de que no dormimos en la misma habitación, aún me preocupo por ti, cuido de ti.

—No te importo una mierda. Solo te preocupas de ti misma y de tu trabajo. Para ti soy parte del atrezo, un accesorio al que abrazas y besas delante de las cámaras.

—Eso no es verdad.

—Crees que soy un fracasado, ¿verdad? Al menos, eso es lo que has estado diciendo. Crees que soy un pobre y lamentable alcohólico que ha perdido todo su dinero y depende únicamente de ti.

—¿Eso es lo que te han contado?

—Eso, y más. ¿Crees que mereces alguien mejor que yo?

—¿Quién te ha estado metiendo todas esas cosas en la cabeza?

—Todo gira en torno a ti, como siempre. Nunca dispones de tiempo para nada ni para nadie. —Imaan intentó interrumpirle y defenderse, pero no le dejó—. Contigo es siempre: o lo tomas, o lo dejas. No sabes compartir nada, y mucho menos tu vida.

—¡Ya basta! ¡Basta de acusaciones falsas! ¡Dime en qué las basas!

—Yo no soy como tú, no voy contando por ahí lo que me han confiado.

—Te he sido leal y fiel, Joseph. Jamás he dicho todo eso que te han contado.

—¿De verdad? Los rumores no nacen de la nada. Siempre tienen un germen de verdad.

—Joseph, te juro que jamás he dicho nada parecido.

Quizá deberías preguntarte qué motivos tiene la persona que te lo ha contado.

—Son viejos amigos, gente que se preocupa por mí de verdad. Imagínate cómo me he sentido cuando me han aconsejado que tenga cuidado con mi propia mujer.

«¿Quiénes serán?» Imaan pensó en quién y qué había podido decir o hacer para provocar todo aquello.

—No necesito ese tipo de lealtad, Imaan, ni tampoco tu compasión.

Se sirvió otro whisky, tomó un buen trago y volvió a llenar el vaso antes de cerrar la licorera.

—Esta tarde he venido para hablar contigo sobre Londres y decirte que quizás un cambio te…, nos vendría bien. Creía que podríamos hacer borrón y cuenta nueva.

—¿Por qué crees que las cosas cambiarán en Londres? No lo hicieron ni en España, ni en Italia, ni en ninguno de los países en los que hemos vivido.

—No imaginaba que estuvieras tan resentido —aseguró con tanta calma como pudo.

—No seas ingenua. ¿Crees que debido a que te apoyé a ti y a tus ambiciones al principio iba a ser tu perrito faldero? —Hizo una pausa para tomar un trago de whisky—. Creía que eras diferente a las demás mujeres, pero eres igual que todas.

—¡No lo soy! —gritó cada vez más enfadada—. ¿Cómo te atreves a compararme con las mujeres con las que alternas? Con esas fulanas y esas putas con las que te juntas. Deja que te diga que ninguna mujer en su sano juicio se acostaría contigo, a no ser que fuera por dinero, claro.

—¡Mira quién habla! ¡Estás gorda! Mejor dicho, eres una vaca, y lo único que haces es comer, beber y ver tonterías en la televisión. No tienes aficiones, ni intereses, ni pasiones…, nada. —Se detuvo para mirarla—. Eres frígida y fría, Imaan. No tienes corazón.

—Quienquiera que desee destruir nuestra relación ha hecho un buen trabajo.

—No, Imaan. Esa persona no nos ha destruido, lo has hecho todo tú.

Joseph se sentó en un sillón frente a ella, colocó los codos sobre las piernas y juntó las manos. Estaban agotados. Imaan tenía lágrimas en los ojos. Joseph parecía envejecido, tenía el pelo más blanco y las arrugas más marcadas. Imaan supo en ese momento que jamás deberían haberse casado. «¡Qué idiota he sido!», pensó. Se levantó y se acercó a él. Joseph no la miró. Imaan se agachó y vio que estaba llorando.

—Lo siento, Joseph. Lo siento de verdad.

—La gente dice que los hombres nunca cambian, que por mucho que digamos o prometamos, nunca cambiamos. —Hizo una pausa, le temblaba el labio inferior—. Pero las mujeres tampoco cambian. Sabía que eras ambiciosa. Te conozco desde que íbamos a San José. Estaba tan enamorado que, idiota de mí, pensé que si me casaba contigo podría cambiarte. Pero no pude. Yo también lo siento.

Imaan lo miró y meneó la cabeza. Era una pena, una absoluta pena, diez años en vano. Aquello era el fin. Había llegado al final de otro capítulo en su vida. Sabía que sucedería, pero no esperaba que fuera de esa forma. No contaba con tener que enfrentarse a sus defectos como mujer. Sabía que era demasiado tarde, pero puso con cuidado las manos sobre las de su marido, se levantó y le dio un largo y cálido abrazo. Joseph tardó en reaccionar, pero finalmente le devolvió el abrazo. Entonces fue cuando las lágrimas de Imaan cayeron sobre su hombro, sabía que iría a Londres sola.

Rima yacía entre las arrugadas sábanas, estirándose y sonriendo como una gatita. «Todavía soy atractiva», pensó mientras se acariciaba los pechos y el vientre hasta llegar a los muslos. Se había depilado con sumo cuidado para que no hubiera un solo pelo en su suave cuerpo. Le fascinaba el tacto de su sedosa piel y le había encantado ver la sonrisa de Rachid cuando le había bajado las bragas y había descubierto que era lampiña como una jovencita. Estaba convencida de que aquello le había seducido por completo. «Pero, bueno, no hay hombre que se me resista. Soy una *femme fatale*», se alabó a sí misma. Sonrió y se cubrió con la sábana dejando las piernas y el culo al aire. Rachid salió del cuarto de baño y la encontró despatarrada en la cama. Cogió un bote de vaselina y sin decir palabra la puso boca abajo sin miramientos.

—¿Qué haces, Rachid?

Tiró de ella por los tobillos hacia el extremo de la cama, le abrió las piernas y la embadurnó de vaselina. Rima continuó lanzando grititos y gemidos coquetos mientras Rachid se quitaba el albornoz y la sujetaba. De repente soltó un grito. La había penetrado por el ano.

Cuando acabó, volvió al baño, del que salió vestido. Rima seguía boca abajo en la cama y sentía el escozor y el daño que le había causado al desgarrarla, sin hacer caso a sus gritos.

—La semana que viene a la misma hora —dijo como si fuera un hecho consumado y no una pregunta—. Vístete, Marcos te llevará a casa.

Rima se levantó y fue al baño. Las piernas le temblaban como a un ternero recién nacido. A pesar de todas sus aventuras jamás había consentido que la penetraran analmente y, aunque Rachid había disfrutado y embestido con más fuerza cuanto más gritaba ella, no estaba segura de que le hubiera gustado. Se lavó como pudo, se vistió y se peinó. Le quemaban las entrañas, le dolían los muslos y tenía las nalgas marcadas por las manos que la habían atenazado y golpeado cuando gritaba de dolor.

—Gracias por esta encantadora velada —se despidió intentando sonreír.

—Me alegro de que te haya gustado —dijo dando una calada al cigarrillo.

—¿Nos vemos la semana que viene?

—Me gustas, Rima.

Ella sonrió a pesar del dolor que sentía.

Mouna metió la moto en el patio de casa y sonrió al ponerle el candado. No podía creer que Samir le hubiera propuesto matrimonio. Tenía que decírselo a su madre, pero no sabía cómo. Mientras subía las escaleras pensó que si estaba de mal humor tendría que posponerlo y esperar, quizá semanas. Pero ¿para qué? Tal vez su entusiasmo fuera lo suficientemente contagioso como para cambiar su talante habitual.

Entró y llamó a su madre y a su tía para decirles que había llegado. Oyó el sonido del televisor en la cocina y la acostumbrada discusión entre ellas.

—Hola, *immi* —saludó con tanta alegría como pudo asomando la cabeza por la puerta.

Fátima levantó la vista, pero no dijo nada.

—*Marhaba, jala* —dijo a su tía, que sonrió y abrió los brazos para darle un abrazo.

—Mouna, cariño. Anda, refréscate un poco y ven a cenar.

Sonrió y fue a su habitación meneando la cabeza. Era increíble lo diferentes que eran. ¿Cómo era posible que pasaran tanto tiempo juntas y su madre no se hubiera contagiado de la simpatía de su tía? Se lavó la cara y las manos. Mientras se secaba y se aseguraba de que no quedaba ni rastro de maquillaje pensó en cómo darles la noticia.

—¿Qué tal has pasado el día? —le preguntó Hanan mientras pelaba quingombó sentada en una dura silla de madera.

—Muy bien —aseguró sentándose a su lado.

—Hoy hemos tenido una visita del consistorio municipal de Gemmayzeh —anunció Fátima de espaldas a Mouna, y a esta se le heló la sonrisa—. ¿Dónde has estado?

—En el salón, *immi*. ¿Por qué?

—Porque el hombre ha asegurado que te habías ausentado debido a una urgencia familiar y no volverías hasta al cabo de varios meses —continuó Fátima taladrándola con sus ojos azules.

—Ha sido muy educado y cordial —intervino Hanan.

—No te metas, por favor —la reprendió Fátima—. ¿Dónde estabas y con quién? —preguntó volviéndose hacia Mouna.

—*Immi*, te juro que he estado en el salón. Ese hombre ha venido a cobrar el impuesto, pero no tenía el dinero en ese momento.

—Ha dicho que hacía meses que tendrías que haberle pagado —remarcó con inquina.

—Sí, *immi*, lo sé. Me han enviado un montón de cartas y estoy ahorrando. Tengo bastantes nuevas clientas y estoy trabajando mucho.

—Nunca reunirás lo suficiente —auguró con tono derrotista volviéndose hacia la cocina—. Tendrás que cerrar y no podremos pagar el alquiler, ni comida ni nada. Nos veremos en la calle.

Mouna escondió la cara entre las manos. ¿Por qué le hacía eso? ¿Por qué era tan negativa?

—¿Y el brazalete? —susurró Hanan cuando Fátima fue al baño a buscar agua para lavar el quingombó.

—No era de oro, *jala*.

—¿Qué?

—Solo era chapada en oro y no me dieron mucho por él.

—Lo siento. Me lo dio tu abuela cuando me casé con tu tío.

—Por favor, *jala*. Era muy bonito y estaba bañado en oro —dijo cogiéndole la mano.

—¡Menuda suegra! Me odiaba. No le caía bien porque no me eligió ella y no fue un matrimonio concertado. Tu tío y yo nos conocimos por casualidad.

—*Anllad?* ¿Fue un matrimonio por amor? No lo sabía, no me lo habías dicho.

—Creía que lo sabías

—*Jala*, tengo que hablarte de Samir… —empezó a decir, pero no acabó la frase porque oyó el roce de la *abaya* de su madre.

—¿Samir? ¿Quién es Samir? —preguntó Hanan, que no había oído que volvía su nuera.

Fátima miró a su hija con los ojos entrecerrados. Estaba a punto de abrir la boca para decir algo desagradable cuando Mouna se volvió hacia su tía y dijo:

—*Jala*, es el chico del *show* de Abou Riad, el que siempre está metiéndose en líos.

Hanan miró a su sobrina, que intentaba guiñarle el ojo para que le siguiera la corriente, pero estaba confusa. Creía que quería hablarle de un hombre que había conocido.

—En ese *show* no hay ningún Samir. Lo veo siempre, es muy divertido —replicó con el brazo izquierdo sobre el vientre y la mano derecha en la ceja, como si eso le ayudara a pensar.

—Sí, *jala*. Sí que lo hay. El bajito calvo y con gafas. Lo llaman Sammy —insistió Mouna.

—¿Estás segura? —empezó a decir Hanan, pero Mouna aprovechó que Fátima se había dado la vuelta para ponerle un dedo en los labios y que no dijera nada más.

—¡Ah! *Tayeb, habibti*. Ya me lo dirás luego —pronunció en voz alta sin querer.

Mouna abrió desmesuradamente los ojos y Hanan se llevó una mano a la boca.

—¿A qué vienen tantos secretos, Mouna? Por qué no los compartes con todos. ¿Qué es eso que le vas a contar a tu tía y no a mí?

—Nada, *immi*. No tiene importancia.

—Estás mintiendo.

—Fátima, me estaba hablando de Sammy, uno que sale en el programa ese que me gusta tanto —intervino Hanan.

—¡Calla! ¡Estoy harta de que encubras a esta fulana a la que he de llamar hija! —gritó—. Dime, Mouna, ¿quién es Samir?

Mouna miró a Hanan en busca de ayuda, pero Fátima le había dado la espalda y había formulado la pregunta en un susurro para que no la oyera.

—*Immi*… Es que… —Fátima se inclinó hacia la mesa sin dejar de mirarla—. Es… un hombre.

—Llamándose así no me extraña —comentó con sarcasmo.

—Es un hombre que me ha pedido que me case con él.

—¡Ah! Ya sé a quién te referías. Es ese amigo tuyo tan majo y atento del que me hablaste. Ya sabes quién —intervino Hanan guiñándole un ojo.

Mouna suspiró; adoraba a su tía, pero cada vez que intentaba ayudarla metía la pata.

—No, *jala*. No es *gay*, pero gracias por intentarlo. Es encantador y le quiero —aseguró volviéndose hacia su madre.

—¿Que le quieres? ¿Hace cuánto tiempo que lo conoces como para saber que le quieres? ¿Te acuestas con él? ¿Llevas dentro un hijo suyo? Sabía que estabas embarazada —le increpó dando un manotazo en la mesa.

—¿Que se acuesta? ¿Por qué se acuesta Mouna? ¿Está cansada? —intervino Hanan, pero ni madre ni hija le hicieron caso.

—No estoy embarazada ni me acuesto con él.

—Ves, Fátima. No se acuesta, no está cansada —las interrumpió su tía de nuevo.

—Es un encanto, *immi*. Es alto y guapo, rubio y con los ojos azules. —Fátima guardó silencio—. Tiene un buen trabajo. Por favor, deja que te lo presente. —Fátima continuó callada—. Quiere pedirte mi mano. ¿Lo recibirás, por favor?

—¿Dónde lo conociste?

—En la calle… —empezó a decir, pero no pudo acabar porque su madre empezó a recriminarle.

—¡Lo sabía! Lo he sabido siempre y ahora lo has confesado.

—Evitó que me pusieran una multa.

—¿Una multa? También has infringido la ley… Te meterán en la cárcel. ¿Qué va a ser de nosotras? —gimió.

—Escúchame, por favor. Se llama Samir Abboud, trabaja para el Ejército, es medio estadounidense y cristiano, pero le quiero y voy a casarme con él, con o sin tu permiso.

—¿Cómo te atreves a levantarme la voz? ¡Soy tu madre! ¡Me has oído! —gritó con la cara amoratada por la cólera.

—Te he oído, pero me da igual. Voy a casarme con Samir Abboud.

—¡No lo harás! ¡Te lo prohíbo! ¡No te casarás con un cristiano ni con un norteamericano!

—Eso lo veremos —la amenazó antes de irse.

—Dios la bendiga y que Alá le dé felicidad —aplaudió Hanan.

—¿De qué te alegras tanto? Es un cristiano, un infiel. Nunca cuidará de nosotras.

Nina corrió al Alegro Hotel buscando la llave de la suite en el bolso. Estaba como loca por llegar.

—¡Venga! ¡Venga! —exclamó dando patadas en el suelo porque el ascensor iba muy despacio—. ¿Ahmed? —preguntó al entrar.

—Te he echado de menos —oyó que decía a su espalda. Le puso las manos en los senos, enterró su cabeza en el pelo y le besó el cuello.

Notó la tensión bajo sus pantalones. Le dio la vuelta y la empujó hasta la pared sin retirar las manos de sus pechos.

—Ahmed... —murmuró con voz lasciva.

Le quitó la camisa y miró el sujetador, que era de encaje negro. La acarició y le levantó la falda. La besó. No fue un beso delicado, sino que le abrió la boca y le introdujo la lengua al tiempo que la mordisqueaba y la chupaba. La subió a la mesa y le abrió las piernas. Estaba muy excitado; al notar su ardiente interior y ver el movimiento de sus pechos con cada embestida, se excitó aún más. Nina se agarró al borde de la mesa para no perder el equilibrio sin dejar de mirarle, quería ver su expresión al llegar al orgasmo.

—Nina —gritó con voz ronca al llegar. Ella soltó un gritito, aquel orgasmo había propiciado el suyo. Después le puso una mano en la cara y la besó—. Eres preciosa.

Nina sonrió.

Sonó el teléfono del hotel y Ahmed fue a contestar mientras su amante recogía la ropa interior y el top.

—¿Sí? Hola —lo oyó saludar con tono cariñoso, casi íntimo—. Sí..., estoy bien. He estado muy ocupado... No sé cuándo volveré. Sí, claro, te avisaré. ¿Qué tal los niños? ¿Has llamado al médico?

Nina no quiso seguir oyendo. Cogió sus cosas, fue al baño, cerró la puerta y apoyó la frente en el frío mármol.

Cuando volvió parecía abatida.

—¿Qué te pasa?

—Supongo que me he engañado a mí misma para convencerme de que tu mujer no existe.

—Lo siento, Nina. Es muy raro que haya llamado al hotel, siempre lo hace al móvil —se excusó abrazándola.

Ella meneó la cabeza. Su entusiasmo se había desvanecido. La invasión de la mujer de Ahmed en lo que consideraba su territorio la había enfrentado a la realidad. Por mucho que los hubiera imaginado juntos, ¿era posible? ¿Abandonaría a su mujer y a sus hijos pequeños? ¿Y ella, era capaz de hacer daño a Charley sabiendo lo que le dolería si lo abandonaba?

—Tengo que irme —dijo tras darle un largo y cariñoso beso.

—No te vayas, por favor.

—He de hacerlo. Tengo que ir a un acto con Charley —mintió con lágrimas en los ojos.

—No tenías que ir a ningún sitio cuando hemos hablado antes.

«Es un hombre al que resulta difícil mentir», pensó.

—Lo había olvidado. Nos vemos mañana —se despidió, y consiguió esbozar una sonrisa.

—Por favor, Nina, no te vayas. Te necesito. Quiero que te quedes conmigo, a mi lado.

Normalmente se habría derretido con sus súplicas, hubiera abandonado toda prudencia y se habría quedado. Pero aquel día su aventura había dado un giro definitivo. No había sido tan sincera como había intentado creer. No eran dos solteros que se conocieron en su juventud y se enamoraron. Estaban envueltos en una complicada maraña de matrimonios, repercusiones, consecuencias, otras personas y sus sentimientos.

Pocos días después sonó su móvil. Era Rima Saad. Hacía meses que no sabía nada de ella y presentía que iba a montarle un numerito. ¿Por qué no entendía que todo el mundo tiene una vida propia?

—¡Rima! Estaba a punto de llamarte —mintió.

—Hace semanas que no lo haces, *habibti* —se quejó con voz dolida—. Creía que volvería a verte, pero no he sabido nada de ti.

—He tenido unas semanas de locura. ¿Qué tal Tony?

—Bien, sigue de viaje, para variar. ¿Por qué no comemos juntas?

Nina pensó un momento. No tenía compromisos. Ahmed estaba en el sur y no volvería hasta la noche. Podía verla y acabar con aquello de una vez.

—A lo mejor puedo. ¿A qué hora te viene bien?

—¡Fantástico! ¡Tengo tantas cosas que contarte!

—Rima —dijo en voz alta para que se concentrara en la comida—. ¿A qué hora?

—No te lo vas a creer…

—¡Rima! —la interrumpió—. A las doce y media en Claudia's. Haré la reserva.

Rima estaba encantada. La iban a ver en el Claudia's comiendo con Nina Abboud. Seguro que salía en los ecos de sociedad. Siempre comentaban sus idas y venidas en los locales de moda de la ciudad, sobre todo en el *Mondanité*. Se miró en el espejo del tocador. «Deberían mencionarme más a menudo en esa revista. No entiendo por qué casi nunca lo hacen. Quizás ahora, con Rachid, sí lo hagan. Será maravilloso. Todo el mundo se preguntará que hay entre Rachid y yo», pensó cogiendo un cepillo para peinarse y sonriendo ante la idea de ser el tema de conversación de todos los círculos sociales.

«¿Qué narices me pongo? —Miró el reloj, eran las diez y media—. Faltan tres horas, lo que quiere decir que tengo dos horas antes de salir. Más que suficiente», pensó.

—¡Lina! ¿Dónde se habrá metido? ¡Lina!

—Sí, madame.

—Tengo una cita muy importante para comer. Quiero ponerme la falda blanca de Prada y el top amarillo con mariposas.

—Eso es imposible, madame.

—¿Por qué? —preguntó dejando el cepillo.

—Porque están muy manchados.

—¡Ah! ¿Cuándo me los puse por última vez? —preguntó sorprendida.

—Hace unas noches, madame. Cuando fue a cenar con monsieur Hayek.

Se quedó perpleja. ¿Cómo sabía dónde había estado y con quién?

—Vale, vale, me pondré los vaqueros blancos, el jersey gris oscuro de Aishti, el cinturón dorado fino y... —continuó dándole instrucciones.

Rima llego al Claudia's justo pasada la una y media.

—¿La mesa de Nina Abboud? —preguntó con arrogancia. Llevaba un gran sombrero flexible, como el que solía ponerse Nina.

—Por supuesto, por aquí, madame —le indicó la encargada de la recepción—. Madame Abboud la está esperando.

—¡Nina, cariño! *Habibti*. Me alegro de verte —saludó en voz alta para que la oyera todo el mundo al tiempo que daba dos besos al aire—. Qué agradable volver a estar juntas, amiga mía. Hace tanto tiempo… Aunque he estado liadísima.

—Hola, Rima —contestó Nina con delicadeza. Había pedido una mesa en un discreto rincón—. Tienes muy buen aspecto.

—¿Qué tal estás? Cuéntamelo todo —pidió Rima.

—Estoy bien, pero me parece que tú tienes mucho más que contar.

Un camarero se acercó con la botella de Pellegrino que había pedido Nina.

—¿Dónde está Claudia? Me encanta, es una anfitriona fantástica.

—Hoy no trabaja —explicó mientras el joven les servía agua.

—¿No tomas vino?

—Yo no voy a beber, ¿quieres tú?

—Me encantaría.

—¿Qué te apetece? Pide al camarero.

—Mejor lo eliges tú.

Nina suspiró. ¿Por qué tenía que darse tantos aires de grandeza? Sería mucho más agradable si se comportara como ella misma en vez de fingir todo el tiempo.

—Un botella de Gavi di Gavi etiqueta negra, por favor —pidió al camarero.

—Gracias, me chifla ese vino.

—¿Qué has estado rumiando?

—Nada en particular —respondió con una enigmática sonrisa en los labios.

—Creía que tenías muchas cosas que contarme.

—Sí y no —contestó para mantenerla en vilo. «¡Por el amor de Dios! Quiere que le ruegue que me lo cuente», pensó Nina—. ¿No te sientes sola? —preguntó con fingida inocencia—. ¿No deseas a alguien que esté pendiente de ti? Tener alguien a tu lado. Alguien que te abrace, que te diga que estás preciosa…

—No sé de qué me estás hablando.

«¿Qué intenta insinuar? ¿Sabe de la existencia de Ah-

med? ¿Cómo lo sabe? ¿Me habrá visto en la Rue Gouraud?»,
se preguntó

Cuando el camarero apareció con el vino, Nina se esforzó
por continuar aquella conversación. Rima no había dejado de
hablar.

—¿Sabes, Nina? Quiero a Tony, por eso me casé con él.
Soy la persona más leal y fiel que puedas imaginar y una
buena amiga, tanto con los hombres como con las mujeres.
Ya sabes… Si tienes algo que quieras contarme… —Tomó
un sorbo de vino—. O si necesitas un hombre en el que llorar, aquí estoy.

Nina sonrió, Rima era precisamente lo contrario: una
persona en la que no se podía confiar. No sabía cómo mantener la boca cerrada. «¿Dónde quiere ir a parar? ¿Está intentando que le hable de Ahmed? Algo está tramando, porque
nunca hace nada sin un motivo.»

—¿Qué tal está Imaan? —preguntó en voz alta—. Me refiero a Imaan Sayah —repitió antes de acabar la copa, para
asegurarse de que los comensales de la mesa de al lado se habían enterado.

—Está bien. Muy ocupada, como siempre.

—¿Qué tal le va con Joseph? —inquirió guiñándole un
ojo.

—No lo sé —respondió con evasivas.

—Todo el mundo comenta que no va a ir a Londres con
ella. —Se había bebido casi media botella de vino.

—¿Qué? ¿Cómo lo sabes? —preguntó horrorizada.

Rima chasqueó la lengua, se encogió de hombros y esbozó una sonrisa cómplice.

—¿Sabes por qué Joseph no va a ir a Londres? —Nina
negó con la cabeza—. Porque Imaan ha descubierto que tiene
una aventura.

—¿Qué? —susurró. Era como si hubiera colocado un micrófono bajo la mesa el día que había estado hablando con
Imaan.

—No puedo creer que no lo sepas, está en boca de todo
Beirut —comentó jugueteando con el pelo—. Joseph y yo
siempre hemos mantenido una relación muy especial —añadió guiñando un ojo—. Ya sabes a qué me refiero. Hace mu-

chos años que lo conozco. Estuvimos a punto de casarnos.

—¿Sí? No tenía ni idea.

—Sí —aseguró llena de confianza y encendiendo un cigarrillo—. Fue antes de que conociera a Imaan, pero no recuerdo qué pasó. Es igual, continuamos siendo amigos y me lo cuenta todo. Y ya me conoces, yo no digo nada a nadie. Los secretos se irán a la tumba conmigo.

—Sí, ya me lo has dicho.

—¿Conoces bien a Rachid Hayek? —preguntó sirviéndose más vino.

—De vista. No mucho, ¿por qué?

—¿Y a su mujer?

—¿Lailah? Sí, es encantadora —admitió y, sin querer añadió—: No sé lo que ve en un hombre como Rachid. Merece algo mejor.

—¿Por qué?

—Lailah es una mujer muy culta, elegante e inteligente, y Rachid es un patán y un mujeriego.

—He oído decir que también están a punto de separarse porque se ha enamorado de otra.

—¡Dios mío! ¿Es que todo Beirut está teniendo una aventura?

—Por supuesto, *habibti* —dijo arrastrando las palabras.

—¿Y de quién se ha enamorado?

—Bueno… —empezó a decir mientras se apartaba un mechón que le había caído sobre la cara.

—¿Quieres un café?

—No, estoy bien. Bueno, cariño, como te iba diciendo, Rachid se ha enamorado de otra mujer.

—Y esa mujer es…

—Todos tenemos secretos en nuestras vidas —respondió con sonrisa enigmática.

—¿Tú? ¿Lo dices en serio? ¿Tienes una aventura con Rachid? —Imaan tenía razón.

—No se lo digas a nadie, por favor. Es un secreto. Lailah todavía no lo sabe.

—¿Y crees que va a dejar a Lailah por ti? —preguntó horrorizada por lo que acababa de oír. Rima era mucho más zorra de lo que creía, y una hipócrita. ¿Cómo podía llamar a

Imaan para comer después de haberse acostado con su marido en su casa? ¿Cómo podía preguntar por Lailah fingiendo inocencia cuando se estaba beneficiando a su marido? Era repugnante.

—Es cuestión de tiempo —adujo con absoluta confianza.

—Estás muy equivocada. Rachid te está usando. En cuanto se aburra de ti te mandará a paseo y se buscará a otra.

—Me encanta estar con él —afirmó sin hacer caso a Nina—. Estamos hechos el uno para el otro, nos parecemos tanto... Y el sexo es fabuloso.

«¡Dios mío! Voy a vomitar», pensó meneando la cabeza. No quería saber nada más. No los podía imaginar en la cama. De hecho, no podía imaginar a Rachid acostándose con nadie. Seguramente con su exceso de peso y su adicción al tabaco y al alcohol le daría un infarto.

—Es un animal, me obliga a hacer cosas que no había hecho nunca. Todo tipo de juegos pervertidos.

—Rima, por favor. No quiero saberlo. Conozco a Lailah y me cae muy bien.

—Evidentemente no satisface a Rachid, por eso viene a mi cama.

—¿Por qué intentas destruir su matrimonio...? —la acusó.

—No puedo evitar que se haya enamorado de mí.

—Tú fuiste tras él, igual que con Joseph el día de la fiesta de Imaan —la culpó con vehemencia.

—¿Cómo te has enterado? Y que conste que yo no fui detrás de él.

—Lo hiciste, Rima. Lo sabe todo el mundo.

—No fue así, él me persiguió —aseguró son malicia—. Me dijo que Imaan era frígida y fría, y que llevaban muchos años sin acostarse.

—Imaan es buena amiga mía —recalcó, enfadada. No le gustaba que hablara mal de ella.

—No tienes por qué ponerte a la defensiva.

—No me gusta oír esas cosas de mis amigas.

—Yo no lo dije, fue su marido.

Nina no tenía ni idea de por qué insistía tanto en contarle que tenía una aventura con Rachid o que era la confidente de

Joseph. ¿Quería simplemente llamar la atención? ¿Deseaba demostrarle que aunque no tuviera tanto dinero como ella era poderosa a su manera, por tener información en vez de dinero?

Sabía que siempre había tenido celos de ellas, que le había echado el ojo a Charley y que se había enfadado cuando se había casado con él porque la boda apareció en todos los periódicos y le proporcionó acceso a los círculos sociales y a un montón de dinero. Con el tiempo Rima había demostrado cómo era en realidad, una mujer superficial, materialista y preocupada por su estatus, dispuesta a hacer cualquier cosa por trepar en la escala social. La toleraba porque sabía que era una mujer infame que, despechada, era capaz de hacer mucho daño.

—Perdona que te corte, pero son las tres y media y tengo que irme —se despidió, pues no quería seguir oyéndola.

—Pero si es pronto todavía…

—Lo siento…

—¿Qué? —dijo mirando a su alrededor de manera furtiva—. ¿Tienes una cita en el Albergo Hotel?

Nina se quedó de piedra.

—¿Qué quieres, Rima? —preguntó mirándola directamente los ojos.

—¿Cómo se llama? Creo que Ahmed Salaam.

—Voy a volver a preguntártelo, ¿qué quieres? —repitió muy enfadada.

—Querida, *ma chère amie*, te enfadas por nada. No le voy a contar a nadie tu secreto —aseguró con voz cansina.

—No sabes nada de mi vida ni lo que sucede en ella —replicó volviéndose a sentar. Era lo peor que podía haberle pasado. Si se hubiera enterado otra persona, habría sabido cómo manejar la situación, pero Rima era muy peligrosa, podía destruir su reputación.

—Es verdad, pero porque crees que eres mucho mejor que yo… y a la pobre Rima hay que apartarla y no hacerle caso. Sé de dónde procedes. Sé que vienes de la nada, como yo, así que no pienses que porque tienes más dinero o un marido más poderoso eres mejor que yo.

—Me parece estupendo, Rima. ¿Qué quieres?

—No eres mejor que yo, Nina. Mírate…, estás engañando a tu marido, igual que yo. —Nina no supo qué decir—. Sólo quiero que volvamos a ser amigas

Nina se fue del restaurante muy preocupada. Sabía que Rima tenía la sartén por el mango. Podía traicionarla en cualquier momento, y lo haría. Pero también le había hecho pensar.

Quizás Ahmed no era la solución a sus problemas con Charley. Apresuró el paso hacia el aparcamiento del Albergo Hotel, donde su amante le había conseguido una plaza, que facilitaba y alargaba sus visitas. Acababa de salir de allí cuando sonó el móvil.

—Hola, cariño. —Al oír su profunda y ronca voz se le aceleró el corazón.

—Hola —saludó alegremente deteniendo el vehículo.

—¿Estás cerca del hotel?

—En el aparcamiento.

—¿Tienes tiempo esta tarde?

—Sí, claro. ¿Qué pasa?

—¿Puedes esperarme arriba? Llegaré enseguida.

—Por supuesto. ¿Pasa algo? Creía que estabas en Sidón.

—Nos vemos enseguida, *ya hazzana*, Nina. No te preocupes, no pasa nada.

Pero no fue esa la sensación que transmitió.

Aparcó el Aston Martin y cogió el ascensor hasta el último piso. Entró en la suite, dejó el bolso en la mesa de la entrada y sacó un botellín de agua del frigorífico. El cuarto de estar, a un nivel más bajo, estaba inundado por el crudo resplandor del sol de la tarde que se filtraba por las blancas cortinas. Se sintió extraña esperándolo, pero no sabía por qué. Lo había hecho muchas veces, pero, por alguna razón, aquella vez era diferente. ¿Su voz había sonado tan extraña en el teléfono? Le había parecido distante, serio. Se acercó a las ventanas saledizas que daban a la Rue Gouraud y vio un convoy de todoterrenos Escalade frente a la puerta del hotel. Al ver a Ahmed saliendo del primero se sobresaltó. Hizo un

gesto al conductor del segundo vehículo para que saliera.
Nina inspiró con fuerza al distinguir a Samir. A pesar de que
no la veía nadie, se escondió detrás de una columna por si
acaso. Cuando volvió a mirar, Ahmed y Samir conversaban
alegremente en un aparte. Se echaron a reír y Ahmed le cogió del brazo para volver a los coches, donde estrechó la
mano del resto de la comitiva. Finalmente abrazó a Samir y
le besó tres veces antes de despedirse del grupo con la mano
y entrar en el hotel. Nina cerró rápidamente las ventanas y
se fijó en la maleta que había en el dormitorio.

El mundo se le vino abajo. «¡Dios mío! ¡Se va! ¿Por qué
no me lo ha dicho? No estoy preparada.» Casi no podía respirar. Sintió como si le hubieran dado un puñetazo en el estómago antes de sentenciarla a cadena perpetua en su propia
cárcel. Fue a la cristalera, la abrió y salió a la terraza para respirar. Se apoyó en la barandilla y sintió un nudo en la garganta que la ahogaba.

Desde allí veía el edificio al otro lado de la Rue Gouraud.
La parte superior estaba ennegrecida, con agujeros que en
tiempos habían sido ventanas; escombros, polvo y piedras en
lo que antes eran cuartos de estar y dormitorios; apartamentos en los que había vida, en los que la gente vivía y amaba,
en los que se oía a niños, padres y madres. En la calle la gente
iba a lo suyo, unos volvían a casa del trabajo y otros iban a
sus quehaceres, todos con un objetivo, cada uno con su vida
y sus altibajos, sus buenos y malos ratos. Vio a las dos reposteras saliendo del Cleopatra, discutiendo en voz tan alta
que las oía desde donde estaba. Esbozó una sonrisa resig-
nada.

—¿Cariño?

Al oír su voz cerró los ojos para saborear el momento y
guardarlo en la memoria para cuando pensara en él. Se volvió y sonrió con lágrimas en los ojos. Ahmed estaba apoyado
en el marco de la puerta, más guapo que nunca. Llevaba una
camisa lila a rayas, corbata morada y traje gris con pañuelo
morado en el bolsillo superior. En las últimas semanas se había dejado una ligera barba y bigote, aunque más parecía que
no se había afeitado que otra cosa. Inspiró con fuerza y fue
hacia él.

—Hola —lo saludó antes de besarle.

—Ven dentro, se está más fresco —sugirió poniéndole la mano en el codo para guiarla. El ambiente estaba tenso, como una nube negra a punto de descargar.

—No me encuentro bien —se excusó Nina antes de tomar un trago de agua. Sentía arena caliente en la boca.

—¿Qué te pasa? —preguntó Ahmed con ojos preocupados, acariciándole la cara y buscando en ella la causa de su dolor.

Ella se sentó en el sofá y apartó la cara. No quería que viera la tristeza en sus ojos y el brillo de las lágrimas sin derramar.

—Dime, ¿qué te pasa? —repitió con dulzura sentándose frente a ella en la mesita.

—¿Por qué no me lo has dicho? ¿Por qué no me has avisado? —gimió escondiendo la cara entre las manos y dejando que las lágrimas regaran sus palmas—. ¿Por qué ha de ser tan de repente? —Por mucho que intentó controlar su tristeza no consiguió ahogar un gran sollozo.

—Nina, Nina —murmuró abrazándola, acariciándola mientras ella derramaba lágrimas y dejaba escapar entre sollozos aquel sentimiento que atormentaba su alma y la partía en dos—. He creído que era la mejor manera. No quería que sufrieras al saber que llegaría este día. Quería que disfrutáramos el tiempo que teníamos.

—No…, no puedo, Ahmed —dijo entre sollozos—. No puedo dejar que te vayas. Por favor, Ahmed. No puedes irte, no queda nadie, no hay nadie, por favor, no puedes dejarme sola —gimió antes de derrumbarse llorando sobre su pecho—. ¿Por qué me abandonan todas las personas a las que amo?

—Tengo que hacerlo. He de volver a Ammán.

¿Por qué? ¿Por qué no puedes quedarte?

—Nina… Tengo familia, lo sabías.

—Pero tú mismo dijiste que no te llevabas bien con tu mujer.

—Pero tengo responsabilidades con mis hijos. Son todavía muy pequeños y necesitan un padre.

—¿Y por qué no los traes a Beirut?

—Porque también necesitan a su madre. Ojalá nos hubiéramos conocido hace quince años, cuando éramos jóvenes, ingenuos y libres.

Nina sabía que era una batalla perdida. Lo había sabido desde el principio; por mucho que dijera amarla, jamás abandonaría a su familia. Y a pesar de que para ella sería más fácil, pues no tenía hijos, sabía en lo más profundo de su ser que jamás humillaría a Charley dejándolo; no lo entendería.

—Nina —empezó a decir cuando se calmó—, tengo noticias de tu padre.

Nina levantó los ojos asustada y el entrecejo fruncido por la angustia.

—Dime.

—Tu padre era un traficante de armas de la CIA que proporcionaba armamento estadounidense a las milicias musulmanas y a las facciones cristianas —explicó apretándole la mano.

—No lo entiendo —dijo apartándola, incapaz de asimilar lo que estaba oyendo.

—La CIA tiene fama de apoyar a los dos bandos de un conflicto. De esa forma el que asume el poder siempre está en deuda con ella. En público dicen una cosa; a puerta cerrada, otra. Al comienzo de la guerra en el Líbano, decidió secundar a los musulmanes y a los cristianos porque no sabía quiénes eran más poderosos.

—¿Qué quieres decir con que mi padre era un traficante de armas?

—La CIA se sirvió de sus antecedentes militares y su conocimiento del armamento estadounidense para armar a Yasser Arafat y a los palestinos, y a la familia Jumblatt, que dirigía el ala derecha de los cristianos a través del general Michel Aoun. Tu padre y Aoun estuvieron juntos en el ejército, en los años cincuenta. En junio de 1975 fue a entregar un envío de armas a la OLP. Hubo una emboscada y el negocio salió mal. Tu padre se vio atrapado entre dos fuegos y lo mató accidentalmente una bala destinada a un líder de la milicia palestina, Saad al-Karmi, que también resultó muerto en esa emboscada.

—¿Cómo sabes que era mi padre?

—Lo era, Nina. He hablado con uno de los milicianos que

acompañaron a Karmi aquel día. Hizo todo lo que pudo por salvar su vida, pero no fue posible.

—Pero ¿cómo sabes que era Sarkis Chadarevian? —preguntó con manos temblorosas.

—Sé que es duro, pero estábamos en guerra.

—¡No! Mi padre era un militar bien adiestrado. Jamás habría cometido una estupidez. Sabía cómo defenderse, cómo mantenerse con vida. Siempre que salía de casa le prometía a mi madre que volvería. —Ahmed guardó silencio. Sabía que Nina estaba dolida y que nada que dijera conseguiría sosegarla—. Quiero irme a casa.

—Quédate, Nina. Me voy dentro de unas horas. Quédate hasta entonces.

—No, prefiero irme ahora.

—No quiero que te vayas así. Estás enfadada, furiosa y triste, y no quiero verte así. Me gustaría que sonrieras.

—No puedo. Sería demasiado falso.

Ahmed la rodeó con los brazos y permanecieron abrazados unos minutos memorizando la sensación de sus cuerpos, sus dedos entrelazados, el roce de la piel.

—No volveremos a vernos, ¿verdad? —preguntó Nina.

Ahmed meneó la cabeza con la cara escondida en su hombro. Nina lo abrazó.

—Nunca te olvidaré, Ahmed Salaam —aseguró con dulzura.

Él apartó la vista, sacó un pañuelo del bolsillo y se lo llevó a los ojos. Nina lo miró, sorprendida de que estuviera llorando. Una lágrima cayó en su mejilla, la limpió con el pulgar y Ahmed volvió a esconder la cara en su hombro. Sabía que estaba llorando y notó que temblaba. Tenía que consolarlo.

—Estás en mi alma, Nina Ossairan Chadarevian. Nunca te olvidaré. Si algún día necesitas algo, ya sabes dónde encontrarme.

—*Shukran ya habibti* —se despidió soltándose suavemente de su abrazo. Era hora de irse—. No me acompañes al ascensor, cariño..., déjame ir.

Ahmed asintió. Su coche le esperaba para llevarlo al *jet* privado del rey de Jordania.

—Nina, esto me lo dio el hombre con el que hablé —dijo entregándole una bolsita de terciopelo azul.

Nina la metió en el bolso y se fue hacia la puerta. La abrió, se dio la vuelta y lo miró. Todavía tenía los ojos húmedos.

—Sonríe, Nina, por favor.

Ella, a pesar de las lágrimas, lo hizo.

Nina subió al Aston Martin, apoyó la frente en el volante y se llevó la mano al corazón. Sentía que lo tenía roto. Soltó un gemido que quebró la presa: las lágrimas se derramaron furiosas entre sollozos, no solo por Ahmed, sino también por su padre, cuya muerte nunca había llorado. Al recordar al hombre que había amado a su madre y a ella, y las había protegido hasta el final, nuevas lágrimas brotaron de sus ojos.

Lloró todo el camino a casa. Por suerte Charley estaba en la oficina y tenía tiempo para serenarse. Dejó el bolso en el estudio y fue al baño a echarse agua fría en la cara para lavar las lágrimas secas y saladas que se le habían pegado en las mejillas.

Decidió que necesitaba una copa y un cigarrillo, y al sacar el paquete de Marlboro vio la bolsita azul. La abrió y vació el contenido en una mano. Era la mitad del medallón grabado con el símbolo sagrado de Armenia que Jumana también llevaba al cuello.

Finalmente, al cabo de treinta años, dejó ir a su padre.

Capítulo veintidós

$\mathcal{M}$ouna estaba nerviosa. Era domingo por la mañana y Samir iba a comer en su casa. Fátima había cedido y aceptado conocerlo porque Hanan había sugerido que Samir debía hacerse musulmán si quería casarse con ella. Mouna sabía que estaba dispuesto a hacerlo. Se cambió tres veces y finalmente se decidió por unos pantalones negros y una larga y holgada túnica color turquesa que le llegaba a los muslos. Se hizo una coleta, en vez del alborotado moño que solía llevar. No se maquilló y se limitó a ponerse un poco de brillo en los labios.

Inspiró y fue a la cocina. Fátima estaba cocinando y Hanan sonrió al verla.

—Estás preciosa.

—Gracias, *jala*. ¿Quieres que te ayude, *immi*?

—Imagino que ese hombre no esperará que le preparemos carne prohibida —murmuró Fátima, disgustada.

—No es tonto, *immi*. Sabe que somos musulmanas. Estoy segura de que le encantará todo lo que le ofrezcas.

—Nunca se sabe… —comentó dando vueltas a lo que había en la sartén.

Mouna estaba a punto de decir algo, pero Hanan le cogió el brazo y meneó la cabeza para que lo dejara estar. Miró a su alrededor; quería que la cocina resultara más acogedora, pero, aparte de poner cojines en las sillas, no pudo hacer mucho más. No tenían cuarto de estar porque lo habían transformado en el dormitorio que compartían su madre y su tía. Tampoco había comedor, así que solo quedaba la cocina y su cuarto, y recibirlo en él era totalmente inaceptable. Se retorció las manos y rezó para que todo saliera bien.

Oyó el timbre. ¡Dios santo! ¡Ya era la una! Miró el móvil para cerciorarse.

—*Immi*, *jala*, ya ha llegado.

—Cálmate, chiquilla. Todo saldrá bien —la tranquilizó Hanan.

Sonrió agradecida y fue a abrir. Samir llevaba dos grandes cajas de pasteles y junto a él había un hombre que imaginó sería su padre, Charley Abboud. Lo primero que se le pasó por la cabeza fue que era el marido de Nina Abboud y lo segundo que solo había cuatro sillas.

—Mouna, este es mi padre, Charley. Espero que no te importe, ha insistido en venir.

—*Masbut*. Por supuesto que no. Bienvenido. Encantada de conocerle. Pase, por favor. Esta es mi casa; lo siento, es muy humilde.

—No necesita excusarse —dijo Charley.

—Vivo con mi madre y mi tía —le informó mientras avanzaba por el corto pasillo hasta la cocina.

—*Immi*, *jala*, os presento a Charley Abboud, padre de Samir. Y este es Samir.

—Espero que no le importe, madame Al-Husseini —se disculpó Charley—. He creído que era importante estar presente.

—No nos molesta en absoluto —aseguró Hanan sonriendo a los dos hombres.

Fátima no dijo nada. Se sentaron a la mesa mientras Mouna les servía un vaso de zumo de naranja y los *mezze* que había preparado Hanan.

Se produjo un incómodo silencio durante el que todos probaron el *humus* y el *babaganush*.

—Delicioso, es el mejor que he probado en mucho tiempo —aprobó Charley.

—Gracias. Lo ha hecho Mouna, yo solo la he dirigido —aclaró Hanan.

—¿Cuánto tiempo lleva viviendo en Beirut, madame? —le preguntó Charley a Fátima.

—Demasiado —contestó ella levantándose.

Mouna miró a Samir como pidiéndole disculpas. Este meneó la cabeza para que no se preocupara.

Mientras Fátima se ocupaba preparando la comida, Charley y Hanan empezaron a hablar de Beirut, Sidón, de comida y del *show* de Abou Riad: se rieron de algunos de sus *sketches*. Mouna suspiró aliviada. De no haber sido por Hanan aquella comida habría sido un desastre.

Fátima sirvió directamente desde la cocina porque en la mesa no había sitio suficiente. Había preparado *sayadieh*, un plato típico de arroz con pescado y judías verdes salteadas con aceite de oliva y ajo. Charley elogió la comida a cada bocado y felicitó a Fátima varias veces por sus dotes culinarias. Mouna le sonrió agradecida y también a Samir, que comentó a su vez que todo estaba delicioso.

Cuando acabaron de comer, Charley sacó a colación el motivo de su visita.

—Madame Al-Husseini, he venido para hablarle de la boda entre mi hijo Samir y su hija Mouna.

—Le escucho.

Mouna se miró las manos y rezó para que su madre se comportara. Al cruzar su mirada con Samir, sus ojos la inundaron de confianza y optimismo. Su tía estaba hecha un mar de lágrimas. Charley y Fátima estaban frente a frente. Mouna limpió la mesa para el café y los postres.

—¿Qué ofrece por mi hija? —preguntó Fátima a bocajarro.

—¿Cuánto quiere? El dinero no es un obstáculo cuando se trata de la felicidad de mi hijo.

—Señor Abboud, como puede ver, no somos ricos. Mouna nos mantiene con lo que gana en el salón de belleza. He de asegurarme de que alguien cuida de nosotras cuando se haya ido.

—Eso no será un problema.

Comenzaron las negociaciones, o más bien Fátima empezó a pedir y Charley a aceptar todo lo que le pedía.

—Si Samir quiere casarse con mi hija, tendrá que hacerse musulmán.

Charley se quedó callado. Se retiró un poco y puso las manos sobre la mesa.

—Madame Al-Husseini, somos cristianos, pero estoy dispuesto a tener una hija política musulmana y no me importa celebrar las tradiciones musulmanas en casa. ¿Por qué tiene que hacerse musulmán mi hijo? ¿Por qué no dejar que mantengan la religión en la que se han educado?

—Para mí es inaceptable que mi hija se case con un infiel.

—¿Un infiel? —se rio—. Dudo mucho que lo sea.

—Si no se hace musulmán, Mouna no puede casarse con él.

—*Immi...* —empezó a decir Mouna con el corazón desbocado en el pecho, pero Fátima la silenció con la mirada.

—¡Por Dios, Fátima! No le arruines la vida —intervino Hanan.

—Madame, debería usted escuchar a su cuñada —opinó Charley.

—No me importa, papá —terció Samir—. Si quiere que me haga musulmán...

Charley le hizo callar poniéndole una mano en el brazo.

—Y usted debería escuchar a su hijo —replicó Fátima.

—Hemos acabado. Vamos, Samir.

—¡Padre! —exclamó este, desconcertado por el desenlace.

—Hemos acabado, vámonos —repitió Charley.

—Por favor, señor Abboud, no se vaya —suplicó Mouna con lágrimas en los ojos.

—¡Mouna! —gritó Fátima—. Deja que se vayan. Si realmente te quiere, hará lo que le pido.

—¡No! ¡No voy a dejar que me arruines la vida más de lo que has hecho ya! —gritó corriendo hacia su prometido—. Samir, por favor, no te vayas así. No me importa la religión. Me da igual que seas cristiano y yo musulmana. ¿Qué más da? —Le agarró el brazo—. ¿Cómo ha podido acabar todo así?

—No te preocupes, todo se solucionará. Hablaré con mi padre. Todo saldrá bien —prometió antes de cerrar la puerta del coche a su padre—. Te llamaré enseguida. No te preocupes, te quiero. —Le cogió la cara y la besó antes de subir al Ford Explorer.

Mouna se quedó con lágrimas en los ojos, un nudo en el estómago y la inexorable sensación de que todo iba a salir muy mal.

Υ

Nadine Safi estaba en un dilema. Una conocida la había llamado para decirle que acababa de salir del restaurante en el que Rima Saad había estado presumiendo de la aventura que tenía con Rachid Hayek. «¡Dios mío!», pensó cuando le relató los detalles.

Miró el teléfono y dudó si debería decírselo a Lailah o mantenerse al margen. Tras retorcerse las manos varias veces descolgó y la invitó a tomar el té.

—¿Me recoges en el Cleopatra? Voy a ir esta tarde, después podemos ir al café Gemmayzeh.

Nadine aceptó.

Había muy poco tráfico y llegó a la Rue Gouraud mucho antes de lo que esperaba. Podía ir a un café, pero prefirió entrar en el salón de belleza.

—Madame Safi —la saludó Mouna.

Mouna no estaba tan alegre y animada como de costumbre. Lo que había sucedido en la fatídica comida con Charley la había abatido; además, Samir había vuelto a Estados Unidos para hacer un programa de formación en los marines que duraría varios meses. Prometió que la llamaría todos los días, pero a veces, debido a la diferencia horaria, solo le enviaba mensajes de texto. Todo parecía estar en compás de espera y los días se alargaban y las noches más aún. Sentía que su mente no descansaba, que se devanaba los sesos por encontrar la forma de hacer feliz a su madre y al padre de Samir. Para rematar sus problemas, el recaudador de impuestos iba todos los días a fisgonear y tenía que renovar la licencia.

—¿Qué tal, Mouna? —preguntó Nadine.

—*Hamdellah, merci.*

Nadine saludó a Lailah con un abrazo y tres besos.

—Estás guapísima, como siempre.

—Gracias. Me ha alegrado mucho saber de ti, parece como si no hubiéramos hablado desde hace años.

—Sí. Lo siento, pero he estado ocupada con unos amigos de Chucri que han venido.

—*Maalish*, no te preocupes. Al menos nos vemos hoy.

—¿Dónde está Amal? —preguntó Nadine.

—Ha tenido que ir al médico. Volverá pronto —explicó Mouna.

—¿Sabías que es pintora? —le preguntó Lailah a Nadine.

—*Anllad?*

—Sí, tiene mucho talento. Estoy pensando en exponer sus cuadros en el Sursock.

—¿Qué? —se sorprendió.

—Es muy buena. Si nos da tiempo, pasaremos por la galería Najjar. Mi amiga Hala tiene algunos de sus cuadros.

—Qué maravilla. ¿Qué opinas, Mouna?

—No tenía ni idea, madame Safi; me sorprendió tanto como a usted.

Nadine esperó a que acabara de peinar a Lailah. Le pareció un salón muy acogedor, muy hogareño. Sin duda funcionaría mucho mejor si se renovaba un poco. Sonó el teléfono y Mouna fue a contestar.

Nadine miró a Lailah y le sonrió en el espejo. Seguía sin saber cómo darle la noticia.

—Parece que cargues con todo el peso del mundo a la espalda —comentó Lailah, pero Nadine no contestó—. ¿Qué pasa, Nadine? —preguntó al ver la cara de su amiga ensombrecida por la preocupación.

—Ya hablaremos de ello mientras tomamos café.

—Pero ¿qué ha sucedido? Dame una pista.

—Lailah, prefiero no hablar de ello aquí.

—¿Por qué? No nos oye nadie.

—Se trata de Rachid —confesó tras inspirar profundamente.

—¿Qué? —exclamó saltando del sillón para volverse hacia su amiga—. ¿Qué le ha pasado?

—No sé cómo decírtelo… Me he enterado de que tiene una aventura. —Hizo una pausa para comprobar el efecto de sus palabras.

—¿Con quién? —susurró Lailah.

—Con Rima Saad.

Mouna estaba en el mostrador. Había acabado de hablar por teléfono, pero, cuando se disponía a darle los últimos toques al peinado de Lailah, oyó algunas palabras de lo que le pareció una conversación muy seria, y prefirió esperar. Lo sintió mucho por ella. Pobre mujer, qué pena tener un marido así. A pesar de todo ese barniz de *glamour* y dinero, en el fondo debía de llevar una vida muy triste.

Nadine y Lailah fueron al café Gemmayzeh, en el que Lailah desveló sus secretos más íntimos, sus sueños hechos pedazos, sus frustraciones, contenta de tener a alguien con quien hacerlo.

—Entonces, ¿por qué sigues con él? Si solo te ha hecho sufrir, ¿por qué te empeñas en seguir a su lado? Eres una mujer inteligente y culta, puedes abandonarlo, encontrar trabajo, ganar dinero, empezar una nueva vida. ¿Por qué no te vas a París? Con todos tus conocimientos y tu experiencia en el mundo del arte seguro que encuentras algo.

—En la teoría suena muy bien, pero no es tan fácil.

—Sé que supone un gran esfuerzo, pero no es imposible.

—Nada es imposible, solo depende de la persona y de si tiene el valor suficiente.

—Entonces, ¿por qué no empiezas de nuevo?

—Porque no tengo valor. Mira, Rachid no me trata mal, no me ofende, ni siquiera dormimos en la misma cama. Nos limitamos a aparecer juntos en algunos actos…, eso es todo. Hace lo que le viene en gana y yo hago la vista gorda porque…

—¿Por qué? ¿Por qué haces la vista gorda? —la interrumpió.

—Porque en el fondo soy una cobarde. Y por mucho que me jurara cuando era joven que no dependería de nadie como le pasó a mi madre, cada vez me parezco más a ella. Me he acostumbrado a esta vida inútil. Sé que no voy a cambiar el mundo, así que no creo que le importe a nadie que lleve una vida distinta.

—Sí, pero para ti sería muy importante que lo hicieras.

—He encontrado otras cosas en las que ocuparme. Mi matrimonio es un fracaso con el que convivo todos los días, así que procuro no pensar en él y me consuelo con mi trabajo en el Sursock y mis pequeños triunfos en el mundo del arte.

—¿Y eso te llena realmente?

—Sí, he de confesar que haber encontrado a Amal me ha dado nuevos ánimos. Me hace mucha ilusión llevarla al

Sursock y ayudarla a que llegue a ser una artista reputada.
—Nadine asintió—. No llevo una vida horrible. Estoy sana,
no paso hambre, vivo en una casa bonita…, justo lo que había soñado. ¿Quién lo tiene todo? Por el camino todo el
mundo hace un «pacto faustiano». Este es el mío.

El timbre del Cleopatra sonó y entró un hombre. Eviden-
temente, no era un potencial cliente. Fue al mostrador, se
quitó las gafas y miró el papel que llevaba en la mano. A
Mouna se le heló el corazón.
—Estoy buscando a Mouna Al-Husseini.
—¿Por qué? —preguntó intentando no parecer asustada.
—Porque vamos a cerrar este establecimiento.
—¿Quién es usted?
—Pertenezco a la Corporación de Desarrollo Económico
del Ayuntamiento.
—¿Y qué ha ocurrido? ¿Por qué quiere cerrar el salón?
—No ha pagado el impuesto municipal ni ha renovado la
licencia comercial, a pesar de las cartas y requerimientos que
se le han enviado. Este salón es ilegal. Cuando vuelva se le
impondrá una multa; si no la paga, tendremos que meterla
en la cárcel.
—¿En la cárcel? —repitió atónita.
—Sí, es ilegal que permanezca aquí.
—¿Y qué quiere que haga?
—Deme las llaves, vamos a precintar el local hasta que
consigamos hablar con madame Al-Husseini y que pague el
dinero que adeuda a la ciudad.
—¿Puedo llamarla y decirle lo que está sucediendo?
—Sí, pero dese prisa.
Marcó rápidamente el número de Amal, pero saltó el
contestador.
—Hola, Amal, soy yo. Solo quiero decirte que ha venido un
hombre del Ayuntamiento y va a cerrar el salón. Llámame.
Le entregó las llaves, no tenía otro remedio. No podía de-
cirle que era Mouna y pedirle que le diera más tiempo.
«¿Qué voy a hacer?», se preguntó mientras se dirigía a la
moto. El hombre salió, bajó la persiana y puso los candados.

Sacó un precinto de una bolsa y lo colocó en la persiana con una nota en la que se informaba de que el salón estaba cerrado hasta nuevo aviso por orden del alcalde y de la Corporación de Desarrollo Económico.

Mouna estuvo a punto de echarse a llorar. Todo había salido mal. Samir se había ido y le habían cerrado el local. ¿Qué iba a decirles a su madre y a su tía? ¿Dónde iban a vivir? No sabía cómo pagaría el alquiler, las facturas, cómo podría comprar comida. ¿Por qué tenía que ser todo siempre tan duro?

De repente se sintió muy mayor y cansada: cansada de que su madre la tratara como si fuera una inútil, fatigada de luchar en vano, cansada de su vida. Durante un instante, Alá había hecho que Samir apareciera y le había permitido ver la luz al final del túnel. Pero esa luz se había apagado. ¿Por qué le daba esperanzas para después arrebatárselas?

Amal llegó a casa tras pasar todo el día con Lailah y Hala en la galería.

—No está mal, pero necesitas trabajarlo más —opinó Lailah sobre un bodegón de limones.

Amal suspiró, deseaba que le hubiera gustado. Quería que estuviera a la altura de los cuadros que iban a exponer en la galería, pero sabía que necesitaba practicar mucho más.

—Aquí no lo conseguiré —reconoció dejando el bloc de dibujo sobre la mesa.

—Encontrarás el momento —aseguró Lailah.

—No, aquí no consigo pintar. No me siento inspirada.

—Pero Beirut tiene mucha energía.

—Sí, pero no la que necesito. Necesito la de la tierra, la belleza del paisaje y de los campos. Aquí solo veo edificios y calles. Sé que hay gente a la que le llena, pero a mí no.

—Entiendo. ¿Qué quieres hacer? Ya sabes que te ayudaré en todo lo que pueda.

—Quiero volver a Deir el-Ahmar, a casa de mis abuelos.

—¿Por qué no vamos juntas?

—¿Lo dices en serio? ¿De verdad quieres venir a encerrarte en el campo?

—No tengo mucho que hacer. Además hace años que no voy al valle de la Bekaa. Por otro lado, necesito descansar de Beirut y de mi marido. Me vendrá bien.

—¡Vaya, Lailah! Me encanta que quieras venir, pero no te sientas obligada. He de advertirte que allí no hay mucho que hacer, ni hay salón de belleza.

—No te preocupes, quiero ir. Y si no hay salón de belleza, mejor.

—Lo que me recuerda que he de llamar a Mouna y decirle que necesito irme. Espero que no tenga problemas para encontrar una sustituta, no me gustaría dejarla en la estacada.

—Imagino que se las apañará, pero siempre puedo llamar a Alexandre y decirle que envíe temporalmente a una de sus aprendizas al Cleopatra.

—Tienes soluciones para todo…

—Al menos, lo intento.

—Me encantaría que conocieras a Roger Hayek, el médico que me salvó la vida y dueño de la casa de huéspedes en la que vivo.

—A mí también me gustaría conocerlo, cuando os venga bien a los dos.

—Le preguntaré y organizaré algo.

—Qué casualidad que tengamos el mismo apellido…

Amal vio el móvil en la mesita de la entrada. Había olvidado cogerlo aquella mañana y tenía varias llamadas perdidas de Mouna.

—Mouna, lo siento mucho —se excusó cuando la llamó—. Me he dejado el teléfono en casa.

—Todo es un desastre.

—Bueno, solo mejorará o empeorará.

—¡Amal! Mi vida se está yendo al garete. ¿No puedes ser un poco más optimista?

—Lo siento, para mí que mejorará.

—*Ya Allah!* Me alegro de que no hayas perdido tu escepticismo.

—Lo siento mucho, de verdad. No soy muy buena a la hora de expresarme.

—Lo sé. No pasa nada. ¿Qué vas a hacer? Por extraño que parezca, ni siquiera sé dónde vives. ¿Te las apañarás sin trabajo? Me refiero al dinero.

—Sí, no te preocupes. Te hubiera llamado antes, pero me he dejado el móvil en casa. He estado todo el día con Lailah y Hala en la galería.

—¿Qué tal va la exposición?

—Bien. Bueno, miento, de momento está estancada.

—¿Por qué?

—Porque para poder organizarla como Dios manda Hala necesita al menos cuatro cuadros más.

—¿Y qué me quieres decir con eso?

—Que no sé si puedo hacerlo. No sé si conseguiré pintar con la mano izquierda como lo hacía con la derecha. Lo he intentado, pero no avanzo.

—*Haraam!* ¿Y qué vas a hacer?

—He pensado en volver a casa. Allí siempre me siento mejor. Creo que progresaré más rápido. De hecho, cuando volví de la galería iba a llamarte para ver si me podías dar un tiempo y buscarte otra ayudante, aunque fuera temporalmente. Entonces oí tu mensaje.

—Bueno, ahora puedes tomarte todo el tiempo que necesites.

—Entonces creo que me iré la semana que viene. Lailah me va a llevar en coche. Se ha portado muy bien conmigo. De verdad, jamás habría imaginado que tendría una mentora que me apoyara tanto. No se inmiscuye, no mira cuando estoy trabajando, no anda fisgando. Solo me anima y me ayuda.

—¿Y madame Nina? ¿La has visto o has hablado con ella?

—No, lo que me parece raro en ella. La llamaré, a lo mejor le apetece venir también a Deir el-Ahmar.

—¿Puedes hacerme un favor antes de irte? ¿Podrás decirle a madame Hayek que me recomiende en Alexandre?

—¿Por qué? ¿Quieres trabajar allí?

—Tengo que hacer algo. He de pagar el alquiler, mantener a mi tía y a mi madre, y encontrar la forma de ganar dinero para pagar el impuesto y la licencia.

—Estoy segura de que Lailah te encontrará trabajo. Le caes muy bien.

—Gracias, Amal. Ya me contarás. Ah, gracias por compartir tu ángel de la guarda conmigo.

—¿Estás en casa? —llamó Roger desde el vestíbulo.

—Estoy en el estudio.

Amal estaba en el sofá con el bloc de dibujo y un carboncillo en la mano izquierda.

—La artista trabajando —bromeó. Amal se echó a reír—. ¿Qué tal vas? —preguntó mientras se servía un vaso de whisky.

—Estancada —contestó, y el carboncillo se le escurrió entre los dedos.

—Mmm…

—Doctor Hayek… —dijo dejando el bloc, y levantándose.

—¡Oh, oh! No me gusta como suena eso. ¿Debo asustarme?

—No digas tonterías.

—Muy bien. Estoy sentado y me he tomado un whisky, dispara.

—A veces eres muy raro —dijo antes de contarle su proyecto de ir a Deir el-Ahmar—. Si no consigo pintar esos cuatro cuadros, no habrá exposición.

—¿Para cuándo está programada?

—Todavía no hay fecha fija. ¿Para qué? Antes tengo que saber si soy capaz de pintar con la mano izquierda.

—¿Cuándo quieres irte?

—A primeros de la semana que viene, depende de Lailah. Por cierto, hablando de ella, todavía no os he presentado. Me gustaría mucho que os conocierais.

Roger se quedó callado. No quería decirle por qué había hecho todo lo posible por evitarla. Quizás había llegado el momento de contárselo.

—Mira, Amal, tengo que decirte algo, algo que debería haber mencionado cuando me hablaste de tu relación con Lailah.

—Perdona que te interrumpa, pero me ha comentado que le parecía muy curioso que os apellidarais igual. Es como si tuviera dos ángeles de la guarda con el mismo apellido.

—No es una coincidencia.

—¿Qué quieres decir? ¿Sois familia? ¿Estás de broma?

—Soy hijo de la segunda mujer de Rachid Hayek —confesó. Amal se quedó con la boca abierta—. Ciérrala o te entrarán moscas.

—Espera, ¿qué has dicho?

—Así que Lailah, su tercera esposa, es mi madrastra.

—¡Santo Cielo! ¡No me lo puedo creer! ¡Esto es increíble! —exclamó levantándose del sofá y dando vueltas por el estudio.

Roger se echó a reír al ver su reacción.

—Hace más de treinta años que no veo a mi padre. No nos llevamos bien, nunca lo hemos hecho.

—Así que conoces a Lailah...

—No, no fui a la boda. Estaba trabajando en Estados Unidos y era muy feliz.

—¿Sabe Lailah que existes? ¿Que vives en Beirut?

—Sabe que Rachid y su segunda mujer tuvieron un hijo que se llama Roger, pero desconoce que trabajo como médico aquí. Cree que sigo en Estados Unidos.

—Y seguramente él tampoco está al corriente.

—No tengo ni idea. Si lo está, no ha hecho ningún esfuerzo por ponerse en contacto conmigo.

—Qué pena. No parece un hombre muy agradable.

—Desde luego que no. Es narcisista y egoísta, y se cree muy importante. Lo peor es que es un mentiroso compulsivo. Va por ahí diciendo estupideces sin fundamento y consigue que la gente le crea. Toda su vida y su trabajo se basan en mentiras.

—Qué encanto —comentó con sarcasmo—. Lailah es todo lo contrario; es guapa, generosa..., una mujer encantadora.

—No sé qué habrá podido ver en él.

—No tengo ni idea, a lo mejor también le mintió para que se casara.

—Es muy posible. A pesar de ser mi padre, no tengo reparos en decir que es un mafioso. Estoy seguro de que se casó solo para aumentar su caché.

—Vete a saber. En cualquier caso, ya va siendo hora de que la conozcas. La he invitado a cenar.

—¿Estás segura de lo que vas a hacer? —preguntó sirviéndose más whisky—. No quiero ponerla en una situación incómoda o hacer que se sienta rara. Y, la verdad, no me apetece que le diga a Rachid que estoy aquí.

—No lo hará. No creo que su matrimonio funcione. No solo se ha ofrecido a llevarme a Deir el-Ahmar, sino a quedarse conmigo. ¿Crees que se iría por un periodo indefinido de tiempo si mantuviera algún tipo de relación con Rachid?

—Supongo que tienes razón. Haz lo que creas oportuno. Confío en tu criterio.

—Gracias, Roger, seguro que te llevarás bien con ella.

—¡Eh!, que soy médico. Me llevo bien con todo el mundo —presumió entre risas antes de tomar un trago—. Y quién cocinará, ¿tú?

—No, querido doctor Hayek, vas a cocinar tú. Va a ser fantástico. ¡Una reunión familiar! —gritó entusiasmada.

Amal abrió la puerta de la casa de huéspedes.

—Madame —saludó a la mujer que consideraba su mentora y jefa.

—*Habibti* —respondió besándola tres veces—. ¿Cuándo vas a dejar de llamarme madame?

—Esto..., Lailah, perdona. No consigo olvidarme de que eras clienta del Cleopatra.

—Imagínate que soy tu hermana mayor y que me lavaste el pelo.

Amal asintió y sonrió.

—Ven, te enseñaré dónde vivo y después iremos a la casa. Roger está cocinando como un loco.

—Estoy deseando conocerlo —aseguró Lailah echando un vistazo a su alrededor—. Es muy bonito.

En el amplio estudio había una cama de caoba con dosel y sábanas blancas en la zona del dormitorio, estanterías llenas de libros, vídeos, CD y un par de fotografías enmarcadas, y una pequeña zona de estar con un sofá y sillones que parecían caros y cómodos. Según Amal, el suelo de baldosas blancas era fresco al tacto de los pies y las claraboyas inundaban la habitación de luz natural.

—¿Dónde pintas?

—En el jardín —dijo apartando las cortinas de rayas verdes y blancas que cubrían de suelo a techo las ventanas. A través de ellas se veía un pequeño porche con escaleras que conducían a un jardín lleno de flores y especias.

—¡Es precioso! —exclamó al oler a romero y lavanda.

—Cuando llegué no había nada.

—¿Todo eso lo has plantado tú? —preguntó impresionada.

—Todo no. Le pregunté a Roger si podía poner flores que me recordaran a mi tierra. Me dio permiso y hablé con un jardinero.

—Hizo un trabajo estupendo.

—Sí, aunque no puede compararse con lo que verás por la ventana en casa de mis padres. Es mucho más espectacular porque las plantas son silvestres.

—Estoy deseando ir.

—Venga, vamos a ver a Roger. Espera un momento —pidió deteniéndose—. Antes debería contarte algo… sobre su padre…

—Ahlan, ahlan —saludó Roger al abrir la puerta—. Bienvenida, madame Hayek. Gracias por venir a mi humilde morada —la recibió con una ligera reverencia.

—Encantada de conocerle. Muchas gracias por invitarme.

Amal entró después de Lailah y le guiñó el ojo para que supiera que había hablado con ella.

—¿Qué puedo ofrecerle para beber, madame Hayek? —preguntó mientras se dirigía al mueble bar.

—Si tiene alguna botella de vino blanco abierta, tomaría una copa.

—Por supuesto. Yo tomaré otra.

—Ahora vuelvo —dijo Amal, que quería desaparecer con discreción para que pudieran hablar tranquilamente.

—No tienes por qué irte, Amal. Quédate, por favor —rogó Lailah cuando Roger le ofrecía la copa de vino.

—¿Quieres? —preguntó él mirando a Amal, que asintió encantada.

—Delicioso —aprobó Lailah tras tomar un sorbo.

Los tres permanecieron en silencio.

—Todo esto es muy incómodo —intervino Amal, finalmente—. ¿Queréis hacer el favor de hablar para que acabemos de una vez?

—Todo a su tiempo, Amal. Eres muy impaciente —le recriminó Roger—. Me alegro mucho de conocerte —dijo volviéndose hacia Lailah, que sonrió con timidez—. Amal te adora.

—Gracias, el sentimiento es mutuo. —Hizo una pausa—. Dime, Roger, ¿cuándo volviste a Beirut?

—Hace unos años —contestó antes de tomar un trago.

—¿Y nunca te has puesto en contacto con tu padre?

—No, pero no creo que le haya importado.

—No sé, a lo mejor sí —sugirió Lailah arqueando las cejas.

—Estoy seguro de que no.

—¿Dónde vive tu madre?

—En París, tampoco se habla con Rachid.

—Sí, no es un hombre con el que se pueda convivir fácilmente —convino diplomáticamente.

—La verdad es que me sorprende que sigas casada con él.

—¿De verdad no quieres ver a Rachid o hablar con él? —preguntó Lailah, sin entrar al trapo.

—No, para mí es un extraño. No llegué a conocerlo en mi infancia.

—¿Tienes mucha relación con tu madre?

—Sí, hablo con ella casi todos los días.

—¿Y por qué volviste a Beirut? ¿Por qué no te fuiste a París?

—Porque no pude rechazar la oferta del Centro Médico de la UAB. No tuvo nada que ver con Rachid.

—¿Quieres que le diga que estás aquí?

—Creo que prefiero dejar las cosas como están. —Lailah asintió—. Además, de no haber sido por Amal, seguramente no estaríamos cenando juntos —añadió mirando a la chica, que se había mantenido al margen durante toda la conversación.

—Entonces, ¡por Amal! ¡Por habernos juntado! —brindó levantando la copa.

—Me alegro de que hayáis acabado —comentó ella levantándose—. No sé vosotros, pero yo tengo hambre. ¿Cenamos?

—Gracias, Lailah —dijo Roger mientras se dirigían al comedor.

—¿Por qué?

—Por ayudarla tanto. El arte es su vida.

—No hay de qué. Es un placer. Le he cogido mucho cariño.

—Le has dado esperanza. Parece resuelta a pintar con la mano izquierda. Tu aliento y tu fe en ella han tenido un efecto muy positivo.

—Estoy segura de que volverá a pintar. Tiene mucho talento. Me niego a que lo desaproveche.

—Crees realmente en ella, ¿verdad?

—Es una de las mejores pintoras que ha producido este país desde hace mucho tiempo y, por mi parte, estoy muy orgullosa de ella. En el Líbano hay mucho talento, pero ha habido demasiados artistas que tuvieron que irse al extranjero debido a las guerras. Amal es un tesoro. No quiero que se vaya a París o a Nueva York. Si vuelve a pintar estará a la vanguardia de la nueva generación de artistas libaneses.

—Me alegro mucho de que nos hayamos conocido.

—Yo también, gracias por cuidar de ella.

—Los dos la queremos, es lo que tenemos en común.

Cuando se sentaron a la mesa, preguntó para cambiar de tema:

—¿Cuándo os vais al valle?

—Deberías venir en tus días libres —le invitó Amal.

—Iré, pero si no cocinas tú —bromeó.

Capítulo veintitrés

*E*l tiempo estaba cambiando, las tardes eran más agradables y frescas. Era la estación preferida de Nina. Habían pasado varios meses desde que Ahmed se había ido a Ammán, pero seguía acordándose de él, sobre todo cuando estaba sola, como en ese momento. Meditó sobre qué habría sido de ellos si ella hubiera dejado a Charley, y Ahmed a su mujer, si se acordaría de ella y pensaría en lo mismo.

«¿Tomé la decisión acertada?», volvió a preguntarse. Creyó que lo había hecho. Esperaba haberlo hecho. Estaba en la terraza disfrutando de una copa de vino cuando se abrieron las puertas y entró Charley.

—*Mon chéri!* —exclamó contenta de verlo, antes de ir a darle un abrazo y un beso—. ¿Qué haces en casa tan temprano?

—No me encontraba bien —comentó tocándose el estómago—. Creo que tengo una indigestión.

—Ven y siéntate —le aconsejó cogiéndolo por el codo para sujetarlo—. Te traeré un *ginger-ale* o una Coca-Cola. —Sabía que era algo serio porque jamás habría ido a casa por un simple dolor de estómago. Lo ayudó a sentarse y fue a llamar a Suzi.

—*Habibti*, me siento mucho mejor. Dile a Suzi que me traiga una copa del vino que estás tomando.

—Ya te lo sirvo yo, *chéri* —se ofreció sacando la botella de la cubitera que había dejado a su lado la criada—. ¿Qué tal has pasado el día? —preguntó.

—Bien, liado, como siempre.

—Me alegro de que hayas venido. —Levantó la copa hacia su marido y, al inclinarse para chocar la suya, Charley soltó un gemido.

—¿Qué te pasa? ¿Te sigue doliendo el estómago? ¿Llamo al médico? —sugirió alarmada.

—No, *chérie*. Solo es una indigestión.

—¿Quieres que vayamos a pasar un largo fin de semana en la casa de la playa?

—Sí, iremos este fin de semana sin falta.

Nina seguía sintiéndose culpable al recordar todas las mentiras que, agotada por su vida con Ahmed, le había contado cuando él había propuesto ir a la playa.

—Nina… He cambiado de opinión… Creo que deberías llamar al médico. No me siento nada bien.

Ella se levantó de un salto, cogió el móvil y le puso una mano en el hombro mientras hacía la llamada.

—¿Doctor Talal? Soy Nina Abboud. Charley no se encuentra bien… Podría… —Pero no acabó la frase—. ¡Oh, Dios mío! ¡Charley! —gritó cuando su marido se desmayó y empezó a deslizarse hacia el suelo. Se puso de rodillas para evitar que cayera y colocó la cabeza en su regazo—. ¡Doctor! ¡Venga corriendo, por favor!… ¡Charley! *Chéri! Habibti!* ¿Me oyes? —Llamó al Centro Médico de la AUB para que enviaran una ambulancia antes de avisar a Suzi.

Suzi soltó un grito al ver a Charley en el suelo, con la cabeza en el regazo de Nina, los ojos en blanco y la boca abierta y babeante.

—Suzi, llama al ayuda de cámara del señor y al cocinero para que nos echen una mano. —Volvió a telefonear al médico para informarle de que había llamado a una ambulancia y que lo vería en el hospital—. ¿Dónde está la maldita ambulancia? —maldijo volviendo a marcar el número del hospital.

Minutos más tarde llegaron los paramédicos con una camilla. Nina corrió tras ellos para subir a la ambulancia y sujetar la mano de su marido mientras le ponían una máscara de oxígeno y lo conectaban a varias máquinas.

—¿Qué ha sucedido? —preguntó uno de los paramédicos.

Nina le informó de que se había quejado de un dolor en el estómago y de que pensaba que era una indigestión.

—¿Qué cree que es? —Nina frunció el entrecejo preocupada.

—Parece un ataque al corazón.

—¿Puede oírme? —El paramédico asintió—. Charley, estoy aquí. No te preocupes por nada, *chéri*. Te vas a poner bien.

Adormecido, Charley volvió la cabeza hacia ella e intentó abrir los ojos. Nina le sonrió y le apretó la mano.

—Vamos de camino al Centro Médico de la UAB, *chéri*; el doctor Talal se reunirá con nosotros allí. Te vas a poner bien —repitió acariciándole la cara y la frente.

Cuando llegaron el doctor Talal los esperaba en la puerta de urgencias.

—¡Doctor! ¡Doctor! —gritó saliendo de la ambulancia.

El anciano médico, uno de los mejores cardiólogos de Beirut, corrió hacia ellos.

—¿Qué ha pasado, Nina? —preguntó, mirando a Charley y a la hoja que especificaba lo que le habían administrado los paramédicos.

—No lo sé. Ha venido pronto a casa y se ha quejado de que le dolía el estómago.

—Ok, Nina, gracias. Ya me ocupo yo —dijo antes de ir hacia la sala de urgencias siguiendo la camilla.

Nina espiró con fuerza y fue a la sala de espera. Llamó a Samir y esperó al doctor Talal. Varias horas más tarde apareció vestido con la bata verde del quirófano.

—¡Doctor! —exclamó al verlo.

—Nina, ven, vamos a sentarnos allí —dijo indicando hacia un cómodo sofá—. Está bien. Ha tenido un infarto masivo —le informó quitándose el gorro y las gafas para limpiarlas—. Una de las cavidades está gravemente dañada. No sobrevivirá a otro infarto.

—¿Qué quiere decir? —preguntó preocupada.

—Ha de cuidarse. Tendremos que controlarlo de cerca. Necesitará un largo periodo de recuperación. Tendrá que hacer reposo absoluto, nada de trabajo ni actividades físicas. Cuando se recupere, estudiaremos la posibilidad de cambiarle una válvula.

—*Ya Allah!*

—Todavía no puedo decirte cuánto tiempo tendrá que permanecer en casa. Depende de él y de lo que le cueste recuperarse.

—Gracias. ¿Necesitará cuidados especiales? ¿Contrato una enfermera?

—Conociendo a Charley, yo lo haría. Si no puede trabajar, no me gustaría estar a su lado. Te hará la vida imposible.

Nina contemplaba desde la sala de su dormitorio el exuberante jardín que se extendía más allá de la terraza. Estaba pensativa y de vez en cuando lanzaba miradas furtivas al iPhone que había en la mesita marroquí. Como siempre que estaba sola, sus pensamientos se centraron en Ahmed. ¿Estaría desayunando con su mujer y sus hijos? ¿Estaría tomando zumo de naranja y pidiéndole a su esposa que le pasara los cereales? Aquella imagen no pegaba con él, era demasiado tópica. Tomó un trago de limonada. Al coger el teléfono para llamar a Claudia, le sonó en la mano. Sorprendida, contestó rápidamente, imaginando que quizás Ahmed había oído sus pensamientos.

—Hola, Nina, soy Samir.

—¡Hola! —contestó, contenta de oír su voz—. ¿Qué tal por Carolina del Sur?

—Ojalá pudiera estar con vosotros. ¿Qué tal papá?

—Se va recuperando.

—Odio tener que estar dos meses en este programa de formación.

—Pasarán rápidos.

—Necesito que me hagas un favor, no tuve tiempo de contarte lo qué le pasó en casa de Mouna —empezó a decir antes de relatarle la debacle.

—¿Cómo puedo ayudarte?

—¿Por qué no hablas con papá? Ni a Mouna ni a mí nos importa la religión. Creía que a él tampoco, por eso no entiendo que no deje que me convierta al islam para contentar a la madre de Mouna.

—A ver si lo entiendo, no le importa que Mouna siga siendo musulmana y tú cristiano y os caséis...

—Correcto.

—Pero no quiere que te hagas musulmán.

—Correcto también.

—Y la única forma de que la madre de Mouna acepte el matrimonio es que te conviertas al islam.

—Así es.

—Ese tipo de cosas nunca te han frenado, siempre has hecho lo que has querido. ¿O es por Mouna? ¿No quiere casarse si no se cumplen las exigencias de su madre?

—Mouna no espera su bendición y no le importaría escaparse. Lo que pasa es que con todos los problemas que tiene con el salón había pensado en comprar un apartamento para su madre y su tía con la dote.

—¿Qué pasa con el salón?

—Tiene que renovar la licencia comercial y pagar un impuesto municipal. Es un montón de dinero, creo que incluso le han cerrado el local.

—¡Vaya! Mouna tiene mucho talento. Me gustaba ese salón. ¿Por qué no le das el dinero?

—No lo aceptaría.

—Pues entonces, préstaselo.

—También lo he intentado, pero no quiere tener deudas con su futuro marido.

—Así que no te lo está poniendo fácil.

—¿Hablarás con papá? Me gustaría llamar a Mouna y darle buenas noticias.

—No sé si servirá de algo, pero lo intentaré.

—Gracias.

Nina colgó y fue a la habitación en la que se recuperaba Charley.

—Madame Abboud —saludó la enfermera al verla en el pasillo.

—*Marhaba*, Nicole. ¿Qué tal está?

—Está mejorando, madame.

—Me refería a de qué temple está.

—Con altibajos, como siempre.

—Esperemos que esté en un momento alto.

Abrió la puerta de la habitación en la que se recuperaba su marido. Había decidido no instalarlo en el dormitorio para que las enfermeras que lo atendían las veinticuatro horas del día pudieran entrar y salir sin molestarla.

Siempre le había gustado aquella habitación. Era muy luminosa, la luz del sol entraba durante todo el día por las cristaleras que daban a un patio en el que solían desayunar. Era muy básica, contaba con una amplia y cómoda cama, un escritorio junto a la ventana y una tumbona. Sobre la cama había una estantería empotrada con los libros y CD preferidos de Charley. En el pulido y brillante suelo de madera no había alfombras. Se respiraba un ambiente sereno y tranquilo.

Se acercó a la cama. Charley estaba recostado sobre las gruesas y mullidas almohadas. Dormitaba con las gafas en la punta de la nariz y un libro en el pecho. Miró el lomo, era *Guerra y paz*.

—Nina —oyó que la llamaba con los ojos cerrados.

—Hola, *chéri*. ¿Qué tal te encuentras hoy?

—*Hamdellah*, bien.

—Tienes buen aspecto.

—Nunca has sabido mentir. Sé que debo de estar horroroso —comentó entre risas.

Inspiró profundamente.

—Mira…

—Ha llamado Samir, ¿verdad?

—¿Cómo lo sabes?

—No debería involucrarte.

—Pero lo ha hecho.

—Tiene menos talento del que creía —objetó subiéndose las gafas y abriendo el libro.

—Charley…

—No admito discusiones en ese tema —sentenció de forma tajante.

Nina se dirigió hacia la puerta.

—Por favor, no te vayas. Lo siento mucho.

—¿Para qué? ¿De qué va a servir? Eres muy tozudo, algo que te viene muy bien como hombre de negocios y presidente del Banco de Beirut, pero no estamos hablando de un negocio, sino de la felicidad de tu hijo y de la mujer a la que ama. —Charley miró a su mujer sin pronunciar palabra—. No haces caso a nadie. No debería haber intentado hablar contigo.

—Entonces, ¿por qué lo has hecho?

—Porque Samir me lo ha pedido y le he prometido que lo intentaría. Es un buen hijo, Charley...

—Para mí lo es todo. Ven, lo siento —pidió alargando una mano hacia ella.

Nina la cogió. Charley besó la mano de su mujer.

—Eres preciosa —dijo besándola otra vez—. Me he comportado como un idiota. Me casé con la mujer más espectacular e inteligente del mundo y no he sabido valorarla.

—No digas tonterías, Charley.

—He dejado que te alejaras —continuó con tono apenado—. Y no te culpo... por nada. —Nina se estremeció. ¿Lo sabía?—. Sé que tenías sueños. Siento no haberlos hecho realidad.

—Lo has hecho. Me has dado todo lo que necesitaba y mucho más —aseguró acariciándole la cara y sonriendo.

—Ven —pidió abriendo los brazos.

Por primera vez en muchos años Nina se acostó con su marido. Apoyó la cabeza en su hombro, le puso un brazo sobre el pecho y se acurrucó junto a él: ambos callados y perdidos en sus pensamientos.

—¿Qué nos ha pasado, Nina? Estábamos tan bien... ¿Por qué he dejado que te alejaras?

—Chis —pidió poniéndole dos dedos en los labios—. ¿Para qué hurgar en el pasado? Déjalo, Charley..., olvidémonos del pasado y empecemos de nuevo. —Charley sonrió—. Podríamos ir a la casa de la playa. Hace tiempo que lo comentamos.

—Sí, buena idea. —Hizo una pausa—. Lo siento, Nina. ¿Me perdonarás algún día?

—No digas tonterías, Charley.

—No sé cuánto tiempo me queda. Mi corazón ya no es lo que era.

—Entonces, ¿por qué no quieres que Samir se case con una chica libanesa y vivir para verlo? Es lo que siempre has deseado, ¿no?

—No estoy en contra de ese matrimonio. Estoy encantado de que se case, y mucho más si es con una mujer libanesa, porque eso significa que se quedará en Beirut.

—¿Es porque es musulmana? No creía que fueras tan religioso.

—Y no lo soy. No me importa que sea musulmana.

—Entonces, ¿cuál es el problema?

—Es una cuestión de principios. No creo que deba ponerse ese tipo de condiciones a un matrimonio. ¿Quién se ha creído que es la madre de Mouna para exigir que Samir se haga musulmán? Dios no tiene nada que ver. Se quieren como son. Si a Dios no le importa, ¿por qué le importa a ella? ¿Por qué ha de cambiar la gente lo que es o cómo es para contentar a un familiar, sobre todo si es tan exigente en nombre de Dios?

—Entiendo.

—Mouna es buena chica y su tía es encantadora, pero la madre necesita que le den una lección.

—Estoy de acuerdo, pero ¿has de castigar a la hija por ello?

—No la estoy castigando. Acepté todo lo que pidió. Pidió un apartamento, un coche, criados, joyas, dinero, ropa… Estuve de acuerdo en todo, a pesar de que se estaba aprovechando de mí. Así que el que insistiera en que Samir se hiciera musulmán fue la gota que colmó el vaso.

—Charley, no estoy defendiendo a la madre de Mouna, pero sé que tienen muchos problemas.

—Por la casa en la que viven, no me extraña. Por eso quería ayudarlas.

—Entonces, ¿qué hacemos?

—No hay mucho que podamos hacer. Samir estará todavía varios meses en Estados Unidos. Cuando vuelva iré a ver a la madre otra vez. —Nina asintió—. No te preocupes, no le fallaré; sé cuánto quiere a esa chica.

—¿Se lo digo?

—Ya se lo diré yo la próxima vez que llame. ¿Qué te parece cenar conmigo? —Nina se extrañó—. A menos que tengas otros planes, claro…

—No, no tengo ningún plan; estaré encantada, monsieur Abboud.

—Excelente, madame Abboud, ¿qué le apetece? Espera, ¿por qué no preparas alguna cosa?

—¿De verdad quieres que cocine? —preguntó con una gran sonrisa iluminándole la cara.

—Si no recuerdo mal, tu *sheij el mehshi* era estupendo.

—¡Ah! ¿Aún te acuerdas de las berenjenas rellenas? Es una receta de mi madre.

El corazón de Charley no mejoró y murió en paz de una insuficiencia cardiaca unas semanas después, en la casa de la playa. Nina estaba leyendo a su lado cuando notó una opresión en el pecho. Supo que era el final. Estiró el brazo hacia su mujer intentando respirar y vio a cámara lenta que dejaba caer el libro y llamaba a gritos a las enfermeras.

—Perdóname, Nina. No he podido… —murmuró cuando la presión aumentó y dejó de respirar.

—Sí que lo has hecho. Por supuesto. ¡Charley! ¡Charley, no me dejes! Por favor, no me dejes… Lo siento, Charley… Fui yo la que se portó mal contigo. Te quiero. Siempre te he querido —sollozó, pero Charley había muerto.

Todo Beirut fue al funeral. Nina estrechó la mano de todo el mundo, del presidente para abajo, y les agradeció su presencia. Muchos habían acudido para que los vieran y poder decir que habían estado allí. Samir seguía en Estados Unidos y no pudo llegar a tiempo.

—No soportaría tantos desconocidos que apenas conocían a papá presentándome sus respetos porque se sienten obligados —le dijo a Nina—. Prefiero estar con la gente que conozco y quiero, y la gente que lo conocía y quería.

Nina lo entendió y le dijo que no se preocupara, que se tomara el tiempo que necesitara e hiciera lo que creyera conveniente.

—Tienes razón Samir, este funeral no es para los amigos y la familia, sino para los conocidos.

Después del funeral fue al estudio a tomar una botella de vino blanco con Claudia.

—Me alegro de haber estado con él al final. Hablamos, nos reímos, vimos películas, comimos bien, todo lo que hacíamos cuando nos conocimos. Incluso cociné para él —aseguró con orgullo.

Permanecieron en silencio un rato.

—No puedo creer que se haya ido, Claudia.

—Fuiste una buena esposa.

—¿Lo dices en serio? Le fui infiel…

—Llámalo como quieras, pero tu infidelidad te convirtió en alguien más atento y cariñoso cuando te necesitó.

—Pero le mentí, le engañé; permití a otro hombre que me abrazara, me besara, me hiciera el amor…

—Sí, pero no perdiste la cabeza y arrojaste tu vida por la borda. Fue una aventura, eso es todo. Hiciste lo correcto. Te diste cuenta de que no merecía la pena dejar a Charley.

—Lo pensé.

—Pensarlo no es lo mismo que hacerlo.

—¿Crees que Charley y yo podríamos haber tenido la misma relación que mantuve con…?

—¿Ahmed? —Claudia terminó la frase por ella—. Lo dudo; Charley era un buen hombre, pero poco sofisticado en cuanto a tus necesidades. —Hizo una pausa—. No, estabas lista para Ahmed…; las circunstancias eran las adecuadas y el momento apropiado para que entrara en tu vida y te permitiera descubrirte a ti misma.

—¿Cómo es que te has vuelto tan sabia?

—La vida…

—En serio, ¿cómo sabes tantas cosas?

—En serio…, algún día te lo diré —contestó riéndose.

—¿Qué voy a hacer ahora? Tengo todo el dinero del mundo, pero ni metas, ni objetivos, ni pasatiempos. No hay nada que me ilusione.

—Necesitas poner la casa en orden, *mia figlia*. Dar sentido a tu vida, hacer que merezca la pena vivirla… sola. Tienes fuerza para hacerlo.

—¿De verdad lo crees?

Claudia asintió y levantó la copa para brindar.

—¿Por qué no vuelves a trabajar conmigo en el restaurante?

Y

Mouna estaba tumbada de lado mirando cómo se movía el minutero del anticuado despertador de la mesilla. Escuchaba los segundos y esperaba que las campanillas empezaran a sonar cuando fueran las nueve. No solía despertarse tan temprano, pero últimamente no había podido dormir mucho. Paró el despertador justo antes de que sonara y cogió el móvil. Hacía poco más de un día que no sabía nada de Samir, pero no se preocupó. La telefoneaba siempre que podía, aunque era extraño que no le hubiera enviado un mensaje. Quizá debería llamarlo. Le costaría una fortuna, pero... Entonces cayó en la cuenta de que en la isla de Parris, Carolina del Sur, eran las dos de la mañana: estaría dormido. Volvió a leer los mensajes que le había escrito y sonrió. Era tan romántico, tan cariñoso, tan genuino y sincero al mismo tiempo. Recordó los que le enviaba Amín y, en comparación, eran aduladores y falsos. ¡Qué gran equivocación había cometido con él! Miró al techo preguntándose qué podía hacer el resto del día.

Oyó una suave llamada en la puerta. Debía de ser su tía; su madre normalmente entraba sin llamar, gritando como un demonio *jinni*.

—Entra, *jala*, estoy despierta —dijo antes de ponerse un cojín en la espalda y recostarse en la pared.

—*Sabah al jair*, hija.

—*Sabah al nur*. ¿Dónde está *immi*?

—Ha ido al mercado.

—Ven a sentarte conmigo, *jala* —la invitó poniéndose casi en el borde de la estrecha cama para hacer sitio a su voluminosa tía.

—No voy a caber...

—Vale —aceptó apretando más las rodillas contra el pecho—. ¿Mejor? —Hanan sonrió—. ¿Qué pasa, *jala*?

—He oído en las noticias que el padre de Samir murió ayer.

—*Ya Allah!* —exclamó llevándose una mano a la boca—. Por eso no me ha llamado. ¡Oh, no! Ojalá pudiera estar con él. Debe de estar hecho polvo, estaban muy unidos.

—Lo sé, lo noté cuando vinieron. Seguro que te llama.

—Gracias por avisarme.

—Mouna, escucha, no le hagas caso a tu madre. Si quieres a ese chico, ve con él. Lo de que se haga musulmán es una idiotez.

—No puedo ir ahora, está en Estados Unidos.

—Pues vete allí, ¿para qué vas a quedarte aquí?

—No tengo dinero para ir. Ni siquiera puedo pagar el impuesto y la licencia. Además, si me fuera, *immi* y tú os moriríais de hambre.

—No te preocupes por nosotras. Ya somos viejas y nuestras vidas están prácticamente acabadas. Pero tú eres joven, tienes toda la vida por delante, sobre todo con Samir. Vete a Estados Unidos.

—*Jala,* Samir volverá y para entonces habré encontrado la forma de pagar el salón y el alquiler de la casa, ya verás —aventuró dándole un abrazo.

—¿Ya sabes cómo lo vas a hacer?

—Llamaré a mis nuevas clientas y les diré que hago visitas a domicilio. También voy a pedir trabajo en varios salones de Verdun. Amal le ha pedido a madame Hayek que dé buenas referencias de mí en Alexandre.

—Parece un plan muy realista, hija mía. Rezaré por ti. Ahora ayúdame a levantarme y te prepararé algo para desayunar mientras te vistes.

Mouna saltó de la cama, tiró de ella y las dos se rieron cuando se soltó y volvió a caer sobre la cama.

—¿*Manaish* y té? —sugirió cuando salía, y Mouna asintió vivamente al pensar en el pan casero con *zaater* de su tía.

Se lavó y se vistió, pero antes de ir a la cocina pensó que debía llamar a Nina y darle el pésame. Le enviaría un mensaje de texto a Samir y le llamaría cuando estuviera despierto. Llamó a Nina, pero escuchó el buzón de voz directamente. Le dejó un mensaje, seguramente estaría en el funeral. «*Maalish*», lo intentaría más tarde, pero de momento sabría que había pensado en ella.

Estaba poniéndose brillo en los labios cuando sonó el móvil. Contestó enseguida pensando que sería Nina.

—Mouna, soy Amal.

—*Marhaba, kifek?*

—Me he enterado del fallecimiento de Charley Abboud y quería decirte cuánto lo siento.

—*Merci.*

—Dales el pésame a madame Abboud y a Samir de mi parte.

—Lo haré. ¿Qué tal estás?

—Bien, pero tengo malas noticias.

—*Ya Allah!*, ¿pueden ir peor las cosas?

—Me he enterado de que Claudine también ha muerto. —Mouna se quedó muda—. ¿Mouna? ¿Estás ahí?

—Sí… —susurró.

—Sé que para ti es un mazazo.

—¡Oh, Amal! No puedo creerlo. Me siento fatal. ¿Cuándo ha sido?

—Anoche.

—¿Y cómo te has enterado?

—He estado en fisioterapia esta mañana. Normalmente tenía cita a la misma hora en el Centro de Oncología. Al no verla he entrado a preguntar.

—¿Recuerdas la última vez que la vimos? Fue horrible, todos aquellos gritos…

—No me lo recuerdes. Fui yo la que le tiró el dinero a la cara.

—¿Cuándo es el funeral?

—Mañana.

—¿Dónde?

—En la iglesia de Saint Joseph, en el convento de Terre Sainte.

—¿Y el entierro?

—Quería que la incineraran. Creo que la cremación es hoy.

—Nos vemos mañana. Gracias por avisarme.

Se sentó en el borde de la cama. Sintió ganas de vomitar. Recordó la última vez que peinó a Claudine. Estaba muy guapa. Después no volvió hasta el día en que le acusó de querer sacarle dinero. ¿Por qué no creyó que se preocupaba por ella de verdad? Sabía que su malhumorado y difícil carácter, así como sus quejas constantes, eran puro teatro. En ocasiones había bajado la guardia y había sonreído, incluso se había reído. Se le llenaron los ojos de lágrimas al acordarse de la sonrisa que había esbozado cuando se vio el pelo de color rubio platino. Le había gustado. Lo sabía. Había visto su efímera sonrisa y el brillo de sus ojos antes de fruncir el entrecejo al darse cuenta de que la estaba mirando. «¡Oh, Claudine! Lo siento. Siento mucho que mi carta hiriera sus sentimientos. No era mi intención. Me preocupaba por usted. Por favor, perdóneme», suplicó mirando al techo con las manos juntas y lágrimas en las mejillas.

A la mañana siguiente fue a la iglesia de Saint Joseph a las once. Llevaba unos pantalones oscuros, sandalias de tacón bajo, túnica negra y un pañuelo del mismo color en la cabeza. Estaba mucho más calmada. Samir la había llamado justo antes de acostarse. Estaba triste y serio, y había hecho todo lo posible por consolarlo. Le había contado lo de Claudine y lo mal que se sentía.

—Creo que te quería, aunque tenía una manera muy extraña de demostrarlo —dijo Samir.

—Me siento fatal. Amal le tiró a la cara un billete de cincuenta mil libras. Cuando se agachó para recogerlo le temblaban las manos…

—Lo sé, sé que te sientes mal, pero sigo pensando que te apreciaba. Solo se hace daño a las personas que se quiere, porque se sabe que nunca dejarán de quererte.

—Ojalá estuvieras aquí.

—Iré muy pronto.

La iglesia estaba vacía. Sorprendida, sacó el móvil para ver la hora. Eran las once, por una vez había llegado a tiempo. Amal se presentó enseguida y le dio un abrazo.

—Me alegro de verte, Amal.

—Yo también me alegro de verte.

—¿No va a venir nadie más?

Espero que sí, si no, sería muy triste. Espera, mira…

Nisrine Saliba y Ghida Salameh acababan de entrar con sus respectivos maridos.

Hicieron un gesto con la cabeza para saludar y se sentaron en uno de los bancos. Amal arqueó las cejas, cogió a Mouna por el codo y la guio a un banco al otro lado del pasillo.

—Iba a saludarlas.

—Lo sé, pero ¿para qué? ¿Has visto la forma en que nos han mirado? ¿Por qué tienes que ser tú la que dé el primer paso? Te deben una disculpa… y también dinero.

El sacerdote apareció con una urna y la dejó en el atril que tenía delante.

—Dios reciba su alma —dijo antes de leer un par de párrafos de la Biblia. Cinco minutos después había terminado el servicio—. Descansa en paz, Claudine Haddad.

—¿Eso es todo? —se sorprendió Mouna.

—El sacerdote no la conocía. Qué más iba a decir.

—Amal, tengo que decir unas palabras. Esto es penoso —se quejó al ver que Ghida y Nisrine se levantaban.

—Mouna —la llamó, pero antes de que pudiera hacer nada ya estaba en el atril. Volvió a sentarse e hizo un gesto a las dos ancianas para que la imitaran.

—Me gustaría decir unas palabras sobre Claudine Haddad. *Tante* Claudine era mi casera. Venía todos los días a las dos y media en punto. —Continuó hablando acerca de ella y sobre lo extrañamente vacía que se había sentido cuando dejó de ir al salón—. Le escribí una nota para decirle que estaba preocupada y me dio mucha pena que me malinterpretara. Pensó que la estaba adulando y que quería darle lástima porque necesitaba dinero. Pero no fue así. Escribí esa nota porque sabía lo sola que estaba y quería que supiera que había personas que se preocupaban por ella.

Volvió a sentarse con lágrimas en los ojos. El sacerdote le dio las gracias y finalizó el servicio con una oración por Claudine. Mouna y Amal fueron a la puerta de la iglesia seguidas por Ghida, Nisrine y sus maridos.

Al salir al sol, Mouna se fijó en que las dos mujeres susurraban mientras sus maridos discutían por algo.

—Voy a saludarlas, esto es ridículo —le dijo a Amal.

Al acercarse dieron un vacilante paso adelante cogidas de la mano.

—Ha sido muy bonito, Mouna —agradeció Ghida.

—Sí, ha sido muy hermoso —añadió Nisrine.

—Acabo de decírselo —protestó Ghida.

—Y yo he estado de acuerdo contigo —replicó Nisrine.

—Señoras, señoras. No discutan, por favor. Quiero pedirles disculpas por si les he ofendido de alguna manera. No era mi intención.

—No pasa nada —la tranquilizó Nisrine.

—Sí, no pasa nada —repitió Ghida, y Nisrine le lanzó una mirada asesina.

—¿Pueden decirme qué he hecho para enfadarlas?

Ghida y Nisrine se miraron.

—Díselo tú —pidió Ghida.

—¿Por qué yo? Eras tú la que estaba enfadada.

—Igual que tú.

—No tanto como tú.

—*Tantes*, por favor. ¿Puede decírmelo alguna de las dos? —preguntó antes de volverse hacia Amal, que se estaba riendo—. Las echo de menos, y Amal también.

—Nos enfadamos porque creímos que nos dirías cuándo iba a ir al salón madame Sayah, para llevarle más pasteles —explicó Ghida.

—Pero no lo hiciste y heriste nuestros sentimientos al decirnos que el Cleopatra no era una panadería —añadió Nisrine.

—Señoras, señoras... —las calmó sonriendo—. El Cleopatra no es ni una panadería ni una pastelería, es un salón de belleza. Si quieren vender pasteles tendrán que abrir una tienda. Cuando las clientas vienen a que les arregle el pelo o las uñas, o las depile, no quieren que se las moleste con pasteles o tartas.

—Pero si fuiste tú la que nos dijiste que le encantaba nuestro *nammura* —se quejó Ghida.

—Sí, les conté lo que había dicho, nada más. Si quiere más pasteles, sabe dónde encontrarlas.

—Pero no nos ha vuelto a llamar —intervino Nisrine.

—A lo mejor ha estado muy ocupada. —Las dos pusieron morros—. Señoras, por favor, no se enfaden conmigo. No lo hice con mala intención.

—Mouna... —empezó a decir Ghida con muchísimo cuidado.

—¿Y nuestra deuda? —Nisrine acabó la frase—. Ahora que el Cleopatra está cerrado, ¿te debemos ese dinero?

—Creo que lo más justo sería que se lo pagaran cuando

vuelva a abrir —sugirió Amal, que había aparecido de repente.

—Amal —protestó Mouna lanzándole una mirada—. Dejémoslo, señoras. Ya veremos qué pasa cuando vuelva a abrir.

—Muchas gracias —dijo Nisrine.

—Muchas gracias —repitió Ghida.

—Eso ya lo he dicho yo.

—¿Y por qué tienes que ser tú la única que lo diga?

—¿Por qué me sigues cogiendo de la mano?

—Porque tú también lo estás haciendo.

—Entonces suéltamela, miedica.

—Suéltala tú primero —replicó Ghida mientras iban hacia sus maridos.

Mouna se echó a reír.

—¿Qué hacemos ahora? —preguntó Amal.

—Venga, vamos al café Arabica —sugirió, y fueron cogidas por el brazo hasta la Rue Gouraud.

—Tienes suerte de haber tenido una segunda oportunidad, Amal. No la desperdicies —comentó al llegar al Cleopatra.

La chica asintió y las dos miraron con tristeza la persiana, el antiguo cartel de cine y el neón de color rosa que ya no estaba encendido. Mouna fue a la persiana, tocó el precinto y volvió a leer la nota. Le temblaba el labio, pero cogió del brazo a Amal y se alejó, consciente de que sus día a día seguirían teniendo altibajos, momentos alegres y tristes, pero que esta vida que nos da Dios continúa.

Capítulo veinticuatro

*P*ocos días después, Amal y Lailah fueron a Deir el-Ahmar armadas con todos los pertrechos necesarios para pintar. Nina y Roger prometieron que las visitarían.

Mientras Amal pintaba, Lailah se dedicó a pasear; a explorar los alrededores; recorrer campos, huertas y viñedos; recoger flores y fruta; y visitar pequeños puestos de mercado y tiendas para comprar verdura, pan y vino local, que le gustó tanto o más que algunos de los caros vinos franceses o españoles con que Rachid solía abastecerse.

Conforme pasaron los días en aquella idílica y bucólica placidez, el vínculo establecido entre ellas por su amor al arte y a la belleza se fue fortaleciendo. Cuando Amal pintaba en la habitación que habían transformado en un improvisado estudio, Lailah iba a verla de vez en cuando, para aconsejarle o darle su opinión. Cuando pintaba fuera, la ayudaba a transportar las pinturas y el caballete, y disfrutaba de estar al aire libre. Amal conocía bien la zona y la llevaba a sitios poco frecuentados, como la cueva con la poza o la cima de una colina alejada de las rutas turísticas. Lailah no estaba habituada a ese tipo de relación con otra mujer, una relación en absoluto condicionada o motivada por nada que no fuera el aprecio o el puro disfrute de su compañía y la pasión por la belleza del paisaje que las rodeaba. No tenía muchas amigas, pues su belleza las intimidaba y solían dejarla sola o a merced de hombres que irremediablemente la deseaban. Por primera vez en su vida sintió que podía ser genuina y franca, sin tener que vestirse de punta en blanco, maquillarse o ir a la peluquería todos los días.

Se entendían perfectamente. En ese tiempo, ambas maduraron: Lailah, personalmente; Amal, desde un punto de vista profesional.

—Esto es tan bonito que no parece el Líbano —dijo Lailah un día en el cañón cercano a la cueva.

—¿A qué se parece?

—No lo sé. Es como lo mejor de la Provenza y la Toscana juntas —contestó con la cara vuelta hacia el sol.

—No las conozco.

—¿No has estado nunca en el extranjero?

—¿Para qué? Mira lo bonito que es todo esto —respondió haciendo un gesto con la mano a su alrededor.

—¿Nunca has pensado en volverte a casar?

—No. —Lailah prefirió no sonsacarla. Si algún día quería contárselo, lo haría—. Ven, mira —le pidió. Lailah se quedó impresionada. Había pintado la entrada de la cueva, los árboles cercanos, el cielo y a ella sentada sobre una manta—. Cuando falleció Waleed, algo en mi interior murió con él. No creo que pueda tener con nadie el amor que compartimos.

—Tienes suerte, no todo el mundo tiene esa oportunidad.

—Le encantaba esto, el valle, las montañas... Amaba su país, su historia, su pueblo...

—Tú también amas este país, solo hay que ver tus cuadros.

—¿Cómo no voy a hacerlo? Esta tierra tiene tanta historia... —dijo arrodillándose para coger un puñado de tierra roja—. Imagina cuánta gente ha pasado por aquí y cuántas cosas dejaron a su paso. Este cañón en particular tiene un aura y una energía tan intensas...

—Las noto. Se ven en el cuadro. Tu corazón siente esa fuerza, la belleza de la tierra... Tus ojos la ven y tu mano la interpreta. La tratas con sumo cuidado, la has capturado con absoluta dulzura.

Cuando el sol se puso volvieron atravesando los campos hasta la casa de Deir el-Ahmar.

—¡Venga, te echo una carrera! —la desafió Amal.

—¿Qué? —preguntó extrañada, y antes de que pudiera

darse cuenta Amal había echado a correr entre las flores silvestres y la hierba que crecía a unos cientos de metros de la
casa—. ¡No es justo! ¡Voy más cargada!

—He ganado —se vanaglorió cuando Lailah llegó sin
aliento unos minutos después.

—¡Has sido muy injusta! —resolló intentando recuperar
el aliento.

—La verdad es que he ido por un atajo —confesó mientras la ayudaba a meter en casa los cuadros y los bártulos
para pintar.

Lailah fue a la cocina a preparar la cena. Amal la siguió
después de guardar las telas con cuidado. Lailah sirvió dos
copas de vino.

—Muy bueno —lo alabó la chica—. Aunque tampoco
soy una experta.

—Yo tampoco, solo me gusta lo que sabe bien.

—¿De verdad? Creía que al ser madame Hayek serías
una entendida.

—En mi papel de madame Hayek era otra persona. Me
convertí en lo que Rachid quería que fuera.

—¿Y ahora?

—Ahora soy libre, aquí siento que puedo ser yo misma.
Mírame, llevó vaqueros, una camisa de algodón y zapatillas
de deporte. Me hago una coleta y no sé cuánto tiempo hace
que no me pinto los labios. Mi madre se escandalizaría y
Rachid…, quién sabe lo que diría. Seguramente pensaría
que soy la criada. —Se echaron a reír—. En serio, soy feliz.
Estoy rodeada de todo lo que me gusta: arte, una amiga,
buena comida, campo…, una vida sencilla. ¿Qué más puedo
pedir?

—¿No te sientes sola?

—¿Y tú?

—No, pero yo he elegido estar sola.

—Yo también.

—Pero yo tengo mi pintura…

—Bueno, yo también estoy rodeada de arte. Puede que no
pinte, pero adoro el arte y este país, y aquí disfruto de ambos.
¿Por qué crees que trabajo en el Sursock? —Amal se encogió
de hombros—. Para ayudar a artistas libaneses. Podía ha-

berme ido a París o Nueva York y trabajar en una galería de arte o tener una galería propia, pero quería ayudar a los artistas de aquí, a los noveles, y el Sursock es el primer paso.

—No sé si me gustaría vivir en París.

—Puede que no, pero algún día deberías ir —sugirió dando los últimos toques a la cena.

—¡Menudo festín! —exclamó cuando puso en la mesa una fuente de verdura y pan—. ¿Qué diría Rachid si supiera que cocinas así?

—Rachid… —resopló—. Sabía cómo era cuando me casé con él. Todo el mundo me advirtió de que tenía reputación de mujeriego, pero cometí el error de pensar que podría cambiarlo una vez casados.

—Tampoco creo que las mujeres cambien. Somos como somos y la gente nos acepta o no. Puede que las mujeres seamos más propensas al cambio y que nos adaptemos mejor a las situaciones, a las circunstancias, pero no cambiamos de carácter.

—Cierto, simplemente somos mejores a la hora de fingir.

—Y un poco más dispuestas al sacrificio…, y generosas. Y quizá también un poco más pacientes.

—¿Sabes?, antes de casarme con Rachid tenía mucha confianza en mí misma, me sentía muy segura. Recuerdo que tenía pasión y convicciones que defendía. Sabía lo que deseaba y qué hacer para conseguirlo. Después de la boda no sé qué me pasó. Fue como si hubiera permitido que Rachid me eclipsara y me hiciera sentir inútil. Me metí en una jaula y le culpé por sentirme sola e insegura, aunque la verdad era que me mortificaba a mí misma. Me castigaba por haberme convertido en mi madre, algo que había jurado que nunca haría. Ahora, gracias a ti, he vuelto a descubrir quién soy. Es como si hubiera abierto la puerta de la jaula y me hubiera dejado salir. Me miro en el espejo y me gusta lo que veo.

Continuaron cenando en silencio.

—Gracias, Lailah.

—¿Por qué?

—Por animarme a que pintara. Sin ti no lo habría hecho. Sin tu fe seguiría mirándome en el espejo y odiando mi reflejo.

—Sigue pintando, Amal. Lo necesitas para sanarte y convertirte en quien eres. Tienes suerte de haber descubierto tu vocación. La mayoría de la gente nos pasamos la vida intentando encontrarla, y la mayor parte de las veces no lo conseguimos.

Afuera se oían los ruidos del crepúsculo y una suave brisa sopló en la casa de Deir el-Ahmar.

—Cuando sabemos lo que necesitamos, averiguamos quiénes somos —concluyó levantando la copa—. Por ti, amiga mía —brindó para sellar la amistad que habían iniciado cuando le lavaba la cabeza en el salón de belleza Cleopatra.

Varios meses después del funeral de Claudine sonó el móvil de Mouna. Gracias a algunas clientas privadas, como Dina Chaiban, había ido tirando. A pesar de los intentos de Imaan, Alexandre seguía sin decidirse a contratarla. Miró el número antes de contestar. No le resultó familiar, pero era de Beirut.

—*Allo*.

—¿Madame Al-Husseini? —preguntó una voz masculina.

—*Bonjour*.

—Madame, me llamo Bassam Achkar.

—¿En qué puedo ayudarle?

—¿Es la dueña del salón de belleza Cleopatra?

—¿Por qué lo pregunta?

—Necesito hablar con la dueña. —Mouna oyó ruido de papeles—. Esto…, madame Mouna Al-Husseini.

—¿Quién es usted? —preguntó asustada.

—Madame, soy el abogado que se ocupa de las últimas voluntades de la difunta madame Claudine Haddad.

Se quedó perpleja, no sabía qué tenía que ver con todo aquello.

—No lo entiendo. Claudine Haddad era mi casera y le pagué el alquiler hasta que el Ayuntamiento cerró el salón.

—Madame, esto no tiene que ver con el alquiler —comentó entre risas.

—Entonces, ¿por qué me llama?

—La llamo para decirle que madame Claudine Haddad la nombró beneficiaria de sus propiedades y bienes.

—Perdone, no entiendo qué quiere decir eso.

—Madame Al-Husseini —empezó a decir aclarándose la garganta—, ahora es la propietaria del salón y de los tres pisos que poseía en la Rue Gouraud: el que habitaba ella y los dos donde vivían monsieur y madame Salameh, y monsieur y madame Saliba.

Mouna se levantó, no podía creer lo que estaba oyendo.

—Hay algo más.

«¿Más? ¿Cómo puede haber más?», pensó.

—Le dejó cincuenta millones de libras. —Oyó ruido de papeles—. Dice..., un momento..., que quiere que utilice ese dinero para pagar el impuesto municipal y renovar la licencia comercial, reformar el salón y, si le queda algo, para su boda.

Se produjo un absoluto silencio.

—¿Madame Al-Husseini...? *Allo.* ¿Madame? *Vous êtes là?*

—Sí, sí.

Bassam Achkar le dio todos los detalles de lo que tenía que hacer.

Finalmente, la tortilla se había dao la vuelta.

DOS AÑOS MÁS TARDE

$\mathcal{N}$ina Abboud estaba en su oficina de La Doce Vita, el último de los cuatro restaurantes italianos de los que era socia con Claudia. Se estaba tomando su segundo café mientras leía el periódico cuando sonó el teléfono.

—*Habibti* —la saludó la voz de Imaan.

—*Votre excellence!* ¿Qué tal está madame la embajadora esta mañana? ¿Qué tal en Londres?

—*Bonjour, bonjour, ma amie. Kifek ente?*

—*Très bien, très bien. Hamdellah.* ¿Qué tal por la embajada?

—Bien, ¿cuándo vienes? Extenderé la alfombra roja.

—Suena tentador. Puede que vaya el mes que viene, antes he de ir a Roma y Palermo.

—Hace meses que dices lo mismo.

—¿Y por qué no vienes tú? ¿Recibiste la invitación de Lailah para la exposición de Amal en la galería Najjar?

—Sí.

—Ven, me encargo de la comida y la bebida de la inauguración.

—*Anllad?* Iría aunque solo fuera por la comida.

—Voy a preparar *mezze*.

—¿Tú?

—¡Eh! ¡Por supuesto! *Humus, babaganush, kibbeh…*

—Me está entrando hambre solo de oírte.

—Ven, Imaan. Ven aunque solo sean unos días. Podemos ir a la exposición y a la reapertura del Cleopatra.

—Ya me he enterado. Me alegro mucho por Mouna, es una mujer encantadora. ¿Qué hace Samir?

—Se casarán dentro de un año, en cuanto acabe lo que está haciendo en Estados Unidos. Quiere celebrar la boda en París.

—Es una idea adorable y romántica.

—Por cierto, Joseph vino al restaurante el otro día, solo.

—Ahora somos muy amigos. Hablamos casi todos los días y los dos estamos de acuerdo en que nos va mejor como amigos que como matrimonio.

—Me alegro. Es buena persona, no para ti; eres demasiado dura para él. Tiene sus vicios, como todos.

—Finalmente confesó que la que envenenó nuestra relación hace un par de años fue Rima Saad.

—¿Y cómo se enteró de la conversación que tuvimos en Claudia's?

—No me sorprendería que se hubiera escondido detrás de una planta —aventuró, y las dos se echaron a reír.

—Es despreciable. Que le den. ¿Qué te parece un fin de semana en Beirut solo las chicas?

Mouna quitó los candados y entró en el Cleopatra. Las obras estaban casi acabadas. Se sentía muy contenta de cómo había quedado. Parecía un *loft*. Había enlucido y pintado paredes y techos con un suave color blanco que daba más luz al interior; el suelo era de mármol blanco. Había una habitación cerrada para las depilaciones, una zona para la manicura y pedicura que dispondría de sillas especiales y lavabos, y otra para lavado y tratamiento del cabello. Solo faltaba que llevaran el mobiliario y algunos retoques en la instalación eléctrica y la fontanería. Le encantaban las lámparas. En el centro había colocado una pesada y suntuosa araña de cristal de color verde lima que habían fabricado para un salón de baile, pero a ella no le importaba. En el resto del local había colocado lámparas con cristales de diferentes colores que aportaban colorido a lo que sin ellas sería un ambiente austero, pues el mobiliario era sencillo, moderno y minimalista.

Se sentó junto al antiguo mostrador. «Quizá debería revisarlo, seguro que todavía hay cosas dentro», pensó. Encontró la antigua agenda, el cuaderno en el que Amal había anotado lo que debían Claudine, Ghida y Nisrine. Estas dos últimas habían pasado a ser sus inquilinas. Se sorprendieron mucho cuando les dio la noticia, pero prometió mantener el mismo alquiler. También les había sugerido que deberían alquilar el apartamento de Claudine y convertirlo en pastelería, para legalizarlo. A las dos les pareció una excelente idea.

Al tirar la agenda a la basura vio el sobre con las fotografías de sus hermanos en la obra de Sidón de 1964-1965. «*Ya Allah!* ¡He estado a punto de tirarlas!», pensó. Oyó el nuevo timbre que había reemplazado al de bicicleta y miró hacia la nueva puerta de cristal, que sustituía la de madera rosa, y observó el escaparate de cristal que suplía el de madera desportillada y cristal con persianas. Apretó el botón con el que se abría la puerta, para que entraran el fontanero y el electricista. Metió el sobre en el bolso y fue a darles instrucciones. Insistió en que necesitaba que todo estuviera acabado para dentro de dos semanas, el día de la gran reapertura. Además de informar a todas sus clientas, Lailah Hayek la había convencido para que ofreciera un cóctel al que invitaría a todas sus amigas.

El teléfono de Lailah no dejaba de sonar. Todo el mundo quería ir a la inauguración de Amal. Se hablaba tanto de ella que estaba segura de que se venderían todas las piezas. Las nuevas obras no tenían la gracia y elegancia de sus anteriores cuadros, pero eran más modernas; había corrido riesgos y mostraban la confianza que aporta la madurez.

Hala y Lailah iban de un lado a otro dando los últimos toques a la exposición *Amapolas*. Hala había pedido prestado ese cuadro y *Campo de trigo* a Nina. Además de la obra anterior había otros cuatro cuadros nuevos, pintados con la mano izquierda, como un bodegón de granadas, que le encantaba. Hala colgó las doce piezas, las iluminó a la perfección y mezcló las nuevas con las anteriores. Deseó haber podido tener más, pero aquello era el comienzo.

La inauguración en la que los asistentes podrían contemplar las obras de Amal y disfrutar de los cócteles y aperitivos que había preparado Nina estaba prevista que empezara a las ocho. Cuando la gente comenzó a llegar a las siete y media, Lailah tuvo la sensación de que iba a ser todo un éxito, no solo para Amal, sino también para Hala. Había invitado a periodistas, personas relacionadas con el mundo del arte, de la política y de los negocios, un amplio espectro de la sociedad beirutí.

A las ocho la galería estaba llena y había gente en la acera. Le había pedido a Amal que llegara a las ocho y media, pero le dio miedo que al ver semejante multitud se diera la vuelta y se fuera. Intentó llamarla, pero no obtuvo respuesta. Quería presentarle a varias personas del Sursock. El champán y el vino fluían mientras los camareros servían los aperitivos.

—¡Ah, Nadine! —exclamó soltando un suspiro aliviado.

—¡Lailah! —la saludó, y la besó—. ¡Es estupendo! ¡Ha venido todo el mundo! Y los cuadros… son espectaculares. No sabía que Amal fuera tan buena. *Mabruk, habibti.*

—Gracias. ¿Puedes hacerme un favor? He de estar aquí con toda esta gente. ¿Te importaría ir a buscar a Amal o esperarla fuera? Le he dicho que viniera a las ocho y media, pero me preocupa que al ver semejante aglomeración no se atreva a entrar.

—Por supuesto.

—Estupendo, llámame en cuanto la veas.

—Tengo que irme —se excusó ante el grupo de gente con la que estaba.

—¡Espera, Nadine! ¡Mira!

Amal acababa de entrar flanqueada por Mouna e Imaan, y seguida por Nina. Amal puso cara de asombro; las otras tres mujeres parecían sus guardaespaldas, resueltas a mantenerla a salvo.

—¡Señoras! —gritó al ver a sus amigas—. Bienvenida a Beirut, Imaan —la saludó dándole un abrazo—. Nina, los aperitivos son excelentes. Gracias por venir, Mouna. Y aquí está la estrella —dijo al abrazarla.

—Voy a robárosla un momento. Volvemos enseguida. Ven, Amal; deja de poner cara de susto. No se te va a comer nadie.

—Deja que te ayude —intervino un hombre cogiendo del brazo a Amal.

—¡Roger! —suspiró aliviada al verle. Seguía viviendo en su casa.

—Esperad ahí, voy a traer a las personas que quiero presentarle —pidió Lailah.

—Mírala, está en su elemento. Debería organizar más inauguraciones —comentó Imaan.

—Voy a sugerirle que abra una empresa de eventos. Lo haría muy bien. Además, con toda la gente a la que conoce, no le faltaría trabajo. De hecho, podría encargarse de todos los actos que organizamos en el restaurante; yo no tengo tiempo —intervino Nina.

—Se ocupa de la reapertura del Cleopatra mañana, madame Sayah —comentó Mouna.

—Llámame Imaan, por favor.

—Y a mí Nina, eres casi mi hijastra política.

—Muchas gracias, espero que vengáis mañana.

—No me lo perderé, pero tendrás que peinarnos para la ocasión —dijo Imaan.

—A mí tampoco me importaría que me peinara —terció Nadine.

—Por supuesto, ¿a qué hora queréis venir?

—¿Por qué no vamos a las doce? Así Lailah tendrá toda la tarde para organizar la velada —sugirió Imaan.

—¿Puedo invitar a unas amigas? —preguntó Nadine.

—Yo también lo haré —aseguró Imaan.

—Va a ser todo un éxito. Samir estará muy orgulloso de ti —vaticinó Nina. Mouna sonrió—. ¿Una copa de champán?

—Por supuesto —dijo Imaan mientras todas cogían una.

—¡Por el éxito del Cleopatra! —brindó Nina.

—¡Y por el éxito de la exposición de Amal! —añadió Mouna levantando la copa.

Todas entrechocaron las copas en el momento en el que Lailah cogió el micrófono para presentar a Amal. El público prorrumpió en aplausos incluso antes de que terminara.

La exposición fue todo un éxito. Se vendieron todos los cuadros, excepto los que ya poseía Nina, y Hala aceptó varios encargos de gente que pagó una entrada inicial por obras que ni siquiera habían visto. Mouna estaba encantada por el éxito de su amiga.

—He perdido a mi ayudante —dijo dándole un abrazo al final de la velada.

—Lo siento, volveré a trabajar contigo.

—No digas tonterías, era una broma. Ya encontraré otra. Tienes que venir mañana por la tarde. Oye, ¿por qué no vienes por la mañana? Me gustaría enseñarte el local, y Nina, Nadine e Imaan van a venir a peinarse. A lo mejor...

—Por supuesto, iré y les lavaré la cabeza, por los viejos tiempos.

Cuando Mouna llegó al Cleopatra a la mañana siguiente en su Vespa, Amal la estaba esperando. Estaba sentada en una cesta vieja, con los auriculares y las gafas puestas, con un cigarrillo en la mano y moviendo la cabeza al son de la música.

—*Bonjour*, Amal. *Kifek?* —la saludó empujando la moto hasta donde estaba.

—*Marhaba*. ¿Cuándo te vas a comprar otra?

Mouna se echó a reír y ató la Vespa en el poste de teléfonos que había junto al salón. Apretó un mando a distancia y la persiana empezó a levantarse.

—¡Impresionante! —exclamó—. ¡Guau! —gritó incluso más alto, y se quedó con la boca abierta al ver el escaparate de cristal. Mouna abrió la puerta y tecleó el código de la alarma antes de encender las luces—. Es increíble —aplaudió pasando los dedos por el nuevo mostrador.

Detrás estaban las estanterías con los productos de belleza. En la parte delantera, a ambos lados de la puerta, había sofás, sillas y mesitas bajas para que esperaran las clientas. Más allá, cuatro nuevos sillones equipados con secadores, rulos, horquillas y cepillos. Amal dio una vuelta y se fijó en la araña, la limpia y bien organizada zona para lavar el pelo, el armario para las toallas y las batas, y la sección de depilados, en la que resplandecía una mesa de masajes de cuero, con un rollo de papel en un extremo para cubrirla, que había reemplazado a la vieja silla reclinable.

Mouna sonrió al ver la cara de Amal.

—Y ahora... —Mouna apretó otro botón del mando a distancia y el salón se inundó con la música de *Thriller*, de Michael Jackson.

—*Mabruk, mabruk!* ¡Es fantástico!

—¿Un café?

—¿Tenemos tiempo de ir al Arabica o quieres que lo traiga yo?

—¿Por qué? —preguntó apartando una cortina tras la que había una máquina Nespresso.

—*Allaho Akbar!* Vas a ponérselo muy difícil a Alexandre. Estoy muy orgullosa de ti. Te mereces todo el éxito del mundo.

Cuando estaban acabándose el café sonó el timbre. Mouna dejó entrar a Imaan, Nina, Nadine y Lailah.

—*Ahlan, ahlan* —las saludó.

Todas ellas lanzaron grititos de admiración al ver los cambios y felicitaron a Mouna por su buen gusto y por lo bonito que estaba todo.

—Gracias por venir. ¿Quién quiere ser la primera con Amal?

Todas levantaron la mano a la vez y se echaron a reír. Nina fue con Amal y Lailah pidió a Nadine que la ayudara con unas llamadas relacionadas con la reapertura.

—¿Qué tal en Londres, Imaan? —preguntó Mouna.

—Estoy muy contenta. Incluso más cuando trabajo mucho, llego a casa agotada y me duermo en cuanto pongo la cabeza en la almohada.

—Me alegro por ti, pero procura que el trabajo no te rompa el corazón.

—No creo que pase, *habibti*. O, al menos, eso espero.

—¡Ah!, madame Sayah... Perdón, Imaan. ¿Te acuerdas de las fotos de las que te hablé?

—No mucho. ¿Las tienes aquí?

—Sí, quería enseñártelas —dijo sacando el sobre del bolso.

Imaan lo abrió y al mirar las fotos se quedó callada. Las miró una y otra vez, y las estudió con cuidado.

—¿Sabes quién es el otro hombre de la foto y la niña?

Imaan la miró con los ojos llenos de lágrimas.

—Es mi hermano Hasan; la niña soy yo. Debía de tener seis o siete años cuando me hicieron esas fotos.

—Imaan…

—Era mi hermano mayor. Lo era todo para mí. Murió cuando yo tenía ocho años.

—Lo siento mucho. Espero no haberte puesto triste. No era mi intención.

—No, Mouna —la tranquilizó limpiándose las lágrimas—. Me alegro de que me las hayas enseñado. Ha sido toda una sorpresa. No sabía que existían.

—¿Sabes dónde las hicieron?

—Era una obra en un campamento de refugiados palestinos en Tiro, en Rashidiyeh. —Hizo una pausa para mirarlas de nuevo—. Allí había siempre muchos problemas. De hecho es donde el padre de Nina mató en un accidente a mi hermano mayor Hamdan, en 1958.

—¿Qué?

—Sí, Nina y yo ya lo hemos hablado. Pasó antes de que ambas naciéramos. Nunca conocí a Hamdan ni a su mujer, que después se convertiría en la madre de Nina. Nos ha unido mucho.

—Me alegro.

—De hecho, hemos estado hablando de ayudar a los refugiados de esos campamentos. Sé que no será políticamente correcto e ignoro qué repercusiones puede tener que la embajadora libanesa en el Reino Unido ayude a los palestinos… Ya veremos cómo lo solucionamos.

—Creo que deberíamos empezar con donaciones —sugirió Nina acercándose a ellas.

—No estaría mal. Además me permitiría permanecer en el anonimato. ¿Cómo sabremos que el dinero llega a los refugiados? Necesitaremos a alguien que lo controle —comentó Imaan.

—¿Qué estáis diciendo sobre los campamentos de refugiados? —inquirió Lailah incorporándose a la conversación—. Nadine se está lavando la cabeza —informó a Mouna, que empezó a peinar a Nina.

—Nina y yo queremos ayudar a los campamentos del sur. Tenemos mucha relación con Rashidiyeh.

—Yo también quiero colaborar —se apuntó Lailah—. Lo intenté hace años, cuando estaba en la universidad, Doné todo el dinero del concurso de Miss Líbano a la causa palestina. Tuve muy mala prensa por ello.

—Entonces, hagámoslo. Todas podemos ayudar. Le entregaremos el dinero a Lailah para que se asegure de que llega a los campamentos —dijo Nina.

—Quiero ayudar a educar a los niños refugiados y proporcionarles una vida mejor y una atención sanitaria más completa —añadió Lailah.

Mouna sonrió al oír a aquellas tres mujeres, cuya determinación seguramente cambiaría las vidas de los refugiados palestinos en el Líbano. De alguna forma, también ellas eran refugiadas. A pesar de formar parte de la sociedad beirutí, eran diferentes, sobresalían y eran independientes. Eran también enérgicas, valientes y fuertes. Habían intentado integrarse en la sociedad en la que habían nacido, pero no lo habían conseguido. Así que habían huido de ella. De hecho, el salón Cleopatra se había convertido en un refugio en el que podían ser ellas mismas. Hablaban de algo que sus iguales desaprobarían, pero no les importaba.

Mouna esperó tener algún día esa valentía.

*E*l salón de belleza Cleopatra se convirtió en uno de los más famosos de Beirut.

Samir y Mouna se casaron y vivieron en Beirut hasta que se trasladaron a Washington DC.

Amal volvió a Dahr al-Ahmar y se consagró como pintora.

Imaan siguió siendo embajadora del Líbano en el Reino Unido.

Nina vive en Beirut, donde dirige varios restaurantes italianos junto con Claudia.

Lailah siguió trabajando con Amal y otros artistas. Creó una fundación que subvenciona programas educativos y de asistencia sanitaria para las mujeres y los niños de los campamentos de refugiados palestinos. Continuó casada con Rachid, solo legalmente.

Nadine empezó a trabajar con Lailah.

Rachid abandonó a Rima, que enseguida pescó a otro hombre rico. Desesperada por mantenerse joven, se convirtió en una víctima de la cirugía plástica.

Glosario

Abaya: túnica larga.
Ahlan: hola.
Ahwe: café.
Al-hamdellah: gracias a Dios.
Allah Ghalib: Dios dirá.
Allah ma'aak: Dios está contigo.
Allaho Akbar: Dios es el más grande.
Ana b'hebbek: te quiero.
Anllad: ¿de verdad?
Awamat: buñuelos de yogur en almíbar.
Baba: papá.
Babaganush: crema de berenjenas.
Baharat: mezcla de especias.
Bajshish: propina.
Baklawa: pastel de pistacho y nueces.
Barak Allah fik: que Dios te bendiga.
Batinllan: plato de berenjenas.
Burma: pastel de dátiles.
Fatayer: pastel de espinacas.
Habibi: cariño.
Habibti: cariño.
Hamdellah: bien, gracias a Dios.
Hamimi: siesta erótica.
Haqiqa: verdad.
Haraam: ¡maldita sea!
Haraami: maldito.
Hiyab: velo o pañuelo.
Hurriyya: libertad.

Iftar: comida nocturna durante el ramadán.
Immi: mamá.
Ismi: me llamo.
Istiqlal: independencia.
Iza betriide!: ¡ayúdeme!
Jair?: ¿todo bien?
Jala: tía.
Keffiyeh: pañuelo tradicional árabe.
Kibbeh: carne de cordero con *bulgur* y especias.
Kifek: ¿qué tal?
Knefe: pastel de queso y sémola.
La: no.
La ilaha ila Allah: solo hay un Dios.
Lubieh: judías verdes.
Maa salama: hasta luego.
Maalish: no importa.
Mabruk: felicidades.
Mamul: especie de galletas.
Manaish: pan casero.
Manush: especie de *pizza*.
Marhaba: bienvenido/a.
Masbut: por supuesto.
Massa aljair: buenas tardes.
Mezze: aperitivos.
Mulladarah: plato de lentejas y arroz.
Nammura: pastel de sémola.
Sabah al jair: buenos días.
Sabah al nur: contestación a buenos días.
Salam aleikum: la paz sea contigo.
Sayadieh: arroz de pescado.
Sharrfuna: es un honor.
Sheij el mehshi: berenjena rellena.
Shu: qué.
Shu ajbarik: ¿estás bien?
Shu esmik?: ¿cómo te llamas?
Shukran: gracias.
Siyada: soberanía.
Subhan Allah: alabado sea Dios.
Tawteen: asentamientos palestinos permanentes.

Tayeb: de acuerdo.
Tekrame: de nada.
Tsharrafnah: encantada.
Umma: mamá.
Wa aleikum assalam: y también contigo.
Wa Allah: Dios lo quiera.
Wahda wataniyya: unidad nacional.
Walaw: ¡venga!
Ya Allah!: ¡Dios mío!
Ya hazzana: adorada mía.
Yallah!: ¡venga! ¡vamos!
Yislamo: gracias.
Zaater: mezcla de especias.

Agradecimientos

*M*e gustaría dar las gracias a las siguientes personas, cuya ayuda ha sido de un valor incalculable para mí:

A Duncan Macaulay, por tener la paciencia de un santo, a Eustaquio Escandon e Isabelle Peeters, por su gran generosidad, y a mi amigo y siempre aliado Gay Walley.

Y a Enrique Alda, Eva Mariscal y Blanca Rosa Roca, así como a todo el equipo de **Roca**editorial.

Maha Akhtar

Periodista y escritora, es colaboradora habitual de *Departures, Food and Wine* y *Travel & Leisure*, publicadas por American Express Publishing, y colabora con *The New York Times* escribiendo sobre la historia y la política de los países de Oriente Próximo y el mundo musulmán. Comenzó su carrera en el mundo de la música como relaciones públicas del grupo The Cure. Tras acompañar en las giras a Robert Smith y sus músicos durante seis años, trabajó con Tim & Nina Zagat en el lanzamiento de sus famosas Zagat Restaurant Guides, antes de entrar en CBS News, donde permaneció quince años.

Conocida en España como autora de dos títulos autobiográficos, *La nieta de la maharaní* y *La princesa perdida*, con *Miel y almendras* Maha nos ofrece su primera incursión en la novela.

Otros títulos que te gustarán

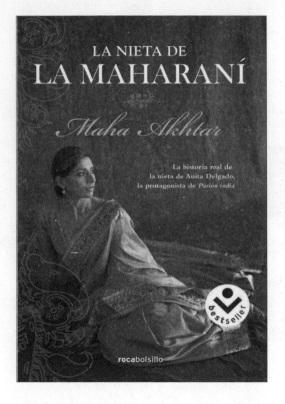

LA NIETA DE
LA MAHARANÍ

Maha Akhtar

La historia real de
la nieta de Anita Delgado,
la protagonista de *Pasión india*

rocabolsillo

LA NIETA DE LA MAHARANÍ

Maha Akhtar es la nieta de Anita Delgado, la protagonista de *Pasión india*. Una cuestión burocrática la obliga a buscar su identidad y a descubrir ciertos misterios de su vida.

Relata la historia de tres generaciones y cuatro mujeres: Anita Delgado, la abuela bailaora malagueña, que con 17 años se casó con el maharajá de Kapurthala y se trasladó a la India; Laila, mujer libanesa y madre de Zahra, que se enamoró de Ajit Singh, hijo del maharajá y de Anita Delgado, y de cuya relación nació Maha, la autora. Aunque Maha no supo quién era su verdadero padre hasta que se topó con una dificultad burocrática que le abrió las puertas a su verdadero pasado.

La HERENCIA
de la
ROSA BLANCA

RAQUEL RODREIN

rocabolsillo | ficción

LA HERENCIA DE LA ROSA BLANCA

En 1943, Edward O'Connor sufre el mayor revés de su vida: la muerte durante la Segunda Guerra Mundial de Erin, su mujer. Veinte años más tarde, Patrick O'Connor conoce a Julia Steiner, la mujer que se convertirá en la madre de sus hijos y por la que se enfrentará a su padre y sesgará toda relación con él. Ben O'Connor, el hijo de ambos, es un renombrado arquitecto neo-yorquino que está pasando una temporada en París. Allí trope-zará una y otra vez con Sophie Savigny, una joven intérprete que acaba de recibir una propuesta laboral para trasladarse a la sede central de la ONU en Nueva York. El cirujano irlandés Hugh Gallagher vive en París desde hace unos años. En las últimas semanas, el azar ha colocado en su camino a una joven de la que se ha quedado prendado. Sophie Savigny, traductora de Naciones Unidas, será la pieza clave en las vidas de estos dos hombres, la primera y última pieza de una enrevesada trama llena de incóg-nitas que Hugh tendrá que ir despejando para conocer la verdad, una verdad que no habría imaginado ni en la peor de sus pesadi-llas y que le lleva a un desconcertante viaje hacia un pasado remoto, un siglo plagado de secretos, mentiras e insólitos perso-najes que sin él saberlo han forjado su historia. Ambos tendrán que hacer frente a una de las pruebas más complejas de sus vidas. Algo cuyas consecuencias pueden cambiar la vida de Sophie.

ONCE
VIDAS

MARK
WATSON

rocabolsillo | ficción

bestseller

ONCE VIDAS

––––––––––––

Una historia de amor, pérdida y los seis grados de separación que nos unen a todos…

Once vidas tiene como protagonista al locutor Xavier Ireland, quien por las noches regala sabias palabras a londinenses insomnes y que por el día es un ser solitario cuyo único amigo es el copresentador que le acompaña en su programa, bien intencionado pero sin sentido del humor y tartamudo.

Un día, un acto en apariencia inconsecuente de Xavier desencadenará una serie de acontecimientos que transformarán la vida de once personas que nada tienen que ver con él. Y hasta es posible que en el camino, Xavier acabe encontrando lo que no sabía que andaba buscando…

––––––––––––